Tan insoportablemente nosotros

Erótica

Ana Forner

Tan insoportablemente nosotros

Serie Tan tú, tan nosotros, 2

Esencia/Planeta

Certificado PEFC

Este libro procede de bosques gestionados de forma sostenible y fuentes controladas

PEFC

PEFC/14-38-00305

www.pefc.es

eBook
DISPONIBLE

Avinguda Diagonal, 662, 6.ª planta. 08034 Barcelona (España)
www.esenciaeditorial.com
www.planetadelibros.com

Adaptación de la cubierta: Booket / Área Editorial Grupo Planeta a partir de la idea original de Tiaré Pearl
Imagen de la cubierta: Shutterstock
Primera edición en Colección Booket: octubre de 2021

Depósito legal: B. 13.243-2021
ISBN: 978-84-08-24782-1
Composición: Realización Planeta
Impresión y encuadernación: Liberdúplex, S. L.
Printed in Spain - Impreso en España

Biografía

Ana Forner nació el 31 de diciembre de 1979 en Valencia. Casada y madre de dos hijos, compagina su trabajo como contable con su afición por la escritura, una afición que llegó inesperadamente con su primera obra, *Elijo elegir*, publicada en 2015 y ganadora del premio Mejor novela erótica en el evento Murcia Romántica de 2017. En sus horas libres le gusta leer, disfrutar de su familia y rodearse de buenos amigos.

Instagram: @ana.anaforner
Facebook: www.facebook.com/profile.
php?id=100009698947240&fref=nf

Dedicado a todos los que reconstruyen su vida
tantas veces como sea necesario.
A los que lloran y siguen.
Y a los que se hacen más fuertes con cada caída.
Aunque cueste, se puede.

Capítulo 1

María Eugenia

Freno las lágrimas durante todo el trayecto hasta mi casa, «esa casa que ya no siento tan mía porque la mía era la suya —pienso, sintiendo el latido del dolor incrementarse en mi garganta—; la mía era él y yo iba a celebrarlo a su lado y, en cambio, me estoy marchando y ni siquiera sé por qué, porque, cuando hay un motivo, en cierta forma, también hay una justificación, pero yo ni siquiera tengo eso y simplemente estoy moviéndome y tomando decisiones por instinto», medito, deteniendo la mirada en la ventanilla sin ver realmente nada, sumida como estoy en mis pensamientos y en mi dolor.

Mañana íbamos a ir comer a casa de mis padres, con mi hermana, Santi y el peque, para decirles que íbamos a casarnos y para celebrar que soy la nueva diseñadora de Dior, y, en mi imaginación, me veía brindando con todos ellos mientras él permanecía a mi lado, con su brazo rodeando mi cintura o descansando sobre mis hombros; veía su sonrisa desdeñosa y el brillo de su mirada; nos veía besándonos y a mí riendo por cualquier comentario suyo. «Qué distinto es lo que a veces imaginamos a lo que luego sucede en realidad, porque nada de eso va a ocurrir; es más, en estos momentos lo último que me apetece es celebrar nada», asumo, cogiendo el teléfono para enviarle un mensaje a mi madre, en el que le indico que ni Ciro ni yo iremos mañana a almorzar porque nos ha surgido un imprevisto. «Menudo imprevisto», me lamento, secando la lágrima que ha escapado furtiva de mis ojos hasta estrellarse en la pantalla del móvil, y ha sido tan rápida que ni siquiera ha mojado mi mejilla ni me ha dado tiempo a frenarla; simplemente se ha desplomado desde mis ojos al vacío, «el mismo vacío que he visto en los suyos y ese que siento instalado en mi pecho».

Una vez pensé que, tras la nada, llegaba el todo, pero dudo mucho que haya algún todo ahora esperándome, y mira tú por dónde que la verdadera sorpresa que me tenía reservada la vida era esta y no la otra. Lo que he vivido a su lado, eso... eso, más bien, ha sido una especie de burla o de broma pesada, porque me ha mostrado lo que no voy a tener. «Vaya mierda —concluyo, mordiéndome el labio inferior para frenar el ligero temblor que se ha adueñado de él—. Mi vida era perfecta tal y como era y, si no lo hubiera conocido, ahora estaría pletórica, celebrando mi nuevo cargo, en lugar de estar destrozada, regresando a mi casa con una maleta, donde, todo sea dicho, no habrá nada que combine entre sí», me quejo mientras le abono la carrera al taxista cuando detiene el vehículo frente a la puerta de mi edificio; «donde nadie va a esperarme en el rellano con magdalenas para darme la bienvenida —me machaco, apeándome del coche—, y donde su sonrisa no estará para recibirme».

«Yo creía que lo de Alberto había sido jodido —rememoro, abriendo el portal para encaminarme hacia el ascensor—, cuando lo jodido es esto que estoy viviendo ahora —reconozco mientras el elevador comienza su ascenso—. Ojalá pudiera largarme ahora mismo a París», me digo, arrastrando la maleta hasta la puerta de mi casa. Cuando accedo a ella y mi mirada tropieza con la imagen que me devuelve el reflejo del espejo de la entrada, siento cómo me desmorono, como si todas las emociones que he vivido a lo largo del día, tanto las buenas como las malas, se adueñaran de cada una de mis terminaciones nerviosas hasta arrancarme un llanto desgarrador y desolador que no me permite respirar; un llanto que no cesa, sino que se incrementa con cada uno de los recuerdos que van llegando. «Qué jodida puede ser la mente», me lamento, viendo en mi imaginación esa playa donde, sobre la arena y con conchas, escribió que quería casarse conmigo; viendo el cielo plomizo, el mar del color del acero y ese paisaje pintado de verde testigo de mi respuesta. Puede que ese cielo encapotado fuera un presagio de lo que iba a ocurrir...

* * *

—¿Y por qué no es una pregunta?

—Porque, cuando te la haga, quiero estar seguro de que tu respuesta va a ser un sí y, a pesar de lo que has dicho, todavía no estoy del todo seguro.

—Puede que te equivoques.

—¿Lo dices en serio?

—Prueba.

—¿Quieres casarme conmigo?

—Sí.

* * *

Y sigo queriendo; a pesar de que no tenga ni idea de lo que ha sucedido y a pesar de que lo he dejado, sigo queriendo. Puede que esto le haya venido grande. Puede que París sea un cambio demasiado brusco para él o puede que, sencillamente, se haya burlado un poco de mí y el juego consistiera realmente en que yo me enamorase de él y en conseguir el premio o el trofeo... ese trofeo que dejas de mirar cuando lleva un tiempo en tu casa. «He sido tan tonta y se lo he puesto todo tan fácil...», me recrimino, acostándome en el sofá, en posición fetal, para luego abrazar mis piernas.

Yo, que tras lo de Alberto me prometí centrarme en mi carrera, olvidé mi promesa para dejarme embaucar por sus palabras, que siempre eran las perfectas, como lo era él, solo que no existen los tíos tan perfectos, aunque de entrada lo parezcan.

Yo, que me había casado con mis sueños, incluso llevo una alianza que me une a ellos, permití que la balanza se inclinara hacia su lado e incluso abracé la posibilidad de ser madre. «Por supuesto que en eso consistía su juego, en dejarse claro a sí mismo que podía anillarme, y nunca más voy a ser tan confiada ni a consentir que nadie se burle así de mí, y debo de ser idiota, porque una parte de mí sigue creyendo que hay una justificación para todo esto. Pero ¿qué justificación puede haber?», me pregunto, sin dejar de llorar.

Ojalá pudiera borrar momentos, porque, ahora, los borraría todos y dejaría mi mente a cero; a cero de recuerdos, a cero de vivencias compartidas, a cero de todo lo que me recordara a él. «Maldita sea, ¡hostia! —farfullo mentalmente, oyendo mi llanto desolado—. Ningún hombre se merece que llore así —me riño, sin poder dejar de hacerlo—. Ningún hombre se merece que me sienta tan mal —me reprendo—, solo que no puedo parar, porque mi mente tampoco lo hace y me lleva continuamente a su lado; a nuestras excursiones en moto, a cuando me cantaba la canción esa de + o la otra en la que me decía que yo era su universo. Era imposible que no me enamorase de él, porque lo hizo realmente bien», asumo, aferrando uno de los cojines con fuerza, abrazándolo y recordando nuestros abrazos, que llegaban incluso en la ducha; recuerdo cómo me cobijaba entre sus brazos o cómo hundía su rostro en mi cuello. Fue tan perfecto todo... él era tan perfecto o, al menos, lo parecía.

«Me gusta cuidar a la gente que quiero, y pasar mi tiempo con ella... que sepa que es importante y especial para mí, y mi carrera es algo secundario, porque lo prioritario es mi vida... y tú estás ahora en ella. La pregunta es si tú quieres que yo esté en la tuya, y no se trata de complicarlo todo, sino de simplificarlo. Sí o no, tan simple como eso, porque, cuando eliminas las barreras, los límites o las fronteras, aparece lo inmenso frente a ti...»

«¿Cómo no iba a enamorarme de él?», me planteo de nuevo. Era imposible y, ahora, no sé cómo voy a hacerlo, no sé cómo voy a seguir con mi vida sin él a mi lado; puede que mañana, cuando salga el sol, lo vea todo de forma distinta, pero en este momento, sumida en la oscuridad de la noche, soy incapaz de imaginarlo, porque mi vida era él...

* * *

—También puedo adoptarte a ti si quieres. ¿Qué me dices? ¿Quieres que nos cuidemos? Yo te hago la comida, la cena o lo que quieras y tú me sonríes así todo el tiempo.

—¿Y solo tengo que sonreírte?

—De entrada, luego ya iré pidiéndote más cosas. ¿Qué te parece?, ¿nos adoptamos?

* * *

Y yo me lo creí. «Yo, que nunca he necesitado que me cuiden, me dejé cuidar por él, y, a su lado, me convertí en una guerrera en un jardín —rememoro entre lágrimas—; subí en moto y me convertí en motera; grité y me retorcí entre sus brazos, y sonreí tantas veces que llegué a un punto en el que dejé de contar sonrisas. A su lado dejé de ser la María Eugenia piedra para convertirme en la María Eugenia agua, y a su lado aprendí a vivir el ahora... y ojalá no hubiese vivido nada de eso», lamento, sin poder dejar de llorar.

«No existen las casualidades, pelirroja, y cada persona que se cruza en tu camino lo hace por un motivo.»

Me gustaría saber qué motivo tenía la vida para ponerlo en la mía. «Joderme, ese era el motivo —afirmo, rota—, porque bien que me ha jodido —pienso, soltando un sollozo—, y hoy voy a llorar la vida entera si hace falta, pero mañana no voy a derramar ni una sola lágrima —me prometo—. Hoy voy a llorar todo lo que he vivido a su lado, pero mañana no voy a molestarme en recordarlo —sentencio con dolor, porque, a pesar de mis palabras, sé que hay recuerdos que, aunque te duelan, no quieres dejar de atesorar—, posiblemente porque fuiste muy feliz mientras los viviste —reconozco, incrementando mi llanto—. Hoy voy a llorar todo lo que soñé con él —prosigo, retomando el hilo de mis promesas—, pero mañana mis sueños serán Dior y todo lo que viviré en París, y nunca más, jamás, consentiré que vuelva a inmiscuirse en mi vida. Y voy a cumplir mis promesas y él está fuera a partir de ahora y me importa bien poco lo que haya sucedido», remato, sintiendo cómo, poco a poco, mi cuerpo se rinde ante el cansancio provocado por las emociones.

* * *

Despierto acurrucada en el sofá, con el cuerpo entumecido por el frío, y, como puedo y mientras el sol de un nuevo día despunta en el horizonte, me dirijo a mi habitación para sumergirme otra vez en la oscuridad de los sueños, «posiblemente porque no estoy preparada para enfrentarme a un nuevo día ni tampoco a mis promesas», admito, cubriéndome con la colcha y cerrando los ojos para adentrarme en ellos, en esa inconsciencia relajante en la que te sumerges cuando duermes.

Ojalá pudiera desaparecer del mundo al menos durante unas horas... «y ahora es cuando detendría el mundo si pudiera», oigo su voz a través de mi memoria.

«El mundo, el universo, las estrellas y las nebulosas —añado en esta especie de duermevela predecesora de los sueños—; el azul de la combustión completa», recuerdo antes de dejarme mecer por los brazos de Morfeo.

* * *

El sonido insistente del timbre me arranca de ellos y, aunque una parte de mí no quiere moverse de esta cama durante días e incluso durante semanas, puede que sea algo urgente, debido a la insistencia... «Quizá esté quemándose el edificio o haya sucedido algo grave», me digo, saliendo como puedo de debajo de las sábanas. «¡Y cómo pesa el dolor!», me percato, notando que me falta la energía, porque hasta caminar requiere de todo mi esfuerzo. «Pasará, esto pasará», me animo, yendo hacia la entrada para luego ver a mi hermana a través de la mirilla.

«¿Qué hace aquí?», me pregunto mientras abro la puerta, para, casi al segundo, sentir sus brazos rodear mi cuerpo. «No quería llorar más, me había prometido no hacerlo —recuerdo—, solo que mis lágrimas parecen ir por libre y no están haciéndome demasiado caso», reconozco cuando un sollozo escapa de mi garganta mientras me aferro al cuerpo de Candela, ¡y qué falta me hacia un abrazo! «A la mierda, puedo llorar un día más», me concedo, sintiendo cómo mi cuerpo se sacude con mi llanto.

—Llora todo lo que necesites —oigo que me dice mientras me anclo con fuerza a su abrazo. «Ahora no voy a poder parar», admito, oyendo mi llanto desolado. Maldita sea, cómo me joroba estar así por un tío que ni siquiera se ha molestado en darme una maldita explicación.

—Ya, ya estoy bien —le miento tras unos minutos de llanto incesante, alejándome de su cuerpo para ir en busca de pañuelos, porque llevo mocos por toda la mano. «Soy idiota», me riño, avergonzada, yendo hacia el baño de la entrada para limpiarme y sonarme con fuerza, ¡y malditos mocos y malditas lágrimas y maldito sea él, que me ha puesto en esta situación!

—Te he llamado cuando mamá me ha explicado por teléfono, preocupada, que tenía un mensaje tuyo de anoche en el que le decías que no ibais a ir comer. Tienes cientos de llamadas de mamá y también mías... y, como no lo cogías, me he puesto en contacto con Ciro y me ha dicho... —se detiene, guardando unos segundos de silencio—. ¿Es verdad? —me pregunta con cautela mientras yo evito ver mi aspecto en el espejo.

—¿Qué te ha contado? —inquiero, posando mi mirada en mi hermana, porque prefiero cientos de veces verla a ella y su aspecto desaliñado que verme a mí, aunque verla a ella me lleva a verlo a él, con su pelo revuelto, sus *jeans*, sus sudaderas y sus suéteres, en el mejor de los casos, «así que casi mejor si no miro a nadie», sentencio, saliendo del baño para encaminarme hacia el sofá, donde anoche lloré mi vida entera.

Maldita sea todo. Ojalá pudiera desaparecer del mundo o, en su defecto, largarme hoy mismo a París.

—Que lo habéis dejado —anuncia, prudente, siguiéndome, y sonrío entre lágrimas.

—Y suerte que te ha dicho que lo hemos dejado y no que lo he dejado, eso ya sería la hostia —mascullo con dolor, comprobando la hora en mi reloj de pulsera—. Vaya, qué tarde es —comento, barriendo mis pensamientos cuando llegan para recordarme que, según nuestros antiguos planes, ahora deberíamos estar todos en casa de mis padres, celebrando nuestro compromiso y mi nuevo cargo.

—¿Qué ha pasado? —me plantea, sacándome de mis cavilaciones, y es normal que quiera saberlo como posiblemente sea normal que yo quiera abrir un boquete en el suelo para esconderme en él hasta que deje de dolerme tanto.

«Quiero que sepas que me gustaría saber gestionarlo de

otra forma, pero no sé hacerlo. Si no vas a poder darme ese silencio que te estoy pidiendo, creo que es mejor que nos tomemos un tiempo, y quiero que quede claro que no te estoy dejando y que sigo sintiendo lo mismo por ti, pero necesito estar solo ahora —rememoro sus palabras, destrozada—, y ojalá tuviera una respuesta concreta para darle», me lamento.

—Ha pasado que íbamos a casarnos y que él iba a vivir donde viviera yo, porque su sueño era estar conmigo... o eso es lo que pasaba hasta ayer antes de que me subiera al avión —le cuento con una dureza que me sorprende incluso a mí—. No me preguntes qué sucedió después, porque, cuando llegué a casa, por la noche, lo encontré sentado, a oscuras, en el salón, y su bienvenida fue pedirme espacio y tiempo; luego se largó y, cuando regresó, me dijo que, si no podía darle eso que me estaba pidiendo, era mejor que lo dejáramos, y lo dejé. Siento no tener una respuesta más concreta para darte, porque, en realidad, no tengo ni idea de lo que ha sucedido. ¡Ah, sí! Me dijo que la cosa no iba conmigo... pero, para no ir conmigo, bien jodida que estoy. Esto me pasa por juntarme con quien no debo. ¡¿Cuántas veces te repetí que tenía veintisiete años, hostias?! ¡Dime! ¿Cuántas veces? —le espeto, acompañando mi pregunta con un sollozo desgarrador—. Maldita sea, no sabes cómo me jode llorar así —mascullo, secando mis lágrimas con rabia—. ¿Quieres que te explique lo que creo que ha pasado? —inquiero, yendo hacia la ventana para contemplar, durante unos segundos, la vida siguiendo su curso, completamente ajena a mi drama—. Creo que es muy fácil hablar y soñar con imposibles —empiezo a relatarle, bajando el tono de mi voz mientras las lágrimas corren, veloces, por mis mejillas—, pero, cuando esos imposibles se convierten en una realidad, pueden suceder dos cosas: que te acojones, como me acojoné yo cuando me llamó Toledano, o que te des cuenta de que esos sueños, en realidad, no los deseas tanto, y, sí, sé que también está la opción de que te vuelvas loca de felicidad, pero está claro que esa opción no puede aplicarse a nosotros. No sé si se ha arrepentido o simplemente que, una vez que ha conseguido su objetivo, ha perdido el interés —concluyo, echando garganta abajo todo lo que siento, ¡y cómo duele, hostias!

—Eso no tiene sentido —me rebate, levantándose del sofá para empezar a deambular por el salón mientras la observo sin moverme. «Está empezando a martillearme la cabeza», asumo, masajeándome las sienes—. Si no os hubiera visto juntos, esas opciones podrían encajarme, pero nunca he visto a un tío tan pillado por una mujer como él estaba contigo, ¡pero si vivía por ti! —Y sus palabras liberan, de nuevo, esas lágrimas que estaba comenzando a frenar—. ¿Y si ha sucedido algo? —me pregunta, y esa duda lleva pululando por mi cabeza desde anoche—. ¿Y si te está diciendo la verdad y, en realidad, no tiene que ver contigo? Oye, deberías hablar con él, porque Ciro no es así y lo sabes, y por supuesto que tú no eres ningún trofeo del que pueda cansarse. Piénsalo, no tiene lógica... no puede pedirte que te cases con él un sábado y agobiarse una semana después, y deja la edad a un lado, porque con veintisiete años sabes muy bien lo que quieres —me replica con seriedad—. Hazme caso. Venga, dúchate, arréglate un poco y ve a buscarlo; yo te llevo si quieres, he venido en mi coche... Habla con él, porque algo tan especial como lo vuestro no puede terminar así.

—¿Cómo estaba cuando lo has llamado?

—No lo sé. Creo que lo he despertado. Me ha dicho que lo habíais dejado y me ha colgado —me cuenta, para luego guardar silencio.

—Es que no lo entiendo, es como si fuera otra persona que no conozco de nada y, sinceramente, no sé qué hacer —confieso, sintiéndome completamente pedida—. Cuando sucedió lo de Alberto, me prometí que nunca más iría detrás de nadie y me prometí cosas que luego me cargué cuando lo conocí a él. Puede que tengas razón y que no vaya conmigo, pero estábamos juntos —le digo, recolocando mis sentimientos para poder entenderlos, ¡y cómo duele hablar en pasado!— y, si te sucede algo, no excluyes de tu vida a la persona que está contigo, porque, entonces, ¿qué sentido tiene? Se supone que, cuando quieres, cuando amas a alguien hasta el punto de querer casarte con esa persona, estás tanto para lo bueno como para lo malo —«yo cuido de ti y tú cuidas de mí. Tan fácil como eso», rememoro con pena—. Nosotros íbamos a cuidarnos, pero, si es verdad y no tiene que ver conmigo, me ha excluido; no ha dejado que lo cuide o que me implique en su vida, y no sé si quiero estar con una persona que actúa así frente al dolor, porque la vida no está exenta de él y hoy puede suceder esto, que no me incumbe, pero mañana puede suceder algo que nos incumba a ambos, y no quiero a mi lado a una pareja que me aparte y se recluya en su vida y en su sufrimiento.

—Cada uno se enfrenta como sabe o como puede al dolor, puede que ni siquiera sepa cómo hacer frente a lo que siente o a lo que le está ocurriendo y ahora sea cuando más te necesite a su lado —me dice, consiguiendo que me sienta mal conmigo misma.

—¿Y si no le sucede nada y simplemente lo ha pensado mejor? —le rebato, y es como si tuviésemos esparcidas, frente a nosotras y desordenadas, las piezas de un puzle inmenso sin una fotografía que nos indique los pasos que se deben seguir—. Estás dando por hecho algo que ni siquiera sabes; puede que no le pase nada y sencillamente haya decidido contarme esa milonga para dejarme.

—Y, por lo que dices, tú tampoco sabes más que yo. Si no le sucede nada, lo mandas a la mierda y sigues con tu vida, pero, si le sucede algo, al menos debería saber que puede contar contigo. Venga, cámbiate, yo te llevo —insiste, y por supuesto que las cosas se ven de forma distinta con la luz del día. «Puede que me precipitara anoche», asumo, llenando mis pulmones con una fuerte inspiración.

—Está bien, dame unos minutos.

«Tal vez tenga razón o tal vez no, pero, si vamos a romper, al menos que haya una justificación de por medio», concluyo, encaminando mis pasos hacia al baño para darme una ducha y despertar mi cuerpo, entumecido por el dolor.

Me visto como mejor puedo, dado el desastre de maleta que me hice anoche, para, luego, maquillarme a conciencia, intentando arreglar, en la medida de lo posible, las huellas que las lágrimas y las emociones han dejado en mi rostro. «Esto es lo máximo que puedo conseguir —me conformo, observando el resultado final en el espejo—. Mejor esto a lo de antes —me reafirmo, mordiéndome la cara interna de una mejilla—. Estoy nerviosa —reconozco, inspirando profundamente—. Puede que anoche malinterpretara las cosas y me precipitara, o no, pero lo que está claro es que yo tampoco estuve muy acertada, porque hui cuando tendría que haberme quedado a su lado y ofrecerle lo que estaba pidiéndome, silencio.»

«Puedo ser muy obtusa... —admito, sintiendo cómo la esperanza se cuela discretamente en mi interior—, porque mi hermana tiene razón y él no es así, ni yo soy ningún trofeo, y, posiblemente, él no fue el único en gestionarlo mal», prosigo, encaminando mis pasos hacia el salón, en busca de Candela.

Capítulo 2

Ciro

La veo dirigirse hacia la puerta, desolada, arrastrando esa pequeña maleta, y una minúscula parte de mí despierta. Debería detenerla, debería impedir que se fuera, hacer algo que la retuviera a mi lado, pero es mejor así, «es mejor que se marche y viva su vida alejada de la mía —asumo, sintiendo cómo el dolor se intensifica con cada paso que va dando—, y con qué facilidad estoy perdiendo algo que me ha costado tanto conseguir —me lamento, apretando la mandíbula y los labios—, porque no voy a decir nada que la retenga a mi lado y porque esto es lo mejor para mí ahora, para los dos en realidad, por mucho que me duela o le duela», sentencio, inspirando profundamente y bajando la mirada hasta el suelo, porque no puedo ver cómo se marcha.

«Necesito estar solo, no quiero a nadie en mi vida ahora, por mucho que mi vida sea ella; además, mi vida ya se ha jodido, así que... ¿qué más dará que se joda aún más?», gruño con dureza, cerrando los ojos cuando oigo la puerta cerrarse.

«Ya está, ya se ha ido, y es lo mejor para los dos», me digo, cerrando los puños con fuerza, tensando todo mi cuerpo y clavando los talones en el suelo para no ir tras ella, por mucho que lo desee.

«Déjala, tío, deja que se marche —me instigo, clavándome

las uñas en la piel, sintiendo cómo las lágrimas llegan para inundar mis ojos—. Si ella me hubiera pedido silencio, yo tampoco se lo hubiera dado —reconozco, sin moverme de mi sitio—. Sé que estoy incumpliendo nuestro trato de cuidarnos y que lo he jodido todo, pero no le he mentido cuando le he dicho que no sé gestionarlo de otra forma, porque, ¿cómo se gestiona algo así? ¿Cómo aceptas algo así? ¿Cómo sigues con tu vida cuando sabes que está a punto de romperse? —me pregunto, cubriendo mis ojos con ambas manos para llorar como un niño—. Y, ¡joder!, es mejor que se haya ido —me digo sin poder dejar de llorar, acojonado por todo lo que me viene ahora—, y ni siquiera puedo pensarlo, ni siquiera puedo asumir esas palabras, y necesito emborracharme para poder olvidar toda esta mierda, al menos durante unas horas; necesito algo que me anestesie y adormezca mi mente y este puto dolor —decido, yendo hacia el botellero, donde sigue el dibujo de su flor, y me obligo a no cogerlo ni a mirar las fotografías situadas a su lado, las fotografías de las personas más importantes de mi vida—... entre las que hay una suya —sentencio, apretando la mandíbula—. Necesito algo bien fuerte», concluyo, cogiendo la botella de tequila para, seguidamente, abrirla y darle un largo trago mientras los recuerdos llegan para joderme más...

«Nunca me habían hecho un dibujo», le confesé, y nunca he querido, ni querré a nadie, como la quiero a ella, admito, dándole otro trago, que me quema como me está quemando todo esto que estoy sintiendo. «Hombre, una sonrisa. ¿Ya no estás cabreada?», añadí... y espero emborracharme pronto, porque no puedo con todo esto, reconozco yendo hasta el sofá, para sentarme donde estaba ella, y donde antes estaba yo.

«Solo quiero cuidar de ti; pónmelo fácil, ¿vale?», recuerdo que le pedí mientras me llevo de nuevo la botella a los labios.

Yo no he permitido que cuide de mí ni tampoco se lo he puesto fácil. «Debo de ser el tío más hipócrita del planeta —me recrimino, cerrando los ojos, deseando dejar de acordarme de todo eso de una maldita vez—. Me ha dejado, y es lo mejor que podía hacer. Y va a costarme la hostia estar lejos de ella, pero es mejor así. Puede que dentro de un tiempo todo esto cambie, pero ahora, ahora... es mejor así», me repito, levantándome para ir hacia su vestidor; cuanto antes termine con todo esto, mejor.

* * *

Siento cómo el olor a café recién hecho se cuela a través de mis fosas nasales, «y joder con mis sueños, porque son cojonudamente reales», pienso, entreabriendo los ojos y cerrándolos de nuevo cuando noto cómo la claridad de un nuevo día me da un puñetazo en la cabeza. «Menuda mierda cogí anoche», convengo, cubriéndome los ojos con las manos.

—¿Quieres un paracetamol? —Y, con su pregunta y su voz, siento cómo todo dentro de mí se contrae para joderme más. «No me fastidies que ha vuelto», me digo, soltando un gruñido.

—¿Qué haces aquí? —siseo entre dientes, «y, por favor, que se largue de una vez, porque no me veo capaz de pasar de nuevo por lo que pasé ayer y encima con esta resaca de la leche».

—¿Por qué no te das una ducha y te despejas antes de nada? —replica con voz pausada y, a pesar de que sigo con los ojos cerrados, intuyo que se ha sentado en la pequeña mesa de centro que tengo frente a mí.

—Vete, coge tus cosas y vete —le exijo, sin molestarme en mirarla, incorporándome como puedo, y esto sería mucho más fácil si la cabeza no estuviera a punto de estallarme.

—No voy a irme, al menos no hasta que hablemos... Ciro, por favor —me pide, alargando una mano para posarla sobre mi rodilla, y no es solo un ruego, es todo lo que está sintiendo, tan parecido a lo que estoy sintiendo yo—. Si no quieres hablar, pues no hablemos, pero no me apartes de tu lado. Oye, no sé qué ha sucedido, pero quiero estar contigo, quiero cuidar de ti y quiero...

—¡No quiero que cuides de mí ni tampoco que estés a mi lado! ¿Por qué coño no puedes entenderlo? —la corto, alzando la voz, y es una pregunta que ha salido sola, arrastrada hacia arriba por todo mi dolor y toda mi frustración, y es la jodida verdad, no la quiero a mi lado ahora, «ni ahora ni luego», reconozco, apoyando los antebrazos en mis piernas para seguidamente hundir los dedos en mi pelo—. Sé que no lo comprendes, pero, créeme, es lo mejor para los dos... —mascullo, echando de menos el calor de su mano sobre mi rodilla, recordando a gran velocidad cómo la ha retirado cuando le he levantado la voz. No se merece que le hable así, en realidad no se merece nada de todo esto—. Sé que lo has conseguido —le confieso, alzando la mirada para encontrarme con la suya, y si yo creía que hasta ahora había sido duro era porque no había visto esto; el dolor más auténtico, ese que te rasga por dentro, instalado en su mirada; ese dolor que es tan similar al que estoy sintiendo yo—. Y quiero disculparme de nuevo por lo de anoche; te merecías, te mereces, celebrarlo de otra forma y no como lo has celebrado hasta ahora —añado, sosteniéndole la mirada para luego unirme a su silencio, y, en cierto modo, ahora también hemos detenido nuestro mundo.

—¿Cómo sabes que lo he conseguido? —inquiere, y apenas ha sido un susurro. Podría decirle que porque la conozco y sé que es jodidamente buena en su curro o porque le brillaban los ojos cuando se acercó a mí, a pesar de mi bienvenida, pero no lo hago y me limito a negar con la cabeza, rehuyendo su mirada—. Me dijiste que no imaginabas tu vida sin mí —me recuerda con voz quebrada ante mi mutismo—, y que me querías como nunca habías querido a nadie. ¿Ya no me quieres? ¿Tienes esa facilidad para querer hoy y dejar de querer mañana? —me plantea, empezando a llorar—. Me pediste que me casara contigo y te contesté que sí —añade ante mi silencio, «y no puedo enfrentarme a esto», reconozco bajando la vista al suelo.

«No puedo. No puedo verla llorar, y menos sabiendo que es por culpa mía. Maldita sea, estoy haciéndole daño a una de las personas que más quiero en mi vida», asumo, envolviendo mi puño con mi otra mano para estarme quieto, para no levantarme y cogerla en brazos, para no besarla y para no hacer nada de lo que luego me arrepentiría, porque esto es lo mejor, cortar por lo sano, sin dar esperanzas de ningún tipo. *Esperanzas*, qué puta palabra.

—Aunque no lo creas, esto es lo mejor para ti —le aseguro,

apretando la mandíbula, porque si de algo estoy seguro, de entre toda esta mierda, es de que, cuando yo me derrumbe, que lo haré, no la quiero a mi lado para arrastrarla conmigo. Yo quiero verla despuntando en Dior, la quiero viviendo en París, haciendo lo que más le gusta, y no viviendo lo que yo voy a vivir.

—¿Y puedo saber por qué? —me pregunta con un hilo de voz.

—Anoche te preparé una maleta; iba la hostia de borracho y ni siquiera sé cómo te guardé la ropa, pero es la de temporada, así que, al menos, vas a poder vestirte unos cuantos días —le cuento con frialdad, y es tremendamente fácil hablar así cuando no queda nada bueno en pie dentro de ti—. Cuando vengas a por el resto de tus cosas, intenta hacerlo cuando yo no esté en casa. Conoces mis horarios, así que supongo que no habrá problema. Voy a ducharme; cuando salga, no te quiero aquí —gruño con dureza, levantándome para dirigirme al baño.

Y, por muchos años que pasen, dudo que pueda olvidar esto; el día que me cargué lo que más me importaba.

Capítulo 3

María Eugenia

Lo escucho sin poder reaccionar. Lo miro sin poder articular palabra. «Ni siquiera puedo moverme o pestañear —asumo mientras él abandona el salón y las lágrimas ruedan por mis mejillas sin control, mojando el cristal de mis gafas—, y está claro que las lentillas son siempre la opción más práctica... y es curioso cómo la mente busca su vía de escape ante el sufrimiento», pienso, con el cuerpo totalmente estático.

«Muévete, vete —me ordeno, aferrando el borde de la mesa—. Te ha dicho que no quiere verte cuando salga de la ducha, ¿qué más necesitas para salir de aquí?», me riño, viéndolo todo borroso mientras sus palabras se reproducen una y otra vez en mi cabeza, y un peso, extremadamente denso, se instala en mi pecho hasta impedirme respirar.

«Concéntrate solo en mi respiración y en intentar seguirla con la tuya; no pienses en nada, cierra los ojos y solo respira... venga, inspira, espira. Otra vez, inspira... espira», recuerdo, imaginándolo detrás de mí, con su pecho pegado a mi espalda y sus manos cubriendo las mías... «y eso fue ayer, fue ayer, fue ayer...», me repito, sin poder creer lo que estoy viviendo hoy. «Ayer me quería y hoy me está pidiendo que me marche, y ni siquiera necesito ya una explicación, porque nada podrá justificar nunca esto», me digo, obligándome a poner mi cuerpo en movimiento para, luego, encaminar mis pasos hacia el vestidor, donde, en un lateral, está esa maleta de la que me ha hablado. «Podría mandarlo a la mierda y preparar mi equipaje ahora mismo para no tener que regresar, pero es que no puedo, no puedo... no puedo dejar de llorar, no puedo pensar, no puedo reaccionar, solo estoy moviéndome por inercia, haciendo lo que me dicen, lo que me dice él», reconozco, agarrando la maleta para luego dirigirme hacia la puerta.

«Nunca me he sentido tan perdida como me siento ahora —admito, accediendo al ascensor—. He dejado de llorar en algún instante —me percato, saliendo del elevador para, como una autómata, salir también de su edificio y de su vida, para después echar a andar calle abajo, sin rumbo alguno—. Puede que haya entrado en alguna especie de locura transitoria, porque sigo sin poder pestañear y mucho menos pensar; solo puedo caminar arrastrando esta maleta que él me preparó ayer y en la que, en cierta forma, arrastro esos sueños que nunca se harán realidad.»

—Perdone, señora, ¿está bien? —me pregunta alguien, aferrándome por el brazo, y me vuelvo para mirarlo, despertando de esta especie de ensoñación en la que me hallo sumida y en la que mi mente solo funciona para hacer que me detenga cuando el semáforo está en rojo o cuando corro riesgo de atropello, «y ni siquiera sé dónde estoy», caigo en la cuenta, viendo sin ver a la persona que se ha preocupado por mí.

—Sí, claro. Gracias —musito, zafándome de su agarre para echar a andar de nuevo, «y ni siquiera sé dónde estoy, y creo que esto ya lo he pensado antes», me percato, empezando a asustarme porque no puedo coordinar mis pensamientos, asumo, deteniéndome.

Y en algún momento, dentro de este estado hipnótico en el que me encuentro, soy capaz de detener un taxi y darle la dirección de mi casa.

* * *

—María Eugenia, despierta. María Eugenia, venga, tía, abre los ojos —me llega, distorsionada, la voz de Candela, y, como puedo, hago lo que me pide—. ¿Puedes decirme qué es esto? —me pregunta, asustada, cogiendo el blíster de pastillas tranquilizantes que hay sobre la mesita de noche, y cierro los ojos de nuevo para sumergirme en mis sueños, donde él todavía está presente—. Tía, por favor, mírame... ¿Quieres que llame a mamá o a un médico o yo qué sé? —suelta, aferrándome de los hombros para moverme y que abra los ojos—. Dime cómo puedo ayudarte... Por favor, abre los ojos. —Y me siento fatal por el tono angustiado que está empleando, pero no puedo hablar, no puedo reaccionar y mucho menos pensar—. Si no me dices algo, voy a llamar a un médico —me advierte, esta vez con voz firme.

—No. —Y pronunciar esa sola palabra me ha costado un esfuerzo sobrehumano, porque tengo la mente embotada, como si todas mis neuronas hubieran muerto o estuvieran congeladas a la espera de algo.

—Santi... sí, está en casa —oigo que dice mientras yo, con los ojos cerrados, me obligo a centrarme en el sonido de su voz—, pero tiene la mirada perdida y se había tomado pastillas de esas tranquilizantes, y está pálida y estoy asustada. ¿Qué hago? ¿Llamo a un médico...? Vale... ¿Seguro?... Sí... sí... lo tengo claro... Voy... María Eugenia, quiero que abras los ojos. Hazlo, abre los ojos y mírame —oigo su voz firme y hago lo que me pide, comprobando que sigue al teléfono—. Quiero que te sientes y que me digas la edad que tienes.

—Treinta y nueve —musito, asustándome, porque me está costando horrores poner la mente en orden y contestar cuestiones tan simples como esta.

—¿A qué te dedicas?

—Soy diseñadora —le digo, mirándola fijamente, aferrando la colcha con los dedos, concentrándome en sus preguntas y en mis respuestas.

—¿Dónde trabajas?

—En D'Elkann —le confirmo y, con cada respuesta que voy dando, mi cerebro va despertando, o puede que sea yo la que va haciéndolo.

—¿Cómo se llama el padre de mi hijo?

—Esa pregunta tiene trampa —musito, arrancándole un sollozo, supongo que de puro alivio.

—Cuelgo, gracias. —Y, cuando deja el móvil y me abraza, es mi sollozo desgarrador el que se cuela a través de mi garganta.

—Lo siento mucho, siento haber insistido para que fueras a su casa, de verdad, lo siento mucho —me dice mientras solo puedo llorar entre sus brazos, y es increíble la capacidad que tiene nuestro cuerpo para generar lágrimas a la misma velocidad con la que vamos liberándolas.

—¿Qué hora es? —le planteo cuando consigo frenarlas, percatándome de que sigue siendo de noche.

—Hora de dormir. No podía acostarme sin saber si estabas bien, y no cogías el teléfono y a él no quería llamarlo y, en serio, ya sabes que no me gusta entrar en tu casa sin tu permiso, pero nunca daré gracias tantas veces seguidas a Dios por tener una llave de tu casa en la mía. Tía, ¿desde cuándo tomas pastillas? ¿Eres idiota? He pensado... Ay, déjalo, ven aquí —me pide, para abrazarme con fuerza—. Si tú no lo has mandado a la mierda, lo haré yo, te lo aseguro —sentencia mientras me limito a llorar de nuevo y ¡maldita sea con todo!—. Shhhh, tranquila. Voy a quedarme este noche contigo. Venga, deja de llorar y duérmete, ¿vale? Mañana estarás mejor, ya lo verás. Vamos, duérmete —me pide, ayudándome a recostarme de nuevo, y cierro los ojos, sintiendo cómo las lágrimas siguen fluyendo a pesar de tenerlos cerrados.

* * *

Despierto cuando oigo ruidos provenientes del vestidor. «Mi hermana ha dormido conmigo —recuerdo—, y puedo pensar con claridad de nuevo —me percato, sentándome y rememorando la sensación de bloqueo que ayer se adueñó de mi mente, tanto que, incluso ahora, noto que me faltan algunos fragmentos—... solo que son los que no importan, porque los momentos que duelen, los que realmente me importan, siguen estando ahí, y no puedo creerlo», me lamento, cubriéndome el rostro con ambas manos, permitiendo a esos recuerdos llegar para humedecer mis ojos.

Recuerdo que llegué a casa, dejé la maleta en la entrada y, como un robot, me dirigí hacia el tocador. Recuerdo que abrí el cajón y saqué el dibujo de la flor, porque necesitaba leer de nuevo ese «Ya te echo de menos, pelirroja», y luego empecé a llorar... primero fueron solo unas lágrimas y más tarde... «más tarde creo que me volví loca o algo parecido, porque me temblaba todo el cuerpo y quería pedir ayuda, pero me ahogaba —rememoro, sintiendo cómo las lágrimas regresan—, y me tomé dos o tres pastillas para poder parar —reconozco, sintiendo la garganta de nuevo cerrada—. Ya está bien. Ya está bien de todo —me reprendo, llenando mis pulmones con una profunda inspiración, porque me da pavor recordar más y que vuelva a sucederme lo de ayer—. Nadie se merece esto —me digo, frenando mis lágrimas—. Y debería haber seguido mi instinto y no haber ido a su casa», me recrimino, obligándome a salir de la cama para ir en busca de Candela, solo que, antes de hacerlo, cojo la concha y ese dibujo para guardarlo en ese cajón que no voy a abrir más...

* * *

—Te debía un dibujo.

—Entonces, yo te debo una flor.

—Con que digas que sí, me vale.

* * *

«Ya está bien —me ordeno de nuevo, barriendo su voz y la mía—. Ya es suficiente —insisto, sintiendo cómo las lágrimas vuelven a rodar por mis mejillas—. Ya he rebasado el cupo de lágrimas y de dolor destinados a una sola persona —me digo con tristeza, cerrando el cajón—. Debería tirarlo todo», prosigo mentalmente, dirigiéndome hacia el vestidor, en busca de Candela, y dejando el recuerdo de nuestras palabras encerrado en ese pequeño espacio que, de antemano y a pesar de mis promesas, sé que volveré a abrir infinidad de veces. Infinidad. Infinito. Su mirada. Mi universo. Él, y mi vida rota.

—¿Qué haces? —le pregunto a mi hermana, a pesar de que es algo obvio; está planchando la ropa que él guardo de cualquier manera, y qué mal tiene que haberme visto para ponerse a planchar, ella, que nunca plancha la suya.

—¿Cómo te encuentras? —me formula, acercándose a mí para inspeccionar mi rostro de cerca, tal y como haría nuestra madre—. Ayer tenías la mirada desenfocada y me diste un susto de muerte; dime que estás bien, por favor.

—Lo estoy, dentro de lo cabe, y tú estás planchando, ¡ver para creer!

—Eso mismo digo yo, y no quiero que me hables nunca más de ese tío —y ha pasado de ser su cuñado favorito a ser «ese tío»—, pero necesito saber cuántas pastillas te tomaste anoche y por qué. ¡No me jodas, tía!

—Oye, no va por ahí el tema: nunca me dañaría por nadie, ni siquiera por él —le aseguro, sintiendo cómo la garganta se me cierra de manera fulminante, e inspiro con fuerza—. Solo quería tranquilizarme y dormir, pero no recuerdo cuántas me tomé —le confieso, visualizando cómo me temblaban las manos, tanto que ni siquiera podía llevarme el vaso a los labios—. Nunca antes había estado así y nunca voy a volver a estarlo, te lo prometo. —Y es una promesa que le estoy haciendo a ella, pero que también me estoy haciendo a mí—. No quiero que vuelvas a hablarme de él, jamás, ni para bien ni para mal. Nunca en mi vida quiero volver a oír ese nombre —le pido, convencida, sintiendo cómo el dolor se adueña de cada una de las células de mi cuerpo hasta hacerlas suyas.

—Te lo prometo —responde, abrazándome con fuerza—. Tía, qué susto me diste, un poco más y me matas —prosigue, consiguiendo que sonría. «Una sonrisa», cuento mentalmente, «y, no, no vayas por ahí», me advierto, borrándola en el acto—. Y, hablando de promesas, tienes que prometerme que vas a llamar a mamá; mira mi móvil y apiádate de mí —me pide, tendiéndomelo, y veo las once llamadas perdidas que tiene.

—Qué barbaridad.

—Y estas son solo las de hoy, a las que hay que añadir las de ayer más las que tendrás tú. Tía, ¡no puedo más! Haz el favor de dar señales de vida de una vez, porque está a punto de volverse loca y... ¡mira!, ¡ya la tienes aquí! —me dice cuando suena el timbre de la puerta—. Suerte que ahora ya enfocas la mirada —comenta, saliendo a toda prisa del vestidor.

«Solo me falta mi madre ahora», me lamento, yendo hacia el baño para lavarme, al menos la cara.

—¿Dónde está? —oigo la voz de mi progenitora, y ahora es cuando cavaría el hoyo en el suelo para desaparecer.

—Estoy aquí, mamá —le anuncio, accediendo al salón—. No me he muerto, sigo viva. ¿A qué viene tanto alboroto? Y no me grites, que me duele la cabeza —le pido, sintiendo el martilleo constante en la parte derecha, cerca de la sien.

—Pues perdóneme usted por preocuparme de mi hija. Fíjate que cara llevas —me replica, preocupada, acercándose a mí para darme un beso—. ¿Puedo saber qué ha pasado? Porque ibais a venir a comer para celebrar lo de Dior, luego lo anulas a las tantas de la noche y después dejas de contestar mis llamadas. ¿Qué ha ocurrido, hija? ¿Acaso habéis discutido Ciro y tú? ¿Es eso? ¿O es que ya no vas a trabajar en Dior? Ay, cariño, estaba tan preocupada por ti... —añade para luego darme un abrazo, y, después de lo de ayer, lo último que me apetece es hablar de lo que me sucede.

—Mamá, Ciro y ella lo han dejado y no es el momento de preguntar —le cuenta mi hermana por mí, y mi madre se despega de mi cuerpo para mirarme fijamente a los ojos, ¡por Dios!

—¿Quieres dejar de mirarme así? —le pido, obligándome a mantenerme inexpresiva.

—¿Qué ha pasado? —Y me encanta el caso que hace.

—Mamá... —le advierte Candela.

—Mamá, ¿qué? —le rebate a mi hermana, para a continuación volverse de nuevo hacia mí—. Soy tu madre y sabes que puedes contármelo todo, ¿verdad?, hasta las cosas de la cama si es necesario. —Y en otro momento me reiría y le soltaría cualquier comentario, solo que no estoy para eso ahora—. Venga, ¡di! Hablar te ayudará, ya verás. ¿Cómo que lo habéis dejado con lo bien que estabais? ¿Y cómo estás, hija? ¿Quieres que me venga a vivir contigo? —Y solo me faltaría eso.

—Joder, mamá —mascullo, zafándome de sus brazos.

—¡No me seas malhablada! —me reprende, «y más me vale contestarle o no va a dejarme en paz», asumo con una fuerte inspiración.

—Podría decir que lo hemos dejado, pero, en realidad, me

ha dejado él a mí, y lo más gracioso es que no sé por qué, así que no puedo contestarte. Si deseas verme bien, no quiero que me preguntes más por él, ni siquiera quiero que me lo menciones, y, no, no quiero que vengas a vivir conmigo, solo necesito tiempo. —«Y mira tú por dónde que es exactamente eso lo que él me pidió a mí», pienso con rapidez, y me afano en barrer ese pensamiento.

—Vaya por Dios, qué lástima —musita, afligida, porque sé que lo quería, y sí que lo hizo bien, porque me ganó a mí y se ganó a toda mi familia, incluso a Gabriel, con lo pequeño que es—. Menudo disgusto va a llevarse tu padre cuando se entere —prosigue, sentándose en el sofá, y la imito, pero en la silla.

«Para disgusto, el que tengo yo», suelto mentalmente, omitiendo decir nada.

—¿Queréis que haga café? —nos pregunta mi hermana, y me encojo de hombros—. Hago café —sentencia, yendo hacia la cocina.

—Pues suerte que no me ha abierto la puerta, porque, antes de venir aquí, he ido a su casa —me cuenta, y me cubro el rostro con ambas manos, ¡maldita sea!—. ¡Si es que no me contáis nunca nada! Tú figúrate si llega a abrirme y me planto ahí como si nada. Si es que la intuición de una madre nunca falla, ya sabía yo que pasaba algo; no me cogías el teléfono, no me lo cogía tu hermana, Santi no sabía nada, ¡anda que no...! Ay, hija, ¡qué pena!, con lo buen chico que era, porque mira que era majo —parlotea sin cesar, «y está claro que mi madre no debe entender nada cuando le hablan», farfullo mentalmente, armándome de paciencia. «Al menos no estoy llorando ni volviéndome loca», me consuelo con tristeza—, aunque nunca se sabe e igual luego se arrepiente y viene a buscarte —prosigue. «Pues que espere sentado si eso sucede», pienso con frialdad, y mejor esto a lo de ayer—. Tu padre también me dejó y luego bien que vino arrastrándose, pero yo me hice de rogar y, cuando él llegaba a la pista Jardín, que es donde íbamos a bailar, yo me escondía para que no me viera o bailaba con otros, solo para ponerlo celoso... Si es que antes no era como ahora y tu padre se fue con una que se dejaba tocar —me confiesa mientras yo no doy crédito—... y, cuando se cansó de tocar, vino a buscarme. ¡Qué distinto era todo entonces! —concluye, negando con la cabeza—. Tu hermana vive con Santi sin estar casados, igual que hacías tú con él, y tu padre no me tocó ni un pelo hasta que no pasamos por el altar —continúa su verborrea mientras alucino con la facilidad con la que pasa de un tema a otro.

* * *

—Te equivocas, es muy práctico. Piénsalo: yo te haría el desayuno, en silencio, y tú, también en silencio, contestarías tus mails, dibujarías o lo que quisieras.

—En silencio —remarqué con una sonrisa.

—Solo la primera media hora, luego ya te dejo parlotear todo lo que quieras...

* * *

—Voy al baño —musito con un hilo de voz, sintiendo cómo el dolor cerca mi garganta, impidiendo el paso del aire.

No le doy más vueltas, y no porque no pueda, sino porque no quiero, y, con las manos apoyadas en la encimera de mármol, me obligo a inspirar y espirar, me obligo a no imaginarlo detrás de mí mientras sigo su respiración y me obligo a seleccionar recuerdos, unos que me llevan a París y a esa mítica escalera por la que subiré y bajaré dentro de unos meses, a esas puertas blancas, a tono con las paredes, a esos cuadros, con marco negro, que colgaban de ellas, a esas conversaciones a media voz, a la fina llovizna que me recibió. «Sí, debo centrarme en esto y la balanza va a inclinarse siempre hacia este lado. París, sus calles, Dior, sus estancias... en eso debo pensar y solo en eso, ¡y no me he puesto en contacto con Elkann para contárselo! —me riño—, y estará esperando mi llamada y tenemos que ponernos cuanto antes con el tema de mi sustituta y...»

—María Eugenia, ¿va todo bien? —oigo la voz de Candela a través de la puerta, y me vuelvo para abrirla.

—Mamá me estaba volviendo loca —le confieso en voz baja cuando accede al baño—. La quiero un montón, te lo juro, pero...

—Es muy cansina. ¿Te imaginas que se viniera a vivir contigo? —me pregunta, soltando una carcajada que amortigua con una mano, y tuerzo el gesto. Vamos, que eso sería lo que me faltaría.

—¿Qué estáis haciendo? ¡Venga!, ¡que se enfría el café!

—Espabila o vendrá a buscarnos —me dice mi hermana entre risas.

«El chocolate está más bueno si lo tomas caliente», rememoro de repente mientras sigo a Candela hasta el salón. «Y no sé a qué viene recordar estas cosas ahora —me riño, imaginando una mano en torno a mi garganta, oprimiendo cada vez más—, y puede que me cueste la vida, pero, algún día, esta mano dejará de oprimir y algún día dejará de dolerme, como dejó de dolerme lo de Alberto», sentencio, apretando mis labios.

* * *

«Al final hasta me vendrá bien que haya venido mi madre —reconozco un poco más tarde—, porque, con su charla incesante, está alejando mis lágrimas y, ligeramente, su recuerdo.»

—Ya haces mejor cara que cuando he llegado —comenta, acunando mis mejillas con sus manos para luego darme un beso que son muchos besos juntos, y sonrío, posando mis manos sobre las suyas, porque es verdad y es muy cansina, pero la quiero un montón—. Mañana te vienes a almorzar a casa, nada de hacerlo en el trabajo; a ver si ahora, con el disgusto, me dejas de comer.

—Mamá, solo tengo una hora.

—Tú no te preocupes, que yo tendré la comida hecha y tú solo tendrás que dar cuenta de ella; además, en metro llegas en dos minutos.

—Tu hija no coge el metro, no sea que se estrelle y no pueda ir a París —se burla mi hermana entre risas.

—Anda, que menudas pintas llevas —me meto con ella.

—Mira quién fue a hablar —me rebate, dándome un abrazo.

—Te quiero —declaro en voz baja, aferrándome a su abrazo.

—Y yo, tonta. ¿Quieres que cenemos juntas? —me propone, preocupada.

—Tienes un hijo y una pareja que te estarán echando de menos; no hace falta, de verdad, estoy bien —le respondo, esbozando una sonrisa que no es de verdad, sino una pequeña mentira para que vaya tranquila.

—¿Qué vas a hacer? —me pregunta, no demasiado convencida.

—Trabajar; te aseguro que de eso no me falta. Venga, marchaos, que estoy bien —les miento mientras las acompaño hasta la puerta.

—Llámame para lo que sea —me pide mi hermana.

—Y, a mí, también —interviene mi madre, «y, en realidad, no voy a llamar a nadie, porque necesito estar sola», asumo, esperando, apoyada en el marco de la puerta, a que accedan al ascensor.

Y ahora, en mi casa y con la cabeza ya en orden, me avergüenza la reacción que tuve ayer. «Solo espero que nadie me reconociera —me digo, cayendo en la cuenta de repente, porque, vamos a ver, no es que yo sea Julia Roberts, pero tampoco soy una persona anónima y ayer estuve deambulando por las calles de Madrid arrastrando una maleta, con la mirada completamente ida, durante horas—. Me cago en la hostia —me lamento, sintiendo cómo el calor, proveniente de la vergüenza y de las posibles consecuencias, cubre mi rostro—. Creo que me volví loca —reflexiono, yendo hasta el sofá y subiendo de inmediato los pies a él, para abrazar mis piernas—. Y estar a su lado era tan sencillo como hacer esto...», pienso mientras las lágrimas comienzan a fluir, silenciosas, y no es el llanto desgarrado de ayer, sino el llanto sosegado de esa pérdida que empieza a estar aceptada...

* * *

—Eso es conformismo —musité.

—Te equivocas. Si yo me conformase, tú no estarías aquí sentada, pero, si después de luchar por ti, no lo hubiese conseguido, lo hubiera aceptado y hubiera seguido con mi vida. Hay una diferencia abismal entre conformismo y aceptación...

* * *

«Yo no me conformé y fui a buscarlo a su casa —me digo, con la mirada fija en la pared de enfrente, sin verla realmente—, y no conseguí nada, solo sufrir más, así que ahora solo me queda la aceptación y aprender a vivir sin él... y debería ser fácil, porque llevaba treinta y ocho años haciéndolo, solo que este último año ha sido tan maravilloso que vale por treinta y ocho años más —reconozco, sin poder dejar de llorar—. Qué bien lo hizo. Y ni siquiera sé quién ha ganado el juego —gimoteo, levantándome del sofá para dirigirme hacia mi habitación—, ni en qué consistía realmente. Puede que se lo estuviera inventando sobre la marcha —medito, abriendo el cajón para sacar esa pequeña concha que debería tirar—. Qué tonta fui en todo —me lamento, acariciándola con el pulgar—. Qué tonta fui al seguirle el juego, preguntándole constantemente en qué consistía. Tonta... Qué tonta fuiste al creer sus palabras, al mudarte tan fácilmente a su casa y al dejarte embaucar por él... con lo lista que te crees que eres y mira cómo te han tomado el pelo...»

«No tengo un anillo porque te aseguro que esto no estaba planeado, pero tengo esta concha que puede valernos, al menos, de momento...», me llega su voz.

«Y ya no tiene importancia, pero al menos me gustaría saber por qué me ha dejado y qué ha pasado en su vida para que joda la mía de esta forma —pienso, sintiendo cómo las lágrimas llegan hasta mi cuello para luego perderse entre mis pechos—. Nadie me ha tocado como él, ni me ha mirado como me miraba él, ni me ha hecho sentir como me hacía sentir él —admito, sin dejar de acariciar la concha, incapaz todavía de creerlo—. Debería tirarla, deshacerme de ella... y fue aquí, en mi casa, donde estuvimos juntos por primera vez —rememoro, dirigiendo mis pasos de nuevo hacia el sofá—. Debería dejar de recordar estas cosas, porque no me hacen ningún bien —concluyo, subiendo los pies para abrazar mis piernas—. Y me trajo el desayuno con un tulipán que yo le dibujé después y que él enmarcó. Sí, qué bien lo hizo todo.»

* * *

—... me parece que vamos a empezar a jugar, no al juego que deseo, pero sí al previo.

—¿De qué juego previo hablas?

—El de derrotar a la reina para que caiga en mis brazos.

* * *

Para luego dejarla caer, y no sé por qué vuelvo al tema del juego una y otra vez, porque... «qué más dará», me digo, hecha un mar de lágrimas, y soy tan necia, tan sumamente necia, que una parte de mí sigue pensando que en realidad sí que hay algo que justifique todo esto, porque no se puede mentir tan bien y porque los sentimientos no pueden fingirse, al menos, no con tanta credibilidad y, o no soy tan tonta y fue todo de verdad o soy tremendamente estúpida por seguir albergando esperanzas... «pero ¿esperanzas de qué?, porque, sea lo que sea, no importa, y hay daños que sí que son irreparables», afirmo, abriendo la palma de la mano para contemplar la concha.

«Puede que no se pueda tener todo en la vida y que, si un sueño se cumple, se apague otro, como las estrellas. Dior se ha cumplido y él ha desaparecido», divago, secando mis lágrimas, y sigo sin poder creerlo, sigo sin poder asumirlo, y una parte de mí, esa que piensa que todo esto tiene una explicación, sigue esperando algo, cualquier cosa, que cambie todo esto.

—Se ha terminado —sentencio, cerrando de nuevo la palma para no ver la concha—, y, cuanto antes lo asuma, mejor para mí —musito, levantándome para ir en busca de un pequeño estuche donde guardarla para no volver a sacarla.

Plancho el resto de mi ropa sin dejar de llorar un instante, siendo muy consciente de que voy a tener que regresar muy pronto a su casa, porque me faltan casi todos los abrigos y las chaquetas, la mayoría de los bolsos, los zapatos, los vestidos... «Maldita sea, si es que lo tengo todo allí —gimoteo, cayendo en la cuenta de que ni siquiera he llegado a conocer a su hermana y que estábamos casi a punto de celebrar nuestro primer año juntos—. Ojalá este dolor me diera una tregua y las lágrimas se secaran de una vez. Ojalá pudiera sacarlo de mi cabeza y de mi corazón con la misma facilidad con la que él me ha sacado de su vida. Y ojalá recordara la sensación de ser feliz. Yo, anteayer, era feliz; lo fui mientras firmaba el contrato que me une ahora a Dior, cuando pensaba que mi balanza estaba equilibrada y cuando imaginaba mi vida a su lado en París; cuando nos veía caminando, abrazados, cubriéndonos de la lluvia solo con un paraguas; cuando nos veía besándonos y riendo mientras descubríamos sus calles y sus rincones; cuando nos veía queriéndonos... Me encantaba la suavidad de su pelo y adivinar su sonrisa escondida en la comisura de sus labios... Sí, hace relativamente poco era muy feliz —admito frente a la tabla de planchar, aferrando el mango de la plancha con fuerza—, y ahora, ahora... ahora estoy en pijama, en mi casa, hecha unos zorros y sin recordar ya esa sensación de plenitud que en este momento me parece tan lejana... Ahora, vivir el ahora», rememoro con dolor. ¿Y qué haces cuando tu «ahora» es una mierda? ¿Cuando recordar tu pasado te sumerge en un mar de lágrimas y cuando el futuro es una incógnita envuelta en papel de añoranza y tristeza? Porque yo podré ser muy feliz trabajando en Dior, pero siempre me faltará lo más importante. Él.

Puede que aprenda a asumirlo. Puede que vuelva a ser feliz, pero serán momentos, instantes, pues nunca volveré a serlo plenamente, por la sencilla razón de que esto que he vivido a su lado no va a volver a repetirse, y no porque no haya hombres, que los hay a patadas, sino porque ya me han jodido dos veces y no van a joderme una tercera.

Capítulo 4

María Eugenia

Paso el resto del domingo tumbada en el sofá, mirando el techo o la televisión, «y en realidad no importa demasiado lo que esté mirando, porque mi cabeza va a la suya —reconozco, cerrando los ojos a pesar de que solo son las siete de la tarde—. Debería llamar a Elkann para contarle que soy la nueva diseñadora de Dior, y lo haría... si no me faltaran las fuerzas. Debería ponerme a trabajar en esa colección que será mi carta de presentación, solo que la tristeza y el desánimo se han adueñado de mi voluntad y lo único que deseo es dormir. Debería empezar a buscar un piso en París», prosigo, aumentando la larga lista de «debería», pero no lo hago y me limito a dejarme mecer por los dulces brazos de Morfeo hasta que el sonido del timbre de la puerta me saca de este estado de letargo en el que me encuentro sumida. Con la tristeza y el desánimo siendo los grilletes que aprisionan mis pies, me dirijo al interfono.

—¿Sí? —«Y ojalá fuera él», pienso, melancólica.

—Tía, soy Gabriel. ¡Ábrenos! —oigo la alegre voz de mi hermana, y esbozo una casi imperceptible sonrisa, y no es una gran sonrisa, pero al menos es un intento, que ya es mucho.

—No te esperaba —le confieso a Candela cuando sale del ascensor y me acerco a ella para coger a mi garbancito—. Mi niño guapo —susurro, apretando su cuerpecito para luego comérmelo a besos.

«Yo imaginaba a un niño rubito, uno que se parecía a él —me asalta esa idea cuando Gabriel se ríe a carcajadas con mis atenciones—; uno que corría hacia mí con los brazos extendidos y que saltaba en los charcos vestido con un impermeable rojo», rememoro mientras siento cómo la nostalgia late un poquito más fuerte en mi garganta ante ese pensamiento que ha hecho mella en mi interior antes de que haya podido alejarlo del todo.

—Estaba preocupada. ¿Cómo estás? —me pregunta Candela, siguiéndome hasta el interior de mi casa mientras me dirijo al sofá, esa pieza clave que se ha convertido en el mejor lugar en el que estar, después de la cama.

—Más o menos, más menos que más —admito, sentando al pequeño en mi regazo—. No hacía falta que vinieras de nuevo.

—Cuando te vea pintada como una puerta y vestida como si fueras a recoger un premio, te aseguro que dejaré de presentarme por aquí y de estar preocupada, pero, mientras te vea sin maquillar, con ese pelo y todo el día en pijama, créeme, voy a ser más pesada que mamá. Fíjate si tienes mal aspecto que has conseguido que yo, que nunca me fijo en estas cosas, me dé cuenta —señala, con una sonrisa, mientras me mantengo en silencio, observando a Gabriel.

«Yo nunca quise ser madre hasta que un día mi balanza comenzó a inclinarse hacia ese lado —reconozco con pesar, añorando a ese niño rubito que aparecía, en mi imaginación, con bastante asiduidad y que ahora dudo mucho que vuelva a ver—. Puede que la vida tenga cientos de caminos reservados para nosotros y, como los sueños que desaparecen cuando llegan otros, quizá haya caminos que aparezcan cuando otros se desdibujan.»

—¿Cómo has pasado la tarde? —me pregunta mientras su hijo vuelca todos sus esfuerzos en coger el mando de la televisión.

—No sé... —musito con tristeza, porque me avergüenza admitir que solo deseo dormirme.

—Pasará, ya lo verás.

—¿Tú crees? —inquiero con un hilo de voz.

—Por muy duro que sea el invierno, al final siempre termina llegando el verano; tú estás en el invierno de tu vida ahora, pero ese invierno pasará y un día te darás cuenta de que vas en manga corta, de que los días vuelven a ser luminosos y de que apenas has pensado en él. Puede que no suceda a corto plazo, pero sucederá. Si superaste lo de Alberto, superarás esto.

—Lo de Alberto no fue nada si lo comparo con esto que estoy viviendo ahora.

—Es verdad, porque mira qué pintas llevo y la futura diseñadora de Dior, o sea, tú, no me ha dicho nada, pero algún día lo harás; me mirarás de arriba abajo, torcerás el gesto y me reñirás por ir vestida de cualquier manera —me dice. Él iba vestido de cualquier manera y hay palabras o frases que deberían estar vetadas para siempre—. Y, a pesar de mi aspecto, voy mejor que tú.

—No me apetecía cambiarme —reconozco, acariciando la carita del niño, ¡y qué bonito es!

—Ni a mí me apetecía levantarme a las seis de la mañana y no me ha quedado otra, yo no sé este crío dónde va tan temprano —se queja, mirándolo con una sonrisa, «y por supuesto que Gabriel es el mejor regalo que va a darle la vida».

—¡Ey! ¡A la boca, no! —exclamo, quitándole el mando cuando intenta morderlo.

—Quiere cogerlo todo, quiere morderlo todo, ya quiere gatear, se levanta cuando todavía es de noche... ¿Quieres que te lo deje unos días? —me plantea, divertida, guiñándome un ojo y provocando ese amago de sonrisa que es mi nueva sonrisa ahora, «y yo tenía una sonrisa que era la suya», pienso, sintiendo cómo los ojos se me humedecen de nuevo—. Te aseguro que en dos días te habrías olvidado de ese tío de tan hecha polvo que estarías. Ya podría haberme tocado un niño de esos que se echan siestas de tres horas, duermen la noche entera y no se despiertan hasta las nueve o las diez de la mañana —añade mientras barro mis recuerdos con una escoba imaginaria—. ¿Te ha llamado mamá?

—Un par de veces, y ni te imaginas la tira de mensajes suyos que tengo —le comento, provocando su sonrisa—. Está preocupadísima y no me queda otra que contestarle, porque, como no lo haga, es capaz de plantarse aquí, y no estoy para eso ahora.

—No me gusta verte así —me confiesa con seriedad.

—Ni a mí.

Ojalá dejara de dolerme tanto. Ojalá no sintiera que una parte de mí sigue en su casa o que me han amputado la mitad del corazón. Ojalá pudiera volver a respirar con normalidad, sintiendo que el aire llega por completo a mis pulmones, y no a medias o ni siquiera eso.

—Tía, vas a ser la diseñadora de Dior, lo que siempre has soñado... céntrate en eso. Por cierto, Gabriel y yo hemos decidido que vamos a quedarnos a cenar aquí, así que ve llamando al restaurante ese que tanto nos gusta porque no he merendado, y me juego el cuello a que tú estás solo con el café de esta mañana —adivina, repantigándose en el sofá.

—Venga, cógelo —cedo, tendiéndole al niño a pesar de que no tengo ni pizca de hambre, pero no me apetece rebatirle nada. «Además, lo más seguro es que acabe zampándoselo todo ella», me consuelo, yendo hacia la cocina a por el folleto.

«La última vez que nos decantamos por comida turca, aquí en casa, fue cuando todavía no había empezado nada con él —evoco, buscándolo entre los muchos que tengo—, cuando creía que Dior estaba totalmente fuera de mi alcance y cuando Candela todavía estaba embarazada... y, ahora, cómo han cambiado las cosas y cómo he cambiado yo —reconozco, bajando la mirada al suelo—, y nunca volveré a ser la María Eugenia de antes.»

«Cuando se marchó con sus maletas, cuando cerró la puerta, algo se rompió dentro de mí, y decidí que nunca más iba a darle más peso a mi vida privada que a mi carrera. Tú tienes tus experiencias y yo tengo las mías. Mi lienzo también se rompió ese día, solo que de forma distinta a la tuya. Por eso mis objetivos difieren tanto de los tuyos», rememoro que le conté respecto a Alberto, empezando a verlo todo borroso...

«Y ahora mi lienzo se ha roto de nuevo, lo ha roto él, y posiblemente la vida me esté dando un mensaje muy claro, que yo desoí cuando permití que me embaucara —pienso con tristeza, acompañando mis cavilaciones con una profunda inspiración—, y ya va siendo hora de que me entere de lo que es para mí y de lo que no», concluyo, cogiendo el folleto para luego reunirme con mi hermana y el peque.

* * *

El lunes me levanto dispuesta a vivir mi «nueva realidad», una que no he elegido, sino que, más bien, me ha venido impuesta... «pero, impuesta o elegida, es la vida que tengo ahora y, cuanto antes lo acepte, mejor», convengo, encaminándome hacia la ducha. Y si ayer fui capaz de seguir, más mal que bien, hoy intentaré que sea más bien que mal. Puede que sea un reto diario esto de aprender a vivir sin él, pero nunca me han asustado los retos, y sé que va a ser difícil volver a su casa a por mis cosas y que va a ser complicado tener que despedirme de Amparito e infinitamente mucho peor tener que enfrentarme a los recuerdos, pero está París, está Dior, está mi vida y, sobre todo, estoy yo, y mira tú por dónde que hay algo en lo que tengo que darle la razón, y es en que solo yo soy la protagonista de mi vida.

Llego a D'Elkann con paso firme, vestida con unos pantalones de tiro alto negros y un suéter ceñido a tono, con mi melena cayendo ondulante por mi espalda y perfectamente maquillada, y, antes de cruzar la diáfana recepción, saludo con una sonrisa a Pepe. Puede que sea capaz de sonreír porque, aquí, el desánimo o la tristeza no tienen cabida o porque una parte de mí está hasta la triple costura de llorar, o puede que sea por ambas cosas, pero, según voy avanzando, siento cómo la confianza, la energía y las ganas por continuar se asientan lentamente, pero con fuerza, en mi interior.

Paso frente al Departamento de Diseño sintiendo cómo mi pecho se contrae ligeramente, «y no por el dolor que ha provocado nuestra ruptura, sino por esa añoranza previa que llega para recordarte que dentro de muy poco todo esto no será más que un recuerdo», medito, dirigiéndome hacia el despacho de Elkann, «y nadie diría, viéndome ahora, el fin de semana de mierda que he vivido», me enorgullezco, caminando con la espalda recta y la mirada centrada, tan diferente a cómo caminé el sábado por Madrid, «y eso ha pasado y no tiene ningún sentido que me martirice ahora», me digo, sintiendo cómo algo dentro de mí se endurece, algo que abrazo y no rechazo, dándole más fuerza.

Cierro la puerta en cuanto accedo al despacho y, sentada en su silla, hago esa llamada que tendría que haber realizado el mismo viernes si no hubiera estado tan preocupada.

—Buenos días —saludo a Elkann en cuanto descuelga.

—Buenos días —me devuelve el saludo y, a pesar de que en Londres todavía son las ocho, me juego el cuello a que lleva varias horas trabajando—. Creía que me llamarías el viernes —me recrimina con seriedad, y no hace falta que me diga que también esperaba que lo llamara el sábado o el domingo para que lo oiga.

—Este fin de semana ha sido muy complicado para mí, a nivel personal. Siento no haberte llamado antes —me disculpo, sin querer ahondar más en el tema.

—Pero ¿estás bien? —se interesa, preocupado, e intuyo que ha fruncido el ceño y ha dejado de hacer lo que sea que estuviera haciendo.

—Estoy, que ya es suficiente. Vamos a lo que importa —cambio de tema con firmeza, porque esto es lo único que va a importarme a partir de ahora. Mi trabajo. Querer mejorar. Esforzarme día a día y dejar al mundo de la moda con la boca abierta cuando les muestre lo que tengo en mente—. Lo he conseguido, soy la nueva diseñadora de Dior —le anuncio, y puede que el entusiasmo no haya dominado mi voz, que no esté dando saltos de alegría ni que haya tenido, ni tenga nunca, la reacción que esperaba tener, pero la tristeza no se ha colado a través de mis palabras y sí que lo han hecho la determinación y la fuerza que me han faltado este fin de semana, y con eso me vale, al menos de momento.

—Lo sabía —responde con orgullo. «Él también lo supo sin que tuviera que decírselo», y ese pensamiento se ha colado con tal rapidez que he sido incapaz de frenarlo, «y voy a tener que aprender a estar más atenta», me advierto—. Enhorabuena, me alegro mucho por ti.

—Gracias. El equipo creativo de Dior se hará cargo de las

colecciones de alta costura de enero y de la de *prêt-à-porter* de febrero, pero en marzo ya debería estar en París. ¿Cómo lo ves?

—Sin problemas —me tranquiliza, para luego guardar silencio—. Lo que me sorprende es la frialdad con la que estás abordando este tema.

—Ya te he dicho que este fin de semana no ha sido fácil para mí. —Y, aunque la firmeza no ha abandonado mi voz, el dolor ha llegado para darle su propio matiz.

—¿Puedo darte un consejo?

—Claro.

—Sea lo que sea lo que te haya sucedido, no permitas que te hunda, y, cuando sientas que te engulle, ponte a trabajar; aprende a concentrarte, incluso sintiendo dolor. Si tu vida personal se ha ido a la mierda, vuélcate en tu vida profesional, conviértela en esa tabla de salvación que te mantenga a flote. Vas a ser la diseñadora de Dior, lo que tú siempre has soñado; que sea ese tu mantra cuando los recuerdos te jodan. Créeme, funciona —me asegura, rotundo.

«Él trabaja de lunes a domingo y creo que nunca ha cogido vacaciones ni días libres; es más, su teléfono siempre está disponible, sea la hora que sea», caigo en la cuenta de repente, dando por hecho que este consejo es fruto de su propia experiencia.

—Gracias. Es justo lo que tengo intención de hacer —le digo, sintiendo cómo el dolor saca sus uñas para clavarlas un poco más dentro de mi piel.

—Y, ahora, vamos a lo nuestro. Está previsto que entre hoy y mañana os lleguen las muestras de los tejidos —me explica, haciendo referencia a los tejidos que ha diseñado y que ya tendrían que estar aquí.

—¿Significa eso que podemos empezar ya con la nueva colección? —le planteo, deseando ponerme con ella de una vez.

—No. Hemos esperado tanto que, ya puestos, no importa que esperemos un poco más —me contesta, sorprendiéndome, porque lo conozco y luego vendrán las prisas—, pero, basándote en esos tejidos y en la idea de la colección, quiero que vayas preparando el *moodboard* y empezando con los bocetos, pero sin hacer partícipe a nadie de este proyecto. Esto es algo muy personal para mí, y quiero ser yo quien lo presente a la plantilla de la empresa.

—Pero para eso tendrás que venir.

—Por supuesto. Estoy terminando de cerrar todo lo que tengo pendiente y, si no surge ningún imprevisto, llegaré el jueves, así que ya puedes convocar la reunión para el viernes a las doce.

—Perfecto.

—El viernes arranca todo, María Eugenia, y tanto tú como yo vamos a mantener los ojos bien abiertos —y no necesito que me diga nada más para entenderlo—, pero, para agilizar el proceso, quiero ir conociendo el trabajo de cada uno de ellos. ¿Puedes hacer una selección de sus mejores diseños y enviármelos por mail? —me pide.

Y tengo todo el tiempo del mundo para hacer lo que me pide y mucho más si con ello consigo mantener mi mente ocupada.

—¿Suena muy pretencioso por mi parte si te digo que sé, de antemano, quién va a gustarte? —le pregunto, esbozando un intento de sonrisa.

—¿En serio? ¿Y puedo saber de quién se trata?

—Si te lo dijera ahora, estaría condicionándote, y no quiero hacerlo, pero estoy segura de que no voy a equivocarme. En unas horas los tienes en tu mail, ya me comentarás —respondo, totalmente convencida—. Tengo muchas ganas de tenerte por aquí —le confieso, «y algo me indica que va a revolucionar a todo el personal», pienso, ensanchando ese intento de sonrisa al imaginarlo, pues Elkann es uno de los tíos más guapos que he visto nunca.

—Por cierto, quería hablar contigo sobre un tema, pero vaya por delante que no quiero ponerte en una situación complicada ni que te sientas obligada a acompañarme si no lo deseas.

—Ve al grano, ¿quieres? —le pido, exasperada.

Echaré de menos esto; poder confesarle a mi jefe que he tenido un fin de semana complicado, poder escuchar sus consejos y poder cortarlo, con total confianza, cuando se esté yendo por las ramas. Sí, echaré de menos esta complicidad o confianza, llámese como quiera, que me une a él y que no entiende de dobleces o falsedades de ningún tipo.

—China está preparando un macroevento de la moda, algo que posiblemente no vuelva a repetirse nunca y en el que participarán las principales firmas de moda, entre ellas Dior, con colecciones únicas inspiradas en la cultura milenaria de ese país. Todo quedará representado en los tejidos y en los diseños que luego incluirán en sus posteriores colecciones y, como comprenderás, nosotros no podemos faltar a un evento de esa importancia, en el que incluso Anna Wintour ha confirmado su asistencia.

—Algo había oído —admito, solo que no imaginaba que tenía pensado ir.

—Pero no es solo eso... Como bien sabes, vamos a comenzar a fabricar en China nuestras prendas más básicas y esenciales, y quiero aprovechar ese viaje para, junto a Maurice, visitar las compañías que, previamente, habremos seleccionado para que confeccionen nuestras prendas.

—¿Cuándo sería?

—A finales de enero, pero, si decides venir, tendrás que coger el avión como máximo el 22, porque primero iremos a visitar las fábricas. Aunque en esa fecha espero tener ya a tu sustituta, no creo que esté...

—Déjate de historias —lo corto antes de que termine la frase—, te acompaño yo. No estoy dispuesta a perderme algo así, y dudo mucho que mi sustituta ponga firme al odioso Maurice; además, necesito ver por mí misma cómo fabrican en esas empresas para poder irme tranquila.

—Puede que luego lo eches de menos.

—¿A quién? ¿A Maurice? —suelto con incredulidad—. Déjame decirte que, cuando esté en Dior, voy a disfrutar como una condenada eligiendo tejidos; de hecho, voy a reinterpretar el tejido Oblique... Tengo un bolso en mente que va a ser la hostia, y saber que no hay límite de presupuesto no va a ser la hostia, va a ser la puta hostia —le digo, emocionada, imaginando a mi madre persignándose tres o cuatro veces seguidas ante el vocabulario que acabo de emplear.

—Tú sí que vas a ser la puta hostia, y vas a dejar a esos

franceses y al mundo entero con la boca abierta... y no sé si te has dado cuenta, pero por fin te has entusiasmado —mc asegura, consiguiendo dibujar una sonrisa en mi rostro; una que, por fin, es de verdad.

—Gracias. No quiero ponerme en plan pasteloso, pero mi sustituta va a tener muchísima suerte de tener a un jefe como tú —declaro, totalmente convencida. Solo espero tener con Sidney la misma confianza que tengo con Elkann.

—Hablando de tu sustituta, mándame esos bocetos hoy mismo. Quiero saber si puedo apostar por alguno de ellos o tengo que empezar a buscar fuera de la compañía.

—Por supuesto, te los mandaré a lo largo de la mañana. Vamos hablando.

—Vamos hablando —se despide antes de colgar.

Y ha llegado el momento de centrarse y aferrar lo que la vida me está ofreciendo, sin pensar más en lo que me ha quitado.

Me reúno con mi equipo para tratar temas relacionados con nuestro trabajo y, un poco más tarde, con Manuel, al que le cuento la buena noticia. Llamo a mi madre, antes de que lo haga ella, para asegurarle que estoy bien y le envío por WhatsApp una fotografía a mi hermana para que me vea pintada como una puerta y vestida como si fuera a recoger un premio, incluso bromeo con ella cuando me envía una foto suya, sin maquillar y con el pelo recogido en una coleta medio deshecha. Y el aspecto de Candela siempre va a recordarme un poco a él, «pero puedo ahondar en ese recuerdo o barrerlo de mi mente, y me parece que voy a barrer mucho», sentencio, haciendo el móvil a un lado para, seguidamente, elegir los mejores bocetos de mis chicos.

Con la selección hecha y enviada por mail a Sonia, me dirijo a su despacho.

—Tengo un trabajo para ti.

—Siempre tienes muchos trabajos para mí —me rebate, sonriendo, y, si pudiera, la llevaría conmigo a París.

—Ya sabes que no quiero que te sientas ociosa.

—¿Contigo como jefa? Imposible. A ver qué me traes...

—Te acabo de enviar un mail con unos cuantos bocetos. Quiero que elimines las firmas —le indico, sin darle más detalles— y, cuando lo tengas, házselo llegar a Elkann. Esto va por delante de todo lo que tengas pendiente —le ordeno con voz firme—. ¡Ah!, y no elimines los que llevan la firma, porque posiblemente luego tendrás que mandárselos, pero, de momento, solo sin ella, ¿está claro?

—Y supongo que Elkann estará esperándolos ya, ¿verdad? —adivina, haciendo una mueca.

—Supones bien. No tardes —le pido saliendo ya de su despacho, donde me tropiezo con Maurice y, sinceramente, me hubiese ido infinitamente mejor si ese maldito fin de semana me hubiera quedado en Madrid o me hubiese ido a la Conchinchina—. Hombre, tú por aquí —le digo, esbozando una sonrisa forzada. Y solo por no verlo, me largaría hoy mismo a Dior.

—¿Te tomas un café conmigo? —me propone con su marcado acento francés, mientras observo, durante unos instantes, su aspecto impecable; su traje hecho a medida, su camisa almidonada blanca y su pelo engominado, peinado hacia atrás. Si no lo aborreciera tanto, podría incluso considerar que es atractivo, pero, vamos, que no es el caso.

—¿Ahora? No puedo, tengo cosas que hacer —respondo, pasando por su lado para largarme a Diseño.

—Bueno, tú te lo pierdes. Quería mostrarte una cosa que acaba de llegar, pero... como prefieras —oigo que me dice con fingida indiferencia.

«Seguro que son las muestras de las que me ha hablado D'Elkann», pienso a toda prisa, volviéndome para mirarlo.

—¿Tienes las muestras guardadas en la máquina de café? —me aventuro a lanzar, enarcando una ceja.

—Me pregunto si habrá algo que se te escape —me halaga mientras me cruzo de brazos, contemplándolo con altanería.

—¿Dónde están?

—En el almacén, solo que hubiera estado bien que nos hubiésemos tomado un café antes para acercar posturas.

—Si quieres acercar posturas, ya sabes lo que tienes que hacer —replico, encaminándome hacia el ascensor, sintiendo cómo la urgencia domina mis pasos.

—Como siempre, trabajar contigo es un placer —ironiza, colocándose a mi lado.

—Lo mismo digo —le rebato con aplomo, «y me encantaría soltarle que ya nos queda poco para tener que soportarnos», pero, en lugar de hacerlo, me muerdo la lengua mientras, de fondo, oigo su carcajada. A él le hace gracia y, a mí, me provoca arrugas.

* * *

«¡Oh, my Dior!, qué estampados más bonitos y qué bordados más increíbles —me maravillo, olvidándome de Maurice y de todo lo que me rodea cuando llegamos al almacén y Samuel extiende frente a mí los nuevos tejidos—. Son espectaculares —reconozco, acariciando las sedas y los encajes que va mostrándome—. Y esto también puede detener mi mundo; en realidad, hay cientos de cosas que pueden hacerlo», me animo, regresando, con estos tejidos, a la National Gallery de Londres para luego adentrarme en mi universo de fantasía, donde puedo pasear por un bosque atiborrado de flores de múltiples colores hasta llegar a una playa de arena blanca y agua turquesa... «turquesa, el color de sus ojos», pienso, cogiendo una seda que parece recoger todos los colores del mar.

«Una vez me dije que, si pudiera plasmar en un tejido el color de sus ojos, lo utilizaría para crear mi mejor diseño, y no necesito plasmarlo, porque ya lo ha hecho Elkann por mí», confirmo, sintiendo cómo el dolor late intenso en mi garganta hasta robarme la respiración. Y hostia, cómo duele.

—¿Algo que decir al respecto? —oigo que me plantea Maurice a mi lado.

«Cuando sientas que te engulle, ponte a trabajar; aprende a concentrarte, incluso sintiendo dolor.»

—Esto son las muestras —constato con sequedad, siguiendo su consejo—, pero, luego, ¿se mantendrán estas calidades y estos estampados o, cuando llegue el momento, buscarás una empresa que te fabrique un tejido similar un poco más económico?

—Olvidas que mi trabajo consiste en abaratar la materia prima intentando respetar las calidades —me indica con seriedad mientras lo miro frunciendo el ceño—, pero no es el caso y estos tejidos que tienes frente a ti ahora serán los mismos con los que se confeccionarán después vuestros diseños —me informa, y guardo silencio cuando una idea cruza mi mente.

—¿Y las fornituras? —le pregunto con voz neutra, abrazando esa idea que ha llegado para quedarse.

—Estarán aquí mañana —me contesta, y sé que está tan satisfecho como lo estoy yo, solo que él no tiene problema alguno en demostrarlo y yo no voy a darle el gusto.

—Avísame cuando lleguen —le ordeno, girando sobre mis tacones para encaminarme a Diseño.

«Podemos hacer grandes cosas con esos tejidos —medito, viendo cómo van cobrando vida en mi cabeza—, y vamos a hacerlas antes de que me largue.»

* * *

Paso el resto del día absorta en mi trabajo, «y puede que siga en el invierno de mi vida —reconozco mientras voy ideando el *moodboard* de la nueva colección—, puede que sienta el frío y el agua de la lluvia calarme hasta los huesos y que el verano todavía tarde en llegar, pero llegará, como llegará la calma, que viene acompañada por los rayos del sol que secan y dotan a los colores de intensidad y al alma de alegría. Puede que ocurra cuando esté en París o mucho antes, pero ocurrirá», sentencio, convencida, descolgando el teléfono cuando suena.

—María Eugenia, tienes una llamada de Elkann —me comunica Sonia al otro lado de la línea.

—Pásamelo —le pido, comprobando la hora al ver que todos comienzan a cerrar lamparitas y ordenadores.

—Qué hija de tu madre eres —me suelta, arrancándome una carcajada, y mira tú por dónde que puede que los rayos del sol no estén tan lejos.

—¿Y eso? —replico, recostándome en la silla, dispuesta a disfrutar del momento.

—Lo sabes de sobra. ¿Qué era, una especie de adivinanza?

—Venga ya, pero sí estaba clarísimo —le indico con fanfarronería, viendo cómo entra un nuevo mail, «y es suyo», me percato, abriéndolo y, hostias, qué ojo tiene.

—Vaya, por lo que veo lo tienes claro —le indico, sin querer darle más detalles.

—Son todos de la misma persona, ¿verdad? —adivina de la misma forma en que adivino yo que está sonriendo.

—Y son de la misma persona que intuía que te gustaría —le confirmo, hablando con total libertad ahora que estoy sola en el departamento.

—Me gusta, me gusta mucho. Tiene una forma de ver la moda muy similar a la tuya; de hecho, no sabía si me estabas tomando el pelo y eran tuyos.

—No, te aseguro que no son míos —le digo, guardando silencio durante unos segundos para valorar, a gran velocidad, esa idea que ha cruzado mi mente mientras estaba en el almacén—. Sabía que iba a gustarte, porque a mí también me gusta, y tú y yo coincidimos bastante, pero creo que lo justo sería darles una oportunidad a todos para que pudieran demostrar su valía sabiendo lo que se juegan.

—¿En qué habías pensado exactamente? —inquiere, interesado.

—Esta colección es algo nuevo, y lo que hagamos a partir de ahora con ella también lo será, por lo que no tiene por qué ser cuestionado, así que se me ha ocurrido que cada uno de ellos diseñe un boceto independiente, algo así como su mejor diseño, sin seguir ningún tipo de directriz mía o tuya y, el boceto que destaque por encima del resto, forme parte de la colección con una mención especial. Ellos tendrán la oportunidad de demostrar lo que tienen dentro y tú, de reafirmarte en tu decisión.

—Nosotros... Quiero que tanto Manuel como tú estéis de acuerdo conmigo, y me gusta lo que me planteas, y ahora voy a proponerte yo otra cosa que he considerado.

—A ver.

—Quiero que pongas a la persona que ha diseñado los bocetos que me gustan como responsable de la nueva colección y que la dejes hacer, inmiscuyéndote lo mínimo; quiero que solo la guíes, que le indiques cómo hacerlo y que estés a su lado, como lo estaré yo, cuando no sepa por dónde seguir, pero necesito que la presionemos para ver cómo se maneja ante una situación nueva y estresante.

—Para ponerla a prueba, ¿verdad?
—Exacto, porque puede tener muchísimo talento pero no saber manejarse con los tiempos o el estrés, y lo último que necesito al frente del departamento es a alguien sin garra que se ahogue con dos gotas de agua.
—Estoy completamente de acuerdo. ¿Vamos adelante con ambas propuestas, entonces?
—Por supuesto.
—Y ahora yo tengo que reconocer que me has sorprendido gratamente, porque, aunque intuía que ibas a elegir los bocetos de esta persona, no tenía tan claro que fueras capaz de detectar todos sus diseños.
—Creo que estás olvidando con quién estás hablando —me responde con fanfarronería, y sonrío de nuevo.
—Por cierto, enhorabuena, han llegado los tejidos y son brutales. Vamos a hacer grandes cosas con ellos.
—Sabía que te gustarían, y Maurice tiene orden de no variar ni las calidades ni los estampados.
—Esta colección va a ser algo así como tu niña consentida, ¿no es cierto? —le pregunto, arrancándole una carcajada.
—Más o menos —me contesta en el mismo instante en el que Sonia accede al departamento para, con señas, indicarme que tiene que irse.
—Un segundo —le pido a Gael—. Puedes irte, no hace falta que le envíes a Elkann los firmados —le indico.
—Mujer de poca fe —me suelta él, consiguiendo que me carcajee, «y quizá sea posible que salga el sol en mitad de una tormenta», pienso con tristeza.

Capítulo 5

María Eugenia

Los siguientes días los paso sumida en mi trabajo, entrando la primera y saliendo la última, buscándome excusas para no tener que ir a su casa a por mis cosas o a la de Amparito para despedirme, y, sí, lo sé, sé que debería dejar de hacerlo y enfrentarme a las situaciones, solo que siempre tengo una excusa buenísima para posponerlo, por lo que he convertido la chaqueta blanca en mi prenda de abrigo preferida y los salones nude en los zapatos más cómodos que tengo, «pero solo porque no tengo otros», admito mientras cierro la luz del departamento.

«Podría dejarlo todo allí y renovar mi guardarropa; total, voy a cobrar una millonada, puedo permitirme eso y más sin problemas —me digo, accediendo al ascensor—, como ese maravilloso ático desde el cual puedes ver la Torre Eiffel desde la enorme terraza —fabulo mientras este comienza su descenso—. Y de Amparito podría despedirme por teléfono —prosigo el hilo de mis pensamientos mientras cruzo la diáfana y ahora desierta recepción—, pero yo no soy así —me rebato, negando con la cabeza—. Yo enfrento las situaciones. Además, necesito despedirme de ella y decirle que siempre va a poder contar conmigo, aunque esté en París, y hoy es tan buen día para hacerlo como cualquier otro, y no importa si él está o no en casa, porque no tengo por qué hacerle caso y porque, en el fondo, necesito plantarle cara y que me vea bien, incluso mandarlo a la mierda. ¡Qué narices!, mandar a la mierda a alguien que te ha hecho daño es catártico, aunque luego termine hecha un mar de lágrimas, ya en mi casa, por supuesto», sentencio, deteniendo un taxi y dándole la dirección de la suya.

Solo que, en cuanto la he pronunciado, los latidos de mi corazón se han acelerado, de tal forma que lo han llevado hasta mi garganta, donde lo siento palpitando ahora a toda leche. «Venga ya, no puedo ponerme tan nerviosa cuando ni siquiera lo he visto», me riño, obligándome a tranquilizarme, porque me niego en redondo a mandarlo a la mierda con voz temblorosa. Con una profunda inspiración, saco la barra de labios para retocármelos, «pero me tiemblan tanto las manos que casi mejor si lo dejo», asumo, inspirando de nuevo profundamente, valorando muy seriamente cambiarle la dirección al taxista y que me lleve a mi casa, solo que, antes de llegar a hacerlo, aprieto los labios para mantener en pie mi decisión.

«Y qué fácil es decir las cosas y qué jodidamente complicado es hacerlas —reflexiono, accediendo a su edificio, observando las escaleras y el ascensor—. Podría dar media vuelta y largarme; de hecho, puede que no sea tan descabellado eso de renovar el vestuario y despedirme por teléfono —me digo, sintiendo cómo las lágrimas llegan para instalarse en mis ojos—. No llores, por favor, no llores. París, Dior, París, Dior, París, Dior —me repito, sintiendo la garganta cerrada—. Dior, Dior, Dior, Dior —continúo con ese mantra, sintiendo cómo todo el dolor llega para arrastrarme como si de una enorme ola se tratara—. Así no voy a poder hacerlo», me lamento, dando media vuelta para irme.

«Nunca estaré preparada —asumo, deteniendo mis pasos—; por mucho tiempo que pase, dudo mucho que todo esto llegue a serme indiferente, y ya he hecho lo más complicado, que es venir aquí —reconozco, tragándome el dolor y las lágrimas—, así que, cuanto antes me lo quite de encima, mejor —decido, encaminando mis pasos hacia el ascensor—. Solo que nunca me había latido tan rápido el corazón —me percato mientras el elevador sube hasta su planta—, y nunca el dolor había sido tan palpable, como si fuera algo tangible, algo que puedes acariciar o empujar. Yo debería empujarlo, debería alejarlo de mí, solo que no sé cómo hacerlo», concluyo cuando se abren las puertas en su rellano.

Y durante un breve instante, sin salir del ascensor, recuerdo las muchas veces que llegué cargada con maletas y, en todas ellas, Amparito me recibió con magdalenas para darme la bienvenida, porque, según yo, solo iban a ser unos días... «con la salvedad de que terminó siendo casi un año», pienso, echando a andar hasta quedarme plantada en mitad del rellano, porque no sé ni por dónde empezar. «Casi mejor si empiezo por Amparito, porque tengo serias dudas de que pueda ser capaz de mantener las lágrimas a raya cuando salga de su casa», admito, pulsando el timbre de la casa de la anciana que él y yo adoptamos...

«Tienes que encontrar un momento para contestar mis mensajes, sonreírme como estás sonriéndome ahora y ayudarme a cuidar a Amparito; se porta bien, por eso no te preocupes... en realidad cuida ella más de mí que yo de ella, ya verás qué lentejas y qué cocidos hace. Y, por supuesto, tienes que jugar mucho conmigo, ya sabes que soy un crío y necesito que me entretengan a todas horas. ¿Qué me dices, pelirroja?»

«Nunca podré entender su cambio de actitud», confirmo con tristeza, barriendo mis recuerdos con esa escoba imaginaria que nunca suelto.

«¿Cuántas veces he de decirte que no abras a desconocidos?», rememoro lo que le dijo a Amparito en el mismo instante en el que ella abre la puerta, y de nuevo barro mis recuerdos.

—¡Ay, maja! ¡Qué ganas tenía de verte! —me saluda, apenada, mientras me limito a abrazarla, soltando un sollozo que brota de mi garganta con tal rapidez que ni siquiera he podido darme cuenta de que estaba bullendo en mi pecho—. No llores... Venga, entra —me pide mientras siento que no puedo frenar las lágrimas, que puedo controlar en mi trabajo y relativamente en mi casa, pero que aquí, en este edificio atestado de recuerdos, tienen la fuerza necesaria como para fluir sin control.

«Puede que los sentimientos encuentren la forma de liberarse en determinados sitios o frente a ciertas personas y, si estoy llorando en casa de Amparito, ¿qué haré cuando esté en la suya?», me pregunto entre sollozos.

—Lo siento, no quería llorar —musito, sentándome en una de las sillas que rodean la mesa del salón... en esta mesa en la que comimos juntos los famosos cocidos de Amparito.

—Yo también he llorado estos días —me confiesa con esa voz temblorosa fruto de la edad al tiempo que se sienta a mi lado para luego rodear mi mano con la suya.

—¿Por qué? —le pregunto, sintiendo cómo las lágrimas ruedan libres por mis mejillas.

—Por lo mismo que tú, porque se ha ido —me dice, dando por hecho que sé algo de lo que no tengo ni idea.

—Se ha ido... ¿a dónde? —inquiero, sintiendo mi corazón completamente detenido.

—¿Tú tampoco lo sabes?

—Amparito, ya no estamos juntos... Lo dejé el viernes después de que me pidiera espacio, y, cuando volví el sábado para intentar arreglarlo..., me echó —le cuento mientras veo cómo la tristeza crece en su mirada.

—Este niño... —susurra, negando con la cabeza.

—Pero ¿sabes a dónde se ha ido? —le pregunto, inclinando mi cuerpo para acercarme un poco más al suyo, como si al hacerlo pudiera oír mejor su respuesta.

—No, pero creo que va a tardar en regresar, porque me ha buscado a una chica para que me cuide y me ha dado las pocas plantas que tenía —me contesta, empezando a llorar—. Yo no tengo nietos, pero era como si los tuviera, porque lo tenía a él, que valía un potosí, y que me cuidaba y me quería más que si fuera mi nieto, y luego te tuve a ti. Y ahora que tú te has ido y él también, ¿quién va a quererme? —me plantea, y suelto un sollozo para luego abrazarla.

—Yo, Amparito, yo voy a quererte —le aseguro, secando sus lágrimas con mis dedos, percibiendo las profundas arrugas que surcan su piel, «y yo sentí su respiración en la yema de mis dedos y en palma de mis manos», rememoro antes de barrer ese pensamiento—. Dentro de unos meses me voy a París, para quedarme a vivir allí, pero regresaré muchas veces y siempre vendré a verte, te lo prometo, y te llamaré por teléfono —le garantizo mientras no cesa su llanto—. Venga, no llores, quc, si tú lloras, yo no puedo parar —le pido, sintiendo mis mejillas empapadas para luego guardar silencio—. ¿Cuándo se marchó? —indago con un hilo de voz.

—Ayer por la mañana, pero no sé a dónde. Solo me dijo que tenía que irse y que no sabía cuándo volvería, pero que me llamaría por teléfono para saber cómo estaba, que había buscado a una chica para que cuidara de mí y que también había hablado con Rogelio, el del súper, para que me subiera el pan todos los días y todo lo que necesitara. Es un sol, este niño, y estaba tan triste... No quiso contarme qué le sucedía, pero eso se ve, ¿no te parece? —me pregunta con la mirada acuosa, y daría lo que fuera por saber qué le ha ocurrido.

—Por supuesto que se ve —murmuro, sintiendo el azote de la añoranza llegar para dejar su marca en la cara interna de mi piel, donde no se ve, pero donde sí se siente. Siempre voy a echarlo de menos y siempre voy a quererlo, y no importa si se ha burlado de mí o no, porque lo que yo sentí, lo que siento todavía, y lo que viví, fue de verdad—. ¿Y qué tal la chica que cuida de ti? —cambio de tema, para que deje de llorar y para dejar de hacerlo yo también.

—Bien... bien... si no hacía falta, pero ya sabes cómo es y, cuando se le mete algo en la cabeza... Es jovencita y muy apañada. Hoy ha fregado todo el piso, pero ya le he dicho que la comida me la hago yo —me cuenta, y me obligo a sonreír—. ¿Quieres cenar conmigo? Había hecho un poquito de más para mañana, pero prefiero que te lo comas tú, que estás muy paliducha —me dice, acariciando mi mejilla.

—Claro que sí, y mañana traeré yo la cena y nos la comeremos juntas, ¿te apetece?

—¿Seguro? Yo no quiero molestar y vosotros, los jóvenes, estáis siempre tan ocupados...

—Amparito, tú no molestas, y, total, yo tengo que cenar sola y tú también, así que cenamos juntas y ya no estamos solas. ¿Qué te parece?

—Bien, me parece bien —contesta, acompañando el comentario con una sonrisa—. ¡Ay, qué alegría que hayas venido a verme! —exclama, y me obligo a sonreír yo también, a pesar de lo mucho que está doliéndome.

«Y sigo en pleno invierno —reconozco, ayudándola a levantarse—; un invierno crudo y frío que suaviza ligeramente su temperatura cuando estoy en el trabajo, que se recrudece cuando estoy sola en mi casa y que puede llegar a acojonarme cuando estoy en esos lugares en los que su recuerdo está tan presente, como aquí o como luego, cuando vaya a su casa.»

Ceno con Amparito mientras vemos la televisión y charlamos un poco de todo y, una vez terminamos, recojo la mesa y friego lo que hemos utilizado. «Está cansada», me percato, detectando la fatiga instalada en su mirada.

—Amparito, ya tienes la cocina limpia. Me marcho, ¿vale? Recuerda que mañana no tienes que hacer la cena porque la traeré yo —le indico, deteniendo la mirada en el pequeño cactus que hay junto a la televisión y que era suyo—. ¿Puedo llevármelo? —le pregunto, señalándolo con un ligero movimiento de cabeza.

—Claro que sí, todo tuyo, hija. Puedes coger todas las plantas si quieres —me responde, sentándose con esfuerzo en el butacón situado frente a la televisión—. La edad no perdona, maja; me duelen todos los huesos del cuerpo —se queja con una sonrisa mientras me hago con la planta.

—Tienes que llamarme si te encuentras mal —le pido, aferrando la pequeña maceta con ambas manos.

—La chica de los Servicios Sociales está viendo si me ponen ese botón que llevas todo el día colgando —me cuenta con voz temblorosa—. Este niño... —susurra más para sí que para mí mientras aprieto la maceta con los dedos y me trago el dolor, porque sé que es cosa suya y que lleva meses gestionándole la teleasistencia domiciliaria, «y era demasiado perfecto», pienso con tristeza.

—Buenas noches, Amparito. Nos vemos mañana —musito, acercándome a ella para darle un beso.

Salgo de la casa para dirigirme a la suya, y, aunque debería sentirme tranquila y experimentar cierto alivio al saber que no voy a encontrármelo, porque, visto lo visto en casa de Amparito, está más que claro que no iba a ser capaz de mandarlo a la mierda con voz firme, en realidad no es así, reconozco, abriendo la puerta, «porque puede que él no esté, pero los recuerdos se mantienen tan vivos y presentes como lo estuvimos nosotros», asumo, quedándome de pie en la entrada.

«Cuando llegué de París era de noche y él estaba sentado en el sofá, y vuelve a ser de noche, solo que él ya no está —me digo, recorriendo cada una de las estancias de este piso sumida en mis recuerdos, sin soltar la maceta—. No voy a llorar, ni voy a regodearme en mi dolor ni tampoco voy a oír nuestras risas, nuestras palabras ni nuestros gemidos... solo que es imposible no hacerlo cuando nuestras risas, nuestras palabras y nuestros gemidos suenan tan fuerte, tan alto y tan reales...»

* * *

—¿Qué tienes para que no pueda estarme quieto?

—¿Qué tienes tú para que no pueda dejar de pensar en ti?

—Lo mismo que tienes tú, pelirroja.

* * *

—Te quiero. —Y qué reales pueden llegar a ser los recuerdos, porque estamos de nuevo en el vestidor y todavía huele a madera.

—Dímelo otra vez.

—Te quiero.

—Otra vez.

—Te quiero, te quiero, te quiero.

—Yo también te quiero, pelirroja —me confesó, mirándome a los ojos, y yo pensaba que siempre sería así y que siempre íbamos a querernos.

* * *

—... y, si dijera que estar contigo es fácil, estaría mintiendo, pero me gustan los retos y me gustas tú. Y yo tampoco sé qué va a suceder, pero no me importa, porque voy a disfrutar cada momento a tu lado y, lo que tenga que venir, que venga...

* * *

«Puede que yo tampoco sepa qué va a suceder o qué ha sucedido para que ahora estemos separados —acepto, yendo hacia el mueble donde estaba mi flor enmarcada y donde ya no está—. Puede que haya sido más listo que yo y la haya tirado o puede que se la haya llevado, pero, al igual que lo que nos ha separado, es algo que nunca sabré, ni tampoco es algo que importe demasiado ya —asumo, encaminando mis pasos hacia ese sofá que tiene el recuerdo de nuestra piel y de mis lágrimas impreso en su tejido—. Puede que sí que haya un motivo para todo esto o puede que no, pero sí hay algo cierto y es que siempre voy a quererlo y a echarlo de menos, independientemente de todo», reconozco, dejando el cactus sobre la mesa para después sentarme y apoyar la cabeza en el respaldo, cerrando los ojos y liberando las lágrimas que mantenía presas.

«¡Qué feliz fui en este piso, qué planes más bonitos hicimos juntos y qué futuro más brillante teníamos frente a nosotros! —reflexiono, sintiendo el rápido recorrido de las lágrimas por mi rostro—. Mi lienzo estaba pintado con los colores de la alegría, que brillaban hasta cegarme y que se entremezclaban entre sí hasta dibujar el cuadro abstracto más increíble del mundo, y ahora vuelve a estar en blanco, y de mí depende que vuelva a estar pintado con los colores de la alegría o los de la tristeza, esos que van del negro al gris —me digo, recostándome en el sofá para acurrucarme y llorar—, solo que no tengo ganas de pintar ahora, ni de hacer la maleta, ni de hacer a un lado este dolor, porque sufrir también puede ser una elección y podemos sentirnos bien entre lágrimas o moviéndonos en pleno invierno, cuando más frío hace. Algún día elegiré dejar de hacerlo, elegiré recordarlo sin lágrimas y abrazaré solo los días soleados, pero eso será otro día, no ahora», concluyo, abrazando el dolor que estoy sintiendo.

* * *

Despierto en su cama, todavía vestida, «y esto es patético, yo soy patética —me riño, evitando mirar hacia su lado, donde tantas veces lo vi dormir—, y no sé de qué sirve que me haga tantas promesas si luego las incumplo todas —me reprendo, levantándome y encaminando mis pasos hacia el baño, bastante enfadada conmigo misma, todo sea dicho—, y ayer elegí sufrir y hoy puedo elegir seguir», me digo, aliviando mis necesidades más básicas y cerrándole la puerta a los recuerdos cuando adivino su presencia.

«Supongo que más vale tarde que nunca; puede que ayer no preparase mi equipaje, que me regodease en los recuerdos y eligiera sufrir, pero hoy no voy a hacerlo... y es pronto y estoy muy cabreada y me viene de perlas sentirme así», me consuelo, abriendo la única maleta que tengo aquí para empezar a llenarla. Y, maldita sea, estoy tan absorta en mi drama que ayer no caí en la cuenta de pasar antes por casa para coger más maletas, porque está claro que en esta no va a caber todo, pero tengo el fin de semana por delante para llevarme mis cosas y, cuando termine y cierre la puerta de esta casa, no volveré a abrirla nunca más, como tampoco volveré a abrirle la puerta a los recuerdos. «Y a veces es necesario ser muy patética para poder abrir los ojos», me reafirmo, sintiendo la energía procedente del cabreo más absoluto desbordar mi cuerpo.

Puede que esté un poco loca, porque voy de un extremo al otro sin detenerme en el punto intermedio, ese punto de equilibrio que no inclina la balanza hacia ningún lado, «y siempre tengo que pensar en una balanza como siempre pensaba en el universo o en los colores del mar cuando me quedaba enganchada a su mirada». Sí, puede que esté un poco chalada y que necesite media vida para encontrar ese maldito punto de equilibrio o para no recordarlo cuando llegue la noche y observe las estrellas o cuando esté frente al mar y sus infinitas tonalidades me lleven al azul de sus ojos... «pero lo lograré; por mí y por mi santa cordura, lo lograré», me prometo, con la mirada fija en la maleta, hasta los topes ya.

Con esa promesa sumándose a las muchas que me he hecho estos días, me doy una ducha, me visto y me maquillo, manteniéndolo fuera de mis pensamientos, «porque no todo va a ser malo y hoy es un día importante —me animo, esforzándome al máximo por mantener el control de mi mente—. Hoy regresa Elkann y empezaremos con la nueva colección, y eso me acerca un poco más a Dior y estoy deseando hacer mi equipaje de nuevo, pero para largarme a París y dejar mis recuerdos aquí», concluyo una vez lista, deteniendo la mirada en el reflejo que me devuelve el espejo de cuerpo entero que colocamos en un rincón del vestidor, «y solo es un espejo y esto solo es una habitación, sin más», me digo antes de salir de ella.

* * *

Paso parte de la mañana reunida con Manuel y Elkann, terminando de concretarlo todo y, a las doce en punto y junto a ellos, me dirijo a la sala de reuniones, donde ya está toda la plantilla esperando.

—Quiero darle la bienvenida a Gael Elkann. Muchos de ustedes han coincidido con él en anteriores ocasiones y ya lo conocen, pero, para los que no, permítanme que les presente al dueño de la compañía y la cabeza no visible de este apasionante proyecto. Gracias a su visión, D'Elkann inició su expansión por el mercado internacional hace unos años... —oigo que explica Manuel, solo que yo estoy demasiado ocupada observando a Greta y, especialmente, a Luna... «pero ¿esta niña es tonta?», me pregunto, frunciendo el ceño, sin entender qué hostias está haciendo, porque, si no me equivoco, está escondiéndose—... Gael, cuando quieras —le cede la palabra al tiempo que fulmino a Greta con la mirada, ya que no puedo fulminar a Luna, «y esta va a escucharme cuando acabe todo esto», me aseguro, dejando de prestarle atención para pasear la mirada por todos los empleados de la empresa, que están muy atentos a sus palabras... «todos, menos ellas, y me cago en la hostia».

—Gracias, Manuel. Ante todo quiero que sepan que es un verdadero honor contar con cada uno de ustedes; sin duda alguna el proyecto D'Elkann es posible gracias a su dedicación y talento, y hoy vamos a dar un nuevo paso en nuestro camino; hoy quiero hacerles partícipes de una idea con la que llevamos trabajando desde hace algún tiempo y que será la culminación de un sueño: la creación de una nueva colección... —les anuncia mientras, durante unos minutos, me evado de todo esto para irme con mis pensamientos hasta mis sueños, que han inclinado mi balanza de un extremo al otro, como hacen mis sentimientos conmigo, y que ahora van a llevarme a París y a Dior, «solo que esto es algo que muy poca gente sabe», me digo, bajando la mirada hasta mis manos, que reposan sobre mi regazo. «Yo acaricié su cuerpo con ellas y ahora acariciaré el papel, sobre el que no dibujaré flores, sino bocetos», reflexiono antes de levantarme cuando Elkann me cede la palabra.

«Y no solo puedes palpar el dolor, sino también la emoción, que parece dominar esta sala ahora —constato, satisfecha, una vez finalizo mi exposición—. Va a ser alucinante formar parte de todo esto —pienso, deteniendo la mirada en la espalda de Elkann cuando interviene de nuevo, maravillada por la capacidad que tiene para entusiasmar e inspirar a la gente que lo rodea—. Solo espero, en un futuro, poder ser como él; ser capaz de proyectar mi ilusión y mis ideas en mi equipo para que se apasionen con ellas como nosotros estamos haciendo con las suyas», sueño, levantándome cuando da por finalizada la reunión para ir en busca de Luna.

—¿Quieres explicarme por qué te escondías? —le pregunto entre dientes, sonriendo y saludando a diestro y siniestro.

—Es una larga historia, María Eugenia, de verdad, no preguntes —me responde, apurada, en voz baja mientras la fulmino con la mirada.

—Por tu bien espero que Elkann no se haya dado cuenta de nada. ¿Te haces una idea de lo importante que era esta reunión? No la fastidies, Luna. Te quiero en el equipo de la nueva colección, pero, como metas la pata, te coloco en la recepción a coger el teléfono, ¿está claro? No hagas que me arrepienta de incluirte en este proyecto —mascullo, muy dispuesta a cumplirlo como siga haciendo tonterías como las de hoy.

—No te arrepentirás, María Eugenia, te lo prometo —me contesta al tiempo que deslizo la mirada por su vestido rojo, corto y ceñido y... «¿dónde hostia va así vestida?», me pregunto, enarcando una ceja.

—¿No tenías nada más discreto para ponerte hoy? —le reprocho, y ella me mira, avergonzada—. Vale, no pregunto. Desde luego hoy estás sembrada, hija. Empieza a comportarte de una vez; tenemos una reunión a las tres y quiero a la Luna de siempre. Sé puntual, ¿quieres? —le pido, alejándome de ella.

«Por su bien, más le vale centrarse», me digo, sonriendo a todo aquel que se cruza en mi camino.

Tras comer con Manuel y Elkann, me reúno a las tres en punto con el equipo que formará parte de la nueva colección: Carolina, Mauro, Orencia, Crescencia y Luna, «y puede que haya sido un poco arriesgado haber sacado de Temporada y Pronto Moda a Orencia y Crescencia, pero confío plenamente en su talento y quiero darles una oportunidad», me reafirmo al tiempo que uno a uno van entregándome una carpeta con los bocetos que les pedí.

—Esta nueva colección es un proyecto muy importante para Elkann, por eso ha viajado expresamente desde Londres para conoceros a todos y supervisarlo personalmente. Estos bocetos serán vuestra carta de presentación ante él —les indico con voz firme una vez doy por concluida la reunión, recogiendo las carpetas que me han ido entregando y omitiendo contarles que, en realidad, Gael ya conoce su trabajo—. Y ahora, seguidme, vais a conocerlo —les anuncio, levantándome con determinación.

«Qué fácil es mantener su recuerdo alejado cuando tienes la cabeza llena de ideas y retos —pienso mientras, ya en su despacho, voy realizando las pertinentes presentaciones—. Qué fácil es seguir cuando no tropiezas continuamente con los huecos que deja la añoranza. Y qué fácil es que el aire llene por completo tus pulmones cuando el entusiasmo llega para quitarle el sitio al dolor o, al menos, intentarlo.»

—Y, por último, Luna, la más joven del grupo, pero no por ello menos talentosa. Te sorprenderás con su trabajo, tenéis una visión del diseño muy similar —le comento, evitando esbozar una sonrisa, porque, en realidad, ya se ha sorprendido.

—No sabía que formara parte de nuestra plantilla —oigo que le dice y lo miro, asombrada—. ¿Desde cuándo trabaja para nosotros? —le pregunta mientras no les quito ojo de encima, porque no sé qué me está alucinando más, si el tono ronco que ha empleado, tan alejado del autoritario que suele usar, o la forma en que se están mirando, pues ha atrapado su mirada como él atrapó la mía infinidad de veces.

—Tres años —le responde Luna con un hilo de voz.

Un momento. ¿Qué leches está pasando aquí?

—¿Os conocéis? —inquiero, sin poder callarme, porque una cosa es que Elkann conozca su trabajo y se haya sorprendido con él y otra bien distinta todo esto.

—Apenas, nos conocimos un verano hace muchos años —me contesta mi jefe, restándole importancia—. Espero que a la hora de diseñar sea más comedida que para elegir su vestuario —le dice a mi chica con dureza, y hago a un lado mis elucubraciones, porque por ahí no paso y no voy a consentir que ponga en duda su talento por un *outfit* completamente inapropiado.

—Te aseguro que Luna tiene un gusto exquisito para ambas cosas —replico con frialdad.

—Por tu bien, espero que sea así, María Eugenia. —«Y sé por dónde va y no tiene de qué preocuparse», pienso, retándolo con la mirada—. Como les he dicho en la reunión de esta mañana, esta colección es muy importante tanto para la compañía como para mí; todo, desde los estampados de los tejidos hasta las fornituras, se han diseñado y elegido cuidando hasta el mínimo detalle y en sus manos y en las de María Eugenia está el darle forma. Recuerden que la moda es la expresión del momento; hablemos por los miles de mujeres que vestirán nuestros diseños, hagamos que la deseen y, sobre todo, recuerden que la elegancia es simplicidad. El 11 de diciembre quiero sobre mi mesa doscientos bocetos, más los... —oigo que les dice mientras me evado durante unos minutos de este despacho para ir solapando recuerdos, dejándome atrapar por ese abrazo invisible, donde el tiempo discurre de manera distinta, que me lleva hasta el azul de sus ojos, hasta su sonrisa insolente o hasta nuestros abrazos en la cocina, en la ducha o en cualquier parte, ese abrazo invisible que me recuerda cómo me quedaba enganchada a su mirada, el sonido de su risa o la mía cuando estaba a su lado, el tacto de su piel y de sus labios cuando rozaban los míos...—. Y ahora, ¡a trabajar todo el mundo! —les ordena con autoridad, y, con su voz, despierto de esta especie de ensoñación en la que me había sumido sin darme cuenta.

«Puede que me haya despistado porque todo esto que les estaba explicando ya lo sé o porque no solo tengo que aprender a estar sin él, sino también a estar atenta todo el rato para no permitir a los recuerdos llevarme con ellos», me digo, intentando zafarme de ese abrazo invisible que siento todavía en torno a mi cuerpo.

—Nos vemos en una hora en la *tissuteca* —les indico a mis chicos, antes de que abandonen el despacho, mientras me siento en la silla que hay frente a la mesa. «Maldita sea, no puedo despistarme tan fácilmente y durante tanto tiempo», me riño, obligándome a centrarme—. ¿Qué te han parecido? —le pregunto una vez que estamos a solas.

—Es pronto para opinar —me responde, escueto, para luego guardar silencio—. Es muy joven —me comenta con sequedad, con la mirada completamente cerrada, y, durante un instante, rememoro el tono ronco que ha empleado cuando ha hablado con ella y cómo la ha mirado.

—Intuyo que estás refiriéndote a Luna, y no hace falta que te recuerde la edad que tenía yo cuando me contrataste. Has visto su trabajo, ¿qué más da los años que tenga? Eso no debería ser problema alguno y lo sabes de sobra... a no ser que haya algo más que yo no sepa —me atrevo a insinuar, porque, por mucha confianza que haya entre nosotros, nunca nos hemos adentrado en la vida privada del otro.

—Por eso los bocetos venían sin nombre y sin datos personales y en la reunión de esta mañana no has creído conveniente matizar nada —me replica, y lo miro, cruzándome de brazos, porque no hubiera estado de más que hubiese rebatido mi insinuación.

—Eso no es del todo cierto, porque te he dicho su nombre; además, me alegra habértelos enviado así —afirmo, intentando hurgar en su mirada, a pesar de que es como intentar ver algo a través de capas y capas de acero—. En estas carpetas tienes firmado el trabajo de cada uno de ellos; ahora es el momento de cambiar de idea, si deseas hacerlo, o de mantenerte en ella, pero, si me permites el consejo, yo seguiría apostado por Luna, pero colocando un interrogante a su lado, y no porque le falte talento o sea joven, sino porque necesita centrarse —añado, recordando las tonterías que ha hecho durante la reunión... primero, escondiéndose, y, luego, cuchicheando todo el rato con Greta.

«¿Y si estaba escondiéndose de él? —me planteo de repente mientras Gael va ojeando todas las carpetas—. Pero ¿por qué habría de hacer tal cosa? —prosigo, sin encontrarle el sentido—. Puede que sucediera algo en el pasado entre ellos, cuando se conocieron —elucubro sin quitarle la mirada de encima—, y va a ser interesante ver cómo termina todo esto», concluyo, muerta de curiosidad.

—Sigamos con lo que habíamos hablado y a ver cómo lo lleva —me contesta finalmente, haciendo a un lado las carpetas, y no puedo estar más de acuerdo con su decisión.

* * *

Me reúno a la hora acordada con mis chicos en la *tissuteca* para mostrarles los tejidos con los que trabajaremos, las fornituras y el *moodboard*, que será nuestro plan de ruta.

—Sé que esta colección ha sido una sorpresa para todos vosotros, pero la realidad es que es algo con lo que Elkann y yo llevamos trabajando desde hace mucho tiempo. Mirad esto —les pido, dándole la vuelta al panel que tenemos frente a nosotros, mostrándoles el *moodboard* repleto de fotografías, telas y muestras de color—; fijaos bien y grabadlo en vuestra cabeza, porque quiero esto, quiero que la colección refleje todo lo que veis aquí.

»A pesar de nuestros esfuerzos —prosigo, mirándolos por encima de mis gafas de pasta—, vamos muy justos de tiempo; las muestras se han retrasado más de lo previsto y nos han retrasado a todos y, aun así, vamos a demostrarle a Elkann que podemos hacerlo, ¡aunque tengamos que dormir aquí! —afirmo, dando una palmada sobre la mesa sin quitarles los ojos de encima, recordando los plazos de entrega que nos ha marcado. «Maldita sea, sabía que al final íbamos a ir con prisas»—. Como veréis, los tejidos son una pieza clave en esta colección, ¡así que inspiraos! Mirad qué preciosidad —les señalo, mostrándoles un chifón beis con bordados en tonos empolvados—. ¿Qué veis? Porque yo veo un vestido silueta lápiz por las rodillas con cuello redondo y manga larga, muy romántico, válido tanto para ir a un cóctel como para una reunión importante —les indico, contemplando con seriedad a Luna.

—Vale, lo pillo —me dice con un amago de sonrisa—, nada de vestidos rojos.

—Más te vale. Mirad qué maravilla, mirad qué estampados y qué bordados más increíbles, qué sedas, qué encajes —musito, evadiéndome a mi mundo particular—. Es como estar dentro de un bosque encantado lleno de flores de múltiples colores, caminando por un sendero de arena blanca que te lleva a una cala desierta de agua turquesa; se me ocurren tantos diseños...

—¿Diseñaste tú los tejidos, María Eugenia? —me plantea Luna.

—No, lo hizo Elkann —murmuro, alzando la vista, percatándome de que su mirada se había colado en mis aguas turquesas. Maldita sea—. Tenemos apenas dos semanas para diseñar esta colección, así que ya podéis ir olvidándoos de las fiestas y centrándoos en ella —mascullo, molesta conmigo misma por la facilidad que tengo para traerlo de vuelta—. Quiero una mujer femenina, muy *chic*, vestida con pantalones de cintura alta, vestidos de aire romántico y largos *midi*, con complementos que se ajusten a ellos... Quiero que los deseen, que los consideren imprescindibles, ¿está claro? —les planteo con seriedad.

Y esta colección será la hostia porque es el punto intermedio entre Dreams y Temporada y Pronto Moda, «ese punto intermedio que me falta a mí», medito mientras Luna toma la palabra y, durante unos segundos y mientras ella habla, rememoro cómo me hundí ayer y cómo me he cabreado hoy, yendo de un extremo al otro, sin detenerme en el centro.

—... fijaos en los estampados, ninguno tiene que ver con el otro, pero combinándolos entre sí terminan haciéndolo; le pondría una banda de satín en la cintura, remarcándola. Este cuerpo combinaría a la perfección con un *short* de lino *jacquard*, con un pantalón largo o con una falda —oigo que comenta y, cuando se centra y deja de hacer el tonto, es la hostia, algo así como yo cuando dejo de pensar en él.

—¡Justo! ¡Esa es la idea! —exclamo, entusiasmada, y este es el momento perfecto para soltarlo—. ¡Quiero eso, quiero esa frescura! Y tú serás la responsable de esta colección. No me falles, Luna, y, ahora, ¡a trabajar! ¡Recordad que tenemos hasta el 11 para entregar los bocetos y los planos! ¡A correr todo el mundo! —les ordeno, «y me ha venido a huevo que haya tomado la palabra y encima lo haya bordado», pienso, viendo su cara desencajada—. Llevad entre todos el *moodboard* a diseño; necesito que lo tengáis bien presente y os empapéis de él —añado antes de salir de la *tissuteca*, dejándolos con un palmo de narices a todos, porque, si Luna tiene la cara desencajada, la del resto es como para verla, y no es que me extrañe, sinceramente.

«Tengo tantas cosas por hacer que no sé ni por dónde empezar —me estreso por momentos, sentada ya en mi mesa, recordando que esta noche ceno en casa de Amparito—. Y no me va a dar tiempo a preparar nada —asumo, buscando el teléfono de un restaurante que me gusta mucho para que nos traigan la cena—, y primero tengo que pasar por mi casa para coger las maletas —me recuerdo antes de pedir merluza para ambas, para, casi al segundo, enfrascarme en mi trabajo—. Esta noche no pienso dormir en su casa —me digo, observando el tul bordado en tonos azules y rosas que tengo frente a mí—. Y qué preciosidad —me maravillo, solapando unos pensamientos con otros—. Y él me pedía silencio por las mañanas», rememoro antes de poder frenarlo.

—¿Qué te ocurre, Luna? —le pregunto, sin molestarme en mirarla, cuando se coloca a mi lado, haciendo a un lado esos recuerdos que, de nuevo, han sido más hábiles que yo y han conseguido burlar mis barreras para atraparme.

—¿A mí? Pero ¿qué dices, María Eugenia? —contesta, agobiadísima, y me vuelvo para mirarla por encima de mis gafas de pasta, y ya quisiera yo que todos mis problemas fueran estos.

—¿Te llamas Luna? —replico son sequedad, porque más le vale dejar de agobiarse y ponerse las pilas de una vez, por la cuenta que le trae.

—Sí —me responde en un susurro.

—¿Estás sorda?

—Por supuesto que no.

—¿Te sobra el tiempo? —siseo, fulminándola con la mirada.

—Tampoco —musita en un hilo de voz.

—¿Y qué haces aquí perdiéndolo? Tienes a cuatro personas de brazos cruzados esperando tus instrucciones, mueve el culo de una vez, ¡¡¡ya!!! —le ordeno con firmeza, porque necesito que demuestre lo que vale.

* * *

Paso el resto de la tarde observándola en silencio sin que se dé cuenta, «y me gusta lo que estoy viendo —admito, satisfecha, cerrando mi ordenador mientras ella continúa enfrascada en su trabajo—. Puede que esto sea lo que necesite para centrarse de una vez y dejarse de tonterías —me digo, saliendo de Diseño—. Y hoy no seré la última en cerrar la luz —me percato—. Hoy he logrado mantener a raya, al menos una parte del tiempo, mis recuerdos. Y hoy he seguido y lo que importa es hoy...»

«¿No te das cuenta? Lo que importa es hoy y lo que hoy queramos...», me llegan sus palabras antes de poder frenarlas, y me pregunto cuál será su «hoy».

Capítulo 6

MENORCA, DOS DÍAS ANTES

Ciro

Conduzco a toda leche sin ver nada que no sea la carretera que tengo frente a mí, como esta situación de mierda que ha puesto la vida también frente a mí y que me impide ver más allá de ella, «y ojalá pudiera afrontarlo de otra manera —me recrimino, apretando el volante con fuerza—, ojalá pudiera pronunciar esas putas palabras que, por mucho que lo intente, parecen quedar frenadas en mi garganta, como atascadas —asumo, sintiendo cómo el dolor me da un puñetazo invisible en pleno pecho hasta dejarme sin respiración, como lleva haciendo durante estos días—... porque llevo desde que me llamó el viernes sintiendo que no puedo respirar por mucho que lo intente y, mientras me ahogo, he ido perdiendo cosas por el camino, cosas que me importan y que luego me costará la hostia recuperar», concluyo, recordando lo borde que fui el último día que la vi.

«Joder, tenía una resaca de tres pares de cojones y solo quería silencio, que me dejara en paz y también estar solo —rememoro—. Y ya lo tengo; ya tengo mi silencio, ya me ha dejado en paz y ya estoy solo, lo que yo quería, así que de nada sirve que la eche de menos —medito, sintiendo el dolor proveniente de otro puñetazo invisible llegar para robarme el aliento—. Daría lo que fuera por poder vivirlo de otra forma, por poder asumirlo, solo que no puedo o no sé cómo hacerlo, porque en mi cabeza ahora solo cabe esto —pienso, apretando aún más el volante—, y no voy a dejarla en paz hasta que me escuche y cambie de opinión», sentencio, frenando en seco frente a la puerta de la casa de mis padres, donde espero encontrarla.

«Me cago en la hostia», maldigo para mí, saliendo del vehículo y cerrando la puerta con un sonoro portazo. Estoy cabreado, muy cabreado, con ella y con todo aquel que no lo vea como yo.

—¡Angie! —rujo en cuanto accedo a la vivienda, completamente cegado por este dolor que no deja de golpearme una y otra vez, una y otra vez—. ¡Angie! —bramo, dirigiéndome en su busca a pesar de que no sé si estoy preparado para verla.

—Ciro... por favor —me pide mi madre, saliendo de la cocina, y nunca la había visto tan triste ni con la mirada tan apagada.

—¿Dónde está? —gruño, buscándola con la mirada mientras mi madre me aferra por los hombros para intentar frenarme, pero estoy obcecado y muerto de miedo, y también cabreado y muy enfadado, «y voy a cabrearme mucho más», asumo mientras ella me sujeta con fuerza para impedir mi avance.

—Ciro, no vas a entrar hasta que te tranquilices —me ordena mi padre, con voz firme, colocándose detrás de mi madre.

—Por favor, cariño, para, por favor. Ya está siendo suficientemente difícil —me ruega mi madre con voz quebrada, «y daría mi vida por no vivir esto», juro, alejándome de ella, hundiendo los dedos en mi pelo para luego soltar un puñetazo contra la pared.

—Cariño... —oigo de fondo la voz de mi madre.

—Decidme que no lo aceptáis —les exijo, volviendo ligeramente mi rostro hacia ellos. «Sí, sí que lo aceptan», adivino, apretando con fuerza la mandíbula—. ¡Joder! —bramo, dándole otro puñetazo a la pared.

«Y, como siga así, voy a romperme la puta mano», me freno, alejándome de ella, cerrando los puños y sintiendo el calambre del dolor llegar para recorrer con rapidez la mano que me he machacado.

—Ciro —oigo su voz.

Y si yo creía que había un puño invisible cebándose conmigo era porque no había sentido esto, este dolor que es más fuerte, más acojonante, más insoportable... porque está tan demacrada y delgada... y algún día... «y ya no es que no pueda pronunciarlo en voz alta, es que no puedo ni pensarlo», reconozco, sintiendo que me ahogo con todo esto.

—Por lo que veo, ya te has encargado de buscarte apoyos antes de que yo llegara —le reprocho con dureza, sin ver a mis padres, sin ver nada que no sea a ella, «y ha sido así toda mi vida», asumo, detectando la decisión instalada en sus ojos azules, que son del mismo color que los míos, solo que ahora parecen hundidos dentro de dos pozos oscuros.

—Yo no necesito apoyos; simplemente he tomado una decisión que ellos han aceptado —me dice con un hilo de voz.

—¡Pues tus decisiones son una puta mierda! —rujo, cegado por la rabia, que se une al dolor más auténtico que puedas sentir, y, si pudiera, la zarandearía hasta que viera las cosas como las veo yo, zarandearía a mis padres hasta que dejaran de estar de su lado y zarandearía al mundo entero hasta que se colocara todo en su sitio, como debería estar.

—¡Ciro! —me reprende mi padre y, con su voz, detengo la mirada en mi madre, que tiene el rostro desencajado por el sufrimiento; en mi padre, dos pasos por detrás de ella, y luego en mi hermana, detrás de mi padre. Están siendo sus escudos, están aceptando algo que es inaceptable, y no puedo creerlo.

—Estáis de acuerdo con ella, ¿verdad? Vais a permitir que... —Y esa palabra está fuera de mi vocabulario—. Vais a aceptar que no luche y que... y que... ¡hostia puta! —vocifero entre lágrimas, y siento tanta rabia y tanto dolor que no sé qué hacer con él.

—Es mi hija y haría lo que fuera por cambiar esto —me llega la voz rota de mi madre—, pero no quiero alargar su dolor cuando el final va a ser el mismo —concluye, llorando, mientras siento las lágrimas secarse dentro de mí.

«No puedo creerlo. Van a permitir que se rinda —me doy de bruces con la realidad, viéndolos sin verlos realmente—. Los odio —pienso, ahogándome—. Los odio por no ponerse de mi parte. Los odio por no obligarla a luchar. Los odio —me repito, inspirando profundamente—. Yo no voy a rendirme», afirmo, apretando los puños, atrapando la mirada de mi hermana con la mía.

—Siempre podemos cambiar ese final; lo hicimos una vez, Angie, y podemos volver a hacerlo —le digo sin moverme de mi sitio.

—Esta vez no es igual, ya te lo conté —me contesta, sorteando a mi padre y a mi madre hasta quedar frente a mí, «y no es justo que tenga esta porquería de nuevo, porque hay cosas, como esa, de las que deberíamos inmunizarnos una vez pasadas», protesto mentalmente, con dolor—. No sé el tiempo que me queda, pero no voy a desperdiciarlo en un hospital. Quiero estar en mi casa, con mi fami...

—¡Y una mierda!, ¿me oyes?, ¡y una puta mierda! —vocifero, y ni siquiera puedo pensar ni puedo entender la calma que veo en su mirada.

«Yo iba a decirle cientos de cosas, pero ahora solo deseo gritar, maldecir al mundo entero y liarme a puñetazos con el que ose llevarme la contraria —admito, saliendo de mi casa—, pues aquí hay demasiada gente que cumple esos requisitos —me digo, dando un portazo para luego bajar las escaleras que me llevarán a la playa—. A esta playa que está llena de huellas nuestras, huellas pequeñas que fueron haciéndose más grandes a medida que nosotros crecíamos —divago, viéndonos a través de los recuerdos—. Y quiero seguir y que siga dejando huellas, como hasta ahora —sentencio, sentándome en la arena, frente al mar, para seguir llorando—. Y solo se trata de seguir; de seguir viviendo, de seguir intentándolo, un día, dos, los que sean... tan solo se trata de seguir.»

—Sé que estás muy enfadado —oigo su voz a mi lado mientras me limito a llorar en silencio—, y que no lo entiendes, pero no es tu vida, Ciro, es la mía, y lo que yo he decidido —me explica, y daría lo que fuera por ocupar su lugar, como si fuera un juego y pudiéramos intercambiarnos las vidas. «Yo le daría la mía ahora mismo y no me importaría», asumo, viendo el paisaje emborronado por culpa de mis lágrimas y, sin poder soportar más el peso de las emociones, hundo la cabeza entre mis piernas.

—Lo que has decidido no solo te afecta a ti —mascullo con dureza cuando siento su mano acariciar mi pelo—. Te estás rindiendo sin haber luchado —le recrimino, alzando la cabeza para poder mirarla—. Ni siquiera lo has intentado, y eso es de ser muy cobarde, y ya sé que esta vez es más jodido, pero...

—Jodido es metástasis —me corta, poniéndole el nombre que yo no puedo.

—Pero eres joven y nos tienes a todos para estar a tu lado y ayudarte. Podemos regresar a Madrid para que te traten los médicos que te trataron entonces, podemos buscar a otros si quieres, empeñarnos si hace falta, pero lo que has decidido debería ser lo último —replico, sintiendo tanto dolor que no puedo soportarlo.

—Antes de tomar esta decisión estuve en Madrid, con los médicos que me trataron entonces —me confiesa en voz baja, evitando mi mirada.

—¿Y no me lo dijiste? —le pregunto, sintiendo cómo mis pulmones se bloquean, impidiendo la entrada de aire.

—Escúchame —me pide, inspirando profundamente para luego seguir—, tengo el diagnóstico de tres doctores, el de Irlanda, el de Madrid que me trató y luego el del Hospital Universitario Vall d'Hebron, y todos coinciden. Esta vez no hay nada que hacer, al menos para salvarme; puedo alargar mi vida unos pocos meses más... pero solo eso. Me queda poco tiempo —me confiesa en voz baja, con una serenidad que no entiendo, pues yo solo deseo cargarme al mundo entero porque es injusto, es muy injusto—. Sabía que ibas a enloquecer si escuchabas esos diagnósticos y que te cabrearías y que te resistirías, como estás haciendo ahora, y que me arrastrarías a más médicos y a más diagnósticos que serían una copia exacta de los que ya tenía, por eso no te lo dije, porque una parte de mí sabía que esto iba a ser así y necesitaba silencio para poder asimilarlo. Quiero que sepas que esta decisión está consensuada con todos los médicos y que no estoy rindiéndome, simplemente estoy aceptando lo que hay. —Y, con su confesión, siento cómo cientos de puños golpean mi pecho con fuerza, con rabia, con saña—. Nunca empleas la palabra *cáncer* y siempre terminas sustituyéndola por otra, y ahora haces lo mismo con *metástasis* y la sustituyes por *jodido* —constata en un susurro mientras guardo silencio, porque no puedo hablar; no puedo pronunciar ni asumir esas palabras y mi mente las rechaza tanto como las rechazo yo—. Hay cientos de personas que superan una peritonitis y hay quien muere a causa de ella —musita mientras me limito a llorar—; hay cientos de personas que superan una neumonía y hay quien muere a causa de ella... y hay cientos de personas que superan un cáncer, pero también hay quien muere con él. Tener cáncer no significa morir, porque yo me traté y lo superé, pero ahora es distinto y tienes que entenderlo; tienes que entender que no quiera alargar mi vida solo unos pocos meses más si tiene que ser así —prosigue mientras continúo sumido en mi silencio, que viene acompañado por las lágrimas; lágrimas silenciosas y amargas que acallan mi voz y enfrían mi ira—. ¿Recuerdas que nos prometimos vivir nuestro «ahora»? Yo voy a hacer eso, voy a vivir mi «ahora», y quiero vivirlo con vosotros, en casa. Sé que no lo comprendes y que, si convencer a mamá y a papá ha sido complicado, convencerte a ti va a ser peor, pero, en realidad, no se trata de convenceros, sino de que aceptéis mi decisión —continúa mientras le doy permiso al dolor para arrastrarme, para silenciar mi voz, porque yo iba a decirle un sinfín de cosas y, ahora... ahora no puedo hablar, ni siquiera puedo pensar, porque ella es lo que más quiero en la vida; la quise desde que supe que estaba creciendo en el vientre de mi madre y, cuando nació, ese sentimiento fue creciendo según crecía ella, porque yo no solo la quiero, yo la adoro.

«Ella es mi vida entera», reconozco entre lágrimas.

Mi mayor temor siempre fue que le sucediera algo, y ese temor está ahora frente a mí, como una ola inmensa a punto de tragarme, y no sé cómo gestionarlo, no sé buscar las palabras que le hagan cambiar de idea ni sé qué hacer.

—¿Por qué no me lo contaste? Te hubiese acompañado a todos esos médicos y no hubieras estado sola —la riño cuando consigo poner en orden las palabras que vagan por mi mente.

—Porque estabas tan feliz con esa chica... y ya pasaste por esto una vez y no quería...

—No querías, ¿qué? —le pregunto, interrumpiéndola—. ¿Que volviera a pasar por lo mismo? ¿No te das cuenta de que eres lo que más quiero en mi vida y de que te habría acompañado donde hubiese hecho falta? Has estado sola, joder, pasando por toda esta mierda —musito, soltando un sollozo, y no puedo ni imaginarlo.

—¿Sabes que me daba más miedo decírtelo a ti que a papá y a mamá? —me plantea, abrazándome—, porque sabía que ibas a ponerte así y que ibas a volverte medio loco, como hiciste el viernes. Sé que tendría que habértelo contado en persona, pero no me atrevía —oigo que me dice.

Y, durante un instante, rememoro su llamada; recuerdo el miedo paralizante subir por mis piernas, lento, frío, hasta llegar a mi pecho, donde empezó a golpearme, y, con cada golpe, podía respirar menos. Recuerdo mis palabras, mis lágrimas y mis intentos por convencerla, y luego las suyas, más calmadas, más serenas, como ahora... Recuerdo cómo, en medio de mi locura, iba recibiendo llamadas de María Eugenia, que no cogía, y cómo terminé hundido en el sofá de mi casa, intentando fingir que solo había tenido un mal día cuando ella llegó, pero porque era incapaz de explicarle o de asumir lo que estaba pasando realmente. Solo quería silencio, desaparecer del mundo durante unas horas, poner en orden mi cabeza, silenciar el dolor y acallar la rabia y el miedo que sentía.

«Podría haberme matado cuando cogí la moto, porque nunca he corrido tanto como corrí ese día», admito, dejando de llorar cuando me percato de que, una parte de mí, sí que murió esa noche.

—Sé que lo que voy a pedirte no es fácil, pero no quiero que llores más, ni quiero que te cabrees ni verte así.

—Pues lo siento, pero es lo que hay —farfullo, ahogado por el dolor, zafándome de sus brazos—. Es que no lo entiendo... estabas bien y, de repente, ¿esto? ¿Qué me he perdido, hostia? —le pregunto con rabia.

—¿Sabes por qué no abrí el restaurante en Madrid? —inquiere, posando su mirada en el mar, en ese mar que es del color de sus ojos.

—¿Por qué?

—Por lo que te dije, pero también porque necesitaba cortar el cordón umbilical que nos unía. Tú has vivido toda tu vida por mí; desde pequeño antepusiste mis deseos a los tuyos, y preferiste cargar con la culpa de cualquier cosa antes de que mamá o papá me castigaran. Has sido más que un hermano para mí; de hecho, detuviste tu vida cuando me detectaron el cáncer; dejaste de salir con tus amigos y de hacer lo que te gustaba para cuidarme y acompañarme al hospital, incluso cuando estaban papá y mamá —me recuerda, esbozando una triste sonrisa—... y, cuando me curé, cogiste esa lista de deseos y los cumpliste todos. Si yo no me hubiera marchado, tú hubieras seguido viviendo tu vida volcado en la mía.

—¿Y eso es malo? ¿Es malo querer?

—Es malo querer tanto —declara entre lágrimas—, y te lo dice alguien que te quiere tanto que me duele —me confiesa con voz quebrada.

—Pues lo siento, porque no sé quererte de otra forma —musito, «y nunca el dolor había dolido tanto», reconozco, sin saber qué hacer con él... «aunque sí que hubo una vez, y fue cuando ella se fue», me corrijo, hundiendo de nuevo mi cabeza entre las piernas.

«Estoy perdiendo lo que más quiero, porque la perdí primero a ella y ahora voy a perder a... —Y, de nuevo, bloqueo las palabras como bloqueo los pensamientos, porque eso no tiene cabida en mi mente—. Esas palabras están vetadas», me digo, mojando la arena con las lágrimas que van estrellándose en ella, y ojalá esto fuera una película que pudiera quitar o un libro que pudiera cerrar.

—Me habría gustado vivir más años —oigo que me dice mientras lloro en silencio—, casarme, tener hijos, venir aquí a pasar los veranos y verlos jugar en esta playa en la que jugamos nosotros, verlos crecer..., conocer a tu chica —añade, dándome un suave codazo—, verte como padre... Hay tantas cosas que no voy a poder hacer —prosigue, para luego guardar silencio—; cosas tan sencillas como ver un atardecer o escuchar el sonido del mar, así que, cuando muera, quiero que las hagas tú por mí y, cuando sonrías, necesito que alargues unos segundos más tu sonrisa, porque esa será la mía, y, cuando rías, quiero que alargues un poquito más la carcajada, porque entonces será mi risa. Nómbrame, háblale a tu chica y luego a tus hijos de mí, muéstrales fotografías mías y mantén vivo mi recuerdo, porque, mientras mi recuerdo siga vivo, yo seguiré con vosotros. —«Y no puedo, yo no puedo escuchar esto, no puedo sobrellevar esto y dudo mucho que pueda sonreír o reír», niego, llorando como un niño—. Te pido que dejes de llorar y lloras más, menudo caso me haces —me dice, abrazándome de nuevo.

—Pues deja de decir eso, joder —mascullo, aferrándome a su abrazo con fuerza.

—¿No se te ha ocurrido considerar que posiblemente vaya a un lugar mejor? He meditado mucho sobre eso y creo que deberíamos restarle importancia a la muerte y pensar que simplemente me marcho de viaje o que vuelvo a casa, porque la muerte debe de ser como regresar a casa, a ese lugar del que todos venimos y al que todos volvemos, tarde o temprano, porque aquí solo estamos de paso mientras nuestro cuerpo funciona. El mío ha dejado de funcionar, o lo hará dentro de poco, pero mi alma seguirá intacta, tan viva como la tuya, y, cuando llegue el momento, regresará al lugar de donde procede y donde os esperaré —me explica mientras me mantengo en silencio, sin dejar de llorar—. ¿Sabes lo que creo? —me pregunta al tiempo que me seco las lágrimas con el brazo—. Que, siendo almas, elegimos nuestra vida, a nuestros padres y lo que vamos a vivir y, si yo elegí esto, no puedo quejarme, porque esto es lo que debe ser, lo correcto para mí.

—No me jodas y no me vengas con mierdas. ¿De verdad crees que tu alma eligió esto? Pues vaya alma más estúpida tienes, porque, pudiendo haber elegido una vida larga, has elegido una bien corta —gruño con dureza, y lo último que me apetece en estos momentos es que me toque las pelotas con estos temas de los que no me trago nada.

—Puede que, si yo hubiera elegido otra vida, tú no hubieses sido mi hermano... Sé que no compartes mis ideas y que en tu cabeza no caben ciertas cosas, como esto que te estoy diciendo, y tampoco pretendo convencerte, porque sé que no voy hacerlo; simplemente te estoy diciendo lo que creo, y puede que esté equivocada y que, tras la muerte, no haya nada; puede que cierre los ojos y la consciencia muera con mi cuerpo, pero puede que sí que haya algo, un lugar al que regresar, un lugar en el que te sientas bien y en el que puedas quedarte o en el que puedas elegir otras vidas con las que tu alma pueda seguir creciendo, y nadie, ni siquiera tú, puede rebatirme esto, porque nadie sabe a ciencia cierta lo que hay tras la muerte. —Y me encantaría decirle que ella tampoco lo sabe, pero no quiero hacerlo... «o, más bien, no puedo hacerlo», admito, aferrándome al silencio—. Solo quiero que sepas que, si estoy en lo cierto y puedo elegir otra vida, elegiré una en la que tú estés presente, y, si puedo seguir eligiendo, elegiré ser tu hermana mayor o tu madre o tu padre para poder cuidarte como me has cuidado tú a mí, porque el bien que hacemos también tiene que ser correspondido. Tú has sido lo mejor de mi vida y te mereces recibir lo mismo, y para de llorar de una vez, ¿quieres? —me pide sin dejar de abrazarme—. Yo estoy bien, lo tengo asumido y estoy preparada, y tú tienes toda tu vida por delante. Tú puedes seguir dibujando tu arco iris a través de las aguas de tu vida, puedes seguir viendo amaneceres y atardeceres, y tienes infinidad de «ahoras» frente a ti, y quiero que los vivas, quiero que seas feliz y que sigas disfrutando de la vida, como nos prometimos que haríamos, así que basta de llorar y hazme caso y piensa que me voy de viaje pero que volveremos a vernos.

—Menudo discurso tenías preparado —le digo, permitiendo al dolor adueñarse del tono de mi voz, alzando la mirada para posarla en el mar, este mar que parece envuelto en llamas ahora.

—En realidad no es así... Temía tanto este momento que ni siquiera sabía lo que iba a decirte —me confiesa en voz baja, y me vuelvo para mirarla—. Para mí es muy duro verte así —añade, bajando su mirada hasta la arena y, si no me doliera tanto hablar, le diría que es algo mutuo—, y he ido alargándolo todo lo que he podido porque no me sentía preparada para afrontar esto —musita mientras observo su pelo rubio, largo y lacio, ese pelo que en verano se vuelve casi blanco, y antes de seguir pensando bloqueo mi mente—. Te necesito a mi lado, Ciro, pero no así, y sé que suena egoísta, pero, si solo me quedan unos meses, no quiero vivirlos envuelta en el drama; no quiero ver a mi hermano destrozado a mi lado, como te estoy viendo ahora, o a mis padres llorando todo el tiempo.

—Es egoísta.

—Pues déjame serlo, entonces; permíteme ser egoísta y pensar solo en mí.

—¿Y qué pretendes que hagamos? ¿Que finjamos que no sucede nada? ¿Que salgamos de fiesta y nos emborrachemos? ¿Que vayamos a cenar por ahí y celebremos las Navidades brindando y riendo? ¿Es eso? ¿Es eso lo que esperas? —le pregunto con voz entrecortada, porque dudo mucho que pueda hacer algo así.

—Sí, es eso; menos lo de ir a cenar y lo de emborracharme, eso es lo que espero. Quiero que finjáis que no sucede nada; no quiero veros llorar, ni que me miréis con lástima; no quiero que cuchicheéis a mis espaldas y que os calléis cuando me veáis; no quiero silencios incómodos y, mientras pueda, quiero bajar a esta playa, comer musaka en la terraza, aunque no tenga hambre, y celebrar la Navidad como cuando éramos pequeños; quiero reírme y verte reír; quiero que venga tu chica y conocerla, y quiero que la vida siga, porque la vida sigue, tu vida sigue, y también la de mamá y la de papá... y, cuando yo me marche, quiero que me recordéis con una sonrisa, sabiendo que fui muy feliz y que me ayudasteis a hacer mi partida más fácil.

—Venga ya, joder, yo no puedo hacer eso, yo no puedo fingir que no sucede nada y menos aún reírme, yo... yo... no puedo —le confieso, levantándome, viendo todo lo que me rodea emborronado, «y ¡hostias!, ¡vaya mierda!», me digo, hundiendo las manos en mi pelo mientras la oscuridad de la noche va cogiendo su espacio, adueñándose del día, y siento que, de una forma difícil de explicar, se adentra en mi interior, como si pudiera traspasar mi piel, para adueñarse también de mi esencia.

—Y si dices que no puedes será cuando no podrás —me rebate, levantándose para secar mis lágrimas con sus manos—. Por supuesto que puedes; si mamá y papá pueden, tú también puedes. Inténtalo, cuídame así, fingiendo que no sucede nada, y dime que todo va a salir bien cuando me duela mucho o me fallen las fuerzas —me pide en voz baja.

—¿Te duele ahora? —me atrevo a plantearle, abrazándola con cuidado porque temo hacerle daño.

—Un poco, pero no se lo digas a mamá y a papá —me revela en voz baja, y daría lo que fuera por poder coger su dolor y su enfermedad y quedármelos para mí—, porque, a pesar de todo, quiero hacer lo que te he dicho y, cuando no pueda bajar a la playa, quiero que me bajes tú, y cuando no pueda moverme, quiero que me saques a la terraza para sentir el sol en mi piel. No quiero rendirme, aunque haya renunciado al tratamiento. Yo no quiero encerrarme en la habitación a esperar la muerte, quiero que venga ella a buscarme y que le cueste horrores encontrarme porque no sepa si estoy en la playa, en la terraza o dando un paseo en coche. Ayúdame para que le cueste dar conmigo —me pide, soltando un sollozo y arrancándome otro a mí que me nace de lo más profundo de mi ser.

Y es en esta playa, con la luna brillando ya sobre nuestras cabezas, cuando me prometo a mí mismo que haré todo lo que me está pidiendo; aunque me rompa por dentro y los trozos se pierdan por el camino, haré lo que me está pidiendo.

Capítulo 7

Ciro

«Ya ha pasado más de un mes desde que llegué a Menorca —medito mientras paseo por la orilla de la playa—, un tiempo en el que ella ha ido empeorando, día tras día, mientras nosotros sonreíamos y fingíamos que todo estaba bien; un tiempo en el que hemos celebrado la Navidad como si no sucediera nada y en el que he llorado tanto que a veces ni siquiera he sido consciente de que estaba haciéndolo; un tiempo que ha sido el más duro de mi vida y en el que he ido acostumbrándome a esta mierda, tal y como han hecho mis padres; un tiempo en el he ido asumiendo lo que va a suceder y en el que las lágrimas se han ido secando poco a poco, como cuando, tras el monzón, llega la época seca», constato, sentándome en la arena para ver el amanecer.

«Puede que estemos en época seca, pero sigue doliendo igual, o incluso más, solo que he integrado este dolor insoportable en mi vida», asumo, viendo el mar inmenso desplegarse frente a mí.

«Has sido más que un hermano para mí; de hecho, detuviste tu vida cuando me detectaron el cáncer; dejaste de salir con tus amigos y de hacer lo que te gustaba para cuidarme y acompañarme al hospital, incluso cuando estaban papá y mamá.»

«Ella también detenía mi mundo, pero de una forma distinta —reconozco, sintiendo la garganta completamente cerrada, como si tuviera una mano invisible ensañándose con ella todo el tiempo, apretando y apretando sin aflojar ni un maldito segundo, y a esta sensación, a este dolor, también me he acostumbrado, al igual que me he acostumbrado a echarla de menos, a rescatar recuerdos y a preguntarme, casi constantemente, qué estará haciendo—. Puede que sea la vía de escape que ha encontrado mi mente para zafarse de toda esta mierda o porque es cierto eso que dicen de que cualquier tiempo pasado fue mejor, o quizá simplemente porque nunca había sido tan feliz como cuando estuve con ella», admito, sintiendo cómo el dolor baja por mi garganta para ensancharse en mi pecho e incrementar esta sensación de ahogo, de falta de aire, que nunca me abandona.

«Podría haber sido sincero —reflexiono, escuchando el arrullo tranquilizador del mar—. Podría haberle contado lo que sucedía y haber permitido que me consolara. Podría haber llorado entre sus brazos y no solo, en esa colina, como hice aquella noche. Podría haberlo hecho todo de forma distinta, pero no lo hice, supongo que porque es muy fácil ver las cosas en época seca, pero, cuando el monzón se cierne sobre tu cabeza y la lluvia te ciega, cuando sientes el agua subir por tus pies, arrastrándote con su fuerza, no ves y simplemente intentas no ahogarte mientras buscas algo a lo que aferrarte, a lo que sujetarte.»

—¡Ey, hola! —me saluda mi hermana, sentándose a mi lado, y aparco mis pensamientos para centrarme en ella, como llevo haciendo desde que llegué aquí.

«Le falta el aliento —constato con tristeza—, como si hubiera corrido miles de kilómetros cuando solo ha caminado unos pocos metros.»

—¿A dónde vas tan temprano? —le pregunto, levantándome para sentarme detrás de ella—. Apóyate en mi pecho —le pido, rodeando su frágil cuerpo con mis brazos, y me rompe por dentro verla tan delgada y demacrada.

—Te he visto desde la ventana de la habitación y me has dado envidia —me confiesa en voz baja.

—¿Tienes frío? —inquiero, abriendo mi chaqueta para envolver su cuerpo con ella.

—Un poco. —Y siempre, le preguntes lo que le preguntes, la respuesta es «un poco»—. Vienes todos los días para ver el amanecer, ¿verdad?

—Casi todos —contesto con voz queda.

Y, durante un instante, me evado de esta playa para recordar otros amaneceres... los que viví a su lado cuando todo estaba bien y mis días no comenzaban en esta playa, sino en la cocina de mi casa, cuando me levantaba y, medio dormido, me sentaba en la silla que había frente a la suya. ¡Y cómo echo de menos cada momento de los muchos que disfruté a su lado!

—Háblame de ella —me pide, buscando el cobijo de mis brazos.

—¿De quién? —inquiero, a pesar de saberlo de sobra.

—¿De quién va a ser? ¡De tu chica! —responde y, a pesar de que no puedo verla, sé que ha sonreído—. Nunca me hablas de ella, ¿por qué?

Podría decirle la verdad. Podría decirle que ya no estamos juntos y que, a pesar de que no me la quito de la cabeza, no quiero hablar de ella. Podría decirle que me siento cerrado y bloqueado y confesarle que las aguas del monzón siguen arrastrándome a pesar de estar en época seca, pero no lo hago porque no quiero preocuparla y porque ya tiene suficiente con lo suyo.

—Te caería bien —empiezo a hablar mientras los recuerdos llegan para anular todo lo que tengo frente a mí, y es curioso, porque, con todo lo que he vivido a su lado, con todo lo que he sentido, y siento, y con todo lo que podría contarle, no encuentro las palabras que la definan ni definan lo nuestro, y no sé si es porque estoy bloqueado o qué es lo que me sucede, pero, al igual que hay palabras que no puedo mencionar, hay otras, las que tienen que ver con ella, que tampoco puedo verbalizar.

—Vaya, una gran descripción de la mujer que quieres. ¿Solo vas a explicarme eso? —replica, divertida.

—No se me dan bien las descripciones.

—Eso o me estás ocultando algo, y me parece que es más lo segundo que lo primero —adivina, esta vez con seriedad, para luego guardar silencio, uno que no rompo porque no sé qué decir—. La has dejado, ¿verdad? La dejaste cuando te conté lo que me sucedía —adivina de nuevo, y había olvidado que Angie siempre ha sido más lista y perspicaz que yo.

—Por supuesto que no —le miento, endureciendo la mirada.

—Llevas más de un mes aquí y no te he visto llamarla ni una sola vez, ni siquiera en Navidad... y cuando mamá quiso llamarla ese día, te inventaste la excusa más mala de la historia de las excusas para que no lo hiciera. Me parece que estás olvidando con quién estás hablando, porque puede que esté enferma, pero no estoy ciega, y a ti te conozco tanto como me conozco a mí. Sé sincero, ¿quieres?

—En realidad, me dejó ella, pero por culpa mía —le cuento en voz baja, y, a pesar de lo que me está doliendo, me siento aliviado, supongo que porque estoy harto de fingir y necesito un poco de verdad en mi vida—. Yo no quería terminar con lo nuestro, era lo último que tenía en mente; solo quería silencio, que no me preguntara y que me diera un poco de espacio, pero tampoco puse impedimentos cuando me dejó —reconozco, y, a pesar del tiempo que ha transcurrido, sigo necesitando lo mismo.

—Y supongo que te estás refiriendo a ese viernes fatídico, cuando te llamé para explicártelo, ¿no es así? —deduce en un susurro.

—Ella regresaba de París —le detallo, sintiendo el dolor bombear con fuerza en mi garganta, y puede que necesite silencio, pero también necesito sacarlo fuera— y, cuando llegó, se encontró con toda mi mierda.

—Y no quisiste contárselo, ¿acierto?

—Ni siquiera podría contárselo ahora —admito, intentando tragar el dolor que siento pegado al paladar—. Sé que no lo entiendes, pero hay palabras que sigo sin poder pronunciar y, aunque lo último que quería era terminar con lo nuestro, cuando lo hizo ella, me di cuenta de que era lo mejor para los dos —musito, inspirando profundamente—. Ella tiene un gran futuro por delante —añado, viéndola en mis recuerdos—: va a ser la nueva diseñadora de Dior...

—Nada más y nada menos —me corta mi hermana con admiración.

—Y estoy seguro de que va a dejar al mundo con la boca abierta. Es inteligente, guapa, está llena de talento, de energía y es... —Y, cuando estoy a punto de decir que es la mujer de mi vida, callo, porque ya da igual—. Es mejor así —sentencio, «y con lo que me ha costado antes definirla, qué sencillo ha sido ahora, cuando la verdad ha ido por delante», reconozco para mí.

—¿Por qué? ¿Porque tú lo dices?

—Sí y no —respondo, intentando ordenar mis pensamientos para que lo entienda—. Ella tiene muy claro lo que quiere y cómo va a ser su vida, pero yo no... Yo no sé lo que haré ni cómo me sentiré cuando... cuando...

—Cuando me marche —me ayuda a terminar la frase, «y hay palabras que nunca voy a poder pronunciar», asumo, sintiendo cómo el dolor se despega solo de mi paladar para bajar por mi garganta y crecer hasta desbordarse dentro de mí, solo que es un dolor seco, sin lágrimas ni sollozos.

—No sé si voy a quedarme aquí, si regresaré a Madrid, si querré estar solo o acompañado... No sé cómo voy a reaccionar, Angie, y no quiero a nadie a mi lado, y menos a ella, comiéndose mis mierdas. Ella va a enfrentarse al mayor reto de su carrera, y no quiero que se desconcentre conmigo ni que se preocupe por mí. Yo no quiero arrastrarla, sino que quiero verla brillar, y conmigo no lo haría; a mi lado se apagaría, y es lo último que deseo.

—Eso no lo sabes.

—Por supuesto que lo sé —le rebato, convencido, viendo el reflejo del sol en el mar.

—En situaciones como esta me gustaría que fueras el típico hermano que, aunque quiere a su hermana y no quiere que le suceda nada malo, puede seguir con su vida a pesar de la tristeza que le provoca la situación —me confiesa, para luego guardar silencio, al que me uno durante unos segundos.

—Pues lo siento, te ha tocado uno muy pesado —replico, intentando bromear con ella, y, a veces, a mí también me gustaría ser así; me gustaría querer menos o de otra forma, me gustaría saber ordenar mis prioridades de otro modo, ser de manera distinta, porque ella tiene razón y no es bueno querer tanto.

—Creo que deberías llamarla y decirle cómo te sientes —me dice, retomando la conversación, y era de ser muy iluso creer que iba a dejarlo pasar—. Ibas a casarte con ella y a traerla en Navidad y no vas a hacer una cosa ni has hecho la otra. ¿No crees que se merece saber qué ha sucedido? Recibir, al menos, una explicación que justifique que todo se haya roto... La habrás dejado hecha polvo —adivina, y, durante un segundo, recuerdo sus lágrimas y su desesperación, y por supuesto que la dejé hecha polvo, tanto como lo estaba yo.

—Ya lo sé.

—Entonces... ¿por qué no se la diste? ¿Por qué no le dijiste las cosas tal cual eran?

—Porque es muy complicado construir una frase entera cuando no puedes utilizar la mitad de las palabras y cuando te sientes completamente bloqueado —le confieso, sintiendo cómo las aguas del monzón siguen arrastrándome con el lodo.

«Me dijiste que no imaginabas tu vida sin mí, y que me querías como nunca habías querido a nadie. ¿Ya no me quieres? ¿Tienes esa facilidad para querer hoy y dejar de querer mañana? Me pediste que me casara contigo y te contesté que sí...», rememoro, y, al menos, cuando podía llorar sentía cierto alivio, no como ahora, cuando siento el dolor enquistado y echando raíces dentro de mí.

—Pues busca sinónimos. Ya tienes el sinónimo de muerte, ¿quieres uno para metástasis? Jodido, tú mismo lo empleaste. ¿Enfermedad? Bicho... Pero no la dejes así, porque te odiará y porque no se lo merece, ni tú tampoco —me asegura, «y ojalá yo pudiera hablar así, con esa naturalidad, sobre este tema, pero soy incapaz», asumo, inspirando profundamente—. Sigues queriéndola, ¿verdad?

—Sí.

—Pues díselo. Si no lo haces por ella o por ti, hazlo por mí, porque no quiero sentirme más culpable de lo que ya me siento.

—Tú no tienes que sentirte culpable de nada —mascullo entre dientes.

—Ni tú tendrías que haber... Déjalo. No quiero juzgar tus decisiones porque no quiero que tú juzgues las mías, pero tu vida no terminará cuando termine la mía y, si eliges sufrir en lugar de vivir, no podrás sonreír ni alargar la sonrisa, no podrás reír ni alargar la risa —me dice con tristeza—, y por supuesto que puedes hacer lo que quieras cuando yo me marche. Puedes elegir sufrir y hundirte o puedes elegir ser feliz. Puedes elegir estar solo o puedes elegirla a ella. Puedes irte a París, Ciro, y descubrir esa ciudad a su lado. Puedes sentarte en los Campos Elíseos y disfrutar de las vistas y alargar el momento, ese que me darás a mí. Puedes ser padre y ver crecer a tus hijos, y no por ello estarás queriéndome menos, porque, lo que tenías que hacer, ya lo hiciste, lo estás haciendo ahora, cuando te has levantado para sentarte detrás de mí y cobijarme entre tus brazos, cuando me mientes y me dices que estás bien o cuando me llevas a todos esos sitios que quiero ver por última vez. Por favor, elígela a ella. Elige ser feliz —me pide con voz cansada, como si estuviera agotada y fuera incapaz de recobrar el aliento.

—Vale, me ha quedado claro, cállate un poquito, ¿quieres? —replico con cariño, dándole un beso en la cabeza.

«Estaría dándole besos continuamente, abrazándola continuamente y todo continuamente porque nunca sé si ese beso, ese abrazo o ese momento será el último», reconozco, percibiendo su respiración en mi pecho, tal y como sentí la suya, solo que la suya estaba llena de vida y de emociones y la de mi hermana está apagándose, como está apagándose ella.

—Solo una última cosa —añade, acurrucándose entre mis brazos.

—¿Qué?

—Cuando no sepas qué hacer con tus mierdas, entrégaselas al universo; él sabrá qué hacer con ellas —susurra con un hilo de voz, y supongo que, cuando estás llegando al final de tu vida, la fe es lo único que te queda.

—Tienes frío y yo, hambre; vamos, te llevo —le digo, intentando aportarle un poco de ligereza a mi voz y poniéndome de pie para luego ayudarla a ella, y en realidad no tengo hambre, pero hace frío y no quiero que se resfríe.

—¿Qué haces? —me pregunta, sonriendo cuando la cojo en brazos.

—¿Qué pasa?, ¿que nunca te ha cogido en brazos un chico guapo? —le planteo, cruzando la playa con ella entre mis brazos, y, durante un segundo, recuerdo otra playa, otro momento feliz, en realidad muy feliz.

Yo escribí un deseo en esa playa que iba a hacerse realidad hasta que lo borré con mis palabras y con mis actos. Un deseo que también borró el agua del mar y la fuerza del viento. Borrado por todos, pero, sobre todo, borrado por mí.

—No tan guapo como tú —me regala con cariño mientras comienzo a subir las escaleras, cubriéndola todo lo que puedo con mi cuerpo para que no se enfríe.

—No me extraña —le indico, guiñándole un ojo.

Y qué fácil es fingir cuando aprendes a hacerlo o cuando la persona que más quieres te pide que lo hagas.

* * *

Paso los siguientes días sumido en un estado de contradicción continua, porque sé que mi hermana tiene razón y ella se merece al menos una explicación por mi parte, solo que no me siento todavía preparado para dársela, supongo que porque sigo bloqueado y solo soy capaz de funcionar para hacer lo que debo, pero para poco más.

—¿Damos un paseo? —me propone mi padre, sacándome de mis pensamientos, y observo a mi hermana dormitar en el sofá mientras mi madre le acaricia la cabeza. «Parece más pequeña, como si estuviese menguando», pienso con tristeza—. Vamos, acompáñame —insiste él, cogiendo mi chaqueta para tendérmela, «y me vendrá bien que me dé el aire», asumo, aceptándola—. ¿Cómo lo llevas? —inquiere una vez estamos fuera de casa, y, aunque podríamos bajar a la playa, estoy harto de ella y de los recuerdos que se encuentran mezclados con esa arena.

—Lo llevo —me limito a contestarle, echando a andar hacia ningún sitio, viendo, de reojo, su espalda ligeramente encorvada.

«Esta situación nos está cambiando a todos —me lamento—, porque mi padre parece que haya envejecido diez años de golpe, y mi madre, lo mismo.»

—Estamos tan pendientes de ella que a veces creo que te estamos descuidando a ti —me confiesa, sorprendiéndome.

—Ya no soy un crío al que tengas que cuidar, y es normal estar pendientes de ella —le rebato, molesto, «y él no tiene la culpa de mi frustración», me reprendo, guardando las manos en los bolsillos de la chaqueta—. ¿Cómo lo llevas tú?

—Lo llevo, como tú, que ya es bastante —me cuenta con seriedad, y me limito a guardar silencio, ese silencio al que me aferro más veces de las que debería—. Tu madre lo lleva peor y por la noche se harta de llorar —me confiesa, bajando el tono de voz—, y yo no sé qué decirle, porque ya se lo he dicho todo —prosigue mientras ambos caminamos por inercia—. Quiero que sepas que estoy muy orgulloso de ti —añade, con la voz quebrada por la emoción, y aprieto la mandíbula, porque sigo en época seca y no puedo llorar, y no sé qué es peor, si sacar lo que siento con lágrimas o permitir que se pudra dentro de mí—, de ver cómo tratas a tu hermana y cómo te desvives por ella, pero...

—Pero ¿qué? —lo corto, y solo siento rabia, ira y frustración.

—No quiero que pienses que me estoy metiendo en tu vida, pero ¿qué hay de tu trabajo o de María Eugenia? Nos dijiste que ibais a casaros y no hemos vuelto a saber nada de ella —comenta, prudente, mientras guardo silencio—. Estoy preocupado por ti, y ya sé que eres una persona adulta y que no necesitas que nos preocupemos o te cuidemos, pero te observo cuando Angie no está delante y no me gusta lo que veo. Te has cerrado en banda y solo hablas o actúas de manera normal cuando ella está presente, pero...

—¿No es eso lo que hacemos todos? —lo interrumpo de repente, enfadado—. ¿Acaso no se trata de fingir que todo está bien?

—Se trata de darle normalidad a esto que nos ha tocado vivir, de hablarlo si lo necesitas, de fingir, a veces, sí, porque no podemos estar todo el tiempo llorando delante de ella, pero tampoco podemos ignorar lo que sucede... y hablar ayuda, decir cómo te sientes, ayuda, pero tú te has encerrado en tu dolor y haces justo lo que estás haciendo ahora, endureces la mirada, aprietas la mandíbula y guardas silencio, quedándotelo todo dentro.

—No pretenderás que me ría a carcajadas o que siga con mi vida como si nada —le rebato, viendo el azul turquesa del mar en contraste con el verde de los árboles, y este paisaje siempre me había relajado cuando, ahora, no sé por qué, me genera rechazo.

—Yo no pretendo nada, ni tampoco quiero decirte lo que tienes que hacer; solo quiero que sepas que los problemas no desaparecen por mucho que los ignores, que las cosas van a suceder igualmente, lo hables o no, y que tus silencios no te hacen ningún bien. Sé que hay palabras que cuesta pronunciar, pero, cuando lo haces la primera vez, la segunda ya cuesta menos. Solo quiero que sepas que tanto tu madre como yo estamos a tu lado para escucharte cuando necesites desahogarte, para dar un paseo o para lo que sea, y que estamos preocupados por ti.

—Pues no os preocupéis, porque estoy bien —mascullo con dolor, incrementando el ritmo de mis pasos para dejarlo atrás, porque yo solo quiero estar solo, solo quiero despertar de esta puta pesadilla, solo quiero que esté todo bien, «y, por mucho que le dé al universo mis mierdas, dudo mucho que sepa qué hacer con ellas», me digo, recordando las palabras de mi hermana.

«¿Cómo voy a llamarla cuando dentro de mí solo hay rabia y dolor? —me pregunto, deseando echar a correr—. ¿Cómo voy a explicar que yo sí que puedo cuidar de ella, pero que ella no puede cuidar de mí? Y no es porque no sepa, sino porque no quiero que nadie cuide de mí, porque he elegido sufrir y dejarme arrastrar por las aguas del monzón y porque, si me ahogo, prefiero hacerlo solo.»

Capítulo 8

Madrid, 21 de enero

María Eugenia

—¡Perdona! Tía, qué tarde se me ha hecho —me disculpo con Candela, sentándome en la silla que hay frente a la suya mientras mi hermana me mira torciendo el gesto—. Deja de mirarme así, ¿quieres? Te juro que me faltan horas entre organizar el viaje a China, preparar la mudanza y el curro. Y pensar que en nada estaré en París. ¿Te lo puedes creer? ¡Tía, que estoy a punto de marcharme! Y, mira, casi mejor si no lo pienso o no podré comer; he perdido tres kilos —le cuento sin apenas coger aire para luego centrarme en ella—. Y, tú, ¿a dónde vas vestida así? —inquiero, mirándola por encima de mis gafas de pasta—. Lo haces a propósito para fastidiarme y sacarme de quicio, ¿verdad? Venga, reconócelo —le pido, observando la camisa a cuadros, llena de bolitas, que lleva puesta sobre una sudadera de Mickey, «y hay prendas que, por mucho que insistas, no combinan entre sí», sentencio, negando con la cabeza ante su sonrisa—. ¡Oh, my Dior! ¡Soy la hija del sacerdote, seguro! Anda, trae esa carta —añado, haciéndome con ella.

—Te dije que llegaría el día en que volverías a reñirme por ir vestida de cualquier manera y, mira, ya ha llegado —me responde con una enorme sonrisa, consiguiendo que mi pecho se contraiga con fuerza, y ha sido solo una contracción rápida y fuerte que, tal y como ha llegado, ha desaparecido.

«Creía que iba a costarme la vida aprender a vivir sin él y, sin embargo, casi lo he conseguido, y solo me falta el "casi", pero, si lo comparo con lo que llevo sufrido, ya lo tengo medio superado... o no... —admito, inspirando hondo—. Nada es para siempre; ni el amor es para siempre, ni la felicidad es para siempre, ni siquiera el dolor más auténtico es para siempre», constato antes de hacer mis pensamientos a un lado.

—Y anda que no te has esmerado para que llegara... ¿Qué pasa, que lo estás haciendo adrede? En serio, no hace falta que te disfraces, ya lo tengo asumido y casi superado —le confieso, guardando silencio cuando se acerca el camarero para tomarnos nota.

—¿Has vuelto a saber algo de él? —me plantea, prudente.

Él y no su nombre, porque su nombre está vetado, incluso en mis pensamientos.

—No, es como si la tierra se lo hubiera tragado o como si lo que vivimos, en realidad, no hubiera sucedido y solo hubiese sido un espejismo, o un sueño, pero eso ahora ya da igual —musito, inspirando profundamente para luego guardar silencio, uno que mi hermana respeta—. El otro día vino a la empresa un amigo de mi jefe con el que vamos a trabajar; llegué al departamento y encontré a todas mis chicas pegadas al cristal de la puerta, babeando por él, y no era para menos, porque tendrías que haberlo visto... ¡menudo portento! —le explico, rememorando el momento y sonriendo—. Antes de salir de Diseño, para ir a conocerlo, le dije a mi equipo que iba a conocer a mi futuro marido y, en realidad, no era cierto, pero hago esas cosas, hago comentarios que, a pesar de lo que ha sucedido, intuyo que podrían dolerle si los oyera, y está claro que no los oye y que menos aún le duelen, pero no por ello dejo de hacerlo, y es una bobada y solo me falta el «casi» para olvidarme por completo de él... Estoy mejor, de verdad; estar tan agobiada, tener tantos quebraderos de cabeza y tantos planes me ayuda a estar distraída todo el tiempo, pero hay momentos, sobre todo cuando digo esas cosas que en el fondo no siento, en los que me doy cuenta de que ese «casi» será lo que más me cueste.

—Pero lo lograrás, ya lo verás —me anima, alargando una mano para aferrar la mía por encima de la mesa.

—No me queda otra. Estas semanas he pensado mucho y he llegado a la conclusión de que hay cosas que, por mucho que las desee, no son para mí, y es una pérdida de tiempo que intente hacerme con ellas, porque lo que me tenga reservado la vida ya lo traerá la corriente y no hace falta que me deje los brazos luchando contra ella para intentar cogerlo o mantenerlo. Fíjate en Dior: vino solo, arrastrado por esa corriente, y yo solo tuve que cogerlo. Alberto... él... no eran para mí, y por eso la corriente los alejó de mi orilla, y no hay más, no tiene sentido que me caliente la cabeza o que sufra por algo que no es para mí. Mi vida, lo que me ha traído siempre la corriente, ha sido mi trabajo, han sido oportunidades excepcionales, y hay quien tiene una vida personal plena y hay quien tiene una vida profesional alucinante, y puede que haya quien lo tenga todo, pero está claro que no es mi caso, y no tiene sentido que pierda el tiempo lamentándome, así que... Ya está bien, ya te he dado la tabarra un buen rato y fin del tema. Vamos a lo que importa: mira qué piso he alquilado —le cuento, sacando el móvil para mostrárselo, haciendo a un lado esos pensamientos que creo a pies juntillas. Puede que la vida me tenga reservadas más sorpresas y las cogeré si están en mi orilla o las dejaré ir si tengo que adentrarme en el mar para luchar contra la corriente... «El mar. El azul de sus ojos. El azul de la combustión completa...», rememoro antes de barrer mis recuerdos con la ilusión de ese futuro que tengo frente a mí—. No iba a elegirlo porque es carísimo, pero es carísimo para el salario que cobro ahora; sin embargo, si tengo en cuenta el que voy a ganar, está tirado de precio. Fíjate, es tan ideal —comento, aferrando el entusiasmo que flota en mi orilla para empezar a mostrárselo mientras nos sirven la comida—. Mira el baño... el espejo antiguo, la bañera de patas de bronce y los portones de la ventana de madera, las puertas son altísimas, y el papel de la pared es tan ideal y tan *chic*. Además, está recién reformado y todos los muebles son nuevos —le cuento, entusiasmada—. Por lo que me ha explicado la chica de la inmobiliaria, este ático pertenece a un matrimonio que se dedica a comprar viviendas y reformarlas para luego alquilarlas o venderlas.

—Entonces, ¿lo estrenarás tú? —me pregunta mientras va ojeando las fotografías.

—Así es. ¿Te gusta? —le formulo, a pesar de que no es para nada su estilo, porque mi hermana es más de muebles lisos y modernos.

—Muy *vintage* —me dice con una sonrisa, evitando responderme.

Y es una tontería negar que este apartamento me gustó no solo porque es un ático y porque se encuentra en el distrito séptimo, uno de los vecindarios más lujosos de París, donde se ubica la Torre Eiffel, la Asamblea Nacional o Les Invalides, sino porque tiene los suelos de mosaico y ese aire antiguo que me recuerda tanto a su casa, «y, sí, ese "casi" será el que me cueste media vida», pienso, ensombreciendo el gesto.

—Me gusta, te va mucho, es como si lo hubieras decorado tú —prosigue Candela, sacándome de mis pensamientos, devolviéndome el móvil, y me obligo a sonreír y a coger solo lo que flota en mi orilla y dejar las estrellas y los imposibles en ese universo tan lejano y fuera de mi alcance ahora—. Bueno, y ¿cuándo te vas a China? Menuda marcha llevas, no me extraña que estés agobiada.

—Mañana, y ni te imaginas todo lo que tengo que solucionar antes, porque estaré dos semanas fuera. Solo espero que la persona que hemos elegido para sustituirme sepa hacerlo bien y no me defraude, porque tengo que estar en París en marzo —le comento, agobiándome por momentos, «y debería dejar de agobiarme de una vez, porque Elkann parece plenamente convencido con su elección, con nuestra elección en realidad, solo que yo sigo sin tenerlas todas conmigo, a pesar de lo bien que lo está haciendo», reconozco, guardando esas reflexiones para mí.

—Qué fuerte, vas a ser la diseñadora de Dior, lo que siempre has soñado —me dice mi hermana con admiración, arrancándome una sonrisa, esa sonrisa que tarda tanto en llegar cuando antes estaba dibujada casi permanentemente en mi rostro, «pero eso era antes, y ahora es ahora», sentencio, viendo su rostro a través de mis recuerdos, y es cierto lo que le he dicho a Candela, porque parece que se lo haya tragado la tierra y solo viva en mi mente.

—Sí... así es —susurro, recordando esa playa y ese deseo que él escribió sobre la arena, y me falta solo el «casi»... un casi que nunca desaparecerá como siga llevando esa concha conmigo a todas partes. «Debería tirarla —me aconsejo, como siempre—, solo que, como siempre, no lo hago», admito, acompañando mis elucubraciones con una fuerte inspiración.

* * *

Paso el resto de la tarde sumida en mi trabajo, reuniéndome con Manuel, con Greta y con mi equipo para terminar de cerrarlo todo, y no debería agobiarme tanto, porque el grueso del trabajo ya está hecho; ya tenemos los prototipos validados, ya hemos recibido la materia prima y el Departamento de Confección ya está trabajando con la nueva colección. «¡Menudas semanitas nos hemos comido, hostia! —exclamo mentalmente, cerrando la luz del departamento—, y qué poquito me queda para seguir haciendo esto —constato, observándolo, sumido en la oscuridad—. Sí, estas semanas han sido una locura, pero ha valido la pena y a mí me ha venido de coña para no pensar en él —afirmo, echando a andar hacia el ascensor—. Mañana volaré a China y, más tarde, a París, y todo lo que he sufrido quedará en el olvido cuando las olas lo borren con el tiempo —me digo con tristeza—, y solo me queda el "casi", solo eso», asumo, saliendo a la calle, donde el viento gélido me recibe con los brazos abiertos, dándome de lleno en el rostro, mientras oigo sonar mi móvil.

«No puedo creerlo», me petrifico, sintiendo cómo mi mundo se detiene ante el nombre que aparece en la pantalla, el suyo.

Capítulo 9

MENORCA

Ciro

«Debería colgar, porque ni siquiera sé lo que voy a decirle —asumo mientras escucho los tonos del teléfono, sintiendo mi mente más bloqueada que nunca—, pero necesito oír su voz, y puede que, cuando lo haga, las palabras encuentren solas el camino sin que yo tenga que mostrárselo —reflexiono, viendo la luna reflejada en el agua del mar—. Esta playa y este mar que me están viendo pasar por todas las fases posibles; por la fase del monzón, por la de la época seca y por esta en la que me hallo ahora, la que cuesta, la jodida, aunque en realidad todas han sido jodidas —me corrijo, apretando la mandíbula—. Y ha sido en esta fase donde he podido pensar y verbalizar, solo para mí, esas palabras que tenía bloqueadas en mi cabeza... *cáncer*, *metástasis* y *muerte*, porque mi padre tenía razón y, cuando las dices por primera vez, aunque sea en voz muy baja, luego ya cuesta menos, como todo esto. Puede que sea porque el cuerpo es sabio y sabe adaptarse a todo y, al igual que puede convivir con la felicidad, también puede hacerlo con la desdicha y el dolor.»

«No lo ha cogido —me lamento cuando se corta—. Puede que Angie tenga razón y me odie o puede que no lo haya oído.

¡Qué más da! —pienso, inspirando con fuerza—. Puede que haya sido mejor así, porque sigo sin saber qué haré o cómo reaccionaré cuando ella muera y, sí, es cierto que estoy manteniéndome en una especie de fase intermedia, pero es jodidamente fácil pasarte a las otras —me digo, observando su nombre en la pantalla del móvil—. Podría llamarla de nuevo —me planteo, aferrándolo con ambas manos— o podría dejarlo estar... Sé que todavía sigue en Madrid, porque me lo ha contado Amparito, y sé que estaba muy triste al principio, pero que ahora está mejor, así que doy por hecho que su época del monzón también ha pasado. Nos quisimos tanto... —medito, solapando un pensamiento con otro, tal y como hacía ella cuando hablaba—, y todo pasa y todo, incluso lo que más duele, en algún momento, deja de doler... y, si ha dejado de dolerle, yo no debería molestarla y mis explicaciones llegan tarde», concluyo, guardando el teléfono, sintiendo cómo el frío de la noche se cuela a través de mi ropa para adentrarse en mi piel y encontrarse con otro tipo de frío, ese que tengo asentado en el pecho, echando raíces.

Capítulo 10

María Eugenia

Sigo sin poder reaccionar, sin ni siquiera poder pestañear, como cuando me fui de su casa, y se ha colgado y no he podido cogerlo. «Pero ¿qué quiere ahora? —me pregunto, incapaz de alejar la mirada del móvil—. Ahora, cuando "casi" lo he superado, cuando "casi" me he acostumbrado a estar sin él, cuando "casi" he aceptado lo que hay, me llama... —pienso, sintiendo mi mundo todavía detenido—. Debería pasar de él. Debería guardar el teléfono y seguir con mi vida, tal y como él hizo con la suya, porque era un niñato insolente que supo jugar muy bien sus cartas y yo caí una vez, pero, con lo que me ha costado levantarme, no estoy dispuesta a caer una segunda. Vamos, que sería de tontas», sentencio, guardando el móvil en el bolso para luego detener un taxi y marcharme a mi casa, solo que me muero de curiosidad y sigo echándolo de menos y todo se ha removido dentro de mí con esa llamada.

«Y qué traicionera puede ser la mente, porque siempre está lista para recordarte y mostrarte lo que tanto te ha costado hacer a un lado —medito mientras el coche circula por un Madrid casi desierto—. Hoy hace justo dos meses que lo dejamos —me percato de repente—: 21 de noviembre, 21 de enero, e igual es casualidad o no, pero eso ya no importa, porque las estrellas, las nebulosas y el infinito son para el universo, no para mí», me lamento con dolor, abonándole la carrera al taxista cuando detiene el vehículo frente a mi casa.

«Maldita sea, no recordaba que no funcionaba el ascensor —farfullo, empezando a subir las escaleras—. Mañana lo voy a tener jodido para bajar la maleta —prosigo el hilo de mis pensamientos—, porque es enorme... —Y continúo preguntándome para qué me habrá llamado y no voy a poder estar tranquila hasta que lo sepa, porque, si mi ego es tan grande como todo Madrid, mi curiosidad es todavía mayor—. Puedo llamarlo, descubrir qué hostias quiere y seguir con mi vida, como he hecho hasta ahora. Yo he cambiado, estos meses me han cambiado, y no tengo por qué caer —sentencio ya en mi casa mientras intento recuperar el aliento—. Y no sé si me cuesta respirar por haberme comido la tira de escalones o por lo que me estoy planteando —reconozco, inspirando con fuerza—. Vale, sabes que no vas a poder dormir ni estar tranquila hasta que lo sepas —me digo, cogiendo el móvil para llamarlo—. ¡A la mierda!», maldigo, pulsando sobre su número de teléfono.

—¿Qué quieres? —le espeto en cuanto descuelga.

—Hola —Y ese «hola» ha sido más que suficiente para robarme la respiración, detener mi corazón y aflojar mis piernas, y, ¡venga ya!, no puedo reaccionar tan exageradamente con un simple «hola», porque yo no soy así y menos aún con un tío que me ha hecho tanto daño.

—Te he preguntado qué quieres —insisto con sequedad y, oyéndome, nadie diría que he tenido que sentarme porque mis piernas han perdido la capacidad de sostenerme.

—Supongo que disculparme y también explicarme —oigo que me dice, y es, justo en este instante, cuando me doy cuenta de que ese «casi» que me falta para terminar de superarlo nunca va a desaparecer, porque siempre voy a quererlo y siempre voy a echar de menos ese futuro que imaginé a su lado.

—Ya te disculpaste muchas veces y tus explicaciones llegan dos meses tarde —replico, sin aportarle ningún tipo de emoción a mi voz, sintiendo cómo mi garganta comienza a cerrarse. Él era mi todo y si se ha burlado de mí; para él queda.

—Dicen que más vale tarde que nunca —me rebate con seriedad y, durante un segundo fugaz, recuerdo cuánto le gustaba emplear refranes.

—Lo siento, pero no estoy de acuerdo con esa afirmación —musito, y yo he cambiado y algo me dice que él también lo ha hecho, porque lo siento tan cerca como si estuviera a mi lado y tan lejos como si estuviera instalado en ese infinito que tantas veces imagino—. No sé a qué viene esto ahora, pero no me interesa; ya no importa por qué me dejaste y...

—Yo no te dejé —me corta con gravedad, «y qué distinto este tono que está empleando a ese tono vacilón que solía emplear antes», me percato, recordando su sonrisa desdeñosa, su insolencia y esa capacidad innata que tenía para hacerme sonreír, casi continuamente, tan distinto a ahora...

—Es verdad, lo hice yo, pero, si mal no recuerdo, era mejor así, ¿o estoy equivocada? —replico, sintiendo el rencor colarse a través de mi voz, y no es el momento de echarse nada en cara, no ahora—. Perdona, no quería emplear ese tono. Oye, creo que ya da igual... Tú has seguido con tu vida y yo, con la mía. Al final tenías razón y era lo mejor para los dos —afirmo con fingida indiferencia, como si este tema fuera ya agua pasada y no fuera conmigo, cuando en realidad no es así, y mucho menos es verdad, porque lo mejor para mí siempre fue él, «solo que le estoy dando voz a mi ego y a mi orgullo», admito con tristeza. Puede que, al contrario de lo que pensaba, sí que esté enfadada con él.

—¿En serio lo crees? —me plantea, empleando de nuevo ese tono serio, casi neutro, que nunca hubiera asociado a él... Él y no su nombre; solo él, como al principio.

—Tenías que haber borrado mi número de teléfono cuando te lo pedí, nos hubieras ahorrado muchas cosas. Espero que te vaya bien —suelto con sequedad antes de colgar, y suerte que no puede verme, porque me vería llorar.

«Es mejor así y sus explicaciones llegan tarde —intento autoconvencerme mientras bloqueo su número de teléfono—. Nunca lo tendría que haber desbloqueado —me recrimino, sintiendo la garganta completamente cerrada—. Y lo peor de todo es que sigo sin saber el motivo de todo esto; de todo este sufrimiento, de todo este dolor, y, sí, ya sé que esta vez ha sido cosa mía, pero... qué sé yo», mascullo, soltando un sollozo.

Paso prácticamente toda la noche en vela, pero no es algo que me sorprenda, «porque sé cómo soy y tenía claro que no iba a poder conciliar el sueño si no conocía el motivo de su llamada», constato, cambiando de postura de nuevo. Maldita sea, he dado tantas vueltas en la cama que estoy hasta desquiciada, por lo que finalmente me rindo y me levanto. «Total, si me duermo ahora será peor, porque solo faltan unas pocas horas para que suene el despertador», me digo, yendo hacia la cocina para prepararme un café bien cargado. No tendría que haberlo llamado, porque ahora no dejo de oír su voz resonando en mi cabeza, como una especie de eco sin fin; esa voz que «casi» había olvidado y que esa llamada ha traído de vuelta, refrescando mis recuerdos. Y vaya mierda, porque ahora estoy cansada, triste y de muy mala leche.

—Podría llamarlo y ponerlo de vuelta y media. Sí, podría hacerlo, podría dejarme de hostias y decirle que fue muy cabrón y que por su culpa casi me volví medio loca esa tarde y que lloré mi vida entera —parloteo para mí misma mientras me preparo el café—. Y lo peor de todo es que sigo echándolo de menos —admito con la mirada fija en el líquido negro y espeso que está empezando a llenar la taza—. Qué ilusa he sido creyendo que me faltaba solo el «casi» cuando una simple llamada y unas cuantas frases me han colocado de nuevo en el punto de inicio —medito con dolor—. Déjalo estar... Te vas a China y luego a París, y él está fuera de todo eso. Tu vida ahora es Dior. Fin.

Me tomo un café, luego otro y luego otro, me doy una ducha, me visto, me maquillo, hago tiempo y lo desbloqueo, «e igual es porque estoy cansada física y mentalmente o igual es solo una excusa, pero qué más dará —discurro, arrastrando la maleta hasta la puerta—. Por suerte tengo China para desconectar, para olvidarme de toda esta mierda y para centrarme —me animo, empezando a bajar los escalones—, y tenía que estropearse el ascensor justo ahora —me lamento, comenzando a sudar, colgándome el bolso en bandolera porque no puedo con todo—. Maldita sea, voy arrastrando el abrigo —me percato, echando de menos una goma elástica con la que anudarme el pelo, porque lo tengo todo el tiempo en la cara y esta maleta pesa como si llevara un muerto—. Debería quitarme los tacones...», pienso antes de tropezar con una de las ruedecitas, y quiero sujetarme a algo, solo que no encuentro la barandilla, y quiero parar pero no puedo frenar y quiero...

* * *

Despierto en una habitación que no es la mía mientras los recuerdos luchan por abrirse paso a través de mi mente embotada. «¿Dónde estoy? ¿Qué me ha sucedido?», me pregunto, cerrando los ojos de nuevo, pues la luz me molesta.

—¡Ey! Bienvenida al mundo de los vivos —oigo la voz de mi hermana, y vuelvo a abrirlos para verla junto a mi madre.

—Ay, hija, ¡gracias a Dios! Qué susto nos has dado —exclama, cogiendo mi mano mientras la lucidez va abriéndose paso en mi cabeza. Recuerdo que me caí por las escaleras; recuerdo cómo pasé por encima de la maleta haciendo casi la voltereta; recuerdo la voz de uno de los vecinos, me dolía la pierna y luego me subieron a una camilla... Recuerdo el sonido de la ambulancia y algunas voces que no reconocía y luego me dormí—. Te caíste rodando por las escaleras, ¿te acuerdas?

—Vaya cabeza más dura tienes, ¡qué leche te has dado, tía!, y menudo lío has armado, has revolucionado a todo el vecindario —oigo que me suelta Candela. «Me duele la cabeza; en realidad, me duele todo el cuerpo», me percato un poco aturdida, pero más la pierna, así que muevo la cabeza para dirigir mi vista hacia ella y suelto un grito en cuanto la veo enyesada—. Te has roto la pierna, hermanita.

—El maléolo del peroné —me confirma mi madre, leyendo un papelito—. He tenido hasta que anotarlo, ¡anda que menudo nombrecito!

—Pero no puede ser, tengo que irme a China —musito, deslizando la mirada de mi madre hacia Candela y de nuevo hacia mi madre.

—Como para ir a China estás tú... Lo que tienes que hacer es darle gracias a Dios, porque esto no es nada para lo que podría haber pasado —prosigue mi progenitora—. Ay, hija, qué podrías haberte roto el cuello o vete tú a saber. Si llega a sucederte algo, me muero detrás de ti. Suerte que el Señor nos quiere mucho y solo ha quedado en esto.

—Pero yo tengo que coger un... ¡El avión!, mierda, ¡el avión! ¿Qué hora es? ¡Que voy a perderlo! —les digo a toda prisa cuando la lucidez termina de abrirse paso en mi mente.

—Ese avión hace horas que se ha ido —me informa mi hermana mientras la miro sin dar crédito. ¿Cómo?—. ¿Qué parte de que te has roto una pierna no has entendido? Eso por no hablar del golpe que te has dado en la cabeza, que te han hecho hasta no sé qué prueba para descartar no sé qué cosa. —Y me encanta lo concisa que puede llegar a ser.

Esto debe de ser una pesadilla, porque yo tengo que ir a China y a París, «y no puedo haberme roto una pierna —me niego a aceptar mientras mi madre me da palmaditas en la mano—. ¡Oh, my Dior! Esto es lo que me faltaba», me lamento, a punto de echarme a llorar.

—Vas a venirte a casa a vivir una temporadita para que pueda cuidarte y malcriarte mucho, como cuando eras pequeña —oigo que se emociona mi madre mientras yo solo puedo pensar en China, en el avión que he perdido y en París, e igual me he quedado medio lela, porque no puedo salir de ese bucle de palabras.

—Necesito irme de aquí —les digo cuando consigo poner en orden mi cabeza.

—De eso nada. El médico ha dicho que vas a quedarte en observación, así que no empieces a hacer el tonto y a ponerte pesadita. Hoy dormimos aquí tú y yo, ya he mandado a tu padre a casa a por mis cosas.

—¡Que no! ¡Que no voy a quedarme aquí! —exclamo, incorporándome con rapidez y sintiendo cómo el mareo se apodera de mi cuerpo. «¡Venga ya!, no me fastidies», gimoteo, dejándome caer de nuevo sobre la cama, para luego cerrar los ojos hasta que desaparezca esta sensación.

—Que cabezota eres —me riñe mi madre, tapándome otra vez y arreglándome las sábanas, y ¡maldita sea!—. Te has mareado, ¿a que sí? Si es que no haces caso —sigue con la reprimenda mientras solo siento deseos de llorar, pero no de tristeza, sino de pura rabia e impotencia.

* * *

—Bajo un momento a cenar y subo enseguida, ¿vale? —me comenta mi madre unas horas más tarde mientras siento la frustración cercar mi garganta. «Tengo que llamar a Elkann y, cuanto antes lo haga, mejor», me digo, inspirando profundamente, viendo cómo mi madre abandona la estancia.

—¿Ya has llegado? —me pregunta, extrañado, en cuanto descuelga.

—Estoy en el hospital —le cuento, sin poder creer todavía lo que me ha sucedido. «Maldito ascensor, malditas escaleras y maldito sea él y su llamada.»

—¿Qué coño estás diciendo, María Eugenia? —inquiere, con voz acerada.

—Me he caído esta mañana por las escaleras y me he roto una pierna, concretamente el maléolo del peroné, y me he dado tal golpe en la cabeza que no sé cómo no me he abierto el cráneo —mascullo entre dientes, y estoy tan sumamente enfadada que solo siento deseos de gritar y de llorar, todo a la vez.

—¡Joder!

—Créeme, a cabreo no vas a ganarme, así que ahórrate los tacos —le aseguro, sintiendo ese cabreo junto a la frustración, la rabia y todo lo malo cercar mi garganta, para después expandirse en mi pecho, porque esto es una putada y de las grandes.

—Este viaje es importante, ¡hostia! Sabes de sobra que necesito a una diseñadora aquí —me indica entre dientes.

—Ya lo sé, pero así no puedo viajar —replico mientras lo oigo maldecir por lo bajo.

—Llama a Luna, que venga ella —me ordena finalmente.

—¿Ella?

—¿Quieres venir tú? —me espeta, fuera de sí.

—Por supuesto que quiero ir yo, pero me he roto la maldita pierna —siseo entre dientes—, y tenemos a Luna en La Rioja, en el *shooting* de la nueva colección; es imposible que vaya ella.

—Ese *shooting* termina mañana. Dale el sábado para que

descanse y haga las maletas y el domingo la quiero cogiendo un puto avión, ¿está claro? Mañana llamaré a Sonia para que se encargue de su visado, por suerte tengo un colega que puede agilizarnos todos los trámites. Joder, ¡qué putada, coño! —maldice mientras yo guardo silencio, porque es una putada, «y no solo para él», asumo con una profunda inspiración, intentando calmarme, porque estar tan sulfurada solo me produce más dolor de cabeza y, con el que tengo, voy más que sobrada.

—Mañana la llamaré... lo siento mucho —le digo, permitiendo a la tristeza adueñarse de mi voz, porque yo tendría que estar llegando a China y no en la habitación de un hospital, y porque París me espera y porque mi vida, ahora, es una puta mierda, hablando claro.

—Lo solucionaremos. Dile a Luna que iré a buscarla al aeropuerto —me responde, ya más calmado—. Mejórate... menudo momento más oportuno has elegido para romperte la pierna.

—Ni lo menciones —refunfuño entre dientes—. Mañana hablamos —le indico antes de colgar, para luego tumbarme sobre la cama—. Maldita sea —musito para mí, «y solo me apetece estar sola», constato cuando veo a mi madre entrar.

—Mamá, vete a casa a dormir. De verdad, no hace falta que te quedes, estoy bien —le pido mientras ella se acomoda en el butacón.

—Ni lo sueñes, no pienso dejarte sola —replica, y no quiero parecer desagradecida, pero eso es justo lo que necesito, que me deje sola.

Por suerte duermo toda la noche de un tirón, a pesar de lo incómoda que estoy con el yeso, y, cuando despierto al día siguiente, el dolor de cabeza y la tristeza que sentí ayer han desaparecido, por lo que ahora solo tengo que lidiar con mi cabreo y mi frustración, «unos sentimientos que tardarán en desaparecer», asumo, cogiendo el móvil para llamar a Luna.

—¡Hola, María Eugenia! ¿Ya has llegado a China? —me pregunta con despreocupación.

—Ya quisiera —le respondo con un gruñido—. ¿Cómo va todo? —le planteo con sequedad.

—Muy bien. Esta finca es impresionante; bueno, todo, tenías razón cua...

—Calla y escúchame —la corto, porque no tenemos tiempo que perder y porque necesito solucionar este tema cuanto antes.

—¿Qué sucede? —inquiere, extrañada.

—¿Tienes el pasaporte en vigor?

—¿Yo?

—¡Sí, tú! ¡¿Quién va a ser?!

—Sí —me confirma, y siento cómo el alivio me invade por completo.

—¡¡Oh, my Diorrr!! ¡¡Gracias!! Una cosa menos de la que preocuparse.

—¿Se puede saber qué te pasa? —insiste, sin entender nada.

—Te marchas a China. Sonia se encargará de tu visado; que tu madre o quien sea le lleve el pasaporte ahora mismo sin falta al despacho. Tenemos suerte, porque Elkann conoce a alguien que trabaja en el consulado, o eso le he entendido, y puede agilizar el tema del papeleo. Por fortuna este hombre tiene amigos hasta en el infierno, porque vaya problemón hubiésemos tenido si tu visado se hubiese retrasado.

—¡¿Cómoooo?!

—Estoy en el hospital, Luna. Ayer me caí por las escaleras y me rompí una pierna, así que vas a ir tú en mi lugar. Tengo a Elkann echando humo desde China, así que no me repliques y obedéceme, con él tengo más que suficiente —le contesto, exasperada, porque solo me falta que ahora se agobie con la que tenemos liada.

—Pero María Eugenia... ¿qué voy a hacer yo allí? —me formula, con un hilo de voz.

—¡Poner firme a Maurice en el caso de que no lo haga Elkann! —le suelto con ímpetu. Oh, my Dior, necesito que espabile de una vez—. Además, vas en calidad de diseñadora. ¿Qué pregunta es esa?, y no discutas, son órdenes de Elkann. Él ya está allí e irá a recogerte al aeropuerto cuando llegues. Sonia se encargará de todo; tú solo tienes que pasar por la empresa el sábado a última hora para recoger tu documentación y los billetes, así que no te agobies tanto, que pareces María Angustias.

—Es que, María Eugenia, tú no lo entiendes, pero...

—No, eres tú la que no lo entiende, Luna. Vas a ir a desfiles, a cenas, a conocer a gente importantísima; vas a vivir una experiencia increíble en todos los sentidos, algo que probablemente no volverá a repetirse en años, así que deja de quejarte tanto. Eso sí, llena bien tu maleta con ropa de abrigo, que en estas fechas hace un frío horroroso, y, por lo que más quieras, ni se te ocurra ir con vaqueros, ¿está claro? —le advierto con firmeza, sintiendo cómo la frustración y la rabia bullen dentro de mí, calientes y dañinas, porque yo voy a perderme todo eso. Puto ascensor.

—María Eugenia, de verdad, os agradezco la confianza, pero yo n...

—Ni se te ocurra decir que no —la corto con sequedad, ¡vamos, que solo me faltaba eso!—. Es una orden; te vas a China y, cuando regreses, te quiero bien cargada de ideas. No te creas que vas de vacaciones, y no olvides lo del pasaporte, no tenemos tiempo, y, por favorrr, ¡que no te la cuele Maurice! —le pido. «Lo que daría por ser yo la que fuera a ese viaje», me lamento mientras no oigo nada al otro lado de la línea—. ¿Estás ahí?

—Estoy —murmura con un hilo de voz.

—Tu avión sale el domingo. Tienes tiempo de sobra para hacer la maleta y descansar, ¿lo tienes todo claro?

—Sí.

—No puedo creerme que me haya roto la pierna —refunfuño—. Disfruta por mí, ¿quieres?

—La verdad, no creo que pueda —me confiesa, y pongo los ojos en blanco, porque yo sí que no puedo con esto, hostia.

—Ayyyy, hija, qué negativa eres —la riño, molesta—. Cualquiera mataría por estar en tu lugar, si es que le dan pan a quien no tiene dientes para masticar. Si quieres algo, mañana me llamas —le digo antes de colgar. Y estoy hasta la triple costura de estar aquí, porque yo tendría que estar en China, hostia. Y acabo de emplear un refrán, hostia también.

—¿Todo bien, cariño? —me pregunta mi madre, entrando en la habitación mientras evito soltar todos los tacos que me queman en la punta de la lengua.

—Sí —mascullo entre dientes.

—Qué desayuno más sabroso tienen preparado en la cafetería —empieza a contarme al tiempo que me arregla las sábanas—. En mi vida había probado un café con leche tan bueno, superior, y el cruasán, ¡más rico imposible! Yo creo que el médico va a pasar dentro de nada para darte el alta, y suerte que has pasado la noche aquí, ¿verdad?, y te vienes a casa para que pueda cuidarte bien —parlotea, enlazando un tema con otro.

—Mamá, me voy a ir a mi casa —le indico, completamente convencida.

—De eso, nada. Además, tienes que ir con muletas y el ascensor sigue sin funcionar, así que te vienes a casita con tu padre y conmigo. Ya verás qué bien estarás, y encima, para una vez que puedo malcriarte, ¿vas a dejarme sin poder hacerlo? Luego, cuando te apañes mejor con las muletas y funcione el trasto ese, ya te irás a tu casa... y parece mentira que les cueste tanto arreglarlo, ¿verdad? Tendríais que poner una queja, porque esto no ha sido nada para lo que podría haber pasado. ¡Que te podrías haber matado! Ay, hija, si es que lo pienso y me pongo mala al imaginarte rodando escaleras abajo con la maleta, el abrigo y todo lo que llevabas... que digo yo que ya podrías haber pedido ayuda, porque ¿dónde ibas con ese maletón tú sola? Si es que quieres ser tan independiente que luego pasan estas cosas —me suelta de corrido mientras la oigo de fondo.

«Yo tendría que estar en China, no aquí, en la cama de un hospital con la pierna rota», me lamento de nuevo, como no he dejado de hacer, y estoy tan sumamente enfadada conmigo misma y frustrada que mejor si no le contesto, porque me conozco y, como lo haga, terminaré discutiendo con ella. Maldita sea. ¡¡Hostia!!

Por suerte mi madre tenía razón y pronto pasa el médico para darme el alta. Y aunque me iría de cabeza a mi casa, decido finalmente ir a la suya, «porque, sinceramente, con lo torpe que soy con las muletas, no me imagino subiendo las escaleras con ellas —reconozco, valorando seriamente ir a la pata coja, pues temo perder el equilibrio e irme de cabeza contra el suelo—. Vamos, que ahí es cuando me abro el cráneo», pienso, visualizándolo.

—Ay, hija, ¡que no puede ser tan difícil! —me riñe mi madre mientras esperamos a mi padre en la puerta del hospital.

—¿Quieres probar tú? —le espeto, enfadada.

—Digo yo que, si los niños se aclaran, tú también —replica mientras bufo discretamente.

«Maldito ascensor y maldito él, porque no me lo quito de la cabeza», admito al tiempo que mi madre sigue parloteando, solo que yo he dejado incluso de oírla de fondo.

* * *

Paso el resto del día y el sábado en su casa, y, el domingo, con el ascensor ya reparado, regreso a la mía, «y, aunque tengo que reconocer que mis padres se han desvivido por cuidarme, necesito silencio, mi espacio y estar sola», medito, permitiendo que los recuerdos me atrapen...

* * *

—Oye, esto no va contigo, de verdad, y yo... necesito estar solo... Dame mi puto espacio, ¡hostia!

—¿Qué espacio? ¿Desde cuándo necesitamos espacio?

* * *

«Él iba a darme esas explicaciones que yo reclamaba y no le permití hacerlo», reflexiono, yendo hacia el sofá. «Y suerte que ya me aclaro con las dichosas muletas», me digo, preguntándome qué estará haciendo, cogiendo el móvil para buscar su nombre en mi lista de contactos, pero no para llamarlo, sino porque encuentro cierto alivio, difícil de explicar, leyendo su nombre... ese que no pronuncio en voz alta y que tampoco me atrevo a pensar, porque lo he vetado, pero que, en cambio, leo en la pantalla del teléfono.

«Ojalá no me hubiera llamado —gimoteo, liberando todas las lágrimas que he ido frenado durante estos días frente a mi familia—. No debería hacer esto —me advierto, accediendo a mi Spotify para buscar esa canción que él me cantaba, la de +, y luego la otra, la de *Mi reino*, para incluirlas en mi *playlist* y poder escucharlas en bucle—. Y mañana será otro día —procuro animarme mientras la voz de esa chica resuena en el salón de mi casa—. Mañana volverá a salir el sol y mañana dejaré de escuchar estas canciones; mañana haré a un lado estas lágrimas y, de nuevo, estaré casi a punto de conseguirlo, pero hoy necesito llorar todo lo que pudo ser, todo lo que imaginé y todo lo que he dejado atrás... y todo era tan perfecto que era imposible que fuera real», me digo, regresando a ese pasado en el que fui tan feliz.

Capítulo 11

Marzo

Ciro

Esparcimos sus cenizas en el mar, este mar que siempre me recordará el color de sus ojos, que cerró definitivamente el 1 de marzo. «Nunca podré olvidar esa fecha ni tampoco a ella», sentencio, sintiendo el mudo recorrido de las lágrimas arañar mi piel hasta dejarla en carne viva.

«Maldita muerte, maldita seas —pienso, apretando los labios—, porque morir no tendría que doler ni costar tanto y deberías ser más compasiva; total, vas a ganar de todas formas —reflexiono con rabia mientras los sollozos desconsolados de mi madre rompen el silencio de la tarde— y un poco más a mí —reconozco, abrazándola quedamente—. Morir debería ser sencillo, tan sencillo como cerrar los ojos y dormirte, pero, sobre todo, debería ser indoloro —me rompo, recordando cómo tuvieron que sedarla finalmente—. Al menos nos tuvo a su lado todo el tiempo, cogiendo su mano, llenándola a besos, diciéndole cuánto la queríamos y casi rogando para que esa muerte se la llevara de una vez.»

«Quiero que venga ella a buscarme y que le cueste horrores encontrarme porque no sepa si estoy en la playa, en la terraza o dando un paseo en coche. Ayúdame para que le cueste dar conmigo.»

Y, en cambio, solo quería que la encontrara para que dejara de sufrir. «Puta muerte. Cruel. Despiadada. Hija de puta —maldigo, sintiendo cómo el dolor estrangula un poco más mi garganta mientras contemplo a la familia que ha venido desde Grecia para darle ese último adiós a Angie—. Sé que la querían, en realidad, la quería todo aquel que la conocía, porque mi hermana era luz y alegría, pero, por mucho que la quisieran, nadie la quería como yo», afirmo, convencido, mientras las lágrimas nacen con dolor en mi pecho y se desbordan, amargas, por mis ojos.

Es tan injusto que, si pudiera, me liaría a hostias con ese de ahí arriba que ha decido llevársela, ese que dicen que es amor, «¡y una mierda!, porque, si fuera amor y un ser compasivo, no la habría hecho sufrir tanto —reniego con rabia, observando el cielo que nos ampara esta tarde; azul, limpio y despejado—... tan en contraste con el que siento yo instalado en mi interior, un cielo en el que los rayos, el viento huracanado y la fuerza del agua arrastran al Ciro que fui hasta dejar al que soy ahora», asumo, alejándome de mi madre cuando llega mi tía para consolarla.

«Yo no quiero que nadie me consuele ni me abrace —pienso, viendo de reojo cómo mi primo abraza a mi padre mientras opto por alejarme de todos ellos, evitando su mirada, su contacto y sus palabras—. Yo no quiero que nadie me diga nada, yo no quiero abrazos ni palmaditas en la espalda... Lo único que quiero es que me dejen solo, que no me hablen —reconozco, alejándome más de todos ellos—. Quiero estar solo. Solo con mi dolor. Solo con mi rabia y solo con mi enfado, porque incluso me cabrea que intenten darme ánimos», admito, apretando los puños. ¡Ánimos!. ¡Y una puta mierda!

Sé que ellos también están afectados, pero su dolor es una mínima parte del que siento yo, porque no es comparable el dolor de un corte, por muy profundo que sea, con el dolor que puedas sentir cuando te abren en canal, cuando sabes que lo mejor de ti se ha ido.

«Solo quiero que sepas que, si estoy en lo cierto y puedo elegir otra vida, elegiré una en la que tú estés presente, y, si puedo seguir eligiendo, elegiré ser tu hermana mayor o tu madre o tu padre para poder cuidarte como me has cuidado tú a mí, porque el bien que hacemos también tiene que ser correspondido», oigo su voz a través de mis recuerdos.

«Y espero que esté en lo cierto y podamos elegir nuestra vida, porque necesito verla de nuevo —asumo entre lágrimas—; necesito estar con ella otra vez... y nunca voy a dejar de quererla ni a olvidarla», sentencio, viéndolo todo emborronado, sintiendo que, de nuevo, tengo el monzón sobre mi cabeza y el agua subiendo por mis piernas, intentando arrastrarme con su fuerza.

Y se lo permito, permito que me arrastre, permito que me cubra, y le doy permiso a la rabia, al dolor y al cabreo más dañino adueñarse de mi interior.

Capítulo 12

8 DE MARZO

María Eugenia

«Por fin ha llegado el día —pienso, exultante de felicidad—. Por fin puedo anunciar mi marcha a Dior y por fin comienza mi vida, esa que tantas veces soñé, y, sí, es cierto que las cosas nunca suceden tal y como las soñamos, pero porque la vida tiene sus propios planes reservados para nosotros y, al final, todo sucede como tiene que suceder», me digo, accediendo junto a Elkann a la sala de reuniones.

«Esta será la última vez que lo haga —caigo en la cuenta, sintiendo el latido de la añoranza instalarse en mi garganta mientras tomo asiento—. Qué dichosa he sido aquí —reconozco, deslizando la mirada por todas estas personas que han soportado mis días buenos y mis días malos, mis frustraciones y mis enfados; que han compartido conmigo mis alegrías y que me han ayudado a crecer como persona y también como diseñadora —medito mientras Elkann toma la palabra—, y cabe la posibilidad de que Dior esté anunciando ya mi cargo», me ilusiono, emocionada, mordiéndome la cara interna de una mejilla, sintiendo mi corazón acelerarse de puro nerviosismo y felicidad.

—Buenos días, bienvenidos todos. Supongo que estarán

preguntándose para qué los hemos convocado —escucho que dice mi jefe con esa voz profunda y oscura que lo caracteriza—. Hoy tenemos algo importante que anunciarles, algo que les afecta y que afecta también a la compañía, pero, sobre todo, a María Eugenia, pues hoy deja su cargo como diseñadora de la casa para marcharse a Dior. —Y, con esta última frase, oigo los murmullos adueñarse de la sala—. María Eugenia, quiero darte las gracias públicamente por todos estos años, y, especialmente, por estos últimos meses, que sé que no han sido nada fáciles. Quiero agradecerte tu esfuerzo incansable, tu tenacidad y ese talento innato con el que nos has ido premiando, día tras día —declara, para luego volverse y mirarme—. Estoy muy orgulloso de ti y de lo que has conseguido y, personalmente, voy a echarte muchísimo de menos —prosigue, emocionándome, para, seguidamente, dirigir la mirada hacia la plantilla de la empresa—, pero la vida son ciclos y este termina aquí para que empieces otro en París, en Dior. Creo que esos franceses todavía no se han enterado de la suerte que tienen de poder contar contigo, pero ya se enterarán —añade, volviéndose de nuevo para sonreírme, y sonrío con él, deseando que tenga razón—. Déjalos con la boca abierta; te aseguro que, desde aquí, estaremos aplaudiendo tus logros. Te deseo toda la suerte del mundo —concluye mientras todos comienzan a aplaudir y, durante un instante fugaz, y mientras me levanto para tomar la palabra, veo su rostro a través de mis recuerdos, veo su sonrisa desdeñosa, su pelo rubio revuelto y el universo instalado en su mirada, «y puede que ese universo repleto de estrellas y nebulosas no esté a mi alcance, pero tengo otro tipo de universo frente a mí; el de la moda y el de los sueños hechos bocetos», me animo al tiempo que me fundo en un abrazo con mi jefe antes de empezar a hablar.

—Buenos días. Tengo tantas cosas que decir que no sé ni por dónde empezar... quiero daros las gracias a todos por estos increíbles años, por vuestro esfuerzo diario, por los buenos momentos y también por los malos, porque de todo se aprende y yo he aprendido y crecido muchísimo con vosotros; juntos hemos creado colecciones increíbles y me he sentido completamente respaldada y realizada como diseñadora y también como persona, pero, como decía Elkann, ha llegado el momento de avanzar y seguir creciendo y, aunque los cambios siempre asustan, mi lugar ahora está en Dior, donde espero ser, por lo menos, la mitad de feliz que he sido aquí... —les digo, emocionada, «y, sí, es cierto que las cosas nunca suceden como imaginamos, porque simplemente suceden como tienen que suceder», reflexiono mientras voy finalizando mi discurso y toda la gente aquí congregada estalla en aplausos cuando lo doy por terminado.

Esbozo una sonrisa discreta cuando veo a Maurice en un lateral de la sala, aplaudiendo, y, quién sabe, puede que, con el tiempo, incluso lo eche de menos.

* * *

Me despido de todos y, entre besos, abrazos, consejos y buenos deseos, voy acumulando lágrimas que retengo, que guardo, que atesoro; lágrimas de emoción y también de añoranza, que libero, finalmente, una vez a solas, en el Departamento de Diseño, «este departamento al que llegué siendo una joven sin experiencia, más muerta de miedo que otra cosa, y en el que me convertí en la mujer que soy ahora —rememoro, sentándome un momento en esta silla que ha soportado no solo el peso de mi cuerpo, sino también el de mis emociones—... ligero en ocasiones, demasiado pesado en otras —reconozco, acariciando la madera de la mesa con la yema de los dedos—, donde sentí su respiración», medito antes de barrer ese pensamiento que se ha colado con demasiada rapidez.

«No quiero encerrarme en un despacho, quiero que mi mesa esté aquí, en Diseño, donde se cuece todo. Quiero estar en contacto directo con mi equipo y ver qué están haciendo en cada momento», recuerdo que le dije a Elkann, plenamente convencida, cuando, tras ver el que debía ser mi despacho, llegamos al departamento.

Ese día trasladaron la mesa, la silla y una pequeña estantería a este rincón que hice mío y que ahora dejo libre para poder seguir el camino de mis sueños; ese camino que, a diferencia de otros, no se ha desdibujado. «Y no he mentido cuando he dicho que solo espero ser la mitad de feliz en Dior de lo que he sido aquí —pienso, secando mis lágrimas, sintiendo que vuelvo a ser esa joven sin experiencia, muerta de miedo, que llegó a este departamento hace tantos años ya—, esa joven que temía no poder o no saber hacer frente a semejante reto, porque D'Elkann, en su momento, fue un gran reto, como lo es Dior ahora —admito, sintiendo mis miedos más latentes que nunca—. Sí, tengo miedo —acepto con una profunda inspiración—, temo demasiadas cosas, pero no es malo asumir los miedos, incluso nadar entre ellos, porque, cuando los enfrentas, sales fortalecida, incluso victoriosa, al menos eso espero.»

—¿Estás bien? —me pregunta Elkann entrando en Diseño, y asiento con la cabeza sin poder dejar de llorar.

—Estaba pensando que tengo el mismo miedo que tenía cuando llegué aquí —le confieso mientras él se apoya en el borde de la mesa.

—Y, a pesar de estar muerta de miedo, lo hiciste cojonudamente bien, como lo harás en Dior —me asegura, rotundo.

—Me impone y me acojona muchísimo pensar en los miles de ojos que van a estar pendientes de mi trabajo, en la crítica de los expertos y en la reacción de las clientas —le confieso, bajando, durante unos segundos, la mirada hasta mis dedos, esos que siguen acariciando la madera de esta mesa en la que tantos bocetos he creado—. ¿Y si no les gusto? ¿Y si soy un fraude? —le planteo, permitiendo a las aguas de mis miedos cubrir mi cabeza, durante unos instantes, mientras Elkann suelta una carcajada.

—Si fueras un fraude, te garantizo que no hubieras llegado hasta aquí. Creo que estás olvidando que tu trabajo te respalda, tus creaciones, la colección Dreams... todo está avalándote, así que deja de pensar esas tonterías, ¿quieres? No eres ningún fraude, eso es lo último que eres, y estoy tan convencido de que vas a triunfar que hasta me cabrea que lo dudes —suelta, atrapando mi mirada con la suya—. Llegaste aquí llena de dudas, las mismas que tienes ahora, y, a pesar de ello, lo tenías más claro que mucha gente que llevaba años trabajando en el medio. Confía en ti y en esa intuición que tienes dentro y déjate guiar por ella. Te aseguro que no vas a fallar —afirma, sin dudarlo, mientras yo intento atrapar sus palabras para guardarlas en mi mente y repetírmelas cada vez que mis miedos lleguen para intentar ahogarme.

—Gracias —musito, emocionada—. Gracias por estos años, por tus consejos y por haber sido el mejor jefe que podía tener. Nunca voy a olvidarte, Gael, y haz el favor y, cuando vayas a París, ven a verme.

—Y tú ven a vernos cuando regreses a Madrid, aunque seas una afamada diseñadora, reconocida y admirada en todo el mundo —me responde con una sonrisa, y me levanto para abrazarlo... para abrazar a este hombre que ha sido mucho más que un jefe, porque ha sido mi maestro, mi guía y, de alguna forma, mi amigo.

* * *

Abandono D'Elkann con la silenciosa compañía de la añoranza, de la tristeza, de la ilusión y también de los temores. «Yo creía que esto lo viviría a su lado —admito, deteniendo un taxi para que me lleve a mi casa—. Déjalo, no es el momento de pensar en esas cosas —me riño—. Es el momento de disfrutar de mis logros y de celebrarlo como se merece de una vez, y esta noche, acompañada por mi familia y por mis amigas, voy a hacerlo. Esta noche voy a celebrar, por todo lo alto, mi nuevo cargo —me digo, accediendo a Internet, donde la prensa nacional e internacional ya se está haciendo eco de mi nuevo nombramiento—. Oficialmente ya soy la diseñadora de Dior —suspiro, dibujando una sonrisa enorme en mi rostro—, y, sí, estoy nerviosa, muy nerviosa, pero Elkann tiene razón y, si fuera un fraude, no hubiera llegado hasta aquí», me reafirmo en el mismo instante en el que suena mi móvil y, antes de ver el nombre de mi amiga Elisa en la pantalla, el suyo cruza mi mente.

—Cabrona, más que cabrona, ¿Por eso tenemos una fiestecita esta noche? ¿Porque eres la nueva diseñadora de Dior? La madre que te parió —oigo, y suelto una carcajada—. Tía, ¿cómo no me lo habías contado?

—Porque me lo estaba pasando en grande leyendo vuestras elucubraciones —le confieso, divertida, pues, desde el momento en el que puse, hace unos días, en el grupo de WhatsApp de mis amigas que el lunes por la noche iba a dar una pequeña fiesta y que las quería a todas allí conmigo, porque tenía una cosa muy importante que contarles, sus teorías desternillantes han sido las que me han sacado más de una sonrisa y una carcajada.

—¡Qué hija de tu madre eres! Espero que tengas una casa bien grande en París, porque voy a ir muchas veces a verte. ¡Tía! ¡¡Que vas a ser la diseñadora de Dior! —exclama, consiguiendo pegarme su entusiasmo y que ría, feliz, ante sus comentarios, y, sí, la vida tiene sus propios planes reservados para nosotros, y, entre sus planes estaba este; este trayecto en taxi charlando con mi amiga, estas risas y este momento de pura felicidad.

Picoteo algo en mi casa mientras termino de preparar mi equipaje y, una vez lo tengo todo listo, observo las maletas en un rincón del salón, «donde, en una de ellas, está el dibujo de su flor —pienso mientras miro el pequeño cactus que llevaré en el neceser; solo espero que los del aeropuerto no lo consideren un arma de destrucción masiva—. Debería dejarlo, como debería dejar el dibujo y la concha, dejarlo todo en este piso que siempre será mi casa, como lo fue él, dejarlo aquí, como dejaré todos sus recuerdos que resuenan entre estas paredes para poder empezar de cero, solo que no voy a hacerlo —asumo, yendo hacia la ventana para contemplar la ciudad en movimiento—. Echaré de menos Madrid; echaré de menos nuestro sol, a pesar de que me gusta la lluvia; echaré de menos a mi familia y también a Amparito y nuestras cenas y nuestras charlas frente al televisor. Ayer ya me despedí de ella, pero es pronto y podría ir para darle un último beso —me digo, cogiendo el bolso para, sin cuestionármelo, salir de mi casa para ir hacia la suya—. Y me estoy mintiendo —admito, deteniendo un taxi—, porque, por mucho que la quiera y que desee darle un último beso de despedida, en realidad lo que quiero es ir a su casa, estar allí por última vez... y no debería hacerlo, pero él no está y yo necesito cerrar bien ese capítulo de mi vida para abrir otro y, sobre todo, necesito cerrarlo sin lágrimas y sin dolor.»

«Fui muy feliz con él y eso es con lo que debería quedarme —concluyo mientras el coche me acerca a ese lugar que siempre será especial para mí—... pase lo que pase, esté donde esté

—acepto mientras una idea cruza mi mente—, y hay ideas que es mejor no meditarlas mucho, sino aceptarlas como vienen», me concedo, sonriendo con tristeza.

«El tiempo lo cura todo —reconozco un poco más tarde, cuando accedo a su edificio—, y mis lágrimas y mi dolor han ido menguando día tras día hasta casi desaparecer. Puede que siempre me falte ese "casi" —asumo, entrando en su casa—, pero el tiempo no solo lo cura todo, sino que es sabio y tiene la capacidad de llevarse el dolor y todo lo malo para dejar solo lo bueno, y aquí hay muchas cosas buenas y muchos buenos momentos —admito mientras voy recorriendo cada estancia hasta llegar al vestidor—, y me encantaría poder hacerlo pequeñito, guardarlo en el bolso y llevármelo a París», pienso, sentándome en el tocador para, de nuevo, recorrer la habitación con la mirada.

* * *

—¿Has montado todo esto en un día, solo para unos días? —le planteé.

—Pelirroja, solo son cuatro maderas bien puestas, no exageres —oigo de nuevo su voz a través de mis recuerdos, viendo en ellos su pelo rubio revuelto, el brillo de su mirada y su sonrisa desdeñosa, «y, cuando algo es tan perfecto, no debería romperse ni terminar nunca», me digo, bajando la mirada, viendo sin ver, porque, en realidad, no estoy aquí, sino que he regresado a ese día.

—Vete a la porra. ¿Realmente crees que solo son cuatro maderas bien puestas? —repliqué mientras abría los cajones y veía un «te quiero» no escrito en cada uno de ellos, un «te quiero» que incluso podía escuchar y que sentía desbordado en mi interior, y lo dejé salir, dándole voz a mis sentimientos—. Te quiero. —Y ese «casi» que me falta nunca desaparecerá, «porque siempre voy a quererlo», me confieso, sintiendo la añoranza golpear mi garganta.

—Yo también te quiero, pelirroja.

* * *

Y luego le dije que sí e imaginé una vida a su lado en la que nuestro día empezaba en silencio, hasta que acababa de despertarse, y terminaba conmigo cobijada entre sus brazos, «y con qué facilidad puedes recordar cuanto te permites hacerlo», reconozco con tristeza.

«Llegas cinco minutos tarde», me reprendió cuando accedí al salón esa tarde. «¿De qué te has disfrazado?», rememoro que le solté, esbozando una sonrisa.

«Debería retomar esas clases en París —me planteo, dejándome mecer por los recuerdos—. Fuimos tan felices y fue tan perfecto todo que es imposible que me quede solo con lo malo, porque lo bueno también tiene su peso y es bastante considerable», asumo, cogiendo el cuaderno en el que solía dibujar mis bocetos para llevar a cabo esa idea que ha cruzado mi mente en el breve trayecto en taxi desde mi casa a la suya.

> *Solo quiero que sepas que no te guardo rencor y que espero que te vaya todo muy bien, y, aunque ya no formes parte de mi vida, siempre formarás parte de mis recuerdos. Gracias por convertirme en una guerrera en un jardín.*

Al acabar la nota, dibujo un pequeño tulipán al final de la frase, y, a pesar de las lágrimas que estoy derramando, me siento en paz y tranquila conmigo misma, porque estas lágrimas ya no duelen, ya no ahogan y son solo fruto de los recuerdos y de la añoranza y, sí, también de ese amor que siempre voy a sentir por él.

«Si yo me conformase, tú no estarías aquí sentada, pero, si después de luchar por ti, no lo hubiese conseguido, lo hubiera aceptado y hubiera seguido con mi vida. Hay una diferencia abismal entre conformismo y aceptación.»

«Yo no he podido luchar por él ni tampoco por lo nuestro, y no sé si es porque no he sabido hacerlo o porque no me lo ha permitido, pero eso es lo de menos, porque lo único importante es que, tras muchas lágrimas, he logrado aceptarlo y seguir con mi vida —reconozco, permitiendo a mis pensamientos tomar el control de mi mente—. Cerrar ciclos, terminar capítulos, avanzar y ser feliz o, al menos, intentarlo —me animo, levantándome para dirigirme a la entrada, donde dejo mi llave en el pequeño mueble que hay en ella—. Hoy termino un capítulo de mi vida para empezar otro —asumo cerrando la puerta de su casa, que ya no voy a poder abrir de nuevo—, y es mejor así —concluyo, volviéndome para fijar mi mirada en la madera.»

«Mira... no espero que me entiendas, porque ni yo misma lo hago, pero, créeme, es mejor así», rememoro esas palabras que pronuncié cuando nada había empezado todavía.

«Aunque no lo creas, esto es lo mejor para ti», y estas las pronunció él, «ese viernes que viví primero como un sueño y más tarde como una pesadilla», reconozco, llevando mi mano a la madera de la puerta para deslizar mis dedos por ella.

«No sé si es lo mejor o lo peor, pero lo que sí sé es que sus palabras han traído muchas lágrimas consigo y no han sido precisamente de felicidad», me digo, alejando mi mano de la madera para dirigirme a casa de Amparito y darle ese último beso de despedida.

Y hoy cierro este capítulo para abrir otro; uno en el que ella sí seguirá presente, pero, él, no.

Capítulo 13

María Eugenia

Elijo un vestido negro bastante ceñido, unos tacones de muchos centímetros y un maquillaje atrevido, con ojos ahumados y labios rojos, «y es toda una declaración de intenciones», me digo, observando mi aspecto final en el espejo de la entrada y dibujando una enorme sonrisa en mi rostro al recordar los muchísimos titulares que hoy llevan mi nombre.

MARÍA EUGENIA DE LA RÚA, PRIMERA MUJER AL FRENTE DE DIOR.

MARÍA EUGENIA DE LA RÚA. MEMORIZAD BIEN ESTE NOMBRE, PORQUE ES LA NUEVA DISEÑADORA DE LA *MAISON* FRANCESA CHRISTIAN DIOR.

LA DISEÑADORA ESPAÑOLA CUENTA CON SOLO DOS MESES PARA PREPARAR SU PRIMERA COLECCIÓN PARA LA *MAISON* FRANCESA.

MARÍA EUGENIA DE LA RÚA, DISEÑADORA DE LA FIRMA D'ELKANN, ACABA DE CONVERTIRSE EN LA PRIMERA MUJER QUE LLEGA A LA CÚSPIDE DE DIOR EN LOS SETENTA AÑOS DE HISTORIA DE LA FIRMA PARISINA.

CHRISTIAN DIOR HACE SU APUESTA MÁS ARRIESGADA.

«Y esto es solo el principio —convengo, percatándome de que tengo las palmas de las manos sudadas a causa de los nervios—. Tengo tanto que demostrar —admito, sintiendo los latidos apresurados de mi corazón golpear mi garganta con fuerza hasta llevarse mi aliento—, pero eso será cuando llegué a París, no esta noche. Esta noche solo quiero ser María Eugenia, solo quiero disfrutar de todo esto y celebrarlo como no lo celebré en su día. Esta noche quiero que las risas y la felicidad sean las sustitutas de las lágrimas y de la tristeza —me animo, permitiendo a los recuerdos fluir por mi mente durante unos breves segundos, como si fueran agua, que llena huecos y toma forma—. Yo era piedra, una piedra enorme, y, a su lado, aprendí a ser agua, a vivir el momento, a aprovechar cada minuto y a exprimir cada segundo, y puede que sean unos buenos objetivos que pueda adaptar a mi nueva vida», medito, cogiendo mi abrigo para hacer justo eso, vivir mi vida y disfrutar de ella.

Llego al restaurante con una enorme sonrisa instalada en la cara, que ensancho cuando veo a mi garbancito en brazos de mi madre mientras Santi y mi hermana, vestida como nunca debería ir alguien vestida a una fiesta, charlan con mis amigas.

—¡Pero mirad quién acaba de llegar! ¡Si es la diseñadora de Dior! —exclama mi amiga Mariló, corriendo hacia mí para darme un enorme abrazo al que se suman Almu, Elisa y Silvia, «y puedes llorar de tristeza, pero también de felicidad», constato entre lágrimas mientras ellas me felicitan y me llenan de besos.

—Ya puedes ir reservándonos una silla en tu primer desfile, porque vamos a ir todas para aplaudirte mucho cuando salgas a saludar —comenta Silvia entre risas.

—Y brindaremos con *champagne* francés por la mejor diseñadora del mundo —secunda Mariló, sin soltarme.

—Y como alguien ose criticar el talento de nuestra amiga, le estamparemos la botella en toda la cabeza —remata Elisa, provocando mis carcajadas—. Y ve haciéndonos un hueco en tu casa, porque no vamos a perdernos ningún desfile —me advierte, divertida.

—¡Y tiene que llevarnos a Dior de excursión! ¡En serio, yo necesito ver eso! —prosigue Almu mientras mis padres, Candela y Santi se acercan a nosotras, «y son pocos, pero los suficientes, porque no necesito rodearme de cientos de personas, sino solo de estas», afirmo, sintiendo la dicha desbordarme por dentro.

«Y si puedes emborracharte de felicidad, yo lo estoy haciendo», me digo durante la cena, en la que las risas, las bromas y los brindis se suceden sin parar, y así es cómo deben celebrarse las cosas y, por fin, lo estoy haciendo.

* * *

Llego a París, al día siguiente, cargada con un considerable equipaje compuesto por bastante ropa, muchos bolsos, más zapatos, muchísima ilusión, algo de resaca y tantos nervios que apenas puedo manejarme con ellos mientras, a mi lado, caminan los recuerdos, «mis compañeros de viaje durante el tiempo que dure esta aventura», asumo mientras arrastro el carrito, atiborrado de maletas, a través del aeropuerto. «Y no sé si la resaca que tengo es por los incontables brindis de anoche o por la dicha que sentí», dudo, encaminando mis pasos hacia la zona de los taxis.

«Anoche fue una gran noche —reconozco mientras el taxista comienza a cargar mi equipaje y yo accedo al interior del vehículo—. Fue una noche de risas, de besos, abrazos y de promesas a mí misma, esas promesas que llegaron sin ser buscadas mientras charlaba, brindaba o reía, feliz, y en las que me prometí seguir emborrachándome, pero de felicidad, disfrutar de este futuro que tengo frente a mí, flotando en mi orilla, y seguir recordándolo, sí, pero sin lágrimas, tal y como hice en su casa y, más tarde, durante la cena, cuando su recuerdo estuvo sentado a mi lado todo el tiempo, y hoy me ha recibido el sol y no la lluvia e igual es un presagio», me digo, mordiéndome el labio inferior.

—*Où voulez-vous que je vous emmène, madame?* —me pregunta, sentándose frente al volante.

—*51 boulevard de la Tour Maubourg, si'l vous plaît* —musito, dándole la dirección de mi casa y esbozando una sonrisa nerviosa.

«Una vez leí que ser parisino no era haber nacido en París,

sino renacer allí —rememoro sin poder borrarla mientras el taxi se incorpora a la circulación—, y esa definición es perfecta para mí, porque, en cierta forma, una parte de mí murió esa noche y puede que aquí, en la Ciudad de la Luz, reviva de nuevo y esa luz que se apagó vuelva a encenderse, y no precisamente con la ilusión de un nuevo amor, porque eso es lo último que busco ahora, sino con la ilusión de la vida, esa que ayer sentí brillando en mi interior, esa luz que enciende la risa y las ganas de vivir y que yo he perdido demasiadas veces», reconozco, mordiéndome la cara interna de una mejilla.

«Sé que no será fácil —asumo, inspirando profundamente—. Sé que tengo mucho trabajo por hacer y que no tendré a nadie a mi lado en quien apoyarme, un hombro en el que poder descansar mi cabeza o unos brazos en los que cobijarme cuando necesite esconderme del mundo. Sé que estoy sola en una ciudad inmensa y desconocida para mí, pero nunca he necesitado a nadie ni me ha asustado la soledad —me recuerdo—; al contrario, siempre he disfrutado con ella y estoy deseando adentrarme en el universo de Dior, tomarme un café con un *croissant* en una típica cafetería parisina, dar un paseo por la orilla del río Sena, deambular por sus calles, descubrir galerías de arte y empaparme de la esencia de esta ciudad, que iré descubriendo poco a poco, y el día que necesite esconderme del mundo saldré a la terraza y me mostraré a él, aunque lo haga muerta de miedo, y esta es otra de mis promesas», concluyo mientras esta metrópoli aparece frente a mí, y es mi nueva ciudad y aquí voy a cumplir mi mayor sueño.

«Un sueño que empieza aquí, en mi nueva casa —me digo, dejando todas las maletas en la entrada, dominada por un espejo antiguo y una pequeña consola de mármol blanco con patas doradas—, y es mejor que en las fotografías —me ilusiono cuando llego al salón y mi mirada se detiene en el suelo de pequeños baldosines, de diseño añejo, en terracota con trozos en blanco y negro; en un puf tapizado en piel de cebra con pequeñas patas de madera que hace las funciones de mesa de centro; en la lámpara del techo, que es un farol antiguo pintado en tonos azules; en el sofá de color rosa y en los sillones blancos a tono con las paredes y las puertas—, y es una combinación ecléctica que me encanta —admito con satisfacción, observando el espacio vacío que hay junto a la ventana, y que podría ser un perfecto rincón de lectura, para luego seguir mi recorrido hasta llegar al dormitorio principal—. Y es cierto que elegí este piso porque me recordaba al suyo, pero también porque fue amor a primera vista», asumo, observando el sofá que se encuentra a los pies de la cama, tapizado en los laterales con una tela floreada de llamativos colores y, el frontal, con un suave tono crema.

«Es tan ideal todo —pienso, complacida, deteniendo la mirada en el espejo redondo que hay sobre el cabecero de la cama y en el tapizado rayado con el que han cubierto las paredes de la habitación—. Y si este dormitorio me encanta, el baño todavía me encanta más; de hecho, estoy deseando llenar esta bañera y sumergirme en el agua caliente al igual que estoy deseando dejar mis huellas en cada una de las estancias de esta casa, hacerla mía y hacer de ella mi hogar y mi refugio —me digo, esbozando una radiante sonrisa para después dirigirme a la cocina, acogedora y femenina, que conserva los suelos originales de mosaico hidráulico, para seguidamente detener la mirada en la pila de mármol, en la grifería de bronce y en la pequeña mesa con cuatro sillas de aire antiguo y campestre que se encuentra junto a un radiador pintado en tonos crema, a juego con la cocina—. Aquí empezará mi día, con mi café, mi ordenador y mis bocetos —decido, imaginándolo y borrando mi sonrisa cuando el recuerdo de otra cocina y de otras mañanas llega para dejarme patente que no he venido sola y que he aceptado que los recuerdos sean mis compañeros de viaje—... por la sencilla razón de que estoy cansada de barrerlos y he decidido convivir con ellos», asumo, dirigiendo mis pasos hacia la entrada para empezar a deshacer el equipaje.

«Y qué mejor manera de aceptar los recuerdos y de convivir con ellos que colocando el dibujo de su flor en la pequeña consola de mármol que hay en la entrada y su cactus en el alfeizar de la cocina», convengo, sonriendo con tristeza.

Con mis cosas ya guardadas, con cientos de planes bullendo en mi cabeza y completamente agotada, lleno la bañera para sumergirme finalmente en ella mientras su recuerdo llega para sentarse en la silla donde he dejado la toalla, y cierro los ojos para verlo mejor, para ver el brillo de su mirada, su perfecta sonrisa y ese cuerpo que era mi casa. «Siempre me faltará ese "casi"», admito, cogiendo el móvil para conectar mi *playlist* y poner en modo repetición la canción +.

«Puede que eso de aceptar los recuerdos y convivir con ellos sea la excusa perfecta que ha encontrado mi mente para regodearse en ellos y anclarme al pasado —reconozco con pesar—, porque yo me había prometido evocarlo sin lágrimas y emborracharme de felicidad y, en menos de un día, he roto mis promesas —me recrimino mientras las lágrimas llenan mis ojos—. Puede que esté llorando por culpa de la letra de esta canción, que parece escrita para nosotros, o porque sigue doliéndome más de lo que quiero reconocer o porque yo también lo amo de más... más, como todo lo que tuvimos y, sí, estoy regodeándome en mi dolor —me reprendo, sintiendo la garganta cerrada—, pero porque todos tenemos derecho a momentos como este, por muchas promesas que nos hayamos hecho, y mañana sonreiré y llegaré a Dior dispuesta a comerme el mundo, pero hoy es hoy; hoy no soy María Eugenia de la Rúa, la diseñadora y la mujer que puede con todo, sino solo "pelirroja", y voy a llorar todo lo que quiera», me permito, soltando un sollozo.

* * *

Despierto en mi nueva cama antes de que suene el despertador cuando los nervios llegan para golpear mi pecho aun estando dormida. «Un día pensé que no importaba la cama mientras tuviese sus brazos para darme cobijo —rememoro con tristeza, posando la mirada en la ventana—, y esta casa y esta cama son como los brazos de un extraño, unos brazos que todavía no reconozco y en los que no encuentro cobijo —asumo, extrañando los suyos y esas mañanas en las que despertaba pegada a su cuerpo—... y mira tú por dónde que este recuerdo ha paliado mis nervios, hasta casi anularlos», me asombro, levantándome para, tras abrir la ventana de par en par, dirigirme al baño, donde anoche derramé tantas lágrimas.

«A veces pienso que, cuando me marché de su casa, instalé un manantial en mi garganta o en la cara interna de mis ojos, del que manan más o menos lágrimas en función de los recuerdos que me invadan en cada momento —me digo, observando mi rostro en el espejo—. Este baño es precioso, acogedor y luminoso, como lo es todo el apartamento, y estoy en París y hoy comienzo mi andadura en Dior... y solo puedo pensar en manantiales de lágrimas y en brazos extraños, y no debería ser así», me riño mientras me lavo los dientes y la cara, para, seguidamente, encaminar mis pasos hacia la cocina. Nada, absolutamente nada, debería empañar este día, ni siquiera la lluvia que no ha cesado en toda la noche.

—Qué frío —musito, encendiendo la calefacción, sintiendo mi vello erizado, mientras me pregunto qué estará haciendo, y siempre me pregunto lo mismo, siempre, no importa lo que esté haciendo en ese momento, con quién o dónde; esa pregunta siempre está ahí, resonando en mi cabeza.

«Y yo iba a prepararme un café, pero no sé cómo voy a hacerlo solo con agua y sin cafetera ni café —me lamento, abriendo todos los armarios mientras mi estómago ruge de hambre, pues lo último que comí ayer fue un bocadillo en el aeropuerto de Madrid—. Este piso es divino y está maravillosamente decorado, pero, como no me coma el sofá o los muebles, lo tengo crudo para llenar mi barriga», concluyo, tomando nota mental de hacer la compra.

—Me parece que ha llegado el momento de tomarme ese café con el *croissant* que imaginé ayer —susurro, dirigiéndome a mi habitación para empezar a vestirme.

Puesto que es mi primer día y quiero causar una buena impresión, opto por un sobrio traje negro con americana corta ceñida en la cintura y mangas abullonadas, maquillaje discreto, pelo suelto y, aunque podría ponerme las lentillas, me siento más cómoda con las gafas. «Al fin y al cabo, esta soy yo; con mi pelo suelto, mi aspecto impecable y mis gafas de pasta», me digo, cogiendo el abrigo estampado en tonos camel, blanco y negro y mi maletín de trabajo para salir de mi casa en busca de esa cafetería parisina en la que dejar mis huellas y crear otros recuerdos con los que poder anular ese «casi» que es como una losa pesada.

«Vaya, tengo un anticuario en la esquina y una tienda de decoración un poco más adelante —me percato, aferrando el paraguas con fuerza, pues además de llover hace un viento horroroso—. Si hubiera un supermercado por aquí cerca, ya sería la hostia —convengo mientras voy familiarizándome con mi barrio, deteniéndome en seco cuando, a través de la lluvia, descubro la Torre Eiffel alzarse imponente frente a mí—. Por supuesto que algún día ese «casi» dejará de resonar en mi interior», me reafirmo, viendo una cafetería un poco más adelante e incrementando el ritmo de mis pasos para llegar cuanto antes a ella, soltando un suspiro de placer cuando la calidez, el olor a café recién hecho y la comida me reciben con los brazos abiertos.

—*Que désirez-vous, Madame?* —me pregunta el camarero, un chico joven de aspecto afable, cuando me acomodo en la mesa que hay junto a la ventana.

—*Un café au lait et un croissant, merci* —musito con mi perfecto francés, cogiendo el periódico que alguien ha dejado olvidado, para empezar a familiarizarme no solo con mi barrio, sino también con lo que ocurre en este país y en esta ciudad que ayer me recibió con sol y hoy, en cambio, me dedica lluvia y viento, «pero esto es París y estamos en marzo, ¿qué esperaba?», me planteo, sonriendo al camarero, y un poco a mi desayuno, cuando lo pone frente a mí.

«Quien me vea pensará que soy una parisina más, aparentemente relajada, leyendo la prensa y tomándome un café con leche. Lo que no verá serán mis nervios, mis temores y el ligero temblor de mi mano al llevarme la tacita a los labios, porque, sinceramente, estoy atacada y muerta de miedo, y, con cada minuto que pasa, más», reconozco, sintiendo que mi corazón cambia de lugar cuando recibo una llamada de Sidney.

—Buenos días, María Eugenia —me saluda con voz grave, pausada y, si esa opción cabe para describir una voz, también elegante.

—Buenos días, Sidney —le respondo, obligándome a mostrarme serena y tranquila.

—¿Todo bien?

—Todo muy bien. Si te vienes, te invito a desayunar. Estoy

en una cafetería donde creo que preparan el mejor café con leche del mundo —le indico, sonriendo, relajándome con cada segundo que pasa.

—Ya he desayunado, pero queda pendiente ese café con leche para otra ocasión —me contesta con afabilidad—. Envíame tu ubicación y pasaré a recogerte cuando hayas terminado. Es tu primer día con nosotros y esto está lleno de prensa esperando conocerte —me anuncia como si nada, y tengo que dejar la taza sobre la mesa porque la mano ha empezado a temblarme tanto que temo derramar todo el contenido sobre mi falda. «Y si esto es París, estamos en marzo y lo lógico es que llueva y haga frío, yo soy la nueva diseñadora de Dior y lo lógico es que la prensa esté esperando en la puerta de su sede para conocerme. ¡Oh, my Dior! Va a darme algo», asumo, sintiendo los apresurados latidos de mi corazón golpear con fuerza mi pecho, mi garganta y hasta mis sienes—. ¿Sigues ahí?

—Sí, por supuesto. En unos minutos te envío la ubicación —le contesto, obligándome a controlar el tono de mi voz.

—Es normal que haya prensa, pero, en cuanto te conozcan, todo se relajará, ya verás —comenta, intentando tranquilizarme. Y antes me pongo unos *jeans* rasgados que mostrarme al mundo como una mujer titubeante y muerta de miedo.

—Lo tengo claro y no es algo que me preocupe. Estoy terminando; en nada tienes mi ubicación —le digo con toda la decisión que soy capaz de atrapar.

—Perfecto, ahora nos vemos —se despide antes de colgar, y dejo el móvil sobre la mesa para, casi de inmediato, pedir la cuenta, porque, aunque todo está buenísimo, se me ha cerrado el estómago de golpe.

«Y mis miedos y mis nervios son para mí —me aseguro, convencida, mientras le abono la cuenta al camarero—, al igual que mis temores y mis inseguridades», pienso, dirigiéndome al baño, donde me lavo los dientes, casi obsesivamente, y retoco mi maquillaje. Todo lo que sienta, bueno o malo, solo me concierne a mí, y el mundo verá solo lo que yo quiera que vea.

Por lo que nadie diría, viéndome ahora, que por dentro estoy temblando cuando por fuera estoy mostrando una seguridad apabullante mientras camino, junto al chófer de la compañía, y cobijada bajo su enorme paraguas, hasta el lugar donde ha estacionado el vehículo.

—Buenos días de nuevo —saludo a Sidney con una sonrisa, cuando accedo al interior de la berlina—. Vaya por delante que me gusta que llueva, pero esto es un poco excesivo, ¿no te parece? —añado con sorna, provocando su carcajada.

—Esto es París, querida, y la lluvia es nuestra eterna compañera —me comenta, divertido.

—Y, con la que está cayendo, ¿hay prensa?

—Desde las siete de la mañana.

—Pues deben de estar empapados —musito, empatizando con ellos, pues son las ocho y media—. Tendrías que haberme llamado —le recrimino, esta vez con seriedad, sintiendo cómo los nervios se diluyen.

—Habíamos quedado a las nueve y tu vida no ha de regirse por la prensa, sino que, más bien, ha de ser a la inversa. Ellos siempre van a estar ahí, sobre todo en momentos como este, y tú has de ser educada, pero sin dar demasiadas explicaciones —me aconseja al tiempo que dirijo la mirada hacia la ventanilla, y hoy más que nunca París me recuerda a un cuadro de Pissarro.

—Lo tengo claro —murmuro, descubriendo con alivio que la lluvia va remitiendo poco a poco.

Cuando el chófer detiene el vehículo frente a la sede de Dior, compruebo que está relativamente cerca de mi casa y que, en días soleados, podré venir dando un paseo... «y, sinceramente, no sé cómo puedo pensar en estas cosas cuando parece que toda la prensa de Francia se haya congregado en esta calle —constato, cogiendo la mano que Sidney me ofrece para ayudarme a bajar de la berlina—. ¡Oh, my Dior! —pienso, esbozando una discreta sonrisa mientras los flashes se suceden sin parar y las preguntas me llegan por todas partes—. Pobres, llevan una hora y media esperando», me digo, solidarizándome de nuevo con ellos.

—Quiero agradecerles su interés y la paciencia que han mostrado a pesar de las inclemencias del tiempo. Soy María Eugenia de la Rúa y quiero que sepan que es un verdadero honor y una gran responsabilidad ponerme al frente de tan magnífico legado. Buenos días a todos —declaro, con voz pausada y firme.

Y así es cómo quiero mostrarme al mundo; como una mujer decidida y segura de sí misma que sabe lo que quiere.

—Vais a tener tiempo de sobra para conocerla —interviene Sidney, posando su mano en mi espalda para instarme a andar, y, sin borrar la discreta sonrisa de mi rostro, encamino mis pasos hacia ese universo que flota en mi orilla, ese que ha llegado sin que yo tenga que dejarme los brazos para aferrarlo. DIOR—. Por favor —me dice, abriendo la puerta, invitándome a entrar—. Hemos congregado al personal para que te conozca —me cuenta una vez estamos dentro y la prensa ya no puede oírnos—. Si te parece, vamos un momento a tu despacho para que dejes tus cosas y luego ya procedemos con las presentaciones —me propone mientras me limito a asentir con la cabeza, recordando que nunca quise un despacho cuando trabajaba en D'Elkann, pero porque tenía el de mi jefe...

«Y aquí será diferente —asumo, guardando silencio—, pues dudo mucho que Sidney me permita utilizar el suyo cada vez necesite un poco de intimidad», prosigo el hilo de mis pensamientos mientras el cariño y la añoranza por todo lo bueno vivido golpean discretamente mi garganta al tiempo que lo sigo y esbozo sonrisas, a modo de saludo, cuando me cruzo con alguien.

—Te has manejado muy bien con la prensa —me halaga cuando el ascensor llega hasta la segunda planta, donde recuerdo que tiene su despacho.

—La prensa nunca será un problema para mí —le garantizo, convencida, siguiéndolo a través del largo pasillo de paredes blancas y fotografías enmarcadas en negro.

—Ahora eres nuestra imagen y todo lo que tú hagas o digas se asociará a Dior —sentencia con seriedad, y recuerdo que John Galliano fue despedido de la *maison* por decir que amaba a Hitler y agredir verbalmente a una pareja judía.

—Si algún día me despedís, te aseguro que no será por ninguna declaración o hecho que os avergüence —le indico con gravedad—. Soy perfectamente consciente de la responsabilidad, a todos los niveles, que he asumido con la casa —añado, deteniéndome cuando lo hace él.

—Adelante —me pide, abriendo una puerta, sin decir nada más al respecto—. Puedes redecorarlo si quieres —oigo que me dice mientras dejo el abrigo sobre el respaldo de una silla y mi maletín en ella.

—No creo que sea necesario —musito, deslizando la mirada por la estancia—. La verdad es que no tengo intención de pasar mucho tiempo aquí —le cuento, volviéndome para mirarlo, observando su ceño leventemente fruncido—. Es evidente que necesito un despacho, pero mi lugar de trabajo estará donde esté mi equipo y donde pueda ver lo que esté haciendo —me afano en aclararle—, y no voy a redecorar algo que no lo requiere. Cuando quieras, vamos con las presentaciones —le indico con decisión en el mismo instante en el que Catherine Rivière, la directora de Dior Alta Costura, llama a la puerta.

—¿Puedo? —le pregunta a Sidney.

—Por favor —le contesta mientras me fijo en su vestido negro a tono con las medias y los zapatos, su perfecta melena castaña, por encima de los hombros, sus pendientes dorados y su aspecto impecable—. Catherine, te presento a María Eugenia de la Rúa, la nueva directora creativa. María Eugenia, te presento a Catherine, nuestra directora de Dior Alta Costura.

—Estaba deseando conocerte —me indica con afabilidad, tendiéndome su mano, que acepto con una sonrisa, y yo sí que estaba deseando conocerla a ella, porque puede que yo sea la directora creativa, pero Catherine es la que controla todo el proceso, desde la confección de la prenda hasta que llega a las manos de las clientas.

—Lo mismo digo —respondo, sin poder borrar la sonrisa de mi rostro.

«Por supuesto que estoy viviendo un sueño», pienso, sintiendo la felicidad llegar para quedarse.

—Para todo lo que necesites, estoy a tu disposición —prosigue y, de antemano, sé que nos llevaremos bien.

—Gracias.

—Sidney, ya está todo el personal esperando —le informa, volviéndose hacia él.

—Vamos, entonces —nos pide, abriendo la puerta para que salgamos, y es todo un señor, de los pies a la cabeza.

Escoltada por Catherine y Sidney, llego a una sala donde, tal como me había dicho, está todo el personal congregado y, sin borrar mi discreta sonrisa y con los nervios golpeando mi garganta, accedo a ella, percibiendo, al instante, todas las miradas puestas sobre mí; unas miradas que dejan de prestarme atención cuando hacen acto de presencia Bernard Arnault y Delphine, su hija.

—Bienvenida —me dedica Bernard, acercándose a mí para tenderme su mano, que estrecho.

—Muchas gracias. Hola, Delphine —la saludo, volviéndome seguidamente hacia ella para tenderle la mía ante la atenta mirada de todos.

—Hola. Bienvenida a Dior —me corresponde en voz baja en el mismo instante en el que Sidney toma la palabra.

—Hola a todos —oigo que dice mientras dejo de prestar atención a Bernard y a Delphine para contemplar a todas las personas que tengo frente a mí. Mujeres y hombres ataviados con impolutas batas blancas de manga larga, cerradas con clip, con un bolsillo en la parte superior derecha y con «Dior» bordado en hilo plateado sobre él, y es curioso que me fije en estos detalles en un momento como este—. María Eugenia, bienvenida a Dior. He querido empezar por los miembros de taller, porque te lo vamos a delegar —prosigue mientras me felicito mentalmente por haber optado por este traje negro, pues no sé si es casualidad o no, pero, a excepción de los que llevan bata, el resto del personal va vestido de negro—. No sé si prefieres que te llamemos María Eugenia o señora María Eugenia —añade, volviéndose hacia mí, pues, en alta costura, se emplea el término señor o señora antes del nombre.

—Señora María Eugenia —le aclaro sin asomo de dudas. «Cuanto antes marquemos las pautas que debemos seguir, mejor que mejor», afirmo, convencida.

—Cuando quieras, entonces —me señala, cediéndome la palabra.

—Muchas gracias, Sidney —respondo para luego volverme hacia toda esta gente que es una desconocida para mí ahora, pero que, con el tiempo, formará parte de mi vida—. Recuerdo que, cuando era pequeña, no jugaba con muñecas. Yo prefería vestirlas; cogía un simple retal, del tejido que fuera, unos pocos alfileres y le iba dando forma sobre el cuerpo hasta convertirlo en un vestido de noche. Siendo niña, ya soñaba con la alta costura, sin saberlo —les digo esbozando una sonrisa, la misma que veo en sus rostros— y, luego, cuando crecí, Christian Dior se convirtió en un ejemplo a seguir. Y ahora estoy aquí, en este edificio que eligió él, frente a todos ustedes, y, de antemano, sé que vamos a hacer un gran trabajo juntos —les aseguro sintiendo como la emoción llena mi pecho.

—No tengo ninguna duda de ello —interviene Sidney—. Bienvenida de nuevo —me indica, tendiéndome su mano, que acepto con una sonrisa... «y hacía mucho tiempo que no sonreía tanto», pienso, recordando otras sonrisas, otros tiempos.

—Gracias —contesto mientras todos aplauden, y el color de sus ojos se cuela, durante un breve segundo, en esta sala dominada por el tono blanco y el negro.

«Menudo momento estoy viviendo», me emociono, sin poder dejar de sonreír, abrazando esos aplausos que no voy a olvidar jamás.

—Tenemos dos talleres: Trajes y Vestidos —toma la palabra Catherine—. Para Vestidos está Florence, que es la encargada —me informa mientras una mujer morena, con el pelo corto, rostro redondeado y sonrisa afable se acerca a saludarme.

—Encantada —musito, tendiéndole la mano.

—Y, para Trajes, la encargada es Monique —añade Catherine, y le tiendo la mano a una mujer rubia, de sonrisa nerviosa.

—Me alegra conocerla —le digo, devolviéndole la sonrisa.

—Y ella es Camille, tu secretaria —me comunica mientras susurro otro «encantada», y Catherine me presenta al que será mi equipo.

—Y ahora, si te parece, vamos a ver el resto de las estancias —me propone Sidney una vez que finalizan las presentaciones.

Junto a Sidney, Catherine, Bernard y Delphine llego al que será, en realidad, mi despacho o estudio creativo, una habitación grande y muy luminosa, con un enorme ventanal, paredes blancas, muchísimos focos de luz y una mesa de cristal en forma de U con bordes y patas de acero, atestada de todo lo necesario para dar vida a nuestra imaginación.

—Supongo que este será tu segundo despacho —comenta Sidney, esbozando una discreta sonrisa mientras contemplo los paneles vacíos que voy a llenar de ideas y fotografías.

—Supones bien, y tampoco tengo intención de redecorarlo —le respondo, sintiendo ese picor en la yema de los dedos que me insta a crear.

—Vamos a los talleres, entonces —interviene Catherine, y asiento con la cabeza—. Durante la colección, yo suelo ir todos los días —me cuenta mientras cogemos el ascensor que nos llevará a la última planta, y, aunque no lo verbalizo, sé de sobra que no será la única en hacerlo, pues yo también tengo intención de ir asiduamente, «y no solo durante la colección», asumo, sin poder creer lo que estoy viviendo.

—Somos una de las últimas casas que siguen trabajando en alta costura siguiendo la gran tradición de la misma, con nuestros propios talleres —me cuenta Delphine mientras salimos del ascensor para, a través de un estrecho pasillo de paredes y suelo blanco, llegar primero a uno de ellos.

«¡Oh, my Dior!», exclamo mentalmente, casi conteniendo el aliento, cuando Catherine abre la puerta y accedo a él.

—Hola de nuevo. Por favor, sigan trabajando —les pide Sidney mientras yo oigo risas nerviosas a mi alrededor y observo a Monique, la jefa de Trajes, acercarse a saludarnos.

«Aquí los techos son mucho más bajos que en el resto de las estancias —observo en silencio—, y están prácticamente cubiertos por plafones de luz —constato, para luego deslizar la mirada por las mesas blancas y las sillas de madera, donde, en los respaldos, hay una pegatina con el nombre de los costureros; también veo los maniquís, vestidos con corsés blancos, y los tejidos con los que están trabajando—... y estoy en uno de los talleres de Dior y soy su diseñadora», me recuerdo, obligándome a mantener la discreta sonrisa en mi rostro y no ensancharla demasiado.

—Bienvenidos al taller. ¿Quiere que le presente a todos o prefiere conocerlos en otra ocasión? —me pregunta Monique, con cierto nerviosismo, cuando llega hasta nosotros.

—Me encantaría conocerlos a todos, si no es molestia —contesto, deseando que se sienta tranquila y cómoda conmigo, «a pesar de que intuyo que va a ser un poco complicado estando Bernard, Delphine y Sidney a mi lado», divago mientras ella procede con las presentaciones. «Y, aunque hoy no voy a poder grabar en mi mente todos los nombres, ya los iré memorizando con el tiempo», me animo mientras tiendo la mano, mantengo la sonrisa y, en ocasiones, me detengo para ver cómo trabajan—. Siempre me ha fascinado el proceso de confección, ver cómo mis diseños toman forma —les cuento, contemplando con qué maestría están cosiendo la americana de un traje—, así que supongo que van a verme mucho por aquí.

—¿Con usted también trabajaremos hasta el último minuto, antes del desfile? —me pregunta con simpatía una mujer con gafas de montura metálica y rostro afable, «y la verdad es que todos me han recibido con una sonrisa», reconozco, ensanchando la mía antes de contestarle.

—Pues no lo sé, ya veremos —le digo, provocando unas cuantas risas a mi alrededor.

Del taller de Trajes pasamos al de Vestidos, donde Florence, al igual que ha hecho Monique, me presenta a todo el mundo, y hay tanto por hacer y tanto por demostrar que no veo el momento de ponerme manos a la obra.

—Cuando los bocetos llegan al taller, los coloco sobre la mesa y todos se acercan para estudiarlos y seleccionar con cuál de ellos quieren trabajar —me explica con una sonrisa—; todos, excepto Peter —me confiesa, divertida, señalándome con un gesto a un chico joven con la cabeza rapada—. Él se desenvuelve muy bien con grandes volúmenes, por eso los vestidos grandes son siempre para él.

—Soy el único que no tiene derecho a elegir —interviene, acompañando el comentario con una sonrisa resignada.

—Es lo que hay —secunda Florence entre risas, y me gusta este ambiente y también ella.

* * *

—¿Qué te parece? —me pregunta Sidney, una vez a solas, mientras nos dirigimos hacia mi despacho.

—Abrumador, emocionante, desafiante... ¿Sigo? —le formulo mientras cojo mi abrigo y mi maletín de trabajo.

—Creo que me hago una idea —contesta, esbozando una casi imperceptible sonrisa.

—¿Tengo al equipo reunido?

—Y a la espera de ponerse bajo tus órdenes.

—Perfecto, pues no los hagamos esperar —suelto con decisión, saliendo del despacho para encaminar mis pasos hacia el ascensor, seguida por él. «Y esto ya no me parece un laberinto de pasillos, sino que sé perfectamente por donde voy», me percato con orgullo, sonriendo para mí misma.

—Hola a todos —los saludo cuando accedo al estudio, donde, tal y como me había confirmado Sidney, están todos esperando—. Ya sabéis que me llamo María Eugenia, como yo sé cómo os llamáis vosotros —prosigo, tomando el control de la situación mientras dejo el abrigo y el maletín en la primera silla que encuentro—, pero somos algo más que nombres —sentencio, guardando silencio durante unos segundos—, somos ideas, somos creatividad, intuición e inspiración. Somos todo lo que queramos ser —les explico, recorriendo la estancia para observarlos uno a uno—, y este estudio va a ser nuestro laboratorio creativo, donde quiero que bullan las ideas, donde quiero ver todo lo que tenéis dentro y donde voy a exigiros tanto como me exijo a mí misma. Quiero que sepáis que voy a tensar la cuerda todo lo que pueda si así consigo que me deis ese más que se resiste a ser mostrado. Quiero que sepáis que vamos a vestir a la mujer haciendo del misterio el hilo conductor de nuestros diseños, porque, ¿quién quiere leer un libro o ver una película si ya le han desvelado el final o los momentos más decisivos? Vamos a apostar por la elegancia y la sofisticación para que la mujer que vista de Dior se sienta poderosa, femenina y segura de sí misma, que insinúe más que muestre y que, a la vez, se sienta cómoda con la ropa que lleva puesta —les indico ante la atenta mirada de Sidney—. Vamos a reinterpretar el *new look* de los comienzos de la marca, modernizándolo pero manteniendo su esencia, incorporando prendas que en su día fueron un referente y combinándolas con prendas que hoy en día también lo son —continúo, cogiendo un papel para mostrar lo que no deja de resonar en mi cabeza—. Imaginad esto, un vestido de alta costura que evolucione hasta llegar a este punto —musito, dibujando un vestido de tirantes anchos, ceñido en el cuerpo y en la cintura, acortado a la altura de las caderas, con bajo *évasée*, y combinado con un pantalón pitillo con bolsillos franceses—. Fijaos en la forma, en cómo se ajusta al cuerpo y en cómo sale disparado en las caderas —remarco mientras todos me rodean para analizarlo mejor—. Quiero ver esto, quiero movimiento, delicadeza y romanticismo —prosigo, levantándome para ir hacia mi maletín y sacar los bocetos que tengo preparados—. Todos conocéis la chaqueta Bar, un referente de la época, pero ¿qué sucedería si la reinterpretásemos? Si la deconstruyésemos y añadiésemos animación y movimiento, sin quitarle su entidad, para luego combinarla con esta falda. ¿Os dais cuenta? Es una reinterpretación de los códigos pero sin perder la esencia, y esto es justo lo que quiero —concluyo con seriedad, cruzándome de brazos—. Plasmadlo en doscientos bocetos, de los cuales elegiré solo los mejores. A trabajar todo el mundo —les ordeno mientras percibo la presencia de Sidney a mi lado.

—Tengo que reconocer que estoy admirado —susurra en voz baja.

—Eso es lo que tú te crees, espera a ver la colección. —Y estoy tan convencida de ello que no me importa en absoluto que crea que soy soberbia.

Paso el resto de la mañana pegada a mis nuevos chicos, resolviendo sus dudas, escuchando sus propuestas, guiándolos y creando el *moodboard* que será el hilo conductor de mi primera colección para Dior, y este trabajo es apasionante y lo es mucho más cuando percibes el entusiasmo de la gente que te rodea.

—Chicos, se está haciendo tarde, id a comer y luego seguimos —les propongo, consultando la hora y maldiciendo en silencio, pues deben de estar muertos de hambre.

—¿Se queda? —me pregunta Noël, un hombre más o menos de mi edad, alto, con un cuerpo bien definido, moreno, vestido todo de negro y con un discreto brillante en la oreja derecha.

—Voy a comer aquí. Camille, por favor, encárgame algo y

que me lo traigan —le pido, yendo hacia la mesa que he hecho mía.

—¿Alguna preferencia? —indaga desde su mesa.

—Menos carne, lo que quieras —respondo mientras oigo a mis chicos cuchichear, y alzo la mirada para ver qué sucede.

—Nos quedamos todos aquí —me anuncia Claudine, una chica joven, con el pelo muy rizado, vestida con una camisa blanca holgada y unos jeans de tiro alto. Y aunque es un *outfit* que nunca elegiría para mí, me gusta como le queda.

—Que yo sea una obsesa del trabajo no significa que lo tengáis que ser vosotros; en serio, id a comer y que os dé un poco el aire.

—El caso es que no nos habíamos dado cuenta de la hora que era —interviene Loana, una mujer rubia, de ojos azules y tez clara, y sus ojos me recuerdan un poco a los suyos—. Lo decimos en serio, señora María Eugenia, queremos quedarnos.

—Como prefiráis, entonces —me rindo, esbozando una sonrisa.

Seguimos trabajando hasta que llega la comida para proseguir en cuanto damos cuenta de ella, «y nunca el tiempo había corrido tan veloz», me percato cuando veo el cielo vestido ya de oscuro.

—Os prometo que todo lo que he dicho sobre tensar la cuerda y exigiros tanto como me exijo a mí misma iba en serio, pero os aseguro que no soy ninguna explotadora —comento a modo de disculpa—. Marchaos a casa, debéis de estar hechos polvo —añado, viendo la hora en mi reloj de pulsera y maldiciendo de nuevo mientras ellos sonríen y van apagando ordenadores, tabletas y luces.

—¿Usted no se va? —me pregunta Noël desde su puesto.

—No, pero, tú, sí —le respondo con una sonrisa.

—Gracias por el día de hoy; estaba un poco nerviosa y también expectante por ver qué nos propondría... y ha sido increíble —expresa Loana, acercándose a mí—. Si todos los días van a ser así, no me importa en absoluto que crea que me explota.

—Estoy de acuerdo —secunda Lucie—. Es pura inspiración, señora María Eugenia. —Y, a pesar de que nunca me han importado los halagos ni las críticas, hoy agradezco sus palabras.

—La que tiene que daros las gracias soy yo —les digo mientras detengo la mirada en ella y, más tarde, en Serge, los diseñadores que tomaron las riendas de la casa mientras yo estaba en Madrid, para luego deslizarla por el resto de mi equipo—. Tengo que reconocer que estoy impresionada, y ya no solo por vuestro talento, sino también por el entusiasmo que habéis mostrado, por vuestra buena predisposición y por esa energía que casi puedo sentir vibrando en este estudio. Chicos, os aseguro que vamos a hacer grandes cosas juntos —vaticino, completamente segura de mis palabras.

Y, tal y como me sucedía en D'Elkann, soy la última en cerrar la luz.

Capítulo 14

María Eugenia

Llego a mi casa tan cansada como emocionada. «Menudo día más intenso —pienso, feliz, suspirando de puro placer cuando me libro de los zapatos y mis pies tocan finalmente el suelo—. No he hecho la compra —me lamento, encendiendo la luz de la lamparita y aplazando, con resignación, el café de mañana en mi bonita cocina para otro día—. He estado tan ocupada que ni siquiera he recordado que quería hacerla —reconozco, deteniendo la mirada en el dibujo de su flor—. Hoy apenas he pensado en él —me percato, cogiéndolo para acariciarlo—, solo en algún momento puntual su imagen ha cruzado mi mente, y lo ha hecho con tal rapidez que ni siquiera he podido atraparla —asumo, observando el trazo de su letra—, y quien diga que la mente nunca para, miente, porque la mía puede hacerlo, como acaba de hacer ahora, cuando, durante unos instantes, ha enmudecido mientras yo detenía la mirada en ese "Ya te echo de menos", y, sí, es cierto que luego coge una velocidad asombrosa y reflexiona y recuerda más de la cuenta, pero, durante unos instantes, la fuerza de lo que siento y de la nostalgia ha sido capaz de acallarla.»

«Dicen que en el equilibrio está lo perfecto —medito—, y yo sigo sin lograr encontrarlo, porque sigo yendo de un extremo al otro», admito, dejando el dibujo con tristeza donde estaba para luego encaminar mis pasos hacia el salón mientras rebusco el móvil en mi bolso.

—Vaya... —susurro cuando compruebo que tengo tres llamadas perdidas de mi madre, dos de mi hermana y muchas de mis amigas, además de una cantidad desorbitante de mensajes.

«He estado tan ocupada que ni siquiera he podido echarle una ojeada al teléfono en todo el día», me justifico, sentándome en el sofá, subiendo casi de inmediato mis pies descalzos a él, mientras deslizo el dedo por la pantalla del móvil. Sé lo que estoy buscando y ahí está. Su mensaje.

Enhorabuena.

«Es increíble cómo una sola palabra tiene la capacidad de removerlo todo dentro de mí —asumo, sin poder alejar la mirada de ella—. Es increíble cómo una sola palabra puede cercar mi garganta y llevarse todo lo bueno que he vivido a lo largo del día para dejar solo la añoranza y la tristeza descansando en mi orilla. Siempre de extremo a extremo. Sin llegar a un punto intermedio o de equilibrio.»

«Podría contestarle —me digo, mordiéndome la cara interna de una mejilla—. Podría llamarlo, solo para darle las gracias y oír su voz —prosigo, sintiendo el dolor llenarme por dentro—. Y ha sido tan fácil hoy, tan sencillo no pensar en él, y ni siquiera he tenido que proponérmelo; simplemente su recuerdo se ha quedado aquí, encerrado entre estas cuatro paredes, solo que ahora que me ha encontrado no puede dejarme en paz.»

«Es imposible no conocer a Roxette, pelirroja —me dijo mientras nos acercábamos el uno al otro, hasta casi quedar pegados—. Y ya no puedo estarme quieto», rememoro, marchándome a esa noche y a ese pub, recordando lo mucho que deseaba besarlo y tocarlo. «Y siempre voy a desear lo mismo», admito, releyendo ese «Enhorabuena» una y otra vez.

«Gracias», tecleo con rapidez y, sin querer cuestionármelo, le doy al botón de enviar.

«Debería bloquearlo —me planteo, inspirando profundamente—. Debería abrir todas las ventanas de esta casa para que su recuerdo saliera y volver a cerrarlas de inmediato para que no volviera a entrar —prosigo el hilo de mis pensamientos, percibiendo el recorrido silencioso de una lágrima al deslizarse por mi mejilla—. Sí, debería hacerlo, y también debería olvidarlo de una vez», me riño, inspirando profundamente para seguir leyendo mensajes.

Pero qué superguapa estabas.
Enhorabuena, voy a presumir
muchísimo de amiga.

El mensaje de Mariló.

¡Oye, a ver si ahora que te has hecho
megafamosa no vas a cogerme el
teléfono! Te he visto en la tele, junto al
hombre ese, y estabas espectacular.
Enhorabuena, estoy muy orgullosa de ti.

El mensaje de Almu.

Tú y yo tenemos un té pendiente
cuando vaya a París. ☺ ¡Enhorabuena!
¡Estoy muy feliz por ti!

El mensaje de Valentina.

Enhorabuena. Estoy muy orgulloso de ti.

El de Elkann.

Este es un mensaje de todas. Queremos
que sepas que estamos muy orgullosas
de ti y de que hayas sido nuestra jefa.

El audio de Crescencia mientras, de fondo, oigo la voz de todas mis chicas felicitándome...

¡Y estabas guapísima!

Reconozco la voz de Luna, y esbozo una sonrisa cargada de añoranza.

> Pero ¿se puede estar más guapa de lo que estabas hoy? Tía, que todos los programas están hablando de ti, incluso Arguiñano te ha nombrado en el suyo. ¡Qué fuerte, por favor! ¡Y haz el favor y contesta al teléfono!

El audio de mi hermana.

> Ay, hija, qué orgullosa estoy de ti, que no puedo ni ir por la calle porque todos los que me conocen me paran para felicitarme. ¡Y qué guapa estabas y qué bien has hablado! Que no entendía nada, suerte que lo traducen, si es que parecías hasta francesa.

El audio de mi madre, junto a una breve grabación de un telediario en el que hablan de mi llegada a Dior para, seguidamente, reproducir esas imágenes.

«Así es como quería mostrarme al mundo y así es como él me ha visto; feliz y segura de mí misma, a pesar de que ahora esté llorando, pero eso nadie lo sabe ni tampoco ha de saberlo, porque mis lágrimas y mis sentimientos son solo míos y a nadie le importan —me digo, leyendo y oyendo más mensajes y contestando a todos ellos para luego llamar a mis padres y a Candela—. Y, sí, es cierto que mis lágrimas son fruto de la tristeza y de la añoranza, pero también de la felicidad, y ni siquiera sé qué sentimiento sobresale por encima del otro.»

Pido algo de cenar en el mismo restaurante en el que Camille ha pedido la comida y, mientras llega, me doy una larga ducha que saca a la superficie todo el cansancio que he ido acumulando a lo largo del día bajo las capas de mi piel. «Qué día más emocionante he vivido —reflexiono, aferrando esos recuerdos para permitir que otros se alejen—: mi llegada a

Dior, la prensa, esa sala de paredes blancas donde Sidney me ha dado la bienvenida frente a todos los trabajadores y esos aplausos que he abrazado con una sonrisa, los talleres en la buhardilla, mi nuevo equipo y el entusiasmo que han mostrado desde el primer momento. Haremos grandes cosas juntos, estoy segura», sentencio, secando mi cuerpo con una mullida toalla.

«Tengo tantas cosas en las que pensar, tantos diseños que plasmar y tan poco tiempo —constato con nerviosismo, mordiéndome el labio inferior, recordando que la colección Resort se presentará el 10 de mayo y, la de alta costura, el 6 de julio—. Va a ser de locos —prosigo el hilo de mis pensamientos mientras me dirijo a mi habitación para ponerme el pijama al tiempo que mi cabeza es un hervidero de ideas—, y mejor esto que el silencio de la mente o el ruido ensordecedor de la añoranza y de la tristeza —me animo, reconduciéndolos de nuevo—. Debería elegir un destino exótico para presentar la colección Resort, un destino como Dubái, el desierto del Sáhara o Shanghái, pues esos desfiles no suelen realizarse en los lugares tradicionales, solo que no me apetece irme tan lejos, al menos no para presentar mi primera colección», asumo mientras una idea cruza mi mente, y tengo que hablarlo con Sidney, tomo nota mental, en el mismo instante en el que llaman a la puerta; mi cena, doy por hecho, yendo hacia el telefonillo.

—¿Sí?

—Traigo un ramo de flores para María Eugenia de la Rúa —oigo una voz masculina al otro lado del interfono.

«¿Flores para mí? ¿A estas horas? —me pregunto, abriéndole la puerta y sintiendo los nervios empezar a morderme por dentro mientras un nombre resuena continuamente en mi cabeza—. Y no puede ser, porque ni siquiera sabe dónde vivo; además, ya me ha dado la enhorabuena», me digo mientras espero bajo el umbral a que se abran las puertas del ascensor.

—Buenas noches. ¿Es usted María Eugenia? —me plantea un chico joven, cargado con un precioso ramo.

—Sí, soy yo —musito con un hilo de voz.

—Firme aquí, por favor —me pide, tendiéndome la tableta, donde estampo mi rúbrica antes de coger el ramo, «y, aparte de ser precioso, es enorme», constato mientras mi corazón golpea mi pecho con fuerza.

—Gracias —susurro antes de cerrar la puerta y coger la tarjeta.

Ha sido fascinante verte trabajar.

Sidney

«¡Vaya! —exclamo mentalmente, sintiendo la felicidad llegar para llenar mi pecho—. Y puede que sea otro tipo de felicidad, una distinta a la que hubiese sentido si hubiera sido suyo —reconozco con una profunda inspiración—. Puede que nunca vuelva a saber de él —asumo, yendo hacia la cocina para poner las flores en agua—, pero tendré otras cosas y viviré cientos de momentos increíbles, como todos los que he vivido hoy», prosigo, dejando las flores cuando vuelve a sonar el timbre de la puerta, y esta vez sí que es el repartidor del restaurante.

«Y es cierto que mañana no desayunaré en esta cocina tan bonita —me digo un poco más tarde—, pero estoy cenando en ella bajo la resplandeciente mirada de la Torre Eiffel mientras mis dedos van dando vida a esos bocetos que, en mi cabeza, ya puedo ver en movimiento.»

«Puede que tuviera razón y que dejarnos fuera lo mejor que podíamos hacer, porque apenas habríamos tenido tiempo para estar juntos —admito, sin dejar de dibujar—. Y siempre hay un "puede que" en cada frase que tiene relación con él... —me percato, perdiendo la mirada en la cocina que se refleja en el cristal de la ventana, ahora que es de noche—. Es posible que ese "puede que" solo sea una forma de consuelo o, en realidad, la única posibilidad que ha quedado frente a mí, en la orilla de mi vida, y las estrellas, las constelaciones y las nebulosas son para el universo, no para mí», concluyo, yendo hacia la ventana para abrirla y contemplarlas, tan lejanas, tan inalcanzables, tan perfectas... como él y como lo que tuvimos.

* * *

Despierto a la mañana siguiente con un pensamiento que dibuja una sonrisa en mi rostro, pues hoy ya no siento esta cama y esta casa como los brazos de un extraño, sino que ya empiezo a reconocerlos y sentirme cómoda entre ellos, «y encima no llueve y ha salido el sol», pienso, cogiendo el *plaid* de la cama para cubrirme con él y salir a la terraza, donde el frío me envuelve con sus brazos gélidos mientras detengo la mirada en la ciudad que, poco a poco, va despertando bajo mis pies. «Tengo tantos motivos para sonreír y ser feliz que debería dejar de regodearme en lo que no está a mi alcance para abrazar la felicidad de lo que atesoro entre mis brazos», me recrimino, sintiendo la lana de la pequeña manta acariciar la yema de mis dedos, donde sentí tantas veces su respiración. Yo quería esto cuando vivía en Madrid y cuando Maurice me regateaba precios y me bajaba calidades; yo soñaba con esto que estoy viviendo ahora... *Ahora*, esa palabra que aprendí a vivir a su lado.

«Tú y la mayoría de la gente vivís dando por hecho las cosas, haciendo planes muy a largo plazo y estando más en el futuro que en el presente, cuando en realidad la vida no es eso. Esto es la vida, pelirroja: hablar contigo ahora, sentir los rayos del sol sobre nuestras cabezas, sentir tu piel bajo la mía. —Y cierro los ojos para recordar la sensación de su mano acariciando mi mejilla—. Esto es lo único cierto y lo único que de verdad importa, porque lo otro, el futuro, es solo una posibilidad remota que puede suceder o no...», rememoro sus palabras.

«Solo que yo ya no estoy en el futuro, sino que me he quedado atascada en el pasado de su mirada, en el pasado de su sonrisa desdeñosa, en el pasado de sus comentarios insolentes y en el pasado de nuestros besos —reconozco, sintiendo la mirada empañada—, y es un error que haga esto y lo que no es para ti hay que dejarlo ir —me digo, evocando ese deseo que escribió en la arena y a ese niño rubito que veía tantas veces—. El cielo que me cobija ahora es el de París y mi universo, Dior, no hay más», sentencio antes de acceder al interior de mi hogar para empezar a vestirme, cerrándole la puerta a mis recuerdos, solo que, al igual que se la cierro, se la vuelvo a abrir, como hago con él, que lo bloqueo y lo desbloqueo, y ni siquiera sé qué es lo que quiero o qué es lo mejor para mí, porque frenar recuerdos es agotador y aceptarlos duele demasiado.

Elijo un vestido gris topo con cuello alto, mangas ajustadas y largo *midi* que estiliza mi figura y resalta el color de mi pelo, que dejo suelto, como siempre. «Ahora eres nuestra imagen y todo lo que tú hagas o digas se asociará a Dior», me llegan las palabras de Sidney mientras observo mi maquillaje discreto.

—Necesito un vestidor y un espejo de cuerpo entero —me lamento, torciendo el gesto, echando de menos poder ver mi cuerpo al completo—, y este apartamento tiene tres habitaciones cuando yo solo necesito una», me señalo, tomando nota mental de encontrar un hueco, algún día, para, además de hacer la compra, ponerme con ello.

Llego a la misma cafetería en la que desayuné ayer dando un paseo y, cuando la Torre Eiffel aparece frente a mí, esbozo una sonrisa. «Puede que, cuando haga buen tiempo, venga a desayunar aquí también solo para poder sentarme en la terraza y tomarme el café con leche frente a ella, y espero que a Sidney le guste la idea que tengo en mente», salto de tema, solapando un pensamiento con otro antes de acceder a la cafetería, donde me siento en la misma mesa que ocupé ayer y donde me atiende ese mismo chico, y no sé por qué pero me parece que me ha reconocido, aunque finjo no haberme dado cuenta.

—Buenos días, señora María Eugenia. ¿Le pongo lo mismo que ayer? —me pregunta con una sonrisa, ¡y por supuesto que me ha reconocido!

—Sí, por favor —le respondo, cogiendo el periódico que me tiende.

«Qué chico más majo», me digo antes de dejar de pensar cuando veo mi rostro ocupando toda la portada. ¡Por Dios bendito!

«Joven, elegante y con clase, así es la nueva apuesta de Dior», leo a toda prisa, asimilando que estoy en la portada. Yo. ¡Yo, en la portada de un diario francés de máxima tirada! ¡La hostia! Voy a necesitar media vida para digerir esto, aunque, teniendo en cuenta que ya tengo treinta y nueve años, puede que necesite todo lo que me queda de vida para hacerme a la idea. «Joven, dicen; joven era cuando tenía dieciocho años, no ahora», me burlo con sorna, obligándome a frenar la sonrisa mientras releo de nuevo el titular y el camarero me sirve el desayuno.

Ese es justo el concepto que quiero transmitir, «elegante y con clase»... «Tal y como serán mis diseños —afirmo, llevándome la tacita a los labios, echando de menos tener a alguien con quien poder charlar—, porque esto de hablar conmigo misma todo el tiempo es un coñazo», me lamento, terminándome el desayuno, para, seguidamente, llamar al chófer de la compañía para que venga a buscarme.

De nuevo y, para mi asombro, encuentro prensa frente a la sede, «y espero que esto no sea una constante en mi vida... o sí —rectifico rápidamente el rumbo de mis pensamientos mientras les sonrío y les doy los buenos días—, porque puedo molestarme y tener una relación tensa e incómoda con ella o valerme de su presencia para que sea esa plataforma que me haga visible al mundo, ya no solo como la diseñadora de Dior, sino como María Eugenia de la Rúa, y puede que resulte un reto muy ambicioso e incluso soberbio soñar con que mi nombre vaya por delante del de la *maison*, pero, ya que solo voy a tener una parte de la balanza, voy a inclinarla todo lo que pueda hacia ese lado —me instigo, accediendo a este edificio que es mi universo ahora—. Y ayer fui yo la que cerró la luz del estudio de Diseño y hoy la que la enciende de nuevo, y esto parece ser ya una constante en mi vida», valoro, esbozando una sonrisa, observando esta sala que ayer bulló de energía y creatividad y que ahora se encuentra en calma.

—Buenos días —me saluda Noël, sacándome de mis pensamientos cuando accede a ella.

—Buenos días —le devuelvo el saludo, revisando discretamente su atuendo mientras voy encendiendo mi ordenador; pantalón de pinzas negro, suéter a tono, pelo muy corto, casi rapado, y ese pequeño brillante en la oreja. «Me gusta su estilo sobrio y elegante y me gusta también él como diseñador», admito mientras el resto de mi equipo va llegando y la energía comienza a vibrar entre estas cuatro paredes.

Tras una reunión, más larga de lo que había previsto inicialmente, en la que nos centramos no solo de la colección Resort, sino también en la de Dior Alta Costura y en los complementos de ambas, me encamino hacia el despacho de Sidney, deseando que mi día tenga cuarenta o cincuenta horas para poder llevar a cabo todo lo que tengo en mente.

—Hola, siento el retraso —me disculpo cuando accedo a él.

—No te preocupes. ¿Te apetece un café? —me pregunta cuando tomo asiento.

—Sí, por favor. Por cierto, muchas gracias por las flores —le agradezco con una sonrisa—. Ha sido todo un detalle.

—No es nada y es la verdad —me dice, devolviéndome la sonrisa, antes de pedirle a Marie, su secretaria, los cafés, mientras yo observo su aspecto impecable, y, si tuviera que poner una imagen junto a la palabra *señor*, sería la suya—. Bueno, tú y yo tenemos muchas cosas que tratar —me indica, recostando su espalda en el respaldo de la silla y, durante un segundo, pienso en lo distinto que es a Elkann, pues Sidney es un hombre silencioso, parco en palabras, cercano en apariencia, pero distante en realidad.

—Lo sé. Vamos con la colección Resort si te parece.

—Vamos con ella —secunda.

—Esta colección va a ser, en cierta forma, mi carta de presentación al mundo, y sé que podría elegir cualquier destino exótico para mostrarla, pero, en cambio, prefiero quedarme aquí, en la capital de la moda y de la alta costura —le anuncio, levantándome para dirigirme a la ventana—. ¿Cuántas veces has oído «siempre nos quedará París»? —le pregunto, volviéndome para mirarlo, atrapando su atención con mis palabras—. ¿Quién no siente cierta nostalgia o recuerda con añoranza la ilusión del primer amor? París es eso; es nostalgia, es romanticismo, es ilusión y besos bajo la lluvia... —prosigo, girándome hacia la ventana para detener la mirada en el movimiento de la ciudad—. Yo quiero revivir el recuerdo de ese primer amor o de esa historia que te marcó de por vida y que no has conseguido olvidar; quiero abrazar esa añoranza y quiero hacerlo bajo la Torre Eiffel rodeada por cientos de flores —le explico, evadiéndome, durante un breve instante, para regresar al azul de su mirada, en el que podía ver un océano insondable o un universo atestado de estrellas—. Christian Dior dijo que, después de la mujer, las flores eran las creaciones más divinas, y yo quiero aunar ambas cosas en este desfile. Quiero crear un laberinto floral bajo las estrellas, una especie de jardín secreto y encantado que simule nuestra vida, que es una continua sorpresa. Quiero bailarinas caracterizadas como hadas del bosque, que representen nuestros recuerdos, y que sean ellas las que abran y cierren el desfile con un baile. Quiero que ese laberinto sea algo más que un escenario donde presentar una colección de moda; ha de ser un lugar mágico, un lugar que te atrape y que te envuelva y que logre que te olvides de lo de fuera para solo disfrutar de lo que está sucediendo dentro, como ocurre durante los primeros meses de una relación, cuando no importa dónde, sino con quién; cuando no importa la cama, sino los brazos. «Siempre nos quedará París y siempre nos quedará el recuerdo», ese es el espíritu de esta colección —sentencio, convencida—. Una colección romántica, como lo es esta ciudad, y que estará compuesta por sesenta *looks* en tonos malva, azul, rosa, gris y negro que evocarán el paso de las estaciones, de nuestra vida y de nuestros sueños e ilusiones, con faldas de tul sobre las que se bordarán estrellas doradas y plateadas, corazones enteros o rotos y cartas del tarot, combinadas con camisetas de algodón con mensajes empoderados, con vestidos como el Esther, reinterpretado para la mujer de nuestra época. Vamos a hacer del pasado el motor de nuestro presente; a descoser encajes y a montarlos sobre organzas; a utilizar el tul que se superpondrá en composiciones ligeras y a la vez majestuosas, y a combinar la chaqueta Bar con pantalones-*culotte* amplios y plisados. Vamos a crear un viaje mágico al recuerdo de ese ayer viviendo nuestro presente, a perdernos en ese recuerdo para luego encontrarnos en nuestro ahora —musito, volviéndome hacia la ventana, y su recuerdo ha sido el guía de mis palabras, pues yo solo quería un laberinto de flores, pero todo lo otro ha salido solo, «y siempre me quedará su recuerdo», pienso con tristeza, y siempre me faltará ese «casi».

—Estoy impresionado —oigo la voz de Sidney, y me giro para encontrarme con la admiración de su mirada—, pero creo que has olvidado que esto es París y que la lluvia que tanto te gusta puede llegar en el momento más inoportuno.

—No si construimos una caja de cristal y, cuando digo cristal, me refiero a cualquier material transparente que te aísle del presente, pero sin que desaparezca de tu campo de visión; que te permita ver la luna y las estrellas, la lluvia o las luces de la Torre Eiffel, mientras retrocedes, con tus recuerdos y nuestros diseños, a esa sonrisa, a esos ojos o a esos momentos que no has conseguido olvidar.

—Podemos verlo. ¿Qué has pensado para el desfile de Dior Alta Costura?

—Tras la ruptura y el recuerdo llega la aceptación y el disfrute de lo que la vida te ofrece, así que quiero justo eso. Quiero un lugar suntuoso y ver lujo por todas partes, algo exagerado, fastuoso y que deje bien claro a todos los asistentes lo que van a ver, porque vamos a mostrarles justo eso. Una colección soberbia creada para una mujer que ha dejado atrás esos recuerdos para vivir y pisar con fuerza su vida; una mujer que sabe lo que quiere y que no permite que los recuerdos la dobleguen; que viste para ella, para sentirse bien consigo misma, y que no teme mostrarse al mundo... al contrario, está deseando hacerlo.

—Me parece que el destinatario de tu mensaje no va a tener que esforzarse demasiado para entenderlo —adivina, esbozando una discreta sonrisa para luego guardar silencio; un silencio al que me sumo, pues no tengo nada más que añadir—. París está llena de palacios, buscaremos el más lujoso y suntuoso, por eso no debes preocuparte.

—Perfecto, eso es lo que quiero.

«Y no me refiero solo a los palacios», concluyo, dirigiendo mi mirada de nuevo hacia la ventana, porque acabo de decidir que voy a valerme de la moda y de mis diseños para gritarle al mundo, y a él, lo que siento.

Capítulo 15

25 DE MARZO, PARÍS

María Eugenia

Siento cómo un recuerdo se desliza por mi mente en cuanto abro los ojos, uno que no freno, sino que aferro, demorándome en él.

«Hay quien tiene una crisis personal cuando cumple los cuarenta y hay quien lo celebra con una fiesta, ¿qué harás tú?», rememoro su pregunta, clavando la mirada en la ventana.

«Hoy es mi cumpleaños. Hoy cumplo cuarenta años», me digo, viendo sin ver, porque en realidad solo puedo verlo a él, a nosotros, cuando todavía se estaba fraguando lo que fue después.

«Si estoy en París, lo celebraré trabajando, creando mi mejor colección, y si continúo estando aquí... será una mierda, porque significará que han pasado ya dos años y sigo sin lograrlo», fue mi respuesta.

«Y lo he celebrado tal cual predije, trabajando y creando mi mejor colección, y, a pesar de que era lo que quería, no soy feliz, al menos no plenamente —reconozco, sintiendo la tristeza llenar mis ojos—, porque la mierda es estar sin él, solo que entonces no lo sabía —admito, incorporándome ligeramente, apoyando la espalda en el cabecero para empezar a recorrer la habitación con la mirada hasta finalizar mi recorrido en el otro lado de la cama, vacío—. Como lo está el otro lado de la balanza», pienso, sintiendo cómo las lágrimas, que atiborran mis ojos, terminan por liberarse.

«Si de algo estoy segura es de que, cuando cumpla los cuarenta, lo celebraré con una enorme sonrisa, independientemente de dónde esté, porque mi felicidad ya no depende de mis logros, sino de nosotros.»

Y eso lo pensé después, cuando vivíamos juntos, cuando éramos nosotros y sonreía a todas horas... y qué poco podía imaginar entonces esto que estoy viviendo.

«Qué tonta soy —me riño, secándome las lágrimas con los dedos—; no debería pensar en estas cosas y debería centrarme en lo que tengo. Soy la diseñadora de Dior y he creado una colección que es un sueño —me recuerdo, levantándome finalmente para dirigirme al baño—, y eso debería ser suficiente motivo como para ser feliz, porque es mucho, porque es lo que siempre he querido y porque es para lo que he trabajado hasta el cansancio... solo que no es suficiente», me rindo, aliviando mis necesidades más básicas...

* * *

—¿Puedo pasar? —oigo su voz a través de mis recuerdos, y puede que los frene otro día, pero hoy no.

—¡No, espera! —exclamé, alzando la voz.

—Pelirroja, esto es una tontería, voy a abrir la puerta.

—¡Que no! ¡Dame un minuto! ¡Mierda! —rememoro con una sonrisa cargada de añoranza, una que duele, que araña y que me hace sangrar.

—¿Ves como exagerabas? Es como verte sentada en una silla, pero sin ropa —me soltó con insolencia, apoyándose en la puerta, esbozando una sonrisa mientras sentía mi rostro arder—. En algún momento tenías que pasar por esto y tampoco ha sido para tanto; además, seguro que has meado cientos de veces delante de tus amigas y con ellas no harás lo que haces conmigo.

* * *

«Me hubiera encantado cumplir los cuarenta años a su lado, los cuarenta y uno, los cuarenta y dos, los cincuenta, los setenta... y así hasta el final de mis días», admito, cambiando el rumbo de mis pensamientos para trasladarme mentalmente a cuando cumplí los treinta y nueve—. Mi primer y único cumpleaños a su lado... y uno de los mejores —asumo, marchándome a ese día, volviendo a despertar con sus besos y volviendo a hacer el amor con él—. Ese día desayunamos juntos en la cama y luego nos desayunamos de nuevo entre besos y risas —evoco, dirigiéndome a la cocina—. Era sábado y fue mi sábado más especial», reconozco, recordando cómo, cada vez que el reloj marcaba una hora en punto, me regalaba un tulipán rosa.

Y hoy soy la diseñadora de Dior. Hoy estoy en París. Sola. Sin besos. Sin risas. Sin tulipanes.

* * *

Contemplo los paneles atestados de fotografías, de bocetos y de ideas mientras la impaciencia empieza a crecer dentro de mí, de manera discreta, casi imperceptible ahora, como si de un leve aleteo se tratara, «pero que terminará cogiendo fuerza con el paso de los días hasta barrerme por dentro y llevarse consigo toda mi calma y sosiego», afirmo, observando la tela que tengo frente a mí, una que utilizó mucho Christian Dior.

Ayer la colección, mi primera colección para la *maison*, llegó a los talleres, y esos bocetos que dieron vida mis manos y las de mi equipo se encuentran ahora en otras manos y en otros dedos, que se pincharán con agujas, que acariciarán la tela con cariño, dándole la forma deseada, y que ajustarán con maestría; unos dedos que cortarán con cuidado para no dañar y que coserán con mimo hasta darle la vida imaginada, esa que sí que está en nuestras manos. «Ojalá nuestra vida fuera como esos bocetos que puedes dibujar, borrar y rectificar hasta dejarlos perfectos; una vida sin arrugas, sin errores y sin pespuntes de más —prosigo el hilo de mis pensamientos, recordándome sentada en la cocina de mi casa dibujando, creando y soñando, frente a la mítica escalera de esta sede, que atesora huellas de valor incalculable, mientras mi cabeza bullía con el entusiasmo de la creatividad... esa que, ahora, se encuentra a la espera y expectante ante lo que verá dentro de dos semanas—. Pues, como la savia que circula por las flores, mis creaciones, mis ilusiones y mis esperanzas circulan ahora por esos talleres en los que dicen que vive el espíritu de Christian Dior y, si eso que aseguran los vigilantes es cierto, espero que le guste lo que va a ver y que se sienta complacido», me digo, cogiendo la tela para encaminarme en busca de Colette, la coordinadora de Telas.

—Buenos días —la saludo, observando la sala diáfana con mesas de cristal, donde nunca faltan las flores, tal y como sucede en Diseño o en cualquiera de las estancias de esta sede.

Y es cierto que el espíritu del señor Dior sigue con nosotros, pero porque todos lo aferramos, impidiendo que vaya a donde tenga que ir, bien sea por adoración o por admiración, y su presencia sigue presente en cada rincón de este edificio, que eligió él, con pequeños detalles como las flores, sus retratos y fotografías, que adornan las paredes, o sus diseños, que siguen vivos a pesar de los años y a los que recurrimos cada vez que volvemos la vista atrás.

—Buenos días, señora María Eugenia —me devuelve el saludo mientras tomo asiento frente a ella para, seguidamente, dejar la pequeña muestra de tela sobre la mesa; esa tela que imaginó el señor Dior y que utilizó para muchos de sus diseños, y por supuesto que es imposible que su presencia desaparezca cuando está tan presente en todo lo que hacemos y creamos.

—Tengo un pequeño reto para ti —le anuncio, esbozando una discreta sonrisa.

—Quiere esta tela —me indica, convencida.

—No exactamente. Quiero la técnica que han utilizado con esta tela. Fíjate en el movimiento que tiene... observa la flor, los colores de sus pétalos y la luz que parece emanar de ella —remarco, señalándoselo sin llegar a tocar el tejido, casi reverenciándolo—. Sus pétalos son tan reales que parece que hayan cosido una flor de verdad sobre el tejido —detallo, sabiendo de sobra que no es un pequeño reto lo que voy a proponerle, sino uno enorme—. Quiero que reproduzcáis el cuadro *Almendro en flor*, de Vincent Van Gogh, en un tejido; quiero creer que ese almendro es real y que han cosido el tronco, las ramas y las pequeñas flores sobre la tela, como esta que tenemos aquí.

—En esta tela el dibujo no está hecho sobre ella, sino en los hilos, por eso tiene ese movimiento y esa profundidad —me cuenta, guardando unos segundos de silencio, supongo que para hacer tiempo y valorar cómo decirme que es imposible lo que le estoy pidiendo—. Creo que con impresoras de chorro de tinta podríamos imitar el efecto, pero no la profundidad —comenta finalmente.

—El caso es que yo quiero exactamente esto.

—¿De cuánto tiempo disponemos?

—De muy poco —constato.

—Es complicado, quedan pocos grabadores en Francia y están saturados de trabajo.

—Ya te he dicho que era un reto. Yo nunca me rindo ni quiero que lo hagas tú tampoco. Sé que hay poco tiempo, que hay pocos grabadores y todos los inconvenientes que puedes encontrar, pero prefiero no centrarme en ellos, sino en las soluciones. Búscalas y, cuando hayas dado con ellas, me las cuentas —respondo, dando por zanjado nuestro encuentro, «porque esto es Dior y de algo tiene que servir», me digo, levantándome para dirigirme a Diseño.

—Señora María Eugenia, la estaba buscando —me llama Nicole, saliendo a mi encuentro—. La señorita Valentina Domínguez está en la recepción, quiere verla.

—¿Valentina? —le pregunto, emocionada, necesitando cerciorarme de que he oído bien.

—Sí, señora.

—Por Dios, qué alegría —musito, dirigiendo mis pasos, apresurados, hacia la entrada—. Pero ¿qué haces aquí? —inquiero cuando mi mirada tropieza con la suya y, sin esperar respuesta, casi corro hacia ella, extendiendo mis brazos para abrazarla con fuerza.

«¡Cuánto echaba de menos ver a gente de mi entorno!», reconozco, sintiendo el latido de las lágrimas llegar hasta mi garganta. Y puede que sea porque hoy es mi cumpleaños y estoy especialmente sensible o porque lo echo de menos o porque he estado tan saturada estos días que ni siquiera me había percatado de la necesidad de contacto que tengo y en la falta que me hace dar y recibir un abrazo o un beso, porque aquí soy la señora María Eugenia, no una amiga ni nadie con quien poder mostrar afecto, y es lo correcto y lo que siempre he defendido, pero, cuando estás sola en una ciudad enorme, tan triste como estoy yo, esa falta se hace más palpable, más enorme, sobre todo en días como hoy.

—He venido para un *shooting* y no podía estar en París y no pasar por aquí para saludarte. Por cierto, te he llamado, pero, para variar, no me has cogido el teléfono —me recrimina, soltándose de mi abrazo, y la observo durante unos segundos.

«La reina del hielo, como la ha bautizado la prensa y todos los que no la conocen, cuando en realidad es justo lo contrario», pienso, sintiendo ese latido, cargado de lágrimas, atascado en mi garganta.

«Qué sensiblera estoy hoy, ¡por Dios! Ni se te ocurra ponerte a llorar aquí, delante de todos», me advierto, inspirando profundamente.

—Lo siento, no lo he oído. Te invito a un café... o a un té —me corrijo con rapidez al recordar que no puede con el café—. Necesito que me dé el aire, ¿tienes tiempo? —le propongo, deseando que no tenga ningún compromiso inmediato y poder estar un rato a solas con ella.

—Para ti, siempre —me responde con una cálida sonrisa. La reina del hielo, ¡qué tontería!

—Dame un segundo para que coja mis cosas —le pido, dirigiéndome al estudio de Diseño para coger el abrigo y el bolso—. ¿Sabes si hay prensa fuera? —le planteo cuando llego de nuevo a la recepción, donde no me pasa desapercibida la admiración con la que Nicole la está mirando.

—No, al menos no la he visto cuando he llegado —me contesta, abriendo la puerta para salir, y la sigo—. Te estás convirtiendo en toda una celebridad, y eso que todavía no saben lo buena que eres. A este paso, cualquier día te conviertes en hija predilecta de la ciudad, te dan una condecoración o ponen tu nombre a una calle, ¡qué barbaridad! —me dice con sorna, provocando mi sonrisa.

—Tú sí que eres una celebridad, reina del hielo —replico, aferrando su brazo para caminar cogida de él.

«Y es increíble la necesidad de contacto que tengo cuando yo siempre he sido más de ir a mi aire y no toquetear demasiado; bueno, excepto cuando estaba con él», rectifico, abriendo las ventanas imaginarias de mi mente para que su recuerdo escape por ellas, solo que, a pesar de que he barrido y ahora abro ventanas, su recuerdo sigue tan presente como siempre.

—Contigo, solo Valentina —contesta, sonriéndome con cariño.

—Cierto. Te he echado de menos; bueno, a ti y a todos —le confieso en voz baja mientras dirijo nuestros pasos hacia una cafetería que nos pilla bastante cerca y que me gusta mucho por la discreción de todo el personal que trabaja en ella.

—Es duro estar en una ciudad donde no conoces a nadie, ¿verdad? —adivina, envolviendo mi mano con la suya.

—Sí que lo es. Me paso el día hablando conmigo misma —le cuento con una triste sonrisa—, y es cierto que, cuando llego al trabajo, no dejo de hablar con todo el mundo, pero sobre curro, no sobre mí, así que, cuando llego a casa o estoy a solas, comienzan mis discursos... lo que me digo, lo que me rebato, lo que me recuerdo... parece que esté un poco loca. Luego, cuando me harto de que nadie me conteste, mando audios larguísimos a mi hermana o a mis amigas; deben de estar un poco hartas —le confieso, provocando su risa y sonriendo al recordar los audios de felicitación que he recibido hoy y que en lugar de borrar lágrimas me han provocado más.

—No sabes cómo te entiendo. Yo tuve la suerte de conocer a Bella y, más tarde, a Nick, pero nunca olvidaré lo duro que fue al principio, cuando vivía en el piso de modelos y nadie me hablaba. Nick y Bella han conseguido que sea todo fácil y son mi familia neoyorkina ahora que la mía está tan lejos.

—Suerte la tuya; mi familia francesa soy yo misma —hago un intento de bromear.

—Bueno, así no discutes con nadie —replica con una sonrisa mientras tuerzo el gesto—. Date tiempo, prácticamente acabas de llegar y mira todo lo que has conseguido... La prensa te adora; de hecho, casi besa por donde pisas, llenas titulares con tus estilismos y tu saber estar y ya te han bautizado como «la nueva dama de la moda», y eso que todavía no han visto nada. Imagina lo que sucederá cuando lo vean.

—Ya... —susurro, soltando todo el aire de golpe.

—Ya, ¿qué?

—Pues eso mismo, que sé que soy buena, pero hay una parte de mí que teme haber hinchado demasiado el globo y que me explote en toda la cara —le confieso, dándole voz a mis temores—. Tú mejor que nadie sabes que el mundo de la moda es muy espléndido en elogios, y esos elogios están llegando sin que hayan visto nada —corroboro, abriendo la puerta de la cafetería, y guardando silencio cuando un camarero nos lleva hasta una mesa que hay en un rincón, y sé, de antemano, que nadie ocupará las mesas de nuestro alrededor.

—Escúchame: no eres buena, eres muy buena, y te lo digo yo, que formo parte de este mundillo y entiendo un poco de esto. Vas a encantarles y esos elogios que están llegando sin que hayan visto nada van a multiplicarse en cuanto lo hagan —me asegura, sin sombra de dudas.

—¿Abrirías mi primer desfile? —le pido, deseando contar con ella en mi debut.

—Por supuesto, cuenta con ello —me garantiza, con una sonrisa resplandeciente—. Voy a pedir en la barra, ¿quieres un café? —me pregunta, levantándose.

—No hace falta que vayas, por ahí viene ya el camarero —le digo, viendo cómo está acercándose a nosotras.

—Te pido un café —decide con aplomo, para seguidamente dirigirse hacia él, y la miro negando con la cabeza.

—¿Tienes complejo de camarera? —le planteo con una sonrisa cuando se sienta de nuevo frente a mí.

—Puede ser, seguro que se me daría muy bien —bromea, sonriendo y sonriendo mucho más cuando abro los ojos como platos al ver llegar al camarero, portando un pequeño pastel con una vela y entonando el *Joyeux anniversaire*—. ¿Creías que no me acordaba? —inquiere con cariño mientras me dedico a llorar. ¡Por Dios!—. Muchísimas felicidades, y ¡no llores, tonta! —añade mientras el chico deja frente a mí este pastelito que, para mí, en estos momentos, es enorme—. Venga, pide un deseo y sopla —me anima, solo que no lo pido, sino que, mientras soplo, rescato un recuerdo, uno que no consigo olvidar y que, en cierta forma, siempre está ahí. Él y yo en esa playa con su deseo escrito en la arena.

—Gracias por acordarte —musito en voz baja.

—Gracias, de nada —contesta, cogiendo mi mano con cariño por encima de la mesa para darme un suave apretón—, y este pastel es todo para ti, ni se te ocurra darme un trozo.

—Que tú con ese té vas sobrada, ¿verdad? —adivino, esbozando una sonrisa mientras ella me arruga la nariz.

—Más o menos —me contesta, devolviéndome el gesto—. Venga, pruébalo y dime que sabe fatal —me pide cómicamente, provocando mis risas.

—Mejor no lo pruebes, es incomible —le miento claramente cuando trago la porción de tarta, y es increíble lo buenísima que está.

—Ya lo imaginaba —me indica, desbloqueando su móvil y frunciendo el ceño.

—¿Todo bien? —inquiero, preocupada, y ella se encoge de hombros.

—Mejor lo hablamos otro día —responde, restándole importancia, mientras degusto la mezcla de chocolates en mi boca.

—Sabes que, con el ritmo que llevamos, este es el mejor momento. Venga, ¿qué te pasa?

—A mí, nada... yo estoy bien. Se trata de... —empieza a decirme, guardando silencio para empezar a mordisquear su labio inferior—. ¿Recuerdas a Ciro? —me formula finalmente, deteniendo mi corazón en el acto—. Vale, no hace falta que pongas esa cara, ya sé que te dio el fin de semana, pero está pasando por un momento complicado y estoy preocupada por él —me cuenta mientras yo apenas puedo respirar.

—¿Qué le sucede? —le pregunto, intentando fingir cierta indiferencia, solo que no tengo muy claro que lo haya conseguido, porque mi voz ha sonado de forma distinta, más estrangulada.

—Ha muerto su hermana y no...

—¿Su hermana? Pero si estaba bien... Quiero decir, ¿estaba bien? —me corrijo con rapidez mientras el aire no llega a mis pulmones y mi corazón ralentiza su latido, y nunca la expresión «la sangre no circula por mis venas» había tenido más sentido.

—Esto queda entre nosotras, ¿vale? No me gusta ir hablando de la vida de otras personas, y menos de la suya.

—Sí, sí, por supuesto. No... no-no voy a-a decir na-nada. —Y estoy tartamudeando, hostia.

—Estos días he pensado mucho en él y también en ti; ambos sois mis amigos y os quiero. Además, he de confesarte, aun a riesgo de que me mates, que ese fin de semana pensé que sucedería algo entre vosotros.

—Por favor —mascullo, torciendo el gesto, «y ya pueden darme el Óscar a la mejor actriz», me digo, cogiendo un trozo de tarta y metiéndomelo en la boca, y no porque me apetezca, sino porque, como actriz, no hay quien me gane.

—El caso es que habéis vivido, casi a la vez, lo opuesto; tú, la felicidad más absoluta, por mucho miedo que tengas, y él, la tristeza más inmensa —me cuenta mientras trago con dificultad—, como las dos caras de la moneda o las dos caras de las emociones —añade, haciendo referencia a la aplaudida exposición de Nick, uno de los mejores fotógrafos del momento y su compañero de piso, atino a pensar antes de que los recuerdos se enreden entre mis piernas para llevarme con ellos.

«Quiero que sepas que me gustaría saber gestionarlo de otra forma, pero no sé hacerlo. Si no vas a poder darme ese silencio que te estoy pidiendo, creo que es mejor que nos tomemos un tiempo, y quiero que quede claro que no te estoy dejando y que sigo sintiendo lo mismo por ti, pero necesito estar solo ahora», rememoro sus palabras, sintiendo las lágrimas crecer y multiplicarse en mi garganta, amenazando con subir hasta mis ojos, ¡y no puedo llorar frente a Valentina, no cuando no sabe nada de lo nuestro!

Y puede que logre frenar mis lágrimas, pero no mis recuerdos, que siguen enredados entre mis piernas, llevándome con ellos a ese día, a esas palabras...

* * *

—No te gusta hablar de ello, ¿verdad?

—No, no me gusta.

—Pues no lo hagamos, pero, si algún día necesitas hacerlo, estoy aquí, ¿vale?

—No hay nada de que hablar; lo que tenías que saber ya te lo he contado, y lo más importante es que ella lo superó. Hay palabras que, para mí, están vetadas y prefiero no tener que pronunciarlas. El pasado, pisado está, y no quiero traerlo a mi presente para tener que ver esas huellas otra vez, y menos este fin de semana...

* * *

Es increíble con qué rapidez y exactitud vuela nuestra mente, porque han sido solo unos segundos que me han llevado de vuelta a su casa y a ese hotelito de Asturias.

—... Tuvo un cáncer hace unos años que superó y, en principio, estaba bien —oigo que me explica Valentina, y me obligo a prestarle atención y a dejar mis recuerdos y el sonido de su voz en ese rincón de mi alma donde suelo atesorarlos—, pero se le reprodujo y ya no hubo nada que hacer. Podrían haberle alargado la vida con tratamiento, pero ella decidió regresar a casa y pasar sus últimos meses rodeada de su gente.

—¿Decidió no tratarse? —le pregunto con incredulidad, pues rendirse debería ser siempre lo último. «Hasta el último minuto, hasta el último segundo y hasta el último aliento se tiene que luchar», me digo, empezando a entenderlo todo.

—¿Tú lo harías? Si te dijeran que tienes metástasis y que solo pueden alargarte la vida unos cuantos meses, ¿lo harías? Hospitales, goteros, pasar por ese martirio, ¿para qué? ¿Para qué pasar por todo eso cuando el final es el mismo?

—No lo sé, supongo que porque el final es solo final cuando llegas a él y lo otro son posibilidades y diagnósticos que pueden ser ciertos o no...

—Imagino que, hasta que no te ves en esa tesitura, no puedes saber cómo reaccionarás. Ella decidió vivir lo que le quedaba de vida con la gente que quería y en su casa, y Ciro lo dejó todo para estar con ella. Cerró su estudio y su piso y se fue a Menorca. Puede que no lo entiendas porque no lo conoces, pero su hermana era su vida entera. —Y ya no puedo frenar más las lágrimas y el dolor que estoy sintiendo, y los dejo ir, soltando un ahogado sollozo—. Yo también lloré cuando me lo contaron; de hecho, ese nudo sigue formándose en mi garganta cada vez que lo llamo y no me coge el teléfono, y lo siento, de verdad, no quería hacerte llorar... y menos hoy.

—No te preocupes, es que me has recordado a cierta persona a la que quise mucho y... Nada, déjalo. ¿Y dices que no te coge el teléfono? —inquiero, obligándome a recomponerme.

—Ni siquiera me enteré por él, sino por un amigo que tenemos en común, que conocía a su hermana, y cuando todo había pasado ya... No sé dónde está ni cómo se encuentra, porque, a excepción del primer mensaje, que me contestó, los otros ni siquiera los ha leído, y estoy preocupada.

—Normal —musito, removiendo el café, teniendo serias dudas de que pueda pasar por mi garganta con lo cerrada que la tengo—. ¿Me mantendrás informada? Sé que lo aborrecí ese fin de semana, pero en el fondo era un buen chico y un encanto y quiero saber cómo está.

—Claro... Si me coge el teléfono, por supuesto —me dice, forzando una sonrisa—. Venga, cambiemos de tema, que hoy no es día para lágrimas. ¿Ya sabéis dónde haréis el desfile? —me pregunta, intentando sobreponerse, e inspiro profundamente procurando lograrlo yo también, solo que en mi caso es más complicado y tengo que obligarme a seguir fingiendo.

—Aquí, en París. Ya sé que todos esperan que lo hagamos en cualquier destino exótico u original, pero conmigo van a tener que readaptar conceptos —le cuento y, de nuevo, pueden darme el Óscar a la mejor interpretación, porque he sonreído y simulado que todo está bien, cuando, en realidad, todo está mal, porque acabo de enterarme del motivo por el que mi balanza dejó de inclinarse hacia su lado, y era lo último que podía imaginar.

«Y yo creyendo que me estaba llevando todo el dolor, cuando él iba bien cargado con el suyo, y solo me estaba pidiendo tiempo y yo lo dejé» me recrimino, con el corazón roto.

«¡No quiero que cuides de mí ni tampoco que estés a mi lado! ¿Por qué coño no puedes entenderlo? Sé que no lo comprendes, pero créeme es lo mejor para los dos...» rememoro mientras Valentina habla y yo finjo escucharla.

—... y yo pensando que nos iríamos a Japón o vete tú a saber dónde, y vamos a quedarnos aquí —oigo que me dice, y sonrío cuando lo hace ella, obligándome a seguir con esta farsa.

—Ya iremos a Japón en otra ocasión —le aseguro, sin borrar la sonrisa de mi rostro.

—¿Comemos juntas o estás sumamente ocupada? —me propone, consultando la hora.

—Estoy sumamente ocupada; de hecho, tengo una reunión en media hora. Ese edificio se ha convertido en el lugar en el que casi vivo, solo me falta acostarme allí —prosigo con aplomo—. Fíjate que llegué a París un martes, me incorporé al día siguiente y, hasta que no llegó el fin de semana, no pude ir a hacer la compra. Te prometo que nunca he ido tan estresada ni me ha faltado tanto el tiempo —le confieso, negando con la cabeza—. A veces me siento desbordada —susurro con seriedad.

—Pero vas a triunfar y yo voy a estar a tu lado en cada uno de tus desfiles —sentencia con una sonrisa.

—¿Lo prometes? —le planteo, devolviéndosela, y, quien diga que no puedes sonreír cuando la pena más auténtica rasga tu alma, miente. Miente mucho.

—Por supuesto. Venga, no te entretengo más, que no quiero que llegues tarde a esa reunión —me apremia, levantándose, y, aunque estoy tentada de recordarle que me mantenga informada sobre él, al final opto por callar, pues no quiero ser demasiado evidente, suficientemente lo he sido ya.

Me despido de Valentina en la puerta de la cafetería con muchas promesas que protegemos con nuestro abrazo..., la promesa de llamarla cuando crea que voy a volverme loca de tanto hablar sola; su promesa de llamarme si él le contesta algún mensaje; la promesa de vernos pronto, y la promesa de que la próxima vez comeremos juntas. «Promesas que voy a cumplir y que espero que cumpla —me digo, despidiéndome de ella con la mano cuando detiene un taxi y accede a él—, y esta corta visita me ha dado la vida y, en cierta forma, también me la ha quitado —constato, cogiendo el móvil para llamarlo—, a pesar de que no debería hacerlo, porque lo más prudente sería esperar hasta llegar a Dior, sería aguardar y hacerla en mi despacho, a solas, donde nadie pudiera oírme, solo que no quiero ser prudente ni tampoco puedo esperar», admito, echando a andar, aferrando el teléfono con fuerza entre mis dedos mientras los tonos se suceden los unos a los otros.

«No lo ha cogido —me lamento con una fuerte inspiración cuando se corta—, pero no voy a rendirme», sentencio, pulsando el botón de rellamada.

Capítulo 16

MENORCA

Ciro

Lo dejo sonar de nuevo, sin cogerlo. «Debe de haberse enterado ya, como está enterándose todo el mundo —reflexiono, observando su nombre en la pantalla del móvil y apagándolo cuando se corta la llamada, para evitar tentaciones absurdas—. Daría lo que fuera por sacudir mi cabeza y ponerla en funcionamiento de nuevo o por poder pensar con claridad sin que este dolor lo emborrone todo —reconozco, sintiendo el tacto de la arena entre mis dedos mientras contemplo a una pareja caminar cogidos de la mano—. Una pareja que hubiésemos podido ser nosotros si yo hubiera sido capaz de llevarlo de otra manera», asevero con dolor.

Hoy es su cumpleaños. Hoy cumple cuarenta años y lo celebrará en París, siendo la diseñadora de Dior, «y espero que lo haga con una enorme sonrisa, la que yo no encuentro. Qué error más grande he cometido, y, a pesar de saberlo, sigo haciéndolo, porque no rectifico ni cambio de parecer y sigo permitiendo que las aguas del monzón me arrastren y llenen mi boca y mis pulmones con el barro del sufrimiento y de la soledad elegida... y es mejor así —me recuerdo, como cada vez que pienso en ella, que es casi a todas horas—. Y suerte que no está conmigo, porque vaya cumpleaños de mierda hubiera tenido a mi lado», me reafirmo, recordando dónde estábamos hace un año y dónde estamos ahora, y menuda diferencia.

—¿Puedo? —oigo la voz de mi madre, y me vuelvo para verla, de pie, a mi lado.

—Claro —le digo con voz queda, retornando mi mirada hacia esa pareja que está besándose ahora.

«Mi madre no ha dejado a mi padre, sino que su dolor los ha unido más —constato, viéndola a través de mis recuerdos—. Nunca, jamás, voy a querer a nadie como la quiero a ella, y la he dejado ir... dejé que se fuera, y lo hice de la peor forma posible —asumo, ignorando a mi madre y rodeando mis piernas con ambos brazos para esconder la cabeza entre ellas—. Y puede que sea un acto egoísta o generoso, poco me importa, pero no quiero llevarme a nadie por delante ahora, alguien que sí que tiene un futuro brillante.»

—Quiero que te marches —oigo la voz de mi madre, y alzo la cabeza para mirarla, sin tener muy claro si la he entendido bien.

—¿Cómo?

—Lo que has oído. Quiero que te marches —se reafirma en voz baja, sosteniéndome la mirada, que atesora el mismo dolor que la mía—. ¿Puedes decirme qué haces aquí, con la cabeza escondida entre las piernas? ¿Qué haces viniendo a esta playa todos los días? Porque no te bañas, ni tomas el sol, ni haces deporte... solo te sientas y miras el mar, y ni siquiera sé si lo ves —comenta con tristeza—. Ciro, tú tenías una vida en Madrid, tenías planes, y también a María Eugenia. Tu hermana ya se ha ido y tú deberías hacer lo mismo —añade, acariciando mi mejilla, y aprieto los labios y la mandíbula, rehuyendo ese geste de cariño—. Hijo, deja de hacer eso; deja de encerrarte en ti mismo y en tu dolor y permite que te queramos.

—Acabas de pedirme que me marche —le recuerdo con dureza.

—Exacto, quiero que te marches, pero no te estoy echando. ¿No te das cuenta de que seguir aquí te hace daño? Tu padre y yo ya hemos perdido a una hija, y no queremos perderte a ti. Cariño, sé que estás enfadado con el mundo y muy frustrado, sé que todo te parece injusto, y tienes razón, porque Angie no tendría que haberse ido tan pronto, pero no podemos cambiar las cosas, y tú le prometiste vivir por ella y estás incumpliendo tu promesa. Hijo... vive, sal de esta playa y de esta isla, ve en busca de María Eugenia, retoma tus planes y tómate un café con la vida para reconciliarte con ella.

—¿Crees que con un café voy a reconciliarme con la vida, con la putada que me ha hecho?

—Pues tómate dos, o tres, o los que necesites, pero vuelve, cariño, necesito que vuelvas... Necesito a mi hijo y no al que tengo a mi lado; necesito al chico cariñoso que me abrazaba, alzándome del suelo; ese que me decía que me quería todos los días y al que le brillaban los ojos. Ya está bien... ya está bien de vagabundear por casa, ya está bien de sentarte en esta playa, que tengo aborrecida, y ya está bien de ir por la vida con la mirada vacía. ¿No te das cuenta de que encerrarte en ti mismo no es la solución? La vida sigue, por mucho que nos duela, y te aseguro que no vas a querer menos a tu hermana por retomar la tuya; es más, creo que estará bastante enfadada contigo como te esté viendo —me asegura, y observo el silencioso recorrido de sus lágrimas.

El Ciro que yo era antes la hubiera abrazado y la hubiera cuidado, pero no sé dónde está ese que fui. «Puede que esté escondido o puede que haya desaparecido para siempre —asumo, dirigiendo la vista al frente para no ver esas lágrimas—, pero, esté donde esté, hay algo claro, y es que lo mejor de mí murió el día que murió mi hermana.»

—¿Crees que nos ve? ¿Piensas que, cuando mueres, puedes quedarte un tiempo con las personas que quieres? —le pregunto tras un largo silencio.

—No lo sé, pero lo que sí sé es que la queremos tanto que, cuando llegue nuestro momento, nos reencontraremos de nuevo, y entonces vas a tener que explicarle por qué incumpliste tu promesa y te convertiste en la sombra de ti mismo, y vas a tener que explicarle por qué elegiste sufrir en lugar de vivir. Sé que es duro, pero tienes que intentarlo, y aquí, donde su recuerdo sigue tan presente, no vas a conseguirlo —sentencia mientras permito a las lágrimas fluir, y las he retenido tanto que ahora duelen más al ser liberadas—. Ven, ven aquí —me dice, abrazándome, y, tras varias semanas sin permitir que nadie se acerque a mí, permito que los brazos de mi madre me envuelvan y acallen mi sollozo.

Capítulo 17

María Eugenia

«Ha apagado el móvil —constato con tristeza—. Ha oído mis llamadas, mis cuatro llamadas, y ha apagado el móvil —me digo, sintiendo el latido pesado del dolor instalarse en la cara interna de mi garganta, en ese punto exacto que parece ser ya suyo—. Sabía que su hermana iba a morir cuando yo regresé de París y, en lugar de contármelo y de apoyarse en mí, me pidió silencio y espacio. ¿Quién hace eso cuando tiene una pareja? ¿Lo normal no es contárselo y buscar su apoyo?», me planteo mientras camino por inercia.

«Yo cuido de ti y tú cuidas de mí. Tan fácil como eso. Sí o no, ¿qué dices?» rememoro con tristeza.

«¿Dónde quedan esas palabras si, cuando la vida te da un revés, no permites que lo hagan? —me pregunto, sintiendo los ojos anegados en llanto—. Y no es el momento de llorar», me digo, manteniéndolas presas.

* * *

—Te he preguntado qué quieres —le dije con sequedad.

—Supongo que disculparme y también explicarme.

—Ya te disculpaste muchas veces y tus explicaciones llegan dos meses tarde.

—Dicen que más vale tarde que nunca.

—Lo siento, pero no estoy de acuerdo con esa afirmación.

* * *

«Rememoro esa conversación y me doy cuenta de que ese día iba a contármelo y no lo dejé —me recrimino, recordando el tono serio que dominó su voz durante todo el rato—, y tendría que haberlo dejado hablar, porque puede que estuviera buscando mi apoyo entonces», medito, mientras los recuerdos llegan para llevarme con ellos...

* * *

—No sé a qué viene esto ahora, pero no me interesa; ya no importa por qué me dejaste y...

—Yo no te dejé.

—Es verdad, lo hice yo, pero, si mal no recuerdo, era mejor así, ¿o estoy equivocada?

* * *

«Y me he detenido en mitad de la acera en algún momento —me percato, sin moverme—. Es verdad, él no me dejó, pero tampoco impidió que lo hiciera yo, porque, según él, era mejor así... y mentira, no era mejor así, porque él estaba por delante de todo y yo me habría desvivido por él, habría estado a su lado todo el tiempo, lo habría acompañado a Menorca y... "Estoy sumamente ocupada; de hecho, tengo una reunión en media hora. Ese edificio se ha convertido en el lugar en el que casi vivo, solo me falta acostarme allí" —rememoro estas palabras que he pronunciado hace escasa media hora—. "El caso es que habéis vivido, casi a la vez, lo opuesto; tú, la felicidad más absoluta, por mucho miedo que tengas, y él, la tristeza más inmensa" —oigo la voz de Valentina resonando en mi cabeza—. Hubiera tenido que elegir un lado de la balanza, el suyo o el de Dior —reconozco, sintiendo mi corazón detenido—, y hubiera elegido el suyo. Puede que por eso creyera que era lo mejor

—medito sin moverme, viendo sin ver—, solo que estaba equivocado y no lo era; lo mejor era estar juntos», sentencio, sintiendo cómo el enfado se abre paso en mi interior, adueñándose por completo de él, porque mi vida es esto, pero también lo era él y nuestros planes de futuro y estoy segura de que hubiéramos encontrado la solución. Dior hubiera esperado, como esperó mientras Elkann buscaba a mi sustituta, y yo hubiera estado a su lado todo el tiempo.

«Al final va a tener razón y sí que es mejor así», me planteo, echando a andar de nuevo, porque, si no confías en tu pareja cuando te ocurre algo doloroso, si te apartas de ella y la echas de tu vida, casi mejor que no la tengas.

—A la mierda, que se vaya a la mierda —mascullo, dándole voz a ese enfado y a esa rabia abrumadora y cegadora que lo acompaña.

Estábamos juntos y ni siquiera me contó lo que le sucedía; me vio hecha un mar de lágrimas y me dijo que tenía la maleta lista... y por supuesto que esto ha sido lo mejor, porque yo no quiero estar con alguien así, alguien que te deja, sin darte explicaciones, cuando la vida lo jode; alguien que habla de cuidar y de proteger y luego se carga todas sus palabras con la misma facilidad con la que el viento mueve tu pelo.

«Mentiroso, hipócrita, vete a la mierda», pienso mientras cojo mi móvil para bloquearlo, como tantas veces he hecho, y puede que esté siendo irracional, o no, pero, en estos momentos, poco me importa.

* * *

Como cuando casi es hora de cenar y enlazo una reunión con otra, manteniendo la cabeza completamente centrada en lo que estoy haciendo. «Al final me ha venido bien enterarme de todo —asumo, poniéndome el abrigo, observando el estudio de Diseño ya desierto—, porque yo seguía manteniendo las esperanzas —admito, cogiendo mis cosas para seguidamente cerrar la luz y dejar esta sala a oscuras—. Había una parte de mí, la parte del "casi", que esperaba salir un día de esta estancia y encontrarlo en la recepción, en la puerta de mi casa o en cualquier calle de la ciudad; una parte que se resistía a dejarlo ir, porque era imposible que, con lo que nos habíamos querido, todo hubiera terminado así, de esa forma», reflexiono, despidiéndome del vigilante para salir a la calle, y, aunque podría coger un taxi, opto por regresar a mi casa dando un paseo.

Sigo llevando esa concha allá donde voy y ese dibujo sigue estando en la consola de la entrada de mi casa, «y sé que lo mejor sería deshacerme de todo, fuera lo viejo y adelante con lo nuevo —prosigo el hilo de mis pensamientos mientras llego a la esquina, torciendo hacia la place du Canada—. Ya me sé los nombres de las calles, al menos de las que forman parte de mi ruta diaria —caigo en la cuenta, sintiendo el latido pesado de mi corazón, ese latido que impedirá que tire ese dibujo o la concha, a pesar de lo enfadada y decepcionada que estoy con él ahora—. Al menos esta vez tengo claro que no voy a desbloquearlo», concluyo, perdiendo la mirada en las aguas del río Sena cuando llego al pont des Invalides.

Mi vida ahora es esta. Esta es mi realidad, y las esperanzas ya no tienen cabida. Si era lo mejor o no, es algo que nunca sabremos.

* * *

El sábado lo dedico a abrazar mi nueva realidad, «y puede que la vida sí sea como los bocetos... y mientras no permitas que intervengan otras personas y solo sean tus manos las que dibujen los trazos y tus dedos los que aferren el lápiz, por supuesto que puedes dibujar, borrar, rectificar y vivir una vida sin costuras de más o pellizcos en el tejido —medito mientras accedo a Spotify y empieza a sonar *Courage*, de Céline Dion—. Vaya, qué apropiada —reconozco, prestando atención a su letra—. Yo voy a ser quien dibuje mi vida a partir de ahora —me digo, reconduciendo mis pensamientos, saliendo a la terraza, con mi café entre las manos—. Yo voy a ser su diseñadora y hoy es mi primer día en ese cargo», afirmo, esbozando una sonrisa, sin perder detalle de la letra de esta canción que va a convertirse en mi favorita a partir de ahora; porque parece escrita para mí, pues yo también mentiría si dijese que estoy bien y tampoco puedo quitármelo de la cabeza, pero, como bien dice esta canción, estoy empezando algo nuevo y necesito que mi coraje no me falle. Y, durante unos minutos, siento cómo la tristeza y ese coraje, en el que me amparo, se enredan en mi interior, bailando su danza particular.

«Todos los días son una oportunidad para empezar de nuevo y para ser feliz, solo que a veces nos resistimos a hacerlo, a pesar de estar sufriendo. Yo ya sé todo lo que tenía que saber y ese "casi" ya no tiene cabida en mi vida ahora, así que ha llegado el momento de empezar de nuevo, de aferrar el coraje y de seguir sin él y, para poder hacerlo, necesito sacarlo de mi vida en todos los sentidos», sentencio, abandonando la terraza para dirigirme al interior de mi casa y coger el dibujo de su flor y la concha y, junto a ese «casi», guardarlos en un cajón que no voy a volver a abrir.

«Y me ha costado, pero lo he conseguido; es más, me siento bien y voy a sentirme mejor, porque hoy voy a dedicarme la mañana entera», decido, regresando a la terraza para recuperar mi café y tomármelo con París despertando a mis pies.

* * *

Me visto de manera informal, con unos *jeans*, un suéter de cuello vuelto, unas bailarinas y una capa con estampados étnicos, para, con una tranquilidad que hacía mucho tiempo que no sentía, dirigirme hacia la rue Cler, una calle peatonal donde hay un mercado, que descubrí un día por casualidad, y que está a escasos diez minutos de mi casa, en el que puedes encontrar queserías, fruterías y floristerías, tiendas *gourmet*, heladerías, confiterías y tiendas de especialidades tanto italianas como asiáticas, además de los típicos cafés parisinos, como Tribeca o Café du Marché.

«Cómo nos cambian las experiencias, porque ahora me siento en paz conmigo misma cuando él estará pasando por su peor momento», asumo, deteniéndome en seco cuando veo el cuadro de una guerrera en el escaparate de una galería de arte.

«Tú tienes tus experiencias y yo tengo las mías. Mi lienzo también se rompió ese día, solo que de forma diferente a la tuya. Por eso mis objetivos difieren tanto de los tuyos —recuerdo que le dije cuando fuimos a Buitrago de Lozoya, y hace tanto de eso que parece que lo viví en otra vida—, como lo de Alberto —añado mentalmente, dejándome mecer por mis pensamientos—. Me entristece que lo esté pasando mal y, en otras circunstancias, me hubiera dejado los brazos para ayudarlo a superarlo, pero eso hubiera sido en otras circunstancias, porque, en estas, mis brazos son solo para mí, para aferrar mi vida como esta guerrera aferra su lanza», pienso, entrando en la tienda.

—Buenos días, señora —me saluda un hombre de mediana edad, con pelo cano, gafas de montura metálica, pantalones de pana y chaleco de lana.

—Buenos días —le devuelvo el saludo con una sonrisa—. He visto este cuadro desde la calle y me ha gustado mucho. ¿Me permite? —le pregunto, señalándoselo con el dedo, deseando poder contemplarlo en silencio.

—Por supuesto, puede estar todo el tiempo que desee.

—Gracias —le digo, viendo cómo se aleja hacia el mostrador para, seguidamente, volver mi mirada hacia el lienzo.

«Medirá unos dos metros de alto —calculo, deteniendo la mirada en la mujer pelirroja de piel marmórea que parece emerger de un fuego imaginario, con sus alas pintadas en tonos anaranjados y blancos—... esos tonos que dominan toda la pintura —constato, contemplando la lanza que sujeta con la mano derecha y su cuerpo cubierto por un vestido de plumas, a tono con las alas. Es como una mezcla de Poseidón y Brigit, la diosa celta del fuego, la diosa de la inspiración, la sanación y la adivinación—. Esa diosa que nació con una llama de fuego sobre su cabeza que la conectó con el universo —recuerdo mientras el diseño con el que cerraré el desfile de alta costura va cobrando vida en mi mente—. Un diseño dramático y a la vez espectacular, compuesto por cientos de plumas que recuerden los colores del fuego; un vestido atrevido, rompedor y ultrafemenino para un mujer capaz de sonreír con dulzura y, a la vez, aferrar una lanza con la que defender su vida si hace falta.»

—Me lo quedo —le anuncio al hombre, siguiendo un impulso, y ni siquiera sé lo que cuesta, pero tampoco es que me importe demasiado, porque voy a adquirirlo de todas maneras, y esto es lo que tiene ganar una fortuna—. ¿Pueden llevarlo a mi casa? —inquiero, acercándome al mostrador.

—Por supuesto —me responde, esbozando una sonrisa que le devuelvo, «y ya es mi casa y esta es mi ciudad», constato, recordando el primer día, cuando abrí los ojos y sentí la cama y la casa como los brazos de un extraño.

Salgo de la tienda, sin borrar la sonrisa de mi rostro, para dirigirme, esta vez sí, hacia ese mercadillo en el que tengo intención de comprar una *baguette* o dos, queso, flores y vino, donde posiblemente me tomaré otro café, sentada en una terraza mientras dibujo ese diseño que baila ya en mi cabeza y desde la que contemplaré el ir y venir de la gente al tiempo que disfruto de mi mañana y también de mi vida.

«¿Sabes quién debe ser el protagonista indiscutible de tu vida, pelirroja? Tú. Tú tienes que ser el amor de tu vida y también tu posibilidad; los demás solo somos personajes secundarios. No quiero volver a sentir que otra persona, que no seas tú, sea la protagonista de tu vida, ni siquiera yo, por mucho que te quiera o que tú me quieras, y vamos a ver qué pasa, pero tienes que saber que ni yo ni nadie hace nada... Si tú cambias es porque decides hacerlo, y siempre será elección tuya, te salga bien o te salga mal.»

«Pues eso mismo», me digo sin dejar de sonreír.

Capítulo 18

ABRIL

Ciro

Llego a Madrid una semana después de sus llamadas y de la conversación con mi madre, y es como abrir los ojos tras mantenerlos cerrados durante un largo período, cuando la realidad te da de lleno en pleno rostro, dañándote y cegándote al mismo tiempo, y, aunque te gustaría volver a cerrarlos, ya no puedes, a pesar de esa luz dañina y cegadora, «así que no te queda otra que acostumbrarte a esa luz y a volver a ver», asumo, entrando en mi casa, viendo su llave en el mueble de la entrada.

«Yo detuve mi vida y mi mundo de la peor manera posible y le di la espalda a ella y a todos, cerrando mis ojos para ampararme en la oscuridad», reconozco, encaminando mis pasos hacia esa habitación que yo reconvertí en vestidor, donde hay una nota sobre el tocador.

> Solo quiero que sepas que no te guardo rencor y que espero que te vaya todo muy bien, y, aunque ya no formes parte de mi vida, siempre formarás parte de mis recuerdos. Gracias por convertirme en una guerrera en un jardín.

Leo y releo la nota tantas veces que pierdo la noción del tiempo, «y si estar en Menorca no me beneficiaba en absoluto, estar aquí tampoco va a hacerlo —admito, sentado en esta silla en la que ella se sentaba todos los días para maquillarse—. Esta casa está demasiado llena de recuerdos —constato, viéndola por todas partes—, y sigo necesitando estar solo y aquí no voy a estarlo, porque su recuerdo va a ser mi nuevo compañero de piso —asumo, sintiendo esa luz cegadora humedecer mis ojos—. Debería largarme a un lugar donde poder empezar de cero. Un lugar en el que poder tomarme ese café con la vida para reconciliarme con ella... y casi mejor si me tomo una cerveza, o dos, o las que sean, si de esa manera consigo sacudirme este cabreo que se niega a abandonarme. París está descartado —pienso, observando su letra, ligeramente cursiva—. Londres podría ser una opción... o Milán... Puestos a empezar de cero, qué más da», me digo, levantándome para ir hacia el salón, donde levanto las persianas que ella bajó.

Ella, la nueva dama de la moda, esa mujer que la prensa adora y que siempre tiene una sonrisa lista para ellos; esa mujer que acapara titulares cada vez que sale a la calle y que gimió entre mis brazos e iba a casarse conmigo. «María Eugenia de la Rúa para ellos; pelirroja para mí —medito, viendo sin ver, algo que hago con demasiada frecuencia—. Ella era capaz de detener mi mundo y de conseguir que yo quisiera detenerlo. Ella. Esa mujer que tanto me costó tener y que tan poco me costó perder —me aflijo, viéndola en mi mente salir de mi casa—. Ya no hay vuelta atrás ni un mañana para nosotros, y ha sido decisión mía... una que sigo manteniendo, porque sigo necesitando estar solo, así que, después, cuando la tormenta pase, cuando las aguas del monzón dejen de arrastrarme, no habrá lugar para las lamentaciones —me advierto, sabiendo que todavía estoy a tiempo de rectificar y que, si no lo hago ahora, después será tarde...—. *Después*... que palabra más absurda, porque después el café estará frío, después el tiempo habrá pasado, y lo que sentimos se habrá quedado a mitad camino; después echaré la vista atrás y me daré cuenta de que había otras opciones que no supe ver, posiblemente porque tenía los ojos cerrados al principio, y luego estaba cegado por esta luz que me molesta y que domina mis días ahora.»

Capítulo 19

París

María Eugenia

Han pasado ya dos semanas desde que los bocetos llegaron a los talleres y hoy, por fin, voy a poder ver una pequeña muestra de lo que será la colección, y estoy nerviosa; «en realidad, estoy muy nerviosa —reconozco, viendo el cartel que han colgado en la puerta de «Prohibido el paso»—, y hay tanta gente aquí metida que a poca más hay que prohibirle el acceso», constato, comprobando que ya llevamos diez minutos de retraso.

—¿Dónde está Florence? —le pregunto a Catherine en voz baja.

—Todavía no ha llegado —me cuenta en un susurro, y la miro esperando respuestas.

—¿Por qué? —indago ante su silencio.

—Porque estaba en Nueva York, visitando a una clienta que no estaba satisfecha, y su avión se ha retrasado —me detalla, llevándome a un extremo de la sala.

—¿Y envías a Florence para eso? —inquiero, sin dar crédito.

—Por supuesto. En estos casos siempre viaja la vendedora con la responsable del taller, por si hay que hacerle algún arreglo. Señora María Eugenia, tiene que entender que no podemos decirle que no a una clienta que nos hace pedidos de quinientos mil euros por temporada, porque la alta costura necesita ganar dinero y el dinero llega de esas personas.

—Una prueba como esta no puede retrasarse porque alguien no esté satisfecho con su compra.

—Tenemos que cuidar a las clientas; tienen que sentir que nos implicamos con ellas y que pueden contar con nosotros —me rebate en voz baja.

—Pues entonces enviad a alguien que esté justo por debajo de Flo —mascullo entre dientes—. Vamos con los trajes, porque Monique sí que está, ¿verdad?

—Claro que sí; ahora la llamo —contesta con seriedad.

No puedo creer que nos estemos viendo en esta situación cuando la prueba estaba planificada desde hace días. «Me cago en la leche, hostia», maldigo, sabiendo que en estos momentos soy como esa guerrera que aferra la lanza mientras en mis ojos refulge la ira más auténtica.

—Hola, ya estamos aquí —oigo la voz nerviosa de Monique, y me vuelvo para verla llegar junto a Catherine y varias modistas.

—Pues empecemos de una vez —les pido con sequedad al tiempo que observo a los miembros de mi equipo colocarse tras de mí.

Una a una, las modelos van desfilando para todos nosotros, y, a pesar de que esto está atestado de gente, solo tengo ojos para mis diseños, esos que por fin puedo ver en movimiento y, en realidad, tampoco, porque esta prueba no se realiza con los tejidos finales, sino con unos básicos que podemos manipular en el caso de que sea necesario.

—Detente un momento —le pido a la modelo cuando llega frente a mí—. A esta chaqueta le falta algo... —musito, levantándome para estudiarla desde todos los ángulos—. Este *look* tiene algo que no acaba de encajarme —comento, volviéndome hacia Monique—. Necesito que sea un poco más corta y que, a partir de la cintura, tenga una forma más redondeada, como si llevase un tul debajo —le explico mientras le doy forma con las manos—. Algo así. Además, esta manga tiene que ir más ajustada, como si fuera una segunda piel.

»¿Podríais hacer otra chaqueta con estas modificaciones? —le pregunto mientras observo a Catherine llevarse las manos a la cabeza y a Monique mordisquear su labio inferior con nerviosismo, y sé que en los talleres van saturados de trabajo, porque, además de la colección, tienen los pedidos de las clientas, «pero eso no es cosa mía», me digo, cruzándome de brazos y maldiciéndome en silencio cuando veo el agobio reflejado en el rostro de Monique, y soy una guerrera de mierda, hostia—. Dame unas tijeras —le ordeno con acritud, viendo la media sonrisa de Noël.

Corto los bajos, entallo las mangas y ajusto la cintura con agujas, dándole volumen con la mano ante la atenta mirada de todos, y no soy modista ni podría trabajar jamás en los talleres y esto es una interpretación un poco básica de lo que quiero, pero es suficiente para que entiendan el concepto y yo lo vea en movimiento.

«Y ahora sí —suspiro, complacida—. Ahora luce perfecta.»

—Impresionante —oigo la voz de Monique a mi espalda, y me vuelvo para ver la sonrisa satisfecha de todos, y, sí, sí que lo es.

—Otra cosa, quiero que las modelos vayan cómodas cuando desfilen. Está claro que llevan un tacón de once centímetros, pero al menos que se ajuste al pie, que no apriete ni sobre, y esto es importante, porque no quiero caídas absurdas, ni zapatos volando en mitad del acto, ¿Está claro? —inquiero, viendo entrar a Florence. «Por fin», me digo, negando con la cabeza cuando ella me dedica una sonrisa a modo de disculpa.

Pasamos a los vestidos en cuanto terminamos con los trajes y de nuevo hago modificaciones... corto, alargo y ajusto, escuchando las ideas de todo mi equipo, algo que me complace sobremanera, porque me gusta sentir que caminamos en la misma dirección y que tenemos claro el concepto de la colección.

—Ha llegado el tejido —me anuncia Colette en voz baja cuando estamos terminando con el último vestido, y sonrío tanto como se puede, siendo consciente de que va a hacerse tardísimo, pero sin que me importe demasiado.

—Tráelo —le pido, emocionada, deseando verlo—. No te vayas, espera un momento —le indico a la modelo, sabiendo que el resto no se moverá de aquí hasta que yo dé por finalizada la sesión.

—Es la primera vez que hago algo así... —me comenta Colette, unos minutos después, cuando accede a la sala, cargada con la tela, debidamente plegada—, hacer un estampado sin haber realizado previamente una prueba; es algo inédito en la casa —prosigue mientras lo despliega frente a mí, con la ayuda de Loana.

«Vaya, es precioso», me maravillo, acercándome un poco más para admirarlo de cerca, y es tal cual lo pedí, como si hubieran cogido las ramas de un almendro, con sus delicadas flores blancas y su tronco, y lo hubieran cosido sobre un perfecto fondo azul, y puede que sea por el azul que me recuerda, en cierta forma, al color de sus ojos, o por el resultado en sí, pero siento cómo las lágrimas suben por mi garganta... «Y, Dios bendito, ¡vaya guerrera estoy hecha!», me riño, frenándolas y obligándolas a bajar de nuevo hasta ese lugar donde las mantengo presas.

—Por favor, acércate —le pido a la modelo, volviéndome para mirarla—, pero solo con ropa interior. Noël y Loana, ayudadme —prosigo mientras Florence se afana en quitarle el vestido que lleva puesto para dejarla solo con el sujetador y las braguitas.

«Yo no podría ser modelo —pienso, muriendo de vergüenza de tan solo imaginarme con ropa interior frente a tanta gente—, por eso soy diseñadora», añado con aplomo, colocándole, con cuidado, el tejido sobre el cuerpo para empezar a ajustarlo con agujas con la ayuda de mis chicos.

—Este vestido va a ser mi favorito —sentencio mientras ellos siguen trabajando con él y me retiro para ver el efecto—. Es sublime, delicado, femenino... perfecto —susurro, olvidándome de todos para admirar a uno de mis bebés en movimiento.

«Estos serán mis hijos y mi legado, mi niño rubito... y no sé por qué he pensado esto», me reprendo, molesta conmigo misma.

—Los proveedores están a la espera de saber si es de su

agrado —me cuenta Colette, sacándome de mis pensamientos—. Han trabajado incluso de noche y el sábado y el domingo para tenerlo listo.

—Pues dales mi enhorabuena, porque han hecho un gran trabajo —ordeno, sin poder alejar la mirada del vestido que hemos prendido con agujas sobre el cuerpo de la modelo.

* * *

El cuadro de la guerrera me recibe en cuanto accedo al salón de mi casa, «y es tardísimo y estoy agotada, pero a la vez feliz y satisfecha —reconozco dirigiéndome al baño para empezar a desnudarme—. Esta colección va a ser la hostia... y no sé para qué tengo una casa si solo vengo aquí a dormir —prosigo, solapando un pensamiento con otro—, y por supuesto que el globo no va a estallarme en la cara, sino que va a alzar el vuelo, llevándome con él —me aseguro, rememorando todo lo que he vivido esta tarde—, y esto de hablar conmigo misma ya lo veo hasta normal», pienso, metiéndome en la ducha, cerrando los ojos y permitiendo que el agua caliente relaje mi cuerpo, entumecido por el estrés.

Mañana tengo una reunión para concretar dónde se realizarán las entrevistas. «Quieren la portada de *Paris Match*, ni más ni menos —me emociono, echando la cabeza hacia atrás para que el agua se deslice por mi pelo—. Yo, sin ser todavía nadie, en la portada de esa revista —alucino, visualizando la portada del señor Dior con una cinta métrica en la mano midiendo la distancia entre el suelo y el bajo de un vestido—. Además, tenemos que hablar sobre las invitaciones, que me gustaría que fueran completamente blancas y que incluyeran, en la parte superior, el dibujo de una pequeña abeja en tono dorado... ese insecto que representa el poder femenino, pues tiene a una hembra como reina y máxima autoridad, y esa abeja va a ser el logotipo que me represente a mí a partir de ahora», concluyo, enjabonándome el pelo mientras veo la invitación en mi cabeza.

«Mañana empiezan con la construcción de mi caja de cristal, una que debe de valer una pequeña fortuna y que, posiblemente, veré desde la terraza —prosigo el hilo de mis pensamientos mientras me aclaro la melena—. Además, tengo una reunión con el director artístico y el escenógrafo, para terminar de definir la puesta en escena y, si hoy he llegado tarde a casa, mañana no quiero ni pensarlo» me lamento, envolviendo mi cuerpo y mi pelo con sendas toallas, y cogiendo el móvil cuando oigo la entrada de un mensaje.

¿Podemos hablar?

Es de Valentina, «y o bien tiene que ver con el desfile o con él», me digo, sintiendo los nervios llegar para aprisionar mi corazón, y, sin molestarme en contestar su wasap, la llamo.

—Hola —la saludo en cuanto descuelga, percatándome de que mis piernas han perdido toda la fuerza ante la mera posibilidad de que tenga relación con él.

—Hola, ¿cómo van esos nervios? —me pregunta con voz cantarina, y asumo que se refiere a los nervios de la colección y no a los que su nombre provoca en mi interior.

—Tengo tantas cosas de las que ocuparme que todavía no he tenido tiempo de ponerme nerviosa, pero no te preocupes, que ese momento llegará y será algo así como caminar por el desierto con la boca seca mientras mi corazón se convierte en un caballo desbocado.

—Muy explícito —me contesta, soltando una carcajada.

—Dime que continúas abriendo mi desfile —le pido, y en realidad antepongo esto porque temo escuchar lo otro.

—No me lo perdería por nada del mundo. Además, estamos hablando de Dior y de un desfile que está generando la máxima expectación. Por supuesto que voy a participar en él, aunque estuviera con cuarenta de fiebre y un gripazo de la leche.

—Ay, calla, y no me digas eso —musito con un hilo de voz, sintiendo que empieza a secárseme la boca.

—¿El qué? ¿Lo de la expectación o lo del gripazo?

—Ambas cosas. Venga, dime qué querías.

—Ayer hablé con Ciro —suelta, esta vez con seriedad, y tengo que sentarme, porque la poca fuerza que quedaba en mis piernas ha desaparecido.

—¿Y cómo está? —le pregunto, intentando aportarle un poco de ligereza a mi voz.

—Mal. —Y esa sola palabra tiene el poder de instalar una losa enorme en mi pecho—. Tiene en mente marcharse una temporada a vivir a Milán...

—¿A Milán? Pero si tiene su estudio en Madrid —la corto, extrañada, y esta vez no he tenido que fingir para nada.

—¿Cómo lo sabes?

—Porque hace un tiempo trabajó para D'Elkann y estuve en su estudio —le cuento, y parece que fue ayer cuando en realidad ya ha pasado año y medio...

* * *

—Quiero estar contigo cuando hagas esa selección inicial.

—Yo también quiero estar contigo, pelirroja.

—Sabes que estamos trabajando, ¿verdad?

—¿Y quién ha dicho lo contrario?

* * *

Rememoro esa escena con rapidez, recordando como ese «quiero estar contigo», que en mi cabeza tenía un significado muy claro, pareció justo otra cosa.

—Ah, ¿sí? ¿Estuviste en su estudio? —inquiere, sacándome de mis pensamientos y de mis recuerdos con el sonido de su voz.

—Sí, estuve allí —le contesto con fingida hartura—, pero no sucedió nada de lo que estás imaginando; es más, maldecí muchísimo a Dante y su contratiempo —le cuento, sacando todo mi genio.

—Seguro que sí —responde y, sin verla, sé que está sonriendo.

—Piensa lo que quieras, solo tienes que ver dónde estamos. ¿Se marcha a Milán, entonces? —le planteo, deseando enterarme de todo.

—Eso parece. Dice que en Madrid hay demasiados recuerdos y que prefiere empezar de cero...

«Y supongo que los recuerdos son los míos —presumo con

dolor—. Empezar de nuevo, como he hecho yo —asumo, bajando la mirada al suelo—, y puede que en Milán conozca a otra mujer a la que le proponga otro trato», medito con tristeza.

—... le vendrá bien un cambio —oigo que añade Valentina, y me obligo a decir algo yo también.

—Claro, cambiar de aires siempre sienta bien —musito, intentando alejar esa tristeza de mi voz.

—Le he dicho que te has interesado por él.

—¡Venga ya!, pero ¿tú estás tonta? —Y para formular esta pregunta no he tenido que fingir nada.

—¡Pero si es la verdad! A ver, ¿te has interesado o no? —replica con sorna.

—Sí, pero no quiero que crea lo que no es... De verdad, Valentina, a veces es para matarte.

—Tranquila, que no me ha dicho nada sobre anillarte; es más, diría que eso es en lo último que piensa ahora. Mira si está fastidiado que me ha cambiado hasta de tema cuando yo creía que me soltaría alguna bravuconería. Está jodido de verdad, pero lo superará y saldrá fortalecido de todo esto, estoy convencida.

—Está claro que lo que no te mata te hace más fuerte —afirmo con seriedad, pues yo sigo aquí tras mis muchas lágrimas.

—Exacto. Por cierto, he hablado con Cat, mi representante, para que se ponga en contacto con mi agencia de París y concretar el *fitting* —me cuenta, y daría lo que fuera por poder estar con él, por poder abrazarlo, consolarlo y quererlo—. ¡Ay, pero qué ganas tengo de ver esas preciosidades que habrás creado! Bueno, yo y todo aquel que forme parte de este mundillo —parlotea sin cesar mientras que yo solo puedo ver su sonrisa desdeñosa y el brillo azul de su mirada, que posiblemente ahora se habrá apagado.

«Eso es en lo último que piensa ahora», repito mentalmente las palabras de mi amiga mientras ella sigue hablando, y el latido de las lágrimas se instala en esa parte de mi garganta que le pertenece.

* * *

Despierto en mitad de la noche con los pálpitos apresurados de mi corazón, «y llevo una semana así —constato, clavando la mirada en el techo de mi habitación—. Sabía que esto iba a suceder; de hecho, incluso se lo dije a Valentina cuando hablamos —reconozco, inspirando hondo para luego soltar el aire lentamente—, pero lo que no sabía era que me costaría tanto conciliar el sueño por las noches, a pesar de lo sumamente agotada que estoy, y que ese sueño tendría la levedad de un mero instante, pues me despierto de forma continua. Lo que no entiendo es cómo mi corazón todavía no ha perforado mi pecho o ha salido disparado por mi garganta —prosigo el hilo de mis pensamientos, inspirando de nuevo para luego soltar el aire despacio—. Estoy muerta de miedo —admito, levantándome para dirigirme hacia la ventana—, pero como para no estarlo cuando queda poco más de una semana para el desfile, cuando la expectación es máxima y cuando la caja de cristal se ha convertido en un punto más de reclamo tanto para los turistas como para los propios parisinos».

«Todos se preguntan qué significado tiene la abeja», pienso, esbozando una casi imperceptible sonrisa mientras detengo la mirada en las luces de la Torre Eiffel y centro mis pensamientos en las flores, las mariposas y las abejas que el joyero y orfebre Claude Lalanne está transformando en las joyas que revolotearán por mi jardín encantado en los brazos, cuellos y cabezas de las modelos al tiempo que cubro mi cuerpo con una bata para, seguidamente, dirigirme a la cocina y prepararme un café, pues dudo mucho que vuelva a dormirme.

Si la prensa husmeara un poco en el pasado de Dior, descubriría que, cuando Christian Dior quiso comercializar sus diseños, buscó, junto a un publicista, un logotipo que identificara a la firma y este le propuso la abeja, un símbolo francés que ya usaba Napoleón y un insecto al que Christian Dior tenía especial apego, pues era un amante de las flores, y, aunque esa idea nunca vio la luz, sí que quedó en los archivos de la *maison*, «y puede que yo lo esté recuperando o puede que lo hubiera elegido de igual forma por lo que representa esa abeja reina —me digo, llenando mis pulmones con la fragancia del café que inunda la cocina, bañada ahora con la cálida luz de la lámpara—. Esa abeja significa el poder femenino y ese es el mensaje que quiero transmitir con mi colección, el poder indiscutible de la mujer, que ha sido lapidado durante siglos, silenciado e incluso degradado, y en nuestra mano está cambiar lo que nuestras antepasadas, por temor, incultura, misticismo o falsas creencias, no pudieron; en nuestra mano está alzar la voz por todas aquellas que no se atrevieron y en nuestra mano está demostrar lo que valemos y todo lo que podemos conseguir.»

«Yo tengo el poder», rememoro el mensaje que aparece en una de las camisetas que lucirá una de mis modelos, combinada con un traje sastre, y va a ser mi revolución. La Dior-Revolución y La ME-Revolución, «y son las cinco de la mañana y mi día ya ha empezado», caigo en la cuenta, yendo hacia mi habitación para cambiarme.

Llego a la sede a las seis y media. «Ayer me fui de aquí cuando ya era de noche y he regresado cuando todavía sigue siéndolo —constato, saludando a uno de los vigilantes para seguidamente coger el ascensor y dirigirme hacia los talleres, en silencio ahora—. Aquí están las raíces y la esencia de la *maison* —afirmo, encendiendo las luces para observar a continuación los tejidos extendidos sobre las mesas, las agujas, los hilos y los pespuntes, hechos a mano, pues no hay ni una sola máquina de coser en estos talleres, los patrones y los bocetos detallados al milímetro... y por supuesto que aquí están las raíces y la esencia de la *maison*, pues, por muchos diseñadores que pasemos por aquí, las costureras son las de siempre, y la artesanía y el saber hacer, los mismos que dominaron los dedos de las de antaño», pienso mientras contemplo el amanecer a través de una de las ventanas de esta buhardilla.

«Soy tremendamente afortunada por poder estar aquí y poder vivir mi sueño», admito, sentándome en una de las sillas para luego coger un papel y un lápiz y empezar a dibujar mis sueños en forma de vestidos.

—¿No me dirá que también duerme aquí? —me pregunta Florence con afabilidad cuando accede al taller, sacándome de mi mundo creativo, y alzo la mirada del papel para ver cómo se pone su bata blanca.

—Ya no recuerdo lo que es dormir —bromeo mientras ella se acerca a mí.

—¿Puedo verlos? —me pide, refiriéndose a los bocetos que acabo de dibujar, y, durante un segundo, me pregunto si será verdad eso que dicen de que el fantasma del señor Dior vaga por estos talleres, porque la inspiración ha guiado mis dedos y ha llenado mi alma durante estas horas.

—Por favor —respondo, mostrándoselos.

—¿Los ha dibujado ahora? —inquiere tras unos minutos de silencio en los que se ha demorado en cada uno de ellos.

—Ya te he dicho que no puedo dormir —le recuerdo con una sonrisa—. Sí, los he dibujado ahora.

—Voy a decirle una cosa con total confianza: creo que es una de las mejores diseñadoras que ha pasado por la casa; todas sus creaciones me remueven algo, aquí dentro —me confiesa, llevándose una mano al pecho—, como si tocaran una parte de mí que ni siquiera sabía que existía. No sé cómo explicarlo, hay una mezcla de tristeza y alegría al mismo tiempo en cada uno de ellos —añade, para luego guardar silencio—. Usted hace que me sienta orgullosa de ser mujer e incluso consigue que quiera ponerme uno de estos vestidos; es más, quiero esa camiseta que dice... ¿cómo era? «Yo soy la protagonista de mi vida» —me dice entre risas mientras el taller comienza a llenarse de gente, y por supuesto que en mis creaciones hay una mezcla de tristeza y alegría al mismo tiempo, pues ella está riéndose y yo tengo ese latido de lágrimas instalado en mi garganta.

—Espero que todos compartan tu opinión. Creo que mi momento de paz ha terminado —comento, comprobando la hora en mi reloj de pulsera—. Tengo tantas reuniones hoy que mejor si no lo pienso —concluyo, guiñándole un ojo.

—Cuando quiera más momentos de paz, suba; ya le buscamos una mesa y una silla para que siga creando preciosidades como estas o simplemente para que respire un poco, entre reunión y reunión —me dedica con cariño, «y estoy tonta», me riño, asintiendo con la cabeza para luego salir del taller, porque me han entrado ganas de llorar, pero es que, a excepción de cuando hablo por teléfono con mi familia, con Amparito o con mis amigas, nadie me habla con afecto, «y qué necesario es sentir ese sentimiento, tanto como comer o dormir», sentencio, obligándome a recomponerme, porque, por supuesto, no voy a ponerme a llorar por esto.

* * *

Tras mantener una breve reunión con mi equipo, me dirijo a mi despacho junto a Camille, mientras vamos repasando el orden del día.

—Peter quiere reunirse con usted —me cuenta al tiempo que, sin dejar de caminar, consulta su tableta, refiriéndose a Peter Philip, el director creativo de maquillaje de Dior.

—¿Otra vez? —le pregunto con sequedad, pues el tema del maquillaje que lucirán las modelos durante el desfile ya está claro y cerrado.

—Sí, desea mostrarle algo, no sé.

—Está bien. Búscame un hueco y concreta con él la reunión —le indico, accediendo al despacho seguida por ella, «y por supuesto que necesitaba un despacho», afirmo, recordando los muchos temas que hemos tratado aquí.

Paso toda la mañana enlazando un asunto con otro mientras Camille va tomando notas a mi lado, «y es como una especie de sombra mía cuando estoy en la sede —me digo, observándola durante un breve instante trabajar con eficiencia—. Qué haría yo sin ella; sabe lo que me gusta y lo que no, incluso cuando necesito silencio o entablar una conversación», pienso, presenciando cómo atiende una llamada.

—Señora María Eugenia, Ciro Zabat está en la entrada, quiere verla —me anuncia como si nada, y siento cómo todo el aire que hasta hace unos instantes llenaba mis pulmones, dotándolos de esponjosidad, se evapora con la fuerza de un puñetazo invisible hasta dejarlos secos y contraídos.

—¿Cómo? —atino a balbucear, «y no es posible», niego, sintiendo los latidos descontrolados y locos de mi corazón chocar con los huesos que lo protegen hasta resquebrajarlos.

—Ciro Zabat, ¿lo conoce? —me pregunta.

«Y podría decir que no lo conozco y terminar con esto», me planteo con rapidez, porque ese «casi» está guardado en el cajón, de donde no voy a rescatarlo, y verlo de nuevo sería algo así como abrirlo y arriesgarme a liberarlo, pero si no lo veo...

—¿Señora? —insiste, sacándome de mis cavilaciones.

—¿Puedes retrasar la siguiente reunión unos minutos? —inquiero, cerrando, en mi imaginación, ese cajón con llave—. No creo que este tema me lleve mucho rato —añado con sequedad, endureciendo mi corazón y mi alma, porque, si antes era mejor así, ahora todavía lo es más. Más, solo que en otro concepto.

—Sí, claro que sí —responde, levantándose—. ¿Sale usted a recibirlo o lo acompaño hasta aquí?

—Acompáñalo.

«Ni siquiera puedo pensar —reconozco, notando cómo una nube inmensa, gris y cargada de agua, se instala en mi cabeza. Lo único que puedo sentir son los latidos apresurados de mi corazón, que parecen retumbar incluso en mis sienes—. Él está fuera de todo esto —sentencio, poniéndome de pie para dirigirme hacia la ventana—. Él decidió estar fuera —me repito—, y no sé qué hace aquí, pero no me interesa. Con lo que me ha costado encerrar su recuerdo en ese maldito cajón, no tiene ningún derecho a abrirlo ni a inmiscuirse en mi vida, y menos a unos días del desfile. No, por supuesto que no tiene derecho», insisto en el mismo instante en el que abre la puerta, y me vuelvo para encontrarme con el azul de sus ojos: el azul de la llama, el del océano insondable y el azul del infinito; ese azul que no he conseguido olvidar y que tiene la fuerza de detener mi mundo por completo.

Capítulo 20

UN DÍA ANTES

Ciro

—Ella está en París, ¿lo sabías? La vi en la televisión, tan guapa, tan bien vestida, hablando en francés, tan perfectamente que hasta parece francesa, y me llama por teléfono casi todos los días —me cuenta, entusiasmada, Amparito mientras contemplo el plato de carne guisada que ha puesto frente a mí.

—¿Te llama? —le pregunto, evitando decirle que yo también la he visto; de hecho, la veo más veces de las que debería.

—Cuando no llega muy tarde de trabajar... Tú no sabes cuánto trabaja la pobrecita —me explica, sentándose a mi lado—. Bueno, y, tú, ¿cómo estás? —inquiere, cogiendo mi mano entre las suyas, y puede que no sea mi abuela, pero como si lo fuera.

—No lo sé, supongo que voy a días —le confieso, encogiéndome de hombros, porque tengo días mierda y días más mierda, solo que esa matización evito hacérsela.

—Cuesta asumir las pérdidas, pero a todo nos acostumbramos, hijo, a todo, y no hay mal que dure cien años. Además, tú eres muy joven —me dice mientras guardo silencio, porque no quiero acostumbrarme y porque sigo muy cabreado con la vida—. ¿Por qué no vas a verla? —me plantea como si nada, y sonrío con ironía. Ir a verla, dice... Me estamparía el pisapapeles o lo que fuera que tuviera a mano en toda la cabeza.

—Estoy seguro de que no quiere verme —contesto, convencido, y puede que lo de mi hermana haya sido una putada de la vida, pero esto ha sido cosa mía.

«¿Quieres tiempo? Aquí lo tienes, aquí tienes todo tu maldito tiempo. Una vez te dije que, si quería dejarte, lo haría mirándote a los ojos. Se terminó», rememoro sus palabras, que pronunció entre lágrimas y con voz quebrada, y es cierto que ella me dejó, pero fui yo quien lo propició todo, posiblemente porque no tenía cojones ni fuerza para hacerlo.

—Con lo que te quiere... por supuesto que querrá verte —sentencia, sacándome de mis pensamientos.

—Me quería, Amparito, ahora ya no lo sé —replico, bajando la mirada, de nuevo hasta el plato, que todavía no he tocado.

«Me ha bloqueado en el móvil, como seguramente me habrá bloqueado en su vida», pienso, evadiéndome durante unos instantes.

—¿Tú la quieres? —oigo que me pregunta, y alzo la mirada para encontrarme con la suya.

—Sí —le aseguro, rotundo.

—Pues entonces ve a buscarla. Escúchame, hijo, sé que no puedes ver las cosas como las veo yo porque eres muy joven y te falta mucho por vivir, pero yo ya lo he vivido todo y, créeme, las cosas son más sencillas de lo que parecen a simple vista, solo que, cuando tenemos toda la vida por delante, parece que nos guste complicarlo todo y alargar el final. El primer día que le hice las magdalenas ya sabía yo que iba a quedarse, y cada vez que me contabas que iba a por más maletas se las volvía a preparar con una sonrisa y ella insistía, diciéndome que solo iban a ser unos días —recuerda, consiguiendo que sonría con ella—. Ella quería estar contigo y tú también lo deseabas, pero lo complicabais y lo alargabais, como ahora. Si tienes hambre, comes; si no tienes hambre, pues no comes. Si la quieres, ve a buscarla; si no la quieres, sigue con tu vida. Tienes que saber qué quieres, porque luego te harás viejo, como yo, y lo que no hayas vivido lo habrás perdido. ¿Qué quieres?

—A ella, pero...

—Cuando pones un «pero» en una frase, lo estropeas —replica con cariño.

—Yo no me porté bien, Amparito —admito, apoyando la espalda en el respaldo de la silla para después hundir mis dedos en mi pelo, y nunca he estado tan frustrado y perdido.

—¿Y qué hacen los niños cuando se portan mal? Y digo «los niños» porque a los mayores nos cuesta más —comenta, sonriéndome.

—Pedir perdón —afirmo, devolviéndole la sonrisa.

—Así es, y todo se olvida y la vida sigue. Nada es tan grave como parece y todo tiene arreglo si queremos que lo tenga. ¿Tú quieres?, ¿quieres que tenga arreglo?

Y ahí está el quid de la cuestión, porque sigo necesitando estar solo, sigo necesitando seguir cabreado con la vida y sigo queriéndola y cada día es más mierda que el otro.

—Lo único que sé seguro es que la quiero, pero... —y con ese «pero» me doy cuenta de que Amparito tiene razón y que voy a estropear la frase—... Sé que la quiero, lo que no sé es cómo seguir con mi vida, y no quiero inmiscuirme ahora en la suya, porque fui yo quien la echó de mi lado —le cuento, intentando poner un poco de orden en el desorden que hay dentro de mí—. La echo de menos, incluso cuando quiero estar solo, y no sé qué hacer, porque no tengo derecho a ir a buscarla ni a pedirle nada. Además, estar conmigo ahora no debe de ser fácil... Estoy hecho un lío. No sé lo que quiero, porque ni siquiera me reconozco; esto me ha cambiado y todo lo que yo era ha desaparecido, y es injusto que intente recuperar lo que elegí perder, pero me duele aquí, todo el tiempo —le explico, llevando una mano a mi pecho mientras Amparito guarda silencio—. Sé que debería irme a Milán y olvidarme de todo, empezar de nuevo, pero hay una parte de mí que quiere intentarlo y ver qué pasa, a pesar de lo mal que lo he hecho.

—Lo estás complicando todo tú solo. ¿Tienes hambre? Comes. ¿La quieres? La vas a buscar. Lo que no sepas, apártalo, ya vendrá la solución cuando tenga que venir. Créeme, hijo, porque a mí me ha llevado toda la vida enterarme de esto —me dice, cogiendo mi mano con cariño—. Ve a buscarla, pídele perdón, dile que la quieres y que te has equivocado o que hiciste lo que sentías en ese momento, no importa; solo dile la verdad, porque con la verdad llegarás a todas partes y con la mentira, a ninguna, y ahora come, que te has quedado muy delgado.

* * *

«Y eso fue ayer y hoy no puedo alejar la mirada de la suya», admito, sintiendo mi mundo completamente detenido mientras aprieto el pomo de la puerta entre mis dedos para no ir hacia ella.

—¿Qué haces aquí? —me pregunta con sequedad, cruzándose de brazos, y niego con la cabeza, cerrando la puerta.

—Por lo que veo, te alegras de verme —contesto con ironía, pero también con seriedad, sin permitir que se suelte de mi mirada.

—Te he preguntado qué haces aquí —insiste, «y nunca hemos estado más lejos el uno del otro», asumo, sin saber por dónde empezar.

—Supongo que seguir un impulso —le confieso finalmente, acercándome a ella, deteniendo mis pasos antes de llegar a conseguirlo ante la frialdad y la desconfianza que se desprenden de su mirada, aunque no puedo culparla, porque, que estemos así, es solo cosa mía.

—¿Funcionas por impulsos? —me plantea, dotando a su voz de esa frialdad que incluso puedo ver, «y siempre he sabido leerla... siempre, hasta ahora».

—Todos funcionamos por impulsos, pelirroja —le aclaro, enganchando los pulgares en los bolsillos de mis vaqueros.

—María Eugenia, si no te importa —me corrige, enarcando levemente una de sus cejas.

«Esto es lo suyo —constato, recorriendo la estancia con la mirada—. Este despacho tan elegante, que va tan bien con ella, como si fuera su complemento perfecto. Esta marca, tan glamurosa, de la que siempre quiso ser la diseñadora, y este ambiente tan lujoso y discordante conmigo, como lo somos nosotros, al menos aparentemente, porque nunca me he complementado mejor con nadie —reflexiono, volviendo mi rostro de nuevo hacia ella para atrapar su mirada con la mía—. Ella rellenaba mis huecos como yo rellenaba los suyos», pienso, negando con la cabeza.

—Tú, para mí, nunca serás María Eugenia —le rebato, intentando encontrarla, buscando en su mirada esa pista que me muestre el camino que no consigo ver.

—Estoy muy cargada de trabajo y quiero que sepas que siento mucho lo de tu hermana y que lo estés pasando mal, pero nada más —me dice, yendo hacia su silla mientras me limito a contemplar su densa melena, del color del fuego, el vestido que cubre su cuerpo y sus movimientos seguros. «Por supuesto que esto es lo suyo», me reafirmo, sentándome en la silla que hay frente a la suya, sin quitarle la mirada de encima, una que me sostiene con altivez.

—Te veo bien —le comento, viendo cómo apoya la espalda en el respaldo de la silla para luego cruzar las piernas, y me parece que no va a ser tan simple como parecía en casa de Amparito.

—Mucho mejor que tú sí que estoy... Perdona, no me refería a... —rectifica con rapidez, y esbozo una media sonrisa, negando con la cabeza.

—Ya sé que te refieres a mi atuendo —adivino, cortándola, observando, durante un breve instante, mis vaqueros rasgados, la camiseta blanca y la cazadora de piel negra—. Aquí el único que tiene que disculparse soy yo —añado con seriedad, atrapando de nuevo su mirada con la mía, y algo me indica que solo tengo esta oportunidad—. Lo siento, siento lo mal que lo he hecho todo; siento no habértelo contado, haberte pedido espacio y haber hecho tu maleta, pero, aunque no lo entiendas, era lo que necesitaba en ese momento —le revelo, apoyando los antebrazos en mis rodillas para luego hundir los dedos en mi pelo, «y estoy la hostia de frustrado», reconozco para mí, porque sigo necesitando estar solo pero no puedo estar sin ella.

—Tienes razón, no lo entiendo —me contesta con sequedad, atrapando mi mirada y mi atención con su comentario—. Dicho queda entonces, ¿algo más? —me pregunta, y parece que esté cerrando cualquier tema relacionado con sus vestidos cuando estamos hablando de nosotros.

—Joder, pelirroja —exclamo entre dientes, levantándome,

yendo hacia su silla para apoyar mis manos en el reposabrazos y volverla hacia mí—. Te quiero, hostia. Te quería entonces y te quiero ahora, y ya sé que lo hice mal y que tendría que habértelo contado, pero había palabras que era incapaz de pronunciar y situaciones que ni siquiera podía plantearme y, a pesar de que ya las he vivido, incluso sufrido, sigo sin poderlas asumir —le confieso con voz ahogada, descargando con rabia todo mi peso en esos reposabrazos, para luego alejarme de ella e ir hacia la ventana.

—¿Y qué esperas que haga o diga yo ahora? —inquiere, poniéndose de pie para acercarse a mí, y la mujer fría ha desaparecido y en su lugar tengo a otra tan furiosa conmigo como lo estoy yo con la vida—. Me echaste de tu vida sin contemplaciones y casi me volví loca con lo que sufrí —me cuenta, y cada palabra suya es como un puñetazo en el pecho—. Yo hubiera estado a tu lado si me lo hubieses permitido, pero decidiste estar solo, ¡pues ya lo tienes!, ¡ya estás solo! No tienes derecho a nada, porque, si tú lo has pasado mal, yo no lo he pasado mejor y ahora, que casi lo he superado, no tienes derecho a regresar.

—Intenté contártelo, pero no me dejaste —le recuerdo, sintiendo el dolor estrangular mi garganta.

—Porque ya lo habías estropeado y, si entonces ya no importaba, imagínate ahora —replica, sustituyendo su furia por ese tono frío que estoy empezando a aborrecer.

—Ahora estoy aquí. —«Solo que ella no lo está y el único responsable soy yo.»

—¿Sabes lo que pasa? Que no me fio de ti —me dice, cruzándose de brazos.

—¿Cómo?

—Lo que has oído. No me fio de ti. —Y creo que son las palabras que más daño podían hacerme.

—Nunca te he mentido —le aseguro, dolido, viendo pasar esta oportunidad frente a mí sin poder atraparla, como si estuviese envuelta en algo escurridizo que me impidiese poder aferrarla.

—Pero tampoco confiaste en mí. Íbamos a casarnos y yo te quería más que a mi vida, y, cuando la tuya te jodió, tú jodiste la mía —sentencia, y siento cómo la decepción, la pena y el dolor más absoluto se filtran a través de sus palabras—. No volverás a hacerlo, te lo prometo; ni tú ni nadie —asevera, tiñendo su voz esta vez con frialdad.

—¿Qué pasa, que ahora quieres una vida con garantías? Pues cómprate un refrigerador o una tostadora —mascullo, acercándome a ella, tan enfadado, triste y frustrado que apenas puedo pensar con claridad—. ¿Vas a alejarte de todo el mundo que pueda hacerte daño? —le pregunto, sintiendo el dolor partirme en dos.

—Eso a ti no te importa —sisea, fulminándome con la mirada, sin retroceder un solo paso.

—Eso es lo que dices tú —le rebato entre dientes, posando mis manos en sus brazos, y por fin la estoy tocando y es como si tocara un bloque de hielo—. Puedo entender que desconfíes de mí, pero quiero que sepas que nunca te hice daño a propósito... Joder, te quiero, pelirroja, eso es lo que único que siempre he sabido —le confieso, acunando su rostro entre mis manos, necesitando que reaccione y reanimar ese corazón que ahora parece congelado y ese sentimiento que no puede haber muerto.

—¿Y cuando no me cogías el teléfono también lo sabías? ¿O cuando me pediste espacio o hiciste mi maleta o me viste llorar en tu casa? ¿Ahí también lo sabías? —me demanda, dolida, alejándose de mí, y aprieto los puños con fuerza—. Porque, si lo sabías, permíteme decirte que fuiste muy hijo de puta y, mira, sí, quiero una vida con garantías y tú no puedes dármelas.

—Cierto, no puedo dártelas porque yo vengo sin ellas, y esto me ha cambiado tanto que ni me reconozco. Lo único que sigue en pie dentro de mí es lo que siento por ti, y puede que hiciera mal alejándome de ti, pero era lo que necesitaba en ese momento...

—Claro, y, como tú ahora necesitas otra cosa, vienes a buscarme, ¿verdad? Vete a la mierda, Ciro —farfulla y, si algo así fuera posible, alargaría mi mano para atrapar entre mis dedos la rabia y el dolor que se desprenden de sus palabras, una rabia y un dolor que he provocado yo.

—No es eso, joder —rujo entre dientes.

—Una vez me dijiste que, si después de luchar por mí, no lo hubieses conseguido, lo aceptarías y seguirías con tu vida. Hazlo, sigue con tu vida y nunca más vuelvas a mencionar mi nombre. Vete —me pide con impasibilidad, y, no, no quiero irme ni voy a rendirme tan pronto.

—Cierto, el caso es que todavía no he empezado a luchar —constato, sosteniéndole la mirada.

—Ni quiero que lo hagas tampoco, porque el resultado va a ser el mismo. Mi vida ahora es esto y tú estás fuera. Ni te molestes en intentarlo —me dice con esa frialdad que tan poco tiene que ver con ella... «o, al menos, con la mujer que yo conocía», asumo, yendo hacia la puerta para cerrarla cuando la abre.

—Es imposible que hayas dejado de quererme —le rebato, convencido, moviéndome para dejar su cuerpo encajado entre la pared y el mío, intentando controlar esta desesperación que está creciendo dentro de mí.

—¿Y puedes decirme por qué estás tan seguro? —me pregunta, alzando el mentón, mirándome con altivez.

—Porque nos quisimos demasiado —le respondo en voz baja, acercándome más a ella, casi pegándome a su cuerpo, pero sin llegar a rozarlo—, porque lo que vivimos fue demasiado especial —sentencio, sintiendo la necesidad por tocarla instalarse en la palma de mi mano— y porque no puede haber muerto. —Y nunca, desde que murió mi hermana, había utilizado esa mierda de palabra, ni siquiera sé por qué la he utilizado ahora, cuando esa es una de mis palabras vetadas.

—Fuiste tú quien se lo cargó todo —me recuerda, esta vez con tristeza—, fuiste tú quien borró tu deseo, no el viento ni el agua, y ahora no puedes recuperarlo ni volver a escribirlo —me dice, volviendo su rostro hacia un lado, «y sigue estando lejos de mí, a pesar de que su dolor está muy cerca del mío.»

—Y no sabes cómo lo siento. Mírame, por favor —le pido en un susurro ronco, posando mis manos en su cintura, «y cómo necesitaba tocarla, sentirla y tenerla así de cerca», reconozco, atrapando su mirada cuando dirige su cara hacia mí. «Por fin puedo ver el camino de vuelta a casa», pienso, dejándome llevar por todo lo que estoy sintiendo para pegarla más a mi cuerpo, percibiendo cómo el deseo se instala en mis manos, en mi piel y también en su mirada, «que ha dejado de ser fría para ser la suya cuando estábamos juntos», me percato, aferrando su cintura con fuerza, posiblemente porque temo que salga corriendo—. Nunca tendría que haber permitido que te alejaras de mí —admito, bajando la mirada hasta sus labios mientras ella hace lo propio hasta detenerla sobre los míos—. No sabes cómo te he echado de menos, pelirroja —susurro, descansando mi frente en la suya, sintiendo cómo la emoción se instala en mi garganta cuando alza sus brazos para hundir sus dedos en mi pelo.

«Ahora sé lo que quiero, nunca lo he tenido más claro y, posiblemente, debería esperar a que fuera ella la que diera el paso, pero temo que se arrepienta y que se eche atrás —reconozco antes de unir mis labios a las suyos y pegarla, con mi cuerpo, contra la pared, sintiendo cómo todo dentro de mí despierta de su letargo—. Ella es mi mundo, ella es lo único que quiero y lo único que tengo claro —sentencio, buscando su lengua con la mía, hundiendo mis dedos en su densa cabellera para arrimarla más a mí, tanto como pueda, y soltando un rugido cuando sus dedos tiran del mío y sus caderas salen al encuentro de las mías—. La hostia —pienso, colando mis manos por debajo de su vestido para buscar su piel—. Necesito tocarla, necesito sentirla, necesito más —admito, besándola con rudeza, alzándola por la cintura para que envuelva sus piernas en torno a la mía, gimiendo con ella cuando nuestros sexos se encuentran—. Esto es lo que quiero, a ella, solo a ella, y nunca más voy a permitir que se aleje de mí», me prometo en el mismo instante en el que algo cambia, algo que enfría este fuego que estaba creciendo entre nosotros, y lo he sabido incluso antes de que hablara.

—No... no... suéltame... no es esto lo que quiero —me pide en voz baja, evitando mi mirada, y permito que sus pies toquen el suelo, sintiendo cómo ese suelo se abre bajo los míos—. Soy yo la que necesita espacio ahora, la que no quiere estar contigo y la que necesita estar sola. —Y ni la ira ni el enfado han dominado sus palabras.

—¿De verdad no quieres estar conmigo? Joder, pues lo disimulas de coña, porque te aseguro que no era eso lo que parecía hace unos segundos —siseo entre dientes, endureciendo la mirada y la voz, sintiendo su rechazo llegar para darme un bofetón en toda la cara, y no sé qué hago recriminándole nada cuando todo esto es responsabilidad mía.

—Si te pones pesado o te empeñas en insistir, prohibiré tu entrada en la empresa —me anuncia con voz queda, haciendo caso omiso a lo que acabo de decirle, para luego abrirme la puerta, y no solo la de su despacho, sino también la de su vida—. Vete —me pide, y bajo la mirada hasta el suelo, negando con la cabeza, sintiendo cómo el cabreo, el dolor y la frustración se enredan entre mis piernas, y no tiene sentido que insista cuando ella lo tiene tan claro.

—Enhorabuena, ricura, acabas de ganar el juego —suelto, ocultando todo lo que siento con insolencia, «porque hace mucho que ella dejo de ser una "ricura" más para ser mi pelirroja», asumo antes de abandonar su despacho y también su vida.

«Y el después ha llegado; ese después que yo creía que todavía estaba lejos, está a nuestro lado, porque el café ya está frío y lo que sentíamos no ha sido suficiente. Qué equivocado estaba al pensar que mi mayor miedo era perder a mi hermana, porque había otro miedo, latiendo a su lado, que no supe ver, cegado como estaba por el otro: perderla a ella, y ahora voy a tener que hacerle frente, como hice frente al primero», me digo, sintiendo cómo una losa, demasiado pesada, se hunde en mi pecho cuando oigo la puerta cerrarse tras de mí.

Capítulo 21

María Eugenia

Cubro mis labios con una de mis manos cuando el sollozo estalla entre ellos, cuando sus ojos se clavan de nuevo en los míos y cuando ese azul, que tanto he echado de menos, vuelve una y otra vez a mis recuerdos para martirizarme... y claro que no lo ha parecido, porque nunca había deseado nada tanto, a pesar de esas dudas que me han impedido hablar y que no han dejado de resonar en mi cabeza. «Por supuesto que necesito garantías —concluyo mientras me dirijo hacia la ventana—, unas que él no puede darme», me reafirmo, viéndolo, unos minutos más tarde, cruzar a la otra acera mientras las lágrimas fluyen sin control por mis ojos.

* * *

—¿Y qué sucederá si gano yo? —le pregunté.

—Sinceramente, espero que no lo hagas.

—Ya, pero imagina que lo hago. ¿Qué sucederá? —insistí.

—Que no volverás a verme.

* * *

Rememoro esa conversación y suelto un sollozo desgarrador, porque sé que es lo que va a suceder a partir de ahora.

«No tendría que haber flaqueado ni haber dejado que me tocara —me recrimino, haciendo a un lado esos recuerdos—, pero, cuando ha rodeado mi cintura con sus manos y me ha dicho que nunca tendría que haber permitido que me alejara de él, me he olvidado de todo; del sufrimiento, de mis lágrimas y de mi desesperación, y solo podía pensar en besarlo y en volver a sentir su cuerpo junto al mío, sus manos en mi piel, las mías en la suya; solo quería volver a sentirme viva —reconozco, sin parar de llorar, sintiendo que una parte de mí se va con él—. Esa parte que era mi mejor parte y que ha vuelto a gemir entre sus brazos; esa que reía con sus insolencias y que era completamente feliz; esa parte de mí que creía que podía tenerlo todo y que ha resurgido con una fuerza demoledora cuando nos hemos besado... esa parte que ahora llora en silencio, tal y como estoy haciendo yo.»

«Maldita sea, se supone que compré el cuadro de la guerrera para no olvidarme de serlo y estoy siendo una cobarde que se esconde en su despacho y en su vida ordenada por miedo a sufrir, que no arriesga por miedo de volver a enloquecer —me reprendo, sintiendo mi cuerpo paralizado porque mis miedos pueden más que mis sentimientos—. Yo estoy bien así, en esta vida sin arrugas que estoy dibujado a mi medida —me recuerdo, inspirando profundamente, para luego alejarme de la ventana—. Por mucho que lo quiera y que eche de menos la vida que viví a su lado, yo estoy bien así —insisto, sintiendo el invierno instalarse de nuevo en mi interior—... ese invierno colmado de nieve, que él se ha cargado en cuanto sus labios han encontrado los míos y el deseo se ha instalado como por arte de magia en mi vientre; ese deseo que hacía tanto que no sentía, porque ni siquiera me he tocado desde que lo dejamos, posiblemente porque se había congelado con mi dolor, como vuelve a estar ahora», reconozco, inspirando profundamente para tranquilizarme.

«Él me echó de su vida sin contemplaciones, y yo estoy bien así —me repito otra vez—, porque si algo tengo claro es que no voy a arriesgarme a que vuelva a hacerme lo mismo; no podría volver a pasar por algo así, volverme loca de nuevo, llorar como lloré... ni siquiera puedo pensarlo —asumo, reviviendo el dolor paralizante que me rasgó por dentro hasta dejar una cicatriz en mi interior—... que se ha abierto cuando un gemido se ha colado a través de mi garganta para hacerme retroceder; esa cicatriz que luego ha dominado mis palabras para protegerme de futuras heridas, y que yo cosí con el hilo invisible de la desesperación —recuerdo, sin poder dejar de llorar—, porque, a pesar de todo, lo quiero y quiero volver a ser la mujer que era cuando estábamos juntos, solo que soy incapaz», concluyo, secándome las lágrimas con los dedos cuando llaman a la puerta.

—¿Puedo? —me pregunta Noël, entreabriéndola y frunciendo el ceño cuando ve mi aspecto descompuesto. Maldita sea—. Puedo —afirma, accediendo a mi despacho para luego cerrar la puerta—. ¿Qué sucede? —inquiere, preocupado, mientras voy en busca de mi bolso para hacerme con el paquete de pañuelos. «Debo estar hecha un cristo, hostia.»

—Nada, tonterías —le digo, restándole importancia.

—¿Sabes que a veces viene bien desahogarse? Y ya sé que eres mi jefa y, por lo poco que te conozco, intuyo que no te gusta acercarte demasiado a las personas que trabajan contigo, pero estás sola en una ciudad en la que creo que no conoces a demasiada gente y asumiendo una presión que no querría para mí —comenta con seriedad, guardando las manos en los bolsillos de sus pantalones de pinzas negros, y niego con la cabeza.

—No tiene que ver con el trabajo, son temas personales —acoto, y es cierto que siento una conexión especial con Noël, pero no tanta como para contarle mi vida.

—Bueno, los problemas personales se digieren siempre mejor con un buen vino, y no creas que estoy intentando ligar contigo, porque yo soy más de tíos —me confiesa con una sonrisa canalla, consiguiendo que sonría con él mientras seco mis lágrimas con cuidado.

—Entonces, ¿estás haciéndome la pelota? —le pregunto, provocando su carcajada mientras se acerca a mí.

—Podría ser, pero no, solo estoy tendiéndole la mano a una mujer a la que admiro muchísimo y que lo necesita tanto como yo irme de vacaciones a la Maldivas —responde con sorna, haciéndose con el pañuelo con el que estoy secándome las lágrimas—. Lo estás estropeando más, déjame a mí —me pide, bajando el tono de su voz, «y es cierto, lo he estropeado más, pero no el maquillaje», asumo con dolor—. ¿Quieres dejar de llorar? Así no hay quien arregle nada —prosigue mientras inspiro profundamente, «y es la primera vez, en toda mi vida, que alguien que trabaja para mí me ve en este estado», caigo en la cuenta, cerrando los ojos mientras él retira con cuidado los churretones que están dibujando mis lágrimas. «Ya está bien», me ordeno, abriéndolos y obligándome a recomponerme de una condenada vez—. Lista para enfrentarte de nuevo al mundo —me indica, guiñándome un ojo.

—Gracias —le digo en voz baja, esbozando un amago de sonrisa.

—De gracias, nada: me debes una ronda de vinos —me rebate con una media sonrisa—, y, por favor, que sea hoy, mi cuerpo no puede con tanto estrés —añade con insolencia, y Noël tiene algo que me recuerda a él, a pesar de que no pueden ser más distintos.

—Una ronda de vinos es lo menos apropiado ahora —le rebato, cruzándome de brazos, obligándome a alejarlo de mi mente.

—Pues vamos a ser todo lo inapropiados que podamos. Créeme, María Eugenia, necesitamos esos vinos ya.

—¿María Eugenia? —le pregunto, enarcando una ceja.

—No seas tan estirada, ¿quieres? Si vamos a ser amigos, no pretenderás que te llame señora María Eugenia —replica, dirigiéndose hacia la puerta—. Pero tranquila, que, cuando haya gente delante, te haré hasta una reverencia si hace falta —añade son sorna, arrancándome una carcajada cargada de lágrimas que no consigo frenar, e igual me he vuelto un poco loca yo sola.

—Vete a la mierda.

—Así me gusta, con confianza —contesta, guiñándome un ojo antes de salir de mi despacho, y puede que haya encontrado, donde menos hubiera buscado, a mi primer amigo francés.

—¡Ey, espera! ¿Qué querías? —inquiero, saliendo al pasillo por donde está marchándose y por donde llega Camille con su inseparable tableta.

—Puede esperar —me indica, guardando de nuevo las manos en los bolsillos de los pantalones para luego girar sobre sus talones y alejarse de mí.

—¿Ha terminado? —me pregunta Camille.

—Dame diez minutos más, por favor —le pido con seriedad, sin darle más explicaciones, para luego cerrar la puerta de mi despacho.

«Necesito estar sola para poder recomponerme antes de seguir con mi vida como si no terminara de romperse de nuevo —reconozco, apoyando la espalda en la puerta para luego cerrar los ojos mientras la imagen de su rostro llega para llevarme con él—. Por supuesto que esto lo ha cambiado —pienso con pesar, abriéndolos para posar la mirada en la pared que tengo enfrente—, porque sus ojos han perdido ese brillo que me recordaba a un universo plagado de estrellas y ahora es como si estuvieran cubiertos por cientos de nubes densas —admito, echando a andar hacia mi bolso para hacerme con el neceser—. La seriedad se ha adueñado de su voz y de su sonrisa desdeñosa; esa sonrisa que siempre estaba ahí, oculta en la comisura de sus labios, lista para ensancharse en ellos. Sí, por supuesto que esto lo ha cambiado, porque el hombre que hoy ha entrado en mi despacho es solo la sombra del que fue —prosigo el hilo de mis pensamientos mientras la tristeza más absoluta me sigue hasta el pequeño baño—. Y no solo lo ha cambiado a él, también me ha cambiado a mí —asumo, observando mis ojos acuosos en el espejo—. Puede que yo también sea una sombra de la que fui, porque no he vuelto a reír desde que salí de su casa ni he vuelto a ser feliz de verdad desde que salió de mi vida —asevero, recordándonos, de repente, abrazados en el baño—. Nos abrazábamos continuamente... —pienso, empezando a llorar de nuevo—, pero, llegados a este punto, no me apetece seguir tirándome en paracaídas y lo único que deseo es una vida tranquila y sin arrugas, una vida dibujada por mí, donde no haya pespuntes de más, pliegues o fruncidos; una vida sin manchas y con garantías, las que él no puede darme, solo que, para tener esta vida, he tenido que renunciar a lo que más quiero y a lo que más feliz me ha hecho. Él.»

* * *

Paso el resto del día enfrascada en mi trabajo, reuniéndome con unos y con otros o en el estudio de Diseño trabajando con mi equipo, y, aunque tengo toda la concentración puesta en lo que estoy haciendo, hay una parte de mí, una que no puedo controlar, que sigue con él, rememorando lo que ha sucedido en mi despacho, analizando detalles sin importancia, como el cinturón de piel marrón que su camiseta dejaba al descubierto, su pelo, tan revuelto como siempre pero que hoy llevaba ligeramente más corto, la fuerza con la que me ha alzado o la desesperación con la que me ha besado, y es solo una pequeña parte de mi mente, pero que tiene la misma fuerza que tenía su mirada, con la que detenía mi mundo, incluso hoy, cuando las nubes han subido hasta el universo para ocultar el brillo de sus estrellas. «Y yo "casi" lo había olvidado y ahora he vuelto al punto de partida y encima he ganado el dichoso juego que ni siquiera sé cómo hostias tenía que terminar para que ganara él», me lamento, cubriendo mi frente con la palma de una mano para luego cerrar los ojos.

Y, si es lo mejor y quiero esto, ¿por qué me siento así, como si estuviera frenando mis pies continuamente para no echar a correr tras él o como si, por voluntad propia, me hubiera amputado una parte esencial de mi cuerpo?

—Es tarde, chicos. Marchaos ya, mañana seguimos —les pido, percatándome de que ese pequeño gesto de taparme la frente y cerrar los ojos, que ha surgido de manera natural, ha mostrado, a quien haya sabido verlo, la tristeza y las dudas que no me dejan en paz, asumo, yendo hacia la ventana para perder la mirada en el iluminado jardín que se extiende frente a mí, repleto de flores que el señor Dior hubiera mimado de seguir vivo—. No estoy para vinos —le digo a Noël cuando compruebo que todos, excepto él, han abandonado la estancia.

—Elige: vinos y despejar tu cabeza o empezar a llorar cuando te quedes a solas —me asegura con seriedad, levantándose para ir en busca de su abrigo y también del mío, mientras siento el temblor de las lágrimas instalarse en mi labio inferior, «y, maldita sea, tiene razón», reconozco con pesar.

—Uno y nos vamos —cedo, cogiendo el abrigo que me tiende.

—Uno y ya veremos —me rebate, guiñándome un ojo, y ojalá no hiciera eso, porque me recuerda muchísimo a él—. Empecemos... —me dice, sorprendiéndome, cuando salimos a la calle— a conocernos, digo —me aclara cuando lo miro extrañada.

—Ya nos conocemos —le replico, alzando el cuello de mi abrigo para protegerme del frío, y no es cierto, pero, si empieza a contarme cosas suyas, posiblemente esperará que le cuente cosas mías, «y no estoy por la labor», asumo, siguiéndolo cuando comienza a andar calle abajo.

—Solo sabes que me llamo Noël y que curro para ti, eso no es conocerme —me contradice, «y, en realidad, con eso tengo más que suficiente», pienso, comenzando a arrepentirme de haber aceptado.

—También sé que te gustan los tíos y que te gusta vestir bien.

—Eso no es ningún secreto —suelta con sorna.

—Ah, ¿no? Pues yo no lo sabía; lo de los tíos, digo.

—Porque tú solo ves tu trabajo, solo ves bocetos, tejidos y diseños. Es como si el resto del mundo fuera solo parte del decorado.

«Tú vas a la tuya, sin ver lo que te rodea; a veces creo que ni siquiera ves lo que tienes frente a ti si no tiene relación directa con tus intereses...», rememoro sus palabras, que de repente me molestan.

—Eso no es verdad —le rebato, frunciendo el ceño.

—Por supuesto que lo es. A ver, dime qué suelo pedir para comer. Hemos almorzado muchas veces juntos mientras trabajamos. Venga, ¿qué he pedido? Porque tú siempre pides ensalada o pescado, Loana suele elegir pasta y Claudine, carne. Dime qué pido yo o qué piden Lucie, Serge o Camille —me reta, y no tengo ni la más remota idea.

—Me da igual lo que pidáis para comer mientras no tenga

que comérmelo yo —me defiendo, disgustada, porque, vamos a ver, ¿qué hostias me importará a mí lo que ellos pidan?

—¿Y sabes algo de ellos? ¿Sabes si están casados, tienen hijos o viven todavía con sus padres?

—¿Sabes lo que pasa? —le pregunto, deteniéndome en seco—. Que esas cosas no me interesan; yo solo quiero que diseñen y que lo hagan bien... El resto, si están casados, si son solteros, viudos o pertenecen a una secta satánica, me la trae al pairo mientras cumplan con lo que les pido.

—Y justo por eso no sabías que yo era gay, porque tú solo ves mis diseños y no a mí; escuchas mis propuestas, pero no mis comentarios, y, si me permites un consejo, creo que deberías abrirte un poco y ver lo que te rodea.

—Para eso ya estás tú —mascullo entre dientes.

—No te cabrees, ¿quieres? Solo te estoy danto un consejo. Venga, cuéntame por qué estabas llorando.

—Paso.

—No puedes pasar.

—Y, eso, ¿quién lo dice?

—Yo y los vinos que vas a tomarte. Mira, ya hemos llegado —me anuncia, señalándome una pequeña tienda con un escaparate acristalado que ocupa toda su fachada—. Vamos —añade, cogiéndome del brazo para que incremente el ritmo de mis pasos.

«Tendría que haberme largado a mi casa —me repito de nuevo—, porque está claro, y ni siquiera hemos entrado, que esto es un error», me lamento, accediendo al recinto, observando la larga barra y los estantes de madera que se encuentran tras ella, sobre los cuales se alinean un sinfín de botellas de vino.

—¿Huele a queso? —le pregunto, sintiendo cómo mi estómago ruge.

—A queso, embutidos, a paté casero... Joder, acabo de darme cuenta de que estoy muerto de hambre —me confiesa, dirigiéndose hacia el interior de esta especie de bodega, donde se ubican las mesas, y este sitio está tan alejado de mi recorrido habitual que creo que nunca lo habría descubierto por mí misma.

—¿Has probado el queso brie Saint-Nectaire? Tenemos que pedirlo —me comenta, haciéndose con la carta que hay en la mesa de al lado—. ¿Tienes alguna preferencia?

—Pide lo que quieras, pero que haya más queso que embutido —le respondo, contemplando a la gente que va llegando y la que se marcha; turistas y parisinos, gente joven o de mayor edad... «gente entre la que no se encuentra él y, si yo hubiera decidido otra cosa, ahora estaríamos en mi casa y en la cama», afirmo, convencida.

—¿Me lo cuentas? —me plantea, sacándome de mis cavilaciones.

—¿Cómo?

—Lo que sea que estuvieras pensando, y que es lo mismo que te ha hecho llorar antes —adivina, esta vez con seriedad, y me encantaría poder hablarlo y sacarlo fuera, emborracharme y maldecir en francés y en español, incluso correr en su busca, descalza si así llegase antes... «solo que no lo haré, porque, para mis cosas, soy muy reservada, porque soy la diseñadora de Dior, y me juego el puesto como ose dar un espectáculo, y porque he tomado una decisión que no tiene vuelta atrás, una decisión segura y con garantías», asumo, mordiéndome la cara interna de una mejilla.

—No me apetece hablar de eso. ¿Por qué no me hablas de ti y te demuestro que te equivocas y que puedo prestar atención a temas ajenos al trabajo? A ver, ¿tienes pareja? —inquiero, guardando silencio cuando llega el camarero para tomarnos nota.

—No, pero no estoy disponible, así que ni me mires —me responde con seriedad.

—¿Mal de amores?

—¿El mismo que sufres tú? —me rebate, enarcando una ceja.

—Puede ser —musito, encogiéndome de hombros—. ¿Qué sucedió?

—Que mi ex es un tío muy conocido que todavía no ha salido del armario; un día me harté de ser su concubina y me largué, más o menos.

—Pero sigues enamorado de él, ¿verdad? —constato, callando cuando el camarero trae las copas de vino y la tabla de quesos.

—Sigo enamorado de él, para mi desgracia —me confiesa, moviendo su copa para agitar el vino mientras yo me llevo la mía a los labios, sin quitarle la mirada de encima. «Hoy un pequeño aro sustituye el brillante que suele llevar», me percato, para detener seguidamente la mirada en el color negro de sus ojos, en sus cejas pobladas y en su mandíbula cuadrada, «y es un hombre realmente guapo», reconozco mientras el vino se desliza con dificultad por mi garganta cerrada.

—Vas a marearlo —le digo, intentando atrapar su atención ante el silencio en el que se ha sumido—. A ver, dime qué problema tiene tu ex en decir que es gay.

—Teme que afecte a su curro, así que ha preferido perderme a mí antes que perder sus muchos contratos —me cuenta con dureza, llevándose finalmente la copa a los labios.

—¿Su trabajo es público?

—Totalmente público. Es un reconocido modelo por el que posiblemente tú suspirarás, como millones de mujeres más.

—Ya...

—Y ese ya, ¿significa que lo entiendes a él o a mí? —replica con acritud.

—A los dos. Piensa en mi vida ahora... está la parte privada, que es solo mía y de la gente de mi entorno, y luego la pública, que domina incluso momentos como este, que se considerarían privados. Imagina lo que sucedería si yo me emborrachara y diera un espectáculo ahora mismo...

—No te imagino haciendo tal cosa —me corta con una sonrisa.

—Porque me cuidaré mucho de hacerlo, pero ¿crees que en estos momentos no me apetece beberme todas las puñeteras botellas de vino de esta bodega y olvidarme, aunque sea durante un rato, de que acabo de perder al amor de mi vida? —le planteo atropelladamente, con voz ahogada, y no pretendía decirlo, pero ha salido solo, tal y como ha hecho el dolor, que ha escapado acompañando mis palabras—. A veces nuestra parte pública domina a la privada, y tenemos que aprender a caminar por esa cuerda sin perder el equilibrio. No pasa nada si no te pone en la palestra, si, en lugar de besarte en público, te besa en privado, porque lo que importa es que te bese y que te quiera y, sobre todo, que esté a tu lado en los momentos importantes de tu vida y te permita estarlo en los suyos, aunque sea de manera privada.

—Eso lo dices porque no te toca a ti estar detrás —me rebate, guardando silencio sobre lo que le he confesado, respetando mi deseo de no hablar.

—No se trata de estar detrás o delante, se trata de entender a la persona que quieres.

—Y justo por eso lo hemos dejado, porque ni yo puedo entenderlo a él ni él puede entenderme a mí.

—¿Y estás mejor así?

—¿Lo estás tú?

—No, pero es lo que he decidido —musito, sintiendo cómo las lágrimas regresan a mis ojos.

—Ni se te ocurra llorar aquí —me advierte, posando sus dedos en mi barbilla para que lo mire—. ¿Te imaginas la que se montaría si aparecieras mañana en la portada de cualquier revista o diario hecha un mar de lágrimas? —me pregunta con seriedad—. «La afamada diseñadora María Eugenia de la Rúa, llorando entre...»

—Eso de «afamada» me queda un poco grande todavía —lo interrumpo, para luego inspirar profundamente en un intento por alejar mi llanto.

—«La afamada diseñadora María Eugenia de la Rúa, llorando entre copas de vino con un hombre atractivo» —repite la frase, hasta concluirla, consiguiendo que sonría.

—¿Y tú eres el hombre atractivo?

—¿Ves a otro? —Y podría ver a otro, otro con el pelo rubio, los ojos azules y vestido de cualquier manera, alguien totalmente opuesto a Noël, solo que, si él estuviera aquí delante, ese titular sería otro.

—No, no veo a otro —niego finalmente en un susurro casi imperceptible—. ¿Te das cuenta? Me vendría de miedo llorar un rato, a pesar de lo mucho que he llorado ya, pero tú mismo me has advertido que no lo haga —constato con una triste sonrisa—. Puede que él no desee otra cosa que cogerte de la mano o besarte en un sitio público, pero su realidad es la que rige su vida ahora. Dime una cosa, ¿su carrera se vería afectada si hiciera pública su condición sexual?

—Puede ser.

—Tú sabes lo que cuesta llegar, ¿pondrías en peligro tu carrera? —inquiero con seriedad.

—Por él, sí —me responde, convencido, sosteniéndome la mirada.

—Eso lo dices porque sabes que en realidad no peligra —le rebato, esbozando una sonrisa condescendiente.

—Yo dejé a mi anterior pareja por él... dejé a un tío que siempre me ponía por delante para irme con otro que siempre me colocaba diez pasos por detrás, y ese tío trabaja en Dior y ostenta un cargo muy pero que muy superior al mío. Por supuesto que podría haber perdido mi trabajo, pero no me importó, porque, cuando conocí a Logan, todo cambió para mí.

—Dime que ese Logan no es Logan Lewis —le pido con seriedad, porque ese hombre es «el hombre», con mayúsculas, negrita e incluso con subrayado—. Lo es —sentencio, torciendo el gesto cuando baja la mirada hasta su copa—. No me fastidies, ¿en serio? —añado en un susurro, inclinando ligeramente mi cuerpo para acercarme un poco más a él—. ¡Ese tío es perfecto! Tiene la cara perfecta, el cuerpo perfecto, la sonrisa perfecta, ¡Ay, Señor! Pero si quise ser gota de agua cuando vi el anuncio de la colonia de la que es imagen, ¡y tú te has acostado con él! —suelto con admiración.

—Y también lo he dejado.

—Con dos cojones.

—Bueno, tú también has dejado al amor de tu vida, creo que no te quedas atrás —me recuerda, enarcando una de sus cejas.

—No, por desgracia no me quedo atrás —musito, ensombreciendo el gesto.

—Logan es el embajador de la colonia Dior Home, así que tienes muchas probabilidades de conocerlo el día del desfile.

—¿Irá?

—Supongo. Dime una cosa, ¿ha dejado de gustarte ahora que sabes que es gay?

—Por supuesto que no, pero tienes que entender que él no vende solo ropa o colonia, también vende su imagen; una muy masculina que muchos hombres copian y por la que muchas mujeres, entre las que me incluyo, suspiran.

—No dejas de ser hombre por ser gay —me rebate con dureza—. La sexualidad es solo una pequeña parte, inmensa, de lo que somos. Cuando eres hetero y vas con la corriente, todo está bien, todo es fácil, pero, cuando tienes que ir contra ella, cuando te das cuenta, siendo adolescente, de que te gusta tu mejor amigo, de que lo miras más de la cuenta o que empiezas a imaginar cosas que poco tienen que ver con la amistad... no es tan fácil, créeme, y puedes aceptarlo y normalizarlo o empezar a vivir una mentira, que es lo que está haciendo él. Él tiene voz para intentar normalizar algo que, en realidad, es normal, aunque muchas personas se empeñen en decir que es una enfermedad, un vicio o una mariconada —me dice con una mezcla de rabia y dolor—. Fíjate en las camisetas que has diseñado, en sus mensajes empoderados; estás utilizando tu voz y tu visibilidad para recordarnos algo que no deberíamos olvidar, y él puede hacer lo mismo, puede decir alto y claro que es gay y que no sucede nada por serlo, y es cierto que puede perder contratos, pero puede ganar otros. Cuando tienes voz, tienes que alzarla, al igual que cuando tienes un escenario tienes la obligación de subirte a él y mostrarte por todos los que no pueden. Es un cobarde —masculla en voz baja, claramente decepcionado.

—Tienes razón, lo siento —susurro, alargando mi mano, por encima de la mesa, para coger la suya.

Y puede que no le hable de Ciro, pero le hablo de mi vida y de cómo llegué a Dior y, entre copa y copa, embutidos y quesos, voy conociendo a este hombre que hoy me ha tendido su mano; este hombre que guarda, tras una sonrisa y una pose aparentemente despreocupada, un dolor similar al mío, «y qué falta me hacía esto; una charla distendida a media voz, tejer lazos nuevos con hilos de confesiones y dejar de ser, durante unas horas, la señora María Eugenia para ser solo María Eugenia», admito cuando llego a mi casa, unas horas más tarde.

Capítulo 22

UN DÍA ANTES DEL DESFILE

María Eugenia

—Buenos días —saludo al vigilante cuando me abre la puerta y, durante un breve instante, he dudado entre decir buenos días o buenas noches, porque no son ni las seis de la mañana y sigue estando muy oscuro, pero dormir se ha convertido en algo así como en mi nuevo imposible.

—Buenos días, señora María Eugenia —me contesta con educación, mientras dirijo mis pasos hacia el ascensor para encaminarme a los talleres, esas estancias donde consigo encontrar un poco de paz y de tranquilidad en medio de esta locura en la que se ha convertido mi vida ahora.

Ayer llegó mi familia y hoy llegarán mis amigas, «y ni ayer pude encontrar un hueco para ir a verlos ni hoy podré hacerlo tampoco —me lamento, encendiendo las luces del taller para luego adentrarme en él, en este pequeño caos controlado de telas, agujas, patrones y saber hacer dirigido por Florence—. Hoy presentaré, por primera vez, la colección a la dirección y a las vendedoras, lo que, según me han contado, antes se conocía como la *première* y lo que ahora se conoce como la prueba del sábado o la del domingo, en este caso, la del domingo —concreto, observando ese pequeño rincón al que acudo todas las mañanas y desde el cual puedo ver el amanecer mientras dibujo mis sueños, que se han convertido en la razón de mi vida ahora. Unos sueños que comienzan cuando surge la idea y el vestido aparece en mi cabeza, que cobran vida cuando mis dedos lo convierten en boceto y que se convierten en realidad cuando otros dedos toman el relevo», pienso, inspirando profundamente, intentando reducir los latidos apresurados de mi corazón, que solo late ya por esto.

«No he vuelto a saber nada de él —reflexiono con tristeza, deambulando por el taller como posiblemente haga, de ser cierto lo que dicen, el espíritu del señor Dior—; de hecho, ni siquiera Candela sabe que estuvo aquí —reconozco, sintiendo cómo, con su recuerdo, mi garganta se cierra—. He silenciado ese momento y luego lo he guardado en ese cajón donde guardé la concha, el dibujo y el "casi", y ya no he vuelto a abrirlo ni a mencionarlo, ni siquiera a Noël, y he hecho, de todo esto, mi vida entera —asumo, deteniéndome en una de las mesas donde están los bocetos de la que será mi primera colección de alta costura—. Este ritmo es de locos —me digo, buscando entre ellos el boceto del vestido de plumas—. Y es tan bonito, sensual y espectacular que la mujer que lo lleve puesto se sentirá como una diosa guerrera», sentencio cuando doy con él.

—Sabía que la encontraría aquí —oigo la voz de Florence, y me vuelvo para dedicarle una sonrisa—. Debería intentar dormir un poco más —me aconseja mientras se pone la bata blanca.

«Este taller no sería lo mismo sin ella», afirmo, recordando cómo se detuvo todo, cuando tuvimos la primera prueba, porque ella había tenido que ir a Nueva York.

—Ya sabes que solo duermo cuando estoy cansada —contesto, encogiéndome de hombros, y es una frase de Sidney que he hecho mía—. ¿Qué haces aquí tan pronto? —me intereso en el mismo instante en el que se abre la puerta de nuevo y aparece Lauren tras ella.

—He venido a echarles una mano, tenemos un vestido todavía por terminar —me cuenta, moviéndose por el taller—, pero porque este tejido llegó ayer por la tarde —me aclara mientras se abre de nuevo la puerta y aparece Sébastien.

—Estuvimos hasta las siete esperándolo —interviene Lauren—; a las dos de la mañana nos marchábamos.

—El reparto ayer iba con calma —bromea Flo mientras detengo la mirada en el tejido causante de todo, plagado de estrellas que, cosidas a mano sobre un fondo azul oscuro de un tono ligeramente cambiante, serán mi universo en movimiento, mis nebulosas y mis constelaciones. Ese universo que yo podía ver en su mirada y que ahora veré en uno de mis vestidos, además de en el árbol mágico que presidirá la caja de cristal y de cuyas ramas no cuelgan flores, sino cientos de estrellas.

—¿Quiere? —me pregunta Sébastien, tendiéndome una caja llena de regaliz roja, sacándome de mis pensamientos.

—¿A estas horas? —le formulo, extrañada, porque esto es lo último que me apetece ahora.

—¿Y por qué no? —me pregunta, provocando mi sonrisa.

—Pasa tantas horas aquí que cualquier día voy a enseñarle a coser —me dice, bromeando, Florence, sin dejar de mirar esa carpeta que la acompaña a todas partes, mientras Lauren y Sébastien comentan algo sobre el vestido, atrapando mi atención con sus apreciaciones, a pesar de que no tenga ni idea de si sería mejor cortar por una parte o por otra.

—Pues no me importaría —le contesto, observándolos.

En ocasiones, cuando siento el peso de la responsabilidad sobre mis hombros o cuando tengo que tomar decisiones que muchas veces creo que me vienen grandes, pienso en ellos, aquí arriba, en este taller que es como un mundo aparte, completamente distinto al mío y que gira a un ritmo mucho más ligero; esas veces daría lo que fuera por poder pasar de mi mundo al suyo y convertirme en una costurera más; «puede que por eso suba tanto aquí —deduzco, recordando como pasé de mi mundo al suyo— y esto está fuera de lugar», me riño, recolocando mis pensamientos, que tienden a desordenarse cuando menos lo espero.

—Hace muchos años la prueba de hoy se realizaba en el primer piso; había una gran cortina y nosotras nos escondíamos detrás para intentar ver algo, ¿te acuerdas, Flo? —oigo que le pregunta Lauren, trayéndome de regreso con su voz.

—Por supuesto que sí —musita, sonriendo con añoranza—.

Las cosas cambian y ahora esta prueba se llevará a cabo en la sala de abajo —me cuenta.

—Y ya no tenemos que escondernos, porque, cuando la modelo desfila con el vestido en el que hemos trabajado, se nos permite estar presentes —prosigue Lauren, «y todos ellos forman parte de la casa y de su esencia», pienso, sintiendo un poco de envidia ante sus vivencias.

—Es un poco triste acabar —comenta Sébastien, atrapando mi atención con su voz, pero también con la velocidad con la que se maneja con la aguja, y es increíble que pueda coser a tal ritmo y hablar al mismo tiempo—. Puede que sean sus diseños, pero, durante un mes y medio, han sido nuestros vestidos. Hemos sido nosotros los que hemos dibujado el patrón sobre la tela, los que hemos cortado y luego cosido y los que nos hemos desvelado para que estuvieran perfectos, tal y como usted los imaginó, y ahora vamos a tener que dejarlos ir a su suerte —prosigue, sin levantar la mirada de la tela mientras Florence y Lauren guardan silencio, «y por supuesto que es triste y a la vez emocionante y un poco aterrador también», medito, disfrutando de la maestría con la que van creando mi universo en movimiento.

* * *

Me reúno con Sidney, a las ocho y media, en la entrada de la sede, para ir a visitar la caja de cristal, que ya está completamente terminada y que, al igual que la colección, ha ido cobrando vida día a día ante mi atenta mirada, y es tal el nivel de nervios y excitación que está adueñándose del ambiente que me vendrá bien alejarme un poco de todo esto.

—Buenos días —lo saludo, yendo hacia él.

—Buenos días. ¿Cómo estás? —me pregunta con afabilidad, y creo que es el único que parece tranquilo.

—Bien, muy bien —le confirmo en el mismo instante en que llega Camille—. Dame un segundo, por favor —le pido antes de dirigirme hacia ella para pedirle todo lo que necesito—. Buenos días —la saludo con esa sonrisa profesional que nunca me abandona, solo que, antes de decirle lo que quiero, me percato de que Sidney me ha preguntado cómo estoy, algo que yo nunca pregunto, a nadie, porque directamente voy al grano y no pierdo el tiempo con formalismos innecesarios.

«Tú solo ves tu trabajo, solo ves bocetos, tejidos y diseños. Es como si el resto del mundo fuera solo parte del decorado.»

«Tú vas a la tuya, sin ver lo que te rodea; a veces creo que ni siquiera ves lo que tienes frente a ti si no tiene relación directa con tus intereses...»

Rememoro con rapidez las palabras de Noël y, después, las suyas y, maldita sea, es verdad, y los formalismos a veces sí que son necesarios, sobre todo cuando has decidido hacer, de esto, tu vida entera.

—¿Todo bien, Camille? —le planteo, obligándome a cambiar.

—Buenos días, señora María Eugenia. Sí, todo muy bien —me contesta, esbozando una cálida sonrisa.

—Me alegro. Escucha, quiero que llames a Calvin —le digo, refiriéndome al paisajista que ha creado el jardín— y que le pidas tres centros de flores, y luego necesito tantas tarjetas como costureros tengamos en el taller y que incluyas seis más. Las flores tienen que llegar hoy, a última hora de la tarde, cuando ya no quede nadie aquí; dile, por favor, que las deje en la recepción, y avisa al vigilante para que lo sepa; las tarjetas las dejas en mi despacho antes de marcharte. ¡Ah!, y quiero que sean las mismas que las que se enviaron como invitaciones, pero sin el texto, por supuesto. ¿Lo tienes claro?

—¿Alguna predilección por la flor? —me pregunta, sacando la tableta de su bolso para anotárselo.

Él me regaló un tulipán, que más tarde dibujamos, «y sigue siendo él, porque su nombre permanece vetado para mí», asumo, sintiendo la tristeza dejar una palpitación en mi garganta.

—Liliums blancos —le contesto finalmente, haciendo a un lado ese pensamiento, que ha traído la pena consigo, para sustituirlo por el recuerdo del significado que tiene esa flor: amor y confianza; el amor que siento por mi trabajo junto con la confianza que tengo depositada en él... «Mi garantía», pienso con rapidez; además, también simboliza la transición a un estado más tranquilo y en paz, ese que he hallado yo aquí, sobre todo en los talleres, donde he encontrado mi calma en medio de la tempestad de mis sentimientos.

—Me encargo, entonces —me contesta con eficiencia, y esbozo una sonrisa complacida.

—Gracias —respondo antes de dirigirme hacia donde está esperándome Sidney—. Ya podemos irnos, siento haberte hecho esperar —me disculpo mientras él niega con la cabeza, restándole importancia, para luego alcanzar el exterior, donde nos aguarda la berlina de la empresa—. Quiero agradecer a todos los costureros y a mi equipo el esfuerzo que han hecho para sacar adelante la colección, las horas de más que le han dedicado y su buena predisposición —le cuento, una vez accedo al vehículo—. Ayer Florence, Lauren y Sébastien se marcharon del taller tardísimo y hoy estaban de vuelta a las seis y media, y hoy han sido ellos, pero mañana serán otros, y nunca, jamás, he oído una sola queja ni tampoco comentarios por lo bajo. ¿Te das cuenta de lo fácil que es trabajar con un equipo así? —inquiero, provocando su sonrisa.

—Tienen un buen ejemplo en ti —me contesta, y esta vez soy yo quien sonríe—. Este mundo es así, y no es algo nuevo para ellos —añade, para luego guardar silencio durante unos segundos, y, aunque ha evitado matizar que sí que es nuevo para mí, yo lo he oído de todas formas, posiblemente porque no dejo de recordármelo—. Este desfile está generando muchísima expectación, tanta que hasta yo, que estoy acostumbrado a esto, estoy asombrado, y es todo por ti —me confiesa con una serenidad envidiable—. Los tienes fascinados e intrigados a partes iguales; les fascina la mujer que eres, tan educada, elegante y hermética con su vida privada, y les intrigas como diseñadora. Eres como un misterio que están deseando descubrir, como algo que viene envuelto en un papel que les gusta sin saber lo que hay dentro.

—Y, cuando lo descubran, podrán encumbrarme o echarme a los leones. Venga, dilo —lo reto, con esa discreta sonrisa a la que recurro con asiduidad.

«Yo tenía una sonrisa que él quería patentar y que ni siquiera recuerdo ya cómo se esbozaba —medito, sintiendo cómo el latido de la añoranza llega con la misma rapidez con la que ha llegado, hace unos minutos, el de la tristeza—. Todo podría haber sido distinto si nosotros hubiéramos tomado otras decisiones, y ahora, en lugar de sentir tristeza y añoranza, posiblemente me sentiría pletórica, él estaría en primera fila, vestido de cualquier manera, y su sonrisa sería la primera que buscaría cuando terminara el desfile.»

—Aquí no hay leones —me responde con una sonrisa condescendiente, atrapando mi atención de nuevo.

«Por supuesto que los hay —lo contradigo mentalmente, observando cómo vuelve su rostro hacia la ventana, y hago lo propio, reacondicionando mis pensamientos—. Puede que no sea como en la época romana, pero la prensa y la crítica pueden llegar a ser mucho más feroces que esos leones y acabar con mi carrera cuando todavía no ha empezado», reconozco, sintiendo cómo el temor a que eso ocurra barre ese latido que se había instalado en mi garganta.

—Y luego está la caja de cristal, que, en sí, ya es todo un reclamo, porque todos se preguntan qué verán cuando accedan a ella —prosigue, ajeno a mis miedos, mientras inspiro discretamente, intentando hacerlos a un lado, algo sumamente complicado si tenemos en cuenta que incluso una revista de moda ha activado una cuenta atrás. Y ese recuerdo ha sido suficiente como para acelerar mi corazón y robarme la respiración—. Hace unos días me reuní con la alcaldesa de la ciudad y acordamos mantenerla cuando todo finalice —me explica, con ese sosiego y esa elegancia que parecen desprenderse de manera natural de cada una de sus palabras.

—¿Cómo? —le pregunto, sorprendida, pues pensaba que lo desmontarían todo, a pesar de su elevadísimo coste, cuando el desfile terminara.

—Se ha convertido en un atractivo más de la ciudad, y por dentro es tan espectacular que es una lástima quitarla, así que hemos acordado que se la cederemos a París y ellos la bautizarán como «El jardín mágico de Dior».

—Christian Dior adoraba las flores y sus jardines —rememoro con una sonrisa—. Esté donde esté, estoy segura de que se sentirá complacido.

—Y tú has rescatado el símbolo de la abeja y has creado una colección tan femenina y sublime como las que él creaba;

por supuesto que se sentirá complacido —secunda, devolviéndome la sonrisa, consiguiendo, con sus palabras, que mis temores den un paso atrás—. Vamos —me indica, abriendo la puerta de la berlina cuando esta se detiene.

«Por supuesto que es mágico —me admiro cuando accedo a esta caja de cristal, desde la cual puedo ver el cielo—, y mañana veré, cuando anochezca, la puerta del universo», me digo, sintiendo cómo la garganta se me cierra de nuevo, pero, esta vez, de pura emoción.

—Es como un laberinto encantado —musito, echando a andar por estos pasillos que han creado con flores y setos de boj, para luego detener la mirada en el musgo con el que han cubierto el suelo, y me fijo también en los asientos, que han tapizado en color verde y que parecen fusionarse con el ambiente.

«Un laberinto que simula mi vida o la de cualquiera, por la que avanzas sin saber qué encontrarás en la siguiente esquina o en el siguiente camino; puede que sean flores o espinas, risas o lágrimas... —me dejo llevar por mi imaginación, alargando una mano para acariciar, con cuidado y mientras lo recorro, las flores y las ramas de los setos que delimitan la pasarela que lleva hasta el árbol, donde detengo mis pasos y mi mirada—. Sus ramas están apuntando al cielo, como queriendo tocarlo y llegar a él, solo que, por mucho que lo intenten, nunca lograrán alcanzarlo, porque siempre habrá una capa de cristal que lo impedirá; por eso cuelgan las estrellas de sus ramas —medito, alargando ahora un brazo para acunar una de ellas en la palma de mi mano... donde sentí su respiración—; una estrella cuyo brillo y tamaño nunca podrá ser comparable a las de verdad, porque eran demasiado grandes y brillantes para mí y porque las estrellas, los agujeros negros y las nebulosas son para el universo y para nadie más», concluyo con tristeza.

«Este árbol, en cierto modo, también representa mi vida; representa lo que quise tener, lo que incluso llegué a tener, y lo que hoy es solo un recuerdo; el recuerdo de un primer amor o de ese amor que te marcó para siempre —reflexiono, observando los corazones, algunos rotos, otros enteros, que se entremezclan con los cientos de estrellas y planetas que cuelgan de sus ramas—. Yo podría haber quitado la capa de cristal y decidí no hacerlo —asumo, inspirando profundamente—, y, en cambio, opté por esto, por una vida con garantías, por un árbol encerrado en una caja de cristal y por unas estrellas que solo imitan las de verdad. Elegí lo seguro frente a lo inseguro. Elegí estrellas que podía atrapar con mis manos frente a estrellas que eran demasiado grandes para mí. Y elegí laberintos que sabía dónde me llevarían frente a otros en los que pudiera perderme e, ingenua de mí, creí que podía ser una guerrera cuando no estaba lista ni para empuñar la lanza.»

—Cuando las modelos lleguen aquí, un juego de luces las envolverá, como si fuera el recuerdo de ese primer amor o del que sea que te haya marcado —le cuento a Sidney, obligándome a mostrar indiferencia y a separar mi vida privada de todo esto, pues temo estar siendo evidente—. Es espectacular, mucho más increíble de lo que había imaginado. Me alegra que lo conserven, sobre todo por el árbol —añado, volviéndome para mirarlo—. Es tan mágico que podría ser algo así como el árbol de los deseos, ¿verdad? La gente podría venir y colgar su deseo en una de sus ramas —se me ocurre de repente—. Oye, ¿y por qué no lo hacen las modelos? Que todas las chicas lleven su deseo escrito en un papel y, cuando lleguen al árbol, que lo cuelguen con una cinta. Yo misma llevaré el mío y lo colgaré cuando termine el desfile.

—Adelante, pues —me anima, esbozando una sonrisa, y tengo muy claro cuál va a ser mi deseo—. Sigamos —me indica, echando a andar, sacándome de mis pensamientos, donde acabo de escribir mi deseo.

«Puede que este árbol sí que sea mágico, porque lo creé en mi imaginación con el fuego del amor y el hielo del desamor, porque lo regué con lágrimas y lo alimenté con la luz de la ilusión, que mueve mi mundo ahora, y porque la magia puede residir en cualquier sitio y son los sentimientos y las emociones los que le dan la fuerza —me digo, esbozando una casi imperceptible sonrisa antes de seguirlo—. Puede que no esté lista todavía para ser una guerrera, pero eso cambiará algún día, y, cuando suceda, retiraré la capa de cristal que me cubre ahora y permitiré que las ramas de mi vida lleguen a donde tengan que llegar, sea él o quien sea», fabulo, llegando hasta una sala atestada de mesas y sillas.

—Aquí será donde se maquillará y se peinará a las modelos —me cuenta, y asiento con la cabeza, haciendo a un lado mis pensamientos—. Y en esta sala de aquí —prosigue, echando a andar de nuevo— será donde las vestirán y desde donde veremos el desfile —prosigue al tiempo que descubro las cuatro enormes pantallas de plasma que todavía están montando los operarios, y prefiero no pensar en el elevadísimo coste que está teniendo todo esto o puede darme algo.

—Buenos días —nos saluda uno de los organizadores, llegando hasta donde estamos nosotros. Va vestido todo de negro, lleva el pelo completamente rapado y unos pequeños auriculares en las orejas—. Con usted quería hablar —se dirige a mí mientras yo hago de mi sonrisa mi saludo—. Necesito saber por dónde va a querer salir, si va a querer hacer todo el recorrido o prefiere limitarse a asomarse, saludar y marcharse —me plantea, consiguiendo que mi corazón se acelere hasta un punto preocupante.

—Haré el mismo recorrido que hagan las modelos hasta llegar al árbol —sentencio, convencida, y nadie, oyéndome, podría pensar que estoy muerta de miedo—. Por cierto, las modelos llevarán, al final del desfile, un deseo escrito en un papel que dejarán suspendido del árbol, y yo haré lo mismo —le cuento, viéndome en mi mente colgándolo.

«Ojalá estuviera aquí, viviendo esto conmigo —deseo antes de poder frenarlo—, y qué facilidad tiene para colarse a través de mis pensamientos, sorteando incluso mis miedos y mis nervios, que son muchos», constato antes de hacerlo a un lado y centrarme en lo que debo centrarme. Esto. Mi vida ahora.

—¿Y cómo van a colgar ese papel? —nos pregunta, frunciendo el ceño.

—Con finas cintas plateadas que estarán ya pendiendo del árbol, la modelo solo tendrá que anudarlo. Encárguese, por favor —le pido, cruzándome de brazos mientras él asiente con la cabeza, y visualizo esas cintas plateadas a modo de lágrimas; las mías, las que derramé por él y las que posiblemente seguiré derramando... y de nuevo él, como siempre.

Y todo sería mucho más sencillo si fuera capaz de encerrar su recuerdo en ese cajón que guarda todo lo que fuimos y todo lo que pudimos ser.

—Perfecto, sigamos —nos pide, echando a andar—. Las modelos saldrán por aquí, harán todo el recorrido —continúa, señalándolo con el dedo— hasta llegar al árbol, donde anudarán ese deseo, ¿verdad?

—Así es —sentencio con firmeza.

—La esperarán bajo el árbol y entonces usted colgará su deseo, hará una reverencia, saludará o lo que sea que quiera hacer, y será la primera en abandonarlo seguida por ellas mientras da comienzo el baile final. ¿Está claro? —inquiere, acelerado y completamente concentrado, «y, si hoy está así, no quiero ni pensar cómo estará mañana», me digo, asombrada por la rapidez que tiene para hablar; «la misma que Sébastien para coser», pienso, divertida.

—Está claro.

—Perfecto, ¿alguna indicación más?

—No por mi parte.

—Ni por la mía tampoco —secunda Sidney, rompiendo su silencio.

—Nos vemos mañana, entonces —se despide de nosotros, ajustándose los auriculares para, casi al segundo, marcharse a toda prisa.

—¿Todo bien? —me pregunta Sidney mientras me concentro en respirar.

Mañana, reproduzco esa palabra en mi cabeza... «Mañana la prensa, la crítica, las clientas y todo aquel que quiera verlo podrán descubrirme como diseñadora. Mañana me encumbrarán o me derrumbarán. Mañana viviré lo que tanto he soñado vivir y será mañana», pienso, sintiendo cómo mi corazón deja una marca profunda en mi pecho con cada palpitación.

—¿María Eugenia? —oigo de fondo la voz de Sidney.

—Perdona —me disculpo, regresando de mis miedos para luego deslizar la mirada por este lugar mágico que él ha creado para mí y mi colección—. Gracias por hacerlo posible —le digo, volviéndome para mirarlo—, por hacer realidad esto que ni siquiera yo tenía muy claro cómo quería que fuera —le confieso, esbozando una sonrisa—, y ya sé que esto es lo habitual, que soy nueva en todo esto y posiblemente muy impresionable, pero es que... ¡es la hostia! —exclamo, provocando su carcajada.

«Y cómo he cambiado en poco tiempo —constato con una sonrisa cargada de añoranza—, porque este taco, que yo empleaba casi constantemente, acaba de sonarme incluso extraño cuando lo he oído de mis labios, pues ni recuerdo cuándo fue la última vez que lo empleé, como el "¡Oh, my Dior!" y como tantas expresiones que he ido haciendo a un lado, sin darme cuenta, para sustituirlas por otras más acordes con mi puesto o por simples miradas que ni siquiera requieren palabras.»

—Tú lo has dicho, esto es lo habitual —secunda, echando a andar hacia la salida, y lo sigo esbozando una casi imperceptible sonrisa—, y, si me permites un deseo —prosigue, captando mi atención con sus palabras—, ojalá nunca dejes de ser tan impresionable.

Y, con su deseo, ensancho mi sonrisa y, de nuevo, y a través de todo lo que estoy viviendo, llega un recuerdo para colarse con rapidez, otro deseo que quedó escrito en la arena de una playa y que tuvo, como respuesta mía, un sí.

* * *

Durante el camino de regreso a la sede contesto los muchos mensajes que tengo de mi familia y de mis amigas, «y, si fuera tan fácil como desearlo para poder obtenerlo, yo desearía ahora mismo poder desdoblarme y vivir esto que estoy viviendo y, a la vez, estar con mi gente», pienso, esbozando una sonrisa cuando abro, de nuevo, la fotografía y el mensaje de WhatsApp que me envió ayer mi hermana frente a la caja de cristal.

> Y pensar que han hecho todo esto para
> un desfile... Anonadada me hallo.

Releo de nuevo, sin poder dejar de sonreír.

Esto es tener pasta y lo demás,
tonterías. Por cierto, ¿qué significa la
abeja? No dejo de verla por todas
partes.
Tíaaaa, que nos va a dar algo solo de
pensar que mañana estaremos ahí
dentro.

Leo el mensaje de Mariló, para luego abrir el *selfie* que se han hecho todas juntas frente a la caja de cristal.

A mí que me pongan la alfombra roja,
que yo soy la mejor amiga de la
diseñadora, ja, ja, ja, ja, ja.

Leo el mensaje de Silvia antes de cerrar la aplicación, cuando el vehículo se detiene frente a la sede.

Junto a Sidney, y solo unos minutos antes de que dé comienzo la prueba, accedo a esta enorme y diáfana sala, donde ya se encuentran todos congregados y donde han creado, en el suelo, una especie de pasarela sobre la cual desfilarán las modelos con los vestidos totalmente terminados.

—Ya creía que ibas a perdértelo —me dice Noël con sorna cuando me coloco a su lado.

—Por nada del mundo —le contesto, cruzándome de brazos, devolviéndole la sonrisa a Catherine cuando me encuentro con la suya.

«Qué distinta es esta prueba a la otra, cuando Florence todavía no había llegado, cuando íbamos con retraso y yo estaba de los nervios», rememoro, viendo cómo Sidney toma asiento, y, a pesar de que yo debería hacer lo mismo y esperar, no lo hago y encamino mis pasos hacia la sala contigua, donde están preparando a las modelos.

—¿Cómo vamos? —inquiero, y no a alguien en concreto, sino en general, mientras observo las estanterías repletas de zapatos, los maniquís, algunos con vestidos, otros ya sin nada, para luego detener la mirada en Sara y en cómo Lauren está acabando de ajustarle el vestido sobre el cuerpo, bajo la atenta mirada de Sébastien, mientras uno de los estilistas le pone los zapatos—. ¿Qué tal estás, Sara? ¿Más tranquila? —me intereso, acercándome a ella, recordando el primer día del *casting* y cómo caminaba, casi de lado a lado, por culpa de los nervios...

* * *

—¿Has desfilado alguna vez para Dior? —recuerdo que le pregunté cuando llegó hasta donde estaba yo sentada, pues sus nervios eran tan palpables que, si hubiese alargado una mano, me hubiera hecho con ellos.

—Nunca he desfilado para nadie, es mi primera vez —me contestó, muerta de miedo.

* * *

Rememoro ese momento mientras observo su pelo rubio recogido en una cola de caballo, su rostro de porcelana y sus ojos azules. «Es una belleza, pero sigue muerta de miedo», constato antes de oír su respuesta.

—Estoy más tranquila. Muchas gracias por preguntar, señora María Eugenia —me responde con voz temblorosa.

«Mucho más tranquila, dice», me enternezco, divertida, limitándome a dedicarle una sonrisa. Solo espero que mañana eso sea cierto y sea capaz de caminar con decisión.

—¿Qué sucede, Lauren? —me intereso, frunciendo el ceño, haciendo a un lado mis pensamientos.

—Nada, no se preocupe, en dos minutos la tengo lista —me asegura mientras alzo la mirada del vestido para encontrarme con la de Valentina, que viene hacia mí, y sonrío tantísimo como puedo.

—¡Dios mío, estás espectacular! —la halago, abrazándola con cuidado para luego contemplar el vestido que lleva.

«Mi almendro en flor, como lo he bautizado... y si ya era fabuloso cuando prendimos el tejido sobre el cuerpo de la modelo, terminado es brutal —me maravillo, mordiéndome el labio inferior sin poder dejar de sonreír—. Pedazo colección he creado y pedazo colección crearé para Dior Alta Costura», me crezco, haciendo un movimiento con mi dedo índice para que gire sobre sí misma, y es imposible sentir más orgullo del que siento yo en estos momentos.

—Sigo en estado de *shock* ante lo que estoy viendo —me dice en voz baja mientras me percato de la admiración con la que todas las modelos la están mirando, aunque... como para no hacerlo, tienen a la reina del hielo a su lado.

—¿Te gusta? —le pregunto, llevándomela a un lado.

—Me encanta, pero... escúchame, si esto es solo para la colección Resort, ¿qué tienes en mente para la de Dior Alta Costura? —me pregunta con aturdimiento, consiguiendo que la sonrisa no desaparezca de mi rostro.

—Más, siempre más —le respondo, convencida.

«+» fue una de nuestras canciones y, *más*, la palabra que yo empleaba cada vez que estaba con él —rememoro, pero sin permitir que mis recuerdos ensombrezcan mi rostro—. Y más será lo que daré de mí con cada colección que cree. Más será lo que verán en cada uno de mis espectáculos y siempre será más y nunca igual», me prometo a mí misma.

—Te veo fuera —le indico, guiñándole un ojo y provocando su casi imperceptible sonrisa, esa con la que ella se maneja tan bien cuando trabaja, tal y como hago yo.

—Vamos a empezar, Valentina, eres la primera en salir —oigo que dice alguien al tiempo que empieza a sonar la música, y me dirijo a mi sitio, al lado de Sidney.

Y mientras ella desfila, siento cómo las lágrimas aparecen para quedarse atascadas en mi garganta; unas lágrimas que terminan subiendo finalmente hasta mis ojos cuando la emoción llega para quitarles el sitio e instalarse en ella ante lo que estoy viendo. Mi primera colección para Dior. Mis hijos. Mi herencia al mundo de la moda. Puede que mi balanza solo esté inclinada hacia un lado, pero no importa, porque ese lado pesa tanto y es tan sumamente increíble y abrumador que suple, en cierto modo, al equilibrio que hubiera llegado si hubiese peso en el otro lado.

—Qué bonito —oigo que suspira Noël en voz baja cuando la modelo llega hasta nosotros, y sonrío recordando cómo, en la primera prueba, modifiqué esa chaqueta.

—No es bonito, es espectacular —lo rectifico, sin poder alejar mi mirada de la prenda.

«Qué acertada estuve con los cambios que realicé ese día —constato, viendo a la modelo alejarse y sintiendo cómo las lágrimas amenazan con desprenderse de mis ojos cuando recuerdo a la niña que fui; esa niña que no jugaba con muñecas, sino que prefería vestirlas, y que fue creciendo mientras dibujaba vestidos y soñaba con ser diseñadora—; esa niña que hoy, convertida en mujer, está viviendo ese sueño que atesoró durante años», rememoro, mordiéndome el labio inferior cuando desfila ante nosotros el último traje de la colección.

«Ese día me enteré de que la pelirroja que pedía chocolate con churros y dibujaba vestidos a todas horas se había convertido en una de las diseñadoras más prestigiosas del país», y de nuevo su voz resonando por encima de todo esto, «colándose sin pedir permiso, flotando como haría el aceite con el agua, negándose a hundirse o a desaparecer», pienso, evadiéndome de este momento para sumergirme en el azul de su mirada; el azul del calor, de la combustión completa. El azul que a veces no vemos pero que no por ello deja de estar presente, como ahora, tan presente como si estuviera a mi lado.

—Lo evidente y lo sencillo es para todos; lo difícil y lo arriesgado, para mí —me parafrasea Sidney, volviéndose para mirarme, sacándome de mis recuerdos, y había olvidado esa frase que en su día pronuncié totalmente convencida—. Sublime, no tengo palabras. Mi más sincera enhorabuena —me expresa, cogiendo mis manos con cariño.

—Gracias, me alegra que te haya gustado —le contesto, oyendo de fondo que alguien menciona algo sobre brindar mientras que, en mi cabeza, no deja de resonar esa frase que puedo aplicar a mi vida profesional, «pero me temo que no a mi vida personal», asumo al tiempo que recibo aplausos, felicitaciones, abrazos y besos, «y, no, no quiero que nada ensombrezca este momento», me digo, cogiendo una copa para brindar con todos ellos—. Quiero daros las gracias —empiezo a hablar mientras todos guardan silencio, atentos a mis palabras—. Sé que ha sido duro, que os he exigido muchísimo y que estáis agotados, tanto como lo estoy yo, pero ha valido la pena y esto que hemos visto es el fruto de tanto esfuerzo. Gracias por hacerlo posible. Gracias por hacer que esos diseños que yo veía en mi cabeza sean una realidad ahora. Gracias por haberme acogido con tanto cariño, incluso en el taller. Gracias por esa mesa que me habéis prestado —añado, provocando sus risas—, por vuestra paciencia ante mi impaciencia, por vuestra artesanía y por vuestro saber hacer. Y a ti, Sidney, gracias por confiar en mí y por hacer mis sueños realidad. Espero no decepcionarte nunca, ni a ti ni a vosotros. Muchísimas gracias, de corazón. Espero que este sea el primer brindis de muchos más —concluyo, alzando mi copa ante sus aplausos, y en algún momento he liberado mis lágrimas, las mismas que puede que libere también mañana y que son el resultado de la emoción y de la felicidad; unas lágrimas que no me importa derramar, porque no me duelen ni me arañan, sino que son sanadoras y como una caricia sobre mi piel.

Y estas son las lágrimas que quiero derramar a partir de ahora.

Capítulo 23

María Eugenia

Tras muchos brindis, abrazos y felicitaciones, me reúno con mi equipo en el estudio de Diseño, donde comemos mientras acabamos de concretar y cerrar todos los temas que tenemos pendientes, y, aunque nos cuesta hacer a un lado el entusiasmo, los nervios, que creo que sentimos todos, y la impaciencia por conocer las reacciones que veremos mañana cuando mostremos lo que de momento es un secreto, al final lo conseguimos, constato observándolos complacida; «mi equipo, mis manos derechas, porque lo son todos, la continuación de mi pensamiento en cuanto a diseños se refiere y estas personas que han adoptado mi mala costumbre de comer en el trabajo», reflexiono, esbozando una casi imperceptible sonrisa mientras escucho hablar a Noël, completamente apasionado, con su ensalada entre las piernas.

«El estudio de Diseño es como un útero materno —pienso de repente—; un lugar en el que crecen las ideas a partir de una palabra, una frase, una fotografía o un tejido; un lugar donde las alimentamos hasta que terminan siendo bocetos, en el que vemos sin ver, imaginando y emocionándonos de la misma forma en que haría una madre ante los movimientos de su bebé en su vientre —divago, recordando a ese niño rubito que veía cuando estaba con él, ese niñito que saltaba en los charcos, que llevaba un impermeable rojo con botas de agua a tono y que corría hacia mí con sus brazos extendidos—... y esto está tan fuera de lugar como pensar en él», sentencio, regresando a la realidad de mi vida, en la que no hay niños rubitos pero sí bocetos y diseños que crearán tendencia, y por fin no tengo que seguir las tendencias y soy yo la creadora de ellas.

* * *

—Cuando termine el desfile, todos los invitados irán a saludarte, te felicitarán, te fotografiarás con ellos, besos, besos y más besos —me cuenta Belmont, el jefe de prensa, unas horas más tarde, ya en mi despacho, mientras me concentro en respirar—. Irás al baño y luego comenzaremos con las entrevistas. Salvo muerte de alguien muy importante, tenemos la portada de *Paris Match*, con un reportaje en las páginas centrales.

—¿Y si no quiero ir al baño? —le pregunto, intentando sonreír, evitando pensar en el tema de la portada, porque estoy atacada, ¡por Dios!

—Querrás, aunque solo sea para respirar —me asegura, convencido—. Por mi parte lo tengo todo. ¿Alguna duda? —me plantea, y niego con la cabeza, porque no es que tenga una duda, es que tengo cientos, posiblemente porque es la primera vez que vivo algo así y porque, en mi día a día, me gusta ser yo la que controla la situación y no que sea a la inversa.

«Yo fui agua a su lado —me digo de repente— y me dejé sorprender por él, y con esto debería hacer lo mismo, debería dejar que fluyera, que ocurriera lo que tenga que ocurrir y, sobre todo, disfrutarlo sin preocuparme. Tengo hora hasta para ir al baño, está claro que esto no va a descontrolarse y que siempre voy a estar rodeada de gente que irá mostrándome el camino que debo pisar», me tranquilizo, esbozando una sonrisa mientras lo oigo despedirse.

—Hasta mañana —suelto antes de que se cierre la puerta, deteniendo la mirada en las tarjetas que le pedí a Camille esta mañana, situadas en un extremo de la mesa.

«¡Qué día más alucinante he vivido hoy! —me emociono, levantándome para dirigirme hacia la ventana desde la cual puedo ver ya la ciudad engalanada con las luces de la noche—. Desde esta ventana lo vi alejarse —pienso de pronto, ensombreciendo el rostro—, y no sé por qué, siempre, viva lo que viva, termino rescatando su recuerdo de donde sea que esté escondido», me recrimino, acariciando la cortina, y como cada vez que rescato recuerdos, que es algo que hago bastante a menudo, siento cómo la garganta se me cierra y es algo instantáneo que no puedo controlar.

«Debería dejar de hacerlo de una vez, al igual que debería olvidarme de ese niño rubito, porque yo elegí esto, yo elegí alejarlo de mi vida, no hacerle un hueco en ella; elegí mi caja de cristal y las garantías que podía ofrecerme, mi refrigerador o mi tostadora —me sermoneo, rememorando sus palabras—, y traerlo de vuelta no sirve para nada», me amonesto, acompañando mi pensamiento con una fuerte inspiración.

«Estoy en París, soy la diseñadora de Dior y mañana presentaré mi primer desfile —me animo, obligándome a traer de vuelta al entusiasmo y a la emoción, que se han escabullido de manera silenciosa ante su recuerdo—. Mañana viviré la culminación de mi sueño y lo haré junto a las personas que quiero y que me quieren, y debería quedarme con eso —prosigo el hilo de mis pensamientos, encaminando mis pasos de nuevo hacia la mesa—. Y él está fuera de todo esto, yo decidí excluirlo, y es lo mejor», me reafirmo, clavando la mirada en esa pared en la que nos besamos, en la que volví a vibrar entre sus brazos y a desear más, esa pared en la que mis dudas acabaron resonando más fuerte que mis deseos.

* * *

—Una vez me dijiste que, si después de luchar por mí, no lo hubieses conseguido, lo aceptarías y seguirías con tu vida. Hazlo, sigue con tu vida y nunca más vuelvas a mencionar mi nombre. Vete —le exigí con frialdad.

—Cierto, el caso es que todavía no he empezado a luchar.

—Ni quiero que lo hagas tampoco, porque el resultado va a ser el mismo. Mi vida ahora es esto y tú estás fuera. Ni te molestes en intentarlo...

* * *

Y no lo intentó y se marchó cuando le abrí la puerta, tal y como me marché yo cuando me abrió la de su casa. «Entonces ya éramos una sombra de nosotros mismos, solo que no lo sabíamos», medito, sin alejar la mirada de esa pared, recordando con qué tenacidad luchó por estar conmigo la primera vez... sus tratos, cómo me enredaba, el brillo de su mirada y su sonrisa insolente, tan distinto a esta vez, cuando el dolor y la frustración fueron los guías de sus palabras.

«Nunca tendría que haberle hecho un hueco en mi vida —solapo unas ideas con otras, evadiéndome de este despacho para vagar por mis pensamientos, que pueden ser un lugar reconfortante o, por el contrario, uno inhóspito, y en los que, según los pasos que dé, puedo encontrarme con ríos de lágrimas, universos de estrellas o deseos escritos con conchas, y en los que puedo oír el eco de unas carcajadas liberadas hace tiempo o darme de frente con la locura de la desesperación, vestida de negro y con la mirada perdida», divago, perdiéndome en ellos.

«Éramos tan distintos que lo extraño sería que hubiese funcionado —me digo, sintiendo el peso del dolor cercar un poco más mi garganta—. Debería dejar de pensar en él de una maldita vez, porque hay otros recuerdos por los que vagar y otros pensamientos por los que perderme —me reprendo, endureciendo la mirada, obligándome a encauzar mis pasos, en mi imaginación, para regresar a la caja de cristal, a los amaneceres en los talleres, hasta detenerme en la colección que he creado—. Esta es mi vida ahora —me asevero—. Este es mi mundo. Y la moda, la única capaz de detenerlo. Y ha sido decisión mía y ha sido la mejor decisión que podía tomar», sentencio antes de coger una tarjeta para empezar a escribir.

Gracias por ayudarme a crear esta colección tan especial.
Espero que sea la primera de las muchas que crearemos juntos.

María Eugenia de la Rúa

Escribo y firmo tantas tarjetas como gente hay en los talleres, para luego proseguir con las de los miembros de mi equipo y, una vez que estampo mi firma en la última de ellas, me dirijo a la buhardilla, a través de estos pasillos desiertos ahora, que atesoran entre sus paredes voces del pasado, ideas de diseños que se hicieron realidad o de otras que quedaron suspendidas en el aire, como haría la fragancia de un perfume o el sonido de unos pasos apresurados, y ahora son mis ideas, la fragancia de mi perfume o el sonido de mis pasos los que resuenan en ellos.

«Si el fantasma del señor Dior vaga por los talleres, cuando estos enmudecen, va a tener que acostumbrarse a mi presencia —pienso, encendiendo las luces—, porque siempre estoy por aquí —reconozco mientras voy dejando una tarjeta en cada mesa—, y he hecho, de este edificio, en la avenue Montaigne, mi casa, y cuando todos están en la suya, con su familia, yo sigo aquí, encerrada en mi despacho, en el estudio de Diseño o en estos talleres, concretamente en el de Vestidos. En esta sede que es mi caja de cristal, el lugar en el que me siento segura y a salvo y donde mi trabajo se ha convertido en mi razón de ser», reflexiono mientras los recuerdos siguen aferrando mi mano para llevarme con ellos hasta la primera vez que estuve aquí, donde se detienen para que rememore mis nervios, mi emoción y mis miedos, porque también tenía miedo; de hecho, sigo llena de miedos... aunque no sé si la palabra apropiada es miedo o respeto.

—Si es verdad que sigues por aquí, espero que te guste lo que estás viendo —musito en un hilo de voz para luego cerrar la luz y dejar este taller, atestado de talento, iluminado solo con la luz de la luna.

Al igual que he hecho en los talleres, dejo una tarjeta en cada una de las mesas de mis chicos, para seguidamente dirigirme en busca del vigilante de seguridad.

—Buenas noches —lo saludo en cuanto lo encuentro.

—Buenas noches, señora María Eugenia.

—Como ya sabes, van a traer tres centros de flores, supongo que ya no tardarán —le comunico, comprobando la hora en mi reloj de pulsera—. Por favor, cuando lleguen, lleva uno al taller de Trajes, otro al de Vestidos y, el último, al estudio de Diseño. Déjalos a la vista, para que sea lo primero que vean cuando lleguen mañana —le pido, y él asiente con la cabeza.

«Y, como siempre, soy la última en marcharme y, como

siempre, seré la primera en llegar», asumo, inspirando la brisa de la noche cuando me recibe con los brazos abiertos.

* * *

El cuadro de la guerrera me da la bienvenida en cuanto accedo al salón de mi casa, «que todavía no han visto ni mi familia ni mis amigas —me lamento, dirigiendo mis pasos, apresurados, hacia el baño—; de hecho, no han visto la casa ni tampoco me han visto a mí —reconozco, con los remordimientos mordiéndome por dentro mientras me libero del vestido para meterme en la ducha—. Por suerte eso va a cambiar y hoy cenaremos todos juntos —me animo mientras el agua caliente arrastra consigo mi cansancio—... que es mucho, hasta dejar solo mis nervios, que son más, y mis ganas locas por verlos a todos», suspiro, envolviendo mi cuerpo con una mullida toalla para luego dirigirme hacia mi habitación para empezar a vestirme.

Llego al restaurante con diez minutos de retraso, «y ya me vale», me machaco mientras sigo al *maître* hasta el reservado donde ya me esperan y donde dibujo una sonrisa resplandeciente en mi rostro cuando mi mirada se encuentra con la de toda mi gente; con la de mis padres, con la de mi hermana, con la de Santi, con la de mi peque y con la de mis amigas. «Y, ¡Dios mío!, cómo los he echado de menos», admito, fundiéndome en un abrazo con Candela, que ha corrido más que el resto, soltando un sollozo desgarrador que me sorprende tanto como a ella.

—Pero ¿por qué lloras, tonta? —me pregunta, llenándome de besos mientras me aferro a su abrazo.

—Porque te he echado muchísimo de menos —declaro, pasando de sus brazos a los de mi madre, a los de mi padre y a los de todas mis amigas sin poder dejar de llorar.

«Yo, que nunca lloro por las cosas importantes, no puedo dejar de hacerlo ahora», pienso mientras Almu me seca las lágrimas con cariño, aunque en realidad no es verdad, porque llevo mucho llorado y no ha sido precisamente por una nimiedad.

—Dime que estás llorando de alegría —me pide mi amiga, abrazándome de nuevo.

—Por supuesto que es de alegría, y porque no te haces una idea de cómo se echa de menos a la gente que quieres cuando estás lejos de ella.

—¡Pero si verte era todo un reto incluso cuando vivías en Madrid! —me replica con cariño, haciéndome sonreír.

—Pero una cosa es no ver a la gente que quieres porque estás ocupada y otra bien distinta es no verla porque está demasiado lejos de ti, aunque estés igual de ocupada. Os he añorado mucho, en serio —le confieso, separándome de ella para coger a mi garbancito—, y a ti más que a nadie —añado, llenándolo a besos.

Ya va vestido como un hombrecito; con vaqueros, zapatillas deportivas y una sudadera... «como iba él», y podría haber pensado en mi hermana o incluso en Santi, solo que no lo he hecho y la imagen que ha cruzado mi mente ha sido la suya.

—Yo también te echo de menos —me dice Candela, haciendo un puchero, atrapando mi atención con su comentario—, incluso echo de menos que me digas que voy vestida de cualquier manera —apostilla, haciéndome sonreír.

—Vas vestida de cualquier manera —la riño, observando sus *jeans* holgados, su sudadera con capucha, y sus deportivas—. Ya te vale, ¿no tenías otra cosa que ponerte?

—La verdad es que no —sentencia con una sonrisa.

—No podéis ser más distintas —comenta mi madre, haciéndose con el niño—, y tú estás guapísima, pero, hija, te veo más en la televisión que en persona. ¿Cómo no has podido encontrar antes un hueco para vernos? Un poco más y nos marchamos sin poder estar contigo.

—Mamá... —me quejo.

—¿Qué esperabas, mujer? Tu hija es la diseñadora de Dior y mañana presenta su primer desfile —interviene mi amiga Silvia—. Da gracias de poder tenerla esta noche contigo —prosigue, rodeando mi cintura con uno de sus brazos—, pero haz el favor de ir buscando un hueco, porque nosotras vamos a estar aquí hasta el miércoles y queremos estar contigo, al menos, durante unas horas, ¿será posible?

—Por supuesto que será posible —contesto con afecto, rodeando su cintura con mi brazo, «aunque tenga que sacar el tiempo de debajo de las piedras», pienso, sintiendo cómo la felicidad llega para envolverme, tal y como está haciendo el abrazo de mi amiga.

«Y qué distinta es esta felicidad a la que siento cuando estoy trabajando —reconozco, esbozando una sonrisa que oculte mis pensamientos—, posiblemente porque es la felicidad que reside en el otro lado de la balanza, ese lado que llegó a pesar más que el otro y que, ahora, a excepción de Noël, está completamente vacío», asumo, obligándome a cortar ese hilo discursivo y a centrarme en lo que está diciendo mi madre para evitar que su recuerdo vuelva a colarse en este momento que estoy viviendo y que tanto he deseado.

—Que sepas que voy a aplaudirte mucho cuando finalice el desfile y salgas a saludar —suelta mi amiga Elisa mientras cenamos, consiguiendo que sonría tanto como es posible.

—Vamos a tener que frenarnos mucho para no ir a abrazarte. Tía, qué fuerte, eres la diseñadora de Dior, la señora María Eugenia. ¡Flipo cuando lo oigo en la televisión! —prosigue mi amiga Mariló, entre risas.

—Pues mira, yo no sé si voy a poder callarme; espero que la música esté muy alta para poder decir bien fuerte «¡esa es mi hija!» —nos confiesa mi madre, provocando las carcajadas generalizadas—. Porque habrá música, ¿verdad?

—Sí, mamá, habrá música —le digo, sin poder dejar de sonreír.

—¡Hombre, ya nos ha contado algo! ¡Cuánto secretismo, por Dios! —secunda mi hermana mientras yo le hago carantoñas a mi garbancito.

—Porque quiero que sea una sorpresa —me defiendo, sin poder dejar de sonreír, y cuánta falta me hacía esto; rodearme de mi gente, ver a mi peque, incluso hablar en español..., darle peso al otro lado de la balanza.

—¿Os dais cuenta de que la última vez que cenamos todos juntos fue en Madrid, antes de que la señora María Eugenia viniese aquí? Y ahora estamos de nuevo reunidos —comenta Candela con guasa, haciendo énfasis en la palabra *señora*, «y es idiota», pienso, mirándola con cariño, manteniendo la sonrisa en mi rostro.

—Cierto —secundo, levantándome y haciéndome con mi copa—, y la señora María Eugenia quiere brindar con todos vosotros y con vosotras —matizo, deteniendo la mirada en estas amigas que han sido capaces de hacer a un lado sus obligaciones familiares para vivir conmigo uno de los momentos más importantes de mi vida—. Sé que no soy la amiga, la hermana, la cuñada ni la hija perfecta y que siempre estoy insoportablemente ocupada —declaro, guardando silencio durante un breve instante al percatarme de la palabra que he utilizado, *insoportablemente*; una palabra que, de una forma difícil de explicar, asocio a él—, pero os quiero, aunque no os lo diga y aunque me cueste encontrar un momento para llamaros, ahora que vivo aquí, o para veros, cuando estaba en Madrid. Sabéis que ser la diseñadora de Dior siempre fue mi sueño, pero que estéis aquí, a mi lado, es otro sueño que tenía sin ni siquiera saberlo. Gracias por hacerlo posible, gracias por momentos como este, que son tan especiales como los que viviré mañana, y, no, mamá, no puedes decir «¡esa es mi hija!» a voz en grito, pero puedes aplaudir todo lo que quieras; te prometo que esos aplausos serán lo que más necesite en ese instante, sobre todo, si nadie aplaude. Estoy que me muero del susto —les confieso, provocando sus carcajadas.

—¡Si no te aplauden, les damos un par de hostias a todos! —interviene mi padre, provocando mi risotada.

—Ave María Purísima —replica mi madre, tan en su línea.

—Sin pecado concebida —remata Candela entre risas, ganándose una mirada furibunda de mi progenitora—. Por la señora María Eugenia —añade, alzando su copa, provocando las risas de todos.

—¡Qué idiota eres! —le dedico, feliz, chocando mi copa con las de mis amigas y con las de mi familia.

—Mucho, ya lo sabes, y hoy duermo en tu casa —me dice, guiñándome un ojo, mientras oigo al niño refunfuñar en su carrito y, sin pensarlo, lo cojo en brazos para acunarlo.

—¿Cómo?

—¿Cómo? —me pregunta, imitándome—. Tía, que te echo de menos y tengo muchas ganas de cotillear contigo.

—Pues cotillea con ella esta noche, porque, cuando todo

esto pase, tiene que cotillear con nosotras —interviene Almu, guiñándome un ojo, y sigo sin poder creer que hayan sido capaces de cortar el cordón umbilical durante unos días. Ellas, unas supermadres que son capaces de ir a trabajar y luego hacer galletas para sus hijos, que tienen una especie de radar para detectar, a kilómetros a la redonda, los peligros que puedan acecharlos, que controlan los alimentos que tienen «esto o aquello» que es perjudicial para su salud y que saben qué pañal es el que mejor empapa para la noche.

—Qué insensatas, mira que dejar a los niños en manos de vuestros maridos, ¡a saber qué os encontráis cuando lleguéis a casa! Como mínimo habrán llevado a los mayores a comer al McDonald's —me burlo, sin poder callarme, provocando las carcajadas de mi hermana.

—Ya tendrás hijos y serás peor que nosotras —sentencia Mariló antes de llevarse la copa a los labios.

—Yo no voy a tener hijos —le aseguro con una sonrisa, bloqueando la llegada de ese recuerdo que hubiera traído consigo al niño rubito.

—¡Ay, no digas eso, hija! Además, ¡qué sabrás tú! —dice mi madre de fondo, y es increíble la capacidad que tiene para estar en todas partes.

—Eso, qué sabrás tú —apostilla mi hermana, esta vez con seriedad, y me vuelvo para mirarla, frunciendo el ceño.

—Por supuesto que lo sé —musito mientras una voz, que preferiría no recordar, llega para enmudecer las otras.

«Te quiero, como nunca he querido a ninguna tía, y, si imagino mi futuro, te veo a mi lado, con una niña pelirroja como tú, y es normal imaginar nuestros deseos, pero teniendo claro que la vida tiene sus propios planes reservados para cada uno de nosotros; puede que esa niña nunca exista y será porque debe ser así», rememoro de repente antes de poder frenarlo.

«Él imaginaba una niña pelirroja y yo, a un niño rubio, solo que tenía razón y la vida tenía sus propios planes reservados para nosotros», admito, haciendo a un lado su voz, guardada en mi memoria, para centrarme en la de mi amiga Elisa.

—Esas cosas nunca se saben... Fíjate en mí, yo solo quería tener un hijo y tengo tres, casi nada. Cualquier día me vengo a vivir contigo y que se vayan al McDonald's todos los días si quieren —me dice, provocando las carcajadas de todos, excepto la mía, que ha quedado en una simple sonrisa.

—Has tenido tres porque los tuviste de golpe. ¡Qué putada, tía, trillizos, nada más y nada menos! —«Y, en realidad, no sé si es una putada o lo mejor que puede pasarte», suelto, sorprendiéndome con este pensamiento—. ¿Hasta cuándo me habéis dicho que vais a estar aquí? —les pregunto, cambiando de tema porque siempre acabamos hablando de niños.

—Hasta el miércoles. Nuestro vuelo sale a las ocho de la mañana, así que, ya sabes, el martes eres nuestra.

—¿Y cuándo será nuestra? Ay, hija, al final la que tendrá que venirse a vivir aquí contigo seré yo, aunque sea una temporadita —interviene mi madre con todo su dramatismo.

—La que te espera como haga eso —apostilla, divertida, mi hermana por lo bajo.

—Mamá, vivo en mi trabajo; aunque vinieras, seguirías sin verme —le aseguro, acunando a mi garbancito, viendo cómo sus ojitos comienzan a cerrarse. «Estoy perdiéndome su infancia», me entristezco, depositando un beso en su cabecita, pues seré la tía que verá solo de vez en cuando, a no ser que ponga remedio a eso—, pero te prometo que intentaré ir con más frecuencia a casa —añado de repente—. No sé cómo lo haré, pero voy a intentarlo. —Y es una promesa que no solo le estoy haciendo a mi madre, sino a mí misma.

* * *

—Cómo te he echado de menos —me dice Candela mientras nos dirigimos a mi casa, en taxi, tras despedirnos de todos.

—Y yo a ti. No sabes lo feliz que he sido esta noche y la falta que me hacía veros —le aseguro, cogiendo su mano para darle un suave apretón.

—¿Por qué has llorado así cuando nos has visto? —me pregunta, preocupada.

—Porque no es fácil estar sola en una ciudad que no es la tuya, por muchas cosas increíbles que estés viviendo. Fíjate que echo de menos incluso ir a comer los sábados a casa de mamá.

—¿No has hecho amigos?

—Es difícil hacer amigos cuando vives en tu trabajo —le confieso, perdiendo la mirada a través de la ventanilla—. Tengo uno, Noël, un miembro de mi equipo, y, si soy sincera, que seamos amigos es más mérito suyo que mío, porque es él quien me arrastra a mí y nunca a la inversa.

—Eso no es ninguna novedad... A ti o te arrastramos o siempre estarías trabajando —replica con sorna, «y él fue el único que no tuvo que arrastrarme», y de nuevo su recuerdo se ha colado por encima de todo, como hace el aceite con el agua, que flota sin llegar a bajar al fondo ni a diluirse. «Él es mi aceite y también mi universo plagado de estrellas», asumo, acordándome de más cosas de las que me gustaría.

—Y más ahora. No sabes todo lo que hay tras un desfile y una marca como Dior, es una pasada —le cuento, intentando acallar esos recuerdos que siempre están ahí, listos para llevarme con ellos, y son tan hábiles, tan astutos, que muchas veces ni siquiera soy consciente de que están aferrando mi mano.

Capítulo 24

María Eugenia

—Bienvenida a mi casa parisina —le digo, abriéndole la puerta, haciéndome a un lado para facilitarle el paso—. Como ves, esta es la entrada y, de aquí, pasamos al salón —prosigo, adelantándome a ella para ir encendiendo las luces.

—Vaya, qué pasada de cuadro —oigo que dice con admiración, deteniendo la mirada en mi guerrera, cuando llegamos a él.

—Lo vi un día por casualidad; estaba en el escaparate de una galería de arte y creo que fue amor a primera vista —le cuento, colocándome a su lado para contemplarlo yo también, a pesar de las muchas veces que lo he hecho.

—¿Vas a contármelo de una vez o voy a tener que esperar mucho? —me pregunta, dejando la bolsa, en la que lleva sus cosas, en el sofá.

—¿A qué te refieres? —inquiero, sin entenderla.

—No sé, tú dirás, pero estás rara... y ya sé que estás emocionada con toda esta historia del desfile y Dior, pero hay algo que te estás guardando, algo que hace que sonrías a medias, que estés más callada de lo habitual o que no estés tan feliz como deberías —adivina mientras siento ese dolor tan familiar que llega con su recuerdo instalarse en mi garganta—. Tiene que ver con él, ¿verdad? —continúa, bajando el tono de su voz, supongo que porque sabe que no quiero hablar de él, «y de nuevo él y no su nombre».

—Ven y te muestro el resto de la casa —le propongo, obligándome a sonreír y esperando que capte la indirecta y lo deje pasar.

—No quiero ver la casa, quiero saber qué te pasa —insiste al tiempo que guardo silencio, y está claro que no va a dejarlo estar—. Oye, no sé si es el mejor momento para hablar de esto, porque mañana es tu gran día y esta noche lo hemos pasado muy bien, pero, visto lo visto, o lo hablamos ahora o ya no vamos a poder hacerlo, porque nosotros nos vamos el martes al mediodía y mañana dudo mucho que podamos estar a solas.

—¿De qué quieres hablar? —le planteo, a pesar de tenerlo cristalinamente claro.

—Ya lo sabes, de él.

—No quiero hablar de él —le contesto con sequedad.

—Pero yo sí. Sé lo que sucedió —me anuncia, acercándose a mí para acunar mis manos con las suyas, «y ojalá no hubiera tocado el tema», me digo, sintiendo cómo ese dolor que tengo instalado en la garganta toma espacio, ensanchándose, clavándose en mi piel y haciéndome sangrar.

—Yo también, y ya no importa. Venga, vamos y te enseño el resto de la casa —musito, deseando hacer a un lado este asunto para que este maldito dolor desaparezca.

—¿Lo sabes?

—Me lo contó Valentina —cedo finalmente, sentándome en uno de los sillones mientras mi hermana toma asiento en el sofá—. Vino un día a París y se pasó por la sede para verme, fuimos a tomar algo, una cosa llevó a otra y, bueno, me lo explicó —le detallo, intentando ser lo más escueta posible para quitármelo de encima cuanto antes—. ¿Cómo lo has sabido tú?

—Ya sabes que Santi y él son colegas y tienen amigos en común; al final todo se sabe, sobre todo un tema tan trágico como ese. Lo llamé por teléfono —me suelta de sopetón.

—Que hiciste, ¿qué? —le pregunto con un hilo de voz.

—No te enfades. Él y yo nos llevábamos de coña. ¿Cómo no iba a llamarlo?

—Porque tu única hermana casi se volvió loca de dolor por

su culpa —le recuerdo entre dientes, levantándome para ir hacia la ventana.

—Él también lo ha pasado muy mal.

—Dime que no te he oído bien y que no lo estás defendiendo —le pido, completamente ofendida, volviéndome para fulminarla con la mirada—, porque te aseguro que si él lo ha pasado mal no ha sido por mi culpa y, mira, tenías razón y este no era el mejor momento para hablarme de él.

—Pues nada, ya hablaremos entonces el sábado, después de comer en casa de mamá —me rebate con la ironía tiñendo su voz.

—¡¿Por qué no entiendes que ya da igual?! —le grito, exasperada.

—Y, si da igual, ¿por qué no eres feliz? —insiste, sosteniéndome la mirada.

—Por supuesto que soy feliz, mira en qué casa vivo —le replico, extendiendo mis brazos—. Soy la diseñadora de Dior, nada más y nada menos, y tengo todo lo que siempre quise tener. ¿Quién en su sano juicio podría no ser feliz? —le rebato, hirviendo de rabia.

—No quiero estropear esta noche, vamos a dejarlo.

—Sí, mejor vamos a dejarlo —mascullo, sin poder creer que una noche tan feliz se haya jodido, porque es lo que acaba de pasar.

—Lo siento —susurra, bajando el tono de su voz.

—Estoy harta de que me jodáis y que luego os disculpéis —le suelto de malas maneras—. ¿Te cuento una cosa que no sabes? —«Y se supone que íbamos a dejar el tema y, en cambio, estoy retomándolo», constato antes de seguir hablando—. Estuve vagando durante horas por la ciudad cuando me fui de su casa, completamente ida, arrastrando la maleta que él me había preparado... Mira si estaba ida que creo que ni pestañeaba, y no me preguntes las calles por las que pasé, porque ni las recuerdo —le vomito a bocajarro, y he guardado tantas palabras y apresado tantas emociones que, ahora que las he dejado libres, no puedo frenarlas—. Sé que lo ha pasado mal, sé cuánto quería a su hermana y lo sé todo, al menos lo importante; lo que tú no sabes es cuánto he llorado yo por él y lo que me está costando superarlo, tanto que hasta es irracional —concluyo, liberando finalmente esas lágrimas que, al igual que las palabras y las emociones, acostumbro a retener.

—Perdóname, en serio, no tendría que haberlo mencionado —se disculpa de nuevo, acercándose a mí para abrazarme—. Lo siento, de verdad; lo último que quiero es joderte, pero no sabía que lo sabías y como no te he visto bien, he creído que te gustaría saberlo —me dice, empezando a llorar, y, ¡maldita, sea!, he hecho llorar a mi hermana.

—Perdóname tú a mí —le pido, abrazándola con fuerza—. No quería emplear ese tono ni hablarte así, lo lamento.

—Y yo no tendría que haber insistido. Sé que tienes todo lo que quieres y que has conseguido tu sueño, pero nunca te había visto sonreír tanto ni ser tan feliz como cuando estabas con él, a pesar de no tener nada de todo esto —da en el clavo, encogiéndose de hombros y, es una verdad tan aplastante, tan cierta, que es imposible rebatírsela—; por eso he querido retomar el tema, porque, si había una mínima posibilidad de que lo vuestro se solucionara y volvieras a sonreír a todas horas, no quería desperdiciarla.

—Me amenazaste con llamarme María Sonrisitas —le recuerdo, sonriendo con añoranza—. ¿Sabes que estuvo aquí? —le cuento, ya más calmada.

—Aquí, ¿dónde?, ¿en tu casa?

—No, en la sede —le aclaro, llenando mis pulmones con una fuerte inspiración para dirigirme de nuevo al sillón, asumiendo que ese aceite va a seguir flotando en mi vida, al menos, durante esta noche.

—¿Quieres hablar de ello? —me pregunta, esta vez con cautela.

—Ya estamos hablando de ello —contesto, descalzándome para subir los pies al sofá, sintiendo el lento recorrido de una lágrima al deslizarse por mi mejilla, «y estoy harta de llorar por él», refunfuño, secándomela con los dedos.

—¿Qué pasó?

«Te quiero, hostia. Te quería entonces y te quiero ahora, y ya sé que lo hice mal y que tendría que habértelo contado, pero había palabras que era incapaz de pronunciar y situaciones que ni siquiera podía plantearme y, a pesar de que ya las he vivido, incluso sufrido, sigo sin poderlas asumir.»

Y con qué facilidad mi mente ha retenido sus palabras, «como si las hubiera cogido y, con un hilo imaginario, las hubiera ido cosiendo en mi alma para evitar que, algún día, llegase a olvidarlas», asumo, rememorando los muchos momentos que viví a su lado, en los que era él quien cosía las sonrisas en mi rostro, con sus besos o sus palabras.

—Me dijo que lo sentía, que me quería y que no me lo contó porque había palabras que no podía pronunciar y situaciones que no podía ni plantearse, más o menos —le explico para luego guardar silencio durante unos minutos—. Y luego nos besamos —susurro, evitando su mirada—. Creo que nunca he deseado nada tanto como ese beso —reconozco, sintiendo ese dolor, que tengo instalado en mi garganta, contraerse ante mi confesión—. Sigo queriéndolo, pero he perdido la confianza en él —le confieso muy bajito, alzando la mirada finalmente para darme de frente con la compasión y la tristeza que brillan en los ojos de Candela.

—¿Y entonces?

—Entonces, nada, le pedí que se fuera —le cuento, levantándome para poner mi cuerpo en movimiento mientras ella se mantiene callada—. Lo quiero y, por mucho que me esfuerzo, no consigo quitármelo de la cabeza, pero necesito unas garantías que él no puede darme. ¿Sabes lo que me contestó cuando se lo dije? Que me comprara una tostadora si quería garantías, pero que él venía sin ellas, y podría haber dicho tantas cosas y, en cambio, tuvo que soltar eso —musito con dolor.

—Pero ¿qué garantías quieres que te dé? ¿Quieres que te firme una especie de contrato en el cual se comprometa a darte diez años de felicidad, dos hijos y un perro? —replica mi hermana con seriedad—. En el amor no hay garantías; la vida misma viene sin ellas y no por ello renuncias a vivir.

—Y justo por eso he decidido vivir mi vida sin asumir más riesgos de los necesarios.

—Eso es una tontería, porque entonces vas a renunciar continuamente a cosas que te harían feliz por miedo a sufrir. Él te hacia feliz.

—Y me hizo a un lado cuando su hermana enfermó.

—No solo enfermó, renunció a tratarse. ¿Cómo te sentirías tú si yo tomara esa decisión?, ¿si aceptara morir sin luchar? Piénsalo, porque yo me volvería loca si supiera que vas a morir y encima tuviera que verlo —intenta hacerme reaccionar, con voz quebrada, y este dolor que tengo instalado en la garganta no es que esté clavándose en mi piel, es que está traspasándola con sus dedos.

—¿Y dejarías a Santi también? ¿Se lo ocultarías y le prepararías la maleta para que se largara cuanto antes? —le suelto, viendo cómo las lágrimas se acumulan en sus ojos.

—Por supuesto que no, pero no todo el mundo reacciona igual ante el dolor; no es justo que lo compares conmigo o con lo que tú harías.

—Ni tampoco es justo lo que yo viví sin ni siquiera saber qué sucedía. Ya sé que, ante el dolor, cada uno reaccionamos de una forma distinta, yo misma no pude llorar cuando murieron nuestros abuelos, a pesar de lo mucho que los quería, pero él me alejó de su lado en su peor momento, me dejó sin contemplaciones y sin que le temblara el pulso. No quiero una garantía de diez años de felicidad, dos hijos o un perro, solo necesito saber que la persona que esté a mi lado lo estará tanto en los buenos como en los malos momentos, y, con él, no siento eso. He decidido que mi vida es esto, y puede que no sonría continuamente, pero, aunque no lo creas, soy feliz. Ya me di una hostia con Alberto y ahora me la he dado con él. Paso, de verdad; está claro que el amor no es lo mío y no tiene sentido seguir insistiendo.

—El amor es para todos, incluso para ti, y renunciar a él es renunciar a vivir, por mucho que te llene y te guste tu trabajo —me rebate, prudente—. No quiero decirte lo que tienes que hacer, porque, aunque te lo diga, no vas a hacerlo, pero todos tenemos derecho a equivocarnos y a tomar malas decisiones, porque en eso consiste la vida: en equivocarse y en aprender; en darse hostias y en levantarse más fortalecida. Él se equivocó y tomó una decisión que os afectó a ambos, pero ha venido a buscarte y a pedirte disculpas, y eso debería importar, sobre todo cuando seguís queriéndoos.

—¿Qué te dijo cuando lo llamaste? —indago, evitando

pensar en lo que me está diciendo. Y, de alguna manera, siento que su recuerdo se ha sentado a nuestro lado.

—Poca cosa... Se notaba a la legua que no quería hablar del tema o, al menos, no conmigo. Me comentó que estaba mejor, me agradeció la llamada, me preguntó por Gabriel y poco más, y si estaba mejor no quiero ni pensar cómo estaría cuando estaba jodido.

—¿Por qué dices eso?

—No sé, pero me dio la sensación de estar hablando con otra persona. —«Y sé exactamente a qué se refiere», pienso, guardando ese comentario para mí—. Su voz sonaba apagada, monótona, como cuando respiras porque tienes que respirar o vives porque tienes que vivir. Me dio mucha lástima, y no quiero que creas que estoy defendiéndolo, porque esto no va de defender a uno y machacar a otro, simplemente se trata de entender a las personas, su dolor y no cuestionar sus decisiones. Tú quieres una garantía y, puestos a pedir, yo quiero que Gabriel no tenga que pasar nunca por momentos dolorosos, pero hay deseos que no van a cumplirse, por mucho que lo pidas o lo desees, porque no hay garantías ante la vida y mi hijo tendrá que vivir lo que el destino le tenga reservado, sea bueno o malo. Dicen que la confianza se gana. Si lo quieres, dale una oportunidad... permítele ganarse tu confianza de nuevo. Créeme, hay riesgos que merecen la pena. Además, si no puedes olvidarlo, será por algo, ¿no te parece?

—No, no me lo parece —contesto, obligándome a sonreír, guiñándole un ojo—. ¿Podemos dejarlo ya? Tengo una casa superbonita que estoy deseando mostrarle a la pesada de mi hermana —bromeo, obligándome a aportarle ligereza a mi voz, «y, cuando tienes que obligarte continuamente a sonreír o a fingir, está claro que algo no va bien en tu vida», admito, evitando hacer cualquier comentario que pueda darle pie a seguir ahondando en el tema.

—Eres idiota y estás renunciando al amor de tu vida, pero tú verás lo que haces. Luego, dentro de unos años, no vengas quejándote. Hala, enséñame esta casa —me pide, poniéndose de pie, y, de nuevo, me obligo a sonreír, porque tiene razón y él ha sido, es, el amor de mi vida.

—No voy a quejarme, créeme; estoy completamente convencida de la decisión que he tomado —le aseguro, dirigiéndome hacia la puerta que da al balcón para mostrarle las vistas, y ojalá fuera cierto y no estuviera llena de dudas—. Fíjate qué maravilla... tengo la Torre Eiffel casi dentro de casa —añado, posando la mirada no en la torre, sino en el cielo, plagado de estrellas esta noche.

«Por supuesto que he renunciado al amor de mi vida por miedo a volver a sufrir, y puede que sea una maldita cobarde —asumo, sintiendo cómo la pena y la añoranza palpitan en mi piel—, porque, por muchas cosas que viva, por muy feliz que sea, dudo mucho que pueda igualarse a lo que sentí cuando estaba a su lado —reconozco, llenando mis pulmones con la brisa de la noche—. Y podría volver a vivirlas si decidiera arriesgarme, solo que no voy a hacerlo.»

—Menudas vistas, hermanita. Yo creo que viviría en este balcón —me dice con una sonrisa, sacándome de mis pensamientos.

—Yo vivo en Dior y aquí solo vengo a dormir —le contesto, acompañando mi comentario con otra sonrisa, que no ha surgido de manera espontánea, sino forzada.

—Pues vaya mierda, ¿no?, tener un balcón así y no disfrutarlo —replica, volviéndose para mirarme.

—Algún día lo disfrutaré, o eso espero. De momento veo los amaneceres desde la buhardilla de Dior, en una mesa que he hecho mía en uno de los talleres, y sé que no lo entiendes, pero soy feliz así, encerrada en mi mundo repleto de diseños.

—Tienes razón, no lo entiendo, porque, si yo fuera tú, lo hubiera agarrado del cuello y lo hubiese besado sin parar para luego proponerle vivir en este balcón y alimentarnos solo a base de polvos, quesos y vino; me revolcaría con él en esos jardines que hay ahí delante y nos llenaríamos el pelo y la ropa de césped, para, más tarde, seguir en esa tumbona que tienes ahí y avergonzar hasta a la Torre Eiffel. —Y suena tan bien que, durante un instante, he deseado todo eso para mí.

—Soy la diseñadora de Dior, ¿te imaginas lo que diría la prensa si me viera revolcándome en el césped con él?

—Estarían encantados y venderían como churros. Como no les des un poco de vidilla, cualquier día se cansarán de ti y de tus educadas y aburridas formas y los titulares empezarán a llenarse con la migración de las tortugas marinas, que seguro que es un tema mucho más divertido que tu vida —se burla, consiguiendo que esta vez sonría de verdad.

—Los titulares tienen que llenarse con mis maravillosas creaciones, no con mi vida privada.

—Pero ¿acaso la tienes? Porque tú misma has dicho que vives en Dior. Como no te acuestes con un maniquí o te líes con uno de tus vestidos, lo tienes complicado —remarca, sin quitarme la mirada de encima.

—Muy graciosa —le replico, accediendo de nuevo al interior de la vivienda—. Ven y te muestro la cocina —le indico mientras ella me sigue unos pasos por detrás.

—Vaya, parece la cocina de la abuela; solo falta que huela a galletas recién hechas.

Y con su comentario recuerdo a Amparito y sus magdalenas recién hechas, con las que me recibía cada vez que llegaba a su casa con mis maletas, mientras él esperaba en la puerta con una sonrisa, «y malditos recuerdos que no me dejan en paz, malditos recuerdos que me impiden ser feliz por completo y malditos recuerdos que me llevan una y otra vez a su lado».

—Puede que algún día decida hacerlas si consigo encontrar un par de horas libres —le digo, regresando a la realidad de esta cocina.

—Vas a tener que hacer algo más que eso y plantearte venir a Madrid de vez en cuando, aunque sea una visita de ida y vuelta el mismo día.

—Ya lo sé, y es algo que me he prometido a mí misma esta noche, sobre todo por Gabriel. Quiero que me conozca y verlo crecer... y no sé cómo lo haré, pero encontraré la forma de organizarme.

—Eso espero, porque, si como dices no vas a ser madre, al menos sé tía y que tu sobrino te conozca —suelta con seriedad.

—Solo llevo dos meses aquí y mañana presento mi primera colección, permíteme que vaya un poco escasa de tiempo. ¿Has venido guerrillera o me lo parece a mí? —inquiero, cruzándome de brazos—. Porque no estaría de más un poquito de empatía y de comprensión por tu parte... —le recrimino, sintiéndome demasiado juzgada por ella.

—Lo siento, es que no quiero que olvides que la vida no es solo esto, porque es más, es mucho más, y creo que lo estás olvidando, cegada por las luces de París y de Dior, a pesar de que, como bien destacas, solo llevas dos meses aquí.

Más. Un paseo en moto. Un abrazo porque sí. Besarnos hasta enloquecer. Un tulipán. Sus risas. Las mías. El deseo nublándonos la razón. Por supuesto que la vida es más, solo que yo he decidido apostar por el menos.

—Supongo que es fácil cegarte cuando las luces son muy intensas —replico, cerrándole la puerta a esos recuerdos.

—Pues no olvides darte la vuelta, de vez en cuando, para ver lo que puedes dejar atrás si permites que esas luces te cieguen durante demasiado tiempo —me recomienda con seriedad—. Venga, vamos a acostarnos, que estoy tan cansada que tengo hasta ganas de llorar.

—Qué exagerada eres —le replico, omitiendo hacer comentario alguno sobre lo otro que ha dicho.

—Tía, que llevamos desde ayer pateándonos París. Estoy segura de que he visto en dos días más cosas que tú durante estos dos meses.

—Para ver más que yo no hace falta que hayas pateado mucho —le digo con sorna, y esto es algo que también voy a cambiar cuando consiga organizarme... «y en realidad es querer hacerlo, es cerrar la luz cuando la cierran todos, es no ser la primera en darle al interruptor al día siguiente y es querer salir de esa caja de cristal en la que yo sola me he encerrado», reconozco, llevándola hasta esa habitación que iba a ser mi vestidor.

Capítulo 25

María Eugenia

Duermo durante los breves intervalos en los que las palabras de mi hermana dejan de resonar en mi cabeza o en los que los nervios me dan una ligera tregua, «y por supuesto que ayer no era el día para hablar de lo que hablamos —me lamento, clavando la mirada en el techo de mi habitación—. Maldita sea, ni kilos de maquillaje van a poder borrar mis ojeras», gimoteo, levantándome finalmente para dirigirme a la cocina y prepararme diez litros de café para bebérmelos de golpe.

Hoy presento mi primera colección y, en lugar de estar pletórica, estoy llena de dudas y no precisamente por mi trabajo. «Por supuesto que ayer no era el día, pero tampoco había otro», reconozco, inspirando el olor a café recién hecho mientras me pregunto qué estará haciendo, si se habrá marchado a Milán o estará en Madrid, si estará bien o seguirá jodido, que casi seguro, y estaba tan dolida que, sin pretenderlo, pasé por encima de su pena.

«Podría haberlo abrazado —me recrimino, sentándome en una de las sillas de la cocina, con mi café entre las manos—. Podría haberlo consolado y haber mostrado un poquito de empatía, aunque no quisiera reanudar lo que teníamos —admito mientras el amanecer empieza a despuntar en el cielo, ocultando, con su brillo, el infinito del universo, que es mucho más brillante—. Podría haber hecho y dicho tantas cosas que no hice ni dije porque ni lo pensé y me centré en lo mío, que era mucho —me reprendo, sintiendo cómo los remordimientos llegan para dejar su marca en mi piel—, pero ya no hay vuelta atrás y no tiene sentido que me martirice.»

Hoy es mi día. Mi gran día. Hoy presento mi primera colección. Hoy empieza todo de verdad y, si no voy a volver con él, es el momento de guardar todo lo que hubiera podido hacer o decir y todas las decisiones que podría haber tomado y no tomé para poder avanzar, para poder sonreír de verdad y para poder ser feliz. Ser feliz. Vivir mi ahora dejando de mirar mi ayer. Vivir lo que la vida me ofrece, lo que descansa en mi orilla. Vivir en toda su extensión. Aprovechar cada minuto. Exprimir cada segundo. Lo que él hacía. Lo que debería hacer yo.

«Yo antes tenía un sol enorme dentro de mí —medito, marchándome de esta cocina para, como acostumbro a hacer, perderme por mis pensamientos—, un sol que iluminaba mis alrededores más cercanos, mis objetivos, pero que me privaba de ver las maravillas del universo, de mis deseos más íntimos, y ahora daría lo que fuera por poder dejar de ver ese universo y ver solo lo que ese sol me mostraba, que era una ínfima parte de lo que podría tener, y querer eso es de ser un poco cobarde», reconozco, viendo sin ver. El día y la noche. El sol y la luna. La tierra y los planetas. El todo en su conjunto. Yo estoy dentro del agua, dentro de mi caja de cristal, y temo salir de ella. Yo sola me he llenado de temores y los he aferrado con ambas manos, cuando tendría que haberlos dejado ir. Yo, la valiente... la que puede o la que podía con todo, ha escondido la cabeza en el agua porque teme lo que la vida puede ofrecerle, bueno y malo, porque de todo hay, y pide garantías y certezas cuando la vida es arriesgarse... «Lo evidente y lo sencillo es para todos; lo difícil y lo arriesgado, para mí», rememoro esas palabras que pronuncié totalmente convencida y que hoy no me atrevería a repetir, al menos, en lo que respecta a mi vida privada.

—¿Huele a café? —me pregunta Candela entrando en la cocina, más dormida que despierta, sacándome de mis pensamientos.

—Llevas puesto el pijama del revés —le digo, observándola de arriba abajo.

—Por si no lo sabes, así es mucho más cómodo —me cuenta, sentándose frente a mí para luego apoyar el codo en la mesa y la cabeza en la palma de su mano—. ¿Llevas mucho rato levantada? —inquiere, y sonrío viendo la maraña de pelo que lleva y las marcas que las sábanas han dejado sobre la piel de su rostro. «Está claro que soy la hija del sacerdote», pienso, mirándola con cariño ahogar un bostezo, evitando recordar otras mañanas, otras cocinas, otros momentos—. Me juego el cuello a que duermes como las geishas para no deshacerte el pelo —comenta antes de ponerse en pie para ir en busca de una taza.

—En el otro armario —le indico, sonriendo—. ¿Y puedo saber cómo duermen las geishas?

—Como duermes tú... Venga, no disimules —insiste, provocando mi sonrisa y, cuando enarco una ceja, prosigue—: apoyan el cuello sobre una base de madera que, en algunos casos, puede llevar un cojín relleno de trigo, para no deshacerse el pelo; lo más incómodo del mundo, y eso que ni siquiera lo he probado. Se llama *takamakura*, literalmente almohada alta, y tú tienes una y estás disimulando porque es imposible llevar esa melena tan perfecta recién levantada.

—Con lo que me cuesta dormir, solo me faltaría hacerlo sobre un trasto de esos. Tía, ¿cómo puedes acordarte de esos nombres?

—Ni idea —me responde, encogiéndose de hombros—. Supongo que porque siempre me ha atraído muchísimo la cultura japonesa y, cuando lees mucho sobre el mismo tema, al final acabas reteniendo hasta las palabras más complicadas. Puede que en otra vida fuera una geisha —añade, esbozando una sonrisa, antes de llevarse la taza a los labios— y en lugar de beber café, bebí té y serví sake. ¿Te imaginas?

—Pues no. Con lo que te gusta vestirte de cualquier manera, lo último que puedo hacer es imaginarte de geisha vestida con un kimono.

—Igual es una forma de rebeldía. Piénsalo bien: si en otra vida fui una geisha, estuve horas y horas peinándome cuando ahora con una coleta medio deshecha lo tengo resuelto; me vestí con un kimono con metros y metros de tela cuando ahora me limito a vestirme con ropa cómoda y holgada, y me maquillé con una pasta blanca que ocultó el color de mi piel y la forma de mis labios cuando, con un poco de rímel y colorete, ahora me veo bien. Todo tan encorsetado, tan bonito por fuera y tan incómodo en realidad. Si fui geisha en otra vida, ahora estoy viviendo mi liberación, estoy segura —afirma, dejándome pasmada.

—O simplemente es que eres un desastre y estás intentando buscar una excusa para seguir siéndolo. Hoy no puedes ir vestida como acostumbras —le advierto, levantándome para ir hacia la pila y enjuagar mi taza—. Si necesitas un vestido, puedes elegir el que quieras de mi armario, pero, por favor, vaqueros, sudaderas de Minie y zapatillas deportivas, hoy, no —sentencio, volviéndome para amenazarla con la mirarla mientras ella se limita a dar pequeños sorbos a su café, pasando de mí. «Va a venir vestida de cualquier manera, seguro», asumo, disgustada, soltando todo el aire de golpe—. Voy a arreglarme —le anuncio, dándola por perdida, preguntándome, durante una breve fracción de segundo, quién sería yo en otra vida para tener que aguantar en esta a una hermana que parece elegir sus *outfits* solo para fastidiarme.

Me visto con unos pantalones de pinzas negros que combino con una de las camisetas que he diseñado para esta colección; blanca, de cuello redondo y con el eslogan «Yo soy la protagonista de mi vida» en la parte delantera. «Por supuesto que soy la protagonista de mi vida, aunque estos últimos meses haya tenido que recordármelo más veces de las que debería», reconozco, contemplando mi aspecto final en el espejo. La melena pelirroja cayendo en cascada por mi espalda, el maquillaje discreto, los labios rojos, las gafas de pasta, que no voy a volver a sustituir por lentillas, la frase que él pronunció y que yo he plasmado en una de mis camisetas y unos *stilettos* de muchos centímetros con los que voy a pisar la pasarela con firmeza, y este último pensamiento ha tenido la fuerza suficiente como para coger mis nervios, que bullían en mi interior, y llevarlos de un plumazo hasta mi garganta, arrastrando consigo mi corazón, que ahora late en ella. «Tranquila, es muy pronto todavía para que te pongas así», me insto, apoyando las manos en la encimera del baño, obligándome a inspirar y espirar.

«Tranquila, venga, respira conmigo... —oigo su voz, tan clara, tan firme, como si estuviera detrás de mí, y cierro los ojos para seguir escuchándola, porque estoy cansada de barrer recuerdos, de cerrar puertas y de obligarme a olvidar—. Concéntrate solo en mi respiración y en intentar seguirla con la tuya; no pienses en nada, cierra los ojos y solo respira... venga, inspira, espira. —Y, en mi imaginación, veo sus manos cubriendo las mías, tal y como hizo esa noche, mientras sigo el ritmo de su respiración, y sé que algo así no es posible, porque no está detrás de mí, no está respirando conmigo y todo es fruto de mis recuerdos, pero yo lo siento tan real como si estuviera aquí—. Otra vez, inspira... espira... inspira... espira...» Y lo hago, respiro con él, y entre inspiración y espiración me doy cuenta de que estoy cansada de intentar entenderme, de negarme los recuerdos y de procurar que mis sentimientos vayan acordes con mis decisiones, «porque puedo echarlo de menos y no querer volver con él; porque puedo llevar la concha conmigo y ver su dibujo e intentar seguir con mi vida; porque puedo llorar su recuerdo e intentar crear otros todos los días; porque no tengo que ser coherente; porque mis sentimientos pueden ser un caos y porque puedo decirme y desdecirme todas las veces que quiera.»

«Y si es verdad que tras el caos surge el orden, algún día todo esto que siento, todo esto que no comprendo, encontrará su lugar y se colocará donde debe, pero, mientras tanto, voy a ser tan incoherente como desee —me digo, alzando la mirada para posarla sobre la de la mujer que me mira a través del espejo envuelta en un mar de dudas—. Voy a hacer lo que quiera, lo que desee en cada momento, aunque con esa decisión me cargue la que tomé unas horas antes —me reafirmo, yendo hacia el mueble donde guardé la concha, el dibujo y el «casi». Y, sin querer cuestionarme más, los saco para dejar su dibujo donde estaba, en el mueble de la entrada, para seguidamente guardar la pequeña concha en el bolsillo de mis pantalones y, el «casi», en esa parte de mi alma donde el caos lo domina todo por completo.

—Ey, ¡qué guapa! —oigo la voz de Candela a mi espalda y, con una calma difícil de explicar, me vuelvo para mirarla y ver su reacción cuando vea el eslogan—. Esa camiseta que llevas, ¿es diseño tuyo? —me pregunta, acercándose a mí, y dibujo una sonrisa en mi rostro ante lo que estoy viendo en el suyo.

—Sí. ¿Te gusta? —indago, a pesar de que intuyo su respuesta.

—Me encanta y quiero una.

—Las vas a querer todas —afirmo, convencida, guardando la mano en el bolsillo de mis pantalones para acariciar la concha.

Y por supuesto que no tengo por qué ser coherente e ir siempre en línea recta, porque no se trata solo de avanzar; se trata de seguir al mismo ritmo que lo hacen tus sentimientos y, si para ello tienes que esperar, dar cientos de vueltas y convivir con el caos, pues lo haces hasta que tus sentimientos y tus decisiones vayan al unísono.

—¿Hay más? —me formula, mirándome de arriba abajo—. Tía, estás cañón, y creo que es de las pocas veces que me encantaría copiarte el *look*.

—Que digas eso ya es todo un triunfo y, para tu información, este traje también es diseño mío —le aclaro, sonriendo feliz, sin dejar de acariciar la concha. «Qué tonta he sido negándome su recuerdo cuando la felicidad también estaba guardada en él, y puede que sea agridulce, más agrio que dulce, pero es felicidad, al fin y al cabo»—. Tengo que irme ya. Os veo más tarde, ¿vale? —le comento yendo hacia mi habitación para coger la chaqueta y el bolso, oyendo de fondo el timbre de la puerta—. Dile que ya bajo —le pido a Candela alzando la voz, dando por hecho que se trata de Jacques, el chófer de Dior.

«Estoy atacada y muerta de miedo —admito, mordiéndome la cara interna de una mejilla—. Tranquila. Todo irá bien —me animo, inspirando profundamente—. Que mi hermana, la persona más mal vestida del mundo, quiera copiarme el *look* tiene que ser un buen presagio, porque, vamos, ella que es más de sudaderas y...»

—Creo que te traen flores o algo relacionado con flores —me anuncia, entrando en la habitación a toda prisa, cortando el hilo de mis pensamientos.

—¿Cómo?

—Tía, se me da fatal el francés, pero, sea quien sea el que está subiendo, ha dicho algo de *fleurs*... aunque no lo tengo muy claro. ¡¿Por qué me pides que conteste yo cuando sabes lo justa que voy con el francés?! —me reprende mientras paso frente a ella a toda prisa.

Abro la puerta en el mismo instante en el que el repartidor se disponía a llamar al timbre, dándome de frente con un precioso ramo de tulipanes rosa, y no necesito leer ninguna tarjeta para saber de quién son.

—¿Es usted María Eugenia de la Rúa? —me pregunta con voz monótona.

—Sí —le respondo, sintiendo mi cuerpo completamente paralizado en contraste con la agitación que se ha desatado en mi interior, dominada por los ojos más azules que he visto y veré nunca.

—Por favor, firme aquí —me pide, tendiéndome una tableta, y puede que para él este ramo sea uno más de los muchos que repartirá hoy, pero, para mí, este ramo es él y su recuerdo llegando para colocarse a mi lado.

—Vaya tela, ¡qué preciosidad! —oigo la voz asombrada de mi hermana a mi espalda mientras de fondo capto de nuevo el timbre del telefonillo.

—Gracias —musito, cerrando la puerta para, sin soltar el ramo, contestar—. ¿Sí?

—Soy Jacques, baje cuando pueda —me dice el chófer al tiempo que lleno mis pulmones con una profunda inspiración, aferrando el ramo con fuerza, la misma con la que su recuerdo se aferra a mi alma.

—Ahora mismo —le contesto, volviéndome hacia Candela, tendiéndole las flores y haciéndome con el sobre, que guardo con celeridad en el bolso—. Por favor, ponlas en agua, se me hace tarde. Te veo luego —me despido a toda prisa y, siguiendo un impulso, cojo una flor para llevarla conmigo.

* * *

—¿Funcionas por impulsos?

—Todos funcionamos por impulsos, pelirroja.

—María Eugenia, si no te importa.

* * *

Y ni he querido ni he podido frenar este recuerdo.

—Pero... —empieza a decir mientras me pongo la chaqueta para ocultar el eslogan.

—Me están esperando, ya hablaremos —la corto, saliendo a toda prisa de mi casa, y no porque Jacques me esté esperando, sino porque necesito leer a solas lo que sea que lleve escrito la tarjeta y porque lo último que necesito es otra charlita similar a la que mantuvimos ayer, «que es lo que sucedería si se enterara de que estas flores son suyas», asumo, entrando en el ascensor y sacando el sobre para leerla.

> *Ese día me enteré de que la pelirroja que pedía chocolate con churros y dibujaba vestidos a todas horas se había convertido en una de las diseñadoras más prestigiosas del país, y hoy vas a convertirte en la diseñadora más prestigiosa del mundo. Enhorabuena.*

Y entre palabra y palabra han llegado las lágrimas a mi garganta. Entre palabra y palabra he regresado a esa chocolatería donde las pronunció por primera vez, y entre palabra y palabra he vuelto a vernos como éramos. «Él, tan insolente, tan irreverente, tan sexy, y yo, tan yo, soñando con esto que voy a vivir ahora e intentando resistirme a él», rememoro, saliendo del cubículo, obligándome a tragarme las lágrimas para evitar que suban hasta mis ojos y aferrando el tulipán y la tarjeta entre mis manos. «Podría haber puesto "Enhorabuena, pelirroja" o "Enhorabuena, María Eugenia" —me percato de repente—, y, en cambio, ha evitado usar ese apelativo o mi nombre, posiblemente porque ya no soy su pelirroja y, para él, nunca fui María Eugenia», deduzco, abriendo la puerta de mi edificio y encontrándome con Jacques, que está esperándome apoyado en la berlina.

—Buenos días, señora María Eugenia —me saluda, moviéndose con celeridad para abrirme la puerta del vehículo mientras me limito a esbozar esa sonrisa profesional que he hecho mía.

«Me hubiera gustado ser yo la que hubiese puesto las flores en agua —me lamento, accediendo al interior del coche—. Me hubiera gustado olerlas con calma y a solas mientras permitía a los recuerdos llegar para llevarme con ellos; de hecho, yo misma les hubiera tendido mi mano, como acabo de hacer ahora —asumo, llevándome la flor a la nariz para inspirar su aroma, sintiendo la suavidad de su tallo en la yema de los dedos, donde tantas veces sentí su respiración—... y esta flor es una copia exacta de la que él dibujó y de la que iba en la bandeja con el desayuno. Era un encanto y yo estaba loca por él», constato con tristeza.

Qué pena que no supiéramos hacerlo bien. Qué pena que no hayamos sido capaces de vencer los obstáculos cuando nosotros éramos unos guerreros, solo que éramos unos guerreros en un jardín y no en la vida. La vida nos venció o nos dejamos vencer por ella, y ahora yo tengo una flor cuando podría tenerlo a él. Sí, qué pena.

Capítulo 26

María Eugenia

A diferencia de las costureras y de mi equipo, que pasarán antes por la sede, yo no lo hago y voy directamente a la caja de cristal, donde la prensa ya está tomando posiciones; donde veo, a través de las pantallas de plasma que se encuentran en una de las estancias, que el circuito cerrado de televisión ya retransmite, desde todos los ángulos, lo que ocurre dentro de esta burbuja, y donde ya están maquillando y peinando a las modelos.

—¿No ha llegado la ropa todavía? —le pregunto, preocupada, al mismo hombre que nos dio ayer las indicaciones a Sidney y a mí.

—Nada, ni una sola prenda —me confirma mientras siento cómo los nervios se enredan en mi interior hasta formar una maraña de dimensiones importantes—. ¡Vamos con el ensayo! Que despejen la pasarela, por favor —oigo que le pide a alguien a través del pinganillo, y veo, en una de las pantallas, cómo la gente que había en ella se afana en dejarla libre—. Chicas, aquí, la fila empieza aquí —les dice, captando mi atención, y si yo creí ayer que hablaba y se movía con rapidez fue porque no lo había visto hoy—. Tenéis que hacer todo el recorrido, ¿está claro? Vaya a tomar asiento —me ordena, y hago lo que me pide sin dejar de preguntarme dónde estará la ropa.

Una a una las modelos comienzan a desfilar siguiendo las instrucciones de este mismo hombre, que parece tener la capacidad de desdoblarse y de estar en todas partes. Y mientras ellas pasan frente a mí, ya peinadas y maquilladas, repiten el recorrido y escuchan las indicaciones de otra organizadora que se encuentra junto al árbol, del que ya cuelgan las cintas plateadas, empiezo a oír los sonidos distorsionados y a verlo todo desenfocado, como si alguien hubiera hecho una fotografía y hubiera salido borrosa, solo que yo lo veo así todo el rato... y sé que son nervios, que me están jugando una mala pasada, pero me estoy ahogando y necesito salir de aquí, «de estas paredes de cristal que me impiden respirar y de esta vorágine que no puedo controlar», admito, levantándome a toda prisa para dirigirme a la primera sala desde la cual accedes a este mágico jardín, solo que esa inmensa sala ya no es una opción para mí, porque están llegando los primeros invitados y la prensa ya no está solo fuera, sino que también está dentro, «y, ¡por Dios!, ¿esa es Carolina de Mónaco? —me pregunto, asombrada, al verla junto a Sidney frente a cientos, miles, toneladas de fotógrafos—. ¿Y cuándo ha llegado Sidney y esta cantidad desorbitada de fotógrafos?», inquiero, retrocediendo en mis pasos para dirigirme a la estancia donde están las pantallas de plasma y terminar de morirme del susto al ver, a través de estas, a Diane Kruger, Sharon Stone, Natalie Portman y Donatella Versace. «Madre del amor hermoso», pienso, dando una vuelta sobre mí misma en busca de una salida por la que poder escapar.

—Ven —me dice Noël, agarrando mi brazo con fuerza para arrastrarme hasta una puerta que da a una especie de pequeña explanada trasera, donde una furgoneta está bajando los burros con la ropa, donde el sol me da de lleno en el rostro, donde no hay prensa y donde puedo volver a respirar—. Estaba a punto de darte algo, ¿verdad? —adivina, divertido, y lo miro intentando enfocar su rostro—. Tranquila, ¿vale? Venga, respira... inspira y espira, fuerte; llena tus pulmones, reten el aire durante unos segundos y suéltalo... otra vez, llena tus pulmones, reten el aire, suéltalo... —me pide con seriedad mientras me limito a obedecer—. ¿Mejor? —indaga tras unas cuantas respiraciones, y asiento con la cabeza.

—Ha venido Carolina de Mónaco —musito con un hilo de voz— y Donatella Versace... Donatella Versace y Carolina de Mónaco...

—Eso ya lo has dicho —remarca con una sonrisa.

—¿Y si no les gusta? ¿Y si soy una estafa? ¿Y si ven la colección y les decepciona? ¿Y si...?

—¿Quieres parar? Les va a encantar, no eres una estafa y no vas a decepcionar a nadie. Tranquilízate, ¿quieres? Ya sé que hay una barbaridad de prensa, muchísima, además de gente muy importante y con mucha pasta, y entiendo que debe impresionarte, sobre todo porque es la primera vez que vives esto, pero es lo normal. Dior ha apostado por ti, por una diseñadora prácticamente desconocida, y tú has enamorado a la prensa y creo que a medio mundo con tu educación, tu aspecto y tu forma de vestir. Es normal que estén deseando ver tu primera colección.

—Háblame de otra cosa, por favor, necesito que me hables de otra cosa —le ruego, alejándome de él, echando de menos la flor que he dejado en la estancia de las televisiones y echándolo de menos a él.

—Logan ha venido y lo ha hecho acompañado por Jennifer Lawrence —me dice con seriedad, guardando sus manos en los bolsillos de sus pantalones.

—Vaya... Lo siento, lo siento mucho —musito, acercándome para darle un abrazo mientras él permanece en silencio.

—Un día tienes que diseñar una camiseta en la que ponga «Ser gay no te hace menos hombre» —me suelta, correspondiendo a mi abrazo; uno que me tranquiliza a mí y que lo reconforta a él.

Qué necesarios son los abrazos, sentir un corazón latiendo junto al tuyo, sentir el afecto y el cariño traspasando una piel hasta fundirse con la tuya, calmándote, serenándote, consolándote y recordándote que no estás sola.

—Y luego diseñaremos otra en la que ponga «Soy gay, soy lesbiana, soy hetero. Soy lo que quiero ser», ¿qué te parece? —le pregunto, deseando que la tristeza y la decepción que dominan su mirada desaparezcan—. Y con esa camiseta cerraremos el desfile de Dior Alta Costura —le aseguro, moviéndome ligeramente para hurgar en su mirada, guardando silencio para lo que realmente tengo en mente y que nunca, hasta ahora, se ha hecho.

—¿Solo con esa camiseta? —inquiere con una sonrisa traviesa.

—Ya quisieran muchos —le contesto, sintiendo cómo los nervios y esa sensación claustrofóbica que sentía ha desaparecido con él y con su abrazo—. ¿Estás mejor?

—Eso debería preguntártelo yo a ti, ¿no te parece?

—¡Qué va! Total... ¿Quién está ahí dentro? ¿Miembros de la realeza, mi competencia directa, actrices de Óscar? Para nada, lo tuyo es más jodido —ironizo con una sonrisa, provocando su carcajada.

—Tendría que haber escondido una botella de vino y ahora tú y yo le podríamos dar un buen trago.

—¿Y salir dando bandazos a saludar? No, gracias, prefiero salir muerta del susto —replico, oyendo de fondo el griterío de la gente que se encuentra congregada fuera de la caja de cristal para ver la llegada de los invitados, y, ¡por Dios!, esto es una locura.

* * *

Aunque nadie se da cuenta, me dedico a inspirar con fuerza, a retener el aire y a soltarlo lentamente mientras contemplo a las modelos ya vestidas, a Florence arreglando algo en el vestido de una de ellas mientras esta permanece con los brazos extendidos para facilitarle la labor y a los organizadores moviéndose a toda prisa sin parar de hablar.

—Deja de poner esa cara, ¿quieres? —me pide Valentina, acercándose a mí, ya lista, para luego darme un beso.

—¿Tanto se nota?

—Ahora menos, pero tenías que haberte visto cuando te has largado, en mitad del ensayo —susurra, divertida, bajito.

—Estaba a punto de darme un ataque. ¿Cómo voy a poder salir a saludar y hacer todo el recorrido si apenas puedo caminar? —le pregunto, sintiendo cómo el corazón me late a toda prisa en la garganta.

—Podrás, ya verás. Estos nervios previos son normales, pero, cuando veas que todo sale bien y que la colección gusta, serás tú la que esté deseando pisar esa pasarela.

—¿Y cómo sabré si gusta?

—Por la cara de la gente, por sus expresiones y porque se sabe y tú lo sabrás.

—Pues espero que guste, porque, como vea rostros decepcionados, lo que has visto antes no será nada —musito en voz baja, provocando su risa.

—Por supuesto que va a gustar, estoy segura.

—Valentina Domínguez, ¡por favor!

—¡Esto empieza! ¡Te veo en el árbol! —se despide, dándome un beso antes de dirigirse hacia el organizador.

Muerdo la cara interna de una de mis mejillas, como no he dejado de hacer, mientras vuelvo la mirada hacia una de las pantallas de plasma que me muestra a los invitados ya sentados, a la prensa fotografiándolos, a Sidney saludando a unos y a otros, a Bernard Arnault sentando junto a su hija Delphine y su hijo Antoine, situado al lado de su mujer, la modelo Natalia Vodianova, y tanta gente de renombre que casi mejor si dejo de mirar y me centro en lo mío; en mis vestidos, en mis diseños y en mi universo en movimiento, lo que me devuelve la calma y normaliza los latidos desbocados de mi corazón.

—Estás fantástica —le digo a una de las chicas que espera en la fila al tiempo que observo a un hombre pasar un cepillo largo y ancho por la espalda de otra para atrapar los pelos sueltos o cualquier partícula que se encuentre en el vestido.

Cuando la música llega a mis oídos, me vuelvo de nuevo hacia las televisiones, percatándome de que han bajado la intensidad de la luz en la sala para crear ese juego de luces que simulará la llegada de ese recuerdo, el del primer amor o de ese que te marcó especialmente, para seguidamente ver a los bailarines y ese jardín, mágico y maravilloso, envuelto en ese halo de misterio con el que espero transportar a todos los invitados al mundo de los posibles, de los sueños y de los recuerdos que llegan de repente, sin que te des cuenta, y que dibujan una sonrisa maravillosa en tu rostro, que consiguen que te evadas de todo para simplemente estar y disfrutar del momento, «como están haciendo todos ellos o, al menos, los que captan las imágenes», constato, observando sus rostros sonrientes mientras los bailarines, cual ninfas del bosque, se deslizan por la pasarela hasta llegar al árbol, donde las luces parecen enredarse entre sus piernas y subir por ellas hasta llegar a sus brazos extendidos, por donde prosiguen su ascenso hasta el cielo, «plagado de estrellas ahora», me admiro, deteniendo la mirada en mi árbol mágico, el árbol de los deseos. «Él escribió el suyo en la arena de la playa y yo colgaré el mío de una de las cintas que cuelgan de sus ramas», medito, cogiendo la flor y colocándolo a mi lado.

Ojalá estuviera aquí, conmigo, y no en forma de flor o de recuerdo. Ojalá pudiera aferrar su mano y fuera su piel la que percibiese la mía. Ojalá quien me hubiera tranquilizado antes hubiese sido él y no Noël. Ojalá tantas cosas que no serán posibles, porque una cosa es la fantasía, la ilusión que yo he creado, mi mundo de posibles y de recuerdos, y otra bien distinta es esta, la realidad del otro lado, en la que yo me encuentro.

—Vamos. Ya —oigo que le indica el organizador a Valentina, y, cuando echa a andar, mis nervios, esos que se habían diluido en algún momento durante el baile y mis cavilaciones, regresan con fuerza para alojarse en mi corazón.

Clavo la mirada en una de las enormes pantallas, aferrando la flor con fuerza, ansiando ver las reacciones del público, ansiando ver todo lo que su mirada pueda o quiera mostrarme, mientras oigo de fondo la voz del organizador dando paso a las siguientes chicas. «Anna Wintour se ha puesto las gafas de sol —me percato, viendo su rostro completamente inexpresivo a través de la pantalla—. Sharon Stone está sonriendo y diciéndole algo a su acompañante mientras sigue con la cabeza el recorrido de Valentina. «Todo parece haberse ralentizado; las modelos desfilando, el movimiento de las faldas al caminar, los gestos de los invitados, todo parece discurrir a cámara lenta, incluso las voces o la música que llega ligeramente distorsionada a mis oídos, y sé que, de nuevo, es fruto de los nervios, pero no consigo sacudírmelos, no consigo librarme de ellos —me digo, volviéndome para ver a todo mi equipo y a todas las costureras detrás de mí, con la mirada fija en las pantallas, tal y como estaba yo hace un segundo—, y puede que sea una tontería, pero tenerlos aquí, a mi alrededor, y ver en sus ojos esa expectación y esa necesidad de saber si está gustando o no, tan similar a la que anida en los míos, me reconforta y me hace sentir que no estoy sola en todo esto», reconozco, dirigiendo mi mirada de nuevo al frente.

«Está gustando —pienso, esbozando una casi imperceptible sonrisa, viendo la admiración con la que muchos invitados están observando la colección—. Sí, por supuesto que está gustando», me reafirmo, volviéndome hacia Noël, que acaba de colocarse a mi lado para aferrar mi mano.

—Te lo dije —me recuerda, guiñándome un ojo, y esta vez sonrío tanto como es posible mientras me limito a asentir con la cabeza, sintiendo cómo los nervios están dando paso a la emoción, que cerca mi garganta y humedece mis ojos.

Observo cómo visten a las modelos con celeridad, sin tiempo que perder, y cómo, una vez listas, esperan en la fila para salir de nuevo a la pasarela mientras otras llegan de ella, y todo aquí, en esta estancia, es un caos... las chicas, unas junto a otras; los estilistas, vistiendo y desvistiendo; los organizadores; los fotógrafos; mi equipo... tanta gente que está hasta los topes, «y son todos necesarios, tanto los que hacen como los que miran, porque los que miran previamente han hecho, han imaginado, han creado, se han desvelado, y ahora tienen ante sí sus creaciones, que son tan suyas como mías, porque seré yo la que saldrá a saludar, pero fueron sus manos las que lo hicieron posible», reflexiono mientras me vuelvo para ver cómo todas las modelos salen de nuevo para esperarme junto al árbol, y me quito la chaqueta a toda prisa porque yo voy tras ellas.

—Están aplaudiendo mucho, fíjate —me comenta Noël, emocionado, cogiendo mi chaqueta y la flor que le tiendo.

—Ya lo veo —le respondo, viendo de reojo cómo mi equipo se abraza y aplaude, llevando más lágrimas a mis ojos.

—Un aplauso para la señora María Eugenia —oigo que propone Sébastien, y sonrío ya entre lágrimas mientras ellos aplauden.

—Le toca salir, vamos, ahora —me indica el organizador y, durante un instante, estoy tentada de coger la flor, de llevarla conmigo, solo que no lo hago y salgo sola.

Sola con los aplausos de mi equipo. Sola con mis emociones. Sola con mis ilusiones y sola con todo lo que estoy sintiendo. «Esto es lo que he elegido. Mi lado de la balanza. Mi apuesta segura. Mis garantías», me digo, accediendo a la pasarela con mi camiseta de «Yo soy la protagonista de mi vida», presenciando, emocionada cómo todos los invitados se levantan ante mi presencia.

«Yo quería retener las lágrimas. Yo quería mostrarme serena ante ellos, solo que a veces lo que queremos difiere bastante de lo que hacemos —constato, recorriendo la pasarela con la compañía de mis lágrimas, fruto de la emoción más auténtica, sonriendo, a través de ellas, saludando y sonriendo mucho más cuando veo a mi familia y a mis amigas aplaudiendo a rabiar mientras de fondo me llega la voz de mi madre y su «¡esa es mi hija!», y alzo ligeramente la cabeza para observar el cielo y las estrellas, en las que siempre se alojará él y su recuerdo y, durante un instante, nos veo abrazados, veo mis ojos cerrados, mi cabeza apoyada sobre su pecho y sus brazos envolviendo mi cuerpo, nuestros pies descalzos, con nuestros dedos tocándose, «y ha sido solo un instante, pero ha sido tan real como todo esto que estoy viviendo ahora», admito, colgando mi deseo entre lágrimas.

«Quiero tener el universo frente a mí», dejo pendiendo del árbol con un hilo plateado.

«Y no sé si el universo es él, la moda o todo en su totalidad, los dos lados de la balanza, pero, puestos a pedir deseos, para qué pedir el mundo cuando puedes pedirlo todo —me digo, viendo las estrellas colgadas de sus ramas, los corazones rotos y enteros y su rostro llegando de nuevo a través de ellos—. Sí, yo quiero tenerlo todo, y no sé si este deseo se hará realidad o no, no sé si este árbol será mágico o no, pero, si estoy viviendo esto —prosigo, volviéndome hacia el público, viendo de reojo a Valentina colocarse a mi lado—, ¿quién me dice que no podré vivir lo otro? —me pregunto, aferrando su mano para iniciar el camino de regreso—. Si me he convertido en la diseñadora de Dior, ¿quién me dice que no podré seguir cumpliendo sueños?», me animo, echando a andar sin borrar la sonrisa de mi rostro, con la Torre Eiffel ya iluminada haciéndole la competencia a las estrellas y a todo lo que brilla aquí dentro, que es mucho.

* * *

Tal y como me había dicho Belmont, cuando termina el desfile, y acompañada todo el rato por Sidney, me dedico a saludar a los invitados y a fotografiarme con ellos, y creo que nunca había oído tantas veces mi nombre, pues la prensa no deja de llamarme para enfocarme o tomarme fotografías, «y es una locura y no me extraña que tenga cronometrado hasta el tiempo que tengo para ir al baño», pienso, sonriendo mientras recibo la felicitación de Bernard Arnaud y de su familia, de Diane Von Furstenberg y de tantísima gente de renombre, tanta que voy a necesitar un universo de vidas para poder digerir esto.

—Me has emocionado. Hacía mucho tiempo que una colección no me impresionaba y me gustaba tanto —me dice Sarah Jessica Parker, dándome un fuerte abrazo.

—Yo también quiero ser la protagonista de mi vida. Enhorabuena, ha sido espectacular —me felicita Jennifer Lawrence, y me vuelvo para sonreírle a Logan, que se encuentra a su lado.

—Enhorabuena, me ha encantado —me dice, dándome un par de besos.

—¿El qué?, ¿la camiseta o la colección? —le pregunto, posando mis manos en sus brazos, atrapando su mirada con la mía, y este hombre es espectacular y yo lo tengo frente a mí ahora, divago, viviendo «mi momento fan».

—Todo —me contesta con voz ronca. ¡Por Dios, qué voz!

—Te espero en mi desfile de alta costura —le digo, esbozando una sonrisa, imaginándome con una falda larga de plumas negras con la camiseta a tono y mi mensaje, ese que voy a alzar por todos aquellos que no pueden o temen hacerlo.

—Allí estaré —me confirma, y sonrío más, percibiendo la mirada de Noël a mis espaldas.

—¿Vamos? —me pregunta Belmont cerca de mi oreja, y asiento con la cabeza, esbozando una casi imperceptible sonrisa, sabiendo que ha llegado el momento de ir al baño.

—Nos vemos —me despido, dejándome guiar por él.

«¿Y si no quiero ir al baño?», le pregunté no hace mucho.

«Querrás, aunque solo sea para respirar», rememoro con una sonrisa, inspirando profundamente cuando llego a él.

«Y menuda locura —constato, inspirando profundamente, viendo mi rostro en el espejo—. Estoy feliz y pletórica y se ve a la legua, al igual que se vio la tristeza y la desesperación cuando vagaba por las calles de Madrid, solo que eso ya es pasado y ahora me toca vivir esto y voy a hacerlo, con todas mis fuerzas», me prometo a mí misma.

* * *

—¿Qué se siente al ser la primera mujer al frente de la dirección creativa de una firma como Christian Dior? —me plantea uno de los periodistas, un poco más tarde, mientras Belmont permanece a mi lado y cientos de cámaras, micrófonos, periodistas y focos parecen querer acorralarnos, «y es abrumador y muy intimidante, para qué negarlo», asumo, esbozando una sonrisa que camufle mis temores ante una situación que es nueva para mí.

—Lo mismo que sentiría si fuese un hombre. Que yo sea mujer no lo hace más reto que si no lo fuera.

—¿Estaba nerviosa? ¿Temía que no gustara la colección?

—Cuando algo te importa es normal estar nerviosa y expectante ante el resultado.

—¿Es usted la protagonista de su vida?

—Por supuesto, todos deberíamos serlo —le respondo con seriedad, a pesar de que, durante un tiempo, yo le cedí ese privilegio—, y no solo eso: deberíamos ser quienes queramos ser, con total libertad, sin que nos importen las críticas, aunque para ello tengamos que alejarnos de las corrientes que dominan el pensamiento si no es el nuestro. —Y es un mensaje para Logan y para todo aquel que quiera darse por enterado.

—¿La moda es su forma de expresarse?

—Un amigo muy querido me dijo una vez que, cuando tienes voz, debes alzarla, al igual que cuando tienes un escenario tienes la obligación de subirte a él y mostrarte por todos los que no pueden. La moda es mi voz y mi escenario. Yo no creo solo vestidos de ensueño, yo hablo a través de ellos y plasmo en mis diseños mis sentimientos, mis ideales y todo lo que tengo dentro —le contesto y, durante un instante, siento que no estoy ante cientos de periodistas, sino ante miles de personas, pues este micrófono y esta cámara está mostrándome a todo aquel que quiera verme y escucharme.

—Esta colección y todo lo que la envuelve, aparte del mensaje reivindicativo que tiene, es una oda al amor o a su recuerdo. ¿Está usted enamorada? ¿Tienen algún significado especial las estrellas, los planetas y ese universo que ha creado en sus vestidos?

—Eso es privado, pero tiene razón y se trata de una colección romántica inspirada en el recuerdo de ese primer amor o del que fue más especial. Ese amor que nunca termina de desaparecer del todo y que, en cierta forma, te acompaña allá donde vayas, como hacen las estrellas que hoy nos premian con su presencia —contesto, esbozando una sonrisa, omitiendo decir nada más al respecto por temor a exponerme más de la cuenta— o los planetas, las constelaciones y el universo en su totalidad, que nos envuelve a pesar de que no lo veamos por nuestras limitaciones.

Si me está viendo sabrá que él fue mi amor más especial, con el que me sentí más mujer y feliz de lo que nunca me había sentido. Un amor que luego me rasgó por dentro, con su punta afilada, hasta romperme. Y por amor a mí misma me cosí con lágrimas y con fuerza de voluntad, y siempre es el amor el que nos mueve, amor hacia el otro o hacia uno mismo, pero amor, al fin y al cabo.

—Ha rescatado el símbolo de la abeja que ya había utilizado Hedi Slimane para la división masculina de la casa, ¿por qué? ¿Significa algo para usted o simplemente es porque le gusta?

—La abeja representa el poder femenino; recuerden que tiene una hembra como reina y máxima autoridad —les explico, deteniéndome unos instantes para posar mi mirada sobre todos ellos—. Durante años, siglos, las mujeres han vivido sintiéndose inferiores a los hombres. No somos inferiores, pero tampoco superiores. Somos iguales, a pesar de que ese poso de inferioridad siga ahí, grabado en nuestros genes. Es labor nuestra el cambiar eso, por eso me gusta el símbolo de la abeja y por eso lo he rescatado, porque necesitamos reafirmarnos en nuestro poder femenino.

—Esta colección muestra la necesidad de arriesgarse para evolucionar. ¿De eso se trata?

—Arriesgarse para evolucionar, cambiar para revolucionar, sí, supongo que sí. La moda nos define como personas, habla por nosotros. Yo quiero que las mujeres que vistan de Dior se sientan femeninas, fuertes y poderosas, porque lo son, y no necesitan ir medio desnudas para atrapar miradas. Vamos a valorarnos, a insinuar más que mostrar y a demostrar nuestra valía, porque valemos mucho.

—Con esta colección ha dejado el listón muy alto. ¿Qué nos espera entonces para la de alta costura?

—Más. Siempre más —le respondo, guiñándole un ojo y provocando un estallido de flashes.

Tras unas cuantas preguntas más, Belmont da por finalizada esta especie de rueda de prensa que ha sido la primera de las muchas a las que tendré que asistir a partir de ahora, sobre todo en los próximos días, y, antes de abandonar la caja de cristal, sustituyo mi camiseta y mis pantalones de pinzas por un vestido de noche de mi colección... largo, entallado en el cuerpo pero fluido a partir de las caderas, azul oscuro, casi negro, y con cientos de constelaciones cosidas a mano en la falda, dándole forma a mi universo en movimiento. Una vez que estoy lista, me pongo en manos de una de las maquilladoras que ha cubierto el desfile para que retoque mi maquillaje, para luego pasar a manos de una de las peluqueras para que recoja mi pelo en un moño bajo.

—Has estado espléndida —me halaga Belmont, ya en el vehículo, mientras nos dirigimos al lugar donde Dior celebrará la cena y la fiesta posterior al desfile.

—Gracias, necesitaba oírlo. ¿Se notaba mucho que estaba nerviosa? —le pregunto, empezando a morder la cara interna de mi mejilla.

—¿Lo estabas? —me plantea, consiguiendo que sonría.

—Desde que me he levantado —le confieso, consiguiendo que esta vez sonría él.

—¿Y ahora lo estás?

—No, ya no —afirmo, dirigiendo mi mirada hacia la ventanilla—. Ahora lo que estoy deseando es que sea mañana para leer la crítica y saber si ha gustado.

—No necesitas esperar a mañana para saberlo —me replica, tendiéndome su móvil—. He hecho unas cuantas capturas de lo que se dice en redes y prensa, y te aseguro que puedes estar muy orgullosa.

SUBLIME, ESPECTACULAR, UNA AUTÉNTICA DELICIA.

ESTE DESFILE HA SIDO UNA MARAVILLA, LIBERADOR E INOLVIDABLE, COMO EL MENSAJE QUE LLEVA ENVUELTO.

MARÍA EUGENIA DE LA RÚA LLEGA PISANDO FUERTE PARA DEJAR SUS HUELLAS EN DIOR Y EL MUNDO DE LA MODA.

ESTAMOS ANSIOSOS POR VER LO QUE NOS TIENE PREPARADO PARA SU PRIMER DESFILE DE ALTA COSTURA. MÁS, SEGÚN NOS HA PROMETIDO. SIEMPRE MÁS.

CUANDO LA MODA DEJA DE SER SOLO MODA PARA SER SENTIMIENTO Y EMOCIÓN. CUANDO TE LLEVA DE LA MANO A UN UNIVERSO EN MOVIMIENTO QUE NO ESTÁ EN EL CIELO, SINO EN LA TIERRA. IMPRESIONANTE Y ESPECTACULAR. MÁS. SIEMPRE MÁS.

—Les ha encantado y les has encantado; de hecho, tus declaraciones son *trending topic* en Twitter —me cuenta con una sonrisa.

—Vaya... —musito, sin saber muy bien qué decir, pues estoy abrumada.

—El mundo de la moda es generoso en halagos, sobre todo cuando son merecidos, y tú has creado algo más que una simple colección. Le has dado significado y sentimiento, has lanzado un mensaje en el que la gran mayoría de la gente puede identificarse. Como bien has dicho, has alzado tu voz y has entonado tu mejor aria, poniendo el listón muy alto, porque, como has leído, ahora están esperando ansiosos la colección de alta costura —me comenta mientras guardo silencio, limitándome a asentir con la cabeza al tiempo que aferro la flor entre mis dedos—. No te haces una idea de la cantidad de mensajes y llamadas que estoy recibiendo para entrevistarte. Eres la nueva dama de la moda, un soplo de aire fresco, un descubrimiento, y todos quieren saber de ti por ti, quieren seguir...

—Recuerda que mañana no estoy disponible —lo corto antes de que termine la frase.

—Pero, pasado mañana, sí —matiza con una sonrisa—. He estado hablando con Anna Wintour y con Angelica Cheung, la editora de *Vogue China*, y ambas están entusiasmadas contigo y a ambas les he prometido que podrán ver un avance de la colección de alta costura —me cuenta mientras yo abrazo mi silencio, con una certeza llegando para sentarse a mi lado; la de que esto es solo el principio de todo lo que tengo frente a mí, la puerta de mi universo—. Está siendo una locura maravillosa. Todos estamos alucinando con la aceptación que está teniendo la colección y eso viene traducido en ventas —prosigue su discurso mientras me limito a sonreír, recordando todo lo que llevo vivido desde que llegué a esta ciudad, que me recibió con sol y con los brazos abiertos, hasta llegar a este momento que estoy viviendo ahora, deteniéndome, en mi paseo, en ese instante en el que, mientras recorría la pasarela entre lágrimas, he alzado la mirada y nos he visto abrazados entre las estrellas, como si fuéramos una constelación nueva, la de dos amantes abrazados, como los gemelos Cástor y Pólux, de la constelación Géminis, que batallaron hasta la muerte para no ser separados nunca.

«A nosotros nos separó la muerte, no la nuestra, pero sí la de su hermana, o puede que lo hiciera el silencio o quizá ambas cosas —medito, dejando de oír la voz de Belmont para irme con mis recuerdos y mis pensamientos a donde quieran llevarme—. Por supuesto que esta colección tiene significado y sentimiento, porque he puesto mi alma en ella —secundo, acariciando la tela del vestido—, tal y como haré con el resto de mis colecciones.»

—Hemos llegado —me informa Belmont cuando el vehículo se detiene, sacándome de mis cavilaciones y, de alguna forma, él siempre está presente en ellas, porque yo misma me encargo de traerlo de vuelta una y otra vez; en el deseo que he colgado, en cada instante que vivo, incluso en la colección que he creado.

—¿Aquí también tengo hora programada para ir al baño? —suelto con sorna, provocando su carcajada, y no es que me interese especialmente, pero necesito romper mi mutismo y alejarlo a él de mi mente.

—Aquí lo único que tienes que hacer es relajarte y disfrutar —me responde, y asiento con la cabeza, apeándome de la berlina.

«Disfrutar del momento, aprovechar cada minuto y exprimir cada segundo —rememoro mientras me acerco a este palacete donde va a servirse la cena—. Y, si no se ha reparado en gastos para construir la caja de cristal, tampoco iban a hacerlo ahora para agasajar a sus clientas más importantes», pienso alzando la mirada, contemplando la majestuosidad de la fachada.

—Por favor —nos dice un hombre vestido con un traje negro, abriéndonos una puerta, y enmudezco durante unos segundos ante la suntuosidad que tengo frente a mí, pues esto es ir un paso o cientos de ellos más allá de lo que puede considerarse lujo.

—Vaya —musito en un susurro casi imperceptible incluso para mí mientras accedo a esta enorme sala, y, durante un instante, observo a los camareros, perfectamente uniformados con casacas blancas abotonadas con botones planos y plateados hasta el cuello, sirviendo *champagne* en copas de fino cristal, a Bernard junto a Sidney, saludando a los invitados, a las clientas ataviadas con vestidos de ensueño y sus mejores joyas, a los fotógrafos cubriendo el evento... «y yo en medio de todo esto».

—María Eugenia, te estábamos esperando —me dice Sidney cuando llego hasta donde se encuentra, dándome un beso en la mejilla.

—Enhorabuena, estoy muy contento con la colección que has creado —me halaga Bernard mientras me da un par de besos que recoge la prensa congregada... y me obligo a reaccionar.

—Gracias, me alegra que te haya gustado —respondo, devolviéndole la sonrisa para, casi al segundo, verme rodeada por invitadas que quieren felicitarme, tal y como ha sucedido en la caja de cristal.

—Por favor, cuando quieran —nos indica un hombre en voz baja un poco más tarde, y asiento con la cabeza echando a andar, junto a Sidney y el resto de los invitados, hacia la gran escalinata de mármol que nos llevará hasta el primer piso, donde se celebrará la cena.

«Y si yo creía que la sala en la que nos encontrábamos era suntuosa era porque no había visto esta», me maravillo cuando accedo a ella y las lámparas de araña colgando del techo, de doble altura, las columnas de mármol rosa y las mesas profusamente decoradas con candelabros, vajillas de plata y fantásticos centros de flores nos reciben. Lujo en su máxima expresión, y unos tulipanes de color rosa cruzando, fugaces, mi mente mientras sonrío a unos y otros, con otra sonrisa llegando para adueñarse del momento, la suya.

Capítulo 27

María Eugenia

Llego a mi casa con la sonrisa instalada en mi rostro, una sonrisa que no he conseguido borrar en toda la noche, y con cientos de emociones bullendo todavía en mi interior, «y es que esta noche ha sido todo lo que siempre había soñado, incluso más, y siempre será más», pienso, cerrando la puerta, recordando cuando me he marchado hace horas, a toda prisa, para poder leer su tarjeta a solas, cuando nada de lo que he vivido había sucedido todavía y cuando ni siquiera podía imaginarlo... o sí, solo que lo hacía restándole emoción al momento, pero porque es imposible imaginar algo tan intenso y desbordante si no lo has vivido previamente; los invitados, mis diseños, sus aplausos y cuando se han levantado ante mi presencia, y luego la cena en la que he terminado bromeando con Chiara Ferragni y charlando animadamente con George Clooney, con Amal, su mujer, y con Marion Cotillard.

«He conocido a tanta gente hoy, gente inalcanzable para mí cuando vivía en Madrid y que ahora, de repente, forman parte de mi mundo o quizá yo del suyo —medito, yendo en busca de su ramo de flores—. Y a pesar de todo lo que he vivido hoy y del lujo y del *glamour* que me ha rodeado, esto, su ramo de tulipanes, brilla tanto o más que lo otro —constato, encontrándolo en la cocina—, posiblemente porque es mi otro lado de la balanza», me digo, acariciando las flores y demorándome en la suavidad de sus pétalos, que traen consigo cientos de momentos que viví a su lado.

Siempre voy a traerlo de vuelta, como he hecho en mitad de la pasarela cuando nos he visto abrazados entre las estrellas. Siempre voy a contradecirme, porque deseo una cosa que mi parte racional rechaza de pleno. «Siempre, viva lo que viva, su recuerdo irá conmigo, y no es malo cuando dejas de resistirte y de frenarlo», admito, cogiendo el jarrón para llevarlo a mi habitación y dejarlo sobre la cómoda.

Me desprendo de mi vestido para sustituirlo por el pijama mientras mi mente bulle con todo lo vivido, «y estoy tan agitada que dudo mucho de que pueda dormir», asumo, yendo hacia el baño para desmaquillarme, «tan emocionada que no puedo estarme quieta», constato, envolviendo mi cuerpo con una manta para salir a la terraza, donde la Torre Eiffel, iluminada con miles de luces, me recibe y donde el cielo plagado de estrellas se convierte en mi techo. «Sí, estoy agitada, emocionada y alucinada, para qué negarlo», me digo, recostándome en la hamaca y clavando mi mirada en ese cielo que tanto se asemeja a mi universo en movimiento.

«Tengo tanto por vivir. Tanto por hacer. Tanto por sentir», divago, sonriéndole a estas estrellas que parecen guiñarme el ojo desde arriba mientras recuerdo a la niña que fui, la que no jugaba con muñecas, sino que las vestía. La que soñaba con esto que estoy viviendo y la que ha ampliado su sueño hasta pedir el universo entero.

* * *

Despierto con las primeras luces del alba hecha un ovillo en la hamaca, con el cuerpo totalmente entumecido por el frío y lo incómodo de la postura. «Vaya, he dormido al ras, bajo el cobijo del cielo —descubro, subiéndome la manta hasta la nariz, sonriendo feliz, cerrando los ojos de nuevo, no para dormirme, pero sí para disfrutar de la sensación de paz que estoy sintiendo—. Hoy voy a pasar el día con mi familia y mis amigas. Hoy voy a hacer a un lado el trabajo para poder disfrutar de mi gente. Hoy podré saber cómo vivieron ayer mi gran día y me muero por saber si disfrutaron, si les gustó y si lo pasaron bien», pienso, abriendo los ojos de nuevo, demasiado ansiosa como para seguir acostada.

«Disfrutar del momento, aprovechar cada minuto y exprimir cada segundo», me repito esa frase como un mantra, yendo hacia la ducha para meterme bajo el chorro del agua caliente, para sentir cómo mis músculos se relajan poco a poco y, de nuevo, sonrío feliz ante lo vivido y ante lo que tengo frente a mí. La entrada de mi universo. La vida en sí cuando decides vivirla tendiéndole una mano a la ilusión y la otra a lo que venga.

* * *

Esta vez soy la primera en llegar a la cafetería donde los he congregado a todos para desayunar, «esta cafetería en la que desayuné hace ya dos meses, cuando llegué a París, y desde donde, si estás en la acera, puedes ver la Torre Eiffel, enorme frente a ti, y solo han pasado dos meses y parece que haya pasado una vida entera», reflexiono, sintiendo cientos de emociones atrapando mi garganta.

—Buenos días, señora María Eugenia —me saluda con afabilidad el chico que suele atenderme cada vez que vengo, sacándome de mis pensamientos.

—Buenos días. Espero a bastante gente para desayunar, ¿podría juntar dos mesas? —le pregunto, haciendo a un lado mis pensamientos, esbozando una sonrisa, que no es forzada, sino de verdad.

—Por supuesto —me contesta, empezando a hacerlo, y es cierto que dentro del local gozaríamos de mayor intimidad, pero me gusta la calle, me gusta ver la torre frente a mí y me gusta que me dé el sol en el rostro, posiblemente porque aquí lo veo poco y es una especie de regalo que me encanta concederme siempre que puedo.

—Hombre, pero si hoy has sido la primera en llegar, ¡no me lo puedo creer! —oigo la voz guasona de mi hermana a mi espalda, y me vuelvo para verla llegar arrastrando el carro de mi garbancito, junto a Santi y mis padres.

—¡Qué idiota eres! —le dedico, acercándome a ellos, porque no tengo paciencia para esperar a que lleguen hasta donde me encuentro.

—¡Ay, hija, qué maravilla todo! —exclama mi madre, abrazándome—. Lloré incluso más que tú —me dice, haciéndome sonreír—, y aplaudí tanto que todavía me duelen las palmas de las manos.

—Estoy muy orgulloso de ti —me confiesa mi padre cuando me fundo entre sus brazos—. Enhorabuena, cariño. Qué bien lo estás haciendo.

—Gracias —musito, sintiendo la felicidad llegar para envolverme de la misma forma en la que lo están haciendo sus brazos, y me aferro a ella, a lo que descansa en mi orilla, a lo que tengo al alcance de mi mano.

—Ven aquí, tonta. Tía, qué pasada, lo que llegamos a aplaudir todos —comenta Candela, abrazándome con fuerza.

—Era todo tan fino y elegante que no te haces una idea de cómo tuve que contenerme para no aplaudir desde el principio, porque, con el primer traje, yo ya me hubiera dejado las manos. Qué guapa estaba Valentina, qué alta es y qué porte tiene esa niña —oigo que me dice mi madre mientras Santi me abraza y me da la enhorabuena.

—Tía, ¿te puedes creer que tenía a Kate Moss sentada al lado? —me cuenta mi hermana, completamente alucinada, consiguiendo que mi sonrisa se quede pegada en mi rostro—. La de *selfies* que me hice.

—Le daba vergüenza saludarla —interviene Santi, divertido.

—¿Cómo iba a saludarla si no la conozco?

—Y estaba Carolina de Mónaco, ¿la viste? —me pregunta mi madre, sin dar crédito, mientras yo me hago con mi garbancito, llenándolo a besos—. La de veces que la he visto en las revistas del corazón y mira tú por dónde que ayer la tenía enfrente. Casi me da algo: me dejé los ojos mirándola, porque yo conozco la vida de esa mujer casi mejor que la mía. Su madre era tan guapa y ella no se queda atrás. ¡Ay, qué pareja más bonita hacía con Stefano Casiraghi! Qué lástima lo que le sucedió, tan joven, pobre. Su hijo pequeño, Pierre, el que está casado con Beatrice Borromeo, es clavadito a él, como si lo estuvieras viendo —parlotea como solo ella sabe hacer.

—Con lo sociable que eres, mamá, no entiendo cómo no fuiste a saludarla —la pincha Candela, provocando mi carcajada.

—Mira, porque no entiendo nada de francés, porque, si no, te aseguro que hubiera ido; me hubiera encantado charlar un rato con ella —le asegura, convencida, mientras me dirijo a la cafetería con mi niño entre los brazos.

—Pero qué guapo eres y qué mayor te estás haciendo —le digo, dándole suaves mordisquitos en la oreja y provocando sus risas mientras mi familia me sigue unos pasos por detrás.

«Y es posible que no tenga hijos, pero mi garbancito siempre va a saber quién es su tía», me reafirmo, recordando la promesa que me he hecho a mí misma.

—Me encanta París, Santi. ¿Por qué no venimos a vivir aquí? —oigo que le pregunta Candela mientras me acomodo en la silla, sin dejar de jugar con el pequeño.

—Aquí siempre está lloviendo y tu francés es para echar a correr; durarías cuatro días, al quinto estarías pidiéndome regresar a España —le responde con jovialidad.

—Además, con una hija viviendo aquí ya tengo más que suficiente, solo me faltaría que os vinierais vosotros también, ¡de eso nada! —secunda mi madre con brío—. ¡Ay, qué bonito! —exclama, recostándose en la silla—. Fíjate, qué bien se ve desde aquí la torre esta, y no me has enseñado tu casa... Ahora, cuando terminemos de desayunar, nos llevas, que quiero ver dónde vive mi hija antes de irme. —Y me encanta la facilidad que tiene para enlazar un tema con otro—. ¿Aquí saben lo que es un cortado, hija? Porque mato por uno con un cruasán. ¡Qué maravilla! ¡Y lo de ayer! No me lo quito de la cabeza... ahora, cuando llegue a España, va a ser un suplicio estar a mi lado, porque yo necesito contar esto muchas veces seguidas. ¡Señor mío Jesucristo! ¡La de gente famosa que tuve al lado! —parlotea sin parar, «y es que, cuando mi madre está presente, no hace falta que hablemos el resto», pienso, sonriendo para mí misma, viendo llegar a mis amigas, vestidas de manera informal, riendo entre ellas.

—Buenos días, familia —nos saluda Silvia, sin borrar su sonrisa, acercándose a mí para darme un abrazo—. Enhorabuena, tía, qué pasada de desfile.

—Ya sabíamos que eras buena, pero es que ayer te saliste. Nena, que quiero ser muy rica para comprarme todos esos vestidos —me dice Elisa, divertida, dándome otro abrazo.

—Y te los pondrías para ir al colegio a por tus hijos —le contesta Almu entre risas, y me da un abrazo también—. Felicidades, fue espectacular. Tú eres espectacular —me regala mientras yo paso de sus brazos a los de Mariló.

—Enhorabuena. Me gustó muchísimo, fue una pasada —me comenta mi amiga mientras siento mi pecho expandirse de pura felicidad.

—María Eugenia, ¿ya has reaccionado? —oigo que le pregunta Elisa a mi madre con sorna.

—Eso mismo le estaba contando a mi hija.

—Qué fuerte lo de ayer. A mí invítame a todos los desfiles, por favor. Tía, que tenía a Natalie Portman y a Nicole Kidman casi al lado, ¡qué barbaridad! —me cuenta Mariló, consiguiendo que sonría más, y eso que ya estaba sonriendo mucho—. Y que conste que no les pedí un autógrafo porque ayer iba yo de *divona* y a la que tenían que pedir el autógrafo, en todo caso, era a mí —añade para luego soltar una risotada.

—¿Cuándo tienes el próximo desfile? Chicas, sacad la agenda —interviene Silvia, pillando su móvil. No me lo puedo creer.

—Qué temerarias sois —les digo cuando las veo coger el teléfono para consultar la fecha—. Vais a dejar de nuevo a vuestros maridos a cargo de los niños, anonadada me hallo —las pincho, risueña.

—¡Ay, calla! Que me lo estoy pasando de miedo y necesito más de todo esto. Tía, que ayer, cuando terminó el desfile, nos fuimos de cena y cogimos tal cogorza que no podíamos ni decirle la dirección del hotel al taxista —me explica Silvia entre risas.

—Si nos hubieras visto hablando en francés y borrachas, ¡me meo cada vez que lo pienso! —me cuenta Elisa, provocando las carcajadas de todos menos de mis padres.

—Será posible, unas mujeres de su casa y borrachas, ¿no os da vergüenza? —las reprende mi madre, mirándolas con seriedad y negando con la cabeza, mientras mi padre intenta frenar su sonrisa.

—Ninguna, María Eugenia; de hecho, estoy deseando repetir a pesar del dolor de cabeza que tengo ahora. ¿Tenéis algo para que deje de martillearme? Tías, tendríamos que haber buscado una farmacia antes —prosigue Elisa, llevándose los dedos a las sienes.

—Eso os pasa por despendolaros —les digo, divertida—. Si es que no podéis salir de casa.

—Pero ¿tú te crees que yo, con tres niños pequeños, puedo salir mucho? Necesito excusas, como tus desfiles. Venga, ¿cuándo es el próximo? —insiste, sin soltar su móvil.

—El 6 de julio, y será aquí, en París. Si queréis venir, estáis invitadas, por supuesto.

—Será el de alta costura, ¿verdad? —inquiere Almu, y asiento con la cabeza—. Yo vengo, aunque me quede sin vacaciones antes de que llegue el verano, pero ese no me lo pierdo. Y vosotras, ¿qué?

—¿Tú qué crees? —interviene Silvia, guiñándole un ojo y provocando mi carcajada.

—Pero nos buscamos un pisito baratito, nada de hoteles —apuntilla Elisa.

—Hecho —oigo que acepta Mariló.

—Ya tienes cuatro manos para aplaudirte, en primera fila si puede ser —me dice Silvia con sorna.

—Se dice en el *front row*, aprende a hablar bien —la corrige Elisa, provocando mis carcajadas.

Desayunamos entre risas mientras las cuatro nos detallan la que liaron anoche, y me hubiera encantado poder desdoblarme para vivir lo que viví y también para estar con ellas.

—Tía, que no coordiné bien y me cayó el trozo de carne que iba a llevarme a la boca y dije «¡ay!» y casi nos meamos de la risa con esa chorrada —nos explica Eli, provocando las carcajadas de mis amigas y las suyas propias, lloros incluidos, «y siguen borrachas y no se han dado cuenta», pienso, riéndome con ellas ante tal tontería que recordarán cada vez que nos juntemos, y por supuesto que me hubiera encantado estar con ellas anoche y formar parte de ese momento.

* * *

Tras el desayuno nos dirigimos a mi casa para que la vean tanto mis amigas como mi familia, y si yo creía que me había reído muchísimo durante el desayuno era porque todavía no había vivido esto.

—Espera, espera, hazme una foto aquí, en el dormitorio de la señora María Eugenia —le pide Silvia a Elisa, tumbándose en la cama y haciendo posturitas mientras la otra la fotografía entre risas.

—Tía, ¡yo quiero vivir en un baño como el tuyo! —exclama Mariló, saliendo de él acompañada por Almu.

—Eso es porque no has visto su terraza. Santi, cariño, ven y te diré lo que haría yo en ella todo el tiempo —oigo que le suelta mi hermana, para luego darle una palmada en el trasero.

—¡Descarada! —apuntilla mi madre, provocando mis carcajadas—. Ay, hija, qué cocina más bonita tienes... Me recuerda a la que tenía tu abuela en el pueblo, ¿verdad? Qué pena que nos tengamos que marchar justo cuando tienes el día libre, lo estamos pasando tan bien, aunque lo hemos pasado bien todos los días.

—Y ese ramo de tulipanes tan bonito, ¿es de un amante secreto? —me pregunta Silvia, todavía tumbada en la cama.

—Ya quisiera, es de los miembros de mi equipo, por el desfile y todo eso —le miento, restándole importancia a pesar de tenerla toda—. Yo les regalé flores y ellos también lo hicieron —prosigo, encogiéndome de hombros, «y, como no me calle ahora mismo, voy a empezar a parlotear, tal y como hace mi madre», me percato, cerrando el pico para no decir nada más.

—Vamos a tener que irnos ya —comenta mi padre, y ensombrezco el gesto, pues apenas hemos podido estar juntos.

—Vaya, qué corto se ha hecho —susurro, apenada.

—Pero no pasa nada, porque vas a venir muchas veces a Madrid, recuerda que lo has prometido —interviene Candela llegando hasta donde estoy para abrazarme—. Por cierto, no ha colado —me murmura en voz baja, al oído, y la miro frunciendo el ceño, fingiendo no saber de qué me habla, a pesar de saberlo de sobra—. Date la vuelta de vez en cuando, anda —me aconseja, dándome un beso en la mejilla, omitiendo decir nada más al respecto, y recuerdo cuando me dijo que me diera la vuelta, de vez en cuando, para que me percatara de lo que podía dejar atrás.

—Vale —musito, intensificando el abrazo.

—Te echo de menos. Odio que vivas aquí, por mucho que te guste a ti —añade, provocando mi sonrisa, cargada de tristeza por tener que despedirme de ella.

—Yo también te echo de menos, pero solo de vez en cuando —le indico, bromeando.

—Qué idiota eres.

—Bueno, venga, soltaos. Ven aquí, hija —me pide mi madre, abrazándome con fuerza, y correspondo a su abrazo rememorando otros abrazos, otra casa, otra habitación... todo lo que flotaba en la orilla de mi vida y que ahora está tan lejos, tan fuera de mi alcance, y era tan perfecto... hasta que dejó de serlo—. Como no vengas a vernos, vendré yo y me instalaré en esa habitación de invitados tan bonita que tienes —me amenaza, convencida, provocando mi sonrisa y que esos pensamientos se alejen de mi mente.

De los brazos de mi madre paso a los de mi padre y a los de Santi y, sin poder retener las lágrimas, me despido de ellos, ya en la calle, con la compañía de mis amigas.

—Si sigues llorando así, vamos a emborracharte —me avisa Elisa entre risas.

—Podemos emborracharla, aunque deje de hacerlo —secunda Silvia, provocando mi sonrisa—. ¿A dónde vamos? París, tiembla, que hoy tenemos a la señora María Eugenia para hacernos de guía.

—Soy una pésima guía, os lo advierto.

—A mí, con que no me hagas caminar mucho, me vale. ¿Por qué no compramos una botella de vino, queso y algo más y vamos a cualquier parque? —nos sugiere Elisa, poniéndose las gafas de sol.

—¿Estás proponiendo que hagamos botellón? —le pregunto, sin dar crédito.

—Pero botellón con *glamour.* Eres la diseñadora de Dior, por favor, vamos a ajustarnos al cargo que ostentas —me replica con voz afectada.

—Exacto, vamos a coger una cesta de mimbre y a meter en ella copas de fino cristal con las que poder beber ese vino a sorbitos, sentadas en el césped sobre un mantel de cuadros rojos y blancos, a poder ser de Dior —matiza Silvia, siguiéndole la broma.

—Y el queso lo cogeremos con el índice y el pulgar, levantando el resto de los dedos —prosigue la guasa Mariló, provocando las carcajadas de Almu y las mías.

—No tengo nada de lo que decís, pero conozco un lugar que os va a encantar —les digo, recordando la bodega a la que solemos ir Noël y yo.

—Yo, con tal de sentarme, me vale. Estoy mayor, de verdad, no puedo con mi alma —nos confiesa Elisa dramáticamente—, y todo es culpa vuestra, que me lleváis por el mal camino.

—A mí no me mires, que no he hecho nada todavía —le digo, echando a andar.

—Dime que no vamos a caminar mucho, señora María Eugenia —se mofa, siguiéndome y soltando una risotada.

Al final terminamos en una cafetería, «y no importa el lugar cuando lo estoy pasando tan bien», pienso, soltando una carcajada ante lo que nos está contando mi amiga.

—Si es que no puede ser, ahí me tienes, leyendo una novela de esas romántico-eróticas en las que el tío es un portento que folla de miedo... y me doy la vuelta y veo a mi marido roncando, ¡si es que se me va toda la inspiración! El otro día, me giro y me lo encuentro dormido, boca arriba, con las manos encima del pecho, como si estuviera muerto... os juro que casi fui yo la que morí de la impresión que me dio —nos cuenta Almu, provocando nuestras carcajadas, y hacía muchísimo tiempo que no me reía tanto con ellas.

—A mí que me digan dónde están esos tíos, porque yo no los veo. ¿Tú los ves? ¿Hay franceses así? —indaga Silvia.

«Y no sé si habrá franceses así, pero yo conozco a un español, medio griego, que estoy segura de que cumple con todos los requisitos para ser el protagonista de una de esas novelas —medito, esbozando una sonrisa—, y he sonreído y no he ensombrecido el gesto ante su recuerdo», me percato de repente.

—Pues los habrá, pero, como apenas salgo de Dior, no tengo ni idea de dónde se esconden —contesto, sintiendo una paz difícil de explicar asentarse en mi pecho.

—¿Siempre estás currando? —inquiere Mariló, sin dar crédito.

—Siempre. Yo no tengo horario como vosotras, que hacéis vuestras ocho horas y os marcháis a casa. Yo llego cuando todavía es de noche y me marcho ya de noche, y no sé si eso cambiará algún día, porque siempre hay una colección a la vista. Ayer presenté una y dentro de dos meses presento la siguiente, y es un ritmo desquiciante, que me encanta, pero desquiciante al fin y al cabo.

—Pero eso no es vida, siempre trabajando —me recrimina Silvia.

—Mi vida es esto y, para mí, trabajar no es un sacrificio, sino un placer. Yo disfruto en Dior, es mi sueño hecho realidad, y puede que no lo entendáis porque vosotras tenéis marido e hijos, pero yo no, y mi marido y mis hijos son mi trabajo y mis diseños, y, creedme, disfruto muchísimo.

Y es completamente cierto, pero es más cierto que sería más feliz si mis dos lados de la balanza estuvieran equilibrados.

—Pero algún día echarás de menos tener una vida familiar... y, llevando este ritmo, no vas a poder compaginarlo —insiste, y niego con la cabeza.

—¿Sabes que no es necesario casarte y tener hijos?

—Tía, ¿tú sabes lo bien que está y la casa tan perfecta que tiene? —interviene Elisa como si yo no estuviera presente—. Mi casa es una locura, con tres críos y un marido que puede llegar a ser más crío que ellos, y yo voy de culo desde que me levanto hasta que me acuesto. Ni te cases ni tengas hijos, créeme, estás de coña —me asegura, provocando mi sonrisa, y no es una sonrisa forzada ni cargada de añoranza, sino de verdad.

Tras hacer un poco de turismo, en el que me incluyo, pues esta ciudad, exceptuando las calles por las que suelo moverme habitualmente, es todavía un misterio por descubrir para mí, acabamos en la bodega, bebiendo vino y comiendo queso, «cogiéndolo con el índice y el pulgar y levantando el resto de los dedos», pienso con sorna, riéndome ante un comentario que ha hecho Mariló.

—Podría alimentarme a base de vino y queso —me confiesa Almu, un poco más tarde, llevándose la copa a los labios.

—Me siento mal —nos confiesa Elisa con seriedad.

—¿Qué te pasa? —le pregunto, preocupada.

—Tía, que no he echado nada de menos a mi marido ni a mis hijos. ¿Soy una mala madre? —nos plantea, esta vez con gravedad.

—Eres la mejor madre que conozco, solo que necesitabas salir de casa y airearte un poco —le aseguro, convencida. De hecho, las cuatro son unas madres fantásticas.

—Qué tonta eres. No es que no los eches de menos, es que estás tranquila porque, en el fondo, sabes que están bien cuidados —le garantiza Silvia, cogiendo otro trozo de queso—. Antes de marcharnos tengo que comprar todo el queso que tengan, además de muchas botellas de vino.

—Muy en el fondo, pero sí, están bien cuidados, y no quiero ni pensar cómo encontraré la casa cuando llegue.

—¡Bah! Olvídate de la casa ahora, y tú no hace falta que compres nada, porque dentro de dos meses vamos a estar de nuevo aquí sentadas, brindando con la señora María Eugenia por el éxito de su nueva colección —suelta Mariló, rotunda.

—Qué pesadas sois con el «señora», de verdad.

—Mucho. Venga, vamos a brindar —nos propone Elisa, haciendo a un lado sus remordimientos para coger la copa de vino y alzarla—. Por la señora María Eugenia, por el éxito de su colección y por todos los que están por venir, que van a ser muchos.

—Por nosotras, por el vino y por el queso francés —prosigue Almu, divertida.

—Y por los franceses tíos buenos que todavía no hemos visto pero que veremos —apuntilla Mariló, sumándose al brindis.

—Y por muchos días como estos —añade Silvia, alzando la suya.

—Y por vosotras. Las mejores madres que conozco y las mejores amigas. Por muchas borracheras, por muchos desfiles y por todo lo bueno que está por venir —les digo, alzando mi copa... y por supuesto que todavía hay cientos de cosas buenas por venir.

Capítulo 28

UN MES DESPUÉS, MADRID

María Eugenia

Las siguientes semanas las paso volcada en la colección de alta costura, de nuevo entrando la primera y saliendo la última, haciendo malabarismos para poder encontrar unas cuantas horas libres para mí, sobre todo los fines de semana, en las que poder disfrutar de esta ciudad maravillosa, que es mi casa ahora, junto a Noël, mi amigo y casi confidente y al que la prensa ha catalogado como mi pareja tras hacer públicas unas fotografías en las que íbamos caminando juntos, con su brazo rodeando mi espalda, y es una tontería de la que nos reímos muchísimo y que no me he molestado en desmentir. «Mi pareja, dicen, si ellos supieran», pienso con sorna, negando con la cabeza, acordándome de las noticias que se publican a diario sobre mí y que en nada se asemejan a la realidad.

«Puede que yo misma vaticinara mi futuro hace unos meses cuando plasmé la idea de mis desfiles —reflexiono, reconduciendo mis pensamientos, el recuerdo de ese primer amor o del que te marcó especialmente para la colección Resort y el disfrute de lo que la vida te ofrece, cuando, tras la ruptura, llega la aceptación, para la colección Dior Alta Costura—. He aprendido a abrazar su recuerdo sin dolor. He aprendido a disfrutar de mi vida, y no sé si *aprender* es el verbo correcto», me digo, esbozando una sonrisa cuando el sol de Madrid me da de lleno en el rostro. Simplemente he dejado de echar de menos para vivir mi vida y disfrutar de ella, y es cierto que pedí tener el universo frente a mí, pero cada vez imagino menos ese lado de la balanza, que sigue vacío, para centrarme en lo que los rayos del sol me muestran. Mis alrededores más cercanos. Lo que flota en mi orilla. Lo que puedo abrazar.

«Puede que sea cierto eso que dicen de que el tiempo todo lo cura y que, con su paso, los malos recuerdos acaban desapareciendo hasta dejar solo los buenos, los que te hacen sonreír y sentirte bien —medito saliendo del aeropuerto—. Puede que mi universo sea esto, lo que estoy viviendo ahora, que es mucho, porque cada vez soy más feliz y estoy más contenta con mi vida. Y puede que las cosas hayan sucedido como tenían que suceder —asumo, cogiendo un taxi y sonriendo de nuevo, pues hoy, por fin, voy a cumplir mi promesa, la que le hice a mi hermana y a mí misma, a pesar de que me ha costado la vida hacer a un lado mi trabajo—, pero querer es poder y yo quiero; quiero estar presente, quiero formar parte y quiero disfrutar de las personas que son importantes para mí; quiero que me vean y verlas y también mantener lazos que no deseo romper —concluyo, dándole la dirección de Amparito al taxista y sintiendo cómo los nervios llegan para golpear mi garganta con fuerza—... unos nervios que poco tienen que ver con ella», admito, inspirando con fuerza mientras el conductor se incorpora a la circulación.

«Puede que lo vea —me planteo, llenando mis pulmones con una profunda inspiración para luego soltar el aire lentamente—, o puede que no; ni siquiera sé si está aquí, en Madrid, o se ha marchado a Milán —divago, ligeramente molesta conmigo misma por estar teniendo esta reacción ante una mera posibilidad—. Puede que estos nervios no tengan que ver solamente con él, sino con el hecho de que voy a estar de nuevo en esa calle, en ese edificio y en ese rellano en el que viví tantas cosas. Mi otro lado de la balanza. Lo que flota tan lejos de mí ahora que, por mucho que estire los brazos, ni siquiera puedo rozar», reconozco, ensombreciendo el gesto al evocar esa playa y su deseo.

«Llevo la concha allá donde voy, y puede que sea una tontería, pero se ha convertido en algo así como en un amuleto, al que recurro cuando estoy nerviosa, como ahora», admito, bajando la mirada para observarla, y en realidad no la estoy viendo, porque estoy mirando a través de mis recuerdos; estoy viendo la primera vez que llevé las maletas a su casa, la primera vez que Amparito me hizo magdalenas, la primera vez que le dije «te quiero» y la primera vez que desperté entre sus brazos.

Era un encanto y yo lo hice el protagonista de mi vida, y ahora, cuando ya no estamos juntos, cuando yo soy la protagonista de mi vida, él sigue teniendo voz, sigue estando presente, como en el libro *Rebeca*...

* * *

—¿Sabes por qué me gusta tanto el libro *Rebeca*? —me preguntó hace lo que parece cien vidas, a pesar de la nitidez de esa escena en mi memoria.

—¿Por qué?

—Porque la protagonista indiscutible de la historia no aparece en ningún momento en la novela, y lo que me gusta precisamente de ese libro me toca muchísimo las pelotas en mi vida, porque ese Alberto sigue estando presente en la tuya.

* * *

«Alberto... ni lo recuerdo ya —afirmo, alzando la mirada para posarla en la ventanilla—. Puede que dentro de unos años me suceda lo mismo con él —pienso con tristeza mientras el taxi se detiene en esta plazoleta que tantas veces pisamos juntos y que tiene nuestras risas y nuestras voces pegadas en sus aceras y en las fachadas de sus casas—. Puede que la vida sea eso, vivencias que vamos acumulando y dejando atrás para vivir otras, solo que, a pesar de todo lo que ha sucedido, no quiero olvidarlo; no quiero olvidar el brillo de su mirada, su sonrisa desdeñosa y todo lo que viví y sentí a su lado», sentencio, accediendo a este edificio en el que todavía puedo vernos.

«Qué feliz fui aquí —rememoro, encaminando mis pasos

hacia el ascensor, percatándome de que he dejado de estar nerviosa para estar ansiosa; ansiosa por verlo, por oír el sonido de su voz, por comprobar si el brillo de su mirada ha regresado y vuelve a ser ese crío insolente a medio hacer que me encantaba, o si, por el contrario, sigue siendo la sombra del que fue y que encontré en París—. Sí, estoy ansiosa por verlo y no debería estarlo ni tampoco olvidarme de los malos momentos que viví a su lado, porque, quien borra sus vivencias corre el riesgo de volver a repetir sus errores —me riño, mordiendo la cara interna de mi mejilla cuando las puertas del ascensor se abren y regreso a este rellano, en el que, al igual que cuando he accedido al portal, todavía puedo vernos y oírnos con total claridad; nuestros besos, nuestros abrazos, nuestras risas...—. Y qué curiosa es la mente y cómo juega con nosotros, porque, en estos momentos, soy incapaz de atrapar los recuerdos dolorosos que parecen querer escabullirse y huir de mí», asumo, dirigiendo la mirada hacia la puerta de su casa, que durante un tiempo fue la mía.

«Podría llamar y ver qué pasa. Arriesgarme y permitir que lo que flota tan lejos de mi orilla ahora, regrese. Si estoy aquí y soy incapaz de acordarme de lo malo, ¿por qué no puedo intentarlo cuando fui tan feliz? —me pregunto, echando a andar hacia su puerta, cediendo a esos deseos que se mantienen firmes a pesar de mis decisiones y mis palabras—. Sigo enamorada de él —reconozco, bajando la mirada hasta mis pies. Mis pies...—. Me imaginaba subiendo los pies descalzos al sofá cuando me sentía cómoda a su lado o imaginaba que no tocaban el suelo cuando me sentía perdida y era incapaz de encontrar el punto de equilibrio —rememoro, ensombreciendo el gesto, visualizando nuestros pies descalzos, sus dedos frente a los míos, mientras nos abrazábamos—. Fui infinitamente feliz a su lado y luego le pedí garantías, cuando la vida viene sin ellas; incluso mi trabajo viene desprovisto de ellas», admito, alargando la mano para pulsar el timbre...

* * *

—¿Podemos hablar a través de los cascos? —me asombré cuando lo oí cantar a través de ellos.

—Sí, pelirroja, podemos hablar. —Y, sin tener que esforzarme, todavía puedo oír su voz cerca de mi oreja, como si lo tuviera al lado.

—¿Y por qué no me lo habías dicho antes?

—Mejor no preguntes —me respondió con ese tono vacilón que me sacaba de quicio, pero que me encantaba al mismo tiempo.

—¿Qué canción era esa?

—+.

—Más, ¿qué?

—Solo + —me contestó, escueto, dándole gas a la moto, sorprendiéndome cuando empezó a cantarla de nuevo.

* * *

«Y daría mi vida entera por volver a vivir ese momento —confieso para mí, rozando con la punta de mis dedos el timbre de su puerta, sin llegar a pulsarlo—. Sigo queriendo su deseo, sigo queriendo vivir todo lo que imaginé a su lado y sigo añorando ese lado de la balanza, pero sus deseos y los míos se encuentran más allá de ella ahora, porque se alojan en el lado del miedo, y yo temo alcanzarlo, temo nadar hacia ellos para atraparlos, y permito que se alejen más de mi orilla», asumo, bajando la mano y sintiendo cómo los recuerdos dolorosos, que parecían querer escabullirse de mí cuando he llegado, llegan para asentarse en mi pecho.

«Iba a hacer una tontería —me riño, retirando la mano para, seguidamente, encaminar mis pasos hacia casa de Amparito—. Iba a llamar a esa puerta que yo cerré hace tiempo, e iba a equivocarme, y mucho», prosigo el hilo de mis pensamientos, pulsando el timbre con la fuerza que me ha faltado cuando estaba frente al suyo.

—Pero, bueno, ¡qué sorpresa más maravillosa! —exclama Amparito cuando abre la puerta y, sin poder frenarme, la abrazo, sintiendo cómo la emoción cerca mi garganta, percibiéndola frágil entre mis brazos.

—Cierto, menuda sorpresa —oigo su voz acerada y cargada de resquemor, proveniente del interior de la vivienda de mi anciana exvecina.

—¡Qué casualidad que hayáis venido los dos a verme! —me dice con cariño mientras continúo aferrada a su cuerpo, posiblemente porque temo alzar la mirada y encontrarme con la suya.

—Qué pasa, ¿que te has perdido? —me pregunta con sequedad, y ante su tono dejo de resistirme para encontrarme con ese azul que no he conseguido olvidar.

El azul del calor, el azul de la combustión completa; el azul que a veces no vemos pero que no por ello deja de estar presente. Como todo lo que sentíamos y como todo lo que estamos sintiendo ahora, y que en nada se parece a lo otro... como nosotros, que en nada nos parecemos a lo que fuimos.

—A diferencia de ti, yo no le doy la espalda a las personas que quiero —le suelto, empleando esa misma acritud, alejándome de los brazos de Amparito para hacerle frente... y encontrarme con otro Ciro, uno que ya no reconozco, a pesar de que su pelo sigue estando tan revuelto como siempre y que no ha modificado su forma de vestir.

—Ni yo tampoco —me rebate, cruzándose de brazos, mirándome con seriedad—. Y, ¿sabes una cosa?, al menos yo sé rectificar cuando me equivoco, no como tú, que te mantienes subida a tu estúpido orgullo, pero tú verás —añade, encogiéndose de hombros mientras me limito a sostenerle la mirada, «y parece mentira que tenga frente a mí al hombre que lamió mi mano y más tarde todo mi cuerpo», me lamento con dolor, echándolo tanto de menos que no tengo una palabra exacta para definir lo que estoy sintiendo. Un agujero negro. «Él era mi agujero negro antes de convertirse en mi universo», rememoro con rapidez, y ahora vuelve a serlo, solo que, de nuevo, en nada se parece al otro.

—Venga, no discutáis. Pasa, hija —intercede Amparito, pero no puedo moverme ni alejar mi mirada de la suya; tan hermética y cerrada como una noche de tormenta desprovista de estrellas... y me gustaría saber dónde estamos, y no en qué punto, sino los que éramos cuando estábamos juntos.

—Eso, pasa, por favor, que mi presencia no te impida estar con las personas que quieres —me dice con dureza, intensificando el pálpito de la tristeza que siento instalado en mi garganta desde que he oído el tono de su voz.

—Desde luego que tú no eres una de ellas —le rebato utilizando ese mismo tono, cruzándome también de brazos.

—¿Queréis hacer el favor de no discutir delante de mí? —nos reprende Amparito, cogiéndome del brazo para hacer que me mueva—. Pasa, hija, venga —insiste, tirando de mi brazo, y es increíble que una mujer tan mayor y menuda tenga tanta fuerza.

—Amparito, creo que no es una buena idea. Casi mejor si regreso luego, ¿te parece? —le pregunto, sintiendo que me estoy ahogando ante su presencia y la dureza que está empleando conmigo, que es muy similar a la que yo estoy empleando con él, solo que en mi caso es todo fachada y mi manera de protegerme.

—Menuda guerrera de pacotilla estás hecha —suelta con sorna, y me vuelvo hacia él y hacia su mirada, en la que detecto el cabreo más cristalino instalado en ella, tan en contraste con el tono que ha empleado.

—No le hagas caso, hija, solo está enfadado, como tú. Venga, entra, y tú, compórtate, ¿quieres? —le pide, casi riñéndolo.

—Que yo sepa, no he hecho nada, Amparito —le replica, esbozando una inclemente sonrisa, mientras yo cedo finalmente y accedo a este piso que tantas voces nuestras atesora entre sus paredes—. Menudo honor, Amparito, tener en tu casa a la diseñadora de Dior, la señora María Eugenia de la Rúa.

—Vete a la mierda —mascullo entre dientes, pasando frente a él, sintiendo cómo una parte indefinida de mi cuerpo se contrae ante la proximidad del suyo, y puede que sea mi alma, quejándose, o esa parte que sabe lo que quiere reclamando lo que sigo añorando.

—Ricura, eso no te queda bien, recuerda quién eres —me espeta, alzando una de sus cejas.

—Sé perfectamente quién soy, simplemente me limito a hablar como me hablan a mí —le respondo con seriedad, atrapando su mirada con la mía.

—Y, por lo que veo, también tiendes a olvidar con suma rapidez —me rebate entre dientes, acercándose a mí, y me obligo a clavar los tacones en el suelo para no retroceder.

—¿A qué te refieres? —inquiero, hurgando en su mirada y

encontrándome con ese cabreo, que me ha recibido, instalado junto a la ira y a la decepción que terminan de colocarse a su lado, y no sé a qué viene esto cuando la que tendría que sentirse así, en todo caso, soy yo y no él.

—Amparito, creo que deberías sacar el champán para que brindemos por la señora María Eugenia, pero que sean las copas buenas, esas que guardas para ocasiones especiales —remarca con una despiadada sonrisa—, que aquí hay mucho que celebrar, ¿verdad?

—Eres un imbécil —le dedico con desprecio, sin poder alejar mi mirada de la suya.

—¿Por qué? ¿Acaso miento? Tienes todo lo que quieres; vives en París, eres la diseñadora de Dior, todo el mundo besa por donde pisas y vuelves a tener pareja. A eso lo llamo yo correr —farfulla, sosteniéndome la mirada.

Maldita sea. Así que de eso se trata, hostia.

—Cierto. ¿Puedes decir lo mismo de ti? —le pregunto con toda mi mala leche, esbozando una pétrea sonrisa, y qué mal lo estoy haciendo, porque yo podría cambiar esto, podría sacarlo de su error, y, en cambio, le estoy dando peso, cegada como estoy por su ira y sus palabras.

—Todavía no, porque no vivo en París, al menos de momento, pero no me quejo con respecto a lo otro —me rebate, yendo hacia una de las sillas para sentarse con total despreocupación... tan chulesco, tan irreverente e insolente como solía ser, solo que ahora no me hace gracia ni me gusta; al contrario, me duele, y es un dolor seco, cortante, que me deja sin respiración, como si te dieran un fuerte puñetazo en pleno pecho que te doblara por la mitad.

—¿Qué pasa, que ahora te has hecho diseñador? Vaya, qué sorpresa —le contesto con burla, esbozando una sonrisa que es todo fachada, para luego ir hacia la silla que hay frente a la suya para sentarme.

Y si una vez creí que el amor era el sentimiento que movía el mundo, hoy pienso todo lo contrario, porque, en estos momentos, los que mueven el mío son el despecho, la rabia y el dolor que me alejan de lo que quiero, como hace el miedo, que mantiene presos mis deseos lejos de mi orilla.

—No seas tan básica, no te queda bien —replica, condescendiente, recorriendo mi cuerpo con la mirada, solo que ya no hay deseo en ella, sino desdén e indiferencia, y parece mentira que estemos viviendo esto con todo lo que hemos vivido juntos.

—Ni a vosotros os queda bien hacer lo que estáis haciendo —nos regaña Amparito, tan decepcionada como lo estoy yo.

—Pero si solo estamos hablando, ¿verdad, ricura? —me pregunta sin quitarme la mirada de encima, «y ojalá no hubiera venido», pienso, sintiendo cómo cientos de agujas se clavan en mi pecho. Agujas que duelen. Agujas que dañan. Agujas que se ensañan.

—En realidad estoy perdiendo el tiempo, porque yo había venido a verte a ti y no a él —le digo a mi exvecina, volviéndome para mirarla, dulcificando el tono de mi voz.

—Mala suerte, ricura —oigo que dice, y me niego a seguir prestándole atención y a proseguir con un juego que no me divierte y al que no quiero jugar.

—La mala suerte la tuve el día que te conocí —le indico sin imprimirle ningún tipo de emoción a mi voz, deslizando mi mirada para encontrarme con la suya mientras cubro mi rostro con esa máscara de indiferencia con la que suelo manejarme tan bien cuando trabajo—. Por suerte tenías razón y la vida tenía sus propios planes reservados para nosotros, ¡y benditos planes que te alejaron de mí! —afirmo, totalmente convencida, «y dudo mucho que pueda llegar a olvidar este momento», pienso, levantándome para ir hacia mi vieja amiga—. Amparito, se me está haciendo tarde, pero vendré otro día, te lo prometo —le comento, ante su rostro afligido.

—No quiero que vengas otro día, quiero que te quedes ahora y que hables con él como hablabas antes, y tú lo mismo. Estáis aquí, aprovechadlo —nos aconseja, cogiendo una de mis manos entre las suyas—. Lo complicáis todo... cuando es tan fácil como hablar desde el corazón.

—Mi corazón ya está ocupado y, gracias a Dios, muy tranquilo. Nos vemos otro día, Amparito —me despido de ella dándole un abrazo, sintiendo la dureza de su mirada clavarse en mi alma, «y no sé por qué he dicho esto», me recrimino, yendo hacia la puerta sin molestarme en mirarlo ni despedirme de él.

Salgo de esta casa y de este edifico que fue mi casa, en todos los sentidos, con la certeza de que hoy, con mis palabras, he alejado todavía más mis deseos de mi orilla y de que mi miedo lo ha aprovechado para alargar sus brazos y cercarlos para impedir su huida, y ha sido algo instintivo, que nos ha salido de dentro y que no hemos podido frenar, pues ambos nos hemos dejado llevar por la rabia y la decepción que sentíamos el uno hacia el otro, solo que la suya era totalmente infundada, porque Noël es solo un amigo y mi apoyo en París.

Yo iba a llamar a su puerta, iba a ver qué sucedía, y lo he sabido sin tener que acceder a su casa. Maldita sea. Tendría que haberlo aclarado en su momento, «aunque, al hacerlo, me hubieran cogido el brazo, el cuello y la cabeza», reconozco con tristeza, recordando las palabras de Noël...

* * *

—¿Has visto esto? —le pregunté, alucinada, un sábado mientras desayunábamos en una de «nuestras» cafeterías, mostrándole el periódico donde aparecíamos desayunando, tal y como estábamos haciendo en ese instante, junto a un par de fotografías nuestras donde se nos veía caminando con su brazo rodeando mi espalda y con mi cabeza apoyada en su cuerpo.

—La diseñadora de Dior, María Eugenia de la Rúa, encuentra el amor en los brazos de un miembro de su equipo —leyó en voz alta, tan flipado como lo estaba yo—. ¡Joder!, ¡acaban de emparejarnos! —exclamó, divertido, para luego soltar una carcajada.

—No tiene gracia —le rebatí, molesta, haciéndome de nuevo con el periódico para leer la noticia completa.

—Por supuesto que no tiene gracia. Por tu culpa ahora van a pensar que soy hetero y, si ya ligo poco, ahora ligaré menos —replicó, cruzándose de brazos, pero sin dejar de sonreír.

—¿Lo desmiento? —le planteé, preocupada, trayendo su mirada y su sonrisa desdeñosa de vuelta.

—Lo que tú veas, pero, si entras en ese juego, ya no vas a

poder salir y siempre vas a tener que estar desmintiendo o confirmando noticias —me aconsejó con seriedad.

—¡Pero es que es mentira! —insistí, indignada.

—¿Y qué más te da? Que digan lo que quieran —me rebatió, encogiéndose de hombros para seguidamente llevarse la taza de café a los labios.

—¿No te importa que te emparejen conmigo? —inquirí mientras él bebía su café con total tranquilidad.

—Las cosas, al final, caen por su propio peso. Yo soy gay, frecuento lugares de ambiente y no me escondo de nadie, y a ti hoy te emparejarán conmigo y mañana con otro tío. Déjalos que hablen y que especulen lo que quieran, pero no entres en ese juego, porque, cuando les tiendes la mano, te cogen el brazo, y, créeme, sé de lo que hablo, porque lo viví con Logan.

—Dicen que dimos un paseo romántico cuando en realidad estábamos lamentándonos de nuestro mal de amores, ¡la madre que los parió!

—Ni caso. Venga, deja eso y termínate el desayuno de una vez, que se está haciendo tarde.

* * *

Rememoro esa conversación mientras cojo un taxi para ir a casa de mis padres. Sé que tenía razón y que continuamente salen noticias falsas respecto a mí, pero no desmentirlas les da un cierto peso, incluso las hace verdaderas hasta que sale otra noticia, posiblemente también falsa, que se carga la primera o que le da incluso más peso, porque la prensa ya define a Noël como mi pareja y ahora yo misma he permitido que él lo crea al no sacarlo de su error.

«Me he comportado como una necia —me lamento, sintiendo cómo las lágrimas se instalan en mis ojos—. Era tan fácil hacerlo bien. Tender puentes en lugar en cargármelos. Hablar con el corazón en lugar de hacerlo desde el rencor. Acercarme en lugar de alejarme. Y sigo pensando que, si esta era la sorpresa que nos tenía reservada la vida, menuda mierda de sorpresa», gruño mentalmente, tragándome las lágrimas y todo el dolor que tengo latiéndome en la garganta.

Capítulo 29

Ciro

—Yo también me macho, Amparito —le digo, poniéndome de pie, frenándome para no correr hacia ella e impedir que se largue.

—Ciro —me llama, y no es mi nombre, sino la misma desilusión y tristeza que siento yo.

—Esto estaba ya roto, no te preocupes —le indico, sonriendo, fingiendo que estoy bien cuando estoy hecho mierda—. Siento que hayas tenido que presenciarlo —me disculpo, acercándome a ella para darle un beso.

—Las cosas no se rompen mientras se quiere, y tú la quieres, acababas de decírmelo justo antes de que llamara a la puerta... y luego, cuando se lo podrías haber dicho, solo has soltado tonterías. ¿Por qué has hecho eso? —me pregunta, tan decepcionada como lo estoy yo.

—¿Acaso no la has visto? Joder, pero si lo primero que me ha dicho es que ella no olvida a las personas que quiere —mascullo, dolido, y, en realidad, no he dejado de estarlo desde que me largué de París con el rabo entre las piernas.

—¿Y qué le has dicho tú? ¿Cuántas veces he de repetirte lo que tú mismo ya sabes? La vida es corta, hijo; vivas muchos años o pocos, no la desperdicies y, si la quieres, inténtalo.

—Tiene pareja, no hay nada que intentar —siseo con acritud, sintiendo que algo dentro de mí se contrae con fuerza.

Todavía recuerdo cuando me lo contaron. No podía creerlo. No podía ser cierto... y corrí como nunca había corrido hasta el kiosco más cercano para verlo con mis propios ojos. Y ahí estaba. Su sonrisa mientras miraba a ese tío en ese café parisino y luego ese paseo con él rodeando su cuerpo... «y, si me hubiese amputado las dos piernas y los dos brazos, no me hubiera dolido tanto», rememoro, sintiendo el mismo dolor que sentí ese día. Joder, lo que daría por poder pasar página de una vez, por dejar de estar cabreado con la vida y conmigo mismo y por volver a ser el tío que era. Olvidarla de una vez y olvidar todo lo que deseé antes de que sucediera lo de mi hermana. Mi hermana. Y sigue doliéndome igual que el primer día.

—Y yo estoy segura de que sigue enamorada de ti —oigo que me dice, alejándome de mis pensamientos y consiguiendo que una dura sonrisa se instale en mi rostro.

«Sí, claro, está enamoradísima», pienso con dolor antes de contestar.

—Estaba enamorada de mí, ahora ya no —remarco, negando con la cabeza—. Cuando me marche, te aviso, ¿vale?

—Ella en París y tú en Milán, qué estupidez. ¿Por qué no te vas a vivir a París? ¿Qué vas a hacer en Milán tú solo?

—No voy a estar solo; tengo un par de amigos allí, y ya sabes que voy a trabajar.

—En París también puedes trabajar —me rebate, convencida, y por supuesto que en París también puedo trabajar; de hecho, iba a vivir allí con ella, «pero justo por eso París está descartado», replico mentalmente, torciendo el gesto.

—Necesito empezar de nuevo, Amparito, lejos de todo y de todos, pero, sobre todo, necesito estar lejos de ella para poder olvidarla de una vez.

—Lo que necesitas es justo lo contrario, pero tú verás —me rebate con tristeza, y sé que tiene razón y que lo único que necesito es volver a tener lo que tenía, solo que eso ya no es una opción para mí y, cuando deja de ser opción, lo mejor es olvidarlo y seguir.

—Te aviso cuando me marche —me limito a repetirle, siguiendo los mismos pasos que ha recorrido ella hasta llegar a la puerta, solo que, en lugar de salir a la calle e ir en su busca, sigo hasta mi casa. La casa que también fue suya y en la que viví lo mejor de mi vida.

«Está en Madrid y he vuelto a tenerla frente a mí —me digo, cerrando la puerta, clavando la mirada en la pared en la que follamos una noche. Su espalda pegada a ella. Su falda subida hasta la cintura. Mis manos alzándola con fuerza. Sus labios. Sus gemidos. Los míos—. Éramos puro fuego y ahora no somos nada o, al menos, yo no soy nada —asumo, soltando todo el aire de golpe para dirigirme a la habitación donde sigue montado su vestidor, tal y como ella lo dejó—... posiblemente porque mantenía la esperanza de que algún día toda su ropa volvería a estar colgada de estas perchas, a pesar de que fui yo quien la quitó de ellas», reconozco, ensombreciendo el gesto.

«Cómo me equivoqué y cómo la jodí», me recrimino, yendo hacia el salón, donde me dejo caer en el sofá, en el que también follamos infinidad de veces y en el que sus lágrimas se unieron a mi desesperación.

Todavía no he podido superar lo de Angie y sigo viviendo envuelto en una especie de niebla densa que me impide ver con claridad. Sigo cabreado con la vida y conmigo mismo y sigo sin saber gestionar lo que siento, y justo por eso necesito irme de aquí; de esta casa que es un recordatorio constante de lo que viví y de esta ciudad donde, sin tener que esforzarme demasiado, puedo vernos cruzar sus calles sobre mi moto o con nuestros dedos enlazados. Necesito alejarme de todo lo conocido para poder empezar de nuevo. Necesito enfrentarme a lo desconocido para no tener otra opción que abrir los ojos por cojones. Necesito librarme de esa niebla que me mantiene en trance, y, si para ello tengo que largarme de aquí, pues que así sea, porque estoy hasta los huevos de sentirme como un puto zombi.

Maldito dolor. Maldita vida. Maldita muerte que se lleva lo que más quieres. Maldito yo que la alejó de mi lado, convirtiéndome en la muerte.

—Y ahora está con otro tío, un franchute de mierda —siseo entre dientes.

Ella me encendía en todos los sentidos. Encendía las luces de mi pecho y de mi risa. Encendía mis noches y mis días. Encendía mis manos y mi boca. Me llenaba por dentro como solo puede hacerlo la persona que está destinada para ti, y yo, estúpido de mí, pensé que sería para siempre. Pensé que esa niña pelirroja que veía cuando la miraba a ella algún día sería nuestra, a pesar de que siempre decía que no quería tener hijos, y una pequeña, ilusa y estúpida parte de mí dio las cosas por hecho. «Dio por hecho que podía pedirle espacio. Dio por hecho que podía alejarla de mi vida y que luego podría recuperarla como si no hubiese sucedido nada. Dio por hecho que siempre estaría ahí, esperándome hasta que yo estuviera listo para regresar, solo que no lo hizo y siguió con su vida, alejándome de la suya, tal y como hice yo con ella», me lamento, hundiendo los dedos en mi pelo, agachando la cabeza, y recordando ese momento...

* * *

—Si no quieres hablar, pues no hablemos, pero no me apartes de tu lado. Oye, no sé qué ha sucedido, pero quiero estar contigo, quiero cuidar de ti y quiero...

—¡No quiero que cuides de mí ni tampoco que estés a mi lado! ¿Por qué coño no puedes entenderlo?

* * *

No he querido a nadie a mi lado, ni siquiera a mis padres, y he vivido toda esta mierda solo; me he ahogado con las aguas del monzón, he tragado litros de dolor y, al final, he logrado sacar la cabeza y respirar, «a pesar de que continúo sintiendo su corriente enredada entre mis piernas, como si fuera una especie de recordatorio de que no me he librado de ella y de que puede volver a subir por ellas y arrastrarme en su corriente en cualquier instante», admito, sintiendo que he muerto sin haberlo hecho.

«Sabía que era ella sin tener que oír su voz —rememoro, cambiando el rumbo de mis pensamientos, recordando el momento exacto en el que me ha llegado la voz de Amparito al abrir la puerta—. Y ha sido una certeza tan fulminante que me ha llevado a levantarme de sopetón y a correr hacia la entrada para ver con mis propios ojos lo que algo dentro de mí ya sabía. Y todo se ha removido en mi interior, con una fuerza demoledora, hasta dejarme sin respiración; de impresión, al principio, y con la rabia de los celos, después.»

«Está impresionante —reconozco, clavando la mirada en el suelo—, y tiene al mundo fascinado con su colección y con su mensaje reivindicativo... "Yo soy la protagonista de mi vida" —recuerdo, yéndome con mis pensamientos a ese momento exacto en el que la cámara la enfocó cuando salió a saludar al final del desfile, con esa camiseta puesta, y fue como si me dieran una hostia, con la mano abierta, en toda la cara, porque desde el primer instante supe que ese mensaje iba dirigido en exclusiva a mí», me digo, visualizándome frente al televisor, sin poder alejar la mirada de la pantalla.

«Soy yo la que necesita espacio ahora, la que no quiere estar contigo y la que necesita estar sola», rememoro como no he dejado de hacer continuamente... «Solo que eso de estar sola le ha durado bien poco», me cabreo, sintiendo cómo la furia más oscura domina mi pecho, una que se une a la rabia más auténtica, al dolor más cristalino y a todo lo malo que puedes sentir y que es lo que me domina por dentro.

Ni siquiera sé cuándo fue la última vez que reí con ganas, que disfruté del que era mi preciado «ahora» o que sentí que estaba exprimiendo mi vida... «Y por supuesto que lo sé —me rebato, endureciendo el gesto—. Fue con ella, en cualquier momento y cualquier día, siempre y cuando estuviese conmigo. Luego se fue a París, me llamó mi hermana y todo se fue a la mierda», concluyo, levantándome para ir hacia la ventana.

Lo mejor que puedo hacer es largarme y seguir con mi vida. Conocer gente nueva, viajar y llenar mis días de atardeceres y amaneceres distintos, y si algún día volvemos a encontrarnos y estamos libres, ya se verá, pero, mientras tanto, voy a aprender a vivir y a recordar cómo se hacía eso de disfrutar del momento, aprovechar cada minuto y exprimir cada segundo. Voy a cumplir la promesa que le hice a Angie o, al menos, a intentarlo, y voy a volver a ser el que era antes de que las aguas del monzón llegaran para arrastrarme con ellas.

Capítulo 30

París

María Eugenia

Tal y como les prometió Belmont, unos días antes del desfile me reúno con Angelica Cheung y Anna Wintour, por separado, para mostrarles un avance de la colección. Con ellas hablo de moda y de igualdad mientras las modelos, una a una, van desfilando para nosotras, y si yo creía que sabía mantener mi rostro inexpresivo era porque no había tenido sentada a mi lado, casi codo con codo, a Anna Wintour, pues tiene una habilidad asombrosa para que el suyo no refleje absolutamente ninguna emoción. Por suerte para mí, ese control férreo se esfuma cuando aparece frente a nosotras el vestido de plumas.

—Esta colección está creada pensando en una mujer decidida que sabe lo que quiere y que no permite que nada la doblegue, que viste para sentirse bien consigo misma, para lucirse e incluso para presumir. Este vestido es la esencia de la colección. Una mujer guerrera vestida con plumas, delicada aparentemente, pero tan fuerte como la lanza que sujetará la modelo con una mano. Nos han hecho creer que somos el sexo débil y que necesitamos protección, cuando no es así —sentencio, convencida.

* * *

—Sé que crees que sabes defenderte, pero déjame decirte que tienes la misma fuerza que pueda tener una hormiga, y, si un malnacido quisiera hacerte algo, lo tendría jodidamente fácil —rememoro con rapidez.

—¿De verdad crees que no sabría defenderme? Mira, tengo treinta y ocho años, once más que tú —remarqué, completamente ofendida—, y nunca he necesitado que un machito venga a defenderme ni a protegerme como si yo fuera una princesa desvalida.

Nosotros prometimos cuidarnos. «Yo cuido de ti y tú cuidas de mí. Tan fácil como eso», recuerdo también veloz.

* * *

«Y ni él permitió que lo cuidara ni yo voy a permitir que nadie cuide más de mí», pienso antes de proseguir con mi exposición.

—No existe el sexo débil y ser mujer no te hace un ser inferior. Puede que nuestra fuerza no resida en nuestras manos, pero anida en nuestro interior, solo tenemos que encontrarla y rescatarla para poder mostrarla al mundo, para poder decir alto y claro que todos somos iguales, hombres y mujeres, y no para enfrentarnos, sino para caminar de la mano —afirmo, categórica, ante su sonrisa complacida, y puede que no diga nada ante lo mucho que estoy diciendo yo, pero ni falta que hace, porque su sonrisa la delata.

* * *

Tal y como me delata a mí el día del desfile. «Mi primer desfile de alta costura para Dior —me emociono, sin poder ni querer borrar la sonrisa de mi rostro mientras observo a las modelos desfilar con mis creaciones—. Yo quería un lugar soberbio y ostentoso, como mi colección, y Dior me lo ha dado al contratar el palacio de Versalles, nada más y nada menos, pues dudo mucho que haya algo más soberbio que esto», concluyo, complacida, deslizando mi mirada por las enormes pantallas de plasma que tengo frente a mí y que me van mostrando todo lo que, desde aquí dentro, no puedo ver.

—Vamos, siguiente, vamos —oigo que dice el organizador a las modelos a toda prisa, mientras que yo, a diferencia de cómo me sentí durante mi primer desfile, me muestro tranquila, a pesar de saber que tengo a toda la prensa y al mundo de la moda con los ojos puestos en esta colección.

—Vamos a necesitar muchos vinos para poder digerir este momento —me comenta Noël, colocándose a mi lado y ensanchando mi sonrisa.

—Muchos vinos y muchas vidas —apostillo, ensanchando yo la suya.

—Estoy deseando ver la cara que hace Logan —me dice, esta vez con seriedad, alejando su mirada de las televisiones para posarla sobre la mía.

«Y yo mataría por saber qué piensa él de esta colección. Esta vez no me ha enviado ningún ramo de tulipanes, pero tampoco es que lo esperara, tras nuestro último encuentro», reconozco, dirigiendo mi mirada de nuevo hacia las pantallas, solo que, a pesar de no esperarlo, he estado esperándolo hasta el último momento.

—Señora De la Rúa y resto del equipo, por favor —nos llama el organizador, y me vuelvo para observar a mis chicos; todos vestidos de negro, detrás de mí, listos para acompañarme y para alzar su voz junto a la mía.

Noël, con su camiseta «Ser homosexual no me hace menos hombre»; Claudine con la suya, «Ser lesbiana no me hace menos mujer»; Loana con otra que reza «Soy lo que quiero ser» y Lucie y Serge con la suya, «Yo soy la corriente por la que discurre mi vida», y luego la mía: «Solo yo decidiré quién soy y lo que puedo lograr».

Y, por primera vez, una diseñadora sale a la pasarela acompañada por todo su equipo. Un equipo que no es solo un equipo, sino también mi ejército, «y con el que alzaré mi voz por aquellos que no pueden o no se atreven», me digo, saludando a todos los invitados, que, como la vez anterior, se han levantado ante mi presencia y la de mis chicos. Y, de nuevo, las lágrimas escapan de mis ojos ante lo que estoy viviendo; ante la presencia de mis amigas, que están dejándose las manos aplaudiendo; ante esto que es mi vida y mi razón de ser, y que crea vicio y necesidad, «porque quiero seguir viviéndolo tantas veces como pueda», reconozco, volviéndome hacia mis chicos cuando llegamos al final de la pasarela, para tenderles la mano y hacer lo que tampoco se había hecho hasta ahora: elevarlas hacia el cielo, guarda de mis sueños, para mostrarnos fuertes y unidos mientras reivindicamos nuestro mensaje, como no dejaremos de hacer a partir de ahora, porque la moda no va a ser solo eso, será más, mucho más.

Capítulo 31

TRES AÑOS MÁS TARDE, MALDIVAS

María Eugenia

—Me encanta cómo trabaja este tío, lo que no entiendo es cómo Dior todavía no lo ha fichado para firmar alguno de sus reportajes —oigo que me comenta Noël, sin dejar de ojear su móvil mientras me dedico a relajarme, tumbada en la hamaca, muy decidida a disfrutar de mis primeras vacaciones, de verdad, desde que comencé mi andadura en Dior... y parece que fue ayer y ya han pasado tres años.

Tres años de éxitos rotundos, uno tras otro. Tres años de trabajo duro, sí, pero de muchas satisfacciones. Tres años en los que no me he permitido perder el tiempo ni despistarme un momento y en los que he conseguido que mi nombre encabece las listas de las mujeres más influyentes y elegantes del mundo de la moda. Tres años en los que he hecho de la palabra *más* mi mantra y en los que no he vuelto a estar con nadie ni tampoco a saber nada de él.

—Y encima está buenísimo. Lástima que no le vayan los tíos. Tú podrías echarle el guante si quisieras —prosigue su cháchara mientras cierro los ojos, estirándome en la tumbona, sintiendo mi cuerpo completamente laxo bajo los rayos del sol, y esto también es vida y hacía mucho que no la vivía.

—Lo que tenemos que hacer es repetir esto muchas veces más —le digo finalmente.

—¿Estás dándome la razón? —me pregunta, divertido, y vuelvo mi rostro para observarlo, sonriendo ante su sonrisa.

Tan moreno, tan musculado y guapísimo, con su pelo ahora un poco más largo, repeinado hacia atrás, y su pequeño pendiente de brillantes.

—¿Sabes que es una lástima que seas gay?

—¿Estás tirándome los tejos? —inquiere, ensanchando su sonrisa.

—Podría hacerlo si te gustaran las tías, pero sigue sin ser el caso, ¿verdad? —le replico, dirigiendo la mirada hacia el cielo, donde sigue escrito mi deseo entre las estrellas, como si fuera una constelación más, que tendría forma de tulipán o de abrazo.

—Verdad, los nabos siguen siendo lo mío —me contesta con insolencia, arrancándome una carcajada y alejando esos pensamientos de mi mente.

—Y sigues esperando a Logan, eres idiota —constato, convencida.

—Mira quién fue a hablar, sor castidad —me rebate con guasa, provocando mi risotada.

—¿Por qué no puedes entender que me da una pereza horrorosa ese rollo de las citas? En serio, me iba mucho mejor cuando creían que éramos pareja y no tenía a cientos de moscones rondándome todo el tiempo —me quejo.

—¿Recuerdas la que se lio cuando la prensa me vio con Didier? Pobres, les creamos un trauma. La pareja perfecta del mundo de la moda resultó que no era ni pareja ni perfecta —se mofa entre risas, provocando las mías.

—Bueno, perfectos sí que somos, solo que por separado —remarco con una sonrisa—. Me gustaba Didier —le confieso, recordándolo, girándome para mirarlo.

—Ya, pero no tenía que gustarte a ti, tenía que gustarme a mí —destaca, enarcando una de sus cejas—, y no era el caso.

—Ya lo sé, pero era tan buen chico... y te miraba como siempre debería mirarnos la persona que tenemos al lado —replico, volviendo ligeramente la cabeza para observar este cielo azul, libre de nubes—. Me dio pena que lo dejarais —admito, guardando silencio durante unos segundos, valorando si seguir y optando por hacerlo—. ¿Sabes? Creo que deberías pasar página de una vez, sobre todo ahora que Logan ha anunciado su compromiso con esa chica —le indico, prudente.

—Cuando lo hagas tú, de verdad, puede que me anime y yo también lo haga, pero, mientras tanto, seguiremos siendo presos de nuestros recuerdos —me dice con voz afectada, esbozando una sonrisa.

—Qué poético —me burlo de él—. Yo no soy presa de nada, simplemente no he conocido todavía a nadie que me entusiasme más que mi trabajo, solo eso —le miento, cerrando los ojos de nuevo, sabiendo que tiene razón y que, como él, sigo siendo presa de mis recuerdos, por mucho que lo niegue, pues sigo llevando la concha allá donde voy, y todo lo que fuimos, cuando estábamos juntos, me acompaña, día tras día. Y es imposible que encuentre a otra persona cuando ya la he encontrado y la he dejado ir.

—¿Cómo puede estar con ella? No lo entiendo, de verdad —oigo que me dice, y vacío discretamente mis pulmones, resignada a seguir con un tema que deberíamos hacer a un lado de una vez.

—¿Alguna vez has probado a estar con una mujer? Puede que estemos equivocados y no se trate de ser gay, lesbiana o hetero, sino simplemente de amor, sin etiquetas. ¿No te has planteado que pueda estar enamorado de esa chica? —le pregunto, perdiendo la mirada en las pequeñas olas que rompen en la orilla, en la espuma blanca que se forma y en este mar que en nada se asemeja a otro que se aloja en mi memoria.

—¿Tú podrías enamorarte de una mujer? —inquiere con seriedad mientras mantengo la mirada fija en esa agua que tiene el color de sus ojos.

—No lo sé, porque nunca he conocido a ninguna con la que haya sentido una conexión especial como para ir más allá, pero conozco a personas que primero han estado con alguien de su mismo sexo y luego han cambiado —le comento, volviéndome finalmente para mirarlo—. El amor es así y posiblemente no deberíamos darle tantas vueltas ni etiquetarnos de una manera tan contundente. Piensa una cosa: él estuvo contigo, pero, en realidad, siempre estuvo rodeado de mujeres y...

—Era pura fachada —me corta con sequedad.

—O no, eso es algo que no sabes. Yo me he contradicho infinidad de veces; he deseado una cosa y, en cambio, he hecho otra, y me he reafirmado en mi vida echando de menos la que viví a su lado. Puede que él haya vivido en esa misma contradicción, sin saber qué lado de la balanza tiraba más de él. Puede que con esta chica se haya definido y tú deberías olvidarlo y seguir adelante con tu vida, como Logan ha hecho con la suya.

—No está enamorado de ella —afirma, convencido, atrapando mi atención con la firmeza de sus palabras.

—¿Por qué estás tan seguro?

—Porque hace unas semanas estuvimos juntos —me confiesa, evitando mi mirada.

—¿Cómo? —le formulo, levantándome de mi hamaca para sentarme en el borde de la suya, a su lado—. ¿Cómo de juntos?

—Tan juntos como se pueda estar —me responde, bajando el tono de voz—. ¿Recuerdas la fiesta que dio L'Oréal y de la que te escaqueaste? —me plantea, provocando mi sonrisa.

—No me escaqueé —le rebato, a pesar de que es justo lo que hice.

—Lo que tú digas —me responde, condescendiente, esbozando un amago de sonrisa—. Él estaba allí, sentado en la misma mesa en la que estaba yo, y, aunque al principio nos ignoramos tanto como pudimos, acabamos follando en mi casa. Te aseguro que, cuando estás enamorado de alguien, no follas con esa desesperación con otra persona.

—¿Y hablasteis luego?

—Lo podríamos haber hecho si no se hubiera largado a toda prisa —me contesta entre dientes—. Me ha bloqueado en el móvil.

—Lo siento —musito, viendo la dureza instalada en su mirada.

—Sé que debería pasar página, seguir con mi vida y olvidarlo de una vez, pero sigo enamorado de él, y lo peor de todo es que sé que, si Logan le echara un par de huevos y afrontara lo que es, tendríamos un futuro alucinante juntos, pero se empeña en negarlo y en vivir una vida que es una mentira.

—En todo caso, es su decisión y vas a tener que respetarla.

—Qué fácil es decir eso cuando no te toca de cerca —replica, frustrado.

—Sabes que yo tuve que respetar otra que me dejó hecha mierda. Si yo pude seguir, tú también —sentencio con sequedad, levantándome para dirigirme de nuevo hacia mi tumbona—. ¿Me traes una piña colada? No veo a ningún camarero y me muero de sed —le pido, alejando esos recuerdos de mi mente para volver a relajarme o, al menos, intentarlo.

—¿Por qué nunca hablas de él?

—Porque, a diferencia de lo que piensas, yo sí he pasado página; además, si hablo de él, lo traigo de vuelta, y no quiero.

—Lo que tú digas —responde, poniéndose de pie para ir en busca de mi piña colada—. La próxima vez te toca a ti —me advierte, guiñándome un ojo antes de marcharse, y cierro los míos, obligándome a alejarlo de mi mente y a centrarme en los sonidos que me rodean; los del mar, los del viento y los de mi próxima colección, que está resonando ya en mi mente.

—Aquí tienes —me anuncia unos minutos más tarde, y entreabro los ojos para ver mi piña colada frente a mí.

—Dios te lo pague con muchos polvos alucinantes —suelto, incorporándome para cogerla, provocando su sonrisa—. ¿Por qué no trasladamos la sede aquí? ¿Te imaginas levantarte todos los días con semejantes vistas? Me encanta París, pero odio que llueva tanto —le cuento, llenando mi interior con los rayos del sol mientras un recuerdo llega para ensombrecer su brillo.

«Me gusta que llueva, puede que sea porque en Madrid no llueve mucho; este clima, que para otros podría resultar desapacible, para mí es perfecto», rememoro esas palabras que pronuncié hace ya tanto.

Entonces estaba con él y mi futuro lo dibujaba a su lado; me gustaba que lloviera y era completamente feliz, y no es que ahora no lo sea, pero lo soy de forma distinta; ya no me gusta la lluvia, incluso afecta mi estado de ánimo, volviéndolo melancólico; dibujo mi futuro sola y me he cubierto con una coraza que solo desaparece cuando estoy con mi equipo, «mis chicos», como me gusta llamarlos, con Noël, que también es mi amigo, con Valentina o con mi familia y amigas de España, que siguen asistiendo, año tras año y sin faltar a su cita, a mis desfiles de alta costura.

«Me he endurecido, si es que puede definirse así, y ya no tengo nada que ver con la mujer que llegó a París soñando con convertirse en la diseñadora de Dior», reconozco, posando mi mirada de nuevo en la orilla, imaginándome en ella y a mis sueños, los que me llenaban por dentro entonces, flotando tan lejos de mí como lo está el atardecer ahora que el sol brilla tan alto.

—Podrías proponérselo a Sidney, a ver si cuela. Te aseguro que yo sería el primero en hacer las maletas —oigo que me dice Noël, arrancándome de mis pensamientos—, y siempre iría vestido con camisas floreadas y bermudas anchas.

—¡Qué horror, por favor! Solo por no verte vestido así, vamos a seguir en París, aunque llueva continuamente —suelto, esbozando una sonrisa—. ¿Quieres dejar el móvil de una vez? ¿Qué estás mirando todo el rato? —le pregunto con curiosidad.

—Estoy intentando leer la entrevista que le han hecho al tío del que te hablaba antes, solo que tú no me dejas en paz —me contesta con insolencia.

—¿Perdona?, pero si eres tú el que ha empezado a hablarme de Logan —le rebato, divertida—. ¿Y quién es ese tío? —inquiero, recostándome en mi hamaca, cerrando los ojos de nuevo.

—Un fotógrafo de moda. Ciro Zabat —contesta, llevándose mi respiración y consiguiendo que abra los ojos de golpe ante su respuesta—. Su Instagram es una pasada y siempre cuela un tulipán en cada trabajo que firma —prosigue mientras siento cómo mi corazón se ha detenido en cuanto he oído su nombre—. Te lo estaba diciendo antes, no entiendo cómo Dior no lo contrata, con lo bueno que es.

—¿Me dejas el móvil? —inquiero cuando consigo atrapar mis palabras, que se habían disuelto en mi mente tal y como hacen las olas en la orilla.

—Claro, toma —acepta como si nada, ofreciéndomelo.

Y cuando mi mirada tropieza con la suya siento cómo todo lo que soy, todo lo que pienso y todo lo que deseo se sacude con fuerza hasta caerse. Tan intensa como la recordaba. Tan brillante como el universo que atesora miles de estrellas. Tan azul como el mar que tengo frente a mí. Una mirada que en nada se asemeja a la que vi las últimas veces que estuvimos juntos, porque al que estoy viendo ahora es al Ciro que conocí hace años, con su sonrisa desdeñosa y su pelo revuelto, «y era tan suave», rememoro, deslizando el dedo por la pantalla, no para leer la entrevista, sino para ver más fotografías suyas, sonriendo sin percatarme al verlo vestido con una camiseta y unos *jeans*. No ha cambiado en absoluto e incluso para conceder una entrevista va vestido de cualquier manera, y me gusta que sea así, me gusta ver que se mantiene fiel a sí mismo, tan auténtico como lo recordaba, pero, sobre todo, tan bien.

—¿Y esa sonrisa? Está bueno, ¿eh? —oigo que me pregunta Noël, y niego con la cabeza, evitando contestarle.

«Por supuesto que no lo he olvidado, porque era un encanto, porque fue perfecto lo que vivimos y porque nunca he querido a nadie como lo quise a él —admito, ensombreciendo el gesto, rememorando, de manera fugaz, nuestros paseos en moto, cuando me cantaba, cuando nos abrazábamos y cuando me convirtió en una guerrera en un jardín—. Yo quería retomar esas clases de aikido y nunca lo he hecho», me recrimino, enlazando un pensamiento con otro, regresando con mi mente a todos esos momentos que vivimos juntos y que siguen viviendo en mi interior, tan nítidos, tan reales, que es imposible ignorarlos, a pesar de no estar ya a mi alcance, pues siguen flotando lejos de mi orilla, en el lado del miedo, ese que ni siquiera puedo ver pero que sigue ahí, atrapando mis deseos.

—¿Algo que decir al respecto?

—Es él —me limito a responder, y podría callarme, guardar silencio, tal y como he hecho hasta ahora con todo lo concerniente a él, solo que no puedo.

«Y sigue siendo él y sigo sin poder pronunciar su nombre», reconozco con tristeza.

—¿Cómo que es él? Él, ¿quién? —me pregunta, sin entender nada.

—Mi Logan, el hombre que me dejó hecha mierda y por el que casi me volví loca —le cuento con un hilo de voz, sintiendo cómo mis palabras crean un cerco de púas en torno a mi garganta.

—¿Él? —suelta, sentándose a toda prisa, señalándome el móvil con su dedo—. ¿Este tío? —insiste, sin dar crédito.

—¿Puedes mostrarme su Instagram? —«Y no debería pedirle eso ni tampoco tendría que querer verlo», me reprendo, no cuando han pasado tantos años.

—Joder, espera, dame un minuto para que pueda reaccionar. ¿Me estás diciendo que el tío con el que ibas a casarte era este? —insiste, cansino, y lo miro con toda la tristeza que sientes cuando tu pasado regresa con fuerza para recordarte lo que ya sabes.

—Sí —musito, sintiendo mi corazón pesado—. ¿Puedo ver ya su Instagram? —le pregunto, tendiéndole el móvil para que acceda a él.

—Claro, dame un segundo —me pide, trasteando en el teléfono para tendérmelo de nuevo—. Solo tienes que ir deslizando.

—Hasta ahí llego.

—Pues ya es todo un logro —se burla de mí, mientras detengo mi mundo para sumergirme en el suyo, el que me muestran sus fotografías.

Paisajes increíbles, atardeceres de ensueño, ciudades que nunca he visto... y, en todas ellas, junto al comentario, un corazón amarillo.

—¿Qué significa este corazón amarillo?

—No lo sé, ni tampoco sé por qué cuela un tulipán en cada trabajo que firma —me comenta, y guardo silencio.

Puede que yo no sepa qué significa el corazón, pero algo me dice que el tulipán tiene relación directa conmigo. «Puede que sea su manera de decirme "mira lo que he conseguido"», medito, sumida en mi mutismo, que rompo cuando llego a la fotografía de una mujer.

—¿Y esta chica? ¿Quién es? —inquiero, sintiendo cómo mi pecho se contrae con fuerza.

Rubia, de espaldas a la cámara, sentada en una playa, con el mar frente a ella, y no sé si es la fotografía o el comentario que la acompaña junto al corazón amarillo, puede que sea por todo, pero estoy segura de que, al igual que el tulipán tiene relación conmigo, este corazón amarillo tiene relación con ella.

«Te quiero.»

Tan simple. Tan corto. Tan demoledor para mí.

—Nunca muestra su rostro, pero ha subido varias fotografías de ella. Esa que estás viendo la ha subido unas cuantas veces y, cada vez que lo hace, acumula miles de *likes*. No sé quién es, pero es alguien importante para él —me cuenta con prudencia y, tras ese «Te quiero», no necesito oírlo para saberlo—. Puede que sea solo una amiga. Yo te quiero y no eres mi pareja —prosigue, y niego con la cabeza, porque dudo mucho que esta mujer sea solo una amiga.

—Demasiados corazones amarillos para ser solo una amiga, ¿no te parece? —le replico, tragándome el dolor.

«¿Qué esperaba? Ya han pasado tres años, es normal que haya rehecho su vida, a pesar de que yo no lo haya hecho», pienso con tristeza, deslizando mi dedo por la pantalla.

—Tiene fotografías muy bonitas —le digo, y no porque necesite elogiarlo, sino porque necesito hablar para soltar mi garganta, para liberarla de ese cerco con púas que la apresa, y para cambiar de tema, porque nunca pensé que me dolería tanto verlo con otra mujer.

«Posiblemente él se sintió así cuando vio mis fotografías con Noël, y yo fui tan necia que confirmé lo que no era cierto y, de nuevo, pasé por encima de su dolor, cegada como estaba por el mío», admito, sintiendo cómo ese cerco, en lugar de soltarse y liberar mi garganta, la estrangula un poco más.

—Envidio a este tío. Un día compró una furgoneta, metió todas sus cosas en ella y se largó a conocer mundo. Se ha bañado en ríos, en lagos y en mares. Practica *surf*, *snowboard* y vive su vida a tope. Un día subió un *post* en el que se lo veía acostado en la parte trasera de la furgoneta, con las puertas abiertas de par en par y uno de los amaneceres más bonitos que he visto en mi vida frente a él, con un comentario del tipo «¿Qué hora es? Es de día. ¿Qué día es? Hoy». ¿Te das cuenta de la diferencia? —me plantea con seriedad—. Él está exprimiendo su vida, está viendo lo que nosotros nunca veremos, porque no salimos de ese estudio de Diseño, y tiene los cojones de vivir lo que me encantaría vivir a mí. Tiene una fotografía alucinante, en Canadá, en la que aparece solo con un bañador, de pie, dentro del río, rodeado de montañas y pinos nevados. Se me hielan los pies de tan solo ver esa imagen y, en cambio, él lo hizo... se puso el bañador y se metió en esas aguas que debían de estar medio congeladas. Hace cosas que nosotros nunca haremos y luego regresa a su vida y hace reportajes tan alucinantes como sus fotos.

Disfrutar del momento, aprovechar cada minuto y exprimir cada segundo. Vivir el «ahora». «Eso es lo que está haciendo», medito con tristeza, sintiendo cómo una lágrima traicionera se desliza por mi mejilla y, ¡maldita sea!, esto está completamente fuera de lugar.

—¡Eyyyyy! —oigo que me dice, y niego con la cabeza, evitando su mirada, secándome esta estúpida lágrima con los dedos.

—Estoy bien, es solo que verlo ha traído de vuelta demasiadas cosas —le cuento, devolviéndole el móvil—. No quiero hablar más de él. Me voy un rato a la habitación, nos vemos a la hora de la comida —me despido, levantándome, necesitando estar sola.

Y no es que no quiera hablar de él, es que necesito saberlo todo sobre él sin tener que darle explicaciones a Noël, «porque es imposible que se las dé cuando ni siquiera tengo claro por qué me siento así», reconozco, sentándome en la cama, apoyando la espalda en el cabecero para seguidamente instalarme Instagram, algo a lo que siempre me he negado y que ahora es primordial para mí.

Y ahí está de nuevo. Con esa sonrisa desdeñosa, con ese brillo en la mirada, exprimiendo su vida, tal y como hacía cuando estábamos juntos... y, sin percatarme, esbozo un amago de sonrisa cuando lo veo cruzar un lago con una moto de agua, y supongo que habrá alguna opción de la aplicación que te permita ralentizar los movimientos, porque puedo ver, casi a cámara lenta, cómo mueve ligeramente la cabeza para que las gafas, que tiene en la frente, bajen hasta sus ojos cuando tiene levantada la moto por la parte delantera. Sigue estando buenísimo, y yo hacía mucho tiempo que no empleaba esa palabra, al igual que hacía mucho que no recordaba que solía referirme a él como a «mi chico de anuncio», solo que ahora eso de «chico» se le queda corto... «y, por supuesto, tampoco es nada mío», asumo con tristeza, devorando las fotografías.

Él ha recorrido el mundo y yo me he encerrado en el mío. Qué formas de vivir tan distintas.

«Abrazar lo desconocido. Adaptarse y seguir», leo bajo una fotografía suya de perfil en blanco y negro. Tiene el pelo mojado y la barba crecida, «y qué vida tan diferente a la que imaginamos hemos tenido», constato con tristeza, admirando la imagen y a él.

«Sigo tomándome cafés con la vida. Puede que algún día no necesite hacerlo», leo sin entender el comentario, demorándome en la secuencia de fotografías que me devuelve el móvil. Frente a una ventana, vestido solo con unos *jeans*, con un vaso de cristal entre las manos a través del cual se adivina el líquido negro, o mirando a través de la ventana, con su café en la mano, y la cámara lo ha captado tan de cerca que tengo la sensación de que, si alargara la mía, podría acariciar su piel con la yema de mis dedos.

Yo sentí su respiración en ella. Yo recorrí su cuerpo con mis manos y también con mis labios. «Yo me acurruqué entre sus brazos cuando dormía y me aferré a ellos en cualquier momento del día, y ahora somos como dos desconocidos que no saben nada el uno sobre el otro cuando antes lo sabíamos todo», me lamento, cambiando de fotografía, deteniendo la mirada en otra en la que aparece vestido con una camiseta, unos *jeans* y una cazadora vaquera, con otro café entre las manos, junto a un río, y leo su comentario: «He perdido la cuenta de los cafés que me he tomado con la vida, y mejor café que cerveza. 😉»

—Y yo he perdido la cuenta de las veces que te he echado de menos durante estos años —susurro en un hilo de voz, deslizando el dedo por la pantalla para ver más imágenes.

Y si tuviera que elegir con cuál quedarme, no podría hacerlo, porque todas son impresionantes. «No viaja solo —constato, deteniendo la mirada en una imagen en la que se lo ve de fondo, de espaldas y desnudo, adentrándose en un lago al anochecer, con una fogata en la orilla—. Puede que la mujer rubia lo acompañe. Puede que sea ella la que le hace las fotografías y la que duerme junto a él en la furgoneta —pienso, sintiendo ese cerco de púas ensancharse en mi garganta—; por eso todas las frases o las fotografías vienen acompañadas por ese corazón amarillo», deduzco, observando la imagen de un cielo atestado de estrellas: «A diez mil pies de altura, junto a diez mil millones de estrellas, te veo y te quiero», y ese corazón amarillo siendo el punto final de la frase.

Inspiro con fuerza, secando las lágrimas que han empezado a fluir entre fotografía y fotografía. Qué tontería ponerme a llorar ahora por esto, cuando han pasado tantos años y él es solo un recuerdo de mi pasado, como lo es Alberto, solo que por Alberto no lloraría y por él sigo haciéndolo.

¿Qué esperaba? Vino a buscarme y le abrí la puerta de mi despacho y de mi vida para que se largara, así que siguió con la suya. «En realidad, esta vida le va más que la que imaginamos juntos», reconozco con tristeza, viendo borrosa, por culpa del llanto, la imagen de la mujer rubia, de espaldas, con los brazos extendidos frente a un lago, y de nuevo ese corazón amarillo y de nuevo mis lágrimas escapando de mis ojos y dejando un reguero de añoranza en su lento recorrido.

—Qué tonta soy —me riño, secándolas, percatándome de que he pasado de largo todas las fotografías de su curro para centrarme solo en las de su vida, que son las que me interesan, para qué engañarnos; además, no necesito ver las de su trabajo para saber que es bueno en lo que hace, yo misma lo vi con mis propios ojos. Lo que no entiendo es por qué cuela un tulipán en cada una de ellas.

«Puede que le guste esa flor —reflexiono, mordiendo la cara interna de una mejilla— o puede que tenga un significado especial para él que desconozco y que, en realidad, no tenga nada que ver conmigo, porque, viendo estas fotos, está claro que me ha olvidado... y yo debería hacer lo mismo, solo que llevo tres años intentándolo y todavía no lo he conseguido», admito, buscando en Internet la entrevista de la que hablaba Noël. Y ahí está. Él, con su pelo rubio cayendo sobre su frente, enfocando con su cámara a quien lo estuviera fotografiando, con la barba ligeramente crecida y esa sonrisa escondida en la comisura de sus labios, tal y como la recordaba. «Me encantaba adivinar sus sonrisas», rememoro con dolor.

«Lo único que necesito es comida, agua y muchas ganas de vivir» leo a toda prisa, necesitando empaparme de sus palabras, como la tierra seca necesita empaparse del agua o como las plantas marchitas ansían sus gotas para poder revivir, y yo aprendí a ser agua estando con él.

«La clave está en dejar de pensar en lo que has perdido, o puedes perder, y centrarte solo en lo que puedes ganar, en vivir tu "ahora", que al final es lo único que importa», sigo leyendo, sintiendo que algo tiembla dentro de mí.

Vivir tu «ahora»... Cuántas veces me lo dijo... «Tantas que es como si esta frase la hubiera susurrado cerca de mi oído», medito, observando las arruguitas de sus ojos.

«Ya no tiene el rostro tan aniñado y en él están las marcas del sol, del tiempo y posiblemente de sus experiencias. El tiempo lo ha curtido, lo ha hecho más hombre, y, si cabe, más impresionante de lo que ya era —pienso, regresando a su Instagram para seguir demorándome en cada imagen, en cada sonrisa y en cada mirada...—. En todo lo que flotaba en mi orilla y que sus redes sociales han traído de vuelta, como si una corriente imaginaria lo hubiera atrapado momentáneamente, de donde fuera que estuviera escondido, y lo hubiese arrastrado para mostrármelo de nuevo, solo que, a pesar de tenerlo frente a mí, sigue sin estar a mi alcance; de hecho, creo que está más lejos que nunca», constato con tristeza.

Capítulo 32

María Eugenia

París, mayo de 2019

«El color de sus ojos; azul oscuro por el borde e incluso un poco rodeando la pupila, y casi turquesa en el iris —pienso, eligiendo cuidadosamente los colores para que se ajusten a los suyos—. El dorado de su pelo circundando el ocelo que acabo de dibujar, como si de una frágil pluma se tratase», medito, viendo esta especie de ojo que he creado y que ha llegado inspirado por su recuerdo, uno que aferro y que no permito que se diluya, como el aceite con el agua, que se mantiene flotando en su superficie.

Me he creado un perfil falso en Instagram, donde no tengo ninguna fotografía que me identifique y donde solo sigo a un par de personas, y no porque me interesen especialmente sus publicaciones, sino para no ser tan evidente, y casi todos los días husmeo en su vida y en sus *stories*. «Todavía me acuerdo de la primera vez que le di «Me gusta» a una foto suya, ¡por Dios!, casi sufrí un infarto, y quité a toda prisa ese like para, tras reñirme, volver a pulsarlo —rememoro, dibujando otro ocelo junto al que ya he terminado—, y era una tontería, porque acumula miles de *likes* con cada imagen y dudo mucho que se detenga a comprobar cada perfil, porque no haría otra cosa en todo el día; además, aunque lo hiciera, no habría nada que pudiera delatarme, así que he ido cogiendo confianza y, ahora, de vez en cuando, le comento algún *post* con un corazón naranja o unos aplausos.»

«Lo bordarán sobre un tul color marfil —decido, reacondicionando mis pensamientos—, y a cada ocelo lo rodeará una pluma... esa que, cuando se agita, mueve el viento y tus recuerdos. Llenaré la falda con su mirada y las pequeñas plumas subirán, desde la cintura, en un delicado bordado, hasta llegar al pecho, donde se detendrán —concreto, plasmándolo en mi boceto—, como su recuerdo, que se mantiene preso en el mío. Un collar dorado, de pequeñas hojas de laurel. Una capa corta, que solo cubra los hombros, formada con cientos de hilos a tono, tan sutil como el cuerpo, y que terminará con una sucesión de ocelos, unos junto a otros, a la altura del pecho, donde su recuerdo se arremolina, creando corrientes que erizan mi vello, forman mis lágrimas y juegan con los latidos de mi corazón, creando su tam-tam particular.»

—Acaban de anunciar la retirada de Valentina Domínguez, ¿lo sabías? ¿Has hablado con ella? —me pregunta Noël, accediendo a mi despacho, y hago un gesto con la mano, restándole importancia.

—Qué tontería, no deberías dar tanta importancia a lo que publica la prensa; sin ir más lejos, según ella, tú y yo fuimos pareja durante muchos meses —le digo, masajeando mi cuello—. ¿Has hablado con Catherine? Las clientas están entusiasmadas y en talleres no dan abasto atendiendo los pedidos —le cuento, sintiendo cómo el orgullo y la satisfacción me llenan por dentro, todavía emocionada con todo lo que vivimos en Dubái hace unas semanas en la presentación de nuestra última colección Resort.

—Lo ha anunciado Cat, su representante —me aclara con seriedad, atrapando mi atención al instante. «¿Cómo? Pero ¿qué estupidez es esa?», me pregunto, frunciendo el ceño—. Y ten en cuenta que ya no formó parte de nuestro último desfile cuando sabes que era una de nuestras modelos fijas —constata, sentándose frente a mí, «y estoy segura de que debe haber una explicación para todo esto y que se trata de un malentendido», me digo, cogiendo mi teléfono para llamar a Valentina.

Un tono, dos, tres, nada... Mierda.

—No contesta —le comento, dejando el móvil sobre la mesa para coger el suyo y comprobar, con mis propios ojos, lo que me ha contado—. Es imposible —musito, negando con la cabeza—. Estoy segura de que hay una explicación lógica para todo esto, tal y como la había para que no asistiese a ese desfile. ¿Cómo va a dejarlo estando en la cima de su carrera? Es la reina del hielo, ¡por Dios! Y una sonrisa suya vale millones de dólares. No me lo creo —sentencio, convencida, devolviéndoselo.

—Pues a mí me parece que está más que claro —me rebate con seriedad.

—Y yo no pienso darle credibilidad a esta noticia hasta que no lo oiga de su propia voz —le respondo, empleando esa misma seriedad—. Y, ahora, vamos a lo nuestro. Fíjate en este diseño —le pido, mostrándoselo—. La antigua mitología griega será el hilo conductor de esta colección. Diosas y semidiosas creadoras de vida, vestidas con diseños ultrafemeninos, plisados o asimétricos, con flecos o trenzados, donde predominarán los tonos metalizados, sobre todo el dorado. Quiero presentar a la mujer con esa fuerza que siempre nos acompaña, pero al mismo tiempo ofrecer una imagen serena y tranquila. Esta vez me gustaría que no llevaran tacones, sino sandalias planas. Quiero huir de los artificios innecesarios para que nos centremos solo en la elegancia de la simplicidad. Quiero que la calma se deprenda a través de los tejidos, vaporosos o brocados con volúmenes sutiles, y que nos vayamos a la antigua Grecia con tan solo verlos, donde las mujeres eran diosas y heroínas, pero al mismo tiempo eran degradadas como mortales, y nosotros vamos a ensalzarlas: diosa y mujer, sin distinción alguna, y vamos a vestirlas con capas y coronas. ¿Qué opinas?

—Que estoy deseando empezar con esta colección —me contesta, esbozando una sonrisa.

—Yo también —respondo, esbozando otra, sintiendo la emoción instalada en la punta de mis dedos.

Más, siempre más.

* * *

—No puedes estar hablando en serio. ¿Por qué? —le pregunto a Valentina, sin lograr entenderlo, cuando al día siguiente me llama para confirmarme lo que ya me había contado Noël—. ¿Valentina?, ¿estás ahí? —insisto, exasperada ante su silencio.

—Sí, perdona. ¿Qué me decías?

—¿Que por qué quieres retirarte? No lo entiendo, de verdad; ahora que lo tienes todo, vas y renuncias —la reprendo, disgustada, intentando abrirle los ojos, porque es un error, porque alguien tiene que decírselo y porque no se renuncia a algo por lo que has luchado tanto.

—Porque es una etapa que se ha terminado para mí; siento no habértelo dicho antes y que te hayas enterado por la prensa, pero han sido días de mucho ajetreo en todos los sentidos. Por cierto, voy a casarme —me anuncia, y abro los ojos tanto como puedo. ¡Venga ya! No me fastidies que va a renunciar por amor.

—¡Oh, my Dior! ¡Me estás tomando el pelo, seguro! —exclamo, poniendo el grito en cielo, porque esto es lo que me faltaba por oír. Y estoy tan anonadada que ha conseguido que utilice una expresión que tenía casi olvidada.

—Te aseguro que te estoy hablando muy en serio. ¿Te acuerdas de Víctor? Lo conociste hace años, cuando viniste a la bodega para la presentación de mi vino —prosigue, encantada de la vida, mientras yo tuerzo el gesto todo lo que puedo.

—No me hables de ese fin de semana o tendré pesadillas —siseo entre dientes, y es la pura verdad y no he tenido que fingir en absoluto, porque estoy hasta la triple costura de sentirme tan frustrada con todo lo que siento y mi vida hubiera sido infinitamente más sencilla si no lo hubiese conocido.

Maldito bucólico fin de semana de las narices y todo lo que vino después.

—Eso es porque no has dejado que Ciro te anille —me suelta como si nada, y lo que no sabe es que no hay nada que haya deseado más, que siga deseando más, si soy sincera, porque, por culpa del Instagram de la leche, no consigo quitármelo de la cabeza, y no es que antes lo hubiera conseguido, solo que ahora está como más presente, y pienso más en él, tanto que hasta es preocupante.

—¡Venga ya! No me fastidies, Valentina. Es un crío y yo

estoy demasiado ocupada —le rebato, enfadada, solo que no estoy enfadada con ella, sino conmigo.

—¿Tan ocupada como para no venir a mi boda? —me pregunta, y siento cómo algo dentro de mí se activa.

—¿Él estará? —le formulo, intentando que mi voz suene lo más neutra y firme posible.

—Por supuesto que estará, sabes que somos amigos.

—Pues no me esperes, estaré muy liada seguro —le respondo con contundencia, levantándome para empezar a deambular por mi despacho.

—¡Pero si no te he dicho cuándo es! —me replica, feliz, soltando una carcajada.

—Soy la diseñadora de Dior, siempre estoy ocupada —le rebato, yendo hacia la ventana, y no porque me interesen las vistas, sino porque necesito moverme.

—María Eugenia, ahora eres tú la que está comportándose como una cría —me riñe mientras lleno mis pulmones de aire con una fuerte inspiración.

«No puedo verlo —pienso, guardando unos instantes de silencio—, y no porque no quiera, sino porque me aterra, más bien. Si no me lo quito de la cabeza con el puñetero Instagram, ¿cómo voy a hacerlo si vuelvo a tenerlo frente a mí?, ¿si vuelvo a quedarme enganchada a su mirada atestada de azules y a su sonrisa desdeñosa? Por Dios, está con la rubia esa, ¿qué narices pinto yo en esa boda? Lo único que haré será quedarme embobada mirándolo y maldiciendo a la tía esa que fijo que es más joven que yo... y... ¡ni que me importara la edad!»

—Nunca quieres hablarme de Ciro, pero te pones nerviosa y a la defensiva. Oye, ¿ha sucedido algo que no sepa? —inquiere con suspicacia, sacándome de mis pensamientos.

—Qué tontería, ¿qué tiene que suceder? —suelto, intentando aportarle ligereza a mi voz.

—Tú sabrás. Ciro no te nombra nunca y cambia de tema cuando soy yo quien lo hace... y ahora tú no quieres venir a mi boda porque él estará presente. Hija, qué quieres que te diga, blanco y en botella, y no me digas que es por ese fin de semana, porque hace tantos años que ni siquiera me acuerdo ya —me contradice mientras yo atrapo el principio de su frase para dejarlo resonando en mi mente. «No me nombra nunca y cambia de tema cuando le habla de mí,» pienso, ensombreciendo el gesto.

—No iré a tu boda porque estoy ocupada —afirmo con seriedad.

—María Eugenia, no te he dicho cuándo es y París no está tan lejos de La Rioja como para que no puedas asistir. Oye, déjalo, no quiero saber qué ha pasado entre vosotros, si es que ha sucedido algo, pero te quiero a mi lado ese día. Yo he estado en todos tus desfiles, aunque tuviera que coger dos aviones. Este es mi desfile más importante, por favor... —me ruega y, ¡maldita sea!, es verdad, ella estuvo a mi lado en mi primer desfile y ha sido mi musa durante todos estos años. No puedo fallarle, aunque me repatee, que me repatea muchísimo.

—¡Oh, my Dior! ¡Está bien! Pero voy y vuelvo el mismo día —demando, y maldita sea una y cien veces—. Eso es chantaje emocional, ¿lo sabías? —añado, frustrada.

—No, eso es querer a mi amiga a mi lado el día más feliz de mi vida —replica, contenta—. Aunque vengas solo por unas horas, te reservaré una habitación en la casita de invitados para que puedas cambiarte y arreglarte tranquilamente.

—Como quieras —cedo, sintiendo cómo el corazón me late rápido y furioso en la garganta—. ¿Y cuándo tendrá lugar el feliz día? —le pregunto, instalando una cuenta atrás en mi cabeza.

—En octubre, en la época más bonita del año —me responde, feliz.

—¿Y quién diseñará tu vestido? Espero ser yo —le digo, cambiando de tema, porque el otro me tiene de los nervios.

—Esta vez no, será Alana quien lo haga; espero que no te moleste.

—Por supuesto que no. Tu hermana tiene muchísimo talento; sigo de cerca sus pasos y me gusta lo que veo.

—Se lo diré.

—¡Oh, my Dior! Vas a retirarte y a casarte, creo que todavía estoy en estado de *shock* —declaro con dramatismo, y no únicamente por eso, solo que no voy a contárselo.

—¿Sabes? Una vez un amigo me dijo que, para él, no había

temor más grande que darse de frente con quien hubiera podido ser siendo quien no quiso ser. Yo siempre quise a Víctor, mi sueño era estar con él, casarme, tener hijos, pero luego ese sueño, por circunstancias, cambió y me hice modelo y, aun así, ese sueño siempre estuvo ahí. Piensa cuál es el tuyo y quién quieres ser para no darte de frente algún día con esa persona siendo otra —me aconseja, y me cierro en banda.

—Muy sabio, tu amigo. Yo quise ser la diseñadora de Dior y lo soy, no hay más, ni tampoco quiero que haya más —sentencio con aplomo, solo que no es cierto—. Oye, tengo que dejarte. Ven a verme a París, anda, te echo de menos.

—Y yo a ti. Te quiero, pelirroja —me dice, alegre.

—¡Mira, mejor no te contesto! —le suelto, evitando mandarla a la mierda y provocando su carcajada—. Ya nos vemos —me despido, malhumorada, antes de colgar, percatándome de que he utilizado, en una conversación de unos escasos minutos, el «¡Oh, my Dior!» más veces de lo que lo he usado en estos últimos años.

«Cuánto he cambiado, como supongo que habrá cambiado él, y ya no queda nada de la pelirroja que él conoció, como posiblemente tampoco quedará nada de ese crío insolente a medio hacer que yo conocí —reflexiono con tristeza—. Y ahora vamos a vernos de nuevo», añado, trayendo su rostro de vuelta, viéndolo tan nítido como si lo tuviera a escasos centímetros de mí, y el tiempo pasa tan rápido que, aunque todavía faltan varios meses, antes de que me dé cuenta estaré de nuevo en esa casa, donde todo comenzó, y, ¡maldita sea!, no tengo ni idea de cómo voy a reaccionar cuando lo tenga delante.

Capítulo 33

Octubre de 2019. La Rioja. Boda de Valentina y Víctor

María Eugenia

«Ojalá pudiera echar a correr, chasquear los dedos y estar sentada de nuevo en mi despacho de París —reconozco mientras su mirada sostiene la mía—, o puede que sea la mía la que esté sosteniendo la suya —rectifico, sintiendo cómo el agua moja mis pies cuando me adentro en ese mar imaginario donde puedo ver mis deseos flotando... y siempre son mis pies; los que no tocan el suelo cuando me siento perdida, los que suben descalzos al sofá cuando me siento cómoda o los que se mojan cuando sueño con alcanzar lo que, en realidad, no está a mi alcance», admito, dejando de prestar atención a mis pensamientos para sumergirme en el azul de su mirada, un azul que me impone y que consigue que solo desee largarme de aquí.

Cuántas cosas han pasado desde que salí de su casa. Cuántas cosas hemos vivido desde que salió de mi despacho. «La vida... eso es lo que ha pasado, y la hemos vivido tan lejos el uno del otro como hemos podido», asumo con tristeza, dirigiendo mi rostro al frente, incapaz de seguir con este duelo de miradas en el que hay un claro vencedor.

«Mi agujero negro. Mi universo. Mi todo. Tan cerca de mí

ahora. Tan lejos como lo están mis deseos, los que se alojan al otro lado, al cobijo del miedo», medito, sintiendo cómo su mirada se adentra en mi piel hasta llegar a mi pecho, donde mora todo lo que siento, mientras me obligo a centrar mi atención en Pedro, que ha empezado a hablar, solo que no consigo escucharlo con claridad, a pesar de mis esfuerzos.

«Me largo de aquí en cuanto digan "sí, quiero" —decido de repente tras llenar mis pulmones con una fuerte inspiración—. He estado con ella mientras se vestía y ahora, durante la ceremonia, que es lo importante, pero a la comida no me quedo —sentencio, convencida—, aunque tenga que pasar las horas muertas en el aeropuerto y ello me convierta en una cobarde, que es lo que soy, pero no me veo capaz de afrontar más momentos como los que acabo de vivir, porque una cosa es mirarlo a través de la pantalla del móvil, sin que sepa que lo estoy haciendo, y otra bien distinta es tenerlo delante de mí», reconozco, mordiéndome la cara interna de una mejilla.

«Me impone, me impone muchísimo, y no sé si es por la fuerza de su mirada o por todo en su conjunto, que es mucho, porque está impresionante, y casi mejor si me marcho y me olvido de todo esto», me reafirmo, con la mirada puesta en Valentina, solo que en realidad no estoy mirándola, sino que sigo a lo mío, dentro de mi bucle particular.

«No he visto a la mujer rubia —me percato de repente, frenándome para no girarme y comprobarlo con mis propios ojos—. Puede que haya venido solo o que sí que esté aquí pero yo no la haya visto, y, sea lo que sea, no debería importarme, solo que sí que me importa —reconozco mientras una chica joven toma la palabra—. En realidad me importa muchísimo, porque él era mío, tanto como puede serlo una persona de otra, y ahora no es nada. Por Dios, que hablen todos los que tengan que hablar y que esto termine cuanto antes para que pueda largarme», suplico mentalmente, cruzándome de brazos.

«Y qué injusta estoy siendo con mi amiga, porque ni siquiera me molesté en disimular mis pocas ganas de estar aquí y porque mi sonrisa tendría que sumarse a las muchas que me rodean y, en cambio, no me veo capaz de esbozarla», reconozco con tristeza.

—Yo os declaro marido y mujer. Podéis besaros.

«Por fin, por fin, por fin... —me digo y me repito mientras todos estallan en aplausos y me sumo a ellos, aliviada de que esta ceremonia, que estoy segura de que ha sido divina y emocionante, aunque yo no me haya enterado de nada, haya acabado de una vez—. Estoy deseando largarme de aquí», me reitero, sonriéndole a Dante cuando lo veo acercarse a mí mientras observo de reojo cómo a Víctor y a Valentina los rodean para felicitarlos.

—María Eugenia, cuánto tiempo sin vernos... —me saluda, y sonrío, abrazándolo con cariño.

—Cierto. ¿Cómo te va todo? —le pregunto, olvidándome de él y de mis ganas de marcharme para centrarme en este hombre que durante años formó parte de mi pasado—. ¿Sigues colaborando con D'Elkann?

—Sí, continúo currando con ellos. Y, tú, ¿cómo estás? Porque como diseñadora de Dior ya veo que te va de miedo —comenta, con el mismo cariño que le profeso yo.

—Estaría mejor si no lloviera continuamente en París, pero no me quejo —le contesto con una sonrisa.

—¡Hombre, Ciro! ¿Qué tal, macho? Otro que tampoco puede quejarse —oigo que dice, y borro mi sonrisa en el acto cuando me doy cuenta de que se ha colocado a mi lado. ¡Maldita sea!

—¿Puedes quejarte tú? —le devuelve la pregunta, y me giro finalmente para contemplar su perfecta sonrisa, las arruguitas en torno a sus ojos y cómo le tiende la mano. «Instagram no le hace justicia», pienso, quedándome enganchada a él.

—Hombre, yo no me dedico a recorrer el mundo con una furgoneta ni a hacerme fotografías de la hostia, pero no me quejo. Joder, tío, cualquier día me sumo a uno de tus viajes y te permito que me lleves a donde quieras. ¿Cuál es tu próximo destino? —le plantea con interés, y, aunque debería largarme y pasar de él, no lo hago, sino que espero ansiosa su respuesta.

—París —le contesta, llevándose mi aliento con su respuesta. «¿Cómo?»—, pero no para recorrerla sino para instalarme —prosigue, volviéndose para mirarme—. ¿Qué te parece, ricura? Si encuentras un hueco en tu insoportablemente ocupada agenda, te dejo que me hagas de guía, pero no muchos días, no sea que te acostumbres demasiado a mí —me suelta, guiñándome un ojo, tan insolente como solo él puede llegar a ser y tan insoportablemente vacilón como lo recordaba.

—Ya quisieras, niñato, y, si necesitas un guía, te lo contratas —mascullo, sin poder creer lo imbécil que puede llegar a ser y guardando para luego ese «insoportablemente» que era tan nuestro—. ¿Qué pasa? ¿Que no había otra ciudad en la que instalarte, con lo grande que es el mundo? —añado, cruzándome de brazos, permitiéndole a la frustración que tome el control de mis palabras.

—Tranquila, París es enorme, no tenemos por qué encontrarnos —replica, guardando las manos en los bolsillos de los pantalones e intimidándome con su mirada y con la postura de su cuerpo. ¡Por Dios, no puedo ser tan impresionable y menos a estas alturas!—, a no ser que Dior me contrate —deja caer como si nada.

Y si una mirada puede tener un campo de atracción alojado en ella, la suya lo tiene, porque, a pesar de mis palabras y del rechazo que se desprende de ellas, siento esa fuerza tirando de mí, tal y como lo hizo en el pasado.

—Espero que tengan un poco de sentido común y no lo hagan —sentencio, volviéndome hacia Dante—. Me alegra haberte visto; dales recuerdos a todos de mi parte cuando vayas a D'Elkann. Ya nos veremos en otra ocasión —le digo con aplomo, dándole un par de besos, muy dispuesta a largarme de aquí y pasando olímpicamente de él.

—Pero ¿te marchas ya? —inquiere, extrañado.

—Eso, ¿te marchas ya, ricura? —me pregunta, esbozando una media sonrisa y enarcando ligeramente una de sus cejas—. Con lo bien que podemos pasarlo —oigo que me dice con guasa y, si está intentando atrapar mi atención, no va a conseguirlo.

—Tengo cosas que hacer y se me está atragantando el día —le dedico, sin poder callarme, y nunca me había contradicho tanto, porque no estoy fingiendo en absoluto y me está poniendo mala sin que haya tenido que esforzarse demasiado.

—¿Y por qué será?

—Date una vuelta sobre ti mismo, igual hasta te enteras —siseo entre dientes, provocando la carcajada de Dante.

Maldita sea, sigue teniendo esa capacidad innata que tenía para sacarme de quicio.

—Joder, no habéis cambiado en absoluto. Por cierto, tío, no parece muy colada por ti y no veo ningún anillo en vuestro dedo, me par...

—Ni tampoco vas a verlo, al menos en el mío —lo corto antes de que termine la frase—. Te dije que no apostaras a favor de esa estupidez —le recuerdo, sintiendo cómo mi garganta empieza a latir con las pulsaciones del dolor, porque, en realidad, no lo era tanto y, si nosotros hubiéramos sido de otra forma, ahora todo sería muy distinto, porque fuimos nosotros y no la situación—. Me largo, no quiero ni oír lo que tengáis que decir —prosigo con sequedad, girando sobre mis tacones para dirigirme hacia donde está mi amiga recibiendo abrazos y felicitaciones.

—¡Eyyyy, hola! —me saluda en cuanto me ve, adelantando unos pasos para salir a mi encuentro y darme un abrazo en el que me cobijo—. Ya sé que te lo he dicho antes, pero no sabes lo que significa para mí que estés aquí conmigo —me dice, intensificando su abrazo y haciéndome sentir mal con sus palabras—. ¿Te ha gustado la ceremonia? ¿Has estado a gusto?

—Ha sido preciosa —le contesto, esbozando una sonrisa, separándome ligeramente de sus brazos para detener mi mirada en la emoción que anida en sus ojos... «y, en un momento como este, en el que solo importa ella y su felicidad, me ha preguntado si he estado a gusto», pienso, sintiéndome fatal—. Enhorabuena, me hace muy dichosa verte tan feliz, aunque hayas renunciado a tu carrera —añado, enarcando una de mis cejas, haciendo a un lado mis remordimientos y provocando su carcajada.

—Para mí esto es lo más importante ahora, aunque no lo entiendas.

—Tienes razón, no lo entiendo —sentencio, convencida, porque yo nunca renunciaría a mi carrera por amor a nadie—. Oye... eh, que...

—Y si te ha gustado la ceremonia, espera a ver todo lo que

tenemos preparado —me interrumpe, envolviendo mis manos con las suyas—. No sabes lo que significa para mí tenerte aquí.

Será hija de su madre.

—Me estás chantajeando —adivino, provocando su risa.

—Y tú estás deseando largarte y no quiero que lo hagas. En serio, María Eugenia, aunque no lo creas, Ciro es un encanto —afirma, sonriendo feliz, mientras yo tuerzo el gesto todo lo que puedo. Maldita sea con ella—. Quédate, por favor... hazlo por mí. Este es mi desfile más importante y te quiero a mi lado, abriéndolo y cerrándolo, como hice yo con los tuyos —comenta, esta vez con seriedad, mientras guardo silencio—, por favor —insiste.

—Está bien, maldita sea, está bien, me quedo —cedo, malhumorada.

—Tiene narices que tenga que rogarte que te quedes el día de mi boda —constata, divertida—. El día que te cases tú, voy a hacerte lo mismo.

—Yo no pienso casarme, esas insensateces ya las haces tú por las dos —le aseguro, provocando de nuevo su risa, y está tan sumamente feliz hoy que ni mi disgusto va a ensombrecer este día.

—Que no lo hayas hecho hasta ahora no significa que no vayas a hacerlo en un futuro. Tengo un amigo que era como tú y ahora va a casarse. Nunca digas «de esta agua no beberé», porque posiblemente terminarás haciéndolo.

—Lo que tú digas —le respondo, condescendiente, sonriéndole a Víctor cuando se acerca a nosotras—. Enhorabuena, ha sido una ceremonia preciosa —lo felicito, dándole un abrazo.

—Quería marcharse; por suerte, ha entrado en razón y va a quedarse —le cuenta como si nada, y niego con la cabeza. Por Dios, es incapaz de callarse.

—Dime qué podemos hacer para que te sientas a gusto —me pide con seriedad, y son tal para cual.

—No te preocupes, está todo perfecto... es solo que el trabajo tira de mí más de lo que debería, pero me quedaré hasta el final, tranquila —le digo a Valentina, esbozando una sonrisa.

«Y no puedo creer que haya dicho eso», me riño, frustrada.

—¿En serio? ¡Ay, qué alegría! —exclama mi amiga, abrazándome de nuevo, «y lo que daría por tener un puente a mano, bien alto, por el que poder tirarme de cabeza», pienso a toda prisa mientras llegan más invitados para darles la enhorabuena.

«No me lo puedo creer —me lamento, molesta, tras despedirme de ellos y encaminar mis pasos hacia la zona donde van a empezar a servir el *catering*—. No solo no me marcho, sino que encima voy a quedarme hasta el final. ¡Hostia conmigo! —mascullo para mí, alzando la mirada del suelo y encontrándome con la suya— y mejor vamos a dejar las cosas claras para que el día sea lo menos suplicio posible.»

—¿Todavía por aquí? —me plantea con una sonrisa desdeñosa cuando llego hasta él.

—Está tan feliz que no quiero fastidiarle el día, pero, ya que voy a quedarme, vamos a facilitarnos las cosas. Esta finca es enorme, no tanto como París, donde espero no encontrarte, pero lo suficientemente grande como para no tener que estar viéndonos las caras continuamente; así que vamos a intentar estar lo más lejos posible el uno del otro.

Y, oyéndome, nadie diría que sigo enamorada de él, que me gusta regodearme, de manera continua, en mis recuerdos y que lo sigo por Instagram como una perturbada, porque me juego el cuello a que nadie ve sus publicaciones y sus *stories* con más interés y desvelo que yo.

—¿Y por qué te importa tanto coincidir conmigo? Eso pasó y tú seguiste con tu vida y yo con la mía —replica, con una indiferencia que no me sorprende, pero sí que me duele.

—Porque las cosas que han pasado, cuanto más lejos, mejor, no sea que decidan regresar —le aseguro, convencida, saliéndome con mi actuación, porque en realidad no hay nada que desee más que eso, aunque me haya puesto mala hace unos escasos minutos.

—Como quieras —me responde, encogiéndose ligeramente de hombros, para seguidamente guardar las manos en los bolsillos de sus pantalones y darse media vuelta para alejarse de mí.

«Y, como cada vez que he coincidido con él desde que nos vimos en París, qué mal lo estoy haciendo —reconozco, cogiendo una copa de vino blanco para casi bebérmela de un trago—.

Primero permití que pensara que Noël era mi pareja y ahora esto. Maldita sea conmigo.»

Me gustaría saber por qué narices lo hago. Por qué no puedo ser una persona normal, coherente con lo que siente y que intenta atrapar lo que flota en la otra parte de la orilla. Otra le hubiera sonreído y hubiera iniciado una conversación del tipo «Qué bien te veo... ¿Es cierto eso que ha dicho Dante de que estás recorriendo el mundo con una furgoneta? ¿No me digas? Yo vivo en París, bueno eso ya lo sabes... Sí, me encanta mi trabajo... y, a ti, ¿cómo te va en el tuyo...?».

«Y qué fácil es mantener una conversación con él sin que esté presente», asumo dirigiéndome hacia una de las organizadoras para preguntarle cuál es mi mesa y seguidamente dirigirme hacia ella.

No puedo creerlo. ¡Venga ya!

—Lo siento, ricura, por muy grande que sea esta finca, te ha tocado en la misma mesa en la que estoy yo, y, mira tú por dónde, justo a mi lado. La mala suerte te acompaña —me dice con toda su insolencia, cogiendo el cartelito donde pone mi nombre mientras lo miro intentando reaccionar.

«Voy a matar a Valentina», me prometo a mí misma para luego beberme de golpe el vino que quedaba en mi copa. Cuando veo de reojo al camarero pasar por mi lado cargado con una bandeja repleta de copas de vino, alargo una mano para detenerlo.

—Déjelas todas en esta mesa y traiga unas cuantas más —le suelto con voz afectada, provocando su carcajada.

—¿Perdone? —me pregunta, extrañado.

—Que deje todas las copas, las necesito todas, y dé gracias de que no le pida que traiga la bodega entera —sentencio, disgustada, cogiendo dos copas, una para cada mano, porque esto, sobria, no voy a poder sobrellevarlo.

—No le haga caso, puede irse —le indica sin borrar su sonrisa desdeñosa, y lo miro tan mal como puedo.

—No pienso dirigirte la palabra en toda la comida —le aseguro, tomando asiento, sin soltar mis copas, viendo de reojo cómo me imita, instalándose a mi lado.

—Misma boda, misma mesa, sentados uno junto al otro...

Igual el destino quiere decirte algo —insinúa con seriedad, y ojalá no hubiera visto llegar su sonrisa para esconderse en la comisura de sus labios.

—Aquí el destino no pinta nada, créeme. La única culpable de todo esto es la entrometida de Valentina. Si llego a saberlo, la visto de acelga para cerrar uno de mis desfiles —declaro dramáticamente, provocando su carcajada, y ojalá no sonara tan bien y ojalá no trajera de vuelta tantos recuerdos...

* * *

—¡Con lo grande que es Madrid!

—Cierto, pelirroja, con lo grande que es Madrid y hemos tenido que coincidir en este pub. Igual el destino quiere decirte algo —me contestó, burlón, bajando su mirada hasta mi mano—. ¿Puedo?

* * *

Y, como todos los recuerdos que tienen relación con él, los siento tan vívidos y reales que casi puedo notar el recorrido de su lengua por mi piel, cuando se llevó con ella los restos de mi bebida, «y, ¡maldita sea!, ya podría acordarme de otros», me lamento, dándole otro largo trago a mi copa.

—Ya que no nos queda otra que estar juntos, ¿por qué no intentamos pasarlo bien? —me propone, enarcando una de sus cejas para seguidamente hacerse con una de mis copas, y lo miro enarcando una de las mías, provocando su sonrisa, la que estaba intentando frenar y que es tan perfecta como la recordaba y como no dejo de ver por Instagram.

«Lleva el pelo más largo de lo habitual —me percato, observando cómo algunos de sus mechones caen sobre su frente—, está más moreno, sonríe continuamente y se le ve bien, relajado y a gusto en su piel»; tan distinto a mí, que estoy tensa y lista para saltar en cualquier momento o tan distinto al hombre que vino a buscarme a París.

—Porque no —sentencio, rotunda.

«Porque suficiente enganche tengo contigo, solo con el Instagram de la leche, como para permitir que me embauques de nuevo, estando con otra tía como estás, y porque sigues siendo un encanto, aunque me saques de quicio —pienso, sin alejar mi mirada de la suya—, y porque sigo enamorada de ti, ¡hostia!»

—Eso no es una respuesta —me rebate, condescendiente, y contemplo el azul de sus ojos, para el que tenía la descripción perfecta.

—Porque tú lo digas —le espeto, molesta con él, conmigo, con Valentina y con el mundo entero.

—Iba en serio lo de antes —murmura con voz ronca, y no necesita atrapar mi atención con el tono de su voz o con el azul de su mirada, porque con su mera presencia ya la tiene por completo.

—¿Qué es lo de antes? —le planteo, sin llegar a entenderlo.

No tendría que haberme sentado; debería haberme mezclado con unos y con otros, porque tenerlo tan cerca no está siendo, para nada, una buena idea.

—Espera —me pide, levantándose cuando el camarero pasa por detrás de nosotros con una bandeja de comida—. Toma —añade, ofreciéndome un pincho de langostinos, guiñándome un ojo. Y, viéndonos ahora, nadie diría lo que hemos sufrido.

—Gracias —le digo, ensombreciendo el gesto con ese pensamiento—. Oye, no tienes que darme conversación ni tienes que entretenerme, puedes irte por ahí si quieres —le comento, intentando librarme de él.

—Vale, perfecto.

—Pues venga, hazlo —lo apremio con la mano mientras lo observo negar con la cabeza con una sonrisa cargada de añoranza.

—Cuando nos conocimos, era a mí a quien había que entretener, según tú, por supuesto. ¿Lo recuerdas? —me pregunta, esta vez con seriedad, mirándome directamente a los ojos, y llegando con su mirada hasta el centro de mi alma.

Y no deberíamos rescatar palabras ni recuerdos cuando él no está libre y cuando todo lo que siento sigue tan vivo en mi interior.

—Prefiero no hacerlo. Esto no es buena idea —susurro muy bajito, soltándome de su mirada.

—¿El qué?

—No me hagas explicártelo —le pido con voz queda, volviéndome para mirarlo—. Me voy a dar una vuelta, nos vemos luego —me despido, necesitando huir de él, de todo lo que encierra su mirada y de todo lo que está provocando en mi interior con ella.

—¿De qué tienes miedo, pelirroja? —me pregunta, impidiendo que me levante.

—No me llames pelirroja —le ordeno con sequedad, viendo su mano aferrando mi brazo—, y no tengo miedo, pero...

—Pero ¿qué?

—Perdonad que os interrumpa. ¿Eres Ciro Zabat? —oigo una voz femenina, y me vuelvo para ver a una mujer alta, delgada, morena y con un escote que le llega al ombligo. ¡Por Dios!

—Sí, ¿y tú? —le responde, volviéndose para mirarla, y siento cómo algo oscuro y con una punta afilada llega para pinchar mi pecho.

—Soy una admiradora tuya, te sigo por Instagram. Perdona, no te he dicho mi nombre, me llamo Nuria... y, cuando te he visto, de verdad, siento haberos interrumpido, pero no podía creer que fueras...

«Ya he oído suficiente», me digo, cegada por los celos y por demasiados sentimientos que no sé cómo gestionar, levantándome para, sin despedirme, largarme tan lejos como pueda de esta mesa y de él, sintiendo cómo el cerco de púas llega para instalarse en mi garganta mientras todos sonríen felices, comiendo y bebiendo las exquisiteces que no dejan de servir... y en cambio yo solo siento deseos de echarme a llorar.

«Es un encanto... un encanto con pareja —me recuerdo, cogiendo otra copa de vino para darle un largo trago—. Me ha llamado pelirroja y me ha preguntado de qué tengo miedo. Si él supiera» —pienso con pesar, observando a mi amiga hacerse *selfies* con otras chicas y a Víctor riendo con una pareja, mientras que yo voy mezclándome con unos y con otros sin llegar a detenerme con nadie, hasta que veo a Casilda, y supongo que es mi vía de escape, pues con ella siempre me siento a gusto.

—Hola, maja —me saluda cuando llego hasta donde se encuentra—. Demasiada gente, ¿verdad? Cuando yo me casé con mi Tomás, solo estaban los de casa, y en esta boda hay ciento y la madre.

—No hay tantos, Casi —le digo, sonriendo, y esta vez de verdad, sintiendo cómo ese cerco de púas afloja ligeramente su presión.

—Y, a ti, ¿qué te pasa? ¿Por qué no estás pasándolo bien? —me pregunta con suspicacia, escudriñando en mi mirada.

—Claro que estoy pasándolo bien —le miento, rehuyéndola, pues sé por Valentina que a esta mujer no se le escapa nada.

—A mí me la colarás tú... ¿Qué es, por el rubio? —adivina, sin irse por las ramas.

—¿Qué rubio? —inquiero, alucinada.

Pero ¿esta mujer cómo lo sabe?

—¿Tú no recuerdas que la Casi vale más por lo que calla que por lo que habla? —me plantea con una media sonrisa—. Te gusta, ¿verdad? Ya te gustó cuando lo conociste hace años, aunque te hicieras la dura, y ahora está más guapo que antes. Si yo tuviese tu edad, no se me escaparía, no, señor; lástima que ya me pilla vieja. Cuando yo era joven, los hombres no eran como son ahora, que parecen todos actores de cine... si es que nací en la época equivocada. Más recatadas que éramos entonces y, ahora, míralas —prosigue, haciendo un gesto con la cabeza hacia un grupo de chicas—. Todas medio desnudas, más frescas que una lechuga; bueno, todas, no, tú vas muy elegante siempre y eres muy guapa y muy fina, como mi Valentina, mi Alana y mi Sandra, que, mira, ya sé que solo tengo una hija, pero como si tuviese tres, porque a las tres he criado —me dice, provocando mis risas, y es que esta mujer me recuerda muchísimo a mi madre, por la capacidad que tiene para enlazar un tema con el otro, y puede que por eso me sienta tan cómoda con ella—. En todo caso, haz el favor de comer, que estás muy delgada, ¡qué manía con estar tan esqueléticas!, como mi Valentina. Por suerte ahora ya tiene más chicha que cuando llegó, que era un saquito de huesos; ya me estoy encargando yo de rellenarla, como a los pavos en Navidad —suelta, consiguiendo que me ría de nuevo.

—¿Lo estáis pasando bien? —nos pregunta la susodicha, abrazándome por detrás, y dejo de reírme para volverme y apuntarla con mi copa.

—Qué hija de tu madre eres. ¿Qué pasa? ¿Qué no tenías suficiente con juntarnos en tu boda que encima tenías que sentarnos en la misma mesa y al lado? —le pregunto, provocando su carcajada—. Yo no le veo la gracia, sinceramente, y te digo una cosa: como se ponga muy pesado, me largo —le aseguro, prolongando su risotada.

—Te juro que no hay ningún motivo oculto; simplemente he unido el mundo de la moda con el de la fotografía para que tuvierais cosas en común de las que poder hablar. Dante también está en tu mesa y no te has quejado —me rebate cuando consigue dejar de carcajearse.

—Dante no estuvo dándome la tabarra todo un maldito fin de semana.

—Pero si lo pasaste genial. Venga, ¡no te quejes tanto! Igual lo que necesitáis es terminar lo que empezasteis.

—No empezamos nada —mascullo de malas maneras, provocando la sonrisita de Casi.

—Un libro podría escribir yo con todo lo que callo —nos dice, dejándonos a ambas pasmadas.

—Santa Casi valgo más por lo que callo que por lo que hablo, vamos a llamarte —se burla de ella Valentina, entre risas.

—Tú ríete, maja, que aquí una las caza al vuelo, y si con lo tuyo no iba desencaminada, con lo suyo, todavía lo voy menos. Por cierto, hija, no veo la gaseosa por ningún sitio... ¿Has dejado claro que en mi mesa quiero una botella para mí sola, verdad? —inquiere mientras ambas la miramos con la boca abierta.

¿En serio ha dicho lo que ha dicho?

—¿Y puedes explicarme qué es «lo suyo»? Porque yo soy su amiga y no lo sé —le pide Valentina mientras siento cómo el apuro se adueña de mi rostro.

—Tu marido te está llamando —intervengo a toda prisa cuando veo a Víctor agitar una mano hacia nosotras, ¡y gracias a Dios!

—Ya hablaremos —se despide, arrugándome la nariz antes de dirigirse hacia él.

—No tengo ni idea de eso que estás callando —le replico a Casi, una vez estamos a solas. Y por supuesto que la tengo.

—Lo que tú digas, maja. Anda, tira, que van a servir ya el almuerzo y, para una vez que me lo dan todo hecho, quiero comérmelo caliente —me contesta con ese brío tan suyo mientras siento cómo mis nervios llegan para enredarse con todo lo que anida en mi pecho. Él.

Capítulo 34

Ciro

Veo de reojo cómo se sienta a mi lado mientras sigo charlando con Dante como si nada y el alivio llega para relajar mi pecho, pues temía que se hubiera largado tan pronto, como antes, cuando ha amenazado con hacerlo. Sé que lo está deseando, al igual que sé que está enfadada, disgustada y frustrada por tener que compartir la mesa conmigo... cuando yo estoy en mi salsa, sobre todo ahora, que ha regresado de donde fuera que estuviese. «Llevo meses soñando con esto, concretamente desde que me llamó Valentina», reconozco, alargando mi brazo para, con total despreocupación, aferrar el respaldo de su silla con mi mano, sintiendo cómo su pelo me hace cosquillas en la piel.

—¿Te importa? —me pregunta con sequedad mientras que yo sigo a lo mío, fingiendo no haberme enterado—. ¿Puedes quitar tu mano de mi silla? —insiste, y tengo que frenarme un huevo para no sonreír.

—¿Estás hablando conmigo? —le pregunto, volviéndome finalmente para mirarla.

—No, con el de la mesa de enfrente, ¿tú qué crees? —replica con fastidio mientras me esfuerzo por ocultar mi sonrisa. No ha cambiado en absoluto.

—¿Sabes? Se me ocurren cientos de lugares donde ponerla, y todos están cerca de ti —le susurro, acercándome a ella, no tanto como me gustaría, pero sí más de lo correcto.

—No puedo creer que hayas dicho eso —me riñe, bajando el tono de su voz mientras yo me pierdo en su mirada, donde solo reina la confusión.

—¿Por qué? —la presiono, sosteniéndosela.

—Déjame en paz —farfulla, y paro de frenarme para soltar la carcajada que lleva bullendo en mi garganta desde que he empezado a provocarla, porque eso es junto lo que estoy haciendo.

—Como quieras —contesto, sin alejar la mano de su silla, repantigándome en la mía. «Si dejara caer mi brazo hacia delante, estaría rodeando su espalda, como tantas veces hice en el pasado», me percato, sintiendo cómo mi corazón modifica ligeramente su latido.

«Cuántos cafés he tenido que tomarme con la vida, cuántos kilómetros he tenido que recorrer, cuántos amaneceres y atardeceres he tenido que ver y cuántas veces ese latido ha tenido que modificar su ritmo hasta que he conseguido volver a ser el que era», medito, viendo de soslayo cómo se sienta en el borde de la silla para alejarse de mí tanto como le es posible, y sonrío con ganas, sin molestarme en disimularlo.

—Joder, macho, no has cambiado en absoluto —me comenta Dante en voz baja, y lo que no sabe es lo mucho que me ha costado lograrlo—. Por cierto, visto lo visto, ¿vamos a tener que ajustar cuentas? —me pregunta, recordándome la apuesta que hicimos hace años.

—No tengas tanta prisa, recuerda que dije «en unos años» —replico, sin bajar el tono de la mía.

—Creo que esos años ya han pasado —me rebate, igualándolo al mío, y sé que nos está escuchando, por mucho que intente fingir que está ojeando el menú.

—Te equivocas, cuando no indicas un número exact...

—¡Olvídate! No pienso casarme con él —sentencia con todo el fastidio que puede atrapar en kilómetros a la redonda, volviéndose para mirarnos, dejando de fingir de una vez.

—Pelirroja, no deberías ser tan contundente cuando hablas de este tema —le rebato, vacilón, esbozando una media sonrisa.

—Y tú deberías aceptar que has perdido —me replica, enfadada.

—Todavía no lo he hecho —me defiendo, quedándome enganchado a su mirada.

Hoy se ha quitado las gafas y ha detenido mi corazón cuando la he visto en la habitación de Valentina; con su melena suelta, con ese porte de reina que solo he visto en ella, tan guapa y perfecta con ese vestido, que sé que es diseño suyo. Tan insoportablemente irresistible. Me he suscrito a un canal de moda solo por ver sus desfiles; devoro las entrevistas que le hacen y me he vuelto un asiduo de las revistas del corazón, porque siempre aparece en alguna de ellas, pues acapara las portadas con un simple pestañeo... y, a pesar del interés que suscita entre la prensa, nunca han conseguido fotografiarla con nadie, solo con ese hombre, al principio de vivir en París, con el que la emparejaron cuando, en realidad, solo son amigos.

«Yo los creí y la rabia me comió por dentro de tan solo imaginarla con otro», rememoro, y es increíble la velocidad con la que viajan nuestros recuerdos, a pesar de ir acompañados por nuestros pensamientos.

—Eso es lo que tú te crees —me rebate entre dientes, sacándome de ese viaje particular en el que me había sumido.

—Pelirroja, no me hagas recordarte las cosas, ¿quieres? —suelto, de repente molesto, porque, ¡joder!, íbamos a casarnos; de hecho, ahora sería mi mujer si no hubiese sucedido lo que sucedió.

—Vete a la mierda —me dedica, dirigiendo su rostro al frente y dándome la espalda.

—Oye, ¿ha pasado algo entre vosotros? —indaga Dante, y niego con la cabeza.

—Nada que no sepas —le contesto con seriedad, viendo el plato que acaban de poner frente a mí y alejando con reticencia mi mano de su silla para empezar a comer, a pesar de las ganas locas que tengo de hundirla en su melena.

Pasamos el resto del almuerzo tal y como lo hemos empezado. Ella, ignorándome tanto como puede, y yo, sintiéndome como un crío de dieciséis años que intenta atrapar la atención de la chica que le gusta sin llegar a conseguirlo, «como cuando la conocí en la chocolatería», pienso, oyéndola reírse ante un comentario que le ha hecho la mujer que tiene al lado.

—Hola, Ciro. ¿Puedo presentarte a una amiga? —me pregunta Nuria, la chica que nos ha interrumpido antes, y me vuelvo hacia ellas sintiendo de repente su mirada en mi espalda.

—Claro —respondo, levantándome y dedicándoles una sonrisa, muy acostumbrado a vivir esto, a pesar mío, pues no era lo que pretendía cuando empecé con toda esta historia de Instagram.

«Yo solo quería plasmar mi viaje con la vida y demostrarle a mi hermana, o a mí mismo, que lo estaba intentando... solo que luego empecé a salir en las fotografías y, sin pretenderlo, comencé a hacerme famoso y a acumular miles de seguidores, hasta llegar a convertirme en un reclamo publicitario para las marcas, que veían cómo sus ventas se disparaban cuando yo mostraba lo que fuera mientras me tomaba mis cafés con la vida», rememoro, haciendo a un lado las vivencias que me llevaron a esos cafés, que son como una habitación oscura en la que temo volver a entrar, pues, en ella, el monzón sigue descargando con virulencia y sus aguas todavía tienen la fuerza necesaria como para poder arrastrarme.

Puede que por eso decidiera salir en las fotos, porque prefería verme surfeando que sumergido en esas aguas; porque prefería verme sonriendo que llorando, y porque prefería mostrarme al mundo antes que volver a encerrarme en mí mismo.

Y, por muchos cafés que me he tomado con la vida, sigo sin poder reconciliarme con ella.

—Sandra, Ciro; Ciro, Sandra —nos presenta, sacándome de mis cavilaciones, y me acerco a ella para darle un par de besos.

—Ambas te seguimos por Instagram y nos gustan mucho las fotografías que subes —me cuenta Nuria mientras meto las manos en los bolsillos de mis pantalones, resignado a escuchar estas frases que forman parte de mi día a día cuando regreso a la civilización.

—Y te dejamos que nos lleves con tu furgoneta a donde quieras —interviene la tal Sandra con aplomo, recordándome muchísimo a mí mismo y arrancándome una carcajada—. Prometemos no quejarnos y dejarte hacer todo lo que quieras.

«No me jodas que ha dicho eso», me asombro, alargando mi carcajada.

—Somos de Madrid. Si algún día te pasas por allí, ¿te tomarías un café con nosotras? Ya te has tomado muchos cafés con la vida y ya va siendo hora de que te lo tomes con tus mayores fans.

—¿Y cómo sé que sois mis mayores fans? —les sigo la corriente, y no porque tenga intención de nada, sino porque me están haciendo mucha gracia.

—Eso te lo contaremos cuando te tomes ese café con nosotras —me replica Nuria, «y esta respuesta bien podría ser mía», admito, divertido—. Toma, aquí tienes nuestro número de teléfono —añade, tendiéndome un papelito que cojo para, sin mirarlo, guardarlo en el bolsillo de mis pantalones mientras observo de reojo cómo los camareros han empezado a servir el postre.

—Nos vemos luego, rubio —me dice la tal Sandra, guiñándome un ojo, y, si no tuviera la atención puesta donde la tengo, posiblemente sería yo el que iría tras esta chica.

—Joder, macho, a esto lo llamo yo ligar sin despeinarse ni tener que mover un solo dedo —me suelta, guasón, Dante al tiempo que vuelvo a posar mi mano en el respaldo de su silla, como no he dejado de hacer durante toda la comida, mientras que ella no se ha molestado en prestarme dos segundos de su valiosísimo tiempo.

Sin querer frenarme más, decidido ir un paso más allá; la muevo para hundir mis dedos en su densa melena y atrapar su cuello... y, joder, cómo había echado de menos esto.

—¿Qué haces? Quita tu manaza de mi cuello ahora mismo —farfulla entre dientes, dándome un manotazo en el brazo mientras intensifico la presión en su piel.

—Llevas todo el almuerzo mirando hacia el otro lado, debe dolerte seguro —le digo, moviéndome ligeramente para acercarme a ella, empezando a masajeárselo, y estamos tan cerca el uno del otro que puedo ver cómo las dudas emergen, de donde sea que estuvieran escondidas, para instalarse en su mirada.

«Hay algo que me estoy perdiendo —me percato de repente, hurgando en ella—; algo que se me está escapando, cuando antes sabía leerla a la perfección», medito, frunciendo el ceño.

—Eso no es asunto tuyo —me dice en voz baja, y siento cómo la conexión que sentía cuando estábamos juntos regresa, a pesar de ella y de sus dudas.

Su aliento encontrándose con el mío. El pálpito de la vida bajo su piel, latiendo en mis dedos. Sus labios entreabiertos y mis ganas locas arremolinadas en mi polla y en mis manos.

—¿De verdad lo crees? —le pregunto también en voz baja, sin dejar de masajeárselo, moviéndome ligeramente para acercarme un poco más.

—Suéltame —me pide con menos firmeza de la que le gustaría mientras mis dedos suben y bajan por su cuello, ejerciendo la presión justa.

—¿Seguro? Porque parece que estés a punto de ponerte a gemir —le contesto, esbozando una media sonrisa, sabiendo de sobra que va a mandarme a la mierda con mi comentario.

—Eres gilipollas —me dedica, aferrando mi muñeca para retirar con fuerza mi mano de su piel mientras oigo de fondo una canción, de esas que le gustan tanto a mi amiga, y me vuelvo para ver cómo sacan el pastel de boda y cómo la mayoría de los invitados se levantan para fotografiarlos o acercarse a ellos para ver mejor el momento en el que lo cortan, mientras que yo, por el contrario, me mantengo repantigado en mi silla, pasando aparentemente de ella, que sigue sentada a mi lado.

—Eres fotógrafo, ¿no? ¿Por qué no te largas a inmortalizar el momento y me dejas en paz? —me suelta, provocando mi sonrisa.

—A ver, desde aquí cuento a Dante, a Nick Klain, ni más ni menos, y al equipo que han contratado... Créeme, no necesitan más fotografías de este momento —le aseguro, sin molestarme en mirarla, volviendo a posar mi mano en el respaldo de la silla, solo que esta vez no se mueve y mantiene la espalda recostada en ella.

—Eres un coñazo —oigo que me dice, provocando mi media sonrisa.

—Cierto, y tú estás queriendo ir de dura. ¿Por qué? —indago, volviéndome finalmente para mirarla, percibiendo cómo el viento mueve su pelo para enredarlo entre mis dedos y, dejándome llevar por esa costumbre que no he conseguido olvidar, empiezo a juguetear con él.

—No te importa, ¿y puedes dejar de toquetearme el pelo? —me plantea con seriedad, sosteniéndome la mirada.

—Tú y yo tenemos una conversación pendiente —susurro, frenándome para no dejar caer mi brazo sobre sus hombros y pegarla a mí.

—Lo que teníamos que decirnos ya nos lo dijimos hace años, no te metas en mi vida, Ciro.

Y, por primera vez, está hablando conmigo, de verdad.

—Lo siento, no puedo prometerte eso —afirmo, con esa misma seriedad que ha empleado ella.

—¿Por qué?

—Porque el juego se ha reiniciado. —Y nunca he dicho nada más en serio.

—Tienes pareja. ¿Cómo puedes decir eso o tontear con cualquier tía que se te ponga a tiro? ¿También hacías eso cuando estabas conmigo? —me recrimina en un murmullo, y capto la decepción colarse a través de su voz.

—¿Cómo? —le pregunto, frunciendo el ceño, mientras todos brindan a nuestro alrededor, y puede que esté sonando la música, pero no consigo oírla porque lo único que rebota en mi cabeza son esas insinuaciones que no tienen ni pies ni cabeza.

—Maldita sea, se acabó —masculla, levantándose, y aferro su mano con fuerza para impedir su huida.

—De eso nada —siseo entre dientes.

—No te metas en mi vida. Te lo digo en serio —me advierte, soltándose de un tirón para, sin volver a mirarme, ir hacia Valentina, seguro que para despedirse, y, sin pensarlo dos veces, me dirijo hacia la casona, donde sé que nuestra amiga le ha dejado una habitación para vestirse.

Capítulo 35

María Eugenia

—No puedes hablar en serio, me habías prometido que te quedarías hasta el final y para eso todavía queda mucho —se queja Valentina cuando me despido de ella.

—Conociéndote, ese final puede llegar mañana, y sabes que mi avión sale en unas horas y todavía tengo que cambiarme y llegar al aeropuerto. No te enfades, ¿vale?

—No me enfado, es que no sé cuándo volveré a verte y quería tenerte más tiempo conmigo —me contesta, arrugándome la nariz—. Soy una egoísta, lo siento —se disculpa, dándome un abrazo en el que, tal y como he hecho antes, me cobijo.

Y, en realidad, podría quedarme mucho más tiempo, pero no puedo más.

—Eres una entrometida, pero para nada eres una egoísta. No voy a casarme nunca, pero, si alguna vez lo hiciera, me gustaría ser tan feliz como lo eres tú hoy —le digo, aferrando sus manos con cariño—. Te deseo toda la felicidad del mundo, y es cierto que no nos veremos tanto, pero te prometo que no vamos a perder el contacto.

—Eso te lo aseguro, porque, aunque no abra ni cierre más veces tus desfiles, no pienso perdérmelos —me garantiza para, seguidamente, darme otro abrazo, y como siga así terminará haciéndome llorar.

—Gracias por estos años, ha sido un honor contar contigo —expreso, sintiendo la garganta completamente cerrada, porque voy a echarla muchísimo de menos.

—El honor ha sido mío. Sigue diseñando tan bien y sigue creando esas camisetas que parece que coleccione, porque con todas me siento identificada —me pide, arrancándome una sonrisa—. Te veo desde el *front row* —prosigue entre lágrimas, provocando las mías.

—¿Te marchas ya? —adivina Víctor, llegando hasta donde estamos nosotras, hechas ya un mar de lágrimas.

—Sí, no puedo alargarlo más —le explico, secándomelas con cuidado con los dedos, evitando mirar hacia nuestra mesa cuando me despido de él con un par de besos.

—Buen viaje.

—Gracias, y enhorabuena por esta boda tan bonita y emotiva —me despido, para seguidamente dirigirme en busca de Pedro, de Casi, de Alana y de su marido, José, para decirles adiós.

«Podría despedirme también de Dante y de Carla, esa mujer tan maja que tenía al lado —me digo, echando a andar hacia la casona—, pero eso significaría tener que acercarme de nuevo a esa mesa, y paso; sinceramente, suficiente he tenido con él y luego con la tal Nuria y con su amiga —reconozco, escuchando a través de mis recuerdos sus carcajadas ante lo que le decían y sintiendo de nuevo los celos arañarme por dentro—... porque me he puesto celosa, y no pasa nada por admitirlo, como no pasa nada por admitir que me he excitado cuando sus dedos han atrapado mi cuello, que me he sentido intimidada con su mirada atestada de azules o que me he olvidado de todo, durante unos instantes, mientras él jugueteaba con mi pelo. Por supuesto que no pasa nada por reconocerlo, porque no va a pasar de ahí —me digo, rememorando la presión que ha ejercido sobre mi cuello—... con esa fuerza controlada que solía emplear cuando estábamos juntos y que mi cuerpo ha reconocido al instante —medito con tristeza, evocando esa intimidad que ha llegado para abrazarnos y que aparece cuando estás con la persona elegida—, sin que importe el lugar o la gente que te rodea, y que llega con una mirada, una frase a media voz o cuando tu cuerpo está cerca del suyo», pienso, alejándome del jardín y del barullo para dirigirme al silencio que se respira según me acerco a la casona.

«Quería más —asumo—; quería que masajeara más mi cuello, que jugueteara más con mi pelo, que se acercara más. Siempre más. Maldita sea, ¡no lo entiendo! —me digo, mordiéndome la cara interna de una mejilla—. Tiene pareja y, en cambio, ha actuado como si no la tuviera, y yo, que estoy libre, he actuado como si no lo estuviera. Podría haberle seguido la corriente, en cualquier momento, porque ha habido ocasiones de sobra —reflexiono, accediendo a la casona—, pero, en lugar de hacerlo, me he puesto a la defensiva; es más, he huido dos veces de él. Yo, que abogo por el *más*, he optado por el *menos*, como siempre cuando he coincidido con él», reconozco, sintiendo el dolor rodear mi garganta.

«Me he vuelto una cobarde con los hombres —acepto, observando las escaleras que tengo frente a mí—, y sin darme cuenta he ido encerrándome poco a poco en mi mundo, poniéndome cientos de excusas, todas ellas buenísimas, por supuesto, para no salir de él... y ahora no tengo ni idea de dónde está la salida y mucho menos cuando esa salida implica encontrarme de frente con Ciro», admito, abriendo mi *clutch* para sacar la concha, percatándome de que esta vez he empleado su nombre para referirme a él.

«Si todo hubiese sido distinto, ahora estaríamos casados y yo habría perdido la apuesta», me digo, empezando a subir las escaleras.

«Pelirroja, no me hagas recordarte las cosas, ¿quieres?», oigo de nuevo su pregunta, rebotando una y otra vez en las paredes de mi alma, mientras aferro la concha entre mis dedos y el azul de sus ojos llega para aprisionar mi pecho y recordarme que, de nuevo, he elegido mis peores cartas... «Y ahora dice que el juego se ha reiniciado y de nuevo esa frase está fuera de lugar, porque el juego implicaba estar juntos y él no está libre», medito, terminando de subir los peldaños para dirigirme a mi habitación, quedándome de piedra al acceder a ella y verlo apoyado en la pared, con los brazos cruzados a la altura del pecho.

—¿Qué haces aquí? —le pregunto con un hilo de voz, sintiendo enorme la concha en la palma de mi mano.

—Aclarar conceptos —me asegura con rudeza, moviéndose para acercarse a mí, y aprisiono con fuerza la concha entre mis dedos, sin poder alejar mi mirada de la suya.

—No hay nada que aclarar —le rebato, endureciendo el tono de mi voz, de nuevo poniéndome a la defensiva cuando con él era justo lo que no necesitaba hacer, «y no tengo ni idea de por qué reacciono así», reconozco, obligándome a no retroceder cuando se coloca frente a mí.

—¿Qué guardas ahí? —inquiere en un susurro ronco, rodeando mi mano con la suya, y no está empleando la fuerza, sino que simplemente está abrazando su deseo sin saberlo.

—No te importa —contesto con seriedad, moviéndome para alejarme de él, dándole la espalda y guardándola de nuevo en el *clutch*, de donde no tendría que haberla sacado.

Y ojalá no sintiese su piel todavía rodeando la mía ni la agitación asolándome por dentro.

—Lo que tú digas —oigo que contesta a mi espalda, y me doy media vuelta para encararlo, alzando el mentón—. Vamos por partes... ¿De qué tienes miedo, pelirroja?

—Ya te he dicho antes que no tengo miedo —le respondo, molesta, dejando el bolsito sobre la mesa.

—¿Sigues mintiéndote? —me plantea, enarcando una de sus cejas. Y si estar sentados, uno junto al otro, rodeados de gente, no era una buena idea, estarlo a solas, en una habitación, todavía lo es menos—. Vaya, pensaba que con los años habrías dejado esa costumbre atrás —añade, guardando las manos en los bolsillos de sus pantalones, y ojalá esa postura no me resultara tan sexy.

—No me estoy mintiendo y no hay nada que aclarar. ¿Puedes irte, por favor? Tengo que cambiarme.

—Adelante, por mí no te cortes —me replica con insolencia, sentándose en el borde de la cama, apoyando los antebrazos en sus piernas y alzando la mirada para posarla sobre la mía, «y, ¡por Dios!, si en Instagram ya está para comérselo entero, en persona, con la camisa remangada a la altura de los codos y con esa pose, está para... Déjalo», me ordeno reacondicionando mis pensamientos.

—¿Qué es lo que quieres? Ya ha pasado mucho tiempo y, lo que vivimos, pisado está... decías eso, ¿verdad? —le pregunto, quedándome enganchada a la seriedad de su mirada—. Nosotros ya escribimos nuestro final, y todo esto está de más —afirmo, sintiéndome perdida de repente.

Está de más. Más. Siempre más.

—Te equivocas, porque los finales no los escribimos nosotros, sino la vida —me rebate, llenando su mirada de intensidad, siendo tan irresistiblemente él—. Dices que no tienes miedo, pero te has pasado todo el día evitándome, poniéndote a la defensiva y huyendo de mí —sentencia, levantándose para acercarse a mí, y esta vez sí que retrocedo un par de pasos, los mismos que adelanta él.

—Porque no me interesa nada que tenga relación contigo.

Y, a pesar de mis deseos, hay una verdad latiendo en cada palabra.

—Que yo sepa no te he pedido nada, solo te he preguntado de qué tienes miedo —me presiona de nuevo—. Dímelo, quiero saberlo.

—No es miedo, es solo que no quiero ser amiga tuya, y las bromitas, que me toquetees el pelo o tonterías de ese tipo lo único que pueden hacer es que te confundas o confundirme a mí, y no estoy por la labor, sinceramente. Tú estás fuera de mi vida y quiero que siga siendo así —le contesto, completamente segura de mis palabras, porque una cosa es lo que sienta y otra lo que quiera, y para nada son lo mismo ni tienen por qué ir de la mano—. Además, ¿qué más te da? Tienes pareja y todo lo referente a mí debería darte igual.

—¿Y puedes aclararme por qué crees que tengo pareja? —me formula, instalando la dureza en su voz, sin alejarse un centímetro de mi cuerpo, y lo tengo tan cerca que puedo percibir su respiración y atrapar los azules de su mirada, hasta hundirme en ellos.

—No lo recuerdo... lo leería en alguna entrevista que te harían, ¡qué sé yo! —contraataco, sintiéndome, de pronto, acorralada, y no solo por su pregunta, sino también por su presencia.

—Eso es imposible, porque los temas personales los tengo vetados —me asegura, sin permitir que me suelte de la fuerza que desprende su mirada.

Ojalá pudiera echar a correr; lejos de él, lejos de sus preguntas, de su mirada inquisidora y lejos de todo lo que siento. Ojalá pudiera estar en mi despacho de París, a salvo entre mis bocetos, cuidada por mis diseños, a cobijo entre esas paredes que son mi útero materno. Ojalá todo hubiese sido diferente. Ojalá. Y siempre es más, pero también ojalá.

—Vete, todavía tengo que cambiarme y se me está haciendo tarde —le pido finalmente, intentando alejarme de él y, cuando siento sus manos aferrar mi cintura con fuerza, contengo momentáneamente la respiración.

—Y sigue gustándote ponerme las cosas difíciles —declara con voz ronca, acelerando mi respiración—. No sé de dónde te has sacado eso, pero no tengo pareja, pelirroja —me confiesa, pegando su frente a la mía, sacudiendo mi vientre con ese gesto y con la presión que está ejerciendo con sus dedos en mi cintura—. Nunca he tonteado con nadie estando contigo y sigo enamorado de ti —declara, moviéndose ligeramente para atarme a su mirada azul, «y ahora es cuando tengo el universo frente a mí», me percato, sin poder soltarme de ella. «Un universo de posibilidades, de estrellas que descubres, de constelaciones que aparecen frente a ti; un universo en el que resuena la palabra *nosotros*, tal y como hace el mantra *Om*», pienso, sin poder articular palabra—. Siempre he vetado a Dior en mis trabajos porque no quería encontrarme contigo hasta que no estuviera listo, y ya lo estoy. Voy a vivir en París, a colaborar con la firma y a intentar recuperarte; hazte a la idea, porque esta vez no estoy dispuesto a rendirme —me asegura, pegándome más a su cuerpo, tanto que si alargara los brazos podría rodear su cuerpo y estaríamos abrazados, «como antes», suspiro, queriendo hacerlo, deseando hacerlo, solo que no lo hago y me limito a bajar la mirada al suelo, evitando la suya. «Sus pies frente a los míos o los míos frente a los suyos, también como antes... antes de que mi mundo cayera.»

—Sigo enfadada contigo —oigo que digo—, tanto que hasta es irracional —le confieso en un susurro, sin separarme de él, y no pretendía decir nada y ahora necesito decirlo todo, solo que no hablo yo, sino que lo hace mi desconfianza y esa rabia mezclada con dolor que nunca ha llegado a diluirse del todo, como ese «casi» que también sigue ahí, y puede que, justo por eso, hoy haya actuado como lo he hecho y no le haya seguido la corriente, a pesar de lo que siento por él—. Sigo sin fiarme de ti y sigo necesitando unas garantías que no puedes darme. Eres libre de vivir en París y colaborar con Dior, pero no te acerques a mí, porque vas a perder el tiempo —le aseguro, y ojalá yo fuera de otra manera y pudiera entender lo que hizo, abrazarlo y decirle que yo también sigo enamorada de él, solo que no lo hago, porque sigo siendo tan piedra como antes.

Él, tan agua. Yo, tan piedra. Tan insoportablemente nosotros.

—Yo sigo cabreado con la vida, a pesar de los muchos cafés que me he tomado con ella —me confiesa en voz baja, y alzo la mirada para encontrarme de nuevo con la suya. «Así que de eso iba lo de los cafés», deduzco, guardando silencio—. No me fio de ella y, si pudiera pedirle garantías, lo haría sin dudar, pero no por ello dejo de vivir. Entiendo que te sientas así, pero...

—No, no lo entiendes —lo corto, irritada de repente, porque nunca podrá entender cómo me siento—. Lo que nosotros teníamos era perfecto, y tú te lo cargaste sin que te temblase el pulso. ¡Joder, me hiciste hasta la maleta! —le recuerdo, alejándome de él, sintiendo cómo ese dolor crece con cada palabra, con cada imagen en mi mente, y ojalá desapareciese de una vez y dejase de doler tanto—. ¿Cómo sé que no volverás a dejarme si un día le sucede algo a tu madre, a tu padre o a quien sea? ¿Y si le sucede algo a alguien que es de los dos? —le espeto, visualizando de repente al niño rubito, y podría haber dicho «nuestro hijo» y no me he atrevido—. ¿Cómo sé que no me dejarás sola cuando más te necesite? —añado, cegada por todo lo que estoy sintiendo, y por supuesto que estoy cegada, porque esto son preguntas que ni siquiera debería plantear.

—Porque ya he pasado por esto una vez y te aseguro que no tengo intención de repetirlo. Si la vida decide joderme de nuevo, dudo mucho que yo decida joderme más —me contesta con seriedad, acercándose a mí—. Y te prometo que no es una garantía de dos años, sino de por vida —afirma, alargando una mano para acariciar mi mejilla mientras yo no puedo moverme, hablar ni reaccionar—. Piensa en lo que te he dicho —me pide en un susurro ronco, sin permitir que me suelte de su mirada, mostrándome el camino de regreso a casa o facilitándome el salto de mi mundo al suyo, al nuestro—. Estamos en la casilla de salida y esta vez no vas a ganarme —sentencia, esbozando una sonrisa desdeñosa, alejando su mano de mi mejilla para sacar algo del bolsillo de sus pantalones—. Nos vemos, pelirroja —se despide, guiñándome un ojo, depositando una concha en la palma de mi mano para seguidamente salir de la habitación, y sigo sintiendo el calor de su mano crepitar en mi piel.

«No tengo un anillo porque te aseguro que esto no estaba planeado, pero tengo esta concha que puede valernos, al menos, de momento», rememoro, bajando la mirada hasta ella.

«Es parecida a la que tengo yo —me percato, acariciándola con los dedos, yendo hacia mi *clutch* para sacar la mía y comprobarlo—. Similar en tamaño, en tono y de la misma playa, estoy segura. Y ambos las hemos guardado», pienso, esbozando una triste sonrisa, viendo, en mi imaginación, mis deseos acercarse a mi orilla. Y puede que sea por sus palabras o porque ha guardado la concha, pero ha conseguido, durante unos minutos, quebrar la línea de mis miedos y mi desconfianza, cuando yo la visualizaba inquebrantable.

«Y ahora vamos a jugar de nuevo —me digo, empezando a mordisquear la cara interna de mi mejilla—, y no tengo ni idea de si quiero jugar o cuál es la última casilla.»

Noviembre

Siento cómo un escalofrío recorre mi cuerpo en cuanto salgo a la calle. «Por Dios, qué frío, y eso que el invierno solo está asomando la nariz —gimoteo, sintiendo la mía empezar a congelarse, y acelero el ritmo de mis pasos para llegar cuanto antes a la cafetería, en la que tomé mi primer café parisino, en la que desayuné con mis amigas y mi familia, la primera vez que vinieron, y en la que, desde hace unos meses, suelo desayunar a diario, y, sí, sé que podría hacerlo en mi casa, pero, sinceramente, estoy harta de hablar conmigo misma y he descubierto que, cuando mi día no empieza en los talleres de Dior, me gusta que lo haga allí, en Le café d'Amélie, con ese café, que es mi vicio, y con un *croissant* recién hecho mientras leo la prensa del día o charlo, de vez en cuando, con Jules, el camarero que suele atender mi mesa, porque creo que ya tengo hasta una mesa asignada, pues siempre, cuando llego, está libre... y es la mejor de todas, porque está ubicada junto a la ventana y porque tiene un pequeño sofá, que ya he hecho mío, y un baúl, de esos antiguos, que hace la función de mesa.

—Buenos días —saludo a Jules con una sonrisa cuando accedo al local, y su calidez y el olor a café recién hecho me dan la bienvenida—. Qué frío —me quejo, yendo hacia mi mesa, observando las pocas personas que se encuentran en el local y valorando si quitarme el abrigo o dejármelo puesto hasta que mi cuerpo deje de estar entumecido.

—Noviembre nos viene fresquito —me responde desde la barra, sin dejar de trabajar, mientras tomo asiento—. ¿Lo de siempre, señora María Eugenia?

—Sí, por favor —le contesto, dirigiendo mi atención hacia la ventana, para ver las nubes, pintadas de gris, bajar del cielo en forma de niebla. «¡Qué día más desapacible hace hoy!», me digo, echando de menos el sol.

«Hace casi un mes que lo vi en la boda de Valentina —cambio el rumbo de mis pensamientos—. Hace casi un mes que depositó su concha en la palma de mi mano y hace casi un mes que reinició el juego, solo que, en realidad, no lo ha hecho, porque no he vuelto a saber nada de él; no sé si está aquí, en París, o sigue dando vueltas por el mundo y su Instagram enmudeció hace un par de semanas, como ha hecho él.»

«¿Dónde estará? ¿Y qué estará haciendo? —me pregunto, mordiéndome la cara interna de una mejilla mientras Jules pone el desayuno frente a mí—. No es algo habitual en él este silencio —sigo divagando, cogiendo mi móvil para acceder a la aplicación y comprobar si ha subido alguna fotografía o alguna *storie* en esta última media hora—... porque, está bien, lo reconozco, he comprobado lo mismo un poco antes de salir de casa, y puede que esté obsesionándome, pero ¿cómo no voy a hacerlo con todo lo que me dijo en esa habitación?»

—Nada. Nada de nada —musito solo para mí, claramente decepcionada, para qué negarlo, dejando el teléfono sobre la mesa y alzando la mirada justo en el mismo instante en el que él accede a la cafetería.

¡Por Dios bendito!

«No me ha visto —me percato, sintiendo mi mundo y mi corazón completamente detenidos—. Está impresionante —admito, sin poder pestañear mientras deslizo la mirada por los *jeans* que cubren sus piernas para, seguidamente, subir hasta su espalda, enfundada en una cazadora de piel forrada de borreguito—... que ocultará una sudadera o una camiseta», me digo, sin poder quitarle la mirada de encima, sin encontrar mis palabras y sin poder moverme mientras me fijo en su pelo rubio, completamente revuelto, y la postura relajada de su cuerpo.

«Por supuesto que ha empezado el juego —asumo, mordiéndome el labio inferior, sin poder alejar la vista de su cuerpo, sintiendo cómo mi corazón reanuda su marcha en cuanto se vuelve y su mirada se encuentra con la mía—. Y no es que haya reanudado su marcha, sino que, más bien, está galopando», reconozco, sin poder soltarme de ella. Tan intensa que me intimida. Tan atrayente que no me permite ver otra cosa. Tan suya como la recordaba.

—¿Persiguiéndome, pelirroja? —me pregunta, frunciendo ligeramente el ceño, cuando llega hasta donde me encuentro, convertida en una estatua, porque sigo sin poder moverme ni reaccionar.

«¡Por el amor de Dios!», farfullo mentalmente, exasperada ante mi falta de palabras y la insolencia que se desprende de las suyas.

—Eso debería preguntártelo yo a ti, ¿no te parece? —contraataco con sequedad cuando consigo hacerme con ellas mientras veo cómo se quita la chaqueta. Una sudadera. ¡Cómo no!

—Con lo enorme que es París y has tenido que elegir esta cafetería —me dice con sorna, sentándose en el sofá que hay frente al mío—, justo debajo de mi casa. Contrólate, pelirroja. No puedes ser tan evidente o será demasiado fácil ganarte —me asegura con una sonrisa desdeñosa.

—¿Perdona? —replico, sin poder creer lo que acabo de oír—. Desayuno aquí todos los días desde hace tiempo; en todo caso, eres tú el que está siendo demasiado evidente —le rebato, entre molesta y divertida.

¡Será posible!

—Lo que tú digas —me responde, condescendiente, apoyando los codos en sus piernas para seguidamente cubrirse el rostro con ambas manos, «y continúa costándole la vida despertarse», me percato, permitiendo al cariño adueñarse de mi mirada.

—¿Qué pasa?, ¿que acabas de levantarte? —inquiero, sin poder frenar mi sonrisa.

—¿Qué pasa?, ¿que tienes ganas de parlotear con lo pronto que es? —me formula, retirando sus manos para que pueda ver el brillo insolente de su mirada.

—Eres idiota —le dedico entre dientes, viendo a Jules acercarse a nuestra mesa para tomarle nota.

—Un café, doble o triple —le pide con el peor francés que he oído en toda mi vida.

—¿En serio pretendes que te entienda? —inquiero, soltando una carcajada—. Ponle un café muy cargado —intervengo, sin poder dejar de sonreír—. Con ese francés, más te vale que hables en inglés o te echarán del país a patadas —añado, risueña, dándole un sorbo al mío.

—Se me ocurre algo mejor —me dice, esbozando una sonrisa desdeñosa cargada de peligro—. Si prometes portarte bien, te dejo que me acompañes a todas partes y que me hagas de intérprete —me ofrece, apoyando la espalda en el respaldo del sofá, completamente repantigado, destilando arrogancia por todos los poros de su piel.

—¿Me dejas? —le pregunto entre risas—. En serio, no has cambiado en absoluto.

—¿Lo has hecho tú acaso? Porque, sin que me lo digas, me juego el cuello a que sigues insoportablemente ocupada —adivina, atrapando mi mirada con la suya, y es increíble el brillo que desprende.

«Y tú eres insoportablemente sexy», pienso, admirando, durante un breve segundo, la perfección de sus facciones, sobre todo ahora que no tiene el rostro tan aniñado; es como si tuviese a otra persona frente a mí, cuando, en realidad, sigue siendo el mismo.

—Exacto... y, aunque no lo estuviese, estoy segura de que encontraría algo más interesante que hacer que ir contigo a todas partes —le rebato, siendo insoportablemente yo, porque, muy a mi pesar, soy incapaz de fluir, de dejarme ir y de ser agua, y sigo siendo tan piedra como siempre.

—Y sigue gustándote hacerte la dura —prosigue, vacilón—, pero, oye, me parece bien. Ganarte de buenas a primeras tiene que ser muy aburrido —me rebate, esta vez con seriedad, sin quitarme la mirada de encima, consiguiendo que algo caliente se prenda en mi vientre.

—El juego lo has reiniciado tú, yo no te he dicho en ningún momento que vaya a jugar —matizo, enfriando ese fuego, que apenas había empezado a arder, con mis palabras.

—Pelirroja, deberías dejar de mentirte de una vez —replica con un tono condescendiente que me cabrea— y reconocer que no has dejado de pensar en mí —da en el clavo, guardando su sonrisa en la comisura de sus labios.

—Ya quisieras —mascullo, cruzándome de brazos, sosteniéndole la mirada.

«Qué elástico puede llegar a ser el tiempo», reflexiono, dirigiendo mi atención hacia la ventana, porque han pasado cuatro años desde que lo dejamos y, en cambio, lo único que ha cambiado es que estamos desayunando en una cafetería de París en lugar de estar desayunando en la cocina de su casa, y no debería sentirlo así, tan cercano, no cuando han sucedido tantas cosas y hemos sufrido tanto, solo que ese dolor y esas lágrimas, que durante un tiempo dominaron nuestra vida, parecen tener vetada la entrada ahora.

—Así que es aquí donde vamos a desayunar todos los días —oigo que dice, y me vuelvo para mirarlo, sin saber si quiero que sea así, de nuevo contradiciéndome y luchando con de mis deseos.

—Eso depende —musito con seriedad.

—¿De qué? —me plantea, frunciendo el ceño, mientras lleno mis pulmones con una fuerte inspiración.

—De ti. Oye, no sé si quiero jugar ni si quiero hacerte un hueco en mi vida de nuevo, porque mi vida ya está dibujada y, además, es muy complicada. Si has venido a París por ti o por tu carrera, me parece bien, pero, si has venido por mí, deberías replanteártelo, porque tu vida también estaba dibujada y parecías feliz en ella —comento, viendo cómo mis deseos se alejan ligeramente de mi orilla—. No quiero hacerte perder el tiempo y que te arrepientas de haberlo dejado todo por intentar algo que igual ya no tiene sentido —declaro, dándole voz a mis dudas y abriendo mi bolso para coger su concha y devolvérsela—. A veces el pasado es mejor dejarlo donde está, siendo solo un recuerdo —añado, descubriendo al niño rubito mirarnos desde la puerta, y en realidad solo está en mi imaginación, pero yo lo veo tan real como lo veo a él—. No sé lo que quiero, Ciro —le confieso en voz baja.

—Pues ya va siendo hora de averiguarlo, ¿no te parece? —me pregunta sin coger la concha que he dejado sobre la mesa.

—Puede que no quiera averiguarlo. Puede que me sienta cómoda con la vida que llevo ahora y que no me apetezca cambiarla, y no estoy yendo de dura ni haciéndome de rogar, a pesar de que lo creas; simplemente he seguido con mi vida y tú no puedes regresar, como si no hubiera sucedido nada, y querer coger algo que ya no está a tu alcance.

Y, con cada una de mis palabras, la punta de una lanza ha atravesado mi pecho. La lanza de mi guerrera. La lanza con la que quiero desafiar al mundo. La lanza que porto en mi mano y que no me defiende de él, sino que me oculta y con la que me repliego.

—Vamos por partes... Para poder decidir bien, tienes que estar segura de lo que quieres, y sentirse cómoda puede valer al principio, pero te aseguro que, con el tiempo, no es suficiente —asevera con seriedad, apoyando los antebrazos en sus piernas para acercarse más a mí, sin permitir que me suelte de la firmeza de su mirada y permitiendo que vea su mundo reflejado en ella—. Has seguido con tu vida, pero porque tampoco te ha quedado otra —me asegura, con una media sonrisa cargada de demasiadas cosas que duelen—, como nos sucede a todos, pero puedes seguir viendo tus días pasar, sintiéndote cómoda en ellos, o puedes arriesgarte y ver qué hay más allá, aunque te asuste el cambio. No estoy aquí por ti, pelirroja, estoy aquí por mí, y es imposible ignorar lo que ha sucedido, porque ha sido demasiado jodido como para poder hacerlo, pero, como todo en la vida, tienes dos alternativas: nadar en el fango de ese pasado, creyendo que no hay más opciones, o salir de él. Tú verás lo que haces —concluye, moviéndose para apoyar su espalda en el respaldo del sofá, sin alejar su mirada de la mía y sin eliminar la seriedad que anida en ella.

—Se me está haciendo tarde —susurro, cogiendo mi abrigo para dirigirme a la barra y abonarle a Jules nuestro desayuno, y no es solo que estoy huyendo de él y de sus palabras, sino que, si pudiera, echaría a correr ahora mismo.

Capítulo 36

María Eugenia

Suelto todo el aire de golpe cuando la baja temperatura de noviembre me recibe de nuevo. «Maldita sea conmigo —mascullo para mí, echando a andar hacia la sede—, y maldita sea el frío que hace —prosigo, sacando toda mi frustración en cada uno de mis pensamientos—. Por supuesto que me asusta el cambio —pienso de repente, deseando darle un puntapié a algo—, porque me costó vidas enteras superar lo que nos sucedió; porque una cosa es hacerle polvo el Instagram y otra, bien distinta, es tenerlo frente a mí, y porque, aunque lo quiera, me quiero más a mí, y sus palabras están bien y eso de la garantía de por vida está mejor, pero no es suficiente, porque las palabras se las lleva el viento y, al final, nos quedan las vivencias, los recuerdos que nos marcaron y los que siguen dominando nuestra vida, y protegerse no es lo mismo que nadar en el fango», lo contradigo, acelerando el ritmo de mis pasos para llegar cuanto antes a mi universo de paz, calma y sosiego. Mi trabajo. Mi garantía. El motor de mi vida desde hace años.

«Y estamos a 21 de noviembre —caigo en la cuenta de repente, deteniendo mis pasos frente a la puerta de la sede, sin poder ver nada que no sea ese número, enorme frente a mí—. Nosotros lo dejamos el 21 de noviembre de 2015, así que hoy hace justo cuatro años que mi vida se rompió en mil pedazos...

y, si ha elegido este día a propósito para aparecer, no podría haber elegido una fecha peor.»

—Necesito hablar contigo. Vamos a tu despacho —me pide Noël a toda prisa en cuanto accedo al estudio de Diseño.

—¿Qué sucede? —le pregunto, dejando mis cosas mientras él, sin contestarme, sale de Diseño a toda prisa—. ¡Noël! —lo llamo, yendo tras él—. Me estás preocupando, ¿qué está pasando? —le planteo de nuevo.

—Espera a que lleguemos —me pide en voz baja, y lo miro sin entender nada mientras encaminamos nuestros pasos, apresurados, hacia mi despacho—. Esto. Esto es lo que está pasando —me dice, tendiéndome su móvil una vez llegamos a él, para mostrarme un vídeo que ha colgado Logan en su Instagram—. Escúchalo.

> Hoy tengo algo que contaros, algo que no es fácil para mí y que es muy íntimo y personal. Supongo que estoy cansado de ir en contra de mí mismo y, antes de seguir dando pasos incorrectos que dañen más a la gente que quiero, prefiero detenerme, escucharme y ser sincero. Soy homosexual y, aunque quiero a Katy, estoy enamorado de un hombre. He permitido que mi trabajo dominara mi vida, en todos los sentidos, pero ha llegado el momento de mostrarme de verdad como soy, de quitarme, frente a todos vosotros, esa máscara con la que me he cubierto durante estos años, para ponerme esta camiseta que me define tan bien...

Oigo su discurso, estupefacta, para seguidamente ver cómo se desprende de la suya para colocarse la nuestra, esa camiseta que diseñamos hace tiempo y que sigue comercializándose porque su venta nunca decae. «Ser homosexual no me hace menos hombre.»

—¡Madre mía! —exclamo, sin poder alejar la mirada de la pantalla.

> Y desde aquí, desde mi ventana al mundo, quiero pedirle perdón a Katy. Ella y yo ya hemos hablado en privado sobre esto; de hecho, ha sido la que me ha animado a subir este vídeo, pero aun así quiero que todo el mundo sepa que la quiero y que ese sentimiento siempre va a estar ahí, a pesar de que nuestras vidas tomen rumbos distintos. La mía va a cambiar, yo estoy propiciando el cambio, y, si soy sincero, aunque me siento liberado, también estoy asustado, pero prefiero asumir el riesgo de lo que tenga que venir a seguir a salvo en mi fuerte amurallado, imaginando y soñando día tras día con abandonarlo. Gracias por escucharme y gracias por estar ahí, al otro lado de mi ventana.

—Joder —le digo a Noël cuando finaliza el vídeo.

—Joder —secunda, tan alucinado como lo estoy yo—. Lo ha subido esta mañana y he perdido la cuenta de las veces que lo he visto. ¿Te das cuenta de lo que ha hecho?

—Ha hecho lo que yo no me atrevo a hacer —le contesto, llenando mis pulmones de aire para soltarlo en el acto. Se ha arriesgado, por él.

«No estoy aquí por ti, pelirroja, estoy aquí por mí», rememoro a toda prisa sus palabras, para seguidamente recordar las de Logan... «y, si soy sincero, aunque me siento liberado también estoy asustado, pero prefiero asumir el riesgo de lo que tenga que venir a seguir a salvo en mi fuerte amurallado, imaginando y soñando día tras día con abandonarlo». Y él piensa en un fuerte amurallado y yo en un puente, pero qué más dará la definición que uses, cuando no deja de ser lo mismo.

Yo vivo en mi puente desde hace años. El puente de mi vida, de mi comodidad, uno en el que no hay sobresaltos, porque sé de sobra lo que voy a encontrar en él, y Ciro es ese salto que no me atrevo a dar, posiblemente porque el miedo mantiene presos mis tobillos como mantiene presos mis deseos.

—¿A qué te refieres? —me pregunta, sin llegar a entenderme.

—Luego te lo cuento, ¿Has hablado ya con Logan?

—No —me dice, llevándose las manos a la cabeza—. No me atrevo a llamarlo... Supongo que hoy será un día demasiado intenso para él y... no sé... creo que quien está siendo un cobarde ahora soy yo, pero prefiero esperar a que sea él quien dé el paso.

—Él ya ha dado el paso, ha dicho públicamente que es homosexual y que está enamorado de un hombre, ¿qué más necesitas? —le replico, devolviéndole el móvil.

«Y esa pregunta podría aplicármela a mí misma —me recrimino, ensombreciendo el gesto—. ¿Qué más necesito para lanzarme de cabeza? ¿Qué palabras necesito oír o qué necesito ver para atreverme a dar el salto?», me pregunto, abandonando momentáneamente mi despacho para ver ese fango del que me ha hablado antes, ese que moja mis pies, a pesar de todo lo bueno que vivimos.

—¿Sabes? —le pregunto a Noël, percibiendo las púas de la tristeza clavarse en mi garganta—, mientras venía hacia aquí he pensado que las palabras se las lleva el viento y que lo que nos mueve a actuar de una forma u otra son los recuerdos, pero en realidad no es cierto, porque las palabras crean profundas realidades. Logan ha pronunciado las suyas y, al hacerlo, ha cambiado el rumbo de su vida. Yo pronuncio otras y, al hacerlo, cambio el rumbo de la mía, al igual que estás haciendo tú, que estás hablando conmigo en lugar de estar hablando con él. Estabas deseando que diera este paso..., de hecho, llevas años esperándolo, y ahora que lo ha dado estás aquí en lugar de ir en su busca.

«Y, de nuevo, esta parrafada podría aplicármela a mí misma», reconozco, yendo hacia la ventana, la misma por la que lo vi alejarse.

—Ciro está en París, está viviendo aquí y hoy hemos desayunado juntos. Quiere reanudar lo que tuvimos y, en lugar de tirarme de cabeza, como ha hecho Logan, he salido corriendo, porque me siento cómoda en mi «puente» y temo tirarme al vacío y romperme la crisma —le confieso, volviéndome para encontrarme con su mirada.

—¿Qué dices?

—Vive justo arriba de la cafetería en la que desayuno. Con los edificios y las cafeterías que hay en París y hemos tenido que coincidir en el mismo lugar, ¿te lo puedes creer? —inquiero, agobiada—. Estoy muerta de miedo —admito con un hilo de voz.

—Aunque no acostumbres a hablarme de él, sabes que tú también has deseado esto durante años. Lo mío, que no me atreva a levantar el teléfono, es algo momentáneo, supongo que fruto de la impresión, pero ¿qué te impide a ti tirarte por el puente? —me pregunta con seriedad mientras me limito a sostenerle la mirada, sin saber qué contestar, porque solo sé que tengo miedo y que temo el cambio, posiblemente porque todavía no han llegado las palabras que necesito escuchar para poder librarme de esos grilletes que me atan a mi puente.

—Demasiadas cosas. Llama a Logan. Te espero en el estudio de Diseño —musito con seriedad, saliendo de mi despacho.

—Señora, acaban de traer esto para usted —me anuncia Nicole, señalando con la cabeza una caja estrecha y blanca, cuando paso frente a la recepción.

—¿Quién? —inquiero, acercándome a ella, mirando, recelosa, la caja.

—No lo sé, era un repartidor, pero la envía un tal Ciro Zabat —me informa, y siento cómo mi corazón modifica su latido y mi pecho se contrae con fuerza—. ¿He hecho mal aceptándola? —añade, preocupada de repente.

—No, no te preocupes, está todo bien —le contesto con un hilo de voz, alargando una mano para cogerla, y me está costando tanto como si tuviese que tirarme por ese puente imaginario. ¡Por Dios!

«Noël está en mi despacho y en el estudio de Diseño hay demasiada gente —pienso, encaminando mis pasos hacia una sala vacía en la que poder encontrar un poco de intimidad—, y esta caja no pesa ni unos pocos gramos cuando yo siento que llevo todo el peso del mundo en mis manos», constato, cerrando la puerta para seguidamente abrirla a toda prisa. Un tulipán rosa y una tarjeta.

No sabes lo que quieres, cuando yo lo tengo tan claro. Pasa un buen día, pelirroja.

Sin detenerme a procesarlo y dejándome llevar por toda mi frustración, que es mucha, me dirijo a Diseño, donde me hago con mi móvil para enviarle un mensaje que tecleo con rapidez, sin frenarlo ni valorarlo.

¿Y quién tiene la culpa de que no lo tenga claro? Déjame, Ciro; hablo en serio.

«Sigo enfadada», reconozco, viendo la caja cerrada sobre mi mesa, y ese enfado pesa más que cualquier tulipán que pueda enviar, más que cualquier palabra que pueda pronunciar y más que cualquier recuerdo, de los buenos, que pueda rememorar, y de nuevo esa palabra. *Más.*

«Él se toma cafés con la vida —rememoro de repente—, y yo trabajo hasta la extenuación», me digo, observando a mi equipo, ya enfrascado en el suyo.

—¿Ya estás aquí? Creía que tardarías un poco más en llegar —le comento a Noël discretamente, cuando lo veo pasar por mi lado.

—Hemos quedado en vernos después del trabajo. ¿Y eso? —me pregunta, bajando el tono de su voz, y niego con la cabeza, arrancando mi portátil, para hacer lo único que se me da bien hacer. Trabajar.

—¿Qué me he perdido? —insiste, y, sin contestarle, y empezando a mordisquear la cara interna de mi mejilla, abro la caja para mostrárselo.

—Cómo no. Esa flor ya es un clásico suyo —suelta con una sonrisa.

—Le he dicho que me deje en paz —susurro, contundente, cerrando la caja y negándome en redondo a hablar más del asunto—. A trabajar; tenemos muchas cosas que hacer y ya hemos perdido suficiente el tiempo con temas personales.

—Como quieras —me contesta, dándose la vuelta para dirigirse a su mesa, y me viene de coña que no insista. Bastante tengo conmigo misma.

* * *

Como siempre, comemos en esta sala que es como mi otra casa y, como siempre, cuando todos abandonan su puesto, bien entrada la tarde, yo sigo en mi sitio.

—¿Te queda mucho? —me pregunta Noël.

—¿Por qué? —planteo, enarcando una de mis cejas.

—Simple curiosidad.

—A mí no me espera ningún ex con el que terminar revolcándome en cualquier rincón, que es lo que vais a hacer —le digo, esbozando una sonrisa, bloqueándole el paso a cualquier pensamiento que intente colarse en mi mente.

—Porque no quieres. Tienes un ex, y rincones donde terminar revolcándose hay por todas partes —replica con insolencia, y sonrío, negando con la cabeza.

—No, gracias.

—Tú te lo pierdes. Es tarde, deberías largarte ya a casa —me aconseja, poniéndose el abrigo para seguidamente teclear algo en su móvil.

—Ya lo sé, acabo con esto y me marcho. Anda, vete, que tu chico te está esperando —le indico, guiñándole un ojo, «y qué bien suena eso de que alguien te esté esperando», pienso, imaginando mi casa vacía y a oscuras.

—Todavía no es mi chico y, de entrada, solo vamos a hablar.

—Sí, claro, lo que tú digas —me mofo, condescendiente, esbozando otra sonrisa mientras él, frenando la suya, se dirige hacia la puerta—. Noël —lo llamo, atrapando su atención—, disfruta mucho —le pido, consiguiendo que deje de frenarla hasta ensancharla.

—Hasta mañana.

—Hasta mañana —musito en voz baja, ensombreciendo el gesto.

«Yo podría vivir lo mismo que él —reconozco, revisando las telas que descansan sobre mi mesa, eligiendo una para el diseño que tengo en mente—, y mi vida podría ser algo más que telas, bocetos y una carrera —asumo, viendo su mirada atestada de azules sobresalir por encima de todo esto—. Estoy harta de sentirme así —admito, cerrando mi ordenador para seguidamente dirigirme en busca de mi abrigo—. Harta de cuestionarme. Harta de no poder coger ese enfado y esos miedos y mandarlos al quinto boceto —refunfuño mentalmente, dejando, a propósito, la caja con la flor sobre mi mesa, donde se marchitará, porque no tengo ninguna intención de sacarla, y menos aún de ponerla en agua—. Necesito volver a sentirme tranquila, en calma, como estaba antes de que irrumpiese otra vez en mi vida —me digo, yendo hacia la puerta para largarme—... solo que... ¡maldita sea!, no puedo dejar aquí la flor», rectifico, retrocediendo en mis pasos para hacerme con ella—. Y sigue pesando como si, dentro de esta condenada caja, hubiese un mundo entero —concluyo, saliendo a la calle.

—Volvemos a encontramos, pelirroja. Al final voy a creérmelo —oigo su voz insolente y arrogante, y me vuelvo para encontrarme con su mirada atestada de estrellas.

—¿Qué haces aquí? —le pregunto con un hilo de voz, sintiendo que todo lo que pesa en mi pecho, que es mucho, se libera ante su presencia.

—Iba hacia casa. ¿Y tú? —inquiere, guardando las manos en los bolsillos de su chaqueta.

—¿Me estabas esperando? —le formulo, sin poder creerlo.

—¿Lo estabas haciendo tú?

—Por supuesto que no.

—Entonces, ¿por qué iba a hacerlo yo? —replica, echando a andar, y ha tomado la dirección de mi casa sin saberlo... o sabiéndolo de sobra, porque me envió un ramo de tulipanes el día que presenté mi primera colección Resort.

—Porque estás en París, y me has regalado una flor, y lo que no consigo entender es que, con lo grande que es esta ciudad, no dejemos de encontrarnos por todas partes —suelto, molesta, acercándome a él para entregarle o, más bien, estamparle la caja en todo el pecho, para seguidamente empezar a caminar.

—¿Nunca te han dicho que los regalos no se devuelven? —me pregunta, siguiéndome—. Y no te estaba esperando; mi estudio está en esta misma calle y termino ahora, supongo que como tú —me cuenta, empleando un tono de voz completamente despreocupado y diametralmente distinto al que he empleado yo—. Te propongo un trato, pelirroja.

—No, gracias. Recuerdo cómo iba eso de tus tratos y la que siempre acababa perdiendo era yo. Oye, ¿por qué no te pierdes un rato? Y, ¿qué pasa?, ¿que ahora te ha dado por pasear? ¿Dónde tienes tu maldita moto? —inquiero, sin molestarme en mirarlo, andando con tal rapidez que, como acelere un poco más el ritmo de mis pasos, estaré corriendo.

—Tú cenas conmigo y yo te prometo...

—No —lo corto, sin permitir que finalice su frase, deteniéndome en seco para encararlo—. No, no quiero cenar contigo ni quiero desayunar contigo ni quiero coincidir contigo. ¿Cuándo va a entrarte en esa cabeza dura que tienes? —farfullo entre dientes, sintiendo que su mirada me intimida más de lo que me gustaría.

—Cuando lo digas de verdad —responde con seriedad, sin permitir que me suelte de ella—. No te estoy pidiendo una cita, ni voy a besarte ni a tocarte si no lo deseas y no lo haces tú antes —prosigue. Y, con sus palabras, recuerdo otras similares que pronunció hace muchos años—. Solo te he propuesto ir a cenar, como dos viejos amigos que se encuentran tras estar varios años sin verse. Te prometo que, si no te sientes cómoda o es más malo de lo que imaginas, no insistiré y ambos seguiremos con nuestra vida como hemos hecho hasta ahora. Una cena, pelirroja. Solo una cena. Sin que te roce, sin que te toque y bien lejos el uno del otro. ¿Qué me dices?

«Y si nunca es tan malo, ¿por qué te cuesta tanto?», rememoro a toda prisa, y es solo una cena. Y tengo hambre. Y no significa nada.

—Está bien —cedo con seriedad, sosteniéndole la mirada y negando con la cabeza cuando me percato de que acaba de salirse con la suya... como siempre.

Capítulo 37

Ciro

Y con ese «está bien» siento cómo el alivio se instala en mi pecho.

—¿Siempre terminas tan tarde? —le pregunto, siguiéndola cuando echa a andar, muy seguro de que lo tengo jodido de la hostia con ella.

—¿Y tú? —me formula sin mirarme, guardando las manos en los bolsillos de su abrigo.

—Yo voy sin horarios —contesto, intentando atrapar su mirada sin llegar a conseguirlo, y qué complicado es entablar una conversación con alguien que lo único que desea es perderte de vista y cuando hay temas que siento que siguen siendo tabú entre nosotros, al menos de momento—. ¿Te gusta vivir aquí? —añado tras unos minutos de silencio.

—Sí.

Escueta y sin darme pie a nada.

—Sí, me gusta mucho, suelo desayunar en una cafetería donde hacen el mejor café del mundo —empiezo a parlotear, afinando mi voz, como haría ella si no estuviera sumamente cabreada, contenida, furiosa y decepcionada conmigo—; lo malo es que trabajo tanto que casi podría decir que vivo en Dior y apenas puedo disfrutar de la ciudad, pero los domingos aprovecho para ir a comer con Noël...

—Te lo ha contado Amparito, y yo no hablo así —me corta, esbozando una sonrisa.

—Una sonrisa... Vaya, ha llegado antes de lo que esperaba —le digo, borrándola con mi comentario.

—No hagas eso —me pide, dirigiendo la mirada al suelo, de nuevo rehuyendo la mía.

—¿El qué? ¿Contar tus sonrisas? Imposible, pelirroja. Con lo que van a costarme, voy a contarlas todas.

Y estoy seguro de que no se refería a eso, pero, con lo poco receptiva que está, no es el momento de adentrarnos en terrenos pantanosos.

—Gracias por seguir preocupándote de Amparito. Me ha contado que la llamas por teléfono y que sigues yendo a verla cada vez que regresas a Madrid.

—Yo también la adopté —me recuerda en voz baja.

—Ya lo sé —afirmo, viendo nuestros alientos, convertidos en nubes de frío, fundirse, «y es lo único que va a fundirse esta noche», asumo, guardando silencio durante unos minutos.

—Si la aviso con antelación, me hace magdalenas para que me las lleve —me cuenta bajito, trayendo de vuelta esos recuerdos que no he querido olvidar.

—¿A dónde vamos a cenar? —le planteo, cambiando de tema a propósito, porque hay recuerdos que forman parte de esos terrenos pantanosos de los que es mejor rehuir ahora.

—Hay un restaurante que está bastante bien y nos pilla de paso —me dice con la mirada fija al frente, como si mirarme le costara horrores o no soportara hacerlo.

—No vayamos a desviarnos de nuestro camino y tengas que estar más tiempo conmigo del estrictamente necesario —le recrimino con sequedad, atrapando su mirada con mi comentario.

—No es eso, es que estoy cansada —me contesta, encogiéndose de hombros, solo que no la creo.

—Claro —musito, siendo yo quien fija la mirada al frente esta vez.

«No tendría que haber empleado ese tono con ella —me recrimino—, no cuando ya sé lo que hay; suficiente estoy consiguiendo con que haya aceptado», me digo, buscando un tema con el que pueda sentirse cómoda y con el que pueda cargarme esta tensión que parece caminar a nuestro lado.

—¿Qué te gusta hacer cuando no estás trabajando? —suelto por fin.

—Siempre estoy trabajando.

—Exceptuando los domingos y algunos sábados, ¡tu vida es una fiesta, pelirroja! —exclamo con sorna, e iba a sonreír y ha frenado su sonrisa en el último segundo.

—La tuya, ¿no? —me rebate, mirándome con seriedad.

—La mía difiere bastante de la tuya —afirmo, guiñándole un ojo y consiguiendo que deje de mirarme.

—¿Dónde te has dejado la furgoneta y la moto?

—En Madrid —le respondo, sintiendo la añoranza agujerear mi pecho.

—¿Por eso vas a pie?

—Y porque llevo encerrado todo el día en el estudio y necesitaba estirar las piernas. Me he acostumbrado a la vida de nómada y, cuando regreso a la civilización, las primeras semanas son complicadas —le confieso, llenando mis pulmones con una fuerte inspiración.

Cuántas veces imaginé, en mi furgoneta, este momento. Cuántas veces soñé con esto y cuántas veces me equivoqué en mis predicciones, porque nunca pensé que podría palpar la tensión y la incomodidad que estoy sintiendo ahora, y no precisamente por mi parte.

—¿Y por qué regresas, entonces? Quiero decir, si te gusta recorrer el mundo con esa furgoneta, ¿para qué cambiar?

—Porque hay cosas que me gustan más y porque mi trabajo es importante para mí —le digo, atrapando su mirada. Atrapar miradas y conseguir sonrisas. Si logro esto esta noche, ya puedo darme por satisfecho—. Ese viaje empezó por una promesa, pero, por mucho que me guste, no imagino mi vida en esa furgoneta.

—¿Y dónde la imaginas? —inquiere, sin aportarle ningún tipo de emoción a su voz, sin mirarme y manteniendo las distancias tanto como le es posible.

—Hace unos años tenía muy claro dónde la imaginaba y con quién... y fíjate qué distinto ha sido luego. Prefiero dejarme llevar y que la vida me sorprenda. Ahora estoy aquí, pero no sé dónde estaré dentro de unos meses, ni tampoco quiero perder el tiempo pensándolo. Simplemente vivo mi ahora, sin hacer planes a largo plazo —le confieso, procurando ser lo más sincero posible con ella, sin revelar más de la cuenta.

—Pero la vida no funciona así. Tú mismo tienes un trabajo que seguro que requiere una agenda y, si te quedas aquí, esa agenda cada vez estará más llena.

—Dos meses, pelirroja. En cuanto tengo dos meses llenos de curro, dejo de aceptar encargos, y siempre es así. De dos en dos meses. Quien lo acepte, perfecto, y, quien no, es libre de buscar a otro fotógrafo.

—¿En serio? —me plantea, frunciendo el ceño.

—Completamente. No voy a permitir que una agenda limite mi vida —sentencio con gravedad.

—Pues suerte la tuya.

—¿Acaso tú no tienes esa opción?

—Sabes que no. Yo enlazo una colección con otra, y mi agenda está hasta los topes, pero, a diferencia de ti, a mí no me importa, porque mi vida es mi carrera.

—La vida es algo más que una carrera —le rebato con dureza, recordando esa vida que tuvimos y que yo me encargué de cargarme.

—La vida es lo que tú quieras que sea. Tú decidiste la tuya y yo decidí la mía hace años y, mientras nos haga felices, tan válida es una como otra —me rebate con acritud, con su mirada fija al frente.

—¿Eres feliz con la tuya? —me atrevo a preguntarle, y sé que es feliz cuando presenta sus colecciones, porque la veo y la conozco, pero ahora, viéndola, no me lo parece.

—Sabes que siempre quise ser la diseñadora de Dior, por supuesto que soy feliz.

—Pero también quisiste otras cosas —contraataco, y no es el momento de recordarlo, pero mis palabras han salido solas.

—Cosas que está claro que no eran para mí —me dice, deteniéndose, bajando su mirada al suelo, y algo que me dice que está arrepintiéndose y buscando cualquier excusa para largarse a su casa.

—Eso nunca se sabe —le replico, empleando un tono de voz despreocupado, echando a andar—. Hace unos años conocí a un chamán que me dijo que iba a convertirme en el rey de un país que tenía una torre de metal —le cuento, esbozando una sonrisa al recordarlo, percibiendo sus pasos igualarse a los míos y, si iba a echarse a atrás, no lo ha hecho—. ¿Me imaginas como rey de Francia? Por supuesto que lo primero que hice fue rebatírselo, pero él insistió, tan convencido que al final me convenció a mí. Nunca se sabe, pelirroja..., puede que dentro de unos años tengas que pedir audiencia para cenar conmigo, así que aprovéchate ahora, que sigo siendo un ciudadano de a pie —bromeo, volviéndome hacia ella, guiñándole un ojo cuando mi mirada tropieza con su sonrisa—. Dos sonrisas, esto va sumando más rápido de lo que pensaba.

—Te lo estás inventando —me dice, intentando borrarla, sin llegar a conseguirlo.

—Te aseguro que no; es más, me detalló que mi reina portaría la lanza de una guerrera y, hostia, eso sí que no puedo imaginármelo —le confieso, esbozando una sonrisa y borrándola en el acto cuando me vuelvo de nuevo hacia ella y me encuentro con la seriedad de su mirada—. ¿Sucede algo? —le pregunto, deteniéndome.

—A ese chamán se le iba la cabeza —masculla con sequedad.

—Seguro —acepto, echando a andar de nuevo, agudizando el oído para comprobar que me sigue—. Y, ese restaurante, ¿nos pilla lejos? —le pregunto cuando capto sus pasos tras de mí, ansiando llegar cuanto antes para asegurarme que no salga corriendo.

—No, ya estamos cerca —musita, y me obligo a relajarme y a confiar, como hago siempre, en esos planes que nos tiene reservados la vida.

Hacemos el resto del trayecto en silencio, uno que me agobia muchísimo porque no es un silencio cómodo, sino ese tipo de mutismo que tensa tus músculos y te pone en alerta.

—Hemos llegado —me anuncia, rompiendo el suyo, y vuelvo mi mirada hacia ella y hacia el local que tiene a su espalda—. Hacen carne, y Noël dice que está muy buena —me indica, encogiéndose de hombros.

—Noël, ¿el tío que fue tu pareja? —le planteo, esbozando una media sonrisa, sin sacar las manos de los bolsillos de mi chaqueta, cuando lo único que ansío es acunar su rostro con ellas, pegarme a su cuerpo y buscar sus labios con los míos para encontrarla, de verdad, de una vez.

Volver a ser nosotros. Volver a sentir su piel junto a la mía. Volver a sentirme vivo dentro de ella... y sé que todo esto está fuera de lugar y que debo de armarme de paciencia, pero tenerla tan cerca y sentirla tan lejos me está desquiciando, y sé que es cosa mía que estemos así y que voy a tener que currármelo muchísimo para poder cambiar esta situación, pero una cosa no quita la otra.

—Sabes que no lo era —me rebate, sin alejar su mirada de la mía.

—Pero tú me hiciste creer que sí —le recuerdo en un susurro ronco.

—Yo solo dije que mi corazón estaba tranquilo, o algo así; lo que tú pensaras ya fue asunto tuyo —replica con una sonrisa que provoca un alzamiento de mis cejas.

—Y ocupado, no lo olvides —le matizo, sonriendo, pasando por su lado para entrar de una vez en el restaurante y tenerla donde quiero... sentada, frente a mí, con un plato de lo que sea que impida que se largue corriendo.

* * *

—¿Vienes mucho por aquí? —inquiero una vez que el camarero nos deja a solas mientras observo el interior del local, y ella se remueve, incómoda, en su asiento. «Joder, está deseando marcharse», adivino, posando mi mirada en ella—. ¿Quieres cambiarme la silla o prefieres sentarte encima de mí? Lo que sea con tal de que te estés quieta —le digo con insolencia, viendo el asombro reflejado en su mirada, y daría lo que fuera por tenerla encima de mí.

—¿Perdona? —replica, sin poder creer lo que ha oído.

—Parece que la tuya esté llena de pinchos, ¿puedes parar de moverte? —le pido con fingida seriedad.

—¿Y tú puedes dejar de ser tan idiota?

—Imposible, soy idiota de nacimiento —le rebato con una sonrisa, haciéndome con la carta y viendo cómo niega con la cabeza, conteniendo la suya.

—Oye, con lo que me cuestan, haz el favor de no frenarlas, ¿quieres? —le pido, enarcando ambas cejas, viendo cómo se muerde el labio inferior para no sonreír—. No me has contestado, ¿vienes mucho por aquí?

—No, pero solemos pedir la comida en este restaurante —me explica, esta vez con seriedad.

—No me digas que todo tu equipo está tan insoportablemente ocupado como lo estás tú y coméis en el curro.

—Todos los días; creo que les he pegado mi mala costumbre.

—Tres sonrisas y media, vamos bien —comento, guiñándole un ojo y quedándome enganchado durante unos breves instantes a su mirada, y es una que reconozco y que dura justo eso, unos breves instantes, «pero qué breves instantes», suspiro, deseando millones de miradas como esa y centrando, en cambio, mi atención en la carta para que no se sienta presionada—. Dior me ha contratado para cubrir el *shooting* de su nueva fragancia masculina —le cuento como si nada, apoyando la espalda en el respaldo de la silla.

—Logan Lewis es su imagen —responde sin mirarme, ojeando la carta a pesar de que algo me dice que ni siquiera está leyéndola.

—Lo sé. ¿Lo conoces?

—Hemos coincidido algunas veces, pero poco más. ¿Qué vas a pedir?

—Tu amigo dice que la carne está buena, ¿no?, pues que sea eso —contesto, observando sus labios carnosos, «y, si estuvieran a mi alcance, eso es justo lo que cenaría», reconozco, notando cómo mi entrepierna reacciona ante ese deseo—. ¿Sigues sin comer carne? —añado, sosteniéndole la mirada.

—¿Y tú sigues tomándote cafés con la vida? —me formula, imitando mi postura, sin contestar mi pregunta.

—La vida y yo todavía tenemos muchos cafés pendientes —asevero, sin querer ahondar más en el tema, porque no es el momento y porque ese monzón sigue teniendo la fuerza suficiente como para arrastrarme si se lo pongo demasiado fácil.

—¿Me lo cuentas?

—Hoy, no —sentencio en voz ronca, permitiendo que nuestras miradas se encuentren como lo harían nuestros dedos si ambos alargásemos nuestras manos.

—No va a haber otro día —me indica, sin soltarse de ella.

—Pues entonces te quedarás sin saberlo —replico, sin molestarme en rebatírselo, guardando silencio cuando el camarero se acerca para tomarnos nota.

La oigo hablar con su perfecto francés, tan distinto al mío, y durante un segundo recuerdo la predicción del chamán, solo que no se refería a una reina como tal, sino a una mujer que reinaba sobre una pasarela. Ella.

—¿Pides tú por mí? No me apetece que me echen tan pronto del país, y menos a patadas —le digo, provocando su sonrisa mientras intento frenar la mía—. Cuatro y media, ¡guau! —musito con admiración mientras ella encarga mi cena sin poder dejar de sonreír.

«Puede que me cueste la hostia conseguir que vuelva conmigo, pero estamos aquí y ha sonreído cuatro veces y media, y eso, de momento, y con lo que llevamos a nuestras espaldas, ya es todo un logro», me animo, sin poder alejar mi mirada de ella.

—¿Quieres dejar de mirarme? —me pregunta una vez que nos encontramos a solas de nuevo.

—Imposible. ¿Me prometes que si te digo una cosa no te vas a sentir incómoda?

—Mejor no la digas.

—Estás impresionante.

—¿Estás sordo? —replica, divertida.

—Un poco; tanta escalada y tanto submarinismo me han jodido el oído, pero te aseguro que ha valido la pena.

—¿No lo echarás de menos ahora, encerrado en un estudio?

—El día que lo eche de menos, será tan fácil como largarme de nuevo.

Solo que sé que ese día no llegará, porque la he echado tanto de menos que ahora, que tengo la posibilidad de recuperarla, no voy a marcharme. Ni loco.

—Ya —farfulla, y sé que, tras ese «ya», hay cientos de palabras que está guardando para sí.

—Ya, ¿qué? —inquiero, deseando escucharlas.

—Ya, nada. Suerte la tuya que puedes largarte así de fácil.

—Si tú no puedes largarte es porque, en el fondo, quizá no deseas hacerlo.

—Cierto, porque mis contratos no se renuevan cada dos meses.

—Me gustan tus camisetas, tengo unas cuantas —le confieso, cambiando de tema a propósito, porque este no va a llevarnos a ningún lado y porque necesito que deje de estar a la defensiva y se relaje de una vez.

—¿En serio? ¿Cuáles?

—En realidad casi todas, en todos los colores. Son cómodas para viajar y me gusta llevar una camiseta diseñada por ti —confieso, guardando silencio cuando el camarero llega con nuestra cena.

—¿Quién es la mujer rubia de las fotos? —me suelta a bocajarro cuando este se marcha, y durante un instante permito a la confusión adueñarse de mi rostro, tal y como el sonrojo se adueña del suyo, y algo me dice que sus palabras, esta vez, han sido más rápidas que su autocontrol.

—No sabía que me seguías por Instagram —me limito a contestar.

—En realidad no lo hago, es Noël quien te sigue. Un día me enseñó tu perfil y la vi.

—¿Por eso creíste que tenía pareja? —le planteo, atando cabos a toda prisa, mientras ella solo se encoge de hombros—. ¿Tú estás con alguien? —aprovecho la ocasión, sin contestar su pregunta.

—¿Crees que, si estuviese con alguien, estaría cenando contigo?

—No si esta cena fuese algo más que una cena entre amigos, que no lo es.

—Tampoco somos amigos —me rebate con gravedad.

—Cierto, solo somos dos personas intentando averiguar qué son mientras se ponen al día en su vida, ¿te vale así? —le planteo antes de llevarme un trozo de carne a la boca.

—Yo tengo bastante claro qué es lo que somos y tú deberías empezar a enterarte, porque no quiero hacerte daño —comenta con seriedad.

—No me has contestado si tienes pareja —le recuerdo, omitiendo comentar nada sobre lo que acaba de decirme.

—Tú tampoco me has contestado a mí. ¿Por qué iba a hacerlo yo? —me replica con un amago de sonrisa.

—Mi última pareja has sido tú —le aclaro, atrapando su mirada con la mía.

—No hablas en serio.

—Por supuesto que hablo en serio. Te aseguro que lo último que pasaba por mi cabeza era estar con otra mujer, al menos, en plan pareja. ¿Y tú?

—No te importa —me rebate con una sonrisa que provoca la mía.

—Por supuesto que me importa.

—¿Está buena la carne?

—He probado otras mejores, pero no está mal —le digo, recordando las muchas veces que me la comí entera.

—Ya... —se limita a contestarme, centrando su atención en su plato.

—¿Sigues recibiendo clases de aikido? —inquiero, y nunca me había costado tanto mantener una conversación, ni con ella ni con nadie.

—Quería retomarlas cuando me organizase tras llegar aquí, pero llevo años y todavía no lo he conseguido del todo —me confiesa, encogiéndose de hombros.

—Yo podría ofrecerme a darte esas clases, pero algo me dice que no estás por la labor —adivino, repantigándome en mi silla, esbozado una sonrisa al ver la suya.

—Supones bien. En realidad, no estoy por la labor de nada —me confiesa, ensombreciendo el gesto.

—También lo sé.

—Y, aun así, algo me dice que no vas a dejarme en paz.

—Me conoces bien.

—Tú verás lo que haces. Se está haciendo tarde.

Y qué difícil es recomponer algo cuando está tan roto y una de las partes no está dispuesta a colaborar en absoluto.

—Claro, pido la cuenta y nos vamos —cedo tras unos segundos de silencio, porque tengo clarísimo que hoy no voy a conseguir nada más; de hecho, ni siquiera tengo claro que mañana vaya a acudir a esa cafetería a desayunar... es más, casi juraría que a partir de ahora va a darme largas, que, oye, bien que me lo merezco.

Capítulo 38

María Eugenia

Hacemos el resto del trayecto hasta mi casa en silencio, un trayecto que no es corto y un silencio que no es cómodo.

—Gracias por acompañarme —le digo cuando llegamos frente a mi portal—, pero, en serio, no hacía falta.

—Ya lo sé, pero me ha servido como excusa para estar un poco más contigo —responde con insolencia, provocando mi sonrisa—. Y ahí tenemos la última de la noche, al menos conmigo —prosigue, con esa media sonrisa que parece estar siempre ahí, lista para ensancharse, sin que importen mis desplantes, que esta noche han sido muchos; sin que importe mi sequedad, que ha sido más, y sin que importe lo distante que he estado, que ha sido continuamente.

—Buenas noches —me limito a contestarle, antes de acceder al interior del inmueble.

—Espera —me pide, y me vuelvo para mirarlo—. Olvidas tu regalo —añade con una sonrisa, tendiéndome la caja, y, solo por lo que se ha esforzado, la cojo para, sin decir nada más, acceder finalmente a mi edificio—. Buenas noches, pelirroja —oigo a mi espalda, pero no me giro para mirarlo.

«Vuelven a brillarle los ojos —afirmo, observando la noche cerrada que reina en los míos en el espejo del ascensor—. Vuelve a ser tan insolente y vacilón como acostumbraba a ser, y vuelve a ser un encanto», reconozco, encaminándome hacia mi casa cuando las puertas del elevador se abren en mi rellano. Tan irresistiblemente él siendo tan insoportablemente yo.

«¿Qué más necesito? —me pregunto, dejando mis cosas en la consola de la entrada para, sin molestarme en encender ninguna lámpara, encaminarme hacia la cocina, donde pongo la flor en agua—, porque este tulipán no tiene la culpa de nada y es muy bonito —admito, dirigiéndome al salón, donde me siento en el sofá, al amparo de las luces que provienen del exterior—. Necesito que se esfuerce, que me demuestre que soy importante para él y que rompa por mí esas barreras que yo he alzado y que, llegados a este punto, no tengo ni idea de cómo resquebrajar.»

«Puede que sí que esté yendo de dura —medito, librándome de los tacones para subir los pies al sofá—, o no, o qué sé yo; lo único que tengo claro es que no voy a abrirle las puertas de mi vida así como así, a la primera de cambio, porque sigo sin saber si quiero facilitarle la entrada cuando yo estoy bien así, en mi puente, a salvo de todo y de todos, pero, sobre todo, a salvo de él.»

* * *

Despierto a la mañana siguiente con una cosa en mente. Él. «Y él fue justo el último recuerdo que tengo de anoche —reconozco, yendo hacia el baño rememorando cada uno de los instantes que viví ayer a su lado—. Todavía no puedo creer que le preguntase por la mujer rubia, porque no quería hacerlo... solo que fui incapaz de evitarlo —me lamento, sintiendo cómo demasiadas cosas bullen dentro de mí—. Debería desayunar en casa —prosigo el hilo de mis pensamientos dirigiéndome hacia la cocina, recordando más frases, más miradas, más momentos—. Volvió a contar mis sonrisas. Volvió a guiñarme un ojo y volvió a contraer mi pecho y mi vientre más veces de las que me hubiese gustado, y sigue siendo mi chico de anuncio, solo que hecho hombre. Un hombre fascinante que ayer se esforzó por hacerlo bien —me digo, perdiendo la mirada en la ventana, sin hacerme el café y sin molestarme siquiera en encender la cafetera—. No quiero dejar de hacer las cosas que acostumbraba a hacer porque él haya irrumpido en mi vida —sentencio, empezando a morder la cara interna de mi mejilla— por temor a encontrarlo o por temor a abandonar "mi puente".»

«Debería permitir que fluyese, intentar ser agua y ver qué sucede —pienso de repente—; puede que ese salto llegue solo o puede que nunca lo dé, pero, ocurra lo que ocurra, no quiero quedarme con la duda», resuelvo, girando sobre mis talones para encaminarme a la ducha.

Llego a la cafetería maquillada como una puerta, una hora después, con mi melena perfectamente peinada y con un vestido que se ciñe a mi cuerpo como un guante, «e igual voy demasiado excesiva —me riño cuando la calidez del local me recibe—. Igual los labios rojos están de más —prosigo mi machaque particular yendo hacia mi mesa—, y este vestido está bien, pero quizá es más apropiado para un sábado por la noche que para un simple martes. Maldita sea, hace tanto que no estoy por la labor de nada que se me ha ido la mano», me reprendo mentalmente, sintiéndome insegura con mi aspecto.

«... Es más, me detalló que mi reina portaría la lanza de una guerrera y, hostia, eso sí que no puedo imaginármelo», rememoro a toda prisa, recordando el cuadro de la guerrera que preside mi salón, ese vestido que diseñé, con plumas, y que simulaba una diosa guerrera, y las muchas veces que me he visualizado a mí misma como si lo fuese, «y es una tontería y seguro que se lo inventó, como lo otro», me convenzo, y quien me vea, tan serena aparentemente, nunca podrá adivinar la velocidad con la que fluyen mis pensamientos.

—Buenos días, señora María Eugenia. Si me lo permite, hoy está espectacular —me halaga Jules, sacándome de mis cavilaciones. ¡Maldita sea!, está claro que se me ha ido la mano y ahora, cuando me vea, creerá que es por él, que lo es, solo que no pretendía que fuera tan evidente.

—Muchas gracias, ¿me pones lo de siempre?

—Por supuesto —me contesta, yendo hacia la barra mientras me esfuerzo por relajarme y por decirme a mí misma que hoy es un día como cualquier otro, solo que no lo es y no puedo estarme quieta y mucho menos alejar la mirada de la puerta, por lo que termino llamando a Noël.

—¿Sucede algo? —me pregunta a bocajarro, y no me extraña, porque son las siete y media de la mañana.

—¿Te he despertado? —inquiero, cayendo en la cuenta de pronto de lo temprano que es.

—No precisamente —me responde, divertido, y por su tono sé que eso es justo lo que no he hecho.

—¿Interrumpo algo importante? —le planteo, esbozando una sonrisa de oreja a oreja, y debería colgar y no ser tan pesada, solo que no lo hago.

—Más o menos. Venga, date prisa que tengo prisa —suelta, provocando mi carcajada.

—Doy por hecho que está todo bien —insisto, cansina.

—Está más que bien. Oye, hablamos luego.

—Luego estaremos currando —le rebato, viéndolo entrar por la puerta y sintiendo cómo mi corazón sale disparado del tórax hacia arriba, a la velocidad de la luz, hasta detenerse en mi cabeza, donde empieza a latirme a toda leche. ¡Por Dios!

—Curramos a todas horas; podemos perder media, créeme —oigo que me dice mientras dirijo la mirada hacia la ventana con tal rapidez que debo de haberme provocado un tirón o un esguince en el cuello, porque siento que me está ardiendo, con llamaradas incluidas. Mierda conmigo—. ¿Estás ahí?

—Sí, claro que estoy aquí —contesto, veloz, notando cómo los nervios se instalan en mis labios, en mi piel y en todo mi ser al tiempo que mi cuello arde... «y, por favor, solo voy a ver qué pasa, ni que fuera a tirármelo», me riño, obligándome a fingir indiferencia mientras este calor no remite, y no puedo creer que me haya lesionado yo sola.

—Voy a colgar —me anuncia Noël.

—Sí, claro. Nos vemos en un rato —respondo, viendo de reojo cómo se sienta frente a mí—. Buenos días —lo saludo cuando consigo hacerme con las palabras. No se ha afeitado, lleva el pelo tan revuelto como siempre y sigue medio dormido—. ¿Te pido un café?

—Odio despertarme en una cafetería —me confiesa, hundiendo los dedos en su pelo.

«Instagram no le hace justicia —pienso de repente, sin poder alejar la mirada de él—, porque en persona es infinitamente mucho más todo; mucho más sexy, mucho más atrayente, mucho más intenso. Y ya no es solo más. Es mucho más.»

—Pues despiértate en tu casa —le rebato finalmente, evitando sonreír y que el cariño emerja de donde sea que esté escondido.

—¿Vas a venir a despertarme? —me suelta con una sonrisa arrogante.

—¿Tienes cuatro años que necesitas que te despierten? —le replico, dejando de resistirme para llevar una de mis manos a mi cuello para masajearlo.

—Puedo tener los años que quieras y, sí, necesito que me despiertes —me responde vacilón—. Oye, ¿acaso no duermes? ¿A qué hora te has levantado? —añade, recorriendo mi cuerpo con la mirada y provocando un reguero de calor a su paso, y es un calor mucho más intenso que el que tengo instalado en el cuello.

—Antes que tú —contesto, enarcando ambas cejas, viendo cómo apoya la espalda en el respaldo del sofá para seguidamente cerrar los ojos.

—Eso seguro —afirma sin abrirlos mientras le pido a Jules un café cargado.

—Como sigas así, vas a dormirte —lo regaño, sin poder creer que esté haciendo esto—. Como sueltes un ronquido, me largo —le advierto, con fastidio, cruzándome de brazos, y veo cómo abre un ojo y su sonrisa llega para esconderse en la comisura de sus labios.

—Pelirroja, no puedes ponerte así porque no esté babeando por ti tan temprano; dame unos minutos y en nada me tendrás con la lengua fuera, listo para correr en busca de la pelota, pero ahora necesito un poco de silencio, ¿es mucho pedir?

—No necesito que vayas en busca de nada y mucho menos que babees por mí —le rebato, molesta con él y conmigo, porque estoy siendo tan evidente en todo que hasta me abofetearía.

«Tendría que haber desayunado en mi casa o en la sede o en cualquier cafetería que me pillara de paso y que no fuera esta», me reprendo.

—Déjalo, ¿quieres? —me pide, sorprendiéndome.

—¿Cómo? —le formulo, sin llegar a entenderlo, sintiendo cómo ese calor que tengo instalado en el cuello y que yo pensaba que iba a remitir no acaba de hacerlo y, maldita sea, al final será verdad que me he lesionado sola.

—Que lo dejes estar; lo que sea que estés pensando, déjalo estar —insiste antes de darle un sorbo a su café—. ¿Qué te sucede en el cuello?

—Nada, me he hecho daño yo sola —le cuento, viendo cómo se levanta para sentarse a mi lado—. ¿Qué haces? —Y es una pregunta que bien podría ser un ladrido. Por Dios, a agradable no me gana nadie.

—Vuélvete —me pide y, sin saber por qué, obedezco sin rechistar, conteniendo la respiración y sintiendo cómo mi vientre se contrae cuando hace a un lado mi densa melena para empezar a masajearlo—. Aquí, ¿verdad? —adivina, presionando justo donde me duele.

—¡Au! Me estás haciendo daño —me quejo.

—Ya lo sé. Relájate, ¿quieres? —me pide como si algo así fuera tan sencillo de conseguir. Ni que fuera de piedra, hostias—. ¿Cenas conmigo esta noche? —me propone sin dejar de masajear mi cuello.

—No —le respondo, contundente, sin tener que pensarlo.

—No te he dicho dónde —me rebate, divertido, sin dejar de masajear mi cuello, y, cielo santo, no recordaba lo bien que se le daba esto.

—Ni falta que hace, porque la respuesta va a ser la misma —replico, cerrando los ojos, evitando soltar un gemido.

—¿A las ocho y media te va bien?

—¿Estás sordo? —le pregunto, sonriendo, deseando que no pare nunca, empezando a relajarme.

—Sordo y medio dormido; suerte que lo compenso con otras cosas, como con este masaje, por ejemplo —me rebate con ese tono fanfarrón que, muy a pesar mío, me encanta.

—Ahórratelas, no quiero ni saberlas —le contesto, siendo todo lo piedra gigantesca que puedo llegar a ser.

—Tú te lo pierdes. ¿A las ocho y media, entonces?

—No voy a cenar contigo.

—Contéstame una pregunta, ¿tan malo fue ayer? —inquiere con seriedad, deteniéndose.

—Podría haber sido peor —admito, con la mirada fija en la ventana que tengo frente a mí mientras él reanuda su labor y yo vuelvo a cerrar los ojos.

—Cierto, y eso que fue raro, incómodo y tenso. Necesitamos practicar, pelirroja, y para eso tienes que cenar conmigo todos los días.

—¿Perdona? No pienso cenar contigo todos los días; vamos, eso es lo que me faltaba —le digo, zafándome de sus manos para girarme y mirarlo.

—Sí vas a hacerlo —me asegura, esta vez con gravedad, atrapando mi mirada con la suya—, porque, en el fondo, sabes que deseas lo mismo que yo, y entiendo que no quieras dármelo de entrada —prosigue, llevando sus manos a mi rostro para acunarlo con ellas mientras solo puedo pensar que él no debería hacerlo ni yo debería permitirlo y está demasiado cerca—, porque, que estemos así, es cosa mía y comprendo que quieras ponérmelo difícil, porque me lo merezco, pero el juego no se ha detenido y tienes que avanzar —añade mientras solo puedo ver sus ojos del azul del infinito, mi universo plagado de estrellas, y menuda chorrada—. Te espero a las ocho y media en mi casa. Justo aquí arriba. Quinto piso, puerta diez —me detalla, completamente despierto, tan cerca de mí que su aliento es como una caricia sobre mis labios, y ojalá pudiese decir algo, moverme o respirar—. Tengo un *shooting*, nos vemos luego —se despide, alejando sus manos de mi cara para seguidamente ponerse de pie y dirigirse hacia la barra, supongo que para abonar lo que sea, «porque ni siquiera puedo pensar con claridad», reconozco, frustrada, y suerte que se ha levantado, porque, unos minutos más tan cerca de mí y posiblemente hubiese sido yo misma quien se hubiera cargado todas mis barreras.

* * *

«No voy a cenar con él —me repito una vez más de camino al trabajo, como no he dejado de hacer desde que se ha largado, dejándome con un palmo de narices, porque eso es lo que ha hecho, dejarme boqueando como un maldito pez—. Ni que tuviese quince años —me riño, sintiendo el calor que anidaba en mi cuello instalado ahora en mi rostro—. Ahora vendrá, después de tanto tiempo, y querrá que bese por donde pisa y que haga lo que a él le apetezca... ¡Vamos, solo faltaría eso!», me indigno, accediendo a Dior con más ímpetu del que me gustaría, sabiendo, muy a mi pesar, que ya lo estoy haciendo, porque, maldita sea, solo hay que verme.

—¿Puedo saber qué has desayunado hoy? —me pregunta Sidney, con una sonrisa, desde la mesa de Nicole.

«Un masaje en el cuello, una posible cena a la que no pienso ir, unos cuantos comentarios insolentes, un universo de estrellas en una mirada y su aliento en mis labios, eso es lo que he desayunado», le respondo sin hacerlo.

—Un café —mascullo finalmente, dirigiendo mis pasos hacia el estudio de Diseño.

—¿Todo bien? —inquiere, siguiéndome.

—Claro, perdona, es solo que... Nada, todo perfecto. ¿Y tú? —le planteo, deteniéndome.

—También. Por cierto, ¿recuerdas lo que hablamos sobre la fiesta que se celebrará a principios de año? —me pregunta, ensanchando su sonrisa cuando tuerzo ligeramente el gesto.

—Sí, y no voy a ir.

—Eso no es una opción y lo sabes, al menos esta vez.

—¿Y no puedes enviar a Noël, a Serge o alguien de mi equipo para sustituirme? Sabes que voy a estar sumamente ocupada a escasas semanas del desfile; de hecho, ya estoy sumamente ocupada.

—Solo serán unas horas y sabes que esa fiesta es el pistoletazo de salida a la semana de la alta costura y Dior tiene que estar representado por su directora creativa, que eres tú. ¿Puede Nicole confirmar tu presencia ya? —me reclama, esta vez con seriedad, y, durante un breve instante, recuerdo cuando lo conocí en otra fiesta y cuánto me impuso, y ahora, con el paso de los años, sigue teniendo esa capacidad, a pesar de haberse convertido en una especie de padre y consejero al mismo tiempo.

—Está bien —cedo finalmente, resignada.

—Gracias —me contesta, y me limito a negar con la cabeza.

—Por cierto, necesito hablar contigo, ¿tienes algún hueco hoy?

—¿Qué sucede? —indaga, frunciendo el ceño.

—Nada... tengo una idea en mente que me gustaría comentarte antes de empezar a trabajarla.

—La mañana la tengo completa; hablamos por la tarde, ¿te parece?

—Me parece —le respondo, esbozando una sonrisa antes de acceder a Diseño, sonriendo todavía más cuando me encuentro con el rostro resplandeciente de Noël y algo me dice que lo suyo con Logan está más que solucionado.

—Vaya cara traes —le digo, sin borrar mi sonrisa, cuando se acerca a mi mesa.

—La cara de estar follado y refollado —declara con insolencia, y suelto una risa por lo bajo.

—Eres imposible.

—¿Vas a contarme qué querías?

—Ayer cené con él —le cuento discretamente.

—¿Y?

—No te haces una idea de lo incómodo que fue, y no por él, sino por mí —reconozco en un leve susurro, soltando todo el aire de golpe—. Hoy me ha invitado a su casa, a cenar —me afano en aclararle—. Déjalo, es muy largo y tengo una reunión en una hora.

—Ven —me pide, tirando de mi brazo para sacarme de Diseño—. Mírate —prosigue cuando estamos a solas—. Te has maquillado más de lo habitual y este vestido no es un vestido cualquiera... y lo sabes —remarca con una sonrisa— Lo has visto hoy, ¿verdad? Por eso estabas tan nerviosa cuando me has llamado y por eso te has arreglado así —adivina mientras permanezco en silencio—. Sigues enamorada de él, y no sé lo que te hizo, pero eso fue hace tiempo. Sal de ese puente; no te tires de cabeza si no estás preparada, pero busca una escalera o lo que sea que te permita abandonarlo, aunque sea durante unas horas. Cena con él, date una oportunidad y sal de estas cuatro paredes de una vez. Dior no va a desplomarse porque tú trabajes un poco menos, te lo aseguro.

—¿Y si vuelve a joderme?

—¿Y si lo mío con Logan sale mal? ¿Qué más da? Ya ha salido mal una vez, y tanto tú como yo logramos superarlo, como pudimos, pero lo hicimos, y si vuelve a salir mal, lo superaremos de nuevo con más vino y más queso, pero... ¿y si sale bien? ¿Por qué no te preguntas eso? —me formula con seriedad.

—De acuerdo... de acuerdo... —le repito, intentando convencerme a mí misma, sintiendo cómo las palmas de las manos comienzan a sudarme y mi corazón empieza a golpear mi pecho con fuerza ante la posibilidad de darle una oportunidad—. Estoy muerta de miedo.

—Ese miedo se va con una buena follada y, cuando llevas varias, ya ni lo recuerdas, créeme —me responde con fanfarronería, provocando mi carcajada.

—Y supongo que hablas por experiencia —le digo, mirándolo como miraría a un hermano.

—Supones bien, y, ahora, a trabajar —me ordena como suelo hacer yo con él.

* * *

—Señora María Eugenia, ha llegado otro paquete de Ciro Zabat —me anuncia Nicole cuando, tras una reunión de casi dos horas, paso frente a la recepción.

—¿Cómo? —inquiero, sintiendo cómo todo mi interior se sacude ante esa simple frase.

—Acaban de traerlo, es una caja como la de ayer —me informa, esbozando una sonrisa cómplice, mostrándomela.

—Ya veo —constato, evitando devolvérsela, acercándome para cogerla, solo que esta vez no siento el peso de un mundo entero, sino que la siento liviana entre mis dedos—. Gracias —le digo, dirigiéndome hacia mi despacho, en busca de un poco de intimidad, «y qué necesarios son los despachos, sobre todo en situaciones como esta», pienso, recordando cuando prescindí de uno en D'Elkann.

«D'Elkann, cuántos años han pasado desde que comencé mi andadura allí —rememoro con nostalgia—. La próxima vez que vaya a Madrid tengo que ir a verlos», anoto mentalmente, incrementando el ritmo de mis pasos para llegar cuanto antes, controlándome para no abrir la caja en mitad de este pasillo y abriéndola a toda prisa cuando llego finalmente a mi despacho.

—Otro tulipán rosa —susurro, esbozando, esta vez sí, la sonrisa que he frenado frente a Nicole.

Si quieres devolvérmelo, vas a tener que venir a mi casa.

Leo la tarjeta sonriendo tanto como es posible, «y por supuesto que voy a ir a su casa, pero no para devolvérselo, sino para ver qué pasa, y dudo mucho que vaya a tirarme de cabeza, porque sigue aterrándome el salto, pero voy a buscar una alternativa para poder abandonar este puente, en el que vivo, aunque sea solo durante unas horas», me digo, haciendo mías las palabras de Noël.

Deja de enviarme tulipanes, ¿quieres?

Tecleo a toda prisa, sin dejar de sonreír, para seguidamente enviarle el mensaje, sin pensar, solo dejándome llevar, empezando a ser agua, una en cuya corriente flota mi sonrisa, tal y como flotan mis deseos ya en mi orilla, casi libres del cerco del miedo y a la espera de que alargue mis brazos para cogerlos.

¿Prefieres otra flor?

Su respuesta a los pocos segundos.

Por supuesto que no. Simplemente no quiero que me envíes más cajas, porque me estás poniendo en evidencia.

Lo escribo tan rápido como puedo para seguidamente enviarle el wasap, porque es la verdad y no me gusta que la gente que trabaja conmigo me sonría como me ha sonreído Nicole cuando me ha mostrado la dichosa y elegante caja blanca, como si ella y yo compartiésemos un secreto que, por supuesto, no compartimos.

Como siempre, tus deseos son órdenes
para mí, pelirroja. ☺

Me contesta, consiguiendo que sonría más. Más.

«Es idiota y un encanto», admito, sin poder borrar mi sonrisa, dando por finalizada la conversación, pues tengo cientos de cosas de las que ocuparme.

Paso el resto de la mañana en el estudio de Diseño con mi equipo, donde comemos, tal y como solemos hacer siempre, para luego dirigirme al despacho de Sidney, pues tengo algo en mente que quiero comentar con él.

—Señora María Eugenia, iba a buscarla. Acaban de traer esto para usted. De Ciro Zabat de nuevo —me dice Nicole mientras solo tengo ojos para el enorme ramo de tulipanes rosa que porta entre sus manos—. Es precioso —añade, como si no fuera algo obvio.

«No puedo creerlo. No puedo creerlo», me repito, incapaz de reaccionar viendo cómo el enorme ramo de flores se acerca a mí, y ya sé que quien se está acercando es Nicole y no el ramo, pero yo solo puedo ver los dichosos tulipanes; bueno, y también su sonrisa desdeñosa junto con el brillo insolente de su mirada.

—Ponlas en agua, tengo una reunión —farfullo, veloz, cuando consigo hacerme con las palabras.

«Maldita sea, parece que esté huyendo del ramo —asumo, sintiendo mi rostro arder mientras encamino mis pasos, apresurados, hacia el ascensor—. Estás huyendo del ramo», me rebato ya en el interior de este, desbloqueando mi móvil para enviarle un mensaje y viendo que tengo un wasap suyo.

Nada de cajas.

Leo a toda prisa. «Es idiota», pienso, sonriendo a mi pesar, muy a mi pesar.

Nada de cajas. Nada de flores. Nada de
nada. ¿Qué no entiendes?

Le envío en cuanto se abren las puertas.

Y estás sonriendo a pesar de lo mucho
que te jode hacerlo.

Adivina, consiguiendo que detenga mis pasos en mitad del pasillo y sonría más.

Eres idiota.

Cierto, pero soy el idiota que sigue loco
por ti. Te veo a las ocho y media,
pelirroja.

«Y no se puede sonreír más de lo que yo estoy haciendo —me percato, obligándome a borrar la dichosa sonrisa de mi rostro—. Por favor, quién me ha visto y quién me ve. A este paso me veo tirándome de cabeza y sin arnés a la primera de cambio —gimoteo, recordando de repente que, cuando lo conocí, también quería tirarme por un puente, pero para abrirme la cabeza en canal de pura frustración—. Y ahora es todo lo contrario y una parte de mí solo desea dar ese salto, por mucho miedo que me dé... Un momento, yo quería una escalera —me recuerdo, frunciendo el ceño—. Nada de saltos; nada de precipitarme, y, por supuesto, nada de ponérselo fácil —me advierto, negando con la cabeza antes de llamar a la puerta del despacho de Sidney—. Céntrate, haz el favor», me reclamo, abriéndola cuando oigo su voz invitándome a entrar.

—¿Puedo? —le pregunto cuando alza la mirada de sus papeles y se encuentra con la mía.

—Adelante —me indica, haciéndome un gesto con la mano para que tome asiento—. Me tienes intrigado desde que hemos hablado. ¿Te apetece un café?

—No, gracias —declino su oferta, sentándome frente a él.

—Bueno, ¿y de qué se trata? —me plantea, entrelazando los dedos sobre la mesa.

—De llevar el nombre de Dior y el de la alta costura a toda esa gente que no puede estar en nuestros desfiles a través de las redes sociales. Se trata de engancharlos, de generar curiosidad, de que quieran ver más y de crear ese sentimiento de deseo que surge dentro de cada uno cuando ve algo que le gusta. Quiero hacer una especie de película o corto, que no dure más de veinte minutos, en el que mostremos lo que nuestras clientas verán, al mismo tiempo pero de forma distinta, en nuestro desfile. Quiero crear un bosque tan mágico como la colección que tenemos en mente. Imagina una sirena de cola plateada y pelo largo y rubio nadando en un río de aguas cristalinas. Tres o cuatro ninfas saliendo del agua con flores en el pelo y unas cuantas hadas pululando por el bosque. Quiero que, de forma mágica, nuestros vestidos lleguen a ellas y que la película finalice justo con ellas luciéndolos.

—Me gusta.

—Se lanzaría en el mismo instante en el que diera comienzo el desfile, y nos marcaríamos un tanto, en una semana repleta de moda en la que prima lo distinto y en la que resalta la originalidad. Yo no voy a disfrazar a mis mujeres para crear espectáculo —afirmo, evitando dar los nombres de los diseñadores que en el pasado estuvieron ligados a la casa y que sí lo hicieron—, pero puedo hacer esto y quiero hacerlo, y ya sé que mucha gente, por no decir la gran mayoría, que verá ese corto no podrá comprar alta costura, porque es una estupidez decir que la alta costura está al alcance de todo el mundo, pero les gustará y, sin que se den cuenta, habremos grabado la marca Dior en su retina. Puede que no compren un vestido, pero pueden comprar un complemento, no importa. El tema es Dior. Yo quiero Dior. Yo soy Dior. Dior. Dior. Dior ¿Te das cuenta? Es más, quiero que el corto lo protagonicen las mayores *influencers* del mundo. Chiara Ferragni, por ejemplo, podría ser nuestra sirena, si aceptase, por supuesto, y todas finalizarían el corto susurrando Dior. «Yo soy Dior». Haríamos ese vídeo viral en cuestión de segundos —le garantizo, completamente entusiasmada, viéndolo ya real en mi imaginación—, y todas nuestras tiendas reproducirían, en sus fachadas y escaparates, ese final con ellas murmurando «yo soy Dior». Dime que lo ves como yo —le exijo, consciente de que no voy a aceptar un no.

—Lo veo igual como tú; es más, me parece una idea soberbia —me regala, completamente entusiasmado—. Vamos con ello —sentencia, provocando mi sonrisa, que en nada se parece a la que ha dibujado Ciro con sus mensajes... y vuelve a ser Ciro y no él.

Capítulo 39

María Eugenia

Llego a su casa a las nueve menos cuarto, con la compañía de la lluvia, que nos acompaña desde hace un par de horas, de la caja blanca, donde se encuentra el primer tulipán que me ha regalado hoy, de este enorme ramo, tras el cual puedo desaparecer sin tener que esforzarme demasiado, y de mis nervios, que son más gigantescos todavía. «Solo voy a cenar —me recuerdo mientras el ascensor va comiéndose los pisos según va subiendo—. Solo es una cena —me repito—, una simple cena como la de ayer. Sí, pero en su casa, en su casa», insisto, machacona, sintiendo cómo mi corazón se vuelve loco en mi pecho cuando las puertas del elevador se abren en su rellano, y cómo termina de enloquecer durante los breves segundos que transcurren desde que pulso el timbre hasta que abre la puerta.

«¡Por Dios!», atino a exclamar cuando mi mirada se encuentra con el brillo infinito de la suya y esa sonrisa cargada de insolencia.

—Toma, todos para ti —le digo a modo de saludo, estampándole la caja y los tulipanes en el pecho, tal y como hice ayer.

Y no soy más burra porque no puedo.

—Ya veo que te han gustado —me indica, burlón, haciéndose a un lado para invitarme a entrar—. Estás en tu casa, pelirroja.

—No te creas que esto va a convertirse en una costumbre, porque no es así; de hecho, he venido solo porque quería devolvértelos —le suelto con sequedad, tan o más a la defensiva de lo que estaba ayer, y, ¡maldita sea!, daría lo que fuera por poder relajarme de nuevo a su lado y dejar de ser tan roca inmensa incapaz de pasar por ningún lado.

—Pero, ya que estás aquí, te quedas a cenar, ¿verdad? —me pregunta con voz ronca, atrapando toda mi atención con ella y consiguiendo que enmudezca—. Ven —me pide, cargado con el ramo y la caja, pasando frente a mí, y lo sigo sin rechistar, yo, que lo rebato todo.

—Corres un poco, ¿no te parece? —inquiero con acritud cuando llegamos a su habitación, «porque no cabe duda de que es la suya», asumo, deteniendo la mirada en su cama.

Y qué tendrán las camas del hombre que te gusta que son capaces de contraer tu vientre y llenar tu mente con cientos de imágenes en las que prima la piel desnuda.

—Dame el abrigo —me indica, haciendo caso omiso a lo que le he dicho, y, de nuevo, obedezco sin rechistar—. ¿Tienes el vestido mojado? —añade, mirándome con seriedad mientras siento cómo las descargas eléctricas pasan de su cuerpo al mío a gran velocidad.

—No pienso quitármelo —afirmo, provocando un amago de su sonrisa, y qué sexy es sin saberlo.

—No te lo he pedido —me remarca, enarcando una de sus cejas—. Quítate las medias —me ordena, humedeciendo mi centro.

—¿Cómo? —logro preguntar.

—Tienes las piernas y los pies empapados y no quiero que te resfríes; no tengo medias de repuesto, porque no suelo utilizarlas —suelta con una media sonrisa—, pero aquí no hace frío y no las necesitas. Ahí tienes mis zapatillas; póntelas, irás mejor —me dice, haciendo un gesto con la cabeza para mostrármelas.

—No pienso quitarme las medias delante de ti —replico, abochornada, alucinada, excitada y, sí, sobrepasada también, para qué negarlo.

—¿Quieres que te las quite yo? —inquiere, incendiando mi rostro con su mirada, y no puedo creer que me haya sonrojado.

—¿Quieres irte a la mierda? —le rebato, provocando su carcajada, y, Virgen santa, esas descargas que había empezado a sentir no eran nada si las comparo con las que siento ahora.

—Solo pretendía echarte una mano, pero como quieras —contesta, guiñándome un ojo—. Búscame por la cocina cuando estés lista —me pide antes de abandonar su habitación, cargado de nuevo con el ramo y la caja que había dejado sobre un mueble.

Por Dios. Por Dior. Por Dios.

Inspiro profundamente un par de veces, recorriendo la estancia con la mirada en un intento por tranquilizarme, solo que, de nuevo y de forma inexplicable, acabo deteniendo la mirada en la cama. Su cama. Y, de nuevo, cientos de imágenes llegan para llevarme con ellas; él desnudo sobre mí, con ese cuerpo del diablo que Dios le ha dado. Yo desnuda sobre él, o de rodillas, con una mano aferrando mi cintura y la otra en mi pelo, tirando de él, empleando esa fuerza justa que mi cuerpo parecía reclamar. Sus gemidos. Los míos. Mis gritos. Él insertándose hasta el fondo, tirando de mi pelo. Yo alzando mi trasero para facilitarle la entrada. Mi respiración acelerada. Él impulsando sus caderas con fuerza. Más. Más. ¡¡Más!! «¡¡¡Y, la hostia, que solo es una cama!!!», me riño, completamente excitada ante lo que acabo de imaginar.

«Deja de imaginar esas cosas, ¡¿quieres?! —me ordeno, inspirando de nuevo, obligándome a alejar mi mirada de la dichosa cama para ver el resto de la habitación—. No está mal —concluyo, intentando ignorar la excitación que sigue dominando mi cuerpo—, pero me gustaba más su casa de Madrid. Esta es impersonal y cualquiera podría dormir aquí; de hecho, no hay ninguna fotografía ni nada que tenga relación con él», me percato, haciéndome con el control de mis pensamientos calenturientos, sentándome en la cama para quitarme las medias y frenándome para no hacer nada de lo que pueda arrepentirme después, como abrir algún cajón o apoyar la cabeza en su almohada.

«Y puede que no haya hecho nada de eso, pero dejar mis medias en el radiador de su dormitorio, para que se sequen, o llevar sus zapatillas puestas es tan personal como si hubiese apoyado la cabeza en su almohada», reconozco, yendo en su busca, dejándome guiar por el olor de la comida hasta encontrarlo, de espaldas a mí, frente a los fogones.

«Cuántas veces vi esto en el pasado —pienso, mordiéndome la cara interna de una mejilla—. Cuántas veces me acerqué a él y rodeé su cintura con mis brazos y cuántas veces se volvió para buscar mis labios con los suyos.»

—Huele bien. ¿Qué es? —le pregunto, sin hacer nada de eso.

—Lasaña de verduras con puré de patata gratinado por encima —me detalla, volviéndose ligeramente para mirarme, recorriendo mi cuerpo con su mirada, «y esto también lo hizo infinidad de veces en el pasado», medito, sintiendo cómo algo dentro de mí se enreda y aprieta hasta instalar el latido de la añoranza en mi garganta—. Recuerdo que te gustaba —añade, y me limito a esbozar un amago de sonrisa.

—¿Cómo te apañas para cocinar cuando viajas con la furgoneta? —inquiero, haciendo a un lado el pasado, para dejarlo donde está, al menos, de momento.

—Mi furgoneta está equipada con todo lo necesario para poder cocinar —me cuenta, cogiendo una copa de vino blanco que luego me tiende—. Al final no necesitamos tanto para vivir, solo las ganas, ¿no te parece? —me plantea con seriedad y, durante un segundo, guardo silencio solo para escuchar la canción que ha empezado a sonar.

—No vas a ablandarme con música —le advierto con una sonrisa al reconocerla. *Ocean*, de Karol G—. ¿Sigues escuchando la misma *playlist*?

—Voy añadiendo y quitando temas. ¿Y tú? —indaga, apoyándose en la encimera, cogiendo su copa de vino y atrapando mi mirada con la suya.

—Ya no suelo escuchar música, solo de vez en cuando —le confieso, apoyándome en la pared que hay frente a él, guardando las distancias tanto como puedo.

—¿Por qué? —me pregunta, sin permitir que me suelte de su mirada.

—Supongo que porque encontré mi calma en el silencio —le revelo tras meditarlo unos segundos—. La música me distraía y el silencio me centraba, me ayudada a concentrarme; al final, sin darme cuenta, fui dejando de escucharla.

—Ya —se limita a contestarme antes de llevarse la copa a los labios—. ¿Sabes? Creo que no vamos a estar cómodos hasta que lo hablemos —me comenta con seriedad mientras detengo la mirada en el horno, donde está terminando de cocerse la lasaña.

—¿De qué quieres hablar? —susurro bajito, a pesar de saberlo de sobra.

—De lo que pasó, de lo que nos impide hablar con total libertad y nos obliga a sortear ciertas palabras que nos llevarán a otras que no queremos pronunciar.

—Prefiero que hablemos del tiempo, si no te importa.

—Lluvia, lluvia y más lluvia, bueno, y frío. Ya está todo dicho —suelta, provocando mi sonrisa.

—También sale el sol a veces.

—¿En serio? ¿Cuándo? ¿Dos veces al año? —plantea con sorna, creando un momento de complicidad entre nosotros en apenas unos segundos.

—Solo llevas aquí unos días, no puedes hacer una valoración en tan poco tiempo —le digo, sintiendo cómo todo lo que fuimos regresa para colarse con timidez en esta pequeña cocina.

—Y ya he tenido más que suficiente —responde, esta vez con gravedad.

—Tiene su encanto —musito, quedándome enganchada a su mirada.

—Yo también lo tenía —me recuerda con voz ronca, volteando mi corazón con fuerza.

—¿Le queda mucho a la cena?

—¿Tengo que impresionarte y engalanar la mesa del salón o podemos cenar en esta barra? Es un poco pequeña e igual mi brazo roza el tuyo, pero...

—Pero ¿qué? —le pregunto cuando deja la frase flotando en el aire.

—Pero estoy deseando cenar contigo en esta barra, rozar tu brazo y que me recuerdes lo idiota que fui por haberte dejado ir —afirma con una solemnidad que me impone y contrae mi vientre al mismo tiempo.

—No necesito que me impresiones ni que engalanes ninguna mesa, pero tampoco quiero recordar el pasado; de hecho, si fuera un poco sensata, no estaría aquí —reconozco, sin poder alejar mi mirada de la suya—. Supongo que sigues saliéndote con la tuya porque una parte de mí sigue permitiéndotelo, pero no quiero ir más allá, porque sigo sin saber qué quiero.

—Y, si no lo hablamos, no vas a averiguarlo —me replica, soltando todo el aire de golpe, para luego dejar su copa sobre la barra—. Vamos a cenar —masculla entre dientes.

Lo ayudo a colocar los cubiertos y las servilletas en un silencio que es tan incómodo como lo fue el de anoche, y, ¡maldita sea!, puede que no quiera hablar del pasado, pero tampoco quiero sentir que el aire pesa y que las palabras no encuentran su espacio.

—¿Cómo encontraste este apartamento?

—Por un portal de Internet. Tampoco me calenté mucho la cabeza; me gustaba la zona, tenía todo lo que necesitaba y, total, aquí solo vengo a dormir.

—¿Puedo decirte una cosa? —le pregunto, colocándome a su lado y apoyándome en la encimera, tal y como estaba él antes, mientras lo veo empezar a cortar la lasaña.

—Puedes decirme lo que quieras.

—Me gustaba más tu casa de Madrid.

—Y a mí —admite, empezando a servirla en sendos platos—. La he alquilado —me confiesa de golpe, volviéndose para mirarme.

—¿En serio?

—A una pareja de recién casados —detalla, encogiéndose de hombros, y, aunque ha intentado que su voz sonara despreocupada, no lo ha conseguido.

Y no sé por qué me entristece oír eso..., supongo que porque esa casa también fue durante un tiempo la mía, la nuestra. «Nosotros íbamos a casarnos», me digo, guardando silencio y, durante un tiempo, me imaginé viviendo allí, con él, imaginé al niño rubito y... y ahora son otros los que viven en ella, conviviendo entre nuestros recuerdos y nuestros sueños; puede incluso que tengan hijos y que sean sus risas las que resuenen por encima de las nuestras, que apenas se oyen ya.

—¿Por qué te fuiste de Madrid? —inquiero, necesitando alejar esos pensamientos de mi mente.

—¿Sabes que si te respondo vamos a tener que hablar del pasado?

—¿Sabes que me paso la vida contradiciéndome? —le rebato, provocando su sonrisa—. Mientras no nos adentremos demasiado en los hoyos, me vale —musito, encogiéndome de hombros.

—¿Alguna vez has sentido que no encajas en ningún sitio? —me formula con seriedad, sin mirarme—. Quedarme en Menorca era como revivir una y otra vez lo que había vivido, y estar en Madrid era otro recordatorio de lo que había perdido, así que decidí largarme a Milán —me explica, yendo hacia la barra, cargado con nuestros platos, y lo sigo en silencio para acomodarme en uno de los taburetes mientras él hace lo mismo—, pero es difícil encontrar tu lugar cuando vives en un estado de cabreo continuo, cuando por nada saltas y cuando todo te parece tremendamente injusto. Al final discutí con mis colegas y me vi en una ciudad que no conocía, ni me interesaba conocer, solo y sin ninguna motivación que me impulsase a continuar. Sin ganas —resume, volviéndose para mirarme—. Voy a dejar de hablar como no cenes —añade, esbozando una sonrisa cargada de demasiadas cosas que atenazan mi garganta.

—Sigue —murmuro, obligándome a llevarme un poco de lasaña a la boca.

—¿Recuerdas esa noche? ¿Cuando regresaste de París? —me pregunta, y asiento con la cabeza, tragando la comida con dificultad, sabiendo que vamos a adentrarnos en un hoyo de gran profundidad, solo que, a pesar de saberlo, no lo freno y dejo que siga, posiblemente porque tiene razón y nos debemos esta conversación—. Cuando me largué, cogí la moto y corrí como nunca en mi vida. Creo que una parte de mí quería matarse para no tener que enfrentarme a lo que iba a vivir, solo que no me maté, al menos, aparentemente, pero algo dentro de mí sí que murió esa noche, y ha seguido así durante demasiado tiempo. Por eso compré la furgoneta y me largué a descubrir mundo, porque necesitaba encontrar las ganas de vivir y, sobre todo, necesitaba reconciliarme con la vida y dejar de estar cabreado continuamente.

—Por eso te tomas los cafés con la vida, ¿verdad? —le pregunto en un susurro.

—Fue idea de mi madre. Me pidió que me tomara un café con la vida si así conseguía reconciliarme con ella, solo que llevo infinidad de ellos y sigo cabreado. Joder, fue tan sumamente injusto lo que le sucedió a mi hermana que, por mucho que lo intento, no consigo librarme de esta mierda. Ella es la mujer rubia de las fotos —me confiesa, volviéndose para mirarme—. Antes de que... de que se fuera, me hizo prometerle que viviría por ella; que alargaría mis sonrisas o mis risas porque esos pocos de más serían sus sonrisas y sus risas, que vería todos los atardeceres y amaneceres que ella no podría ver y que mantendría vivo su recuerdo. Por eso subo sus fotos, porque, al hacerlo, la traigo de vuelta, y por eso emprendí también ese viaje, que iba a durar solo unas semanas y ha durado varios años —prosigue, esta vez con voz ausente y, con sus palabras, recuerdo ese *post* que subió en el que decía «A diez mil pies de altura, junto a diez mil millones de estrellas, te veo y te quiero»—. No supe gestionarlo en su día y sigo sin poder gestionarlo ahora, porque, a pesar del tiempo que ha pasado y de que ese cabreo ha ido enfriándose poco a poco, hay palabras que sigo sin poder pronunciar.

—Y yo no supe ayudarte cuando viniste a París y te eché de mi vida porque estaba tan cabreada y dolida contigo que no podía ver más allá de mi dolor —admito en voz baja, sintiendo que mi mundo, en estos momentos, está en esta pequeña cocina y que todo mi universo se encuentra concentrado en el brillo de su mirada—. Ven —musito, levantándome para acercarme a él y abrazarlo.

Su casa de Madrid. La mía de París. Esta. Ninguna. Porque casa somos nosotros, estemos donde estemos. No importa. Casa es su pecho subiendo y bajando al mismo ritmo que el mío. Casa son sus brazos rodeando mi cuerpo y los míos rodeando el suyo. Casa es reconocer su piel, su olor. Es sentirse bien a pesar de estar mal. Es encontrar tu lugar sin saber dónde está. Es esto que tenemos ahora, aunque no sepamos ni lo que es. Son nuestros pies, juntos, uno frente al otro, como antaño. Es lo que somos cuando estamos juntos. Lo que sentimos. Lo que no hemos dejado de sentir.

—Te debía este abrazo —le digo, sintiendo cómo la vida llega para instalarse en mi pecho. La vida olvidada. La vida añorada. La vida soñada.

—Y yo te debo más cenas y más flores —contesta, moviéndose para atrapar mi mirada con la suya sin alejar sus brazos de mi cuerpo, y cómo había echado de menos estos abrazos y a él.

—¿Sabes que me muero de vergüenza cada vez que me envías flores? —le confieso, viendo su sonrisa expandirse en su rostro.

—¿Sabes que lo sé? —me pregunta, sonriendo más.

—¿Sabes que eres muy idiota? —le contesto, zafándome de sus brazos para regresar a mi taburete, y no porque lo desee realmente, sino porque temo la intensidad que estoy viendo en su mirada y que se está adueñando del momento.

—También lo sé —me dice sin quitarme la mirada de encima, borrando su sonrisa y la mía—. Voy a ir tan despacio como necesites, pero esta vez no voy a irme, por mucho que aborrezca despertarme en una cafetería o que llueva continuamente; voy a quedarme aquí, contigo, hasta que tengas tan claro como yo que nunca más voy a volver a marcharme ni a permitir que te marches tú tampoco.

—Vale —suspiro, sin poder soltarme de su mirada.

—Vale —repite con una sonrisa que dibuja otra en mi rostro.

Y, sí, es cierto que nos hemos metido de cabeza en ese hoyo, al que tanto temía, pero también es cierto que hemos sabido salir de él con un abrazo que ha traído consigo cientos de certezas, varias sonrisas y ese «vale» que pesa tanto o más que lo otro, y todo eso, junto, es mucho más de lo que esperaba encontrar esta noche.

—¿Cómo estás del cuello? —me plantea tras unos minutos de cómodo silencio.

—Mejor, ya ni siquiera me acordaba. Está muy buena, ya no recordaba lo bien que se te daba la cocina.

—Mucho mejor que a ti —me replica con insolencia, provocando mi sonrisa.

—¿Por qué no me lo contaste y decidiste vivirlo tú solo? —suelto de repente, metiéndonos de lleno de nuevo en otro hoyo, que es tan profundo o más que el otro.

—Ya te lo he dicho, porque no supe gestionarlo y porque no quería arrastrarte conmigo —contesta, apoyando su espalda en el pequeño respaldo del taburete, con la vista fija al frente, y puede que ni siquiera esté viendo lo que tiene frente a él—. Tú tenías un futuro brillante aquí y yo solo podía ver oscuridad y desesperación a mi alrededor. No sé si dejarte fue un acto generoso o egoísta por mi parte, solo sé que necesitaba estar solo —me confiesa, volviéndose para mirarme—, y, a pesar de lo mucho que te he echado de menos, sigo entendiendo lo que hice en ese momento, porque fue algo que me salió de dentro, aunque me equivocase.

—Casi me volví loca de dolor, ¿cómo puedes decir eso? —le recrimino con un hilo de voz, recordándome vagando por Madrid, arrastrando mi maleta, con la mirada ida.

—Si te hubieses quedado conmigo, no hubiera sido mucho mejor, te lo aseguro —me rebate con todo el dolor que se puede atrapar en un tono de voz y en una mirada.

—Cualquier cosa hubiera sido mejor que lo que viví.

—No creo —replica, para seguidamente llenar sus pulmones de aire—. En todo caso, ya está hecho y vivido y de nada sirve lamentarse.

—Tengo que irme, es tarde —le digo, levantándome, viendo los restos de mi cena.

«Qué lástima que se me haya cerrado el estómago, porque está buenísima», me lamento, sintiendo que esta vez no vamos a poder salir del hoyo, y menos con un abrazo.

—Que entienda lo que hice en ese momento no significa que vaya a repetirlo —sentencia, aferrando mi muñeca para evitar que eche a andar—. Eso me cambió, como todo lo que viví después y como todo lo que estoy viviendo ahora. No te confundas ni creas por un instante que volvería a tomar la misma decisión —me asegura, ejerciendo la fuerza justa en mi piel, la misma que emana de su mirada—. Te lo dije el otro día, mis garantías son de por vida. Tómate el tiempo que necesites, pero no malinterpretes mis palabras ni creas lo que no es —me pide, soltándome para facilitarme la huida, porque eso es lo que estoy haciendo. Estoy huyendo sin salir del hoyo.

Capítulo 40

Ciro

Hundo los dedos en mi pelo cuando abandona la cocina, sintiendo cómo la frustración se expande un poco más en mi pecho. «Maldita sea», maldigo para mis adentros, levantándome para ir en su busca.

—¿Puedo pasar? —le pregunto, dando unos suaves toques en la puerta de mi habitación cuando yo nunca había tenido que pedir permiso para entrar en una habitación en la que estuviese ella, ni siquiera al principio, cuando me colé en la suya.

—Un segundo —oigo, y apoyo la frente en la puerta, permitiéndole a esa frustración que llena mi pecho que se expanda libre por todo mi cuerpo.

—¿Qué quieres? —me pregunta, abriéndola y dándose de frente conmigo.

—Que no me malinterpretes cuando sea sincero —le explico, adelantando los pasos que está retrocediendo ella—, que no sienta que estás huyendo de mí cuando lo haga —prosigo, atrapando su mirada con la mía— y que te quedes un poco más, si no es mucho pedir —concluyo, posando mi mano en su cintura, sabiendo que posiblemente estoy pidiendo imposibles.

—Es tarde —me dice, posando su mano sobre la mía, posiblemente para retirarla, solo que no se lo permito y, finalmente, sus dedos terminan entrelazados con los míos.

—Es tarde, estoy cansada, he tenido un día duro... son solo excusas para marcharte y lo sabes —murmuro en voz baja, sin permitir que se suelte de mi mirada, adelantando un paso que no retrocede y arriesgándome a buscar su otra mano con la que tengo libre. «No la ha retirado», me percato, sintiendo cómo esa frustración da un paso atrás—. Te he prometido ir tan despacio como necesites, pero, si te marchas, esto va a hacerse eterno y ya tengo una edad —continúo con sorna, esbozando una sonrisa, apoyando mi frente en la suya... «y, ¡joder!, lo que daría por poder besarla y pegar su cuerpo al mío, por sentirla», pienso, ejerciendo más presión con mis manos.

—Ciro —me advierte, y tengo que hacer acopio de toda mi fuerza de voluntad para poder controlarme, porque tenerla así de nuevo, tan cerca, y no poder besarla es una putada, y de las grandes.

—¿Qué? —me quejo, sintiendo su aliento en mis labios.

—Suéltame —me pide en un susurro.

—Voy.

—Ibas a ir despacio.

—Tengo una cama, a dos pasos, y a ti, frente a mí, por supuesto que estoy yendo despacio —le rebato entre dientes, soltando sus manos para rodear su cintura, percibiendo cómo sus manos suben por mis brazos. Su piel. La mía. Joder—. Quédate.

—Si me quedo, ¿te estarás quieto? —me plantea en voz baja, sin alejarse de mí, y ojalá lo hiciese, porque yo no sé si voy a poder.

—Sabes que se me da fatal eso de estarme quieto, pero intentaré no acercarme mucho —musito, acercándome más, apoyando mis labios en su frente, frenándome para no besar su piel, y subiendo mis manos por su cuerpo, deteniéndolas junto antes de llegar a sus pechos—. Ya. Perdona —mascullo, alejándome de sopetón de ella, llevando las manos a mi pelo para hundirlas en él y no hundirlas en el suyo y comerme sus labios de una vez—. ¿Vemos una película?

—Una película —repite con una sonrisa, la que yo no puedo esbozar, al menos, no hasta que mi polla deje de latir dentro de mis pantalones.

—Puedes elegir: follar en cualquier parte de esta casa, hablar o ver una película. Si por mí fuera, follaríamos sin dudarlo, pero igual crees que estamos corriendo mucho, así que doy por hecho que eso está descartado.

—Está descartado —me corrobora, muy a mi pesar, porque estoy completamente seguro de que esta jodida incomodidad, que parece estar siempre entre los dos, nos la cargaríamos a base de sexo.

—Hablar sería una opción —prosigo, guardando mis pensamientos para mí—, pero, si me preguntas, creo que ya hemos hablado suficiente por hoy, así que solo nos queda ver una película y rozarnos de vez en cuando fingiendo que no nos damos cuenta. ¿Qué eliges? —inquiero, enarcando una de mis cejas, enganchando los pulgares en las trabillas de mis pantalones para mantener las manos quietas.

—Te diría que eres idiota y un encanto, pero eso ya lo sabes —me dice, consiguiendo que sonría con ella—. Elijo la película sin rozarnos y porque no quiero quedarme con la sensación de que estoy huyendo —añade, esta vez con seriedad.

—Algo es algo —acepto, resignado, muy decidido a darle la vuelta a sus palabras, encaminando mis pasos hacia la cocina y frenando mi sonrisa cuando percibo sus pasos tras de mí—. ¿Te apetece un café o prefieres seguir con el vino? —le pregunto cuando llegamos a ella.

—Sigo con el vino. ¿Y tú?

—Sigo contigo, lo otro no me importa —declaro, percatándome de que, cuando estoy a su lado, no necesito tomarme cafés con la vida porque me siento bien, tranquilo y sereno, entre otras cosas—. Venga, vamos —le pido, guiñándole un ojo, y no sé cómo he podido vivir sin ella todos estos años.

—¿Y cuál vamos a ver?

—Si no me equivoco, la última vez que vimos una película juntos fue una de esas de amor, no recuerdo el título, pero fue un coñazo, así que ahora me toca elegir a mí.

—Ya, pero yo soy la invitada y, como tal, debería ser quien eligiera.

—Te equivocas, pelirroja, tú no eres ninguna invitada, así que elijo yo y vamos a ver la última de *Fast & Furious*, y ni se te ocurra echarte atrás ahora —le advierto cuando veo el fastidio cruzar su rostro.

—Esas películas sí que son un coñazo.

—Bueno, por suerte me tienes a mí para entretenerte de vez en cuando —le digo, acompañando mi comentario con una sonrisa, viendo cómo se sienta en el otro extremo del sofá, tan lejos de mí como le es posible—. Oye, ¿cómo vamos a rozarnos si te sientas ahí? —le pregunto, provocando su carcajada—. Y acabo de conseguir el triple salto mortal... y era mejor de lo que recordaba —comento, captando la admiración desprenderse de mi voz ante el sonido de su risa.

—Deja de hacer eso, ¿quieres?

—¿El qué? —le pregunto, sin quitarle la mirada de encima.

—Lo sabes de sobra —musita, permitiendo que nuestras miradas bailen juntas durante unos breves segundos—. Pon la dichosa película —me pide, esta vez con seriedad, volviendo su rostro hacia el televisor, y hago lo que me ha dicho, sabiendo que tengo casi tres horas para salirme con la mía.

Capítulo 41

María Eugenia

«No puedo creer que esté aquí —farfullo mentalmente, sintiendo la incomodidad llenar cada centímetro de mi piel—. Aquí, ¡aquí!, sentada en el sofá de su casa, a unos escasos centímetros de él y tan envarada que me duele hasta la espalda, mientras que él está como si nada, completamente repantigado», me lamento, maldiciéndome en silencio por ser tan insoportablemente yo y ser incapaz de relajarme a su lado.

«No tendría que haber aceptado —prosigo el hilo de mis pensamientos—, pero, de entre todas las opciones que me ha ofrecido, esta era la mejor; bueno, en realidad, no, porque la mejor era la de follar, para qué vamos a engañarnos —reconozco con la mirada fija en el película, sin verla realmente—, sobre todo después de ese momento electrizante que hemos vivido... cuando no podía pensar en otra cosa que en la sensación de sus manos aferrando mi cintura, en la de sus labios en mi frente y en la de su pecho subiendo y bajando al ritmo del mío. Por Dios, no sé cómo he podido controlarme —me asombro, sintiendo cómo mi respiración se acelera ante ese recuerdo—, y ahora estamos aquí, viendo esta película, porque he descartado lo que de verdad deseaba.»

—¿Quieres relajarte? —me reprende, sacándome de mis cavilaciones, y me vuelvo para mirarlo.

—¿Cómo?

—Parece que estés en la consulta del médico o esperando que dicten sentencia —me dice, moviéndose con rapidez para acercarse a mí y coger mis pies, y suelto un grito, aferrando el borde de mi falda para que no se suba más de la cuenta.

—¿Qué haces? —inquiero entre divertida y ofendida.

—Coge un cojín y apoya tu espalda en el reposabrazos —me ordena con seriedad.

—Cuando me sueltes los pies.

—Cuando hagas lo que te estoy pidiendo —me contesta, atrapando mi mirada con la suya, y obedezco solo por volver a tener mis pies tocando el suelo cuando yo siempre los he subido al sofá cuando estaba cómoda... «y si no estoy cómoda es porque no me lo permito», acepto, negando con la cabeza, obligándome a relajarme, de verdad.

—¿Puedes soltarlos ya? —le pregunto una vez que estoy sentada como me ha pedido; mirando hacia él, casi recostada en el sofá.

—Cuando termine —replica con insolencia, colocándolos sobre sus piernas para empezar a masajearlos, y me llevo las manos a la cara para cubrirla con ellas.

—No puedo creerlo —me quejo, echando la cabeza atrás, provocando su risa.

—No eres la única —me responde, burlón, provocando la mía.

Y puede que sea fruto del cansancio o porque sus masajes son lo mejor del mundo y lo había olvidado, pero, poco a poco, voy acomodándome mejor en el sofá, poco a poco voy relajándome, de verdad, mientras sus manos se llevan todo el cansancio que dormía en la planta de mis pies, y, poco a poco, y a base de paciencia, consigue lo imposible, que me sienta cómoda y tranquila a su lado y que parte de mis piernas terminen encima de las suyas cuando me hago la dueña de casi todo el sofá, como solía hacer en el pasado, con ese masaje que había empezado en mis pies y que ha terminado siendo una caricia interminable sobre mi piel, que no incendia, sino que relaja; que no sube más allá de mis rodillas, sino que se mantiene siempre en la misma zona, y que es tan relajante como si estuviese flotando sobre un mar de aguas mansas. Y todo ha sido poco a poco.

—Estás películas son interminables —protesto, colocando la mano por debajo del cojín, para acomodar mejor mi cabeza, cerrando un segundo los ojos... «y solo será un segundo», me digo, sintiendo el suave recorrido de sus dedos por mi pierna.

* * *

Despierto cuando la fragancia del café recién hecho se cuela a través de mis fosas nasales. «Qué bien he dormido», me regocijo, estirándome, sintiendo mi cuerpo completamente relajado, como hacía tiempo que no lo sentía, entreabriendo los ojos y abriéndolos de golpe al reconocer dónde estoy. «Su casa. Estoy en su casa. En su habitación —pienso a toda prisa, volviéndome y encontrándome con el otro lado de la cama vacío—. Y que esté vacío ahora no significa que no haya dormido en él», asumo al ver las sábanas revueltas y la forma del cojín.

—Maldita sea —farfullo, yendo en su busca y encontrándolo en la cocina, con el pijama puesto, las manos apoyadas en la encimera y la cabeza gacha—. Abre los ojos —le ordeno con sequedad al comprobar que está medio dormido frente a los fogones—. Lo hiciste a propósito, ¿verdad? —lo acuso cuando se vuelve para mirarme, y está tan sumamente atractivo que debería ser delito que estuviera tan furiosa con él.

—Espera a que me despierte, ¿quieres?

—Así que de eso se trataba, ¿no es cierto? Toda esa mierda del masaje y la película tenían como finalidad que me durmiera en tu casa y que terminase en tu cama —lo culpo, yendo hacia él, apuntándolo con el dedo.

—Intenté despertarte tres veces y cuando me mandaste a la mierda fue cuando acabaste en mi cama, y porque no tengo otra —me rebate con seriedad, haciéndose con mi dedo, que aferra con fuerza—, así que no te ofendas tanto, porque menudo genio te gastas cuando duermes; solo te faltó darme una hostia —me rebate, completamente despierto ya—. Y, para que te enteres, pelirroja, lo último que deseaba era tenerte durmiendo a mi lado, completamente vestida y tan dormida que parecía que estabas hasta inconsciente —añade, soltando mi dedo, y consiguiendo que enmudezca.

—No me acuerdo de que intentaras despertarme... —le digo bajando el tono de voz, frunciendo el ceño e intentando recordar algo sin llegar a conseguirlo—. ¿Te mandé a la mierda? —le pregunto, observando su pelo revuelto y su barba crecida.

—Me mandaste a la mierda y esta noche me has dado un rodillazo en todos los huevos y luego un manotazo —me cuenta, provocando mi sonrisa.

—Seguro que te lo merecías; además, no te quejes tanto, porque mira dónde estamos, por fin vas a poder despertarte en tu cocina —constato, quedándome enganchada, durante unos breves instantes, al brillo de su mirada. Su mirada. Mis ojos. El rímel—. Maldita sea, debo de tener un aspecto horroroso —me quejo, llevando las manos a mi rostro al recordar que anoche me acosté totalmente maquillada—. Necesito ir al baño —farfullo, saliendo de la cocina a toda prisa y muriendo de espanto cuando llego al baño y contemplo mi aspecto—. Mierda —musito, observando la maraña en la que se ha convertido mi pelo, los restos del rímel en torno a mis ojos y el vestido completamente arrugado—. Todo es culpa tuya —lo acuso, sin volverme, cuando lo veo colocarse tras de mí a través del espejo.

—La culpa es tuya por elegir la película. Si hubieras elegido follar, te aseguro que ahora tendrías un aspecto totalmente distinto —contesta con voz ronca, pegándose a mi espalda, apresando mi cuerpo con sus brazos, sin molestarse en disimular su erección, que tengo clavada en mi trasero, «y, ¡¡por Dios!!, menuda erección», exclamo mentalmente, sintiendo cómo mi respiración se acelera junto con la suya, quedándome enganchada al brillo de su mirada que me devuelve nuestro reflejo.

—Dijiste que ibas a ir despacio —le recrimino, bajando la cabeza, posando la mirada en sus manos, porque son más seguras que el deseo que he visto en sus ojos.

Sus manos. Su respiración. Otro momento. Otro lugar.

—No estoy haciendo nada —me dice con voz grave, sacándome de mis pensamientos.

—Claro que sí, lo que tú digas —replico en un susurro, frenándome para no echar mi trasero hacia atrás y restregarme en ella, y ojalá pudiera recordar por qué hostias necesito ir despacio.

—Joder —masculla, alejándose de mí abruptamente—. Te espero en la cocina —me anuncia, saliendo del baño, y suelto todo el aire de golpe, sintiendo mi centro completamente empapado y mi respiración hecha un caos.

«Dos segundos más y hubiera caído —reconozco, llenando mis pulmones de aire con una fuerte inspiración—. Dos segundos más y me habría cargado todas mis razones para dejarme ir de una vez —asumo, cerrando la puerta para asegurarme un poco de intimidad—. Dos segundos más y, en lugar de estar sola en este baño, estaría enloqueciendo con él, y, no, no es eso lo que quiero —me digo, mojándome la cara—. No quiero un momento de calentón que me lleve a perder la cabeza y luego sentir que me he precipitado —concluyo, enjabonándolo para retirar los restos de maquillaje y rímel—. Quiero estar segura, de él, de mí, de nosotros como pareja.»

«Y sigue siendo un encanto, pero algo dentro de mí me está frenando y ni siquiera sé que es —admito, lavándome con agua el rostro para aclarar mi piel—. Puede que esté siendo una cobarde —asumo, cogiendo una toalla para secarme—. Puede que esté frenándome simplemente porque sigo temiendo el salto, porque estoy segura de que con él no habría medias tintas, solo hay que vernos, y sería todo de golpe, y pasaríamos de la nada al todo en cuestión de minutos, y temo eso. Temo el cambio. El riesgo. Volver a abrirle mi corazón y mi vida, a pesar de sus garantías de por vida.»

Una vez pensé que tras la nada estaba el todo, y ahora yo estoy ahí, en el borde de la nada... frente a la puerta del todo. «Y solo tengo que dar un pequeño salto para abrazarlo, tal y como anoche lo abracé a él», reflexiono, encaminando mis pasos hacia su habitación para coger mi abrigo, dando un par de pasos hacia atrás hasta instalarme en el centro de la nada, tan lejos como puedo del todo.

—Tengo que irme —anuncio con firmeza cuando lo encuentro en la cocina.

—¿No te tomas ni un café? —me pregunta con seriedad, atrapándome con su mirada, y niego con la cabeza.

—Todavía tengo que pasar por mi casa para cambiarme y...

—Y ya no serás la primera en encender la luz de Diseño, ¿verdad? —adivina, esbozando una media sonrisa, y si lo dejo seguir hablando volverá a liarme, porque es un encanto y porque sabe hacerlo como nadie.

—Ya nos vemos —me despido con sequedad, dirigiendo mis pasos hacia la puerta y, ¡maldita sea!, anoche no me fui porque no quería quedarme con la sensación de estar huyendo y, al final, es justo lo que estoy haciendo.

—Solo te falta echar a correr —suelta, de nuevo a mi espalda—. ¿Qué quieres, pelirroja?

«¿Qué quiero? Buena pregunta», pienso sin darme la vuelta, llenando mis pulmones de aire.

—Que dejes de estar por todas partes —afirmo de sopetón, volviéndome para mirarlo—. Que dejes de enviarme flores y que me dejes respirar. No puedes llegar, después de tanto tiempo, y querer cambiarlo todo de repente, y mucho menos pretender que sea como antes.

—Yo no pretendo nada —me rebate, endureciendo el tono de su voz—, y si sientes que es como antes, posiblemente será porque lo es.

—Me has preguntado qué quiero —musito, atrapando su mirada con la mía—. Quiero que te alejes de mí.

Y es el pasado y la María Eugenia que arrastraba la maleta la que ha alzado su voz.

* * *

Paso el resto del día sin tener noticias suyas y, por supuesto, sin recibir flores, «y, a pesar de que ha sido un deseo mío, lo echo de menos —admito, cabizbaja, de camino a mi casa, a última hora de la tarde—; echo de menos su sonrisa insolente, el brillo infinito de su mirada, del que me considero adicta, y su manera de liarme para salirse con la suya —reconozco, bajando la mirada hasta mis pies, recordando el masaje que me hizo anoche y cómo terminé luego adueñándome por completo del sofá—. Claro que fue como antes —prosigo el hilo de mis pensamientos—, porque seguimos siendo los mismos, a pesar de lo mucho que hemos cambiado», asevero, torciendo el gesto, echando de menos tener a mi hermana cerca para poder ir a martirizarla con mis agobios.

«Llevo casi cuatro años aquí y, a excepción de Noël, he sido incapaz de hacer amigos, al menos amigos de verdad —me digo con tristeza—, porque conocidos tengo muchos, y cuando asisto a una fiesta nunca estoy sola, pero amigos, con los que poder abrirme con total sinceridad, solo tengo a Noël... y él, ahora, está demasiado ocupado con Logan.»

«Dice que lo mandé a la mierda —pienso, reconduciendo mi discurso mental, esbozando una media sonrisa—, pero dudo mucho que hiciese algo así —me planteo, borrando mi sonrisa al recordar dónde estaba anoche y ver dónde estoy ahora; sola, de camino a mi casa—, y podría intentar convencerme de que es lo mejor, solo que, por primera vez, no tengo muy claro que sea así, y eso que solo han pasado unas horas desde la última vez que lo he visto.»

* * *

El jueves no se pasa por la cafetería para desayunar ni me envía flores al trabajo, algo que se repite de nuevo el viernes y durante las semanas siguientes, «y es como si se lo hubiera tragado la tierra —gimoteo, haciéndome con el móvil para acceder a su Instagram—. Ha subido un *storie* —me percato, abriéndolo para ver una pequeña mesa, de una cafetería. «De nuevo en París, tomándome un café con la vida, ¿te apuntas al plan?»

«¿Cómo que "de nuevo"? ¿Acaso se había marchado?», me pregunto, frunciendo el ceño. Bueno, ha sido Navidad, y puede que haya estado con su familia, celebrándola; de hecho, estoy segura de que habrá estado más tiempo que yo haciéndolo, que llegué el 24 por la tarde y me fui el 25 por la noche.

—¿Puedo? —me pregunta Noël, asomando la cabeza.

—Claro —le respondo, cerrando a toda prisa la aplicación.

—¿Todo bien? —inquiere, sentándose frente a mí.

—Tan bien como podría estar, ¿y tú? Casi no nos hemos visto últimamente, al menos, fuera del trabajo —le recrimino, intentando sonreír sin llegar a conseguirlo.

—Eso es porque siempre estamos en el trabajo —remarca, enarcando una ceja, y es completamente cierto, porque presentamos la colección de alta costura el 20 de enero y estamos trabajando incluso los fines de semana—. Además, ya sabes que últimamente estoy muy ocupado... —añade, guiñándome un ojo, sacándome de mis pensamientos—, pero sigo estando aquí; lo sabes, ¿verdad?

—Lo sé.

—¿Vas a contármelo?

—¿El qué? —le planteo, frunciendo el ceño.

—Lo que sea que te esté pasando y que te tiene apagada. ¿Ha sucedido algo que yo no sepa? —indaga, esta vez con seriedad.

—Nada —le digo, negando con la cabeza.

—¿Y Ciro? Porque, si mal no recuerdo, la última vez que hablamos de él me dijiste que ibas a tirarte de cabeza... y no has venido a contarme qué tal ha ido el salto —me dice, atrapando mi mirada con la suya.

—Sigo replegada en el puente —le confieso, encogiéndome de hombros—, y en realidad no iba a tirarme de cabeza, sino a buscar una escalera.

—Y no la has buscado y has estado evitándome —afirma, convencido.

—Y lo dice quien está prácticamente desaparecido —le recrimino de nuevo, acompañando mi comentario con una sonrisa.

—Porque tengo mucho tiempo que recuperar —replica, con una media sonrisa.

—Y, cuando dices *tiempo*, te estás refiriendo a *sexo*, ¿verdad? —le pregunto, divertida de repente.

—Me estoy refiriendo a todo en general —responde, también ahora con seriedad, acomodándose mejor en la silla—. ¿Te cuento una cosa graciosa? —me pregunta con la ironía tiñendo su voz—. Desde que Logan hizo pública su condición sexual, ha ganado contratos en lugar de perderlos. ¿Te das cuenta del tiempo que hemos perdido por culpa de temores estúpidos que al final no se han materializado?

—René Descartes, filósofo y matemático francés, dijo que su vida estuvo llena de desgracias, muchas de las cuales jamás sucedieron —le comento, intentando sonreír sin llegar a conseguirlo, porque esto me lo explicó él y porque es una verdad como un templo—. Y eso es algo que nos sucede a todos, o al menos a mí —le aseguro, convencida, encogiéndome de hombros.

—Pero porque sigues perdiendo el tiempo dándole peso a temores que posiblemente tampoco se materializarán, y no lo entiendo. Ni entendía a Logan entonces ni te entiendo a ti ahora —me reprocha con gravedad, sin permitir que me suelte de su mirada—. ¿Qué sucede? Porque siempre te has referido a él como al amor de tu vida y, ahora que lo tienes aquí, en París, en lugar de luchar por él, estás aquí, escondida en tu puente o, lo que es lo mismo, en este edificio.

—No estoy escondida, es solo que sentí que íbamos a pasar de cero a cien sin pasar por los números intermedios y... y me acojoné —le confieso, recordando la sensación electrizante de su erección en mi trasero—. Maldita sea, lo tenía por todas partes, allí donde yo estaba, estaba él, y encima me dormí en el sofá de su casa y fue como entonces... —suelto a toda prisa, levantándome para ir hacia la ventana, guardando luego unos segundos de silencio para ordenar todo lo que siento desordenado dentro de mí—. Me he acostumbrado a estar sola, a esto, a la seguridad que me proporciona mi trabajo, y, a pesar de que quiero estar con él y de que lo echo muchísimo de menos, hay una parte de mí que está acojonada porque no es un simple salto. Es *el* salto —le digo, volviéndome para mirarlo—. En serio, ojalá hubiera alguien detrás de mí para empujarme y obligarme a darlo.

—No necesitas que nadie te empuje, porque tú tienes los suficientes ovarios como para dar ese salto, solo tienes que cerrar los ojos y dejarte caer. Escúchame, es normal tenerle miedo al vacío del cambio, pero estás olvidando que tienes alas para volar y que estas se desplegarán solas cuando tus pies dejen de tocar el suelo.

—¿En serio crees que tengo alas? —inquiero, enarcando una ceja, porque no sé si lo sabe, pero eso es justo lo que no tienen las piedras.

—¿Puede la oruga volar? —me formula, sorprendiéndome—. No, si piensa que es solo una oruga, pero, cuando permite que la vida siga su curso, entonces se convierte en mariposa, y lo que nunca volverá a hacer será arrastrarse. Tú estás arrastrándote por la vida cuando podrías volar a su lado.

—Sí, claro. Es muy fácil hablar así siendo tú, pero, cuando se es como yo, créeme, no es tan sencillo; al final siempre termino haciendo lo que no deseo —le rebato, recordando las muchas veces que he permitido que mis razones vayan por delante de mis deseos.

—Siempre es un buen momento para cambiar —replica, sosteniéndome la mirada—. Él estará en la fiesta a la que tienes que ir mañana —me anuncia como si nada, llevándose mi aliento con esa frase.

—¿Cómo?

—Que estará allí, y es un buen momento para saltar.

—Ya te he oído, pero ¿cómo lo sabes?

—Porque ayer tuvo un shooting con Logan y, cuando terminaron, se fueron a tomar algo.

—Y tú te uniste a ellos después —adivino con acritud, cruzándome de brazos.

—Cuando llegué, estaban a punto de marcharse, pero me dio tiempo para ver lo que quería ver.

—¿Y por qué no me lo contaste?

—Porque ayer no había nada que contar y, que yo sepa, estoy aquí ahora.

—Habla —le ordeno con frialdad, regresando a mi silla.

—Me pareció un tipo de puta madre. Me confesó que fue de los muchos ilusos que creyó que éramos pareja al principio, y en ningún momento me ocultó que estuvisteis juntos. No sé por qué estás dudando tanto, ni sé qué más esperas de un tío, porque está claro que puedo equivocarme, pero me pareció de esa clase de personas por las que vale la pena dar tantos saltos como sea necesario y tú solo tienes que dar uno —me recrimina, dándole énfasis a sus últimas palabras.

—¿Qué más te contó? —le pregunto, omitiendo hacer comentario alguno al respecto.

—Poco más, y eso que fui bastante insistente, pero en eso os parecéis bastante. Hazme caso y deja de ocultarte en tu trabajo y aprovecha que mañana estará en la fiesta para coger su mano y dar ese salto. Puede que te dé menos miedo si él se lanza contigo, pero no pierdas más el tiempo —me aconseja, repantigándose en la silla—. Contéstame una cosa, ¿cómo te sentirías si mañana se marchara? Le pediste que te dejase en paz, imagina...

—¿Cómo sabes que le pedí eso? Porque yo no te lo he contado —lo corto, frunciendo el ceño.

—Me lo contó él y, ahora, contéstame: ¿cómo te sentirías si mañana cogiera sus cosas y se largara de aquí para seguir recorriendo el mundo? Porque, por si no lo sabes, odia París, y estoy seguro de que, si está aquí, es por ti.

—¿En serio lo crees? Porque hace más de un mes que no sé nada de él —replico con acritud—. ¿Qué más te contó?

—Poco más... que odia la lluvia, que echa de menos su moto y que ha pasado las Navidades en Menorca, con sus padres —me suelta como si nada.

—Pues ya sabes más que yo —le digo, endureciendo el tono de mi voz.

—Porque tú quieres. Contéstame: ¿cómo te sentirías si se largara?

—Mal, muy mal —reconozco, sintiendo cómo mi pecho se contrae ante esa posibilidad, que he valorado durante estas semanas.

Y durante un breve instante veo, en mi imaginación, ese lado de la balanza, que solo ha ocupado él, completamente vacío y, si está vacío, ahora, es por mí.

—¿Y no crees que eso debería ser suficiente motivo como para que tú sola dieras el salto? —me pregunta, levantándose para marcharse mientras una posibilidad cruza mi mente a gran velocidad.

—Espera, espera... tú siempre sabes más de lo que dices. ¿Hay algo que te estés callando? ¿Acaso insinuó que quería irse? —inquiero, sintiendo que, de repente, me ahogo ante esa posibilidad, porque acabo de darme cuenta, en este preciso instante, de que no quiero que se vaya y mucho menos que vuelva a desaparecer de mi vida, aunque ahora esté desaparecido.

—No, pero cuando nada te ata a un lugar, que encima no te

gusta, no te quedas mucho tiempo, es lógica pura. Tú estás aquí por tu trabajo, pero él puede hacer el suyo donde quiera, puede incluso mantener su estudio aquí y venir solo cuando le salga un curro interesante. Piénsalo —me aconseja, aferrando el pomo de la puerta—. Y, ahora, con el permiso de Dior y de la alta costura, ¿comemos mañana juntos y conoces a Logan? Ya va siendo hora, ¿no te parece? —me propone, con una sonrisa.

—Ya conozco a Logan —le digo, sintiendo cómo sus palabras resuenan una y otra vez en mi mente en forma de amenaza inminente.

—No es cierto. Tú conoces al Logan modelo, y yo quiero que conozcas a mi pareja. Te aseguro que no se parecen en nada —me suelta, sacándome de mis pensamientos.

—Sobre todo porque el Logan modelo que yo conocí era hetero, de cara a la galería, por supuesto —remarco con una sonrisa.

—Exacto. Oye, es importante para mí.

—Está bien, pero otro día, ¿vale? Tengo mucho trabajo pendiente y luego está esa fiesta. ¿Te veré por allí?

—Iré acompañando a Logan.

—Vaya... eso también es pasar de cero a cien saltándose todos los números intermedios —comento, sintiendo una sana envidia ante lo que está viviendo, «algo que yo podría vivir si me lo permitiera», admito con tristeza.

—Esos números intermedios de los que hablas no sirven para nada, solo para retrasar lo que va a terminar sucediendo de todas formas. Si cambias de opinión, llámame; que yo tenga pareja no significa que vaya a desaparecer de tu vida.

—Ya lo sé. Anda, lárgate, que es tarde.

—¿Y tú? ¿Vas a tardar mucho?

—A mí no me espera nadie en casa, no tengo prisa por llegar.

—Si no te espera nadie es porque tú no lo permites —incide con seriedad antes de salir de mi despacho.

Y es la pura verdad.

* * *

El sábado trabajo desde casa, sin poder dejar de recordar la fiesta que dio D'Elkann hace cinco años. El 12 de enero de 2015. Y puede que hoy no estemos a 12, porque eso ya sería el colmo de las casualidades, pero, oye, tampoco queda tanto. «Te he prometido que iba a dejarte en paz después de esta noche y tengo intención de cumplirlo. El día que dejes de actuar guiada por la cabeza y lo hagas dejándote llevar por lo que tienes aquí dentro, búscame», me dijo, llevando su mano hasta mi corazón. Y cumplió con su promesa y no volví a verlo hasta esa noche, en la que me mostró con sus labios cómo saltar de mi mundo al suyo.

Esta vez no ha tenido que cumplir con ninguna promesa, porque no ha habido ninguna de por medio, pero sí ha cumplido con mi petición, y maldito sea el momento en el que la formulé, porque no lo hice guiándome ni por la cabeza ni por el corazón, sino por los recuerdos, pero por los malos, los que yo quiero que pesen y los que aferro continuamente cuando lo que debería hacer es dejarlos ir de una vez.

«Todavía podría comer con Noël y Logan —me digo, consultando la hora, muy harta de mí misma y de mis pensamientos, que nunca cesan—. Al menos me distraería y dejaría de pensar en las ciento y una posibilidades que pueden suceder esta noche, pero ya le he dicho que no y no quiero estropear los planes que hayan hecho... y esto es solo una excusa para quedarme en casa a solas con mis nervios descontrolados, que son muchos», reconozco, saliendo a la terraza.

«¡Por Dios! Solo es él, como si fuese poco. Y lo que ocurra solo dependerá de mí —asumo, sentándome en la hamaca y aferrando la manta para cubrirme mejor—. Al menos este frío me viene bien para despejar la cabeza», agradezco, mordiéndome la cara interna de una mejilla, para volver a marcharme a esa noche tan lejana ya, para volver a revivir nuestros besos en el aparcamiento y mi «aquí no».

«No le gusta París —rememoro, dirigiendo la mirada hacia el cielo encapotado, encogiendo las piernas para cubrirlas mejor con la manta y oliendo la lluvia, que flota ya en el ambiente—. Y yo no quiero que se vaya. No quiero perderlo de nuevo», gimoteo, percibiendo cómo el latido de la tristeza llega para instalarse en mi garganta junto con las gotas de lluvia que han bajado del cielo para instalarse en mis ojos, y puede que no sean gotas de lluvias, sino lágrimas, pero qué más da cuando todo es agua.

Ser agua. Fluir. Dejarse ir.

* * *

Llego a la fiesta vestida con uno de mis diseños y, mientras sonrío a la prensa que se halla congregada en la entrada, contesto a sus preguntas, que siempre son las mismas, poso para ellos y saludo a unos y a otros ya dentro, mi corazón late desbocado en mi garganta ante la posibilidad de verlo en cualquier instante.

—No lo he visto —le comento a Noël, cerca de la oreja, una vez que estamos acomodados en una de las mesas.

—Yo tampoco —me contesta, recorriendo discretamente la enorme sala con la mirada.

—Pero te dijo que vendría, ¿verdad?

—Sí, exacto —me contesta cuchicheando.

—Pues está claro que no está aquí —susurro, claramente decepcionada, pues esta era la única posibilidad que no me había planteado.

Sonrío a todo el mundo, hablo con unos y con otros y finjo pasarlo bien cuando, en realidad, estoy deseando marcharme, a pesar de los muchos intentos de Logan, que es majísimo, y de Noël por hacerme sentir a gusto.

—¿Le queda mucho a esta fiesta? —le planteo a Noël en voz baja.

—Estás deseando irte, ¿no?

—¿Tan evidente soy?

—No, solo que yo te conozco demasiado bien —me responde, consiguiendo que una casi imperceptible sonrisa asome a mi rostro.

—Pensaba que lo vería —le confieso, evitando hacer partícipe a nadie de nuestra conversación.

—Todavía puedes verlo —me asegura con seriedad.

—No ha venido.

—Pero sabes dónde vive —replica, provocando que enmudezca y que mi corazón cambie de lado ante la posibilidad de ir a su casa.

«Sé dónde vive —constato, dirigiendo la mirada al frente—. Sé que lo quiero en mi vida y también que me da miedo el salto, pero me asusta más perderlo, ahora que puedo recuperarlo.»

«Lo evidente y lo sencillo es para todos; lo difícil y lo arriesgado, para mí», recuerdo, sumiéndome en mi silencio. Yo estaba convencida de mis palabras y compré el cuadro de la guerrera para no olvidarme de serlo, y ha llegado el momento de demostrarlo, de verdad; de dejar de esconderme en la seguridad de mi puente y de hacer a un lado esos números intermedios que no sirven para nada. «Se acabó quedarme en el centro de la nada por miedo al todo cuando yo deseé tener el universo frente a mí», sentencio, levantándome para ir en busca de mi deseo.

* * *

Llego a su casa cardiaca perdida y, frente a su puerta, siento cómo la decisión, que ha ido caminando a mi lado hasta ahora, da unos cuantos pasos hacia atrás. «Es tarde, muy tarde —me digo, consultando la hora—. Puede que esté durmiendo, seguro que está durmiendo —me reafirmo—, y no son horas para ir a casa de nadie», prosigo el hilo de mis pensamientos, sintiendo cómo el sudor nace en mi nuca y se desliza, suave, por mi espalda.

«Debería irme y volver mañana —pienso sin moverme—. Sí, debería marcharme, —me repito, llenando mis pulmones con una fuerte inspiración—, pero estoy aquí y, con lo que me ha costado dar el paso, debería acabar de darlo —me animo, alargando la mano para pulsar el timbre—. Y, ¡maldita sea!, me está temblando», me percato, oyendo de fondo cómo las puertas del ascensor se abren a mi espalda.

—¿Qué haces aquí? —oigo su voz, y me vuelvo para encontrarme con la seriedad de su mirada.

—Pensaba que te vería en la fiesta —le digo, observando el casco que aferra con una de sus manos—. ¿Te has traído la moto?

—No —me responde, escueto, con voz acerada, pasando frente a mí sin molestarse en aclararme nada más—. ¿Cómo has entrado en el edificio?

—Tus vecinos del tercero llegaban cuando lo hacía yo, he entrado con ellos —le aclaro, sintiéndolo lejos de mí, observando cómo abre la puerta.

—Si pasas, vas a tener que verme —me suelta con sequedad, permitiendo que vea la furia que anida en su mirada.

—Ya te estoy viendo —le rebato, empleando esa misma sequedad que está empleando él conmigo.

—Adelante, pues —me invita, con la dureza instalada en su voz, haciéndose a un lado para facilitarme el paso, y algo me dice que esta vez voy a tener que ser yo la que se esfuerce.

—Estás empapado —comento lo obvio, contemplando cómo las gotas de agua se deslizan por su chaqueta de piel para luego observar sus piernas, completamente mojadas.

—Estoy hasta los cojones de esta lluvia. Voy a ducharme —sisea entre dientes, pasando frente a mí para dirigirse al baño, y opto por quedarme en el salón, sintiendo cómo la calidez de su casa provoca un agradable hormigueo en mi piel—. ¿Y puedo saber a qué debo el honor de tu presencia? —me pregunta unos minutos más tarde, y me doy media vuelta para encontrarme con su mirada.

Está apoyado en el marco de la puerta, vestido con unos pantalones de pijama y una camiseta de algodón blanca de manga corta, descalzo y con el pelo mojado. Y, durante un breve instante, recuerdo la letra de esa canción que parece estar escrita para mí, porque sigo sin poder quitármelo de la cabeza y sigo necesitando aferrar el coraje, con ambas manos, pero, esta vez, no para seguir sin él, sino para empezar con él.

—Ya te dije que solía contradecirme continuamente. No me lo pongas muy complicado, ¿vale? —le pido, quedándome enganchada al azul de su mirada.

—Solo te he hecho una pregunta —me responde con aspereza.

—¿Te molesta que haya venido?

—Me molestan más otras cosas —me asegura, acercándose a mí, permitiéndome ver el color acerado del enfado bullendo en su mirada, y cuántas tonalidades puede abarcar el azul de sus ojos según las emociones que latan en cada momento en ellos.

—¿Como qué? —musito, ansiando ver otros azules y otras emociones.

—¿Qué haces aquí? —me pregunta sin contestarme.

—¿Tú qué crees?

—No tengo ni idea, pero lo que tengo claro es que no me gusta que jueguen conmigo. Oye, ya sé que la jodí muchísimo cuando te pedí espacio, como también sé que te jodió muchísimo que fuera sincero con lo que sentía al respecto, pero no me va el ahora sí y el ahora no; el ahora me marcho y el ahora regreso. Defínete de una vez y decide qué quieres, porque no estoy para tonterías y lo último que sé de ti es que querías que te dejara en paz.

Y si está intentando tensar la cuerda, lo está consiguiendo, y si Noël creía que yo tenía alas, estaba muy equivocado, porque está claro que he dado el salto y no estoy volando.

Capítulo 42

Ciro

—¿Y tú eres el que iba a ir tan despacio como necesitara? Pues, oyéndote, nadie lo diría —me recrimina con seriedad, encarándome.

Y, durante un instante, siento cómo la frustración más absoluta, la que me ha dominado durante estas últimas semanas, junto con el cabreo que nunca desaparece, se expande en mi interior para dominarlo todo un poco más.

—¿Qué quieres? —insisto, sin alejar mi mirada de la suya, oyendo el silencio instalarse entre nosotros... denso, pesado, asfixiante... como no he dejado de oírlo durante estas malditas semanas.

«Puede que por eso me haya comprado la moto —medito, endureciendo el gesto—, porque necesitaba dejar de oírlo, porque esta espera me tiene de los nervios y porque no sé qué pasos dar con ella», reconozco, sin permitir que se suelte de mi mirada, recordando cómo hoy he llevado la moto al límite, corriendo como hacía mucho que no corría, a pesar del frío y de la lluvia.

—No tendría que haber venido —murmura, echando a andar, y, cuando pasa por mi lado, aferro su brazo con fuerza.

—Pero, ya que lo has hecho, dime qué quieres —le pido con seriedad, atrapando su mirada con la mía de nuevo—. Dímelo, pelirroja, dime qué quieres —mascullo, ejerciendo más presión en su piel, sin permitir que aparte sus ojos de los míos, frenándome para no pegarla a mi cuerpo y sintiendo cómo todo vibra a nuestro alrededor durante los electrizantes segundos en los que nos sostenemos la mirada.

—A ti. Te quiero a ti —declara en un susurro casi imperceptible que yo oigo en forma de grito en mi pecho.

«Ya está. Ya lo ha dicho. Ya lo he oído», pienso, sin poder alejar mi mirada de la suya, sin poder moverme, sin poder reaccionar.

—Y, si no tienes nada que decir, me marcho —añade, de repente molesta, tirando de su brazo para soltarse, solo que no voy a permitírselo.

—¿Ya no quieres que te deje en paz? —inquiero, frenando mi sonrisa.

—Eres idiota.

—Pero eso ya lo sabemos los dos. Dime que estás segura y que no vas a cambiar de opinión —la presiono, tirando de su brazo para pegarla a mí de una maldita vez.

—Pues mira, no lo sé, porque, como sigas haciéndote tanto de rogar, igual me largo en busca de un tío refinado que vista como a mí me gusta, que juegue al golf y que beba whisky de veinte años —replica, pasando de estar molesta a estar cabreada en cuestión de segundos, «y eso fue lo que yo le dije a ella hace años», recuerdo de repente, frenando mi sonrisa.

—Qué aburrido —suelto, enarcando una de mis cejas.

—Qué sabrás tú.

—Lo único que sé es que no consigo sacarte de mi cabeza —le confieso entre dientes, moviéndome ligeramente para arrimarla a la pared, colocando las manos a ambos lados de su cabeza, evitando tocarla, evitando rozarla.

—Ciro —musita con voz entrecortada, bajando la vista hasta mis labios, dejando sus manos a ambos lados de su cuerpo, evitando tocarme al igual que estoy haciendo yo con ella.

Y durante unos segundos nos mantenemos con la mirada fija en el otro, con nuestros labios rozándose, como están haciendo nuestros cuerpos, con nuestros alientos encontrándose a mitad camino, deseando tocarnos sin llegar a hacerlo.

—Te dije que no iba besarte ni a tocarte si no lo hacías tú antes —le recuerdo con seriedad, sin alejar las manos de la pared y sin acercarme a su cuerpo, a pesar de que es justo lo que mi polla está reclamando.

Cuando lleva sus manos a la cinturilla de mis pantalones, para tirar de ella y pegarme finalmente a su cuerpo, siento cómo todo lo que ha estado detenido, a la espera, grita su nombre, con un hambre voraz que me ciega a todo lo que no sea ella.

—Pelirroja —siseo a modo de advertencia cuando sus labios rozan los míos, y solo está siendo un puto roce que está incendiando cada una de las células de mi cuerpo.

—¿Qué? —murmura, moviéndose para acercarse más a mí, con sus manos subiendo por mi cuerpo hasta enredarse en mi pelo, tirando de él como tantas veces tiré yo del suyo. Cuando siento su sexo rozar el mío, me dejo de hostias para estrellar mis labios contra los suyos de una maldita vez y llenar mi cabeza con el sonido de sus gemidos.

La beso con ansia, buscando su lengua con la mía, desesperado por comerme sus labios, su boca y a toda ella; desesperado por tocarla, por tenerla desnuda de nuevo entre mis brazos; desesperado por follármela, por hundirme dentro de ella, una y otra vez, pero deseando, al mismo tiempo, alargar este momento tanto como pueda, porque lo he deseado demasiado.

—Ciro... —gime en mis labios, siguiendo mi ritmo cuando impulso las caderas hacia delante mientras mis manos buscan la cremallera del vestido sin llegar a encontrarla.

—¿Dónde cojones está la cremallera? —mascullo entre dientes, sin separar mi boca de la suya ni mi cuerpo un milímetro del suyo mientras mis dedos se deslizan por sus costados, en busca del maldito cierre.

—Detrás, está detrás —me indica, y con celeridad la libero de la prisión de mi cuerpo para darle la vuelta y liberarla de este trozo de tela que está impidiendo que toque lo que más deseo.

«La hostia», atino a pensar cuando la prenda cae al suelo, mostrándome lo que no he dejado de ver a través de mis recuerdos.

—Joder, pelirroja —suelto con admiración, posando mis manos en sus caderas para pegar su culo perfecto a mi polla.

«Necesito tocarla», me digo, sintiendo cómo mi cuerpo tiembla de pura necesidad ante lo que tengo frente a mí. Ella. En toda su extensión. En toda su magnificencia. Y sin poder frenarme más, deslizo una de mis manos hasta llegar a su sexo, colando dos de mis dedos por el interior de la prenda hasta encontrar su humedad y arrancarle los mismos gemidos que retumban en mi pecho.

—Sí, sí... —gime, arrimando su trasero a mi sexo, frotándolo contra mi polla y arqueándose mientras mis dedos se pasean por sus pliegues.

«Debería frenarme y llevarla a la cama, solo que no puedo parar», reconozco, empezando a masturbarla con los dedos, gimiendo con ella, mientras mi otra mano atrapa uno de sus pezones y mis labios buscan su boca.

«Joder. Joder», exclamo en mi cabeza mientras la masturbo, deseando cientos de cosas al mismo tiempo.

—Ni se te ocurra —me advierte, llevando su mano a la mía para impedir que la aleje de su sexo cuando voy a retirarla para llevarla a la cama, al sofá o a cualquier lugar donde pueda tenerla en posición horizontal—. Termina —me ordena con firmeza, moviendo sus caderas en busca de ese placer que nos está absorbiendo a ambos.

—Córrete en mi boca —le pido, pegándola más a mí antes de hundir mi lengua en la suya, arrancándole un jadeo con mi petición o con mis dedos o yo qué coño sé, porque solo puedo sentir mi desesperación nublando mi cabeza, y es una desesperación que en nada se parece a otra que sentí hace tiempo, a pesar de ser la misma palabra.

Sin esperar respuesta, alejo mis dedos de su sexo y la alejo ligeramente de mi cuerpo para darle la vuelta hasta tenerla de nuevo frente a mí y, sin permitir que se suelte de mi mirada, la desprendo del tanga para caer de rodillas frente a ella, «porque eso es justo lo que acabo de hacer», admito antes de venerar el origen de mis desvelos.

«Voy a chuparla hasta que sus gritos se oigan en todo París —me prometo, aferrando sus caderas con fuerza antes de llevar mis labios a los suyos y enloquecer con el primer lengüetazo—, y cómo había deseado esto», asumo antes de empezar a lamer su sexo como si me fuera la vida en ello. Lo chupo y lo succiono con ansia, con avaricia y con esta desesperación que parece haberse adueñado de mi interior mientras sus dedos se hunden en mi pelo y sus gemidos y sus gritos se incrementan según se acerca el orgasmo y, cuando explota en su interior y en mi boca, dejando sus piernas flácidas, la sujeto con ambas manos para seguir chupando y llevarme con mi lengua y mis labios su placer.

—Por Dios —oigo que dice, maravillada, con la respiración alterada.

—Esto no ha sido nada, pelirroja, lo bueno viene ahora —le aseguro, levantándome para ir en un busca de un preservativo y poder follármela de una puta vez—. A la cama —le ordeno entre dientes, sintiendo cómo mi cuerpo y mi polla tiemblan ante lo que nos espera.

Capto sus pasos tras de mí mientras me esfuerzo por tranquilizarme, porque, como no lo haga, esto va a acabar muy pronto, «y ni de coña, con lo que lo he deseado», me digo, abriendo el cajón de la mesita para sacar un condón.

—Dime que en realidad esto no es necesario y que sigues llevando el DIU —le pido, enarcando una de mis cejas, atrapando su mirada con la mía desde el otro lado de la cama.

—Es necesario —responde con una media sonrisa, y niego con la cabeza, deslizando la vista por su cuerpo desnudo..., su piel pálida, sus pechos tersos y sus pezones sonrosados hasta terminar mi recorrido en su sexo, donde detengo el recorrido.

—Joder —musito, soltando todo el aire de golpe, deseando chuparlo de nuevo, colocándome el preservativo con celeridad y haciéndole un gesto con la cabeza para que se tumbe.

«Mataría por saber qué decir —pienso, tendiéndome sobre ella—. Por tener a mi alcance las palabras adecuadas que definiesen todo esto que estoy sintiendo, porque no es solo sexo lo que nubla mi cabeza, es todo lo que he ido deseando durante todos estos años, todo lo que he ansiado estas últimas semanas, en las que me he mantenido alejado de ella, y todo lo que siempre he querido desde que la vi entrar en esa chocolatería —admito, quedándome enganchado a su mirada mientras mis manos buscan las suyas—. Solo espero que sepa leerme, como yo sé leerla a ella —me digo, colocándolas por encima de su cabeza, sintiendo al fin su piel junto a la mía—, porque todo esto que llena mi pecho está llevándose mi capacidad de hablar», asumo, accediendo lentamente a su interior. Y si antes me ha dominado la necesidad, ahora solo me mueve el querer.

Querer y quererla bien para que, si queda alguna de esas malditas dudas que la han mantenido alejada de mí, desaparezca finalmente. Quererla bien y tanto como pueda para que esté tan segura de nosotros como lo estoy yo. Quererla bien, tanto como pueda y todavía más, para que se sienta segura entre mis brazos. Más. Como nuestra canción. Más. Lo que siempre he querido con ella. Ella. «La única mujer a la que he querido de verdad y la única capaz de restablecer la calma en mi interior y eliminar ese cabreo que mis muchos cafés con la vida no han conseguido diluir», asumo, gimiendo con ella, moviéndome con ella, sin poder separar mis labios de los suyos mientras nuestros cuerpos incrementan su ritmo y todo lo que somos se encuentra por el camino para estallar juntos en un orgasmo que consigue que todos los cimientos de París tiemblen con nosotros.

—Cásate conmigo —le pido con voz ronca, alzando la mirada para encontrarme con la suya.

Y por fin mis palabras han encontrado el camino de salida.

Capítulo 43

María Eugenia

—¿Cómo? —musito, necesitando oírlo de nuevo, viendo mis alas desplegarse, y son unas alas infinitamente más bonitas de lo que hubiese podido imaginar.

—Que te cases conmigo —me repite con seriedad, consiguiendo que mi corazón lata un poquito más rápido.

—No —le respondo, esbozando una sonrisa, sintiendo cómo abrazo el todo mientras nuestros dedos se mantienen enlazados y su mirada sostiene la mía, o quizá sea la mía la que está sosteniendo la suya, pero qué más dará cuando lo siento tan dentro de mí.

Tan dentro de mí como ha estado su recuerdo durante estos años. Tan dentro de mí como ha estado todo lo que no he dejado de sentir por él. Tan dentro de mí como lo tengo ahora. Ahora que estoy volando a su lado.

—¿Por qué? —me pregunta, sin moverse y sin permitir que nuestras miradas se alejen.

—Porque no podemos pasar de cero a cien en una noche y porque no es sensato —le contesto, sonriendo de nuevo.

—Y, eso, ¿quién lo dice? —me plantea, frunciendo el ceño, y adivino su sonrisa llegar para esconderse en la comisura de sus labios. Como antes. Como si no hubiesen pasado los años. Tan insoportablemente nosotros. Tan perfecto como lo sentí entonces.

—Yo, ¿te parece poco? —replico, ensanchando la mía.

—Contéstame una pregunta. ¿Me quieres? —me plantea, esta vez con seriedad.

—Estoy aquí, ¿no?

—No te he preguntado dónde estás, te he preguntado si me quieres —insiste, sin permitir que mi mirada se suelte de la suya, como nuestras manos. Unidas, tal y como están nuestros cuerpos.

—Claro que te quiero.

—Y, si yo te quiero más que entonces y entonces íbamos a casarnos, ¿dónde está el problema? Vivamos juntos, pelirroja, y casémonos. Ya hemos perdido suficiente tiempo.

—¿Y entonces ganarás? —indago, quedándome enganchada al brillo de sus ojos, viendo, en mi imaginación, a ese niño rubito sonreírme.

Puede que sí que puedas tenerlo todo en la vida si eres paciente y confías en que tus alas se desplieguen solas, en cuanto tus pies dejen de tocar el suelo, aunque no sepas ni que eres mariposa.

—¿Te confieso una cosa? —inquiere, mordiendo con suavidad el lóbulo de mi oreja.

—¿Qué? —musito con voz entrecortada, rodeando su cintura con mis piernas, necesitando sentirlo tan cerca y pegado a mí como pueda.

«Él abrió una cicatriz en mi interior que yo cosí con lágrimas y él ha sido el único que ha podido cerrarla de verdad —me percato de repente, sintiendo cómo su marca desaparece con todo lo que estamos sintiendo, que es tanto que es imposible de definir—. Y cuánto me ha costado cuando era tan sencillo. Tan sencillo como dar el paso. Tan sencillo como dar el salto. Tan sencillo como abrir tus alas y volar.»

—Este juego no tiene final —me dice, buscando de nuevo mi mirada con la suya—, porque siempre voy a querer más contigo; voy a querer vivir contigo, voy a querer casarme contigo, voy a querer tener hijos contigo, voy a querer envejecer contigo y voy a quererlo todo contigo, así que nunca voy a ganarte, pero siempre voy a llevarte ventaja —me confiesa, instalando un latido difícil de definir en mi garganta, porque yo nunca quise tener hijos hasta que ese niño rubito llegó, con su impermeable rojo y sus botas de agua, para saltar en los charcos y luego correr hacia mí.

—Mi vida es un caos para tener hijos —susurro.

—Estás olvidando que la mía no lo es. Vamos a casarnos y a ver qué pasa —suelta con insolencia, arrancándome una sonrisa enorme.

—No voy a casarme contigo, al menos, no por ahora.

—Cómo te gusta hacerte de rogar, pelirroja —se queja, moviéndose ligeramente para morder mi cuello—. Vamos a casarnos y no hay nada más que hablar. Por cierto, Noël está de acuerdo conmigo —me dice como si nada, moviéndose para salir de mi interior y dirigirse al baño.

—¿Cómo? ¿Qué pinta Noël en todo esto? —indago, siguiéndolo a toda prisa.

—¿He dicho Noël? Me habré confundido —me replica con una sonrisa, accediendo a la ducha, y me meto en ella sin pensarlo dos veces, dejándome llevar por esa costumbre que teníamos de ducharnos juntos—. Dime que la ducha de tu casa es más grande que esta —me pide con voz ronca, aprisionándome contra la pared con su cuerpo, pegando su enorme erección a mi sexo y llevándose mis palabras con ella, con sus manos y con sus labios.

—Ciro —gimo en su boca cuando me alza con fuerza, haciendo que enrosque mis piernas en su cintura.

Y qué bien suena su nombre en mis labios cuando durante años he sido incapaz de pronunciarlo en mi mente.

—¿Por qué crees que vivo justo encima de la cafetería en la que desayunas a diario? —me plantea, aferrando mis caderas con fuerza, atándome a su mirada con la fuerza de la suya.

—No lo sé —murmuro, buscando el roce de su sexo con el mío, provocándolo, deseándolo, invitándolo a acceder a mi interior mientras el agua rompe sobre nuestras cabezas.

—Te he echado tanto de menos que solo puedo pensar en esto —me confiesa con la voz cargada de deseo, accediendo a mi interior con una estocada seca y certera, arrancándome un grito de placer cuando siento su sexo llenándome por completo, sin nada que nos prive de la sensación de sentirnos de verdad. Piel con piel.

—Diossss —jadeo, aferrándome a su espalda, siguiéndole el ritmo con las caderas, sin poder despegar mis labios de los suyos. Rápido. Fuerte. Delirante —Sí, sí, síííííí —grito, dejándome llevar por él y por todo lo que su cuerpo está provocando en el mío.

Siete, ocho, diez, doce... «más, más, más», pienso, besándolo con avaricia, con mi lengua enroscada con la suya, con mis manos aferrando su piel, «tan mío, tan nosotros», deliro, alejando mi boca de la suya para lamer su cuello de un lengüetazo mientras sus dientes apresan la piel de mi cuello y nuestras caderas se buscan y encuentran. Tan lascivo y caliente como nuestros cuerpos reclaman. Tan lascivo y caliente como deseamos. «Tan insoportablemente nosotros», pienso, dejándome llevar por este deseo primitivo que está adueñándose de mi cuerpo. Grito, de pura admiración, cuando el orgasmo más violento y brutal de mi vida llega para llenarme por dentro, echándolo de menos cuando me suelta y sale de mi interior, para dejarse ir sobre la piel de mi vientre.

—Y eso que esta ducha es pequeña —le digo con voz entrecortada, sintiendo cómo la ternura, el cariño y el amor más puro llegan para ahogarme cuando esconde su cabeza en mi cuello, cuando sus brazos envuelven mi cuerpo y los míos el suyos. Y de nuevo, y por fin, tengo sus pies frente a los míos. Y de nuevo y por fin, estamos abrazados. Como antes y como tantas veces vamos a hacer a partir de ahora—. Sí —susurro, moviéndome ligeramente para buscar su mirada.

—Sí, ¿qué? —me pregunta, descansando su frente en la mía.

Y ahora es cuando, de verdad, tengo el universo frente a mí. Un universo libre de dudas, libre de recriminaciones, libre del pasado. Un universo lleno de estrellas brillantes, de nebulosas y de constelaciones. Un universo de posibilidades en el que él y yo dibujamos una nueva constelación, la de dos amantes abrazados, la de dos corazones latiendo al mismo tiempo, la de dos miradas encontrándose.

—Sí a todo lo que venga —murmuro, esbozando una sonrisa y dibujando otra en su mirada, y es más brillante que todas las estrellas que puedas ver en el cielo.

—Joder, cómo te quiero —susurra con voz ronca.

—Y yo más, mucho más —musito, buscando sus labios con los míos.

Y puede que sea lo menos sensato del mundo y que estemos pasando de cero a cien en apenas unas horas, pero ¿para qué vamos a esperar cuando ya hemos esperado tanto?

* * *

—¿Por qué has dicho antes lo de Noël? —le pregunto, una vez fuera de la ducha, mientras nos secamos, «y ni siquiera recuerdo cuándo he empezado a sonreír», me percato, sin poder borrar la sonrisa de mi rostro, y esta es otra de sus muchas facultades. Hacerme sonreír todo el tiempo.

—Pocos días después de la boda de Valentina, tu amigo se puso en contacto conmigo a través de Instagram —me cuenta, acercándose a mí, con una sonrisa cargada de promesas que expande la mía—. Me preguntó qué sentía por ti y se ofreció a ayudarme si le prometía que no volvería a hacerte daño —me revela, esta vez con seriedad.

—¿Cómo? —le formulo, alucinada, mientras él aprisiona mi cuerpo entre la encimera del baño y su cuerpo.

—Me dijo que seguías loca por mí y que lo único que deseabas era volver conmigo, que no dejabas de pensar en mí y que no podía más porque no dejabas de darle la tabarra a todas horas sobre lo mucho que me echabas de menos...

—Ya quisieras —lo corto, divertida, a pesar de que hasta que ha llegado a la parte de «darle la tabarra» he creído que era cierto.

—Vas a casarte conmigo, pelirroja, y has aceptado todo, ¿de verdad crees que miento? —me rebate con insolencia, pegándose más a mí y humedeciendo mi sexo cuando acerca su erección a este—. Y no eres la única, porque lo único que me ha movido estos años ha sido el deseo de volver contigo y de tenerte así, como te tengo ahora —musita, atrapando mi pecho con una de sus manos, tirando de un pezón y alterando mi respiración en apenas un segundo.

—Ya, pero Noël no te dijo eso —niego, con voz entrecortada.

—Cierto, pero ¿no te han dicho nunca que hay que saber leer entre líneas? —me pregunta con insolencia, frotando su sexo con el mío—. Vamos a follar mucho, pelirroja —me asegura, dándome la vuelta y arrancándome un gemido cuando me aferra por las caderas con esa fuerza que mi cuerpo siempre va a reclamarle al suyo.

—No tengo nada que objetar al respecto —jadeo, alzándolas para invitarlo a entrar, como no dejo de hacer durante toda la noche.

Una noche llena de besos y de sexo, de más besos y de más sexo. Una noche en la que apenas dormimos, porque no podemos dejar de besarnos y tocarnos. Una noche en la que nos descubrimos de nuevo, porque somos los mismos pero distintos, con más ganas «y que nunca nos falten», pienso, atrapando sus labios cuando repta de mi sexo hasta mi boca. Más. Siempre más.

* * *

Despierto entre sus brazos y, no sé por qué, lo primero que viene a mi mente es un *post* que subió a Instagram.

—¿Qué hora es? Es de día —susurro, sabiendo que está despierto—. ¿Qué día es? Hoy —prosigo en voz baja, mordiéndome el labio inferior.

—Eso es mío —oigo que me dice, y alzo mi rostro para encontrarme con el suyo.

—Y los corazones naranjas, los míos —le confieso, maravillándome ante lo guapísimo que es incluso recién despierto.

—¿Cómo? —me pregunta, frunciendo el ceño mientras yo le dedico su sonrisa, la que él quería patentar y la que yo había olvidado cómo se dibujaba—. Esa sonrisa era mía —musita con la seriedad que se adueña de tu voz cuando la emoción llega para ahogarte.

—Sigue siendo tuya —le aseguro, reptando por su cuerpo para buscar sus labios y darle un dulce beso, y, qué curioso, pero, cuando estoy con él, siento que dejo de ser la María Eugenia que todo el mundo conoce para ser solo pelirroja, su pelirroja, y qué distinta es esta mujer de la otra, a pesar de ser la misma—. Noël me mostró un día tu Instagram y empecé a seguirte, con un perfil falso. Primero solo miraba tus *posts*, luego me atreví a darle «Me gusta» a uno de ellos y más tarde empecé a comentarlos con un corazón naranja. Tú ponías un tulipán y yo, un corazón —le cuento ante su silencio.

—¿Por qué un corazón naranja?

—¿Y por qué un tulipán?

—Porque me recordaba a ti y es una flor que asocio a nosotros y a todo lo que vivimos, y también porque te echaba de menos. Supongo que encontré esa forma de decírtelo, a pesar de que no tenía ni idea de si seguías mis trabajos o no —me cuenta con seriedad, impidiendo que aleje mi mirada de la suya—. Con todo lo que nos quisimos y perdimos por completo el contacto. Yo seguí con mi vida y tú, con la tuya, y era como tener un agujero en el pecho por donde mi cabreo fluía sin parar y por donde mis ganas se esfumaban. Sé que te dije que, si después de intentarlo no lo conseguía, seguiría con mi vida, pero no es lo mismo seguir que vivir; te aseguro que no se parece en nada.

—A mí lo único que me movía era mi trabajo —le confieso, guardando unos segundos de silencio—. He estado cabreada contigo durante todos estos años, pero eso ya lo sabes —añado, permitiendo a la tristeza instalarse en mi pecho.

—Y, a pesar de ello, me seguías por Instagram y comentabas mis *posts* con un corazón naranja. ¿Por qué un corazón si estabas cabreada?

—Porque, por muy cabreada que estuviera contigo, también seguía enamorada de ti, sigo —rectifico cuando enarca una de sus cejas—. Muchas mujeres comentaban tus fotos con un corazón rojo, y yo no quería ser como todas; además, soy pelirroja y, no sé, supongo que yo también encontré esa forma de decirte que seguía queriéndote, aunque era evidente que no ibas a saber que era yo, porque ni siquiera tenía una foto de perfil —le confieso, alzando una de mis manos para llevarla a su pelo, demorándome en su suavidad y ensombreciendo el gesto al recordar las muchas veces que lo eché de menos, las muchas veces que pensé en él, casi de manera obsesiva, y las muchas veces que deseé estar así—. Me he contradicho infinidad de veces, deseando una cosa y luego haciendo otra completamente distinta, y yo también entiendo por qué lo hice en cada momento, pero... qué mal lo he hecho yo también.

—A veces necesitamos equivocarnos y contradecirnos muchas veces para saber lo que queremos —me contesta mientras bajo la mirada, consciente de que he perdido un tiempo precioso por culpa de unos miedos que, ahora entre sus brazos, no temo en absoluto; es más, ni siquiera soy capaz de verlos.

—Ya, creo que en eso soy una experta.

—Y yo soy un experto siguiéndote por Internet.

—¿Cómo? —musito, esbozando una sonrisa.

—Nunca me he perdido ninguno de tus desfiles, ni ninguna de las entrevistas que has dado, y no importaba dónde estuviera o lo que estuviese haciendo, porque siempre encontraba un hueco para verte y oír tu voz —me explica, hundiendo sus dedos en mi pelo para pegar mi frente a la suya—. He soñado tantas veces con esto que, ahora que te tengo aquí y no tengo que verte a través de una pantalla... no puedo creerlo. Joder, pelirroja, cómo nos hemos equivocado —se queja entre dientes.

—Ya lo sé —susurro, moviéndome para cobijarme entre sus brazos.

—¿Sabes lo que he aprendido de todo esto?

—¿Qué?

—Que nunca más voy a volver a dar las cosas por hecho. Cuando te pedí tiempo, pensé que siempre estarías ahí, esperándome, como si fuera tan sencillo como aparcar la moto y luego regresar, darle al contacto y empezar a correr de nuevo, como si no hubiese estado detenida durante meses. Te aseguro que nunca más voy a caer en ese error y que nunca, jamás, voy a dar nada por hecho.

—Tú no estabas listo cuando viniste la primera vez, ni yo tampoco —le comento, recordando su mirada cerrada y todo lo que sentí—. Puede que esos cafés con la vida no hayan conseguido eliminar tu cabreo del todo, pero te han devuelto el brillo de la mirada —le digo mientras él guarda silencio, sumido en sus pensamientos.

—Quiero hacer un viaje contigo. Solos tú y yo, con la furgoneta —me plantea de repente—. Quiero tomarme un café con la vida, pero contigo a mi lado.

—¿Sin baño y sin una ducha en condiciones? No sé... no acabo de verlo —le suelto, divertida, provocando su carcajada—. Además, en la cafetería de ahí abajo hacen el mejor café del mundo.

—Has dicho que sí a todo —me recuerda con una sonrisa insolente—. Solos tú y yo, pelirroja, bañándonos desnudos en ríos, descubriendo cataratas y paisajes alucinantes, entre colección y colección, antes de que llegue la niña pelirroja —prosigue, llenando su mirada del brillo del universo—. Piénsalo y luego dime que sí —me pide con una sonrisa desdeñosa mientras lo miro sin poder reaccionar.

—¿La niña pelirroja? —repito cuando consigo hacerme con las palabras—. ¿Qué niña pelirroja?

—La que vamos a tener tú y yo dentro de un tiempo —me asegura, totalmente convencido.

—¿Y qué pasa si es un niño rubito como tú, con tus ojos azules, al que le guste saltar en los charcos?

«Y no puedo creerme que lo haya dicho en voz alta», me admiro, sintiendo algo tierno subir por mi pecho.

—Que nos lo quedaremos, no vamos a devolverlo, pero luego vendrá la pequeña pelirroja, ya lo verás —contesta, y está tan seguro de ello que solo puedo sonreír.

Un niño rubito y una niña pelirroja; bueno, quién sabe.

—No pienso llamarla María Eugenia —le aseguro, y, de nuevo, no puedo creerme que lo haya dicho en voz alta.

—¿En serio? Con lo que me gusta ese nombre —se burla, arrancándome una carcajada.

«Y estamos hablando de hijos, no me lo puedo creer», alucino, viendo ese lado de la balanza empezar a inclinarse solo con las posibilidades y su presencia.

—Ya lo decidiremos entonces. —Y estoy completamente segura de que no pienso llamarla como yo; vamos, ni muerta—. Cuéntame lo de Noël, y ahora ya sin inventarte nada —le pido, apoyando la cabeza en su pecho, inspirando la fragancia de su piel, la fragancia del hogar que te hace sentir bien y en calma, «y qué tonta he sido al negarme esto durante tanto tiempo».

—Ya te lo expliqué ayer. Se ofreció a ayudarme si iba a ir en serio contigo, le pregunté por qué y me dijo que porque te merecías ser feliz —me confiesa con seriedad—. Me contó dónde vivías, a pesar de que ya lo sabía, y ha ido informándome, día tras día, de tus horarios, por eso coincidíamos tanto al principio y por eso vivo aquí, tan cerca de tu casa y justo encima de la cafetería en la que desayunas, a pesar de que no me gusta nada este piso.

—¿En serio? —inquiero, incorporándome.

—Y tan en serio. Estoy deseando largarme de aquí —suelta con una sonrisa desdeñosa.

—Eres idiota —musito, sonriendo tanto como es posible hacerlo.

—Ya, pero soy el idiota que va a casarse contigo y que va a ser el padre de tus hijos —me dice, moviéndose con rapidez hasta quedar sobre mí, placándome con su cuerpo.

—Cierto —susurro, quedándome enganchada al azul de su mirada. El azul del deseo. El azul de la combustión completa. El azul de mis recuerdos y el azul perfecto, porque no hay un azul más perfecto que el suyo.

—Ayer me quedé esperándote en la fiesta —le explico, abriendo las piernas para encajarlo entre ellas, soltando un gemido cuando noto su sexo junto al mío.

—¿Por eso ibas tan elegante, porque venías de una fiesta? —me pregunta, empezando a mordisquear mi cuello, consiguiendo que vuelva a respirar entre gemidos.

—Claro, y me quedé esperándote —le recrimino, moviendo mis caderas para frotar mi sexo contra el suyo—. Le comentaste a Noël que irías —le recuerdo, sabiendo que tengo una conversación pendiente con mi amigo. Con que no sabía nada...

—No es verdad, ni siquiera sé de qué fiesta hablas. Me parece que tu amigo te tendió una pequeña trampa —me rebate, levantando mis piernas hasta dejar mis tobillos sobre sus hombros, «y está imponente y voy a casarme con él».

—¿Para qué iba a hacer eso? —inquiero con voz entrecortada, sintiendo mi sexo completamente empapado.

—¿Tú qué crees? Estás aquí, ¿no? —me plantea con voz ronca, aferrando mis caderas con fuerza y accediendo a mi interior de un empellón.

—No te has puesto el preservativo —musito, echando la cabeza atrás, aferrando las sábanas y sintiendo el fuego más caliente crecer en mis entrañas hasta expandirse por todo mi cuerpo.

—¿No me digas? —replica, apretando la mandíbula y empezando a bombear dentro de mí, siendo él quien me maneja mientras yo solo puedo gemir y gritar, completamente inmovilizada por sus manos y su cuerpo.

Respirar, vivir y sentir intensamente. Gritar, gemir y retorcerse cuando el placer más ardiente te llena por completo. Exprimir el ahora y que nada importe. Solo él y yo. Él. Mi hombre de anuncio.

—Más, más, mááássss... más fuerte —le pido entre gritos, y él incrementa el ritmo de sus acometidas, dándome lo que le estoy exigiendo.

Cuando el orgasmo brota en mis entrañas, me arqueo con un gemido largo, echando la cabeza hacia atrás, sintiéndolo explotar en mi interior, rindiéndome a él y permitiendo que me arrastre consigo a ese lugar increíble donde solo resuena su nombre mientras él sigue con sus acometidas, centrado ahora en alcanzar su cumbre y saliendo de mi cuerpo con rapidez para dejarse ir sobre mi vientre con un rugido cuando llega a ella.

—Otro día no voy a apartarme, pelirroja —me advierte con voz entrecortada, mientras que yo solo puedo maravillarme ante la visión de su cuerpo; de su pecho subiendo y bajando con rapidez, de sus abdominales marcados, de los músculos de sus brazos y de todo él, que es perfecto, al menos para mí.

—Espera al menos a que estemos casados —le pido, quedándome enganchada a la promesa que reside en su mirada, siendo tan yo y tan piedra enorme frente a él.

«Y, a pesar de ser frustrantemente cuadriculada, no lo he frenado ni lo he apartado ninguna de las veces que se ha adentrado en mi interior libre de protección», me percato, viendo ese lado de balanza, hasta ahora vacío, cada vez más inclinado con el peso que él le aporta.

—Pues entonces vamos a tener que casarnos muy pronto.

Ven, vamos a ducharnos —me pide, tirando de mi mano para ayudarme a levantarme.

—Ya sé que te he dicho que sí a todo, pero creo que deberíamos esperar un poco hasta ver cómo se nos da esto de estar juntos de nuevo. Sé que antes se nos daba bien, pero han pasado cuatro años, yo tengo un trabajo que exige toda mi atención y mi tiempo, y tener un hijo es una decisión muy importante que no se puede tomar a la ligera —le digo de camino al baño, percibiendo la fuerza con la que está aferrando mi mano.

—Un hijo, no, dos —me rectifica con una sonrisa, una vez llegamos a él, empezando a limpiar mi vientre con un trozo de papel.

—Más motivo todavía —le rebato, sintiendo cómo la intimidad llega para envolvernos junto con todo lo que siento por él, que es tan infinito como el universo en su totalidad.

—Oye, ya sé que los años que han pasado —me dice con seriedad, atrapándome con su voz y su mirada—, y sé que, si antes estabas insoportablemente ocupada, ahora lo estás más, pero también sé que seguimos siendo los mismos cuando estamos juntos, sé que te quiero más que antes, y eso que antes te quería un huevo, y que estos años han sido solo una coma, un espacio o un paréntesis, en nuestra relación. Te aseguro que no nos estamos precipitando, aunque lo creas, y simplemente estamos retomando nuestros planes y nuestra vida donde la dejamos, y puede que tu trabajo te exija todo tu tiempo y toda tu atención, pero el mío no, porque yo manejo mi agenda a mi antojo.

—Ya lo sé, pero...

—A ver, ¿cuál sería el orden correcto para ti? —me pregunta mientras apoyo una planta del pie sobre el empeine del otro, porque se me están quedando helados—. ¿Vivir cada uno en su casa, durante unos meses, antes de estar completamente seguros de que esto tiene futuro y de que podemos vivir juntos? ¿Y, tras estar unos años conviviendo, entonces nos casaremos y esperaremos un poco más antes de tener hijos, para asegurarnos de que no nos estamos equivocando? ¿Es así? Porque eso es lo que hacen todos y lo que tenemos que hacer nosotros también, ¿estoy en lo cierto?

—Supongo que sí —le confirmo, a pesar de que suena ridículo oyéndolo de sus labios.

—¿Y por qué crees que lo que hacen todos es lo correcto para nosotros? ¿No se te ha ocurrido pensar que quizá hemos recorrido un camino distinto al suyo y que lo que le vale a todo el mundo no es válido para nosotros? Te estás helando, ven —me pide al percatarse de mi vello erizado, llevándome hasta la ducha para seguidamente abrir el agua caliente y deslizarla por mi piel—. ¿Mejor? —me pregunta, y me limito a asentir con la cabeza—. Yo no necesito convivir contigo durante varios años para estar seguro de nosotros, pero necesito que tú lo sientas como yo, por eso nunca tomaré una decisión, como la de tener hijos, hasta que no estés tan convencida como lo estoy yo. Eso es lo único que me importa, no acumular años a tu lado, que también —matiza con una sonrisa desdeñosa que dibuja otra en mi rostro.

—Estoy segura de nosotros, de que quiero vivir contigo y también casarme contigo —musito, alzando los brazos para hundir mis dedos en su pelo—, porque, desde que te dije que sí, lo he querido, incluso cuando ya no estábamos juntos y me contradecía continuamente, pero soy extremadanamente cuadriculada y me cuesta dar ciertos pasos. Quiero tener hijos contigo, Ciro, pero necesito estar segura de que voy a poder hacerlo bien, y vas a tener que armarte de paciencia conmigo, porque yo no soy como tú; a mí me cuesta saltar del puente, a pesar de llevar el arnés puesto, y tener hijos es como un triple salto mortal sin arnés... Si me cuesta dar el salto simple, imagínate ese —le confieso, provocando su sonrisa.

—Ya te ayudaré yo a dar ese salto y verás qué fácil es —resuelve, convencido, atrapando mis labios con los suyos, llenando mi interior de una calidez difícil de explicar.

—Vale —susurro, sin alejarme de ellos, «y ayer no estábamos juntos y hoy estamos hablando de hijos», alucino, demorándome en este beso que está erizando mi piel, y no precisamente por el frío.

Nos duchamos entre besos, sin poder despegarnos el uno del otro, y, una vez fuera de la ducha, mientras él se viste, yo observo el vestido que llevaba anoche, una preciosidad que no me apetece ponerme de nuevo, porque está nublado, porque intuyo que hace frío y porque quiere ir a mi casa en moto, y podría negarme, alegando que posiblemente va a terminar lloviendo, pero echo de menos sentir su respiración en la yema de mis dedos y en la palma de mis manos y esos paseos en moto que tanto he añorado.

—¿Me prestas ropa tuya? —le pregunto, sonriendo cuando enarca una de sus cejas.

—¿Sabes que, si te vistes con mi ropa, vas a ir hecha un desastre? —me formula, con la diversión instalada en su mirada.

—Pero solo será hasta que lleguemos a casa y pueda vestirme como me gusta.

—A casa, me gusta cómo suena —me indica, acercándose a mí, contrayendo mi vientre con el sonido de su voz ronca y atrayente.

—Y a mí me gustas tú —le aseguro, posando mi mano en su pecho, alzando la mirada para detenerla en la suya, cargada de un brillo que me deslumbra, como me deslumbra él—. Ciro, a este paso no vamos a salir de aquí —le digo, adivinando sus pensamientos, que son también los míos, para qué engañarnos.

—¿Y qué prisa hay? —replica, alzándome por las caderas para tumbarme sobre su cama.

«Ninguna, no hay ninguna prisa —admito, dejándome ir para besarlo—, porque tengo la cabeza llena de pensamientos lascivos y todos tienen relación directa con él», reconozco, moviéndome para dejarlo esta vez debajo de mí.

—Voy a chuparte entero —susurro, deseando saborear cada centímetro de su piel; su cuello, que lamo de un lengüetazo, rozando con mis pezones erectos los suyos; sus abdominales, en los que me demoro; su vientre, donde enredo mi lengua en el escaso vello que lo cubre, y su sexo, que meto en mi boca con avaricia y premura mientras sus dedos se hunden en mi pelo para tirar de él y humedecer mi centro con sus gemidos y la fuerza con la que está apresando mi cabeza.

«Más, más, más —pienso, masturbándolo con mis labios, dejando un reguero de saliva en mi recorrido para volver a empezar—. Y siempre va a ser más y siempre voy a querer más, como él», me digo, acariciando sus testículos, chupándolo con lascivia y provocando una sucesión de gemidos roncos que me llevan a perder la cabeza y a tragar su semen con rapidez cuando se deja ir en mi boca.

Capítulo 44

Ciro

«Y por mucho que haya echado mano de imaginación durante estos años, nunca había llegado a este nivel, al menos no tan lascivo y caliente», reconozco, dejándome ir en su boca mientras observo, maravillado, su cuerpo desnudo sobre el mío.

—Joder, pelirroja —mascullo, moviéndome para atrapar sus labios con la misma avaricia con la que ella ha atrapado mi sexo—. Ponme el condón y fóllame tú —le ordeno, sabiendo que me va a costar la vida entera abandonar esta cama mientras la tenga desnuda en ella.

—Tus deseos son órdenes para mí —me dice, arrancándome una dura sonrisa mientras contemplo cómo me coloca el preservativo para seguidamente posicionarse sobre mi cuerpo y hundir mi polla en su interior.

Y si se puede enloquecer con sexo, nosotros lo hacemos mientras se mueve sobre mí o mientras me la follo, más tarde, desde atrás, «y no imagino una mejor forma de perder la cabeza», me digo, corriéndome en su interior, recordando, durante una escasa fracción de segundo, cuando perdí la cabeza de otra forma.

—Creo que ya nos hemos puesto al día, al menos en lo referente al sexo —me dice, divertida, mientras, sobre su espalda, intento recuperar el aliento y alejar el recuerdo de las aguas del monzón de mi mente.

«Puede que por eso odie tanto París y la lluvia», descubro, obligándome a vivir mi ahora, que en nada se parece a lo que viví entonces.

—He follado más contigo en unas horas que durante estos últimos años —le confieso, sin salir de su interior, separando el pelo de su rostro para ver su sonrisa, que me tranquiliza, que me calma y que me trae de vuelta al presente... donde me espera ella.

—Y, aun así, seguro que has follado más que yo —me revela, provocando mi sonrisa arrogante, que no freno ni me molesto en disimular.

—Y, eso, ¿por qué? —le pregunto, saliendo de su interior para seguidamente quitarme el preservativo, que anudo y dejo en el suelo mientras ella se da la vuelta.

—Porque apenas he tenido citas durante estos años.

«Y no debería sentirme así, pero me encanta oírlo», admito, sonriendo de nuevo.

—¿Tú has tenido muchas? —indaga con curiosidad.

—¿El qué? ¿Citas? —le formulo, levantándome para ir a limpiarme.

—Sí —me responde, siguiéndome.

—Podría haber tenido más si hubiera querido —le digo con fanfarronería, para terminar sonriendo con ganas cuando me vuelvo y la veo enarcar una de sus cejas—, pero lo último que me apetecía era estar con otra mujer —añado, esta vez con seriedad, deteniendo mis pasos para que le quede claro—. Y, sí, he follado con alguna que otra, pero menos veces de las que piensas, y te aseguro que nunca ha pasado de ahí —le aclaro, deseando hacer a un lado este tema que, para mí, y sobre todo ahora que tengo claro que nadie ha ocupado su vida, no tiene ninguna importancia—. Voy a por algo de ropa o no podremos salir de aquí —le indico, encaminando mis pasos hacia el armario mientras ella sigue hacia el baño, pues estoy completamente seguro de que, como continúe viéndola desnuda, ver su casa va a ser lo último que haga hoy.

* * *

—Madre mía, quién me ha visto y quién me ve —se queja con disgusto frente al espejo, consiguiendo que una sonrisa cruce mi rostro—. Ya puedo tirarme por un puente —prosigue con dramatismo, provocando que me carcajee.

—La señora María Eugenia vestida con unos vaqueros rasgados y una sudadera... como te pille la prensa, vas a ocupar los titulares de todas las revistas del país —suelto con guasa, logrando que tuerza más el gesto.

—¿Dónde tienes la moto?

—En un garaje que hay cerca de aquí —le explico en voz baja, sin poder quitarle la mirada de encima, apoyándome en el marco de la puerta.

—Tienes un casco para mí, ¿verdad? —me pregunta, y frunzo el ceño, sin llegar a entenderla.

—Por supuesto.

—Genial —me dice con decisión, encaminando sus pasos hacia la puerta, y la sigo admirando lo buena que está a pesar de ir vestida con mi ropa—. Dame el casco —me pide, volviéndose para mirarme mientras abro un armario que hay en la entrada y se lo tiendo.

—¿Sabes que incluso vestida así estás buenísima? —la piropeo, provocando su sonrisa.

—Tú también estás buenísimo, a pesar de ir vestido así —me contesta, provocando mi carcajada, que alargo cuando la veo ponerse el casco—. Ya podemos irnos.

—¿Vas a ir con el casco puesto todo el rato? —inquiero, soltando otra risotada que no consigo frenar.

—Por supuesto. Soy la diseñadora de Dior y continuamente me sigue la prensa, ¿no querrás que me fotografíen así?, con estos *jeans* que cualquier día voy a tirarte a la basura y esta sudadera que... Mira, déjalo estar —responde, exasperada, consiguiendo que me carcajee más todavía mientras accedemos al ascensor—. Y deja de reírte, ¿quieres? —añade, bajando la visera del casco para ocultar por completo su rostro mientras yo me río con más ganas.

«... y, cuando rías, quiero que alargues un poquito más la carcajada, porque entonces será mi risa», recuerdo de repente, viendo a mi hermana a través de mis recuerdos, y hoy, esté donde esté, sé que se sentirá feliz porque por fin yo lo soy y por fin puedo reír por ella.

—Eres idiota —me dedica cuando salimos a la calle, y vuelvo a carcajearme, porque, joder, no puedo creer que vaya con el casco puesto desde casa.

—Dime algo que no sepa —le respondo, feliz, aferrando su mano con fuerza.

Y si yo he aferrado su mano mientras íbamos por la calle, ella aferra mi cintura cuando subimos en mi moto. «Cómo había echado de menos esto —reconozco, evitando decirle que, en lugar de ir a su casa, vamos a dar antes un paseo—. Porque he echado demasiado de menos esto como para conformarme con un simple trayecto de unos pocos minutos», admito, esbozando una sonrisa, mientras sus brazos rodean mi cintura con fuerza. Una sonrisa que alargo cuando empieza a parlotear, a través de los intercomunicadores, cuando se da cuenta de que he tomado una dirección distinta a la que tendría que haber tomado, y que alargo un poco más mientras ella sigue a lo suyo, y estoy seguro de que alargar sonrisas y carcajadas va a dárseme de coña a partir de ahora sin necesidad de tener un café entre las manos.

Y dejándome llevar por todo lo que siento, empiezo a cantarle esa canción que es nuestra. +. Una que nunca ha dejado de resonar en mi cabeza.

Y cuando ella se suma, entonándola conmigo, siento cómo la emoción cerca mi garganta hasta humedecer mis ojos. «Y puede que odie París y este tiempo de mierda, pero, mientras esté a mi lado, como si me dice de vivir en el desierto del Sáhara, que allí que me iré con ella.»

—Ya puedes quitarte el casco —le indico, con cariño, cuando llegamos a su edificio.

—Prefiero esperar, por si acaso —responde, encaminando sus pasos hacia el ascensor, y la sigo negando con la cabeza, sonriendo más cuando se lo deja puesto incluso dentro del elevador. ¡Qué exagerada es, hostia!

—Adelante —me dice, abriendo la puerta de su casa y quitándose el casco para, seguidamente, sacudir su melena, dejándome sin aliento primero ante ella y después ante el dibujo de la flor que tiene en la consola de la entrada.

—Lo has conservado... —constato, acercándome para cogerlo, «y cuánto ha llovido desde entonces», pienso con tristeza.

—Tú, ¿no?

—Sí, pero prefería no mirarlo mucho —reconozco, deteniendo la mirada en el suelo de baldosines que tanto me recuerda al de mi casa de Madrid—. La concha y el dibujo siempre han ido conmigo, solo que no lo tenía tan a la vista como tú —le cuento, siguiéndola cuando pasa frente a mí hasta llegar a un salón presidido por un... ¡no me jodas!—. Un cuadro de una guerrera —musito, volviéndome para mirarla.

—No iba muy desencaminado tu chamán —comenta, encogiéndose de hombros.

—¿Sabes lo que me dijo en realidad? —le planteo, moviéndome para aferrar su cintura con mis manos.

—¿Qué?

—Que iba a convertirme en rey de un país que tenía una torre de metal y que mi reina portaría la lanza de una guerrera, solo que no se refería a una reina como tal, sino a una mujer que reinaba sobre una pasarela. Tú.

—Y yo me compré este cuadro para no olvidarme nunca de ser una guerrera. Siempre has estado en mis pensamientos, Ciro, aunque me contradijese continuamente y, de una manera difícil de explicar, tu recuerdo ha ido guiando mis pasos durante estos años.

—Y nuestros pasos nos han llevado hasta este sofá rosa —le digo con una sonrisa desdeñosa, cambiando de tema a propósito, pues no me apetece en absoluto adentrarme más en el pasado cuando lo que teníamos que hablar ya lo hemos hablado y tenemos un futuro alucinante frente a nosotros.

—¿Algún problema con mi sofá? —inquiere, esbozando una sonrisa.

—Ninguno en absoluto; de hecho, siempre he querido tener un sofá rosa —contesto con sorna, alejándome de ella para empezar a deambular por su casa y, joder...—. Y esté sofá floreado, ¿de dónde lo has sacado? —le pregunto, enarcando una ceja, cuando llego a la que intuyo que es su habitación.

—¿No te gusta?

—Me encanta —le miento con una sonrisa—. Esta casa es como tú, pelirroja, femenina, suave y con personalidad —la halago, porque, a pesar de que el sofá rosa me parece una horterada y el sofá de su habitación, otra, en general me gusta lo que veo.

—Ven, mira el baño —me pide con una sonrisa, tirando de mi mano para llevarme hasta él, y esto sí que me encanta.

—Esa bañera vamos a utilizarla muchísimo —le aseguro, acercándome a ella para besarla, y no puedo estarme quieto cuando la tengo cerca y era algo que me sucedía entonces y sigue sucediéndome ahora.

* * *

El resto del domingo lo pasamos ya en su casa, «o en la nuestra, porque, a pesar de que todavía no he traído ninguna de mis cosas, ya me siento como si estuviera en mi casa —admito mientras me muevo con total soltura por la cocina, preparando la cena—, y qué sencillo está siendo todo», me digo, husmeando en su despensa.

—De la compra y de la comida, me encargo yo a partir de ahora —comento con seriedad.

—No pienso discutírtelo —me dice, ya con el pijama puesto, sentándose en una de las sillas que rodean la pequeña mesa, «y espero que esto sea lo que nos tenga definitivamente reservado la vida», pienso, recordando el sexo alucinante que hemos tenido en la bañera y más tarde en ese sofá floreado, que, al final, terminará hasta gustándome.

Capítulo 45

María Eugenia

Despierto de nuevo entre sus brazos y lo primero que hago, sin percatarme, es sonreír al recordar los muchos momentos que vivimos ayer; primero en su casa y más tarde en la nuestra, sonriendo un poquito más al rememorar el paseo en moto que dimos y cómo acabamos cenando en la cocina, «y luego estrenando el sofá rosa que le horroriza, por mucho que diga que le gusta», me río por lo bajo, alargando el instante, demorándome en el sonido de su respiración pausada y sintiendo mi interior en calma. Cediendo finalmente y con reticencia ante mis obligaciones, me levanto para dirigirme al baño, donde sonrío un poco más al detener la mirada en la bañera.

«... estos años han sido solo una coma, un espacio o un paréntesis, en nuestra relación. Te aseguro que no nos estamos precipitando, aunque lo creas, y simplemente estamos retomando nuestros planes y nuestra vida donde la dejamos.»

«Y no puedo estar más de acuerdo con él —secundo, empezando a arreglarme—, porque estar a su lado sigue siendo tan fácil como subir los pies descalzos al sofá de casa, tan natural como respirar y tan sencillo como vivir, a pesar de que, a veces, vivir sea de todo menos sencillo.»

Quiere tener dos hijos; el niño rubito y la niña pelirroja. Al niño lo veo yo en mi imaginación, y puede que él vea a la niña y, no sé él, pero yo veo tan claro al niño rubito que es hasta un poco loco, tanto que ni siquiera me atrevo a contárselo... «y puede que a él le suceda lo mismo», pienso, sintiendo cómo mi vientre se llena de calidez ante la posibilidad de que ese niñito algún día sea una realidad, a pesar de que soy yo la que lo estoy frenando mientras mi reloj biológico no deja de avanzar, restándome minutos.

«Ojalá pudiera ser como Ciro, que simplemente fluye con la vida, que se deja ir con la corriente, mientras que yo me aferro a cualquier piedra o rama que encuentre en mi camino para evitar que el agua me arrastre con su fuerza y poder ser yo la que marque el ritmo de mi avance —prosigo el hilo de mis pensamientos mientras me maquillo—. Yo fluí con la vida estando a su lado y puede que empiece a fluir de nuevo ahora que estamos juntos; quiero ser madre, mientras pueda, claro está, porque empiezo a tener una edad y no estoy para ir pensándolo mucho —reconozco, entrando con cuidado en la habitación para coger mi ropa, porque esa habitación que iba a ser mi vestidor sigue sin serlo—, y casi mejor —medito, esbozando una imperceptible sonrisa—, porque, si vamos a tener dos hijos, vamos a necesitarla, y porque esta casa me gusta tanto que, si algún día somos padres, no quiero buscar otra», concluyo, percatándome de que al aceptar estos pensamientos los estoy haciendo un poco realidad.

«Y aunque podría ir a desayunar a la cafetería, como siempre, hoy opto por quedarme en casa, posiblemente porque tengo la esperanza de que se despierte antes de que me marche y porque no me apetece tener que esperar a la noche para poder verlo», me digo, empezando a prepararme el café, dando un respingo cuando sus brazos me envuelven por detrás.

—Buenos días. Iba a marcharme, pero...

—Shhhh, dame unos minutos, pelirroja —me corta, depositando un beso perezoso en mi cuello para seguidamente dirigirse a la silla, y lo miro con ternura, dedicándole la primera de sus sonrisas.

—Quieres tener dos hijos, ¿en serio crees que van a quedarse callados hasta que te despiertes? —le pregunto, divertida, incapaz de ver los muchos obstáculos en los que debería fijarme ante la posibilidad de tener no uno, sino dos hijos.

—Shhhhh —me acalla, apoyando los codos en la mesa para seguidamente hundir los dedos en su pelo y revolverlo más de lo que está.

«Y en esto tampoco ha cambiado ni hemos cambiado en absoluto, porque estamos en la cocina de nuestra casa de París, pero bien podríamos estar en la cocina de nuestra casa de Madrid —pienso mientras ojeo mis correos, me tomo el primer café del día y él termina de espabilarse—. Y esa casa de Madrid ahora está alquilada», recuerdo con tristeza.

—Te compro la casa de Madrid —suelto de sopetón, consiguiendo que se despierte del todo.

—¿Cómo?

—Esa casa me encanta y le tengo muchísimo cariño, y no me gusta pensar que en ella viven otras personas que no seamos nosotros, y está claro que ahora vivimos aquí, pero vamos a necesitar una casa cuando vayamos a Madrid a ver a la familia y...

—¿Y la tuya?

—La vendí hace unos años, cuando compré esta. No tenía sentido tener dos casas cuando yo solo estaba en Madrid un par de horas, pero, si vamos a tener hijos, va a ser distinto, e ir y volver el mismo día será mucha paliza para los críos. Además, mis padres pueden matarme si les llevo a los nietos solo unas horas y...

—Alucino con la capacidad que tienes para parlotear con lo temprano que es. ¿Esa cabeza tuya nunca para? —me plantea con insolencia.

—Y yo alucino con lo idiota que puedes llegar a ser, incluso medio dormido. Además, no estoy parloteando.

—Lo que tú digas —me rebate con sorna, llevándose la taza de café a los labios mientras lo miro todo lo mal que puedo y, en esto, tampoco ha cambiado—. A ver, no necesito que me compres la casa... con no alquilarla de nuevo, listo, y no sé si te has dado cuenta, pero acabas de aceptar que vamos a tener dos hijos.

—¿A qué te refieres con lo de no alquilarla de nuevo? ¿No

está ya alquilada a ese matrimonio? —inquiero, omitiendo decir nada al respecto de los hijos.

—A él le ha salido un trabajo en Washington y se marchan en unos meses —me cuenta, apoyando la espalda en la pared, con la taza de café entre las manos, y le cuesta tanto espabilarse que me da hasta rabia, porque mi cabeza ya va a mil por hora en cuanto abro los ojos.

—¿Y no me lo habías contado? —le recrimino, molesta, mientras exhala todo el aire de golpe, enfureciéndome.

—No sabía que te gustaba tanto —me dice finalmente, volviéndose para mirarme.

—A ti, ¿no?

—A mí lo que me gusta es estar contigo, aunque tengamos que parlotear sin parar cuando ni siquiera ha salido el sol.

—No es culpa mía que te cueste horas despertarte, y no estamos parloteando y el sol está a punto de salir —le rebato, enfadada, levantándome para ir hacia la pila y dejar la taza.

—¿Sabes que no hay nada mejor que terminar de despertarme escuchándote hablar de hijos? —me plantea con voz ronca, aprisionando mi cuerpo entre el suyo y la encimera.

—Pues no lo parece —le replico, malhumorada.

—Pues que te lo parezca —me dice, girándome para que mi rostro quede a escasos centímetros del suyo—. ¿Cuándo voy a volver a verte? —me pregunta, hundiendo su cara en mi cuello, rodeando mi cintura con sus brazos y abrazándome, a pesar de que estoy haciéndome la dura, dejando mis brazos a ambos lados de mi cuerpo.

—¿Para qué quieres saberlo? ¿No querías silencio?

—Solo la primera media hora, ya lo sabes, luego puedes taladrarme la oreja todo lo que quieras —me dice, sonriendo en mi cuello y consiguiendo que sonría con él, a pesar de lo sumamente idiota que es es—. Venga, responde, ¿cuándo voy a volver a verte?

—Suelo comer allí con mi equipo —musito, rindiéndome finalmente a mis deseos y rodeando su cintura con mis brazos.

Y de nuevo estamos abrazados, y no hay nada mejor que esto.

—Entonces, ¿no te veré hasta la noche? —inquiere, moviéndose para que vea el fastidio instalado en su mirada.

—Eso creo. —Y por primera vez desde que asumí el cargo de directora creativa, me fastidia tener una agenda tan sobrecargada—. Ya te advertí que mis horarios son de locos.

—No te estoy recriminando nada, yo también tengo mucho curro hoy y tengo que empezar a traer mis cosas, pero no sé si voy a poder estar tantas horas sin verte —me dice, esbozando una sonrisa llena de peligro.

—¿Qué quieres decir? —musito, sonriendo con él.

—Que igual me paso por allí para hacerte una visita.

—¿En serio?

—Tú no vas a venir a verme, así que voy a tener que ir yo.

—Pero si estoy en una reunión no voy a...

—Si estás en una reunión, sales, me das un beso, me revuelves el pelo, me das un caramelo y sigues a lo tuyo —replica, burlón, arrancándome una carcajada.

—No tengo caramelos, pero no tengo ningún problema en darte un beso y revolverte el pelo.

—No sé si voy a poder conformarme sin caramelos, así que igual te pido jugar un poco en tu despacho... para compensar, ya sabes —prosigue, vacilón, provocando que mi vientre se contraiga.

—Creo que nunca voy a tener caramelos —susurro, atrapando sus labios con los míos, con la respiración hecha ya un caos.

—Mejor —masculla, sin separar los suyos, pegándome más a la encimera con su cuerpo.

—Tengo que irme ya —me quejo, posando mi mano en su pecho para alejarlo de mí, porque, como sigamos así, ya no voy a ser capaz de hacerlo.

—Está bien —acepta, soltando todo el aire de golpe, mientras me escabullo de entre sus brazos.

—Te veo más tarde —me despido, acercándome de nuevo a él para darle un beso rápido y salir casi volando de la cocina, con el recuerdo de su media sonrisa siguiéndome.

* * *

Llego al trabajo con una resplandeciente sonrisa instalada en mi rostro, que ensancho cuando mi mirada tropieza con la de Noël al acceder a Diseño.

—Buenos días, pequeño traidor —lo saludo en voz baja cuando llego hasta su mesa, provocando su carcajada—. La madre que te parió... Así que lo único que sabías era que odiaba París, la lluvia y que echaba de menos su moto —prosigo, consiguiendo que se carcajee más.

—Entre otras cosas —me dice mientras la sala comienza a llenarse con el resto de mi equipo.

—Ya me he enterado —musito, apoyándome en su mesa, cruzándome de brazos.

—Y que no haya tenido noticias tuyas hasta ahora solo significa que la cosa ha ido bien, ¿verdad? —me pregunta con una sonrisa.

—Va más que bien —anuncio también en voz baja, cogiéndolo del brazo para llevarlo a una zona alejada del resto para que podamos hablar—. Vamos a casarnos y queremos tener hijos, ¿te lo puedes creer?

—Por supuesto que me lo puedo creer, ese tío está loco por ti y tú no has conseguido olvidarlo; todo lo que hagáis a partir de ahora será lo más normal del mundo.

—¿En serio? ¿No te parece una locura y muy poco sensato? Hace años que no nos vemos y...

—Locura era que no estuvierais juntos con lo que os queréis —me corta entre cuchicheos—. Deja de ser tan racional y disfrútalo, que te lo mereces —afirma mientras suelto discretamente todo el aire de golpe.

—Muchas gracias por haber intercedido.

—Te quiero y quiero que seas feliz. La vida no es solo esto, y ahora puedes vivirla al completo.

—Como tú. ¿Logan también lo sabía?

—Fue idea suya mentirte con lo de la fiesta; estaba completamente seguro de que irías a buscarlo a su casa si no lo veías, y no se equivocó en absoluto.

—Muy listo, tu chico. Venga, vamos a currar, que quiero terminar pronto hoy.

—Joder, ¡esto sí que es algo nuevo! —exclama antes de

soltar una carcajada, y por supuesto que lo es y también algo que va a repetirse mucho a partir de ahora.

* * *

Y qué rápido pasa el tiempo cuando eres feliz; cuando tus días se llenan de desayunos y cenas en la cocina, durante los meses de invierno, y ocasionalmente en la terraza cuando el tiempo nos da una tregua; cuando sus besos y sus brazos, rodeando mi cuerpo, son lo último que siento antes de dormirme y lo primero cuando despierto, y cuando no puedo dejar de sonreír en ningún instante cuando él está a mi lado.

«Qué sencilla y qué bonita puede ser la vida cuando la balanza está equilibrada y cuando se llena de costumbres que te hacen sonreír constantemente; como cenar los sábados y comer casi todos los domingos con Noël y Logan en su casa, en la nuestra o en cualquiera de los muchos restaurantes que nos gustan; que me cante nuestras canciones cuando damos paseos en moto, descubriendo los alrededores de París; nuestros abrazos en cualquier lugar, acompañados por nuestros «te quiero», o que venga a verme al trabajo porque me echa tanto de menos que no puede esperar a que llegue a casa», medito, sonriendo al recordar cómo se ha hecho amigo de toda la familia Dior, sobre todo de Flo, que lo acoge en los talleres cuando viene y estoy en una reunión de la que no puedo escaquearme.

«Él hace que todo parezca fácil», reconozco, rememorando el día que la prensa nos fotografió juntos por primera vez.

* * *

—Hay un fotógrafo siguiéndonos —me soltó como si nada mientras caminábamos abrazados por la calle.

—¿En serio? —le pregunté, sintiendo cómo todo mi cuerpo se tensaba, porque, aunque no tengo ningún problema en posar para ellos ni en contestar a sus preguntas como diseñadora de Dior, mi vida privada me gusta guardármela para mí.

—Hola, tío —le dijo, volviéndose, tendiéndole la mano y

dejándome con la palabra en la boca, sin saber qué hacer—. Si te permitimos que nos hagas unas cuantas fotos, ¿nos dejarás en paz? No sé si lo has vivido alguna vez, pero es un coñazo sentir que te están siguiendo todo el tiempo —prosiguió, consiguiendo que un momento que para mí era tenso e incómodo se convirtiese en un momento simpático, pues terminamos hasta bromeando con el *paparazzi*; «de hecho, creo que ahora son amigos», me digo con una sonrisa, pero eso no es algo nuevo, porque Ciro es capaz de hacerse amigo hasta de la persona más asocial del planeta.

Ese día hicimos visible lo nuestro, como ya no hemos dejado de hacer desde entonces, y, ese día, y sin pretenderlo, nos convertimos en la noticia de la semana, acaparando parte de los titulares de la prensa del país y del extranjero.

MARÍA EUGENIA DE LA RÚA, ENAMORADA DE CIRO ZABAT,
UN PRESTIGIOSO FOTÓGRAFO DE MODA.

EL CORAZÓN DE LA DISEÑADORA DE DIOR NO LATE ÚNICAMENTE
OR LA FIRMA, SINO TAMBIÉN POR CIRO ZABAT.

LA PAREJA DEL MOMENTO: MARÍA EUGENIA DE LA RÚA Y CIRO ZABAT.

¿QUÉ TIENE CIRO ZABAT QUE HA CONSEGUIDO ENAMORAR
A LA DAMA DE LA MODA?

MARÍA EUGENIA DE LA RÚA Y CIRO ZABAT, AMOR
Y MODA BAJO LAS LUCES DE PARÍS.

* * *

Me acuerdo de todos ellos con una sonrisa, rememorando los muchos mensajes que me envió mi madre con todo lo que se iba diciendo en España; de hecho, creo que incluso tiene guardadas, a modo de recuerdo y porque luego nos gustará verlo, las revistas en las que hablaban de nosotros y de nuestra historia.

«Menuda sorpresa se llevaron Valentina, Dante y Pilar cuando se enteraron de lo nuestro», continúo evocando, sin poder borrar la sonrisa de mi rostro.

* * *

—Y yo creyendo que no te iban los críos insolentes a medio hacer, que era demasiado joven para ti y... ¿qué más decías? ¡Ah, sí!, que a ti te gustaban los maduritos interesantes, y mira tú por dónde ahora estáis juntos. ¡La madre que te parió! ¡Tienes que contármelo todo! —me dijo mi amiga cuando me llamó por teléfono en cuanto se enteró.

—Es Valentina —le anuncié con una sonrisa, quedándome enganchada al brillo de su mirada, atestado de cientos de estrellas.

—¿Estás con él? ¿Ahora? —me preguntó, creo que todavía sin poder creerlo mucho.

—Aquí son casi las diez de la noche, por supuesto que estoy con él.

—Madre de Dios, es que alucino. Oye, ¿y ese fin de semana pasó algo? No... no puede ser, porque en mi boda seguía sacándote de quicio —parloteó, procesando la información a toda prisa.

—Pasó lo que viste, que me sacó de quicio muchísimo, pero luego, cuando llegamos a Madrid, coincidimos un par de veces y fue un encanto; supongo que me lio con sus tratos y...

—Más bien te dejaste liar —me cortó con insolencia, provocando que sonriese con él.

—Estuvimos juntos casi un año, solo que, por circunstancias, lo dejamos. Cuando coincidimos en tu boda, hacía casi cuatro años que no lo veía y...

—Seguía siendo un encanto —adivinó, y, aunque no podía verla, sé que lo dijo sonriendo.

—Vino a París a trabajar, coincidimos de nuevo y lo retomamos donde lo dejamos.

—Y ahora vais a casaros, ¡menuda historia te has tenido callada durante años! Pero, cuando fui a París a verte, al principio...

—Ahí ya no estábamos juntos. Supongo que me valí un poco de ti para saber de él.

—Y ahora dime que eres mi amiga, porque empiezo a dudarlo.

—Soy tu amiga, solo que, cuando empezamos, coincidió con tu marcha a Nueva York y, cuando nos encontramos de nuevo en París, ya no estábamos juntos y no tenía sentido contártelo.

—Pásamela —me pidió, alargando una mano para que le tendiese el teléfono.

Y recuerdo que sonreí muchísimo oyéndolo hablar con mi amiga.

* * *

«Supongo que Ciro tiene la capacidad de hacerme sonreír continuamente, entre otras muchas cosas, porque también consigue que me sienta bien y que me abra a la gente —continúo mi viaje particular a través de mis recuerdos mientras mi hermana termina de arreglarse en la habitación de al lado—. Él consigue que muestre a la mujer que soy cuando no estoy sumamente concentrada siendo la diseñadora de Dior», asumo mientras observo mi reflejo en el espejo de cuerpo entero que tengo frente a mí, aprovechando estos minutos de silencio ahora que Martina, la chica que me ha peinado y maquillado, se ha marchado.

Él consigue que fluya con la vida, aferrando mi mano para que pueda avanzar con la corriente o tendiéndome la suya cuando tengo que saltar, «y me acojona dar el salto, como ahora, cuando estoy a unas horas de dar el "sí, quiero"», pienso, sintiendo cómo mi corazón me late con una rapidez preocupante.

—Ya estoy lista. Hoy no podrás decirme que voy hecha un desastre. Hasta tacones me he puesto. Si me hago un esguince, ya sabes que es culpa tuya —me dice Candela, accediendo a mi habitación, trayéndome de vuelta de mi viaje, a través de la memoria, cuando se coloca a mi lado, frente al espejo—. Mamá va a matarte. Yo quiero matarte —apuntilla, frunciendo el ceño, volviéndose para mirarme.

—Eso ya me lo dijiste ayer muchas veces —le recuerdo con

una sonrisa condescendiente, rememorando la cara que puso cuando se lo conté.

—Es que todavía no puedo creerme que me haya enterado de tu boda a unas pocas horas de que se celebre. ¿Tú te das cuenta de la que va a liarse cuando papá y mamá se enteren de que estáis casados? Porque ni siquiera lo han visto siendo de nuevo tu pareja y, cuando lo traigas a casa, ya será tu marido. Van a pedir tu cuello, sobre todo mamá, te lo aseguro.

—Ya te expliqué ayer que estos meses han sido una locura. Tía, tengo la agenda que da miedo y lo último que me apetece ahora es organizar una boda, buscar hoteles para todos y lo que implica un evento de ese tipo... Entiéndelo, solo quiero casarme con él y celebrarlo con la familia cuando pueda disponer de un par de semanas libres.

—Y, si no llego a venir a verte, me lo hubiera perdido. En serio, no te mato porque gracias al cielo estoy aquí y porque te veo muy feliz, pero vaya tela, ¡tía, que me hubiera perdido tu boda!

—Yo me he perdido la tuya y no armo tanto escándalo —le rebato con una sonrisa.

—¡Yo no me he casado! —exclama, alucinada.

—Por eso mismo, y encima vives en pecado. Si mamá te ha perdonado eso, a mí va a perdonarme que me case sin estar ella presente —afirmo, con una resplandeciente sonrisa—. Además, esta boda no va a durar ni diez minutos y simplemente vamos a formalizar lo que para nosotros ya es una realidad.

—Pues, para ser una formalidad, parece que vayas vestida para la gala de los Óscar. ¿Qué piensas ponerte cuando lo celebréis con todos? ¿Un vestido con fuegos artificiales incluidos? —me pregunta, provocando mi carcajada.

—Ya te he contado que la idea inicial era ir un día cualquiera y firmar —le repito cuando consigo dejar de reírme.

—Sí, sí, ya lo sé, eso me lo has dicho esta noche como cien veces —responde con aplomo mientras recuerdo cómo Ciro se marchó a acostarse finalmente ante nuestra falta de sueño y las muchas cosas que teníamos que hablar—, y que le pedisteis al tal Noël y a Logan que fuesen vuestros padrinos y que lo liaron todo, pero es que...

—Liaron todo es quedarte corta, porque de repente tenía un boceto de un vestido de novia frente a mí y, a los pocos días, Flo estaba confeccionándolo en el taller y, bueno, ¡pues aquí estoy! —comento, encogiéndome de hombros, sonriendo tanto como es posible hacerlo—. Te prometo que no tengo ni idea de nada, porque han sido ellos los que se han encargado de organizarlo todo. No te enfades y no se lo digas a mamá hasta que lo haga yo, ¿vale? —le pido, esta vez con seriedad.

—Tú quieres que me mate a mí también... Tía, que va a cabrearse muchísimo como se entere de que yo estoy y ella no, y como la prensa os pille y lo publique... ¡madre de Dios! ¡Rodarán cabezas, lo que yo te diga! —farfulla, consiguiendo que mis nervios desaparezcan momentáneamente con mi carcajada—. Qué poco aprecio le tienes a tu vida, *oh, mon Dieu!* ¿Se dice así? Su hija casándose por el juzgado y no ante la sagrada madre Iglesia, y encima sin estar ella presente —prosigue, carcajeándose y consiguiendo que alargue mi risotada.

—Me alegra que estés aquí conmigo; aunque esto sea solo un formalismo, me hace muy feliz tenerte a mi lado —declaro, abrazándola con fuerza, consiguiendo que deje de carcajearse y corresponda a mi abrazo con ese mismo sentimiento.

—Os merecéis tanto ser felices, los dos, que solo por eso mamá no te matará. Al final será verdad que Dios existe, porque, si no, ya me dirás tú cómo se me ocurrió venir justo este fin de semana.

—Dios existe, estoy convencida, aunque yo no sea de prodigarme mucho por la iglesia.

—Mucho, no, nada —me rebate con sorna.

—Bueno, pues como tú —contraataco, riendo de nuevo.

«Sí, qué bonita es la vida, sobre todo cuando tienes a tu hermana contigo para vivir un momento como el que yo voy a vivir ahora —pienso, dirigiendo de nuevo mi mirada hacia el espejo para contemplar mi vestido blanco roto, entallado al cuerpo, con largo *midi*, cuello Perkins y manga larga. Sencillo. Sin estridencias. Sobrio.

«Elegante y tan femenino como me gusta que sean mis diseños —medito, sintiendo cómo mi corazón acelera el ritmo de sus latidos—. Voy a casarme con él», me emociono, visualizándome sobre el puente, a punto de dar el salto y, por Dios, va a darme algo.

—¿Nerviosa? —adivina, rodeando mi cuerpo con uno de sus brazos, apoyando su cabeza en mi hombro.

—Un poco —le respondo, llenando los pulmones de aire, sintiendo cómo los remordimientos por no tener a toda mi familia conmigo llegan para dejar su muesca en mi interior—. ¿Sabes? Cuando yo imaginaba esto lo hacía de una forma distinta. Nos veía un día cualquiera, saliendo del trabajo y yendo a casarnos, como quien va a hacer la compra; luego cenaríamos en cualquier restaurante con Noël, Logan y Sidney y ahí quedaría todo... No importaba que no estuvierais, porque solo íbamos a firmar un documento y después ya lo celebraríamos todos juntos, pero está siendo completamente distinto, solo tienes que verme, y sé que Noël y Logan lo han hecho con toda su buena intención, pero le han dado más importancia de la que yo quería darle y ahora me siento un poco mal por casarme sin que nuestras familias estén presentes.

—Ahora ya no puedes cambiarlo, solo te queda rezar por tu vida —me suelta con guasa, arrancándome una sonrisa—. No te preocupes y disfruta de tu día —prosigue, esta vez con gravedad—. Ya lo celebraremos más adelante, todos juntos.

—Apenas conozco a sus padres, y al resto de su familia no la he visto nunca. Somos un poco raros, ¿verdad? —inquiero con una mueca.

—Más que raros creo que habéis vivido una historia un poco atípica. Apenas tuviste tiempo para conocerlos al principio, y luego lo habéis retomado con tanta fuerza que tampoco habéis podido encontrar un hueco para afianzar esos lazos familiares. No te agobies, ya lo haréis, y disfruta de este día, aunque no sea como lo tenías planeado —me dice mientras me muerdo la cara interna de una mejilla con nerviosismo—. ¿Te imaginas que aparece vestido con unos pantalones vaqueros? Te da un ataque seguro —añade, cambiando de tema a propósito y consiguiendo que deje de preocuparme, porque es cierto y mis padres van a matarme y puede que mis suegros deseen hacerlo un poco también.

—¿Con Noël y Logan cerca? Lo dudo. Además, ya sabe

que, como venga vestido de cualquier manera, no me caso, así que él verá lo que hace —sentencio, a pesar de que estoy segura de que, aunque apareciese hecho un desastre, me casaría con él, porque la ropa, al final, solo es ropa, y yo a quien quiero es al hombre que la porta, sea la que sea.

Capítulo 46

Ciro

Llego al ayuntamiento acompañado por Noël y Logan, hecho un manojo de nervios y vestido como un muñeco de tarta, con traje e incluso con pajarita, con el pelo todo repeinado hacia atrás y con las manos sudadas, y esto lo hago por ella y también por ellos, pues se han implicado en esta boda como si fuese la suya, porque, si hubiera dependido de mí, me habría puesto unos pantalones vaqueros y un suéter y listo.

—¿Cómo vas? —me pregunta Noël mientras nos dirigimos a la sala donde se oficiará la ceremonia.

—Bien —me limito a contestarle, sintiendo cómo mis nervios desaparecen por completo cuando llegamos y mi mirada tropieza con la de Florence, con la de Monique, con la Sidney y con la de todos los costureros, que se encuentran junto al equipo de Diseño de mi chica, para seguidamente cruzarme con la mirada emocionada de María Eugenia y Francisco, mis suegros, que están junto a Santi, mi cuñado, que sonríe ante algo que le está diciendo el pequeñajo, que parece mirarlo todo sin entender nada, sonriendo tanto como se puede cuando veo a mi amiga Valentina junto a su marido, Víctor, y dejando de ver al resto de los invitados cuando mi mirada tropieza con la de mis padres, hacia los que me dirijo, casi corriendo, sintiendo cómo la emoción late intensamente en mi garganta.

—¡Mamá! —exclamo, abrazándola con fuerza, alzándola incluso del suelo.

—¡Hijo! ¡Pero si te has puesto hasta traje! —exclama, riendo y llorando a la vez, pues hace meses que no nos vemos, y esto es algo que debemos cambiar, porque no podemos estar tanto tiempo sin ver a nuestras familias.

—¡Papá! —lo llamo, incluyéndolo en mi abrazo, con las lágrimas llenando mis ojos.

—¡Qué felices nos hace estar aquí! —me dice mi progenitor, sonriéndome emocionado.

—Estás guapísimo —me halaga mi madre—. Por fin te veo como me gusta —añade con cariño, separándose de mis brazos para acunar mis mejillas con ambas manos, secándome las lágrimas que han llegado en cuanto el recuerdo de mi hermana se ha colado en nuestro abrazo, «y que siempre lo haga», pienso, aferrándolo—. Así es cómo se vive, hijo, y así de feliz es como quiero verte siempre —declara mientras que yo solo puedo asentir con la cabeza.

—Ciro, cariño, por fin vas a ser mi yerno, aunque no sea ante Dios —oigo a mi suegra, y me vuelvo para abrazarla, como luego abrazo a Francisco y a toda su familia, que también es la mía, para seguidamente presentarles a mis padres.

—Gracias por venir. Sé que ha sido muy precipitado, pero estoy muy contento de que nos acompañéis en un día como este —les digo, intentando frenar mis lágrimas.

—Y este chico tan guapo es el que te ha ayudado a organizarlo todo, ¿verdad? —me pregunta María Eugenia cuando Noël se acerca a saludarlos.

—Sí, él y Logan. ¡Logan, ven un momento! —lo llamo, rodeando su hombro cuando se coloca a mi lado—. Gracias a ellos he podido tenerlo todo listo en tan poco tiempo y sin que María Eugenia se entere.

—Y eso ya es todo un logro, porque a mi hija no se le escapa nada —me corta mi suegra.

—Déjalo hablar —la amonesta su marido, consiguiendo que una sonrisa cruce mi rostro.

—Y gracias a ellos este día será todo lo especial que ha de ser —añado, primero en español y luego en francés—. Sé que puede parecer precipitado, sobre todo para vosotros, que apenas la conocéis —me dirijo a mis padres—, pero es la mujer de mi vida y prometo hacerla muy feliz —les dedico esta vez a mis suegros y, no sé por qué, pero necesito que lo sepan. Que sepan que haré todo lo que esté en mi mano para que nunca se arrepienta de haber dado este paso.

—Ya lo sabemos, cariño. La ocupada de mi hija tiene mucha suerte de tenerte a su lado —contesta mi suegra, para luego dirigirse a mis padres—. Ten hijas para esto... Si no llega a ser por vuestro hijo, nos hubiésemos perdido todo esto. Yo debo de haber hecho algo mal en esta vida, porque una vive con su pareja sin casarse y a la otra la veo de uvas a peras y encima iba a casarse sin decírmelo, pero, cuando termine la ceremonia, le va a caer tal rapapolvo que va a querer cruzar París de rodillas con tal de no escucharme —les dice con esa forma de hablar tan suya, que no sabes si está sumamente enfadada o divertida ante el asunto.

—Ni se te ocurra decirle nada —le demando, esta vez con seriedad—, prométemelo.

—Demasiado me pides. Si no se lo digo, reviento —me asegura, recordándome muchísimo a su hija y consiguiendo que sonría, tal y como están haciendo todos.

—¿Mi amiga ya ha saldado cuentas con Dante y Pilar? —oigo la voz de Valentina, y me giro para encontrarme con su resplandeciente sonrisa.

—No, pero todo llegará, ricura —contesto, yendo hacia ella para abrazarla con cuidado, porque está sumamente embarazada—. Gracias por venir, pero, por favor, no te pongas de parto hoy —bromeo, acariciando su tripa con cariño.

—Tranquilo, que todavía me queda un mes —me asegura, feliz, mientras observo cómo Víctor se acerca a nosotros.

—Enhorabuena, macho —me felicita, tendiéndome su mano, que acepto.

—Gracias —le respondo, esbozando una sonrisa—. Gracias por venir y por guardarme el secreto —le digo a mi amiga, guiñándole un ojo.

—Están llegando, sentaos todos —nos indica Santi cuando recibe el mensaje de Candela, «y, joder, va a darme algo», asumo, sintiendo cómo mi corazón golpea con fuerza mi pecho.

—Voy a esperarla abajo. Dile a tu suegro que se coloque en la puerta para que sea él quien la acompañe hasta donde tú estés —me ordena Noël a toda prisa antes de largarse, y hago lo que me pide, sintiendo que me ahogo con mis nervios.

Capítulo 47

María Eugenia

—Hola —me saluda Noël cuando Candela y yo llegamos a la entrada del ayuntamiento—. Estás guapísima —me regala, abrazándome, y correspondo a su abrazo sintiendo cómo la brisa de finales de mayo se enreda entre mis piernas—. ¿Nerviosa?

—Un poco. Te presento a mi hermana, Candela —le digo primero en francés y luego en español mientras ellos se dan un par de besos—. Llegó ayer por la tarde —le cuento, inspirando profundamente—. ¿Ciro, Logan y Sidney están ya dentro? —le pregunto con un hilo de voz, y no puedo creerme que esté tan nerviosa.

—Sí, ya estamos todos, solo faltas tú —me indica, guiñándome un ojo—. Venga, vamos —me apremia, cogiéndome del brazo, y lleno mis pulmones de aire en un vano intento por tranquilizarme.

«Puede que esté tan nerviosa porque hace unas horas que no lo veo —me digo, viéndome en lo alto del puente mientras mis pasos resuenan en el interior del edificio—, o porque esto, aunque no deje de ser un formalismo, es importante para ambos y nuestra familia no va a estar presente», prosigo mi machaque particular, alargando mi mano para aferrar la de mi hermana, que camina a mi lado.

—Tranquila —me pide, percibiendo mi nerviosismo.

—Es en esta sala —me anuncia Noël, aferrando el pomo de la puerta mientras siento cómo un pitido se instala en mis tímpanos y todo comienza a estar un poco borroso—. ¿Lista? —me pregunta, y asiento con la cabeza, incapaz de articular palabra, mientras veo cómo abre.

«¿Cómo? —atino a pensar cuando la canción + llega para ensordecer ese pitido y mi mirada tropieza con la de mi padre—. Debo de estar teniendo alucinaciones», me digo a toda prisa.

—¿De verdad creías que íbamos a perdernos un momento como este? —me pregunta, emocionado, abrazándome, mientras que yo no consigo reaccionar—. Te quiero, hija; tu madre ya te matará luego —me asegura, divertido, y oigo la risa de Candela a mi espalda mientras, abrazada a mi padre, detengo la mirada en mi madre, que está llorando a mares al lado de Santi, que se encuentra junto a los padres de Ciro—. ¿Vamos? —inquiere mi padre, tendiéndome su brazo, y yo solo puedo llorar ante lo que estoy viendo... Mi garbancito, hecho un hombrecito ya, vestido con un traje y portando un cojín con las alianzas, colocándose frente a mí y esbozando un tímido «qué guapa estás, tía». Mi amiga Valentina, Víctor y toda la familia de Dior. «¿Qué hacen aquí? ¿Cómo se han enterado? ¿Quién se lo ha dicho?», me pregunto de inmediato, sin poder alejar la mirada de todos ellos—. Tu chico te está esperando —me indica mi padre, consiguiendo que reaccione y que mis ojos se humedezcan todavía más cuando mi mirada se encuentra con la suya, y, durante una fracción de segundo, recuerdo cuando me refería a él como mi agujero negro y más tarde como mi universo.

«Yo colgué un deseo en un árbol mágico, tener el universo frente a mí, y eso es lo que tengo ahora», afirmo mientras echo a andar hacia él, evocando ese viernes, de hace tantos años ya, cuando lamió mi mano, ese chocolate en la cafetería de San Ginés, nuestro primer beso en ese pub y cuando me dijo por primera vez que me quería con esa canción que luego hicimos nuestra y que está sonando ahora.

—Cuídala mucho —le pide mi padre cuando llegamos hasta él.

—¿Tú has hecho todo esto? —inquiero, sin poder dejar de llorar.

—Con la ayuda de Noël y Logan —me responde, aferrando mis manos, con el brillo de las estrellas instalado en su mirada—. Que llores con el anuncio de El Almendro puedo entenderlo, pero ¿por esto?, ¿en serio? —bromea, consiguiendo que la risa brote de mi garganta.

—Eres idiota —musito, sin poder alejar mi mirada de la suya, sin poder dejar de llorar, de sonreír y sin poder ver nada ni a nadie que no sea él.

—Pero soy el idiota que va a casarse contigo. Te quiero, pelirroja.

—Y yo te quiero a ti —susurro, dejando de frenarme para darle un dulce beso que termina en un abrazo, mientras de fondo oigo el estribillo de esa canción que siempre será nuestra canción.

Y de nuevo estamos abrazados y de nuevo estoy volando a su lado.

—Bienvenidos —comienza a hablar el concejal que va a oficiar la ceremonia, y me separo con reticencia de su cuerpo para corresponder a su saludo—. ¿Empezamos? —nos pregunta mientras yo le sonrío a Sidney y a Logan, quienes, junto a Noël y mi hermana, serán nuestros testigos, para luego volverme de nuevo hacia él.

—Estás guapísimo —le dedico, aferrando su mano con la mía.

—Tú más, pelirroja —me contesta, devolviéndome la sonrisa, dándome un suave apretón con su mano.

—Buenos días, estamos aquí para unir en matrimonio a María Eugenia y a Ciro —dice el oficiante, solo que yo únicamente tengo ojos para él. Para mi futuro marido. Para el hombre que ha hecho lo que yo no me veía capaz de hacer: organizar una boda y hacer de este día el más feliz de mi vida y no solo un formalismo—... Quiero hacer constar que se han cumplido todas las prescripciones legales para la celebración de este matrimonio civil, sin que en la audiencia sustitutoria de edictos se haya presentado ni denunciado impedimento ni obstáculo para esta unión —prosigue mientras nuestros dedos se entrelazan, y con la mirada nos decimos cuánto nos queremos, sonriendo ambos cuando el concejal le cede la palabra a Noël.

—Y tú eras la que quería venir y firmar, y mira la que te hemos liado entre todos —comenta, emocionado, provocando que las lágrimas lleguen en tropel a mis ojos—. Voy a hablar por mí, pero también por toda la familia Dior, porque eso es lo que tú has conseguido, que seamos familia, que te veamos como nuestra jefa, pero también como alguien nuestro, alguien de la casa a la que siempre podemos recurrir. Tengo tantas cosas que agradecerte que necesitaría horas para poder enumerarlas todas, así que solo te diré que te quiero y que siempre haré lo que esté en mi mano para que seas feliz, porque no solo eres mi jefa, también eres mi amiga, mi confidente y una parte de mi vida por la que siempre voy a velar. Enhorabuena, pareja —concluye, emocionándonos a ambos.

—Yo no iba a hablar, pero me lo han pedido, ¿y cómo negarme? —nos pregunta con dulzura Agatha, la madre de Ciro, dedicándome una sonrisa que le devuelvo—. Quiero que sepas que estoy muy contenta de veros juntos y, sobre todo, de ver a mi hijo tan feliz —me dedica, guardando unos segundos de silencio—. Dicen que la vida no es sencilla, y puede que tengan razón, pero yo creo que la vida es como decidimos vivirla ante las adversidades. Vosotros habéis superado las vuestras y aquí estáis, felices y enamorados, y eso es lo que al final cuenta. Disfrutad de la vida, de vosotros, y, cuando el camino sea cuesta arriba, recordad cuánto os queréis y todo lo que habéis superado. Vivid por los que no están aquí y sed felices por todos ellos, porque la vida es un regalo y, a menudo, nos olvidamos de ello. Te quiero, hijo, y verte así es otro regalo —añade mientras las lágrimas ruedan por mis mejillas y por las suyas, «y nunca más volveré a decir que no lloro por las cosas importantes, porque no imagino una cosa más importante que esta y me estoy hartando a llorar», pienso, abrazando a mi suegra cuando se acerca a nosotros.

—Y ahora ha llegado mi turno —interviene Candela, consiguiendo que sonría a pesar de estar llorando—. Yo creo que ya pueden darme el Óscar a la mejor interpretación... —comenta, provocando varias carcajadas—. O soy muy buena actriz o tú estás perdiendo facultades, hermanita, porque no te has enterado de nada —continúa, consiguiendo que me carcajee de nuevo—. Ya te lo dije ayer y creo que también te lo he dicho hoy, pero permíteme que me repita. No hay nadie que se merezca más que vosotros ser felices. Os quiero, a los dos, y quiero que me hagáis tía pronto, porque tengo que vengarme de ti por todas las veces que tú y mamá disfrazasteis a Gabriel siendo bebé —suelta, provocando mis risas y las de Ciro—. Disfrutad de este momento, de la vida y de vosotros, porque ya os toca. Enhorabuena —finaliza, acercándose a nosotros para darnos un beso.

—Te mato —le susurro, provocando su carcajada.

—Creo que mamá quiere matarte a ti antes —replica, con una sonrisa envuelta en emoción.

—Así pues, os pregunto —toma de nuevo la palabra el concejal—: Ciro; ¿quieres contraer matrimonio con María Eugenia y efectivamente lo contraes en este acto? —le formula, y creo que nunca hemos sonreído más de lo que estamos sonriendo ahora, a pesar de estar llorando.

—Sí, quiero —afirma, incrementando el latido de la emoción que tengo instalado en la garganta desde que mi mirada se ha encontrado con la de mi padre.

—Y tú, María Eugenia, ¿quieres contraer matrimonio con Ciro y efectivamente lo contraes en este acto?

—Sí, quiero —contesto, perdiéndome en el infinito del universo. El infinito de su mirada.

—Yo, Ciro, te tomo a ti, María Eugenia, como esposa y prometo serte fiel y cuidar de ti en la riqueza y en la pobreza, en la salud y en la enfermedad, todos los días de mi vida —me dice mientras desliza el anillo en mi dedo, y nuestra sonrisa habla por nosotros.

—Yo, María Eugenia, te tomo a ti, Ciro, como esposo y prometo serte fiel y cuidar de ti en la riqueza y en la pobreza, en la salud y en la enfermedad, todos los días de mi vida —expreso, colocándole el anillo y equilibrando definitivamente mi balanza. Una que no permitiré que se desequilibre nunca más.

—Yo os declaro marido y mujer; podéis besaros —habla el concejal, creo que con una sonrisa, porque no hemos podido esperar y ya nos estamos besando.

Y qué fácil ha sido dar el salto y permitir que mis alas se desplieguen solas y qué fácil está siendo volar cuando él lo hace a mi lado.

—Te quiero, pelirroja —murmura solo para mí, enterrando los dedos en mi pelo.

—Y yo a ti —respondo en un murmullo antes de que Logan, Sidney, Noël y todos se acerquen para darnos la enhorabuena, y por supuesto que me la han liado bien liada, porque solo íbamos a ser unos pocos y somos muchísimos y no puedo estar más feliz.

—Menuda sorpresa nos habéis dado —nos comenta Constantine, su padre, rodeando la espalda de Ciro con orgullo.

—Y ojalá todas sean tan buenas como esta a partir de ahora —interviene su madre, mirándonos con cariño—. Os esperamos en Menorca; tanto Constantine como yo estamos deseando conocerte más, no como la diseñadora de Dior, sino como nuestra nuera.

—Y yo estoy deseando pasar más tiempo con vosotros —les dedico, viendo a mi madre acercarse, y me muerdo el labio inferior, sabiendo que va a caerme una buena.

—Vergüenza tendría que darte, y no me pidas que no le diga nada —le advierte a Ciro cuando mi marido va a hablar. Mi marido. Vaya, qué bien suena.

—Mamá —me quejo, sin poder dejar de sonreír.

—Mira, porque estoy presente y he llorado más que en toda mi vida, porque, si no, te caería un rapapolvo que mejor no quieras saberlo... Ay, ¡ven aquí! —exclama, abrazándome con fuerza—. Te salva lo mucho que te quiero, que, si no, verías tú —añade, emocionándome, y no es la única que está llorando más que en toda su vida, porque ni con cien anuncios de El Almendro hubiese llorado tanto.

* * *

Comemos todos juntos en un restaurante, donde se oyen tanto conversaciones en español como en francés y donde no me separo de mi marido en ningún momento; donde nuestros dedos se entrelazan continuamente; donde nos sonreímos cada vez que nos miramos, que es cada pocos minutos, y donde nos decimos lo mucho que nos queremos cada vez que lo hacemos, y nunca me había sentido así, tan plena y dichosa, como me siento ahora.

—Estoy deseando llegar a casa para saber qué se siente cuando follas con un anillo puesto —me dice con insolencia cerca del oído.

—Estás tan bueno con ese traje y así, tan repeinado, que si quieres follarme vas a tener que hacerlo vestido —suelto, sintiendo cómo su carcajada vibra en mi oreja, provocando la mía, una que silencio cuando lo veo levantarse, coger su copa y tomar la palabra.

—Yo conocí a una pelirroja hace años. Recuerdo que le gustaba tomar chocolate con churros mientras dibujaba vestidos a todas horas y, aunque ella no me veía, yo solo tenía ojos para ella. Verte era lo mejor de trabajar en esa chocolatería —me asegura, consiguiendo que las lágrimas regresen a mis ojos—, y, aunque le perdí la pista durante unos años, luego nos reencontramos cuando mi amiga Valentina nos invitó a su finca, y ya no pude parar hasta que conseguí que accediera a cenar conmigo. Y no fue fácil, porque es tozuda como ella sola y le gusta hacerse la dura como a nadie, pero lo imposible se vuelve posible a base de intentarlo, y yo lo intenté tantas veces que al final logré que me dijera que sí. Y hoy esa pelirroja ha vuelto a decirme que sí y me ha hecho el hombre más feliz del mundo. Te quiero y quiero que sepas que iba en serio y que mis garantías son de por vida —sentencia, llenando su mirada del azul más bonito del mundo.

—Yo también te quiero, aunque sea tozuda, me guste complicar las cosas y esté insoportablemente ocupada todo el tiempo —le respondo, levantándome para estar más cerca de él, y ojalá pudiera dejar de llorar de una vez.

—Suerte que me tienes a mí para compensar —me dice en voz baja, consiguiendo que solo pueda verlo a él.

—Cierto, suerte que te tengo a ti para todo —musito antes de besarlo.

Mi crío insolente a medio hacer. Mi chico de anuncio. Mi marido.

Capítulo 48

Ciro

Nos despedimos de todos a altas horas de la noche y, aunque he disfrutado de cada instante, ahora viene el mejor de todos.

—Estás impresionante, esposa mía —la piropeo cuando llegamos a casa, aprisionando su cuerpo contra la puerta y provocando sus risas.

—Tú sí que estás impresionante, marido mío. Iba en serio y no quiero que te quites nunca ese traje —contesta, pegándose más a mí, acariciándome la espalda.

—¿Nunca? Creía que habías dicho que solo tenía que dejármelo puesto mientras te follase —le digo con voz ronca, comiéndomela con la mirada mientras mis manos buscan el cierre del vestido—. En cambio, yo te prefiero desnuda —musito, atrapando con suavidad su labio inferior con los dientes mientras empiezo a bajarle la cremallera del vestido, provocando que su respiración se vuelva densa y caótica, como la mía.

—Ciro —gime en mi boca, librándome de la chaqueta y seguidamente de la corbata, y enarco una ceja.

—¿Me estás desnudando? —le pregunto con sorna.

—Luego ya te vestiré —me replica, arrancándome una dura sonrisa—. Ahora creo que también te prefiero desnudo —prosigue, comenzando a desabrochar mi camisa mientras mi erección amenaza con cargarse la cremallera de los pantalones.

—Yo no tengo tan claro que vaya a vestirte luego —le advierto cuando termina de desabrochármela, y antes de que me la quite dejo de estarme quieto para librarla de ese vestido que está impidiéndome ver lo que llevo desde anoche deseando ver.

—Cuidado —me pide moviendo los hombros para facilitarme la labor, y, cuando la tengo frente a mí, solo con ese *body* color nude, totalmente transparente en la parte del vientre, siento cómo el aire escapa de mis pulmones.

—No lo tires al suelo —me pide cuando voy a dejar caer el vestido, sonriendo cuando enarco una ceja.

—No querrás que lo cuelgue de la percha —contesto con sorna.

—No, pero no estaría mal que llegásemos a la cama o al sofá —me indica, pegándose a mi cuerpo y a mi erección, cogiendo el vestido que iba a tirar al suelo cuando se ha frotado contra ella.

—Está bien, vamos a la cama —mascullo, haciéndome con su mano para llevarla hasta la habitación, y no sé dónde deja el vestido en nuestro corto recorrido desde la entrada al cuarto, pero, cuando llegamos a la habitación, ya no lleva la prenda y sus manos están librándome de la camisa mientras mis labios atrapan los suyos con voracidad.

—Estás tan sexy con ese *body* que creo que voy a follarte con él puesto —le digo, tumbándola sobre la cama, abriéndole las piernas y hundiendo la cabeza entre ellas, dándole un lengüetazo por encima de la prenda y arrancándole un gemido que tiene una repercusión directa en mi sexo.

Y mientras ella se arquea, tirando de mi pelo, hago a un lado el trozo de tela para encontrar sus labios, «y, joder», pienso cuando le doy un segundo lengüetazo y mi lengua se llena de su humedad.

—No voy a moverme nunca de aquí —le aseguro, alzando la mirada y encontrándome con la suya, tan llena de deseo como siempre quiero verla.

—Me parece bien —responde mientras su pecho sube y baja acelerado, y le abro más las piernas, hundiendo mis dedos en su piel.

«Tan abierta a mí, tan expuesta y rendida a todo lo que quiero darle», me digo antes de llevar mis labios de nuevo a su sexo y arrancarle una sucesión interminable de jadeos mientras succiono su clítoris y la chupo y lamo sin poder detenerme.

—A cuatro patas —le ordeno, cegado por su sabor, sintiendo cómo mi pecho se infla y desinfla, acelerado, mientras deslizo la lengua por su trasero y le arranco un gemido largo y entrecortado que se prolonga en otro y en otro cuando meto dos de mis dedos en su centro, mojado y palpitante, para empezar a masturbarla al tiempo que mis labios dejan un reguero de saliva que es un recordatorio del camino que no dejan de recorrer; de arriba abajo y de abajo arriba.

—¡Dios mío! —grita cuando el orgasmo explota en su interior, mientras que yo no puedo alejar mi boca de su sexo.

«Más, joder. Más», pienso, succionando su placer y enloqueciendo con él, sin plantearme siquiera alejar mis labios de los suyos, aferrando su cuerpo con fuerza para que no se mueva mientras la llevo de nuevo a ese punto de no retorno y sus gritos resuenan en mi pecho cuando vuelve a explotar en mi boca.

—La hostia —musita con admiración, dejándose caer en la cama, y me muevo para buscar un preservativo.

—La hostia viene ahora —le advierto con dureza, quitándole finalmente el *body* para poder hundirme en ella sin encontrar impedimentos, levantando sus caderas para, de un empellón, penetrarla, hasta el fondo, tanto como puedo, tanto como deseo.

Tres, cuatro, seis, ocho, diez, «más, más, más, ¡joder!», atino a pensar cuando nos movemos y ella queda sobre mí, con sus pechos frente a mi cara.

—Sí, pelirroja, fóllame —le pido mientras esta vez es ella la que marca el ritmo, besándome con esa desesperación que reconozco tan bien porque es la misma que me domina a mí, la que tengo instalada en la palma de mis manos mientras atrapo sus pechos y la misma que me insta a moverme siguiendo su ritmo. Rápido. Delirante. El nuestro—. Córrete, venga, cariño, córrete —le pido cuando ya no puedo retrasarlo más, dejándome ir finalmente cuando lo hace ella con un grito al que me uno.

—Si llego a saber que con un anillo íbamos a follarnos así, te anillo antes —suelto, provocando su carcajada, cuando consigo recuperar la voz, y, joder, cuánto tiempo hacía que no utilizaba esa expresión.

—Si llego a saber que con un anillo íbamos a follarnos así, te hubiese dejado anillarme ese mismo fin de semana.

—Eso no te lo crees ni tú —le rebato con una carcajada que alargo cuando oigo la suya, sintiendo la felicidad y las ganas de vivir llenar cada una de las células de mi cuerpo.

—Cierto, pero ¿sabes qué?

—¿Qué? —contesto con voz ronca, sin poder ver nada que no sea ella.

—Que bendito bucólico fin de semana —me dice, esta vez con seriedad, rodeando mi cuello con sus brazos antes de acercar sus labios a los míos para esta vez besarme con calma.

Con la calma que sientes cuando todos tus sentidos están colmados. Con la calma que sientes cuando solo te domina el sentir, el querer y el reafirmar esas palabras que viven dentro de ti, porque no necesita decirme cuánto me quiere cuando me besa así.

* * *

—¿Cuándo se te ocurrió invitarlos a todos? —me pregunta un poco más tarde, una vez dentro de la bañera.

—Fue un día de camino al trabajo; iba con la moto y vi a una pareja de recién casados posando para un fotógrafo y no sé por qué imaginé su boda y luego pensé en la nuestra y no me gustó —le cuento, rememorando ese momento—. Fue como si a la nuestra le faltase el color que veía en la otra, y ya sé que habíamos hablado de ir y firmar y que no hacía falta invitar a nadie porque solo iba a ser un trámite, pero en realidad no es así, porque puede que sea solo un trámite, pero es importante, y las cosas importantes deberíamos celebrarlas con nuestra familia y con las personas que nos quieren. Nosotros vivimos a miles de kilómetros de ellos y los vemos muy pocas veces al año, se pierden nuestro día a día y nosotros el suyo, y puede que sea porque mis padres ya han perdido una hija y van a perderse toda esa vida que no va a vivir o porque te quiero tanto que no quería restarle importancia a las cosas que la tienen, pero, en ese instante, decidí que no iba a ser un trámite, sino algo que pudiéramos recordar siempre y algo especial que pudiéramos contar a nuestros hijos.

—Pues lo has conseguido, porque te prometo que ha sido el día más feliz de toda mi vida —me confiesa mientras la abrazo y ella juguetea con mis dedos, con su cabeza recostada sobre mi pecho—. ¿Por qué no me lo contaste?

—Porque, cuando te pedí que te casaras conmigo, la primera vez, no tenía ningún anillo y te di una concha, y la segunda vez ni eso, simplemente te lo pedí y quería...

—Tengo el mejor anillo de todos —me corta, volviéndose, alzando su mano para mostrarme la alianza.

—Y yo, pero quería darte una sorpresa y ver tu cara cuando Noël abriera la puerta y vieras a toda nuestra gente allí, esperándote, como te estaba esperando yo. Quiero hacerte todo lo que feliz que pueda, porque es una promesa que me he hecho a mí mismo y te aseguro que no vamos a ver la vida pasar, pelirroja, sino que vamos a vivirla, de verdad, exprimiéndola al máximo y disfrutándola por todos lo que no pueden —afirmo, sintiendo el pálpito del dolor latir momentáneamente en mi garganta al evocar a mi hermana.

—Te quiero —me dice, volviéndose para sentarse a horcajadas sobre mis piernas—. Eres lo mejor que me ha pasado en la vida —susurra, hundiendo sus dedos en mi pelo, perdiéndose en mi mirada como me pierdo yo en la suya mientras rodeo su cintura con mis manos—, y te prometo que voy a hacerte todo lo feliz que pueda, que intentaré estar callada la primera media hora mientras te despiertas, pero que luego te taladraré muchísimo la oreja —bromea, provocando mi sonrisa y llevándose con sus palabras ese pálpito que estaba empezando a dejar su marca—. Te prometo besarte mucho y quererte más —prosigue, instalando otro tipo de pálpito, que en nada se parece al otro, pero que tiene la misma capacidad para llenar mis ojos de lágrimas— y te prometo que seguiré poniéndote las cosas difíciles, porque no puedo evitarlo y me sale de dentro, pero que al final te saldrás con la tuya; te prometo que nunca más detendré nuestro juego, pero siento decirte que ya no me llevas ventaja, porque ahora yo también quiero más

—concluye mientras me esfuerzo por retener las lágrimas en mis ojos.

—Y yo prometo seguir cantándote cuánto te quiero cuando demos paseos en moto. Prometo abrazarte mucho y quererte más. Prometo seguir saliéndome con la mía, por muy difícil que me lo pongas, y prometo hacerte creer que me llevas ventaja —le digo, provocando sus risas, que llegan para mezclarse con sus lágrimas—, pero, sobre todo, te prometo que nunca más permitiré que nuestros caminos se separen —sentencio, esta vez con seriedad, alargando la mano para coger el anillo que escondí ayer, mientras ella parloteaba sin cesar con su hermana—. Ya sé que te tengo anillada —declaro con la emoción cercando mi garganta—, pero te debía un anillo —continúo, cogiendo su mano para deslizarlo por su dedo—, y no un anillo cualquiera, sino uno que nos recuerde nuestra historia —detallo, viendo las lágrimas desprenderse de sus ojos mientras observa la concha de diamantes que es una réplica exacta, pero más pequeña, de la que yo le entregué en esa playa.

—¿Sabes que yo llevé conmigo la concha durante todos estos años? —me confiesa para luego guardar silencio durante unos segundos—. Yo también tengo un regalo para ti, pero que tenemos que hacer entre los dos, porque yo sola no puedo y, si lo hacemos bien, será mío durante nueve meses, pero luego prometo compartirlo contigo el resto de nuestra vida —me dice mientras siento cómo el corazón me da un vuelco.

—¿Cómo?

—Quiero al niño rubito o a la niña pelirroja, no importa quién venga primero, pero quiero a uno de los dos, y quiero que empecemos a buscarlo ahora —me anuncia con gravedad, provocando que mi sexo reaccione al instante.

—¿Estás segura?

—Completamente —afirma, moviéndose para encajar mi erección en su interior, arrancándome un suspiro que se une al suyo mientras aferro su cintura con fuerza, todavía asimilando lo que acaba de pedirme y deseando con todo mi ser que esa niña pelirroja que yo imaginé hace años se convierta en una realidad.

Capítulo 49

María Eugenia

«Yo nunca quise ser madre —pienso mientras siento su sexo deslizarse en mi interior—. Yo nunca quise estar con un hombre más joven que yo —recuerdo, besándolo con dulzura, sintiendo cómo me llena por completo antes de volver a salir—, y nunca quise estar con él, al menos al principio, y ahora, entre sus brazos y siendo su mujer, lo quiero todo; quiero ser madre, quiero estar con él y quiero todo lo que la vida pueda ofrecerme», me digo, sintiendo cómo la emoción eriza mi piel mientras hundo mis dedos en su pelo y un gemido escapa de entre mis labios al tiempo que abrazo este momento de la misma forma en que mis piernas abrazan su cuerpo.

«Abrazar, besar, sentir, vibrar y disfrutar de este momento dulce que en nada se parece al otro que hemos vivido en la cama, porque ahora no estamos follando, ahora estamos queriéndonos, estamos buscando algo juntos», pienso, echando la cabeza hacia atrás mientras sus labios besan mi cuello, y nunca me he sentido más querida de lo que me siento ahora y nunca el amor había latido de una forma tan clara en mi pecho.

—Te quiero —susurro con voz entrecortada, buscando sus labios.

—Te quiero, pelirroja —musita, siguiendo mi ritmo con las caderas mientras sus manos aferran mi piel.

—Te quiero, te quiero, te quiero —gimo, moviéndome más rápido, subiendo y bajando y creando pequeñas olitas que se desbordan por la bañera al tiempo que el orgasmo crece en mis entrañas.

—Sí, cariño, muévete así —ruge en mi oreja, haciendo a un lado la dulzura para exigirme con su cuerpo, su voz y sus manos lo que nuestros cuerpos nos están reclamando.

Fuerte. Rápido. Caliente. Más. Más. Más.

Y cuando el orgasmo estalla en mi interior lo dejo ir en forma de grito mientras él se deja ir conmigo, por primera vez en mi interior sin protección y sin apartarse.

«Y ya está hecho y ojalá suceda —pienso, llenando mis pulmones con una fuerte inspiración, sin alejarme de su cuerpo y manteniéndolo dentro de mí, percatándome de que estamos abrazados—... como siempre —me emociono, dibujando mi sonrisa en su piel mientras mi mirada se detiene en la concha de brillantes que llevo en el dedo—. Puede que yo no le haya regalado un anillo, pero espero darle cobijo a su hijo en mi vientre y ser la mejor madre para él, o para ella, si finalmente es una niña», me digo, sin poder borrar la sonrisa de mi rostro, sintiendo cómo la calidez del amor me llena por dentro.

—Gracias por este día —murmuro, moviéndome para buscar el azul de su mirada. El azul del calor. El azul del infinito.

Mi infinito. Mi mar en calma. Mi marido y mi vida entera, porque por fin mi vida está entera y la balanza, equilibrada.

* * *

Y un mes después, durante la semana de la alta costura, salgo a saludar, al final del desfile, como una mujer casada, con la sonrisa orgullosa de mi marido acariciando mi piel y con los aplausos de mis amigas, que siguen sin perderse mis presentaciones, resonando por encima del resto, «y qué afortunada soy por tenerlas conmigo y cuántas cosas tenemos que contarnos y que celebrar», medito, sonriendo tanto como es posible hacerlo, sintiéndome la mujer más dichosa del mundo.

Una semana después, Madrid

—Me encanta nuestra casa de París, pero esta siempre tendrá algo que la hará especial —comento mientras observo el vestidor, viéndonos a través de la memoria—. Fue aquí donde te dije por primera vez que te quería —rememoro mientras los recuerdos llegan para llevarme con ellos, «supongo que como están haciendo con él», asumo, deteniendo la mirada en el tocador donde le escribí esa carta dándole las gracias por convertirme en una guerrera en un jardín—. Al final no hemos retomado las clases de aikido —le digo, volviéndome para mirarlo.

—Porque estamos demasiado ocupados haciendo otras cosas —me contesta con una sonrisa insolente, apoyado en el marco de la puerta.

—Cierto —admito, esbozando yo otra—. ¿Sabes de lo que me he dado cuenta? —le pregunto, acercándome a él.

—Soy todo oídos —me responde sin dejar de sonreír, sin permitir que me suelte de su mirada, «y siempre será mi chico de anuncio», afirmo, esbozando su sonrisa.

—De que ya no podrías contar mis sonrisas porque me paso el día sonriendo —le digo, enganchando mis dedos en las trabillas de sus pantalones mientras él me dedica una sonrisa cargada de arrogancia, y yo valoro cómo entrarle para convencerlo—. He estado pensando que no estamos nunca aquí y que podríamos sacarle partido a esta casa y que...

—No —me corta, contundente.

—No, ¿qué? —inquiero, frunciendo el ceño.

—Que la respuesta es no.

—¡Pero si no sabes lo que voy a plantearte!

—No vamos a pasar la luna de miel aquí encerrados.

—¿Por qué no? Es mucho mejor que pasarla en una furgoneta —le replico, alejándome de él—. Ya sé que dije que sí, pero lo he pensado mejor y no me veo meando detrás de un árbol, entre otras cosas —prosigo, exasperada, mientras él se cruza de brazos, mirándome con hastío—. Mira, paso, vete tú si quieres a nadar en ríos y a entretenerte por ahí; yo me quedo aquí y ya me recoges cuando te canses de comerte kilómetros sin ningún sentido.

—No pienso irme solo —me asegura con voz ronca, acercándose a mí—. Vas a bañarte desnuda conmigo en lagos increíbles y vas a ver el anochecer y el amanecer entre mis brazos. Vamos a comernos muchos kilómetros, sí, pero vamos a follar más, y te prometo que valdrá la pena; además, tienes que tomarte un café conmigo y con la vida y tengo que presentarte, como mi mujer, a mi familia de Instagram, y no imagino un momento mejor para hacerlo que durante este viaje.

—Oye, que así suena muy bien, pero luego la realidad va a ser muy distinta. En serio, paso —replico, completamente segura de que no voy a subir en esa furgoneta; vamos, que antes de mear detrás de un árbol me tiro por un puente con unos *jeans* rasgados.

—De eso nada.

—¡Es que no entiendo por qué no podemos tener una luna de miel como todo el mundo! En un hotel, con muchos baños, en una playa paradisiaca, y yo con una pamela más grande que todo el complejo hotelero, con un bikini fantástico y tomando piña colada tumbada en una hamaca. ¡Eso es lo que yo quiero! ¡No un viaje en una furgoneta!

—¿Has terminado?

—¡No, no he terminado!

—Venga, pues sigue —me pide, resignado a tener que escucharme, y lo fulmino con la mirada.

—Vete a la mierda —le dedico, enfadada, cruzándome de brazos.

—¿No te das cuenta de que ese viaje del que hablas podemos hacerlo en cualquier momento?

—Y, este, ¿no?

—También, pero te propuse este y dijiste que sí.

—¡Me lo propusiste mientras follábamos! Te hubiese dicho que sí aunque me hubieras propuesto ir al maldito infierno.

—Pero eso ya es cosa tuya, pelirroja. Tienes que aprender a centrar tu atención en las cosas importante y no dejarte despistar con tanta facilidad —me suelta con insolencia, y tengo que frenarme mucho para no arrearle un guantazo—. ¿Qué nos jugamos a que luego quieres repetir?

—Lo que quieras —le aseguro, totalmente convencida.

—Si te gusta y lo pasas bien, llamaremos a la niña María Eugenia.

—Ni muerta voy a llamarla así. La saga de las María Eugenia termina conmigo —afirmo, rotunda.

—Y, entonces, ¿cómo la llamamos? —me pregunta, rodeando mi cintura con sus brazos.

—Matilda.

—La llamarán Mati y paso. Chloe; es corto, los franceses sabrán pronunciarlo y queda bien con Cian.

—¿Cómo que Cian? —inquiero, frenando mi sonrisa. La que es suya.

—¿No te gusta? —me plantea sin frenar la suya.

—Sí, claro que me gusta —afirmo, sonriendo finalmente.

—Decidido entonces. Vamos a ver a Amparito —me propone, aferrando mi mano y consiguiendo que sonría muchísimo más cuando me percato de que ha vuelto a liarme y ha vuelto a salirse con la suya, «y, maldita sea, al final será verdad eso de que voy a tener que aprender a centrar mi atención en las cosas importantes», me regaño, sin poder dejar de sonreír mientras me dejo arrastrar por él.

* * *

—No puedo creerlo —me quejo, frustrada, cuando al día siguiente me veo sentada en el asiento del copiloto de la dichosa furgoneta.

—Ni yo, francamente —me responde, divertido, dándole al contacto, y, aunque intento no sonreír, acabo sonriendo con él—. Esa es la actitud, pelirroja —añade, guiñándome un ojo mientras niego con la cabeza, observando su pelo revuelto, su camiseta de manga corta y sus pantalones de montaña mientras que yo me he vestido como si fuese a pasearme por ese hotel al que está claro que no voy a ir, al menos esta semana.

—¿Y a dónde se supone que vamos?

—Hacia las montañas, pelirroja, siempre hacia las montañas —canturrea, esbozando una resplandeciente sonrisa, y niego con la cabeza.

—Odio a todo aquel que en estos momentos esté en las

Maldivas, en las Seychelles o en Bora-Bora —musito dramáticamente—, y a ti te odio más que a todo el mundo. Como nos ataque un oso o cualquiera animal, pido el divorcio —le digo, provocando sus carcajadas.

—¿Y si te salvo del oso, también? —me pregunta, volviéndose para guiñarme un ojo, «y ojalá no tuviera siempre esa sonrisa lista para él que se dibuja en mi rostro sin que pueda hacer nada para frenarla», me lamento, negando de nuevo con la cabeza, dirigiendo la mirada al frente e intentando no pensar demasiado en los días que me esperan.

Y, aunque intento con todas mis fuerzas mantenerme despierta, acabo haciendo parte del trayecto dormitando a su lado, «y, por Dios, qué sumamente cansada estoy», pienso antes de sumergirme de nuevo en mis sueños.

—Pelirroja, abre los ojos —oigo que me dice, y los entreabro ligeramente—. Uf, qué alivio; pensaba que la habías palmado mientras conducía —suelta con sorna, acariciándome la mejilla—. Hemos llegado. Fíjate, lo te hubieras perdido si hubieses ido a ese hotel —añade, haciéndome un gesto con la cabeza para que mire al frente y, cuando lo hago, acabo de abrir los ojos al ver un lago, al pie de las montañas, rodeado de pinos y pintado con los colores anaranjados y rosas del atardecer.

—Vaya, qué bonito —musito, acercándome más al cristal para ver cómo las copas de los pinos y las montañas se reflejan en el agua.

—No tanto como tú. Tienes prohibido volver a dormirte hasta dentro de un par de horas, por lo menos —me indica, mirándome con cariño—. Oye, ¿estás bien? —me pregunta con seriedad.

—Mejor que tú —le aseguro, saliendo de la furgoneta para estirar las piernas y todo el cuerpo, que siento entumecido tras tantas horas sin poder moverme, mientras él hace lo propio—. Este último mes ha sido agotador y apenas he podido dormir —le comento, recordando los últimos días previos al desfile, en los que habré dormido, a lo sumo, cuatro o cinco horas—. ¡Qué lugar más increíble! Habías venido aquí antes, ¿verdad? —presupongo, inspirando el olor a verde que flota en el ambiente y que lleva consigo el olor a frío, «y puede que venir aquí no haya sido tan mala idea», reconozco, rodeando su cintura cuando sus brazos envuelven mi cuerpo.

—La ruta que vamos a hacer durante estos días la he hecho varias veces; es corta, bonita y no hay muchos osos; de hecho, creo que solo habré visto un par, además de unos cuantos lobos y un cocodrilo, así que puedes estar tranquila —me suelta como si nada mientras lo miro sin poder pestañear.

—Me estás tomando el pelo, ¿no? —inquiero, a pesar de estar completamente segura de que es justo lo que está haciendo.

—En algunas cosas, sí; en otras, no. Venga, vamos a montar el campamento —me dice con esa sonrisa vacilona que en estos momentos no me hace ni pizca de gracia.

—Espera un momento —le pido cuando se aleja para ir hacia la furgoneta—. Detalla qué es cierto y qué no lo es.

—Es todo cierto excepto lo del cocodrilo —asevera, subiendo de nuevo a la furgoneta mientras yo siento el terror subir por mis piernas, porque, si me dan miedo las lagartijas, no quiero ni pensar lo que haré como vea un oso. Me muero seguro.

—¡Vámonos! —le exijo, subiendo a toda prisa al vehículo cuanto consigo encontrar mis piernas o la forma de moverlas, qué más da.

—¿Cómo? —me pregunta mientras cierro la puerta y me pongo el cinturón de seguridad.

—No pienso quedarme en un sitio donde pueda encontrarme con osos y lobos; lo siento, esto no va conmigo. Si me quieres, dale al contacto y larguémonos.

—Es más peligroso vivir en una ciudad, créeme —replica con seriedad, haciéndome caso y dándole al contacto para irnos.

—Puede ser, pero yo soy animal de ciudad y sé moverme por ella, no como aquí —le aclaro mientras él retrocede y yo respiro, de puro alivio, sin poder creer que esté haciéndome caso.

—Y estás olvidando que yo sé moverme por aquí y que no va a sucederte nada —me rebate mientras me percato, para mi disgusto, de que no nos estamos marchando, sino que está maniobrando para dejar la parte trasera de la furgoneta frente al lago—. ¿Confías en mí? —me plantea cuando la detiene, clavando su impresionante mirada azul sobre mis ojos, en los que reina la duda, pues sigo sin tenerlas todas conmigo.

—No —le digo, recordando cómo hace años, en los viñedos, me hizo esa misma pregunta cuando subimos a ese caballo.

Y, si entonces fui sincera, hoy lo soy más, porque, por mucho que él se crea el Tarzán de las montañas, no tendría nada que hacer frente a un lobo y menos aún frente a un oso.

—Oye, ¿nunca te han dicho que a veces es mejor mentir? Venga, empecemos de nuevo. ¿Confías en mí? —me pregunta, ganándome de nuevo la partida, porque esto fue justo lo que me replicó entonces.

—¿Sí? —musito, sonriendo con él.

—Respuesta correcta. Vamos a preparar el campamento —me dice, guiñándome un ojo, acercándose a mí para darme un beso.

Y mientras él enciende el fuego, dentro de una especie de bidón metálico, saca una mesa y dos sillas y se pone con la cena, me limito a mirar, y no porque no quiera ayudarlo, sino porque me siento completamente fuera de lugar en este entorno, «mientras que él se encuentra justo en el suyo», asumo, mordiéndome la cara interna de una mejilla, porque, maldita sea, me estoy meando.

—Dime que me has estado mintiendo todo el tiempo y que tienes un baño escondido en esta furgoneta —le pido mientras el olor a pimientos fritos llega para recordarme que estoy hambrienta.

—Lo siento, pelirroja, un baño es lo único que no tiene esta furgoneta, pero mira cuántos pinos tienes —contesta, esbozando una media sonrisa.

—No puedo creerlo —me lamento, observando los pinos e imaginando cientos de osos y lobos al acecho, mosquitos, serpientes, bichos y toda clase de seres vivientes que habiten por estas tierras y que puedan picarme o hacerme algo peor—. ¿Sabes que te odio muchísimo ahora? —añado, provocando sus carcajadas.

—Venga, te acompaño —me propone, bajándole la intensidad al fuego mientras yo lo miro sin tenerlas todas conmigo—. Ya te he visto mear. Venga, vamos, ¿o te estás...?

—¡Ay, cállate! —exclamo, provocando otra vez sus carcajadas—. Déjame en paz, hostias. Cómo te odio en estos momentos —le dedico, cogiendo el rollo de papel higiénico para adentrarme en estos parajes, que serán los más bonitos del mundo para él, pero que para mí son el universo de los bichos y de todos esos animales y animalitos que me aterran y que me dan un asco que me muero—. Por favor, por favor, por favor, que no me pique nada, que no me aparezca una serpiente, un oso, un león, un lobo o lo que sea —murmuro, eligiendo un pino y bajándome los pantalones como puedo para mear tan de pie como me sea posible.

«Maldita sea, yo, la diseñadora de Dior, María Eugenia de la Rúa, acostumbrada a codearme con la flor y nata de todo el mundo, meando así, detrás de un árbol, y no quiero ni imaginar cómo lo haré cuando tenga que hacer lo otro», pienso, disgustada, mientras rezo a todos los dioses de todas las religiones para que nada se acerque a mí.

—Esto me pasa por enamorarme de un crío en lugar de un madurito interesante —le digo al volver, enfadada, acercándome a él, que me mira con una sonrisa desdeñosa.

—Estoy seguro de que el madurito interesante te hubiera llevado a un hotel y luego se hubiera quedado dormido en la hamaca —me rebate son sorna.

—Al menos mearía en un baño y no detrás de un pino.

—Pero vamos a ver, pelirroja, ¿nunca has ido de campamento?

—Pues no.

—¿Nunca?

—Nunca, ni en el colegio ni luego con mis amigas; yo, o iba a un hotel o pasaba del tema. Siempre he sido muy exquisita, hasta que te conocí a ti y dejé de serlo —me meto con él, provocando su carcajada, que parece resonar entre estas montañas—. ¿Quieres dejar de reírte tan alto? —le pido, mirando a todos lados—. Como venga un oso, me muero, te juro que de esta te quedas viudo —le aseguro mientras él se carcajea más y más fuerte—. Joder, ¡cómo te odio! —le dedico mientras él me abraza con fuerza, sin dejar de reírse.

—¡Joder!, ¡cómo te quiero! —me dice, ablandándome.

—Ya, pues no lo parece mucho, menuda luna de miel me has preparado. Te prometo que nunca voy a olvidarla, y es la última vez que dejo que me líes, la próxima vez...

—Pero ¿no ibas a morirte?

—¡Pero qué idiota eres! —mascullo entre dientes, dándole un empujón para alejarlo de mí, sin poder creer que haya sido tan insensata como para haberme casado con él.

—Pero soy el idiota que va a hacerte cambiar de opinión —afirma, abrazándome de nuevo, y ojalá no lo quisiera tanto y pudiera mantenerme en mis trece—. ¿Cena y baño en el lago o baño en el lago y cena?

—No pienso meterme ahí dentro, a saber lo que habrá —me niego, viendo la oscuridad empezar a adueñase de todo.

—Pues peces, seguramente.

—Vaya, qué suerte que no hayas dicho pirañas —le digo, sabiendo que, muy a mi pesar, voy a tener que meterme ahí dentro, porque no pienso estar una semana entera sin lavarme. Maldita sea con él y conmigo—. En serio, estoy por coger mis cosas y largarme a pie.

—Cenamos primero —decide, pasando de mí, yendo hacia el hornillo, «y, todo sea dicho, huele fenomenal lo que sea que haya hecho», reconozco, sentándome en una de las sillas, tan frustrada que me divorciaría ahora mismo si tuviera un abogado a mano.

—Hagamos un trato —me propone, colocando la cena frente a mí.

—Siempre salgo perdiendo con tus tratos —sentencio, llevándome un trozo de pimiento a la boca.

—Dame tres días... Si pasado ese plazo continúas pensando como ahora, nos largamos a un hotel. ¿Qué me dices?

—Dos días.

—Cuatro.

—Dos y medio —negocio entre dientes mientras él enarca una ceja, y va a decir cinco, estoy segura—. ¡Está bien! ¡Tres días y nos largamos!

—Tres días y nos quedamos si te gusta —me rebate.

—Estoy segura de que no va a gustarme, así que ya puedes

ir buscando un hotel —contesto más tranquila, ahora que he reducido mi tiempo de condena.

«Al final consigo relajarme mientras cenamos e incluso que vuelva a hacerme gracia —admito mientras me río con una de sus insolencias—, y es que, por mucho que me repatee algunas veces, es un encanto y me tiene ganada», asumo mientras quitamos la mesa y fregamos los platos.

—Te gusta esto, ¿verdad? —le pregunto, apoyándome en la furgoneta mientras él alimenta el fuego.

—Me gustas más tú —responde, volviéndose para mirarme, consiguiendo que olvide cuánto lo odio por traerme a este lugar—. Y ahora tú y yo vamos a bañarnos desnudos en ese lago y a follar y a gritar muchísimo —me asegura con voz ronca, provocando que me excite de tan solo imaginarlo.

—No pienso meterme ahí dentro sin ver lo que piso ni lo que rodea mis piernas —le digo, siendo todo lo piedra que puedo llegar a ser a pesar de tener un claro ejemplo en él de cómo ser agua.

—Yo pisaré el suelo por ti, pelirroja; tú solo tienes que pegarte mucho a mí y rodear mi cuerpo con tus piernas —replica con voz ronca, empezando a mordisquear mi cuello mientras sus manos comienzan a desnudarme y las mías se mueven solas, desnudándolo a él—. Ven aquí —me pide, alzándome por las caderas para empezar a caminar hacia el agua, y, durante un instante fugaz, recuerdo esa fotografía que subió una vez a Instagram; el fuego en la orilla y él adentrándose desnudo en un lago. «En este lago», caigo en la cuenta de repente, aferrándome a su cuerpo con fuerza, olvidándome de mi disgusto para simplemente disfrutar de esto.

—Mierda, está helada —grito cuando se adentra un poco más hacia el fondo y el agua empieza a cubrir mi cuerpo.

—No te preocupes, ahora te calentaré yo —comenta, buscando mis labios con los suyos e intensificando esa llama que siento en mis entrañas y que nunca se apaga cuando él está cerca.

Una llama que incendia mi cuerpo cuando impulsa sus caderas hacia delante y su sexo se encuentra con el mío, «y puede que esto no sea lo mío, pero nunca me había sentido más libre que ahora, en medio de un lago rodeado de montañas, mientras él me lleva consigo a ese lugar mágico del que nunca me marcharía», reconozco, sin poder separar mis labios de los suyos, con mis manos ancladas a su cuello, mientras nuestros sexos se buscan y encuentran y nuestros gemidos retumban entre estas montañas, testigos mudos de nuestro encuentro.

—¡Síííííí, síííííííííí, síííííí! —grito, sintiendo las llamaradas del fuego quemar mi piel mientras sus manos aferran mis caderas con fuerza y sus rugidos retumban en mi pecho, en mis tímpanos y en las estrellas que nos miran desde el cielo cuando ambos llegamos al orgasmo—. Por Dios —susurro, permitiendo que la admiración se cuele a través de mi voz al tiempo que lleno mis pulmones de aire con una profunda inspiración y echo el cuerpo hacia atrás, dejándolo flotar en el agua sin alejarme mucho del suyo.

—Ahora mismo me enamoraría locamente de ti si no lo estuviera ya —me dice con la misma admiración con la que he entonado yo mi voz, moviéndome para que vuelva a pegar mi cuerpo al suyo—. ¿Ha sido tan malo como imaginabas? —me pregunta, esta vez con seriedad, mientras contemplo la perfección de sus rasgos cincelados con los rayos blanquecinos de la luna.

—Sabes que nunca es tan malo como imagino —le confieso en voz baja, sintiendo la caricia fría del agua en torno a mi cuerpo.

—Pues entonces deja de ponerlo difícil y disfruta de este viaje; te aseguro que, aunque no lo creas, ni el mejor hotel del mundo es comparable a esto.

—Tienes razón, no lo creo —le miento con una sonrisa, porque puede que tenga que mear detrás de un pino, pero dudo mucho que haya algo mejor que hacer el amor en medio de un lago, a solas con el mundo o con la vida.

Capítulo 50

María Eugenia

Despierto con sus besos y lo primero que hago es sonreír.

—Buenos días, esposa mía —murmura cerca de mi oído, consiguiendo que sonría mucho más.

—Buenos días, esposo mío —respondo, inspirando la fragancia de su piel. «La que me lleva a casa, estemos donde estemos», medito, pegándome más a su cuerpo, recordando cuando llegué a París y sentí mi cama como los brazos de un extraño.

—¿Cómo has dormido? —me pregunta mientras me muerdo ligeramente el labio inferior.

—Bien; debo de haberme muerto, porque no me he enterado de nada.

—¿En serio no has oído a los lobos? Porque han estado merodeando por aquí durante toda la noche— me cuenta con seriedad, y me incorporo a toda prisa, lista para vestirme y largarme de aquí cuanto antes.

—Eres idiota —le dedico, molesta, cuando una carcajada brota de su garganta.

—Y tú te lo has creído —me dice, burlón, sin poder dejar de reírse, abriendo las puertas traseras y consiguiendo que olvide lo idiota que es ante las vistas que tengo frente a mí. Por Dios, ¡qué preciosidad!

—Y si me parecía perfecto estando solo, imagínate ahora que te tengo a mi lado —comenta a mi espalda, y me vuelvo para mirarlo sin saber muy bien qué contestar, perdiéndome en la intensidad que brilla en su mirada. El termómetro de sus emociones. Mi universo en la tierra.

—Y si me parecía perfecto viéndolo en tu Instagram, imagínate ahora que estoy aquí, viéndolo a tu lado —le digo, y debe de haberme abducido de alguna manera, porque acabo de reconocer que este lugar, sin baño, y con lobos y osos, es perfecto.

—Ven aquí, pelirroja —me pide, acercándose a mí para atrapar mi nuca y pegar mis labios a los suyos, arrancándome un gemido que es el primero de los muchos que vienen después, cuando vuelve a llevarme con su cuerpo a ese lugar mágico donde me encuentro con el suyo y donde la luz me ciega por completo.

Y puede que sea porque me cuesta adaptarme al principio o porque, cuando llegamos ayer, era casi de noche, pero hoy lo veo todo menos negro y, cuando regreso al pino del que he hecho mi baño, lo hago ya más decidida, que no tranquila, porque eso sería pedirme ya demasiado.

—¿Alguna vez te has tomado un café con la vida? —me pregunta cuando me acerco a él, provocando que sonría tanto como soy capaz.

—No, pero me parece que hoy voy a hacerlo, ¿verdad?

—Y también va a conocerte toda mi familia de Instagram.

—¿Con este pelo y sin maquillar? Olvídalo, antes muerta. Además, ya me conocen, acuérdate de que subiste una foto del día de nuestra boda —replico, recordando los cientos de miles de *likes* que acumuló esa fotografía en apenas unas horas.

—¿Sabes que estás preciosa y que pareces mucho más joven cuando no vas tan arreglada? —me pregunta, y lo miro frunciendo el ceño.

—¿Me estás llamando mayor?

—No, solo te estoy diciendo que estás guapísima así, al natural.

—Y que parezco más joven, ¿acaso me ves mayor? —insisto, sintiéndome mayor de repente; once años, para ser exactos.

—Sí, te veo mayor; de hecho, parece que tengas ochenta años... En serio, no sé qué habré visto en ti para casarme contigo. ¡Hostia, pero si tienes canas! —me suelta, acercándose a mí para atrapar un mechón de mi pelo mientras yo siento el calor de la furia subir por mi rostro para incendiarlo a mi paso—. Eyyyy, ¡que es broma!

—¡Eres idiota! —le dedico, sintiendo de pronto ganas de llorar. ¡Venga ya, no me fastidies!

—Oye, era una broma —me asegura cuando se da cuenta de que estoy a punto de echarme a llorar. Maldita sea, no puedo creerme que esté a punto de convertirme en un mar de lágrimas por una soberana estupidez—. Cariño, mírame... mírame —me repite, sujetándome por los brazos mientras mantengo la mirada fija al frente—. ¿Qué te sucede? Sabes que no tienes canas y, aunque las tuvieras, no pasaría nada, y, por supuesto, no te veo mayor.

—Ya —me limito a decirle, avergonzada por la reacción que acabo de tener.

—¿Qué te pasa? —inquiere, abrazándome.

—¡Y yo qué hostias sé! —farfullo, frustrada, aferrándome a su cuerpo, tragándome las estúpidas lágrimas que no dejan de asomar a mis ojos, amenazando con desplomarse al vacío de mis mejillas—. Tanto aire puro me habrá vuelto susceptible, yo qué sé.

—Pues no quiero ni pensar cuando llevemos aquí una semana.

—Tranquilo, que el cuarto día estaremos ya en un hotel —le rebato, totalmente convencida, consiguiendo que las malditas lágrimas se sequen en mis ojos.

—Pero, mientras tanto, vamos a disfrutar de esto, ¿vale? —me pide, buscando mi mirada con la suya, sonriendo cuando se percata de que no me he convertido en María Sollozos.

—Está bien —cedo, llenando mis pulmones de aire.

—No hace falta que cumplas todas tus promesas; lo sabes ¿verdad? —inquiere, dirigiéndose hacia la cafetera para empezar a servir los cafés en sendas tazas.

—¿A qué te refieres? —le formulo, siguiéndolo, cogiendo la mía cuando me la tiende.

—Hicimos varias promesas, unas en el ayuntamiento y otras en casa, y ambas tienen la misma validez, pero, dicho esto, hay promesas de las que puedes prescindir. Te lo digo por si no lo sabes —comenta, yendo hacia el lago para sentarse en una piedra, con su café entre las manos, y lo sigo tan perdida como al principio.

—¿Y de qué promesa he de prescindir? —indago, admirándolo en silencio; su pelo rubio, como un campo de trigo agitado por el viento; su barba crecida; sus ojos, que parecen cada vez más azules, y vestido únicamente con una camisa abierta y unos *jeans,* tan irresistible como lo veía a través de su Instagram, «con la única salvedad de que ahora es mi marido y estoy a su lado», pienso, mordiéndome el labio inferior.

—... y te prometo que seguiré poniéndote las cosas difíciles, porque no puedo evitarlo y me sale de dentro, pero que al final te saldrás con la tuya —me dice, imitando el tono fino de mi voz y provocando mi sonrisa—. Dime una cosa, si voy a terminar saliéndome con la mía, ¿para qué tienes que ponerlo difícil?

Y, aunque ha planteado su pregunta con una sonrisa, creo que hay una reprimenda envuelta en ella.

—Porque no puedo evitarlo y me sale de dentro, tú mismo acabas de decirlo. Si te gusta una promesa, tienes que aceptar la otra. Lo siento, guaperas, es lo que hay —le respondo con esa insolencia que él suele emplear conmigo.

—La que me espera contigo —murmura, iluminando mi día con su perfecta sonrisa.

—Perdona, pero eso tendría que decirlo yo, que soy la que está perdida entre montañas, meando detrás de pinos —replico, arrancándole una carcajada que siento vibrar en mi pecho. «Y qué bien estás cuando estás bien», pienso, ocultando mi sonrisa tras la taza de café, dirigiendo la mirada al frente, momento que aprovecha para sacarme una fotografía, y ha sido tan rápido que ni siquiera lo he visto venir—. Ni se te ocurra subirla —farfullo a toda prisa.

—¿Por qué? Mírala —me pide, mostrándomela—. No sé qué verás tú, pero yo veo a una pelirroja guapísima, sonriéndole a la vida mientras se toma un café con ella.

«Y puede que tenga razón», admito, sonriendo más.

—Haz lo que quieras —cedo, negando con la cabeza, y de nuevo he permitido que se salga con la suya.

* * *

«Puede que yo nunca hubiera elegido esta opción ni como luna de miel ni como nada, pero, ahora que la estoy viviendo, tengo que reconocer que es una de las experiencias más bonitas que he experimentado hasta ahora, porque, aunque tener un baño a mano no estaría mal, tenía razón y no hay nada como bañarse en ríos y en lagos de agua cristalina con mi cuerpo pegado al suyo; como reír a carcajadas continuamente; como ver el amanecer acostada en ese colchón que es el más cómodo del mundo, con sus brazos envolviendo mi cuerpo, o como descubrir paisajes de ensueño dejándome guiar por él, por mi Tarzán de las montañas», pienso, esbozando una sonrisa, porque hoy es el cuarto día y, aunque hemos dejado atrás ese lago, al que espero regresar muchas veces en un futuro, no lo hemos hecho para ir a ningún hotel, sino para dirigirnos a nuestro próximo destino, uno perdido de la mano de Dios, porque no dejamos de ascender esta dichosa montaña por una carretera llena de curvas.

—¿Falta mucho para llegar? —le pregunto, sacando la cabeza por la ventanilla para que me dé el aire.

—Nada, cinco minutos —me contesta, tomando lo que parece un camino de cabras, e inspiro profundamente, llenando mis pulmones con este aire que, a medida que nos internamos en este bosque, está tornándose más frío, más húmedo, más verde—. ¿Te has marcado? —inquiere mientras cierro los ojos, sintiendo mi estómago sacudirse.

—¡Para! —le ordeno, cubriéndome los labios con la mano cuando una arcada llega de repente; es más, creo que hasta me apeo de la furgoneta cuando todavía no la ha detenido por completo, centrada como estoy en vomitar.

«Maldita sea», maldigo, echando por la boca todo lo que debo de haber comido durante estos últimos días mientras una fría capa de sudor cubre mi cuerpo y él me sujeta el pelo con cuidado.

—Joder, qué asco, pelirroja —oigo que suelta a mi espalda mientras echo la vida por la boca, y ojalá pudiera hablar para mandarlo a la mierda, porque nadie le ha pedido que esté presente y porque, asco, el mío, que estoy vomitando—. Toma —añade, ofreciéndome un pañuelo y una botella de agua cuando consigo parar—. ¿Estás mejor? —inquiere, y asiento con la cabeza, mintiéndole, porque es cierto que ya no puedo vomitar más, pero esta sensación de malestar persiste en mi interior, como si de una náusea continua se tratase.

—No te he mandado a la mierda porque no podía hablar —le aclaro para seguidamente enjuagarme la boca, sintiendo cómo un escalofrío recorre mi piel, porque no hay nada que me dé más grima en la vida que vomitar—. La culpa es toda tuya y de esta mierda de carretera llena de curvas. Dime que hemos llegado, porque paso de seguir vomitando.

—Falta un poco, pero, si lo prefieres, dejo aquí la furgoneta y hacemos el resto del trayecto a pie; te vendrá bien caminar un poco. Estás blanca como la cera —me contesta, esta vez preocupado, acunando mis mejillas con sus manos—. No te me pongas enferma ahora, que aquí no hay hospitales —me dice, intentando sonreír sin llegar a conseguirlo.

—No estoy enferma, solo me he mareado, así que deja de mirarme así, ¿quieres? —le pido, echando a andar, intentando no pensar demasiado en que llevo desde que he abierto los ojos sintiéndome mal, «y, mierda, no pienso ponerme enferma en mi luna de miel», me riño, mirando, obcecada, al frente.

—Vale, pero no hace falta que corras —replica, cogiendo mi mano para obligarme a detenerme—. Dime que está todo bien, pelirroja —insiste con seriedad.

—¿Estás sordo? Estoy bien, deja de mirarme como si estuviese al borde de la muerte, ¡solo me he mareado! —exclamo, enfadada, mientras él guarda silencio—. Perdona, es que me da mucho asco vomitar, lo siento.

—Ven aquí —me pide, tirando de mi mano para pegarme a su cuerpo, hundiendo su cabeza en mi cuello y llenándome de ternura, como cada vez que hace eso.

—Soy muy bruta, no me hagas caso —me disculpo mientras sus brazos rodean mi cuerpo, y, durante un segundo, tengo la sensación de que sería capaz de interponerse entre un oso o cualquier cosa que se pusiera frente a mí.

—Vas a tener que acostumbrarte a que me preocupe por ti cuando te vea mal, porque yo soy así; yo me preocupo y cuido de la gente que quiero y no quiero que te cabrees cada vez que lo haga, ¿vale?

—¿Sabes que me estás haciendo sentir fatal? —le pregunto, moviéndome para buscar su mirada—. Estoy bien, ¿de acuerdo? —le aseguro, a pesar de que no es del todo cierto—. No te preocupes porque no pienso ponerme enferma, y menos aquí, en esta montaña donde debemos de ser los únicos humanos —añado, arrancándole una sonrisa.

—Vamos —me dice, «tirando de mi mano para llevarme al lugar más bonito del mundo y del universo», pienso, quedándome sin habla cuando mi mirada tropieza con una cascada que termina en un lago de donde nace un riachuelo, al amparo de cientos de pinos, de helechos y del manto de césped del color verde más brillante que he visto nunca.

—Voy a quedarme a vivir aquí, ya les mandaré los bocetos por mail —decido, olvidándome de las náuseas durante unos segundos.

—Me parece bien, pero tendremos que bajar al pueblo, porque aquí estamos completamente incomunicados.

—¿No hay nada de cobertura?

—Nada, pelirroja; aquí estamos a solas con la vida.

A solas con la vida y con él. Perfecto.

—Vale, me quedo —musito, esbozando una sonrisa que se encuentra con la suya, tan increíble como el paisaje que nos rodea.

* * *

«Y si tomarse un café con la vida está bien, vivir a solas con ella está mejor —afirmo, despertando de nuevo entre sus brazos, recordando el sexo alucinante que estamos teniendo—. Porque ni siquiera me está llevando de excursión y nos estamos limitando a disfrutar de nosotros, completamente incomunicados del mundo mientras vivimos en el nuestro», pienso, borrando mi sonrisa en el acto cuando una náusea llega de repente y, casi pisándolo, salgo de la furgoneta a toda prisa, por temor a ponerlo todo perdido.

—Ayer también vomitaste —oigo que dice con voz queda a mi espalda mientras, completamente desnuda, me estremezco, sintiendo cómo las piernas me flaquean al tiempo que echo de todo por la boca—. Di lo que quieras, pero nos vamos al médico —decide con seriedad, tendiéndome un pañuelo.

—No necesito un médico —le rebato, limpiándome.

—Joder que no, y nos vamos ahora mismo —sentencia, encaminando sus pasos hacia la furgoneta, y lo sigo con una sonrisa.

—Para, en serio, estoy bien —le aseguro mientras él empieza a plegar la mesa y las sillas.

—Y una mierda estás bien —masculla entre dientes, completamente cegado por la preocupación.

—Créeme, no necesito ir a ningún hospital, al menos de momento. Lo que necesito es una prueba de embarazo —le anuncio, mordiéndome el labio inferior mientras su mirada baja de mis ojos a mi vientre.

—¿Cómo?

—No me ha venido el periodo, estoy cansadísima todo el tiempo y, sí, es cierto que al principio pensaba que era porque estaba agotada, pero estoy durmiendo de ocho a nueve horas diarias, más las siestas, en las que no duermo, sino que caigo inconsciente, y aun así sigo cansada, tengo náuseas todo el rato, porque, aunque vomite, nunca desaparece esa sensación de malestar, y tengo las hormonas revolucionadas. Créeme, la prueba es solo para confirmar lo que ya sé —añado, totalmente convencida, quedándome enganchada al brillo infinito de su mirada.

—¿Estás segura?

—No dejamos de conjugar verbos, estoy tan segura como puedo estarlo sin una prueba que lo confirme —le contesto con una sonrisa que es un reflejo de la suya—. Creo que vas a ser padre —musito mientras él se lleva las manos a la cabeza, hundiendo los dedos en su pelo—. Ahora no puedes echarte atrás —bromeo, provocando su carcajada—. Podrías decir algo, ¿no te parece?

—Que te quiero, ¿te sirve? —me pregunta, acercándose a mí—. O que eres mi vida entera, ¿te vale? Porque no sé cuál de estas frases utilizar primero —declara, posando su mano en mi vientre mientras me da un dulce beso—. Y a ti también te quiero, peque —susurra, colocándose en cuclillas, rodeando mi cintura con sus brazos y depositando un suave beso en mi vientre—, pero pórtate bien con mamá, porque no deja de vomitar y necesito que esté bien para poder estarlo yo —le pide, emocionándome, y, aunque intento frenar las lágrimas, al final las dejo correr—. ¿Quieres que nos marchemos a casa? —me pregunta, incorporándose.

—Solo nos quedan dos días. No quiero irme, ya iremos al médico cuando lleguemos a París...

—Pero...

—Estoy segura de que está bien —murmuro, posando la mano en mi vientre, acariciándolo por encima de mi piel—, y yo también lo estoy. Quedémonos, este sitio es tan bonito que me da pena irme.

—Entonces, ¿ya no me odias por traerte aquí? —me plantea con voz ronca, hundiendo sus dedos en mi pelo.

—Sabes que no —musito, perdiéndome en el azul de sus ojos.

«Yo pedí tener el universo frente a mí y lo tuve cuando regresó a mi vida, y, ahora, no solo lo tengo frente a mí, sino que está creciendo en mi interior, porque este bebé siempre será mi universo y el regalo más bonito que me dará la vida y que yo le haré a él», pienso, buscando sus labios para hundirme en ellos, viendo en mi imaginación al niño rubito sonreírme.

Capítulo 51

Seis meses después. Enero, París

María Eugenia

—¿Cómo va ese niño? —me pregunta Sidney, accediendo a mi despacho, mientras yo llevo mi mano a mi abultada tripa, donde mi hijo se lo está pasando en grande dándome patadas.

—Muy bien —contesto con esa sonrisa que tengo instalada en mi rostro desde que vi a mi pequeño universo en mi vientre y oí los latidos apresurados de su corazón. Los latidos de la vida.

—Quiero hablar contigo, ¿tienes unos minutos? —me pide con seriedad.

—Claro, ¿qué sucede? —inquiero, de repente preocupada.

—Haces cara de cansada.

—Estoy cansada —admito, soñando con poder acostarme de una vez.

—Estoy preocupado por ti. Estás embarazadísima y sigues manteniendo el mismo ritmo que cuando no lo estabas, y sé que no soy un experto en la materia, pero estoy seguro de que eso no debe ser bueno ni para ti ni para el bebé.

—Tenemos el desfile de alta costura en unas semanas y dentro de un mes el de *prêt-à-porter*, dime cuándo descanso —respondo, sosteniéndole la mirada, y esta conversación es la misma que no dejo de mantener con Ciro, pues está empeñado en que coja la baja y yo estoy empeñada en no cogerla hasta el momento del parto—. No me mires así —le pido cuando veo la preocupación instalarse en su mirada.

—No puedes seguir con este ritmo.

Y, maldita sea, estoy harta de oír esta frase.

—Este ritmo no me preocupa en absoluto mientras me sienta tan bien —le garantizo, levantándome para ir hacia la ventana, y siempre termino frente a ella cuando algo me inquieta—. Me preocupa más lo que venga después, cuando nazca el niño —le confieso, pues este tema me está agobiando muchísimo y necesito hablarlo con él.

—¿A qué te refieres?

—Sabes que mi vida es esto y dejarlo sería como amputarme voluntariamente los dos brazos o quitarme un pulmón de golpe y sin anestesia —le explico, observando el ir y venir de la gente que circula por la calle, guardando silencio durante unos segundos para buscar las palabras correctas—. Cuando Ciro y yo lo dejamos, renuncié a tener una vida personal plena..., ya sabes, tener pareja e hijos, e hice de esto mi vida entera, pero todo ha cambiado, solo tienes que verme —prosigo, volviéndome para mirarlo, acariciando mi enorme tripa mientras él guarda silencio—. No quiero perderme nada de mi hijo, no quiero que nazca y dejarlo, porque eso sería como amputarme otra parte de mi cuerpo —añado, intentando ser lo más sincera posible—. Ciro puede hacerse cargo del niño y sé que puedo contratar a alguien para que lo cuide cuando él tenga que trabajar, pero no es lo que deseo. Quiero ver cómo se despierta y cómo se duerme, quiero ser yo la que lo consuele cuando llore y la que esté a su lado para todas sus primeras, segundas y terceras veces, y te juro que me encantaría desdoblarme para poder estar en ambos sitios a la vez, porque ambas partes de mi vida son esenciales para mí y no quiero renunciar a ninguna de ellas.

—Pero no puedes desdoblarte —afirma con seriedad—. ¿Por qué no has venido a contarme cómo te sentías? Creo que tenemos suficiente confianza.

—Porque tengo un contrato firmado que me une a vosotros y porque no quiero romperlo.

—Ni nosotros queremos que lo rompas ni perderte como diseñadora. Tú le has dado el impulso a la firma que necesitábamos, vives por ella, y la gente te asocia ya a la marca como si fueras una parte indivisible de ella, y así queremos que continúe siendo —me explica mientras siento las lágrimas quedarse atascadas en mi garganta—. Tengo que confesarte que este asunto nos ha estado preocupando y ha sido un tema que ha estado sobre la mesa.

—¿Y por qué no me habías dicho nada?

—Porque no tenía nada que decirte hasta ahora. Te ofrecemos un año de excedencia para que te ocupes de tu hijo, y luego flexibilidad en tu horario para que sigas ocupándote de él. ¿Soluciona esto tu problema?

—¿Y qué haréis durante ese año? —indago, dejando que fluyan las lágrimas que había estado frenando.

—Lucie y Serge se harán cargo, ya lo han hecho con anterioridad y lo volverán a hacer ahora. Además, todo tu equipo sabe de sobra el rumbo que ha tomado la firma y no van a tener problema alguno en seguirlo —me dice mientras me limito a llorar—. ¿Recuerdas ese eslogan que creaste, «Yo soy Dior»? No vamos a permitir que dejes de serlo y haremos lo que esté en nuestras manos para mantenerte en nuestras filas —me asegura, acercándose a mí para tenderme un pañuelo.

—Gracias, de verdad —respondo, abrazándolo, sintiendo que no solo abrazo a mi jefe, sino al hombre que puso otra parte del universo frente a mí.

* * *

El 25 de febrero, embarazadísima, presento mi último desfile junto a todo mi equipo, que me acompaña cuando salgo a saludar, mientras los aplausos de las modelos y de los invitados resuenan en mi pecho, tal y como lo hacen en el recinto, y lo hago entre lágrimas, sobre todo cuando Noël me entrega un ramo de flores. «¡Cuánto voy a echar esto de menos!», reconozco, abrazándolo y quedándome sin respiración cuando una contracción recorre mi columna vertebral.

—Toma —le digo a una modelo, tendiéndole el ramo para

aferrar mi barriga cuando llego al *backstage*, mientras el terror se adueña de mi voz y de mi mirada, porque el parto me asusta muchísimo.

—¿Qué te sucede? —me pregunta Noël, preocupado.

—Busca a Ciro y que alguien llame a un taxi, creo que estoy de parto —le anuncio cuando otra contracción me deja sin respiración, y sin darme cuenta aferro la mano de mi amigo para apretarla tanto como puedo.

—Intenta no rompérmela, por favor —me pide entre dientes mientras yo aprieto más.

—Llama a Ciro —le exijo, muerta de miedo.

—¡Cariño! —oigo su voz en el mismo instante en el que rompo aguas, y me vuelvo para mirarlo, sintiendo cómo la calma llega para tranquilizarme ahora que está conmigo—. He visto la cara que has puesto cuando estabas abrazando a Noël y me he acojonado. Dime que estás bien —me pide mientras me convierto en el centro de atención de todo el *backstage*. Maldita sea.

—Creo que acaba de romper aguas —le explica Noël por mí, y tengo tanto miedo que no puedo ni hablar.

—Vale, tranquila, vámonos al hospital —me dice, cogiéndome de la mano para sacarme de aquí mientras Noël, a mi lado, llama a Jacques, el chófer de la compañía, para que nos espere en la salida—. Todo irá bien, no te preocupes, tú solo respira —intenta calmarme mientras aferro su mano con fuerza, doblándome casi por la mitad cuando la contracción más dolorosa de la historia de las contracciones llega para dejarme sin aire y sin voz—. Joder —masculla, tan asustado como lo estoy yo, cogiéndome en brazos para casi echar a correr—. Respira, respira, respira —me pide, «y me encantaría explicarle que, si respiro, me duele más», pienso, deseando cerrar los ojos y abrirlos cuando todo esto haya pasado—. Vamos, vamos —apremia a Jacques cuando llegamos hasta el coche mientras yo siento una presión horrorosa en la vagina.

—Voy con vosotros —se apunta Noël, sentándose en el asiento del copiloto.

—Ciro, no quiero tenerlo en el coche —le digo, cerrando las piernas, tan acojonada que ni siquiera puedo llorar.

—No vas a tenerlo aquí, te lo prometo. Oye, enano, espera a que lleguemos —le habla al niño mientras yo, por primera vez y muy en serio, me encomiendo a ese dios que no entiende de religiones, sino de amor, y que espero que esté mirando en estos momentos hacia abajo para apiadarse de mí y de mi hijo, que parece tener mucha prisa en llegar al mundo.

«Y, sí, es probable que haya partos que duren horas e incluso hasta un día entero, pero está claro que no va a ser el mío», asumo cuando llego al hospital y a toda prisa me llevan al paritorio mientras Ciro corre tras la camilla, vistiéndose a gran velocidad.

—Por favor, la epidural, me duele muchísimo —gimoteo cuando me veo rodeada por los médicos.

—No da tiempo. Venga, en la próxima contracción, empuje, lo tenemos casi fuera —me dice el ginecólogo, colocándose frente a mí mientras el dolor más demoledor e indescriptible me recorre por dentro, amenazando con partirme en dos cuando llega la contracción, y empujo tanto como puedo mientras casi le rompo todos los huesos de la mano a Ciro—. Otra vez, ¡empuje! —me pide y vuelvo a hacerlo con todas mis fuerzas.

—Lo estás haciendo muy bien, pelirroja —me susurra mientras siento cómo cada vez tengo menos fuerza.

—Otra vez, ¡empuje! —repite, y aprieto la mandíbula tanto como aprieto su mano.

—Si quieres tener más hijos, los pares tú —le grito, sacando la poca fuerza que me queda para empujar, sintiendo cómo mi bebé se desliza por mi cuerpo hasta ver la luz del mundo, estallando en un llanto que resuena en mi pecho y provoca el mío.

—Enhorabuena —nos felicita el ginecólogo, colocando al recién nacido sobre mi pecho, mientras yo me limito a llorar, igual que está haciendo Ciro.

—Hola, pequeñín, soy mamá —susurro entre lloros, abrazándolo como ya no voy a dejar de hacer nunca, percibiendo los latidos de su corazón junto al mío.

Mi hijo. Mi niño rubito. Mi vida entera a partir de ahora.

Y qué bonita puede ser la vida cuando caes al vacío confiando en que tus alas se desplegarán solas. «Qué bonita puede ser la vida cuando la compartes con el hombre que amas» pienso entre lágrimas, perdiéndome en su mirada, atestada de estrellas, constelaciones y nebulosas, mientras mira a nuestro hijo con adoración. Sí, qué bonita puede ser la vida cuando tu balanza queda finalmente equilibrada.

Soy María Eugenia de la Rúa, la mamá de Cian, la esposa de Ciro y la diseñadora de Dior, y no he tenido que renunciar a nada, porque la vida se ha encargado de mover los hilos necesarios para que yo pueda ser y tener lo que siempre quise. El universo frente a mí.

Epílogo

Cuatro años después. Menorca

Ciro

—En serio, ¿a quién ha salido? —me pregunta mi mujer mientras observo con orgullo a nuestra hija, de año y medio, llevar las riendas del juego mientras Cian se deja manejar por ella.

—Físicamente, a ti, no hay duda —le digo mientras nos mantenemos sentados en la orilla de la playa, contemplándolos—, pero ese genio y esa decisión son de mi hermana —añado mientras veo a mis padres jugar con ellos—. Cuando los veo, nos veo a nosotros cuando éramos pequeños, en esta misma playa, yo jugando a las muñecas, siguiendo sus indicaciones, y ella manejándome a su antojo. Chloe es su copia exacta.

—¿Por qué no quisiste que le pusiéramos su nombre? A mí no me hubiera importado.

—Porque no me gusta eso de repetir nombres y porque quería que tanto Cian como Chloe tuvieran el suyo propio, para que los recuerdos que nos lleguen cuando los pronunciemos sean solo los suyos.

—¿Sabes lo que me pidió Cian el otro día? —me plantea, apoyando su cabeza en mi hombro, y me muevo para colocarme detrás de ella y que pueda apoyar su espalda en mi pecho.

—¿Qué te pidió? —indago, hundiendo mi cabeza en su cuello.

—Volver al lago —me contesta, volviéndose para mirarme, sonriendo cuando lo hago yo.

—¿Lo recuerda? —me asombro, recordando que la última vez que estuvimos allí ella estaba embarazada de Chloe.

—No lo tengo muy claro, pero estaba enseñándoles fotos y me pidió regresar.

—Pues regresemos.

—¿Cómo vamos a dormir los cuatro en esa furgoneta? Sería de locos —replica, divertida, mientras veo a mis padres adentrarse en el mar con mis hijos en brazos, y durante un instante oigo la voz de Angie a través de mis recuerdos.

«Me habría gustado vivir más años, casarme, tener hijos, venir aquí a pasar los veranos y verlos jugar en esta playa en la que jugamos nosotros, verlos crecer... conocer a tu chica, verte como padre... Hay tantas cosas que no voy a poder hacer; cosas tan sencillas como ver un atardecer o escuchar el sonido del mar, así que, cuando muera, quiero que las hagas tú por mí y, cuando sonrías, necesito que alargues unos segundos más tu sonrisa, porque esa será la mía, y, cuando rías, quiero que alargues un poquito más la carcajada, porque entonces será mi risa. Nómbrame, háblale a tu chica y luego a tus hijos de mí, muestrales fotografías mías y mantén vivo mi recuerdo, porque, mientras mi recuerdo siga vivo, yo seguiré con vosotros.»

«Y ojalá, estés donde estés, puedas ver esto —pienso, sintiendo la emoción cercar mi garganta—; ojalá puedas ver a mis hijos, tus sobrinos, jugar en esta playa en la que jugamos nosotros, y ojalá puedas oírnos hablar de ti, porque lo hacemos continuamente», me emociono, sintiendo cómo una lágrima rueda por mi rostro.

—Pues compraremos otra más grande y volveremos a bañarnos en el lago, con ellos a nuestro lado, porque, si estando los dos solos y luego con Cian ya lo sentí perfecto, imagínate estando los cuatro —respondo, sabiendo que la vida y yo vamos a seguir tomándonos cafés, ya no para reconciliarnos, sino como si fuésemos dos viejos amigos que tienen muchas cosas que contarse, porque es imposible que siga cabreado con ella con la mujer que tengo entre mis brazos y los hijos que me ha dado. El motor de mi vida y el universo entero, en palabras de mi pelirroja.

—¡Papá, mamá! ¡Venid al agua! —nos pide Cian, corriendo hacia nosotros, y lo miro sonriendo, porque, si mi pequeña terremoto es la copia exacta de mi mujer, él es la mía, con su pelo rubio y sus ojos azules.

—Mi niño rubito —le dice mi pelirroja, cogiéndolo entre sus brazos para llenarlo de besos, provocando sus carcajadas, a las que me sumo.

—Mami, ¡para! —le pide mientras mi mujer lo besa más.

«Más, siempre más», pienso, recordando ese juego que inicié hace años y al que no hemos dejado de jugar desde entonces, porque tanto ella como yo siempre vamos a querer más. Más de nosotros. Más de ellos. Más de todo.

—¡Venga, vamos a bañarnos! —exclamo, levantándome, cogiendo a Cian y subiéndolo a mis hombros, donde le encanta que lo lleve, mientras mi pelirroja coge su mano para ir hacia el agua, donde está nuestra hija bañándose con mis padres y donde el recuerdo de Angie sigue vivo... en esta playa, en mis carcajadas, «en esas que siempre alargo un poco más, y en cada momento de mi vida, esté en París, en Madrid, aquí, en Menorca, o de excursión, los cuatro juntos, a solas con la vida», pienso, sonriendo tanto como se puede, alzando la mirada al cielo, donde estoy seguro de que se encuentra devolviéndome la sonrisa.

Nota de la autora

Escribir esta historia ha sido todo un reto, porque, como os dije al final del primer volumen, esta bilogía tiene pinceladas de varios libros y he intentado contarte la historia de María Eugenia sin hacer demasiado *spoiler*, pero, si te has quedado con las ganas de saber quién es su sustituta en D'Elkann o de conocer un poco más a Gael y al resto del equipo de Diseño, no te pierdas *Pregúntamelo ahora*, una novela sexy, divertida y muy intensa, en la que descubrirás todo lo que no te he contado aquí, que es mucho.

Agradecimientos

Suelen decir que en el equilibrio está lo perfecto. Cuando escribes una novela, ese equilibrio, a veces, se pierde, según lo que estés relatando en esa escena, y tu balanza de sentimientos puede inclinarse más hacia un lado que hacia el otro; puede que las risas tomen fuerza y la desnivelen hacia su lado o puede que sean las lágrimas, pero siempre hay un sentimiento que prevalece sobre el otro... exceptuando este momento, cuando llegas a los agradecimientos y todo ha terminado, cuando tus sentimientos están en equilibrio porque ya has reído, ya has llorado y lo has cerrado. Y es triste cerrar una historia, poner ese punto final, porque sabes que ya ha acabado, pero al mismo tiempo es bonito, dulce y gratificante. Es equilibrio.

Esta bilogía, dentro de su complejidad, ha sido muy sencilla de crear, no sé si porque los protagonistas me lo han puesto tremendamente fácil o porque hay historias que fluyen, sin que tengas que forzar nada, y que llegan simplemente para hacerte feliz y hacer tu vida más intensa, más plena. Más, como lo que viven mis protagonistas.

A Ciro y María Eugenia, gracias por tanto, por las muchas carcajadas que me arrancasteis mientras compartía mi tiempo con vosotros y por las lágrimas que derramé mientras me adentraba en ciertas escenas. Nunca os olvidaré, y estoy segura de que, más de una vez, cogeré el libro de vuestra vida para leerlo y demorarme en esos capítulos o momentos que son más especiales para mí.

A mi marido, gracias infinitas por hacerlo todo tan fácil, por entender este mundo en el que solo estoy yo y al que tú no puedes acompañarme, porque a él solo se accede a través de mi imaginación. Quiero que sepas que te quiero muchísimo y que tengo mucha suerte de tenerte.

A mis hijos, mil gracias por comprender mis ausencias, por aceptarlas e incluso integrarlas en vuestra vida como si fuese algo normal. Puede que, dentro de unos años, cojáis uno de mis libros y me encontréis en él. Espero que, si ese día llega, sonriáis tanto como sonreí yo mientras lo escribía, o lloréis, de bonito, como lloré yo mientras le daba forma; no importa lo que sintáis mientras sintáis, porque la lectura es sentimiento y que te remueva por dentro.

A Tiaré Pearl, la diseñadora de estas portadas tan mágicas. Solo voy a decirte que te quiero muchísimo y que siempre vas a tenerme a tu lado.

A Iris T. Hernández. Gracias por tus consejos y por ayudarme a ver las cosas cuando soy incapaz de verlas.

A Noe, mi enfermera favorita. Gracias por ser mi fiel lectora, por estar a mi lado, por cuidarme cuando lo necesité, por tenderme tu mano, sin que te importara nada, y por ser tan buena amiga. No sé si te merezco, pero te quiero.

A Elisa, Silvia y Mariló. Nunca os nombro y quiero que sepáis que os quiero y que me he reído muchísimo narrando esas escenas.

A Mireia, la correctora de este libro, y de otros libros míos, gracias por todo; por tus apuntes, por tus consejos y por tu interés. Me alegro de que mis novelas pasen por tus manos.

A mi editora, Esther Escoriza, gracias por seguir apostando por mí, por tu cariño y tu apoyo. Gracias por estar siempre al otro lado del teléfono para resolver cualquier duda que pueda surgirme, sea la hora que sea, para tranquilizarme cuando algo me agobia o simplemente para escucharme. Eres muy importante para mí.

A Míriam y al equipo de Booket, gracias por estas oportunidades tan bonitas que me estáis brindando.

A ti, que lees mis obras, gracias, de corazón, por elegir esta historia y permitir que mis chicos, Ciro y María Eugenia, formen parte de tu vida durante el tiempo que dure tu lectura. Espero que la disfrutes mucho.

Y a mis lectoras, las que siempre están ahí, esperando esa nueva novela y acompañándome en mi camino, gracias eternas. Gracias por vuestros mensajes, por vuestra ilusión y por vuestro cariño. Quiero que sepáis que vosotras también sois muy importantes para mí.

GRACIAS, DE CORAZÓN, A TODOS LOS QUE HABÉIS HECHO POSIBLE QUE ESTA BILOGÍA EMPRENDA EL VUELO.

Referencias de las canciones

+, ℗ 2019 Universal Music España, SLU, interpretada por Aitana, con la colaboración de Cali y El Dandee.

Mi reino, ℗ 2019 Universal Music España, SLU, interpretada por Cepeda.

Courage, ℗ 2019 Sony Music Entertainment Canada Inc., interpretada por Céline Dion.

Ocean, Universal Music Latino; ℗ 2019 UMG Recordings, Inc., interpretada por Karol G.

Otros libros de la autora en Booket:

booket